桂冠世界文學名著 16
總策劃／吳潛誠

左拉

酒店

宋碧雲・譯　林春明・導讀

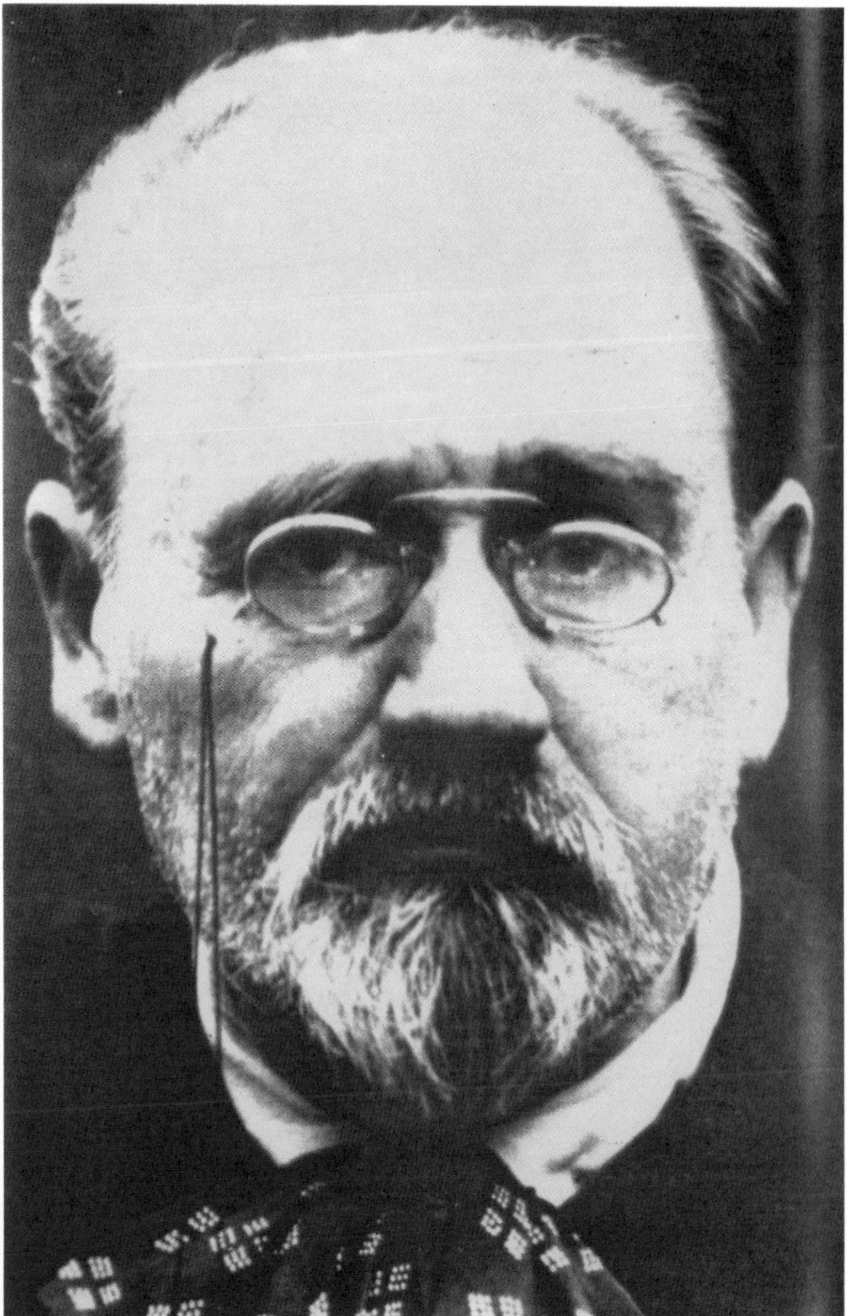

左拉(Emile Zola, 1840～1902)

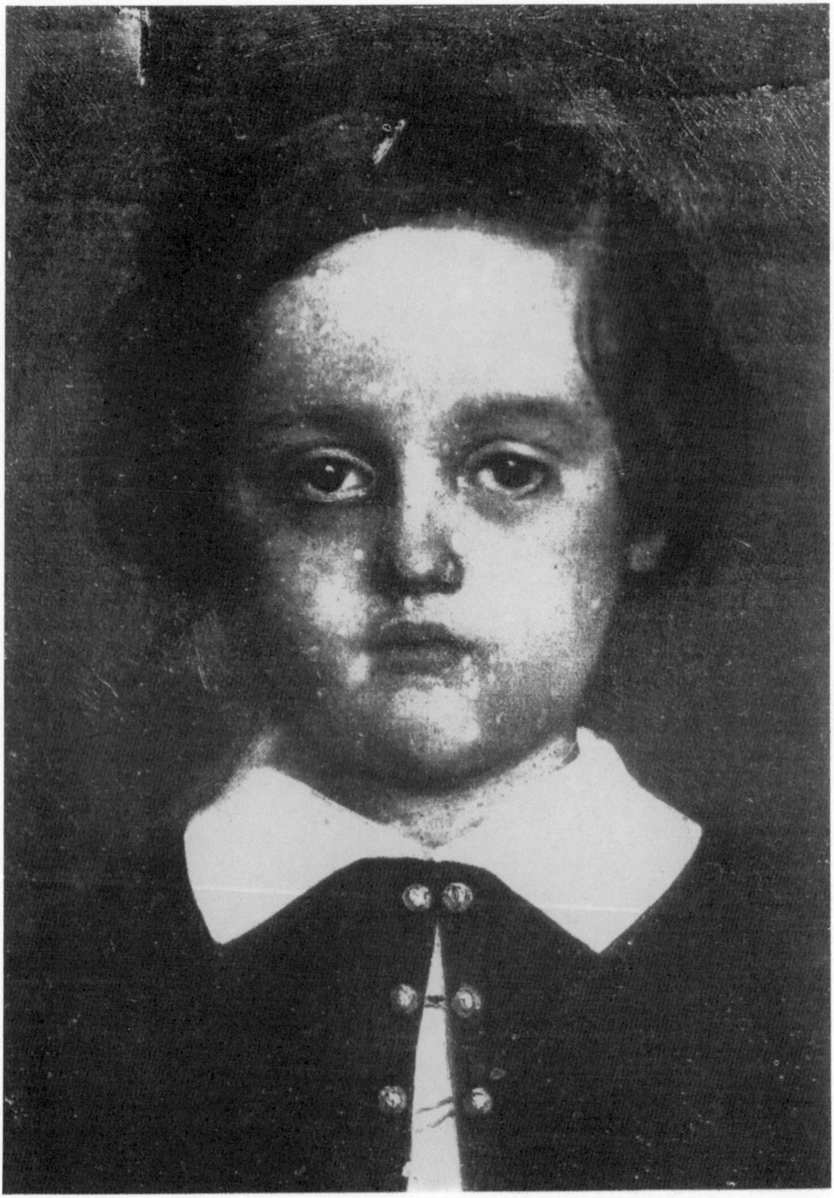

五歲時的左拉。

一八七八年《今日人》(*Les Hommes d'Aujord'hui*)所刊之左拉漫畫。

馬奈(Manet)所畫之左拉像。(藏羅浮宮).

二十五歲時的左拉。

左拉風采。

觀覽寰球文學的七彩光譜

——《桂冠世界文學名著》彙編緣起

吳潛誠

早在一八二七年，大文豪歌德便在一次談話中，提到「世界文學」(Weltliteratur)一詞，並宣稱全球五大洲的文學融會成一體的時代已經來臨。他說：

我喜歡觀摩外國作品，也奉勸大家都這樣做。當今之世，談國家文學已經沒多大意義；世界文學紀元肇生的時代已經來臨了。現在，人人都應盡其本分，促其早日兌現。

歌德接著又強調：文學是世界性的普遍現象，而不是區域性的活動。因此，喜愛文學的人不宜劃地自限，侷促於單一的語言領域或孤立的地理環境中，譬如說，德國人不可只閱讀德國文學，英國人不應只欣賞英文作品；相反的，人人都應該從可以取得的最優秀作品中挑選材料，作爲自己的文學教育；而天下最優秀的作品自然未必全出自自己同胞之手。歌德心目中的世界文學不啻就是全球文學傑作的總匯，衆所公認的經典作家之代表作的文庫。

那麼，什麼是經典作家？或者，什麼是經典名著的認定標準呢？法國批評家聖·佩甫（Charles-Augustin Sainte-Beuve, 1804～1869）在〈什麼是經典〉一文中所作的界說可以代表傳統看法：

真正的經典作者豐富了人類心靈，擴充了心靈的寶藏，令心靈更往前邁進一步，發現了一些無可置疑的道德真理，或者在那似乎已經被徹底探測瞭解了的人心中再度掌握住某些永恒的熱情；他的思想、觀察、發現，無論以何種形式出現，必然開濶寬廣、精緻、通達、明斷而優美；他訴諸屬於全世界的個人獨特風格，對所有的人類說話，那種風格不依賴新詞彙而自然清爽，歷久彌新，與時並進。

諸如以上所引的頌辭，推崇經典作品「放諸四海而皆準，百世以俟聖人而不惑」，具有普遍而永恒的價值，在國內外都有悠久的歷史；但在後結構批評興起以後，卻受到強烈的質疑。概略而言，解構批評、新馬克思學派、女性主義批評、少數族裔論述、後殖民觀點等當前流行的批評理論，基本上都否認天下有任何客觀而且永恒不變的眞理或美學價值；傳統的典範標準和文學評鑑尺度也是一種文化產物，無非是特定的人群（例如強勢文化中的男性白人的精英份子），在特定的情境下，遵照特定的意識形態，爲了服効特定的目的，依據特定的判準所建構形成的；這些標準和尺度無可避免地必然漠視、壓抑其他文本——尤其是屬於女性、少數族群、被壓迫人民、低下階層的作品。因此，我們必須重新檢討傳統下的美學標準以及形成我們的評鑑和美感反應的那些基本假設和「偏見」。

沒錯，文學作品的確不會純粹因爲其內在價値而自動變成經典，而是批評者（包括閱讀大衆）和權力建制（諸如學術機構）使然。譬如說，現今被奉爲英國小說大家的喬治・艾略特（1819～80），直到一九三〇年代仍很少被人提起；美國小說家梅爾維爾（1819～91）的作品曾經被忽略長達一甲子之久；浪漫詩人雪萊（1792～1822）在新批評當令的年代，評價一落千丈；布雷克（1757～1827）因爲大批評家傅萊的研究與推崇，在一九四〇年代末期才躋入大詩人行列……

這是否意味著文學的品味和評鑑尺度永遠在更迭變動，毫無客觀準則可言呢？馬克思曾經頗感納悶：產生古希臘藝術的社會環境早已消逝很久了，爲什麼古希臘藝術的魅力仍歷久不衰？當代馬克思批評家伊格頓（Terry Eagleton）曾經嘗試爲此提供答案，他反問：「既然歷史尚未終結，我們怎麼知道古希臘藝術會永遠保有魅力呢？」

我們不妨假設伊格頓的質疑會有兌現的可能，那就是說，歷史的巨輪繼續往前推動，社會發生了劇烈改變，有一天，古希臘悲劇和莎士比亞終於顯得乖謬離奇，變成一堆無關緊要的思想和感覺方式，與方今習見的牆壁塗鴉沒啥分別。不過，我們是否更應該正視古希臘悲劇已經流傳了兩千年，在不同的畛域和不同的時代，一直受到歡迎的事實？

不僅古希臘悲劇，西洋文學史上還有不少作家，諸如但丁、喬叟、塞萬提斯、莎士比亞、密爾頓、莫里哀、歌德等等，長久以來一直廣受喜愛，這多少可以說明人類的品味有某種程度的共通性和持續性吧？再說，曾經長期被奉爲經典的作品，必已滲入廣大讀者的意識中，甚至轉化成集體潛意識，對於一國的文學和文化發展產生相當大的影響，欲深入瞭解該國之文學和文化，則不能不尋本溯源，探究其經典著作。例如，《詩經》對於漢民族的文學和文化的影響幾乎難以估計，不提《大學》、《中庸》、《論語》、《孟子》之類的儒家經典曾大量援引「詩云」以闡釋倫理道德；連我們今天所習見的橫匾題詞，甚至四字一句的「中華民國國歌」歌詞，（意欲傳達肅穆聯想）都可和《詩經》牽上關係。

退一步來說，儘管典範不可能純粹是世上現有的最佳作品之精選，而且有其不可避免的附帶弊端，但卻不失爲文學教育上有用的觀念。簡而言之，典律觀念肯定某些作品比其他作品更有價值，更值得仔細研讀，使一般讀者在面對從古到今所累積的有如恒河沙數的文學淤積物時，不致於茫茫然，不知如何篩選。早在十八世紀，法國大文豪伏爾泰（1694～1778）便曾提出警告：「浩瀚的書籍，正在使我們變得愚昧無知」，英國哲學家湯瑪斯·霍布斯（Thomas Hobbes, 1588～1679）也曾經詼諧地挖苦道：「如果我像他們讀那麼多書，我就會像他們那麼無知了。」喜歡閱讀而不重抉擇的讀者能不警惕乎？

那麼，什麼才是有價值的值得推薦的文學傑作？或者，名著必須符合什麼標準呢？文學的評鑑標準自來衆說紛云，因爲文學作品種類繁多，無法以一成不變的規範加以概括，有些作品甚至以打破傳統規範而傳世。我們勉強或可分成題材內容和表達技巧（形式）兩方面，嘗試提出幾則評鑑標準，以供參考：

西方文論自古以來一直視文學爲生命的摹仿或批評，推崇如實再現人生眞相的作品。當代批評則質疑再現（representation）論，認爲所謂的人生經驗其實也是語言建構下的產物，寫實主義充其量只可當做文學俗套的一端。然而，無論如何，以語文作爲表達媒體的文學藝術，其內涵必定多少與人生經驗有所關聯（不可能，也不必要像音樂或美術那樣追求純粹美感）。我們姑且假設人生的眞相是一束光譜，光譜的一端是純粹紀錄事實的紅外線，另一端則是純粹幻想的紫外線，當中紅、橙、黃、綠、藍、靛、紫等深淺不同的顏色代表寫實成分濃淡不同的文學作品。白色光呈現在各顏色之中，但各顏色只是白光的片斷而已。人生眞相或眞理就像普通光線一樣，尋常到處都有，但卻非肉眼所能看見。文學家透過虛構形式的三稜鏡，將光切斷，並析解成各種顏色，好讓讀者得以具體感受到光的存在。那就是說，無論使用什麼文學體式或表現手法，自然主義也好，象徵主義、表現主義、後現代主義也好，史詩也好，悲劇、喜劇、寓言、浪漫傳奇、科幻小說也好，愈能讓讀者感受到生命存在的基本脈動，便是愈有價值的上乘作品，而在刻劃或呈現方面，其深廣度、強烈度或繁複程度又有卓著表現者，殆可稱爲偉大文學。

舉例說，《哈姆雷特》一劇涉及人世不義、家庭倫理（夫妻、兄弟、母子關係）的悖逆、以及王位纂奪所導致的社會不安，多種因素互相牽動，同時兼具有道德、心理、政治方面的涵意，故宜列爲偉大著作。托爾斯泰的《戰爭與和平》以巨大的篇幅，刻劃諸多個性殊異的角色，躬逢拿破崙時代戰爭的轉變和短暫的和平，呈現了人生的基本韻律：少年與青年時期的愛情、追求個人幸福和功名方面的失足與失望、時代危機、以及歷經歲月熬鍊所獲致的樸實無華的幸福和心靈上的平靜，這部鴻篇鉅作當然也該列爲名著。

合乎上述標準的虛構作品，在閱讀之際，也許會讓人暫時逃離現實人生；但讀畢之後，必會使人更有智慧去看待不得不面對的人生。那也就是說，嚴肅的文學傑作必須具備教育啓發功能，擴大讀者的想像和見識空間，使他們感覺更敏銳、領受更深刻、思辨更清晰……但這並不意味著文學作品必須提供黑白分明的眞理教條；相反的，經得起時間考驗的佳構，往往以反諷的語調，揭示生命中的矛盾，告訴讀者：所謂的眞理或價值其實大多是局部的、不完美的，有賴其他眞理或價值的修正補充。例如，但丁的《神曲》表面上的確在肯定信仰，但細心的讀者不難發現它骨子裡隱含有反諷成分。

具備教誨功能的文學作品，對於社會文化必會產生深刻持久的效應，乃至於有助於形塑整個國族的集體意識，或徵顯所謂的「時代精神」，這一類作品理當歸入傳世的名著之林。例如，沙弗克力斯的《伊底帕斯王》、西班牙史詩《熙德之歌》便是。

評鑑文學作品當然不宜孤立地看題材／內容／意涵，而須一併考慮其表達技巧／形式／風格，唯有達到一定的美學效果，才有資格稱爲傑作。此外，在文學發展史上佔有承先啓後之功，不論是開啓文學運動或風潮，刷新文學體式，別出機杼，另闢蹊徑，手法戛戛獨造，技巧出神入化，形式完美無缺者，亦在特別考慮之列。例如法國象徵主義詩人馬拉美的詩篇，寫實主義的典範屠格涅夫的《獵人日記》、福婁拜爾的《包法利夫人》，心理分析小說的巨構《卡拉馬助夫的兄弟們》、把意識流敍述技巧發揮得淋漓盡致的《燈塔行》，首創魔幻寫實的波赫斯之代表作皆屬此類。

《桂冠世界文學名著》基本上是依據上述的評選標準來採擷世界文學花園中的精華（不包括中文著作），但也不敢宣稱已經網羅了寰球文苑的奇葩異草，因爲這套書所概括的範疇，時間方面上下縣延數千年，空間上橫貫全球五大洲，筆者自知學識有所不逮，雖曾廣泛參酌西方名家所編纂的書目，也設法徵詢各方意見，但亦難免因爲個人的偏見和品味，而有遺珠之憾；另一方面，由於必須配合出版作業上的考慮，先期推出的卷册，一仍既往，依舊偏重歐、美、俄、日的古典和現代作品，希望將來陸續補充第三世界的代表作和當代的精品，以符合世界文學名著的全銜。

匯編這套以推廣文學暨文化教育爲宗旨的叢書，原則上自當愼重其事，講求品質；但同時也得衡量現實的條件：諸如譯介的人才和人力、社會讀書風氣、讀者的期待與反應等等，這也就是說，一套名著的出版，不純粹只是理念的產物，同時也是當前國內文化水平具體而微的表徵。一味好高騖遠，恐怕亦無濟於事。

這套重新編選的《桂冠世界文學名著》還有一個特色，那就是每本名著皆附有一篇五千字左右的導讀，撰述者儘可能邀請對該書素有研究的學者擔任；他們依據長期研究心得所寫的評析文字，相信必能幫助讀者增加對各名著的瞭解，同時增添整套叢書的內容和光彩。謹在此感謝這些共襄盛舉的學界朋輩和先進，以及無數熱心提供意見和幫助的朋友。最後，還請方家和讀者不吝指教，共同促進世界文學的閱讀與欣賞。

《酒店》導讀

林春明

《酒店》（*L'assommoir*）於一八七七年出版，《魯剛·馬卡爾》（*Rougon-Macquart*）著作系列的第七本。這本在嚴酷中完成的著作是從巴黎工人的生活得到靈感的。左拉曾經既求助於個人的觀察，亦求助於從報紙所讀到的各種不同的事實，並汲取了丹尼·普洛（Denis Poulot，1832～1900）的一本書中他的某些有關資料：亦即，我們的世界有兩種人，不是養尊處優的人便是幹活的人。在酒店裡所看到的就是那些禁不住病魔纏身、變故酗酒，並變成一件極端毀滅的犧牲品，擁擠在一起驚慌不安和悲痛的人們，這一切都具有社會罪惡的痕跡。

做爲自然主義者作家，左拉認識到社會環境所具有之決定性的影響力，這個影響仍然以機械化的方式波及生理的存有。事實上人類的性質從開頭就由其物質的屬性、其本能、其慾望所支配，這項肉體和神經多變的組合決定其整個氣質的類型學。

左拉的一切小說的藝術在於金錢和肉體的協調，由金錢萬能和性的必然所支配。

人類的愚蠢乃是爲了生活而在鬥爭的方式下由人類所施加之人剝削人自然化的結果。人類是生理學的主體，是深深地由社會環境所決定的存有。生理學的條件，社會條件和某些環境決定了人。

如果人民被排除在資產階段文學範圍之外，而對之，人在本質上是精神，則自然主義便對人下如此的定義：即在本質上，作爲物質的人一定會導向把這些低層階級作爲研究的對象。

在這種觀念下，本能的重要性是顯而易見的。在左拉的小說裡頭，主角們都是屬於衝動或粗野的性質的，我們從之很容易抓住某外在的行爲。總之，肉體是至命的。

因此，在其短文〈經驗小說〉(Le Roman Expérimental) 裡頭，左拉將自然主義者小說家下定義爲核對由經驗所引出的法規試驗者：其經驗在於使人物活動在一種特殊的歷史裡，俾表現出事實的連續在這歷史裡將像被置於研究的現象的決定論所嚴格要求做到那樣；小說家在以環境和社會背景處理事情的同時，亦將研究事實的機械論。

《魯剛・馬卡爾》表現出法國文學最偉大的社會巨幅畫面之一。該書全部包括二十卷，從一八七一年至一八九三年，以差不多每年一卷的速度出書。《魯剛・馬卡爾》自喻爲一本第十九世紀一個家庭的社會和自然的故事。這些小說的故事，是在第二帝國時期展開的。《魯剛・馬卡爾》一書是對當時之第二帝國的道德、社會、政治制度提出質疑。《魯》書第七卷《酒店》是在一八八七年出版的。它是一部描寫巴黎工人悲慘生活的小說。在小說的前言裡頭，左拉這樣寫道：「我有意描繪一個勞工家庭在我們的郊區之惡臭的環境裡致命的頹化，髒亂雜處，描寫榮譽感逐漸喪失，然後，以差恥和死亡做爲結局。這僅僅是道德行爲在起作用。因此，這便是一部眞理的著作，是一部有關人民的小說，它不欺瞞，且有人民的味道。尚且，我們不應該下結論說人民全體是壞的，因爲小說中的人物不是壞的，他們只是因爲他們悲慘的生活和艱苦的工作環境而使他們成爲無知和變質。這個悲慘的環境乃十九世紀後半葉社會結構大改變的結果：即，工業時代的產生，大都市的發展，勞動階層之沈溺機械主義。因此，酩酊大醉，家庭慫恿怠工、打架，所有恥辱和所有悲慘的忍受甚至都從工人生存的條件，從苦工、雜居、放任……而來。因此，左拉以人民的髒亂、懶散的生活、粗暴的語言替我們描繪一幅人民生活完整的圖畫。左拉尤其要提供一項有關勞工習俗和生活十全的描寫。小說的結構是以平行、對立和重複所構成的。平凡生活的大階段在調節著著作的步調：庫波（Copeau）的婚姻、娜娜（Nana）的誕生、庫波母親之死，娜娜的聖禮・庫波之逝，捷維斯（Gervaise）的衰敗和死亡。在另一本書《萌芽》（*Germinal*）裡，悲慘唆使工人暴動。但在酒店裡頭，工人喜歡沈湎在酒海和夢想之中，庫波和捷維斯有一段時間過著很平靜的生活。受惠於一筆借款，捷維斯能夠租借一間店面，以便開設一家洗衣店。不幸地，庫波在其工作意外之後，淪入酗酒裡頭，他對他太太越來越粗暴。捷維斯自己垂頭喪氣，並徒生厭世之命，自己也染上懶惰和放蕩的習慣；就這樣墮入地獄。

在這個逃避悲慘生命的主題裡頭，作者加了另一個，那就是汚垢。骯髒、汚垢在小說裡具有表達內心世界的價值。洗衣店乃屬骯髒內衣的領域，這些因臭氣而變灰的髒衣服，亦即捷維斯所樂於觸摸和陶醉的領域。別的重要主題是食物和消失。大吃大喝：捷維斯由貪吃開始，最後成爲酒鬼。捷維斯在聯歡會中尋求逃避痛苦的玩樂，並陷於食物中的樂趣。庫波在糖果店裡，吃糖果塞飽，並吃光瓶裡的糖果。這乃是逃避生活的困苦，並毫無抵抗地喪失目標和墮落。其實在左拉的小說世界裡，一切都富有生命：東西、野獸、植物、風景都在表示痛苦快樂。

在讀這本小說的時候，我們深深地感覺到工人階級的痛苦及他們的渴望。其間，我們也感覺到左拉的寬宏和焦慮。他很清楚地觀察了這個人類歷史上特殊的時代。捷維斯最後因貧困和其生活的種種疲憊而死。

序言

「盧貢・馬加爾家族傳」（Les Rougon-Macquart）係由二十部左右的小說所構成。自從一八六九年以來，全部的寫作計劃便醞釀成熟，而我即刻以異常的熱忱，照着目標寫下來。現在適逢「酒店」（L'Assommoir）的順序，我也像其餘的作品一樣，在預定的構想上，有條不紊地完成了它。它給予我極大的衝擊，使我朝着理想挺進。

當「酒店」在報紙刊載時，曾遭受到無比惡意的攻擊，被宣示承擔一切的罪過。在此，我沒有說明寫作意圖的必要麼?其實，我想描述的，乃是一個工人家庭致命的淪落，而這個工人家庭便居住在我們城市中有毒菌般的環境。他們耽迷於爛醉和淫逸之後，造成了家族關係的解體、男女行爲的墮落，和廉恥心理的日漸喪失，而其結局便是走向恥辱和死亡，這乃是我們現實界的道德。

「酒店」的確是我作品中最純潔的小說，我不得不經常觸及到那些頗足驚駭的痛處。光是小說的形式，便使人愕然了。大家對於我的語言表示憤慨，若說我有罪過，我的罪過不過是好奇地蒐集了大衆的俚語，而將其注入於一個苦心考究的模式裏去，啊!形式，這便是極大的罪過!可是，這種俚語不但有辭典可以查尋，而且也有文人在研究它，在享受它的辛辣、它的偶發妙趣，以及它的意象力量。它對於那些喜好穿鑿的語言學者們，倒是一道好菜。然而，我的用意，祇是想做一種文獻上的工作（我相信它有歷史上及社會上的旨趣），關於這一點，可惜却沒有一個人注意到。

我不想再爲個人辯護，因爲我的作品是最好的說明。它是眞實的見證，是關乎大衆的第一部小說，它沒有欺誑，它具有一種大衆的氣息。其實，我所描寫的人物並不壞，他們不過是因爲粗劣的工作及其悲慘的生活，才造成了無知與腐敗，所以這不應當歸結到全體民衆都是壞的。倒是某些人在未做那種怪誕可憎的批判（圍繞着我的人格與作品）之前，應該好好地研讀我的小說、了解我的小說、明晰地觀察我的小說的全貌。啊！假使人們明白：我的朋友是如何地嗤笑那些媚俗的消遣故事，假使人們知道一個冷酷的人、一個嚴厲的小說家，又如何是一個欽敬的市民、如何是一個有學問和藝術修養的人，以及這人又是如何在他的角落裏明智地生活着，他唯一的意圖，乃在於留下嘔心瀝血而傳世不朽的作品來……等等的話。我不想打消任何一部小說的計劃，我將繼續工作下去，祇有等待時機，等待衆人的眞忱將我從那些讒言詈語中發掘出來。

愛彌兒·左拉　巴黎　一八七七年一月一日

1

雪維絲熬到凌晨兩點，等蘭蒂爾回來。她穿着內衣在窗口吹冷風，直打哆嗦，這時候終於倒在床上，發着燒睡去，雙頰沾滿淚珠。最近這一個禮拜，他們每天一走出平日用餐的「雙頭小牛」飯館，他就叫她和孩子們回家睡覺，自己直到半夜才回來，說他在外面找工作。今天晚上她在窗邊等他，彷彿看到他走進「大露台」舞廳，舞廳十個燦爛的橱窗在漆黑的林蔭外道上映出一條火光，她還看見和他們在同一家飯店用餐的少女磨光師阿黛和他相隔五六步，雙手下垂，似乎剛放開他的手膀子，免得大家看見他們一起出現在門口的強光下。

雪維絲五點醒來，身體又僵又痛，突然淚如泉湧。他第一次通宵不回家。她坐在床上，頭上有一頂褪色的印花破天篷，由一根竹竿吊着，用細繩綁在天花板上。她以模糊的淚眼打量可憐兮兮的房間，打量少了一個抽屜的胡桃木五斗櫃，三張藤椅，和那張油汚斑斑、上面放一個破水罐的小桌子。孩子們另有一張鐵床，擋住五斗櫃，佔據了三分之二的空間。他們的皮箱敞開放在牆角，箱底只有他的一頂舊帽，擱在襯衫和髒襪子下面。屋裏的幾張椅背上搭着一條有洞的披肩，一條沾了泥巴的長褲，是舊衣商不肯要的僅存衣物。在壁爐面板的中央，兩個不成對的鋅製燭台之間，有一捆玫瑰紅的當票。這是本旅店最好的房間，亦即面對林蔭大道的二樓前廂。

兩個孩子並躺一具枕頭，睡得正香呢。八歲的克勞德呼吸和緩，小手伸到衣服外面，四歲的艾亭納面帶笑容，一隻手臂摟着他哥哥的頸子。母親含淚看看他們，忍不住又哭出來，連忙用手帕搗住嘴巴，強壓住泣啜。她忘了再穿拖鞋，赤脚走到窗邊，再度探身守夜，沿路面眺望遠方。

這家旅館在禮拜堂大道上，位在魚販門左側，是一棟眼看要倒塌的三層樓，隨隨便便漆成紫色，百葉窗破破爛爛，被雨水泡得發潮。一個玻璃破燈籠上方有「邦克爾旅店，店主馬索利兒」的字樣，用大黃漆寫在兩扇窗戶中間，有些地方灰泥被濕氣腐蝕，字跡也掉了一部分。雪維絲看到那個燈籠就心煩，所以她挺起身子，仍然用手帕掩着嘴巴。她看看右方的羅許查特大道，屠夫穿着血跡斑斑的圍裙，成羣站在屠宰房前面，和風不時送來動物屍體的辛辣臭味。她的眼睛向左望，順着一條大街移動，最後盯着對面興建中的拉瑞柏西爾醫院的白色大樓，她的目光順着地平線這端到地平線那端的市稅區城牆慢慢流轉；晚上她偶爾會聽見牆背傳來人犯處死的尖叫聲。現在她盯着僻靜和黑暗的角落，黑黝黝充滿濕氣和廢物，唯恐看見蘭蒂爾的屍體躺在那兒，肚子被人捅了一刀。她抬起眼睛，望向廢墟帶一般圍着城市的長灰牆彼側，看到一股巨光——一道已充滿巴黎晨間騷亂的黎明金光。但是她繼續往魚販門那邊看去，伸長了頸子，頭暈眼花望着市稅區兩個關卡間流出的人潮，無盡的人羣、馬羣和車子由蒙特馬屈和禮拜堂高地流下來。宛如牛羣奔走，每次交通突然阻塞，羣衆便散列在鐵路四週，綿綿不斷的工人行列，背上扛着工具袋，腋下夾着大塊的麵包，大家不斷流入巴黎，不斷被大城市吸收。雪維絲以爲這些人潮中可以找到蘭蒂爾，身子進一步往前探，甘冒墜地的危險，然後更用力將手帕搗着嘴巴，似乎想堵住她內心的悲痛。

聽到一個年輕人快活的聲音，她由窗口回過頭來。

「蘭蒂爾太太，戶長不在家囉？」

「不，他不在，庫柏先生，」她儘量報以微笑。

他是一名蓋屋頂的工人，住在頂樓一間租金十法郎的屋子裏。工具袋扛在背上。他看見門上的鑰匙，往屋裏瞧瞧，顯得很友善。

「妳知道，目前我在那邊的醫院做工。以迷人的五月來說，妳覺得這種天氣如何？今天早上有點冷，對不對？」

他看看她含淚的面孔。發現床鋪沒有人睡過，他輕輕搖搖頭，然後走到孩子們睡覺的床邊，小臉蛋紅撲撲的，像天使一般可愛。他柔聲說：

「哎，哎，妳丈夫的行為不檢，對不對？……沒關係，妳別太難過，蘭蒂爾太太。他熱心參與政治。前幾天，大家投票支持尤金·蘇，那人看樣子還不錯嘛，他卻氣得發瘋。也許他和幾個伙伴通宵聚會，大談拿破崙那個雜種。」

她勉強呢喃道：「不，不，不是你想像的那回事。我知道蘭蒂爾在什麼地方。上帝保佑你，我們和別人一樣，各有各的浮沉興衰。」

庫柏眨眨眼表示他沒上當，又說她如果不想出去，他願意替她拿牛奶；她是勇敢的好女人，她若有困難，隨時可以找他，說完就走了。他一走開，她又回到窗口的位置。

冷冽的清晨，人羣繼續通過關卡。你看藍色的工裝就知道是鎖匠，看白夾克就知道是泥水匠，看外套底下露出長罩衫就知道是油漆匠。遠遠看去，羣衆顯出一片勻整、沒有特徵的灰泥巴——由褪色的藍和汚濁的灰構成的中性色調。偶爾有工人停下來點煙，別人逕自由他身邊繞過去，沒有一絲笑容，也不和同伴講話，鐵青的臉孔全部面向巴黎，從魚販郊區的孔道一一被巴黎吞噬。不過有人在魚販街的兩個角落放慢步子，停在兩家酒吧門前，酒吧已經開門了，他們在人行道上遲疑片刻，眼睛斜睨巴黎這邊，手臂挖來挖去，恨不能偷懶一天，最後終於走進酒吧。吧台邊有人已三五成羣輪番請酒，在店內徘徊，補上吧台邊的位置，吐口水，咳嗽，用火酒清喉嚨。

雪維絲一直盯着轉角的老克倫貝酒吧，她自以爲看到蘭蒂爾了，這時候一個穿圍裙、沒戴帽子的胖女人在大路中間喊她。

「我說，蘭蒂爾太太，妳起得眞早！」

雪維絲探頭出去。

「噢，是妳呀，布許太太！……噢，是的，我今天有很多事情要做。」

「是啊，工作不會自己完成，總得動手做，對不對？」

於是窗口和人行道之間展開一場對話。布許太太是「雙頭小牛」飯館那棟大樓的門房，飯館在樓下，雪維絲有時候在她的門房小屋等蘭蒂爾，免得一個人坐在餐枱邊，身邊圍滿用餐的男人。門房解釋說，她正要到煤販街去，趁一個裁縫還在睡覺的時候去找他，因爲她丈夫要不回那傢伙正在修補的一件外套。然後她談起一個房客昨晚帶女人回家，鬧到凌晨三點，害大家都不能睡覺。但是她一邊閒聊，一邊用好奇的眼神打量雪維絲，彷彿她來到窗前，唯一的理由就是探查究竟。

「那麼蘭蒂爾先生還在睡覺囉？」她突然問道。

「是的，他沒醒，」雪維絲說着，不禁滿面通紅。

布許太太看到她眼裏浮現的淚光，並未消除疑慮，轉身要走，同時罵天下男人都是懶蟲。但是她又折回來大聲說：

「今天是妳上洗衣房的日子，對不對？我也有東西要洗，我替妳在我隔壁留一個空位，我們好好談談。」

接着，彷彿突然心生同情。

「可憐的心肝，妳最好不要老站在那兒，妳會生病的……妳臉色發青！」

但是雪維絲又在窗口呆了兩個鐘頭，直守到八點。店鋪開了，由高地下來的工人潮已經流盡；現在只有幾個落後的人匆匆通過關卡。剛才那些人還站在酒吧裏，喝酒、咳嗽、吐痰。男工走完，女工們來了——磨光師、製衣匠、花匠，穿着薄薄的衣裳縮成一團，三三兩兩沿着林蔭外道拍達拍達走着，有說有笑，眼睛不時四處偷瞟。偶爾有一個落單的人，消瘦，蒼白，滿面愁容，緊貼着市稅區的城牆，避開一灘灘泥濘。接着辦公室的員工一一走過，邊走邊吹手指，嘴巴嚼食廉價的麵包捲；有穿着小一號西裝、眼皮沉重、睡眼惺忪的年輕人，也有脚步拖拖拉拉、因長年坐辦公桌而面帶蒼白倦容、盯着手錶來更正速度的小老頭。最後林蔭大道終於恢復平靜的晨景；

當地的富人在陽光下散步；母親們沒戴帽子，穿着髒衣裙，一面搖嬰兒，一面爲他們換尿布；還有一大羣面孔髒兮兮的小孩在地上玩，尖叫、大笑、哭喊。雪維絲覺得透不過氣來，焦慮得發昏，一切希望都成泡影；似乎什麼都完了，這是終點，蘭蒂爾永遠不回來了。她的目光失神地由發黑發臭的屠宰房轉到嶄新、僵立的醫院，隔着一排排窗孔，可以看見死神要揮刀的空病房。對面的市稅區城牆後方，陽光在清醒的大巴黎頂端升起，照得她眼花撩亂。

蘭蒂爾安安詳詳逛進屋子，她還垂着雙手坐在椅子上，眼淚已經剎住了。

「是你！是你！」她驚呼兩聲，想投進他的懷抱。

「是啊，是我，怎麼？妳不會又來妳那一套廢話吧，妳？」

他一把推開她，做了一個不耐煩的手勢，把他的黑氈帽扔到五斗櫃頂端。他今年二十六歲，個子小小的，黝黑而英俊，留着一副小鬍子，他習慣伸手去擰它。他身穿一件工人裝，一件腰部改窄的髒破外套，說話帶着強烈的南方口音。

雪維絲跌坐在剛才的椅子上，以不連貫的措辭低聲悲嘆！

「我一夜沒闔眼……我以爲你被人毒打一頓……你上哪兒去了？你在哪裏過夜？噢，老天！別再那樣，我會發瘋的。奧古斯特，告訴我，你上哪兒去了？」

他聳聳肩。「辦我自己的事情呀，幹什麼？八點鐘我到冰穴區我那位朋友家，就是要開帽子工廠的那一位。我坐到很晚，我想還是在那邊過夜好了……而且我不喜歡人家刺探我的事情，所以妳少管我！」

她又哭了。大聲的交談，蘭蒂爾弄倒椅子的暴烈動作，把孩子們吵醒了。他們坐起來，半裸着身子，用小手掠掠頭髮，聽見母親哭聲，他們發出可怕的哀嗥，眼睛幾乎還沒有睜開，就跟着哭了。

「噢，音樂來囉！」蘭蒂爾氣冲冲咆哮道。「我警告妳，我馬上走，這次永遠不回來。閉嘴好不好？好吧，那就哭吧，我回剛才那個地方去。」

他已經拿起五斗櫃上的帽子。但是雪維絲撲向他。

「不，不！」

她吻去孩子們臉上的淚珠，親吻他們的頭髮，軟語要他們安靜。他們立刻靜下來，你揑我一把，我揑你一把，在枕頭上咯咯地笑。這時候他們的父親一躍上床，連靴子都不脫，他看來好疲倦，一夜沒睡，臉上滿是汚痕。他不睡覺，却睜着一雙大眼睛躺着，打量屋裏的情形。

「我們這裏可眞是好地方！」他咕噥道。

然後看了雪維絲一眼，惡狠狠說：

「我猜妳現在臉都不洗了吧？」

雪維絲年方二十二歲，身材很瘦，苗條的體態已顯出飽受生活蹂躪的痕跡。頭髮沒梳，脚穿拖鞋，身穿一件沾滿灰塵和傢俱汚斑的白睡衣，冷得發抖，流淚和焦慮的時光彷彿害她蒼老了十歲。聽了蘭蒂爾的話，她怯生生聽天由命的態度一掃而空。

她抗議說：「你太不公平。你明明知道我盡了全力。我們落到這步田地，不能怪我……我眞想看看你帶着兩個小孩呆在一間屋子裏，連個燒水的火爐都沒有是什麼滋味。我們到巴黎來，你該守諾言給我們找一個住的地方，不該零零碎碎把錢花掉。」

他大叫說：「噢，我就喜歡這樣子！妳跟我都花了那筆積蓄，如今再來瞧不起我們享受過的樂趣，也推卸不了責任。」

她好像沒聽見他的話，繼續往下說。

「我們憑一點膽量，畢竟還可以撐下去……昨天晚上我去見福康尼爾太太——她在新街開洗染店——她下星期一開始雇我做工。你如果跟那位冰穴區的朋友合作，我們不出六個月就可以脫離破產的困境，到時候我們再買些衣服，找個像家的地方……噢，這當然得工作，工作，工作。」

蘭蒂爾一臉厭煩，把面孔轉向牆壁，雪維絲不禁光火了。

「噢，是的，我們都知道你不想做事。但是你野心大得很，你想打扮得十全十美，跟穿着絲裙的婊子鬼混！現在你害我當光了所有的衣裳，嫌我不够漂亮了，是不是？聽好，奧古斯特，我本來不想談，我想再等一段時間，但是我知道你昨天晚上在哪兒過夜。我看見你跟阿黛那個母狗一起走進『大露台』舞廳。你眞會選人，不是嗎？她很漂亮，眞的！她有錢像公主一樣擺架子……她陪全飯館的男人睡過覺。」

蘭蒂爾從床上一躍而起。他的眼睛在蒼白的面孔中黑得像墨汁似的。他個子很小，發起火來却比得上颱風。

她又說：「是的，是的，陪全飯館的男人睡過覺！布許太太要把她和她那個瘦皮猴姐妹趕出去，因爲樓梯上老有男人大排長龍。」

他舉起雙拳，却終於忍住沒打她，只抓住她的手膀子，用力搖撼，把她扔到孩子們床上，這一來他們又大哭大喊。他回床上躺着，彷彿猶豫很久才下定決心，喃喃說道：

「雪維絲，妳不明白妳剛剛做了什麼好事。妳會發覺自己犯了大錯。」

孩子們繼續哭了一會。他們的母親在床前俯身摟住他們，以單調的口音反覆說了二十次：

「噢，可憐的孩子，要不是爲了你們……要不是爲了你們……要不是爲了你們！」

蘭蒂爾靜靜躺在床上，盯着褪色的印花棉布帳子，不再理他們，一心一意想心事。他這樣躺了將近一個鐘頭，眼睛雖然疲乏而沉重，却沒有睡着。等他懷着一臉嚴苛而堅定的表情翻身，雪維絲快要把房間打掃好了，已經叫孩子們起床穿衣服，正在整理他們的床舖。他望着她掃地、撣傢俱，但是屋裏還是暗濛濛又慘兮兮的，天花板很髒，壁紙受潮剝落，三把椅子和那張五斗櫃都搖搖欲倒，汚垢緊黏在上面，撣帚一揮，只是讓汚痕散開罷了。這時候她對着蘭蒂爾用來剃鬚的窗前小圓鏡夾好頭髮，正在漱洗，他似乎在打量她光光的手臂和頸子，以及身上其它裸露的部位，彷彿在內心做一比較。他的嘴唇浮出厭惡的弧線。雪維絲右脚微跛，不過除非她很累，動作笨的，否則看不出來。昨晚苦熬了一夜，今天早上她累得半死，脚步拖拖拉拉，走路扶着牆壁。

他們沉默良久，沒有再說話。他似乎正等待某一件事情發生。她吞下滿腹痛苦，忙來忙去，儘量顯出不關心的樣子。她正把牆角皮箱後面的髒衣服紮成一綑，他終於開口說：

「妳要幹什麼？妳要去哪裏？」

她沒有立刻答腔。等他氣沖沖再問一遍，她才拿定主意。

「你明明看見了嘛。我要去洗這些……孩子們不能髒兮兮過日子。」

他任由她拿起兩三條手帕，又停了一會才說：

「有沒有錢？」

她一聽，馬上直起身子，盯着他的眼睛，手上還拿着小孩的髒衣服。

「錢？你想我到什麼地方去弄錢？你知道前天我當了那件黑裙子，拿到三法郎。我們靠那筆錢吃了兩餐，煮好的肉一下子就吃光了。不，我當然沒錢。我有四蘇錢（譯註：一蘇等於五生丁，亦即二十分之一法郎），要付洗衣房的費用……我不像某些女人賺那種錢。」

他不談這個題目，下床查看房間裏散列的幾件破衣服。最後他扯下長褲和披肩，又打開抽屜，拿出一件睡衣和兩件女人的內衣，然後丟進雪維絲懷裏。

「喏，拿去當。」

她問他，「要不要我連孩子也當掉？他們若肯拿孩子當抵押，借你幾文錢，可眞替你拔去眼中釘！」

不過，她還是上當舖去了。半個鐘頭後回來，把一枚五法郎的硬幣放在壁爐面板上，當票擱在兩支燭台間的那疊當票堆裏。

「他們只給我這個數目。我要六法郎，結果不成功。噢，他們永遠不會破產，而且你隨時發現很多人上當舖。」

蘭蒂爾並未馬上拿走那五法郎。他要她去換零錢，好留一點給她用。但是他看到五斗櫃上還剩下一點火腿肉用紙包着，又有一小截吃剩的麵包，便拿定主意偷偷把硬幣塞進背心的口袋裏。她解釋說：「我不上牛奶店，因爲我們欠了她一星期的奶錢。但是我不會走太久，我出門的時候，你可以去買些麵包和煮好的肉片，我們吃頓午餐……噢，順便帶一瓶酒回來。」

他沒有拒絕。屋裏似乎恢復了平靜。她繼續收拾那細髒衣服。但是她由箱底拿出蘭蒂爾的襯衫和襪子的時候，他叫她不要動那些東西。

「別動我的東西，聽到沒有！我不准！」

她站起來說：「你不准什麽？你不會想穿這些髒衣服吧？得洗一洗。」

她焦急地望着他，看見他英俊的臉上還是那副嚴苛的表情，似乎無論如何都不可能軟化。他發脾氣了，一把搶過她手上的東西，扔回皮箱裏。

「老天！照我的話做一次！我已經說過不准了！」

「爲什麽？」她臉色發白，心中浮現可怕的疑慮。「你現在用不着這些襯衫，你又不出遠門……我拿走有什麽關係？」

他遲疑片刻，被她熾熱搜索的目光弄得六神無主。

「爲什麽？爲什麽？噢……當然是因爲妳會到處告狀，說妳承攬洗衣和縫補的工作來養我。噢，我不喜歡這樣，明白吧？妳管妳的事情，我管我的……洗衣婦不會白白做工的。」

她再三哀求，說她從來沒有抱怨過，但是他砰的一聲闔上箱子，坐在上面，對着她大喊「不行！」他可以隨心支配他自己的財物，對不對？爲了避開她搜索的眼神，他回去躺在床上，說他好睏，叫她別對他嘮嘮叨叨。這回他好像眞的睡着了。

雪維絲猶疑了一會兒。她眞想把那包髒衣服丟開，坐下來縫縫補補。但是他均匀的呼吸消除了她的疑慮。她拿起上次洗剩的藍珠漂白球和肥皂，孩子們正在窗邊玩幾塊舊軟木，她走過去吻他們，低聲說：

「別吵，乖孩子，爹爹睡着了。」

她踏出房門的時候，幽暗的天花板下靜悄悄的，只有克勞德和艾亭納強忍住的笑聲打破四週的寂靜。現在是十點鐘。一道陽光由敞開的窗子射進來。

來到林蔭大道，雪維絲向左轉，沿着金點新街步行，經過福康尼爾太太的店門口，向她點頭致意。洗衣房在街道半途，剛好是路面開始上坡的地方。一棟平頂的建築上面有三個巨型水塔，鍍鉎的大灰柱重重加了柳釘，後面是晒衣房，形成高高的三樓，四面都圍着窄長的石板瓦百葉窗，可以透空氣，也可以由外面瞥見銅線上所晾的衣物。水塔右邊，狹長的引擎排氣管噴出一股股白色蒸氣，夾着刺耳而規則的撞擊聲。雪維絲對水窪習以爲常，不提起裙子，逕自由門口走進去，門口堆了一瓶瓶的漂白劑。老闆娘是她的老朋友，一個眼神疲憊的矮小婦人，她坐在玻璃隔成的小室中，帳簿就在她面前，身邊的架子上擺着一條條的肥皂、一罐罐的藍珠球、和許多一磅裝的蘇打粉。雪維絲走過小室，向她要上次交給她的洗衣棒和刷子，然後拿了號碼牌走進去。

這是一個平頂的大棚屋，橫樑畢露，用鑄鐵柱支撐着，四週有明亮的玻璃窗。一道微弱的日光穿透奶霧般瀰漫的蒸氣。雲堆在各處升起，慢慢展開，使背景蒙上一層藍霧。到處有沉重的濕氣落下來，充滿肥皂的氣味——一種久久不散、陳腐而潮濕的氣味，不時因漂白劑的輕煙而更加強烈。走道在中央，兩旁的洗衣板上各有一排婦女埋頭苦幹；她們整條手臂赤裸裸的，衣領向下翻，裙子往上攏，露出五顏六色的長襪和沉重的繫帶靴子。她們都拚命搥衣服，說說笑笑，在噪音中回身大吼，上半身弓在洗衣盆內，洗衣盆有四個開口，外形粗糙又難看，她們渾身都濕透了，眞像淋了雨的落湯鷄，膚色鮮紅，一直冒汗。她們身體四週和下面到處是水，因爲熱水一桶桶提來，直接倒向目標，冷水龍頭一直開着，滴滴嗒嗒往下淌，還有洗衣棒濺起的水花，已經漂過的衣服淌下的清水，以及凹凸不平的石板上涓涓亂流的水坑。除了喊叫聲、抑揚頓挫的搥打聲、水流的嘩啦聲，除了這一切被濕天花板悶熄的聲浪，右手邊的蒸氣引擎被凝塊弄得白花花的，也不眠不休地大吼大叫，舞動的飛輪似乎正爲狂暴的噪音打拍子。

雪維絲小心翼翼通過走道，眼睛瞥視左右兩方。那細髒衣服吊在一隻手臂上，使她的臀部一邊高一邊低，在這些衝來衝去推擠她的女人羣中，她的跛脚比平常更明顯了。

「喂，到這邊來，心肝，」布許太太那粗粗的嗓音吼叫道。

等雪維絲來到左側末端她的身旁，這位門房一邊用力揉襪子，一面用短句交談，沒有停下手邊的工作。

「在這邊洗，我給妳佔了一個空位。噢，我馬上就洗好了。布許難得弄髒他的衣物……妳呢？妳的衣服也用不了多久吧？很小包嘛。我們十二點以前都可以洗好，然後我們去吃點東西。以前我的東西都拿給『鷄子街』的一個女人洗，但是她樣樣都用漂粉和毛刷。所以現在我自己洗。又省錢。只要花肥皂錢……我說，妳這些襯衫得先塗肥皂。兩個小傢伙眞淘氣，不是嗎？屁股一定是沾了煤灰。」

雪維絲解開那綑衣物，把孩子們的襯衫推開來，布許太太勸她去拿一桶蘇打水，她回答說：「噢，不，熱水就行了。說到這個工作，妳不可能敎我什麼。」

她把要洗的東西分成幾類，零星的彩色衣物堆在一邊。又從身後的水龍頭裝了四桶冷水，倒進洗衣盆，將白色的衣物全部扔在裏面；然後拉起裙擺，塞在大腿之間，踏進一個高及她腰部的方框裏。

布許太太應道：「說到這個工作，誰也不能敎妳什麼，呃？妳在家鄉當過洗染店的員工，對不對？」

雪維絲把袖子捲起來，露出白皙的手臂，她的手膀子還很嫩，手肘幾乎不發紅，她開始清除污垢，把穿舊洗舊的襯衫攤在狹長的揉衣板上，接着塗肥皂，翻過來再塗一面。

她先拿出洗衣棒來搥打，然後才答腔，配合抑揚頓挫的打擊聲一字一句喊出來。

「噢，是的，洗染店員工……十歲開始……那是十二年前……我們把衣服拿到河邊……氣味比這邊好……那個地方很可愛，在樹蔭下，有清澈的流水……妳知道，在普拉桑……妳不知道普拉桑？……離馬賽很近嘛？」

布許太太對她槌衣服的猛勁兒深深佩服，驚叫說：「妳眞不含糊！好一位姑娘！看看她，那一雙白白嫩嫩的貴婦手，卻可以槌平大鐵塊哩！」

她們繼續用最高的嗓門說話。有時候門房聽不到，只好探頭過來聽。現在白色的東西都槌過了，而且槌得眞用力！雪維絲把那些衣物放回洗衣盆，然後一件件拿出來，再塗肥皂來刷洗。她一隻手將衣物按在板子上，用另外一隻手猛刷，刷出一長滴一長滴的髒肥皂泡。這時候，因爲刷子的聲音不像洗衣槌那麼大，她們就貼近一點，低聲密談。

雪維絲繼續說：「不，我們沒有正式結婚。不，這件事我不怕人知道。蘭蒂爾又沒多好，誰想嫁給他。要不是爲了孩子們，哎！……我們生頭一個的時候，我十四歲，他十八歲。另外一個在四年後出生……事情就是這樣子嘛，妳知道。我在家不快樂；馬夸特老爹動不動就踢我屁股。於是我寧願離家出走……我們本來可以結婚，但是爲了某些原因雙方家人不同意。」

她搖搖肥皂泡下面逐漸發紅的雙手。

「巴黎的水可眞硬！」

這時候布許太太洗衣服心不在焉，拖拖拉拉敷肥皂，只想留下來追根問柢，因爲兩週以來，這段故事一直折磨她的好奇心。她的嘴巴在圓臉上張得好大，眼球突出，懷着猜中的滿足暗想道：「是的，不出所料；她要開口了。定有問題存在。」於是她大聲說：

「那麼他不大體貼囉？」

雪維絲答道：「別提了！在家鄉他對我一直蠻好的，但是我們來巴黎以後，我眞不懂他怎麼同事。妳知道，他母親去年過世，留給他一筆財產，大約一千七百法郎。他想到巴黎。因爲我爹還是動不動就打我，所以我說要跟他私奔，於是我們帶着兩個小孩來這裏。他要幫我開一家洗染店，自己擔任本行的製帽師。我們本來該過得很幸福……但是妳知道，蘭蒂爾有崇高的理想，錢都花光了，他是一個只顧自己享樂的人……不算好漢，眞的……總之，他到蒙特馬屈街的蒙特馬屈旅舍。在那邊吃飯，坐馬車，看戲，他自己買了一個手錶，給我買了一件絲綢衣裳，他有錢的時候，實在不壞。所以妳知道，我們體體面面進城，才過幾個月就一文不剩了。這時候我們搬到邦克爾旅店，開始過這種不堪的生活。」

她打住了；強忍住淚水，哽咽得說不出話來。

「我得去提點熱水，」她喃喃地說。

布許太太不喜歡密談中斷，就呼叫旁邊走過的服務生。

「查理，替這位太太提一桶熱水來，好孩子。她趕時間。」

她拿起水桶，裝滿了回來。雪維絲拿錢給他——一桶一蘇錢。她把熱水倒進洗衣盆，用雙手敷最後一遍肥皂，身子弓在洗衣板上，水氣呈一條條灰線，留在她的金髮梢。

「喏，加點結晶體進去，我有，」門房好意幫忙說。她把自己帶來用剩的那包蘇打倒進雪維絲的洗衣盆。她還說要送她一點漂白液，但是雪維絲婉謝了——那其實是洗油污和酒污用的。

「他好像喜歡追女孩子，」布許太太重拾蘭蒂爾這個話題，不說他的名字。

雪維絲弓着身子，在洗滌的衣物堆中握著拳頭，搖搖頭不說話。

對方窮追不捨，「噢，對了，我注意到幾件小事情……」

但是她看到雪維絲突然挺起身子，臉色白慘慘盯着她，連忙提出更正。

「噢，不，我其實什麼都不知道！我猜他喜歡找找樂子，如此而已。妳知道，有兩個住在我們那邊的姑娘，阿黛和維金妮。噢，他常找她們玩，不過我相信沒有別的。」

少婦站着看她，汗流滿面，手臂淌水；她一直盯着她。於是門房擺出惱火的姿態，搥胸發誓。

「我什麼都不知道，告訴妳我不知道！」

然後她恢復正常，以逢迎的口吻說：

「我認爲他的眼神很正派……他會正式娶妳，心肝，妳相信我的話！」

雪維絲用濕淋淋的纖手擦擦額頭，然後從水裏拿出另外一件洗滌的衣裳，再次搖搖頭。兩個人都沉默了一會。洗衣房已經靜下來了。時鐘敲了十一響。半數的女人一隻大腿斜坐在洗衣盆邊緣，一公升酒打開放在地上，她們正在吃香腸三明治呢。只有洗少量衣裳的家庭主婦匆匆忙忙，瞥視帳房頂上的大鐘。在咀嚼聲和瘖啞的談笑聲中，只有幾隻最後來的洗衣棒不時搥搥打打，蒸汽引擎的振動和吼聲繼續響着，不停不歇，似乎愈來愈大聲，愈來愈大聲，終漲滿了巨大的廳堂。但是沒有一個女人注意它，它就像洗衣房的氣息——火一般的氣息，把永恆的迷霧往上吹，聚在屋椽之間。熱氣叫人受不了；一道道光線由左邊的高窗射進來，把蒸氣化爲最柔軟的桃灰和灰藍色乳光。有人開始抱怨，於是侍者查理沿着那排窗戶走過去，一一放下帆布遮簾，再走到對面蔭凉的一側，把通風口打開。大家紛紛鼓掌稱讚他，熱鬧的聲浪四處鼓起。不久連最後的洗衣棒也停下來了，女人們含着滿嘴食物，除了大洋刀切割的動作，整個安靜下來。大家實在太沉默了，你可以聽見伙夫在背後老遠鏟煤進爐灶的聲音。

這時候雪維絲用她省下來的熱肥皂水洗彩色衣裳。洗完之後，她拉起一根架柱，把衣服都搭在上面，衣服淌水，地板上弄出一個個泛藍的水窪。於是她開始漂清。背後的冷水籠頭流進地板上安裝的一個巨盆裏，盆頂有兩根木條，可以放置洗滌的衣裳。空中也有兩根木條，大家把東西晾在上面滴乾。

布許太太說：「喏，快完工了，眞好。我留下來幫妳擰乾。」

「噢，不用麻煩了，多謝，」雪維絲一面把彩色衣物浸在清水裏揉捏，一面答道。「如果有床單，我不會拒絕妳的好意。」

不過她不得不接受門房的幫助。她們各抓一頭，合力擰一件襯衫——一件染得極差的栗色羊毛廉製品，一擰就流出黃黃的水液，布許太太邊擰邊叫：

「哎呀，那可不是瘦皮猴維金妮嗎！她那四塊破布用手帕裹着，要來這邊洗什麽？」

雪維絲馬上抬頭望。維金妮年紀和她差不多，但是個子比較高，臉型雖然長了一點，皮膚黑黑的，還相當漂亮。她身穿一件有荷葉邊的黑色舊衣服，頸子上纏一條紅緞帶；頭髮用藍絨束帶整整齊齊梳成圓髻。她在中間的甬道上停了一會，瞇起眼睛，似乎在找人，等她看到雪維絲，便一臉傲氣走過她身邊，搖臂擺尾，最後選了同一排相隔五個水盆的位置。

布許太太壓低了嗓門說：「咦，這就怪了！她連袖管都沒有洗過。告訴妳，百分之百的懶骨頭。想想縫衣女工連她自己的皮靴釦都不會縫！她那位當磨光師的妹妹也差不多，阿黛那個邋遢鬼；她三天總有兩天不上工廠。沒有人聽過她們的父親或母親是誰，天知道她們靠什麼生活，我如果愛說長道短……她現在刷什麼玩意兒？襯裙是吧？我覺得好髒喔。一定見識過幾樁風流事兒，那條襯裙！」

布許太太顯然想討好雪維絲。其實阿黛和維金妮手頭寬裕的時候，她常常陪她們喝咖啡。雪維絲不回答，只顧拚命趕工。她在一個小三角盆裏調好藍珠漂白粉，把白色的東西泡進去，在藍水中攪和，水裏反射出一股艷紅的光澤，接着她輕輕把衣服擰乾，搭在上面的木條上。做這些事情的時候，她一直背對着維金妮。但是她聽見有人吃吃偷笑，察覺有人斜眼看她。維金妮好像是存心來氣她的。有一次雪維絲剛巧回頭，兩個人四目對望。

布許太太呢喃道：「隨她去。妳們不想互相扯頭髮吧？告訴妳沒有什麼。不是她，眞的不是！」

這時候，她正在晾最後一件衣服，洗衣房那端傳來一陣笑聲。

「兩個小孩來找媽媽，」查理叫道。

大家都回頭望。雪維絲發現是克勞德和艾亭納。他們一看到她，就越過水窪跑上來，沒繫鞋帶的鞋子在石板上咔啦咔啦響。哥哥克勞德牽着弟弟的小手。女人看他們露出忐忑不安的笑容走過，報以愛憐的驚呼。他們站在母親面前，彼此還手拉手，仰着金色的小腦袋。

「爹爹叫你們來的?」她問道。

但是她俯身爲艾亭納繫鞋帶的時候，看到克勞德的手指間捏着他們房間的鑰匙，鑰匙的銅飾品在底下晃來晃去。

她驚呼道：「什麽，你把鑰匙帶來了?幹什麽?」

孩子看到手上被他遺忘的鑰匙，似乎突然想起一件事說：

「爹爹走了。」

「出去買飯菜，叫你們到這兒來找我?」

克勞德看看他弟弟，猶豫一下，好像很爲難。然後他一鼓作氣說：

「爹爹走了……他跳下床，把東西全塞進皮箱，拎着皮箱上了出租馬車……他走了。」

雪維絲慢慢挺起身子，面色慘白，雙手擱在臉頰和太陽穴上，彷彿怕腦袋炸開似的。她只能一再說：「噢，老天，噢，老天，噢，老天!」

布許太太發現自己捲進這件事，不禁熱血沸騰，現在換她詢問孩子。

「聽着，孩子，你得一五一十說給我們聽。是他關上門，叫你把鑰匙拿來，對不對?」

然後貼在克勞德身邊低聲說：

「馬車上有没有小姐?」

小傢伙又搞糊塗了，接着得意洋洋複述開頭的說法：

「他跳下床，把東西全塞進一個皮箱……他走了……」

布許太太放開他，他帶弟弟到水龍頭邊，兩個人扭開水來玩。

雪維絲哭不出來，倚坐在洗衣盆邊上，張口喘氣，雙手還掩着面孔。她猛然抽搐，不時發出一陣長長的嘆息，拳頭進一步按入眼圈，似乎想在黑暗中忘記她的慘境。她好像落入黑色的深淵。

「來，來，到底怎麼啦？」布許太太喃喃地說。

雪維絲說：「妳哪知道，妳哪知道！今天早上他叫我拿披肩和內衣上當舖，換了錢去坐出租馬車……」

接着眼淚流下來。想起她上當舖的經過，活生生憶起早晨的一件事情，壓在喉嚨的啜泣終於一湧而出。

上當舖很不愉快，是她絕望中最傷心的事情。淚水流下被雙手沾濕的下巴，但是她根本忘了用手帕。

「放聰明些，別哭了，大家都在看妳呢，」布許太太在她身邊團團轉說。「居然爲一個男人這麼傷心！妳還愛他，是不是，可憐的心肝？不過妳剛才對他很氣憤嘛。現在看看妳，爲他哭成這樣，心都要哭碎了。我們女人眞傻！」

然後突然充滿母性。

「哎呀，妳這麼一個漂亮的小女人！現在我可以全盤告訴妳了吧？哎，我經過妳窗口的時候，忍不住懷疑……想想看，阿黛昨天晚上回來，我聽見一個男人的脚步聲跟她一起走，我想知道是誰，便抬頭看看樓梯。那人已走到三樓了，不過我確定是蘭蒂爾先生的外套。布許今天早上值更，看他平平靜靜走下來。是跟阿黛，妳知道。維金妮現在有一個男朋友，她一星期去兩次。不過，即或這樣也不好，因爲她們只有一個房間和一處壁龕，我不知道維金妮要睡哪兒。」

她停下來四處張望，然後以粗啞的聲音繼續說：

「那個沒良心的母狗正在嘲笑妳的哭態哩。我打賭她洗衣服純粹是詭計。她打點他們倆私奔，然後到這邊來，好將妳的反應告訴他們。」

雪維絲放開掩面的雙手，看一看那邊。發現維金妮和三、四個女人站在一起，低聲說話，眼睛盯着她，她簡直氣瘋了。她回頭向地上伸手亂抓，四肢發抖，終於抬到一桶水，兩手一拎，向維金妮扔去。

「你這母狗！」高個子女郎尖叫說。

但是她向後躲，只有鞋子弄濕。打從雪維絲一哭，整個洗衣房的人便渴望這一場好戲，如今都擠過來觀戰。還在嚼麵包的女人站在水盆上，其它的人則跑過來，手上還沾滿肥皀泡，大家圍成一圈。

維金妮又說：「噢，母狗！她怎麼啦？她簡直發瘋！」

雪維絲站在原地，下巴突出，五官變形，但是沒有回嘴，因爲她還不會說巴黎的罵人話。對方繼續說：

「瞧瞧她，她在鄉下被人玩得發膩了——她還不滿十二歲，就當過阿兵哥的枕席——在那邊壞了一條腿……爛掉了，那條腿爛了！」

有人咯咯偷笑。維金妮一計成功，膽子更大，她上前兩步，挺起身子大叫；「妳過來，等着瞧。我要叫妳服服貼貼！我們不要妳來這兒，給我們添晦氣。咦，我根本不認識這頭老母牛！她那桶水如果潑到我，我會狠狠掀她的裙子！妳們看着好了！我究竟什麼地方得罪她？我什麼地方得罪妳了，呃，妳這娼婦？」

雪維絲結結巴巴說：「妳別扯那麼多。妳明明知道……昨天晚上有人看見我丈夫……妳閉嘴，否則我掐死妳，說到做到！」

「她丈夫！乖乖……這位女士的丈夫！想想她跛成那樣，還會有丈夫。他若把妳甩掉，可不能怪我。妳不會以為我偷藏他吧？妳搜哇。妳知不知道，妳害他倒楣，他太好了，和妳不相配。他有沒有套上項圈？有沒有誰看到這位女士的丈夫？懸賞……」

大家笑得更厲害。雪維絲只能繼續呢喃，幾乎沒有人聽見：

「妳明明知道……是妳妹妹，我要勒死妳那個妹妹……」

維金妮不屑地說：「去呀，去找我妹妹呀。噢，原來是我妹妹？可能——她比妳好看多了！不過這跟我有什麼關係呢？難道一個女人就不能安安靜靜洗衣服嗎？別打擾我，行不行？我受够了。」

但是她被自己的謾罵沖昏了頭，用洗衣棒搥了五六下之後，又領先燃起戰火。她三次打住又開口說：

「不錯，是我妹妹。喏，妳現在滿意了吧？他們愛得發狂。妳眞該看看他們嘴對嘴談情說愛的模樣！原來他拋棄了妳和妳的小雜種？迷人的小鬼，一臉疙瘩！有一個是跟警察生的，是不是？來這邊的時候還打掉另外三個，免得包袱太重……噢，是的，這些都是妳的心肝蘭蒂爾告訴我們的。他會說些精采的故事，他會的。他受夠了妳的老屍骨！」

「母狗！母狗，母狗！」雪維絲尖叫道，她失去理智，又全身發抖。

她再度回頭看地板，只看到那一小盆藍珠漂白劑，她抓起盆脚，對着維金妮臉上甩過去。

「淫婦！她把我的衣服弄濕了！」維金妮尖叫一聲，肩膀濕透了，左手染成藍色。「妳等着，妳這娼婦！」

這回她抓起一桶水，往雪維絲身上潑。於是大戰開始了。她們都沿着一排排洗衣盆疾走，拎起滿滿的一桶水回來，往對方頭上潑。每次洪水氾濫都夾着驚叫聲。現在雪維絲也回嘴了。

「接招，妳這下流的母狗……好好吃我這一記。可以冰一冰妳的屁股！」

「妳這老母牛！這一桶給妳洗汚垢——這一輩子好好洗一次！」

「好，好，我要把妳身上的鹽份泡出來，妳這塊鱈魚乾！」

「再來一桶！給妳洗洗牙，打扮打扮，晚上好到美男街轉角去做生意！」

最後她們不得不到水龍頭去裝水，一面等水滿，一面說髒話。起先那幾桶潑不中目標，幾乎沒有濺到她們，但是雙方很快就得到竅門了。維金妮臉上先結結實實挨了一記，水沿着頸子往下淌，流到背脊和胸膛，最後從衣裳底部往下滴。她還迷迷糊糊，第二桶又從體側甩過來，啪達一聲打中左耳，把她的髮髻弄濕了，圓髻像線球般散開。雪維絲腿部先受襲擊；一桶水灌滿她的鞋身，直濺到大腿上。然後又來兩桶，她的腰部整個濕淋淋的。接着簡直搞不清怎麽回事。兩個女人從頭到脚都在淌水，胸衣黏在肩部，裙子緊貼着屁股，看起來又瘦又僵，渾身發抖，到處濕漝漝，活像陣雨中的雨傘。

「她們的樣子可不好玩，」一個旁觀者哭喪着聲音說。

整個洗衣房大飽眼福。她們都往後站，免得被水濺濕。不斷投擲的水桶聲夾着鼓掌和俏皮話。地板上水流成坑，兩個女人在及踝的水池中划動。這時候維金妮想到一個下流的把戲，突然抓起隔壁某個人所要來的一桶蘇打滾水，甩向雪維絲。

大家尖叫一聲。她們以爲雪維絲會被燙傷，沒想到只微微淋到她的左脚。她痛得發狂，這回一桶水沒裝滿就用力向維金妮的小腿擲過去，把她打倒在地上。

所有的女人立刻議論紛紛！

「她打斷了她一條腿！」

「咦，對方想燙傷她呀！」

「如果她們偷了她的漢子，金髮兒畢竟是有理的一方。」

布許太太小心翼翼躲在兩個水盆中間，高舉着手臂，正大聲嚷嚷。克勞德和艾亭納這兩個孩子嚇得哭泣和哽咽，抓着她的衣服邊哭邊叫「媽咪，媽咪」。她看到維金妮躃倒在地上，連忙跑過去拉雪維絲的裙子，一再說：

「喂，喂，回家靜一靜。嚇死人了，眞的。我從來沒看過這麼粗暴的行徑。」

但是維金妮跳起來撲向雪維絲的喉嚨，用力揑她的頸子，想要揑死她，布許太太連忙帶小傢伙跑回兩個水盆中間躲好。雪維絲一把甩開敵人的攻擊，抓住維金妮的頭髮，恨不得把她的腦袋拉下來。爭戰又開始了，這回靜悄悄，沒有半聲喊叫或咒罵。她們不是貼身肉搏，而是張開手掌、弓着手指去抓對方的臉部，能碰到什麼就猛抓什麼。高個子女郎的紅緞帶和藍絨束髮帶都被扯下來，上衣胸口撕破了，露出一個雪白的香肩；金髮美人則衣冠不整，內胸衣的一個袖子不知怎麼扯掉了，內衣有一處破綻，露出一線酥胸。衣服的碎片到處亂飄。先流血的是雪維絲，嘴巴到下頦有三道長長的抓痕，她拚命保護眼睛，每挨一記就眨眨眼，唯恐眼球被挖出來。維金妮還沒有流血。雪維絲一直想抓她的耳朵，苦於搆不到，最後抓到她的一隻耳環，是黃色的玻璃小梨球，用力一扯，耳朵破裂，鮮血淋漓。

「她們會打出人命來！把兩個母老虎拉開。」好幾個人驚叫說。

其它的女人漸漸圍攏，分成兩派；一派把她們當做戰鬥犬，慫恿她們打下去，另外一派緊張發抖，轉身走開，受不了這個場面，一再說這樣她們會昏倒，絕不是假話！當場幾乎爆發全面的戰爭，加上無情的獸性呼喊——不中用！赤裸裸的手臂亂揮，有三陣響亮的掌摑聲。

這時候布許太太正在找那名服務生。

「查理！查理！他上哪兒去了？」

她發現他站在前排疊着手臂看熱鬧。他是一個塊頭很大、頸子很粗的傢伙，咧着嘴一笑置之，正在欣賞兩個女人露出的皮肉。小個子的金髮兒豐滿可比鶴鶉。她的內衣要是裂開，可就精彩了！

他眨眨眼說：「哦，她腋下有一個胎記！」

布許太太看到他，喊道：「噢，原來你在這兒！你爲什麼不幫我們拉開她們倆？你一個人就辦得到！」

他平靜地說：「什麼？我，謝了，就算只剩我一個人，我也不幹！像前幾天那樣，眼睛被抓傷？那不是我在此地的職責……我無法勝任。算了，算了，用不着害怕。流點血對她們有好處。讓她們溫柔一點！」

門房說要叫警察，但是面色蒼白、眼神倦怠的年輕老闆娘不肯，一遍又一遍說：

「不，不，我不准。會給此地帶來壞名聲。」

現在她們躺在地板上撕扭。突然間維金妮坐起來。她撿起一根洗衣棒猛揮。她的聲音轉成粗啞的咆哮！

「現在妳看招！來了！脫下妳一身的髒破布吧。」

雪維絲連忙伸手，也抓到一根洗衣棒，當做警棍，抓牢。她的聲音也沙啞了：

「噢，原來妳也要洗滌一下……把妳的獸皮剝下來，讓我把它搥成爛布！」

她們就這樣停了一會，跪在地上狠狠瞪着對方。亂髮遮面，泥濘的酥胸一起一伏，五官腫脹，兩個人一面喘氣，一面狠狠對望。雪維絲先瞄準，但是她的洗衣棒在維金妮肩膀上滑開了。接着她向旁邊一閃，避開對方的洗衣棒，所以對方只挨到她的臀部。雙方一旦開始，就像女人搥衣裳似的，依照節奏互相猛打。每打中肌肉，就咕咚一聲，彷彿打中一盆清水。

周圍的女人不再談笑；有的回家了，說她們看得噁心，但是留下來的人伸長了頸子，眼中現出殘忍的光芒，暗想這兩位女人眞是血淋淋的無賴。布許太太把克勞德和艾亭納帶開，他們的哭聲由另一頭傳來，與洗衣棒的砰砰聲打成一片。

雪維絲突然大吼一聲。維金妮冷不防打中她赤裸裸的手肘上方，手臂上浮現一塊紅色的瘀傷，立刻腫了起來。於是她兇巴巴撲向對方，大家都以爲她要取她的性命。

「够了，够了！」她們大喊。

但是她的表情很可怕，沒有人敢上前。她以超人般的力氣，抓住維金妮的纖腰，把她的身子弓起來，面孔撞向石板地，於是維金妮屁股朝天，儘管拚命掙扎，雪維絲還是掀起她的裙子。她底下穿紮口小褲。雪維絲把手伸進褲管，扯掉她的短褲，露出光光的大腿，光光的屁股。接着她舉起洗衣棒，猛搥猛打，就像是當年普拉桑專做軍營的洗衣生意，在懷歐尼河岸搥打衣服一樣。木頭砰砰打進皮肉，每打一下，白皮膚就出現一道紅痕。

「哇！」服務生查理喃喃地說，他很驚訝，眼球突出。

爆笑聲又起了。但是不久有人再發出「够了」的呼聲。雪維絲聽不到，只管彎身猛打，小心不留下一片完膚。她要打遍每一處嫩肉，讓每一處嫩肉蒙羞。她想起一首古老的洗衣婦之歌，不禁充滿恐怖的快感，出聲喊叫！

「砰！砰！瑪姬洗衣裳，
砰！砰！衣搥連連響；
砰！砰！洗的是她心靈，
砰！砰！叫人徒神傷。」

接着說：「這一棒是打妳，這一棒是打妳妹妹，這一棒是打蘭蒂爾……妳看到他們，替我交給他們。當心，又來了！這一棒是打蘭蒂爾，這一棒是打妳妹妹，這一棒是打妳，

砰！砰！瑪姬洗衣裳，
砰！砰！衣槌連連響……」

大家不得不從她手下救出維金妮。瘦女郎直掉淚，臉色發紫，拿起洗滌的衣裳，落荒而逃。雪維絲把手臂伸同胸衣的袖子裏，整整衣裙。手臂還很痛，她要布許太太幫她揹上那細衣物。門房把打架的細節從頭到尾說一遍，描述當時她心裏的感覺，又說要檢查雪維絲的身體，看看有沒有受傷。

「骨頭很容易弄斷……我聽到啪達一聲……」

但是雪維絲一心想走。穿長圍裙的女人在她四周吱吱喳喳，她不理會這些人的同情和喝采。等人家幫她揹上那細衣物，她走向房門，孩子們在那邊等她。

「兩個鐘頭，兩蘇錢，」老闆娘已經同到她的大位，在正面鑲玻璃的辦公室叫住她。

兩蘇錢——幹什麼？她沒想通人家是要她交洗衣位置的租費。但是她乖乖遞上兩蘇錢。肩上

揹着溼淋淋的衣物，她跛得厲害，手肘瘀傷，臉頰流血，慢吞吞走開，拖着克勞德和艾亭納，他們跟在她身邊，驚魂未定，臉上還有淚痕。

身後的洗衣房恢復水鬧般的鬧聲。婦女們吃完麵包，喝了酒，現在比剛才搥得更用力，經歷過雪維絲和維金妮這一場騷動，個個臉色紅潤，精神抖擻。手臂再次沿着一排排洗衣盆拚命用力，身體像有稜有角的木偶，腰部彎曲，肩部擰轉，彷彿靠絞鏈一上一下抽動。行列這一頭到那一頭都有人大聲交談。人聲、笑聲、粗話在潺潺的水聲中噼啪作響。水龍頭大量噴水，水桶到處濺成水坑，洗衣盆下細流涓涓。這是下午的苦幹時間，大家拚命搥衣服。在大棚屋裏，蒸氣帶有紅撲撲的色調，零零落落被遮簾孔滲進來的金色陽光圈隔斷。呼吸的空氣熱得叫人窒息，而且有肥皂味。突然棚屋裏滿是白色的蒸氣；煮衣服的銅鍋大蓋子被機械力掀到制輪上，它的磚架孔吐出一團團水霧，帶有黏黏的鉀鹹氣息。乾燥機在一旁運作，一綑綑衣物在鑄鐵的圓柱中旋轉，機械轉動飛輪，撲撲吐氣，使整個洗衣房跟着它的鋼臂振動，水珠不斷射出來。

雪維絲踏上邦克爾旅店的小徑，眼淚又浮上眼眶。那是一條又黑又窄的巷道，牆邊有一條排水溝，熟悉的臭氣使她想起和蘭蒂爾在這兒共度的兩星期不幸而多事的日子，現在她成了棄婦，想起來無限懊惱。

上了樓，房間空空的，陽光由敞開的窗戶射進來。陽光夾着一層飛舞的金色塵埃，照出發黃的天花板和壁紙撕裂的牆壁，慘兮兮的。屋裏只剩下一條女圍巾，扭成繩結，掛在壁爐頂的一根釘子上。孩子的鐵床被拖到房間中央，以便打開五斗櫃，櫃子的抽屜整個空空的。蘭蒂爾漱洗過，把折疊的紙牌所包的兩蘇錢香膏用完了，他洗手的髒水還油膩膩留在鉢子裏。他什麼東西都不遺漏，雪維絲覺得原來放皮箱的角落簡直像一個開口的大坑。連窗鈎上掛的那一面小圓鏡也不見了。她心血來潮，看看壁爐面板。蘭蒂爾帶走了全部的當票。兩個不成對的鋅製燭台間再也找不到那一束粉紅的紙張了。

她將洗好的衣物搭在椅背上，站在那兒打量四周的傢俱，茫茫然，哭都哭不出來。她留下來付給洗衣房的四蘇錢，現在還剩一蘇。聽見克勞德和艾亭納在窗口玩樂的笑聲，她走過去摟着他們，一面盯視灰灰的路面，一面冥想出神，今天早上她曾看到人潮由睡夢中醒來，要面對巴黎每天的龐大的勞務。現在白天的活動使地面吐出一口熱霧，籠罩着市稅區牆背的大都市上空。她和兩個小傢伙被人遺棄在這條街上，這片熾烈的暑氣中。她瞥視左右兩邊的林蔭大道，目光停在兩端，心裏滿懷陰森森的恐懼，假想此後的生命將耗在這個地方——屠宰房和醫院之間。

2

三週後一個晴朗的早晨，大約十一點半左右，雪維絲和屋頂工人庫柏一起在老克倫貝酒吧吃白蘭地釀李子。她出去送洗好的衣物，同程經過那兒，庫柏站在外面抽煙，攔住她，堅持要請她進去；現在她坐在小金屬枱後方，大洗衣籃擱在身邊的地板上。

老克倫貝酒吧在魚販街和羅許查特大道的轉角。招牌上只用藍色的字母橫漆着「火酒」的字樣。店門兩邊各有半桶灰濛濛的夾竹桃。大櫃臺擺着一列列的玻璃杯、一個龍頭和幾個錫蠟量杯，由進門的左側向右伸展，大沙龍到處擺飾着大酒桶，漆成淺黃色，亮晶晶的，有閃亮的箍圈和銅嘴。他們頭頂上的牆壁釘了一排排貨架，上置瓶裝的火酒、罈裝的白花地醃水果，以及整整齊齊排列的各種小玻璃瓶，迷人的蘋果綠、淺金黃、嫩紅等色澤映在櫃臺後面的鏡子裏。但是這兒最好看的東西擺在後面橡木欄杆那一頭玻璃隔成的院落，是一架蒸餾的儀器，顧客可以看到它運轉——長頸的蒸餾機，蛇管通入地下，簡直像魔鬼的廚房，半醉的工人常常來此享受酒精的迷夢。

但是這一天的午餐時刻，酒吧卻空空的。身穿小袖背心、體格魁偉的四十歲房東老克倫貝正在招待一個十歲的小女孩，她用一個勺杯來買四蘇錢的火酒。一線陽光由門口射進來，烘暖了顧客抽煙吐口水弄得老是潮兮兮的地面。櫃臺、酒桶和整間沙龍瀰漫着一股烈酒的氣味，陽光中飛舞的塵埃好像都醉了。

這時候庫柏正在捲一根香煙。他穿着工人罩衫，戴着藍色小帽，顯得很瀟灑，開懷大笑，露出一口白牙。他的下頦突出，鼻子稍扁，優美的眼睛呈褐色，看來眞像一頭可愛的小狗。一頭濃密的捲髮黏成毛刷狀，今年二十六歲，皮膚還很嫩。對面的雪維絲穿一件黑色斜紋外衣，沒戴帽子，指尖正捏着果蒂大嚼李子。店裏有四張餐枱和櫃臺對面的酒桶並列，他們坐頭一張，靠近街道。

「那麽是不行囉?妳還是不答應?」

「噢，當然不行，庫柏先生，」她輕輕向他微笑。「你不會又在這邊老話重提吧?你答應要明理些……早知道我就婉謝這一杯飲料了。」

他不再說話，却以冒失而哀婉的眼神盯着她的眼睛，尤其看到她的嘴唇，淡紅的小嘴角，微微潤濕，一笑就露出嘴裏的鮮紅色，他更激起無限的柔情。她不退縮，只靜靜坐着，安詳而親密。她停了半晌又說：

「我相信你不是眞心的。我是一個老太婆，兒子都八歲了。我們在一起能幹什麽?」

他眨眨眼呢喃道：「老天，做人人都做的那件事呀!」

她擺出惱火的姿態。

「噢，你以爲這是那麽好玩的?我看得出來，你從來沒有組織過家庭!不，庫柏先生，這樣重大的事情，我必須愼重考慮。祇知歡樂，將來不會有好結果的，相信我的話。我有兩個人要養，他們食量很大哩，告訴你！我若喜歡在床上嬉鬧，你想我怎麽能養活孩子呢？而且，你知道，我的不幸，已經給了我一次很好的教訓。我對男人再也沒有興趣了，好久好久都不會有興趣。」

她的話沒有惡意，却十分理智，十分沉着，彷彿在談她爲什麽漿一條圍巾……之類的技術過程。她顯然仔細斟酌過，心裏拿定了主張。

庫柏深深動容，一再說：

「妳太傷我的心……」

「是的，我看得出來，我很抱歉，庫柏先生。你千萬別太死心眼。我如果追求這種樂趣，我寧願跟你，不跟別人。你看起來像好人，你很親切。我們可以同心協力，儘量好好相處。我不是驕傲，我也沒說將來不可能……只是，我如果不想要，又有什麽用呢？現在我已經替福康尼爾太太做了兩星期的工，小傢伙要上學。我有工作，我很快樂，最好維持現狀。」

她彎身去拿洗衣籃。

「你一直攔着我講話，老闆娘那邊一定在等我。你會找到別的對象，庫柏先生，眞的，比我漂亮，而且不會有兩個小孩糾纏著她！」

他看看鏡裏的大鐘，要她再坐下，高聲說：

「等一等！才十一點三十五分嘛。我還有二十五分鐘的時間。妳不用怕我做傻事……我們中間隔着餐枱！妳那麽討厭我，談談話都不願意？」

她又放下洗衣籃，免得太傷感情，他們像老朋友靜靜聊天。她剛才吃過飯才出門送衣服，他則匆匆嚥下羹湯和牛肉，好到路上攔她。雪維絲一面柔聲答話，一面從一瓶瓶白蘭地醃水果之間的窗戶眺望外頭，看街上洶湧的人潮，午餐的休息時間把好多人引出來了。建築物之間的窄路兩側都有人疾走，手臂搖來搖去，手肘互相推擠。晚一點放下工作的人顯得很懊惱，饑腸轆轆，大步走到馬路對面的麵包廠，腋下夾一磅麵包，走到相隔三間的「雙頭小牛」飯館，吃一頓六蘇錢的午餐。麵包廠隔壁是青菜水果店，兼賣炸馬鈴薯和荷蘭芹鮮蠔，女孩子接二連三走出店面，手上抓着紙袋裝的薯片和小杯裝的鮮蠔；有些漂漂亮亮，沒戴帽子，看來文雅些，購買一串串的蘿蔔。雪維絲身子往前探，看到另外一家熟肉店擠滿客人，有小孩子拿着油膩膩的紙包出來，裏面裝的是豬肉片、香腸或者熱烘烘的豬血糕。因爲人來人往，鐵路在大晴天也沾滿黑泥，有些工人已踏出小吃店，三三兩兩沿着鐵道閒逛，用手掌猛拍大腿，大嚼食物，在熙攘的人羣中顯得緩慢又安詳。

酒店門外聚了一小羣人。

一個沙啞的嗓門說：「喏，烤肉一號，請我們喝一巡『醉死我』吧?」

五個工人走進屋，站在吧臺前面。

「克倫貝那個老騙子，」剛才的嗓音繼續說：「你知道，我們要眞貨，而且不用鷄蛋小杯，要眞正的玻璃杯！」

老克倫貝無動於衷，繼續招呼客人。這時候又進來三個人。工裝大漢逐漸聚集在街角，商量一番，然後由灰濛濛的夾竹桃旁邊走過，擠進酒吧。

雪維絲正對庫柏說：「別傻了。你只想到性的問題。我當然愛他……但是他狠心拋棄我………」

他們提到蘭蒂爾，那次以後雪維絲就沒有再看到他。她認爲他和維金妮姐妹住在冰穴區，在那位要開帽子工廠的朋友家。她不想去追他。起先她當然很難過，她甚至想跳河，但是現在她考慮過了，覺得這樣最好。和蘭蒂爾在一起，她可能一輩子不能將小孩養大，因爲他很會花錢。他若想來看克勞德和艾亭納，儘管來，她不會趕他出去。至於她自己，她寧願碎屍萬段，也不許他的手指尖碰她一根汗毛。她說這些話彷彿很堅決，已把一生計劃得清清楚楚。但是庫柏不灰心，認爲遲早會得手，繼續開玩笑，把一切都當成髒話來說，又提出和蘭蒂爾有關的最粗鹵的問題，但是態度和善，又毫不設防地露出一口迷人的貝齒，她一點都不生氣。

他說：「我打賭是妳先打人。噢，妳一點都不斯文，妳老是咻咻揮鞭子。」

她長笑一聲，打斷他的話。不過這是實情；她曾給高頭大馬的維金妮一頓教訓。那天她差一點就掐死人哩。庫柏告訴她：維金妮在人前露出私處，羞得要死，已經搬離那一帶了，她笑得更開心。但是雪維絲伸出豐滿的小手給他看，一再說她連蒼蠅都不忍心打，臉上充滿天眞的柔情。她所知的唯一打擊就是生命帶給她的折磨，說起來還眞不少哩。於是她談起小時候在普拉桑的日子。她不愛追男人，其實男人叫她心灰意冷，但是蘭蒂爾在她十四歲那年得到她，她覺得很好，因爲他自稱她的丈夫，活像玩母親和父親的遊戲。她說她唯一的弱點就是太仁慈，見到誰都喜歡，她忠誠待人，人家反而傷害她。譬如她愛上一個男人的時候，不會老想跟他鬼混，倒夢想此後幸福一生。庫柏開玩笑談起她的兩個小孩，他們總不是枕頭下面孵出來的吧，她在他手指上打了好幾巴掌，說她當然和別的女人差不多，不過誰要是以爲女性整天迷那件事，未免大錯特錯；女人關心理家的問題，她們在家裏忙得半死，筋疲力盡上床，一心想馬上入睡。事實上她像她的母親，母親不眠不休工作，當了二十年老馬夸特的駝獸，最後操勞而死。當然啦，她還很苗條，她母親則肩膀寬濶，可以撞開房門，但是她對人忠心，這一點像她母親。連她微跛的一腳也傳自那個可憐的婦人，老馬夸特常常打她。母親對她說過一百次，她父親晚上喝醉回來，愛用野獸般的方式做愛，害她四肢發黑發紫；一定是這樣的晚上懷了雪維絲，她才會跛腳。

「噢，沒什麽，沒有人會注意的，」庫柏討好她說。

她搖搖頭，明知道看得出來，到她四十歲的時候，她會彎腰駝背。但是她柔聲笑着說：

「你如果要一名跛子，口味倒是與衆不同。」

但是，他手肘還放在桌子上，腦袋進一步貼近她，甜言蜜語愈來愈直率，似乎想用催眠術迷倒她。她還是搖頭婉拒，雖然喜歡他哀求的口吻，却不肯失去理智。她靜靜聽，但是眼睛在窗外亂轉，又對洶湧的人潮生出興趣來。現在店舖空空的，他們正在打掃；青菜水果商取下最後一鍋馬鈴薯片，熟肉店的男人正在清理櫃臺上的髒盤子。工人走出所有的小吃店；大鬍子的粗漢像小孩子一般打打鬧鬧，他們在石板上滑行，重重的釘靴發出嘎嘎的聲響。有些人雙手揷在口袋裏，抽煙斗，在陽光下眨眼和沉思。他們湧上人行道、陰溝和鐵路，像一陣懶洋洋的潮水從敞開的店門流出來，繞過車輛，一整列工人上衣、工裝褲和舊外衣，全都褪了色，在街道的燦爛陽光下顯得白花花的。遠處工廠的鈴聲已經響了，但是大家不慌不忙，再度點起煙斗，然後一路拖拖拉拉，在各家酒店彼此叫喚，他們決定慢吞吞同去上工。雪維絲純粹是好玩，目光跟着三個工人打轉，他們一高二矮，走了十步，停下來轉個身，終於回到街上，直接走向老克倫貝酒吧。

她喃喃地說：「噢，那三個人好像不喜歡做工！」

庫柏說：「噢，我認識那位高個兒。那可不是吾友『我的皮靴』嗎？」

現在酒店坐滿了人。人人都用最高音說話，不時有一兩聲喊叫劃破了沙啞人聲的騷擾。拳頭敲打櫃臺，使玻璃杯吭啷吭啷響。酒客都站成一小圈一小圈，雙手疊在胸前或背後，他們緊貼在一起，後面靠酒桶的地方也有幾小羣顧客，他們等了一刻鐘，才有機會向老克倫貝買酒。

「噢，這可不是我們漂亮的『小黑潮』嘛，」綽號「我的皮靴」的人用力拍庫柏的肩膀。「抽香煙、衣裳整潔的紳士！我猜，他想給女朋友一個好印象，正勇往直前呢！」

「別惹我，懂吧！」庫柏很不高興地回答說。

對方咧嘴一笑。

「好吧。我們很輕浮，不是嗎？算了，我說糞渣永遠是糞渣，得了吧！」

他向雪維絲拋了一個下流的媚眼，背對着她。她縮了一下，相當驚惶。煙斗的煙和這些男人強烈的氣味，夾着酒精的芳香，吸進她肺裏，害她咳嗽。

「噢，酗酒眞野蠻！」她喃喃地說。

她告訴他，當年在普拉桑她們母女常共飲大茴香酒。但是有一天她差一點完蛋，於是她戒酒了，現在她看到酒就討厭。

她把玻璃杯拿給他看，繼續說：「你看，我把李子吃光了，但是我不喝李子酒，因爲喝了會難過。」

庫柏也想不通怎麼會有人嚥下整杯整杯的火酒，偶爾吃點李子沒關係，至於硫酸鹽——苦艾酒，以及那一類的廢物——不，謝了，他才不喝呢！同伴們可以儘量罵他，但是眞正的酒徒暴飲的時候，他絕不參加。老庫柏像他一樣，也是修屋頂的工人，有一天喝醉酒上工，跌在科昆納德街的人行道上，腦袋都跸爛了，這段家族同憶使他們節制飲酒。當他走過科昆納德街，看到出事的地點，哎，就算喝酒免費，他也寧可喝陰溝水，不上酒吧。他以下列措辭收場……

「幹我們這一行，得有穩健的雙腿。」

雪維絲已經提起洗衣籃，但是她還沒有起立，仍舊坐在那兒，籃子擱在膝蓋上，恍恍惚惚盯着前方，這位青年的話似乎勾起了另一種生活的同憶。她語氣不變，緩緩地說：

「你知道，我一點野心都沒有，我要求不多。……我的理想是靜靜做好我的工作，永遠有東西吃，有個像樣的小角落睡覺——你知道，只要一張床、一張桌子和幾張椅子，如此而已……噢，如果辦得到，我要把孩子養大，讓他們長成普普通通的正經人。還有一樁——我如果再跟上一個男人，希望別挨打；不，我不想挨打……如此而已，眞的，如此而已。」

她再三考慮，看她還想要什麼，但是想不起什麼重要的事項。她遲疑半晌又說：

「對了，我想人人都希望最後死在自己床上……勞苦一生後，我樂於在自己家，自己的床上死去。」

這次她站起來了。庫柏衷心贊同她的願望，已經站起身，因爲他怕時間來不及。他們並未直接走出門外，她很好奇，想去看看後面椽木欄杆那一頭的銅製大蒸餾設備，它正在小院落的玻璃屋頂下運轉呢。他跟在她後頭，解釋它操作的方法，指出機械的各種零件，叫她看那個大蒸餾器，透明的酒精慢慢流出來。蒸餾鍋有奇形怪狀的貯存器和數不清的蛇管，看起來冷酷又嚇人；沒有蒸氣噴出，却有一道看不出來的內部呼吸或地下運轉過程。彷彿一個愁眉苦臉、強壯又沉默的工人大白天進行半夜的把戲。這時候「我的皮靴」和兩位伙伴走過來，倚在隔間板上，等櫃臺騰出空間。他的笑聲像沒有上油的滑車，搖頭擺腦盯着造酒器，眼中充滿輕憐蜜愛。老天，它太美了！那個胖胖的銅腹裏容納的酒汁够你醉一個禮拜。至於他嘛，他恨不得把蛇管末端接在牙齒中間，讓那迷人的烈酒裝滿全身，像一股小溪流，永遠永遠往足踝流下去。主啊！那我就不再發愁了，一定比小氣鬼老克倫貝的幾滴酒迷人。他的同伴都大笑，一致說「我的皮靴」這小子可眞嘮叨。機械無聲無息繼續轉，黯淡的銅面上沒有火焰灼人的強光，酒精像一道和緩而持久的清泉慢慢滲出，最後流到屋裏，擴散到林蔭外道，漲滿了巴黎的廣大空間。雪維絲打了一個寒噤，身子往後躲，儘量含笑說：

「說來可眞傻，那個機器叫我起鷄皮疙瘩……酒類一向如此。」

然後，回到她剛才的最高幸福概念：

「你沒有同感嗎？只要有工作，天天吃麵包，有一塊屬於自己的地方，好好養孩子，最後死在床上，就很好了……」

庫柏逗她說：「……而且不挨打。不過，雪維絲女士，妳若肯……我一輩子不打妳。沒什麼好怕的，我從來不酗酒。何況我愛妳愛得很深。來嘛，今天晚上如何？我們互相暖暖腳。」

她抱着洗衣籃往門外擠，他壓低了嗓門，在她耳邊低聲說話。她還是搖頭，說了好幾個「不」字。但是她回頭對他笑，似乎很高興他不酗酒。當然啦，若非她暗自發誓絕不跟男人在一起，她會答應的。他們終於來到門口，走出店外。身後的沙龍還是擁擠不堪，沙啞的咆哮和一巡又一巡的火酒惡臭，一直傳到街上。他們聽見「我的皮靴」正在罵老克倫貝臭猪玀，說他只倒半杯酒給他。他本人是一條好漢，一個乖孩子，才不怕誰呢。他的上司那個老鬼可以到屁股縫去找他，他受够了，決不回那個臭地方。於是他建議兩個朋友跟他到聖丹尼斯門的「小哥潤喉」酒店，可以喝個痛快。

他們來到人行道上，雪維絲說：「啊，我又可以透透氣了。好啦，再見，謝謝你，庫柏先生，我得趕快回去了。」

她要走林蔭大道，但是他抓住她，不肯放手。

「陪我走金點街。對妳來說路程也差不了多少嘛。我得先到我姐姐家，才回去工作。我們可以一起走。」

她終於答應了，兩個人一起慢慢走上魚販街，並肩走，沒有挽手臂。他談起他的家庭狀況。

他母親庫柏大媽以前專做背心，但是現在視力不行了，只出門替人打打雜。她上個月三日剛滿六十二歲。他是么兒，有一位姐姐拉瑞特太太今年三十六歲，是一名寡婦，以製造假花為生，住在巴蒂諾里區的僧侶街。另外一個姐姐今年三十歲，嫁給一個金鍊匠——一個姓洛里羅斯的刻薄漢。他到金點街，就是去看這個姐姐。她住在左側的一棟出租大樓裏。他通常到他們家吃晚飯，三個人都省一點錢。他現在要去叫他們別等他，因為今天晚上他應邀到一個朋友家去。

雪維絲靜靜聽着，突然揷嘴微笑說：

「庫柏先生，『小黑潮』是你的眞名嗎？」

「噢，不，那是朋友們給我取的綽號，因為他們叫我去酒店的時候，我總是喝一客黑潮酒糖漿。綽號『小黑潮』總比『我的皮靴』好吧？」

「噢，是的，『小黑潮』挺不錯，」她宣佈說。

她繼續問起他的工作情形。是的，他還在市稅區城牆那一邊做工，做那所新醫院的屋頂。噢，工作覓很多，他大概要在那邊做到年底。要裝的屋頂覓溝不知道有多少碼哩！

「妳知道，我在屋頂上可以看見邦克爾旅店。昨天妳在窗前，我揮手，妳沒看到我。」

他們沿着金點街走了一百碼左右，他停下來抬頭說：

「就是這棟大樓。我是在前面那頭的二十二號出生的。不過這棟樓房本身自成一個大街段。裏面就像軍營似的。」

雪維絲瞻仰大樓正面。臨街的一面有六層樓，每一層有十五個窗子排成一列，黑黑的百葉窗，破爛的石板瓦，使大牆面顯得寥落不堪。但是底層有四家店舖：大門右邊是一家亂糟糟的大館子，左邊有一家煤炭店、一家綢布莊和一家雨傘店。因爲大樓夾在兩間搖搖欲墜的矮房子中間，緊緊相連，看起來更像龐然大物，四四方方，有如一個粗水泥塊，風吹雨打，弄得褪色剝蝕，大方塊的側影聳入雲天，俯臨隔壁人家的屋頂。它那不討人喜歡的側面，顏色像爛泥，光禿禿可比監牢的牆壁，露出一排排凸出的石頭，眞像憑空亂動的下巴。但是雪維絲特別注意大門口，一個巨型的拱門直開到三樓，像深深的門廊，那一頭有個大院落，依稀能看見它的微光。門廊中間像街道一樣鋪着石板，有一條陰溝通出來，流着淺粉紅色的汚水。

庫柏說：「進來吧，沒有人會吃掉妳。」

她想在街上等，却忍不住踏進門廊，走到右邊的門房小屋外面。到了院落入口，她又抬起眼睛。裏面有七層樓，四扇相同的牆壁圍着大大的方形院子。牆壁呈灰色，有一塊塊剝落的黃斑，被屋頂流下來的水滴弄成一條一條的，由地面到頂樓板沒有一處花邊，只有排水管隔斷了單調的牆面，每一層樓都有彎管，開口的管頭生出不少鐵銹斑。沒有百葉窗的窗戶露出光禿禿的窗板，呈現汚水般的青灰色。有的打開來，晾着藍格子的墊被，有的架着晒衣繩——晾有全家人的衣物，男人的襯衫啦，女人的胸衣啦，孩子的粲口小褲啦——三樓有一個窗戶掛着嬰兒屎尿斑斑的尿布。從頂樓到樓下，狹窄的居住空間彷彿要炸開了，每一道裂縫都洩露出他們的貧窮慘境。樓下每一邊各有一道又高又窄的門洞，沒有裝木框，直接挖在水泥牆上，通入一道破破爛爛的走廊，走廊末端安着一座黏糊糊的鐵扶手螺旋梯；這樣的門洞一共有四處，以牆上的頭四個字母來區分。底樓裝備成大工場，窗戶又髒又黏。其中一家是鎖匠舖，再過去可以聽見鉋木機的聲音，靠近門房家有一個染坊，不斷排出淺粉紅色的汚水，沿着通路往外流。院子裏亂七八糟，到處是汚水坑、木屑和煤渣，邊緣和石板縫雜草叢生，一股炫麗的光線照進來，把院子分隔成明暗兩部分。照不到陽光的地方被漏水的龍頭弄得濕漉漉的，有三隻小母鷄用泥濘的爪子亂刮地面，正在找蟲子吃。雪維絲的目光慢慢從七樓移到樓下，再往上移，驚於此地規模之大，覺得自己彷彿置身在一個活生生的機關，位在都市的核心，宛如碰見一個大巨人，對這棟大樓十分傾倒。

「妳是不是來找人？」門房充滿好奇心，踏出房門問道。

雪維絲說，她在等人。她回到街上，但是庫柏要過好久才出來，她忍不住又回去看一眼。她不覺得這個地方醜陋。除了窗口晾曬的衣服，也有漂亮的小景觀存在：一盆紫羅蘭、一籠唱歌的金絲雀，在陰暗角落映出一個個小光圈的鏡子。樓下的一名木匠正隨着鉋木機的節奏引吭高歌，而鎖匠舖裏，鐵鎚依照節拍一起一落，發出清脆的吭啷聲。雖然窮相畢露，幾乎每一扇敞開的窗子都有人在笑，都看見小孩子亂篷篷的腦袋，或者縫衣的婦人，她們安詳的側影正在埋頭苦幹。這是午餐後再幹活兒的時間；男人已經出門上班了，大樓恢復寧靜的氣氛，只有工作的聲音偶爾打破此地的沉寂，工作的韻律一連幾個鐘頭不變。但是庭院眞的太濕了，她如果住在這兒，她要選後面向陽的地方。她走了幾步，聞一聞窮人居處的發霉味兒；多年的塵埃和臭土味。染坊辛辣的汚水味瀰漫四周，她覺得還沒有邦克爾旅店來得嚴重。她已經選中一個窗口了，就是左邊角落那個有小花箱的窗子，箱裏種了大紅籐蔓，雅緻的卷鬚沿着絲棚架繞來繞去。

「累妳久等了吧？」她突然聽到庫柏在後面問她。「我說不來吃飯，可不得了呢，何況今天我姐姐已經買了一些嫩牛肉。」

她嚇了一跳，輪到他環顧四周說：

「妳在看這棟大樓。從頂樓到樓下隨時租得出去。我想房客大概有三百家。如果有傢俱，我自己也會留心找一個房間。這邊還不錯吧？」

雪維絲低聲說：「是的，很不錯。我們普拉桑的街道沒有這麼多人。看，六樓那個窗戶不是很漂亮嗎；有火紅籐蔓的那一扇？」

於是他執拗地再問她願不願意。只要他們有一張床，就來這邊租房子。但是她匆匆沿着通道走開，求他不要再胡扯了。等到大樓倒塌，她都不可能和他一起睡在這兒，說到做到！但是，庫柏在福康尼爾太太店門口和她道別，拉起她的小手，她基於友情，沒有推拒。

整整一個月，她和這位屋頂工人維持最佳的友情。他覺得她好勇敢，拚命做工，照顧孩子，晚上還抽出時間來做各種縫衣的差事。有些女人就不行，她們隨隨便便跟人家睡覺；或者只顧塡自己的肚子，天保佑，她不是那種人！她對生命太認眞了。但是她只笑一笑，謙虛地說她以前不見得老是這麼堅強，眞不幸。她提起十四歲懷的第一個孩子，以及當年她和母親痛飲大茴香酒的經過。經驗給了她一兩次敎訓，如此而已。她的意志力並不強；相反的，她很軟弱，隨波逐流，唯恐傷害別人。她的一大心願就是跟好人住在一起，因爲和下流的人爲伍簡直像頭部挨揍，弄得你腦袋開花，你若是女人，更能一下子就把你給毀掉。她瞻顧未來，不禁嚇出一身冷汗，她自比爲一個拋上天的銅板，最後滾到哪一面完全要看人行道的起伏而定。她前半生的所見所聞，小時候身邊的壞榜樣，都給了她一個好教訓。但是庫柏取笑她的悲觀思想，叫她打起精神來，同時想捏她的屁股。她一把推開他，打打他的手，他則大笑大叫說：她雖然是弱女子，還眞不容易弄上手哩。他享受人生，不爲前途憂慮。一天又一天，日子就捱過來啦。世上總有一張床可睡，一口糧食可吃吧。他覺得這一帶的人都不錯，只有幾個醉漢應該趕走。他的確不是壞人，不時說些入情入理的話，星期天他梳上漂亮的旁分頭，打上領帶，擦亮皮鞋，甚至有點風度翩翩哩。而且，他像猴子一樣機靈，帶有巴黎工人調皮的幽默，油嘴滑舌的，和他的娃娃臉很相稱。

日子一天天過去，他們在邦克爾旅店互相幫忙。庫柏替她拿牛奶、跑腿、把要洗的一細細衣物送去給她。晚上他先下工回來，常常帶孩子們在林蔭外道上散步。雪維絲爲了報答他，不時到他的小閣樓看看他的衣服有沒有破綻，替他縫上工裝的鈕釦，補補外套。他們之間產生一種親密的友誼。她喜歡他在旁邊，也欣賞他帶回來的歌曲，和永無止盡的巴黎街頭俏皮話，她聽了覺得很新鮮。但是庫柏天天在雪維絲的衣裙邊挨來挨去，心情愈來愈興奮。他墜入情網了！心情開始不寧。他還開開玩笑，但是內心覺得淒苦和受挫，什麼事都沒有樂趣可言。傻事兒照樣進行，他每次碰到她，就說：「什麼時候？」她知道他的意思，說要等一週有四個禮拜四才有可能。於是他開始逗她，手拿拖鞋來到她房間，作勢要搬進來。儘管他整天說些暗示的話，她卻和和氣氣忍受，順順利利捱過來，臉都不紅一下。只要他不動粗，她倒不在乎他幹什麼。只有一回他想逼雪維絲吻他，拉掉她幾根頭髮，她才對他發脾氣。

但是，六月底庫柏不再精神勃勃了，脾氣變得很壞。雪維絲看到他的眼睛，非常擔憂，晚上開始門房門。突然一個星期二晚上，上星期天以來始終綳着臉的庫柏十一點左右來敲她的房門。她不想讓他進來，但是他的聲音很温柔，抖抖顫顫，她終於把她頂在房門口的五斗櫃搬開。

他進來的時候，她以爲他生病了，看起來好蒼白，眼睛紅紅的，臉上斑痕累累。他站在那兒，結結巴巴，張口搖頭。不，不，他沒有病。他在屋裏哭了兩個鐘頭，像小孩子似的猛咬枕頭，怕鄰居聽見哭聲。他整整三個晚上沒睡覺。這樣下去可不行。

「請妳聽着，雪維絲女士，」他眼看又要哭出來了，終於說出口：「我們得終止這種狀況，對不對？我們結婚。我是眞心的。我已經下定決心了。」

雪維絲非常吃驚。她的表情很嚴肅。

她喃喃地說：「噢，庫柏先生。你可知道你在說什麼？我從來沒有提出這種要求，你很清楚……我從來不想要，問題就在這裏。噢，不，不，這是正經事，請你千萬考慮考慮。」

但是他一直點頭，似乎心意已定。他從頭到尾想過了。現在他下樓，是因爲他得好好睡一夜。她不想讓他再上樓大哭吧？只要她答應，他就不打擾她，她可以安安靜靜上床。他只要聽她說一聲「好」。他們可以明天再討論。

她回答說：「但是我不能這樣答應啊，眞的。我不希望你以後怪我逼你做傻事。現在聽好，庫柏先生，你不該這麼堅持。你甚至不明白自己對我的感情。我打賭你只要一個禮拜不見我的面，事情就過去了。男人常常爲了頭一夜而結婚，然後一夜接一夜，苦熬過一輩子，覺得難以忍受。現在你坐下來，我們直接討論討論。」

於是他們在暗室裏爭論結婚的問題，直談到凌晨一點鐘，伴着忘記吹熄的燭光，低聲說話，唯恐吵醒克勞德和艾亭納；兩個小傢伙睡在同一個枕頭上，呼吸很柔和。雪維絲不斷把話題拉回他們身上，向庫柏指指他們倆：她帶來這樣的嫁粧，未免太滑稽了，她眞的不能拿兩個孩子來煩他。何況她替他覺得慚愧。附近的人會說什麼？他們看過她和情郎同居，對她的一切摸得清清楚楚；才過兩個月就結婚，實在不太好。他聽到這些理由，只是聳聳肩。鄰居愛怎麼想就怎麼想，誰在乎？他不愛刺探別人的事情——唯恐把事情醜化。好吧，她以前有蘭蒂爾這個情郎，那又如何呢？她又不是人盡可夫，她不像很多女人和時髦的貴婦帶男人回家過夜。孩子——算了——孩子會長大，他們可以好好養大他們，對不對？他永遠找不到這麼勇敢、這麼好心、有更多優點的女人。總之，這一切都不成問題——就算她上街賣過淫，長得很醜，懶惰又邋遢，有一大羣骯髒的娃兒，他也無所謂。他要她。

他用拳頭猛捶膝蓋說：「是的，我要的是妳。妳知道，我要妳。我覺得沒有什麼好說的。」

在身邊所感受的獸慾氣氛中，雪維絲逐漸軟化，覺得自己慢慢聽從身心的要求。現在她靜靜坐着，把手放在膝蓋上，臉上煥發着柔情的光輝，只怯生生婉拒幾句。可愛的六月夜晚，暖風吹進半開的窗戶，吹動了燭焰，使長燭蕊紅撲撲燒斷了。只有幾個聲音打破週遭的寂靜，一名醉漢仰躺在林蔭道上，像嬰兒般哭着；遠處有一把小提琴正演奏一首舞曲，爲飯店連宵的舞會伴奏；小小的樂聲像水晶似的，清脆和細薄可比美口琴曲。庫柏看她辯不出口了，獃獃微笑，就抓起她的手，把她拉到他身邊。她正處於自己最擔心的不設防心態中，十分感動，不忍拒絕任何要求，或者傷人家的心。但是他不知道她有獻身之意，只用力揑她的手腕，弄得她發疼，以這種方式掌握她。雙方長長嘆了一口氣，在這陣微微的疼痛中滿足了部分的渴望。

「妳答應了吧?」

她喃喃地說：「噢，你實在討人嫌。那麼你是眞心的?好吧。噢，老天，我們也許在做傻事哩。」

他跳起來，一把摟住她，在她臉上粗粗鹵鹵吻了一下。然後，因爲這一吻發出了咂咂聲，他看看克勞德和艾亭納，自己先嚇一跳，躡手躡脚說：

「噓!我們得小心，別吵醒孩子……明天見。」

他囘樓上去了。雪維絲在床上坐了一個多鐘頭，全身發抖，根本不想脫衣睡覺。她感動萬分，覺得庫柏的作風像一名眞紳士，她一度以爲萬事皆休，他要留下來跟她睡覺哩。窗下的醉漢發出更吵鬧的呻吟，活像迷途的野獸。遠處的提琴已停奏那支流行的曲子。

後來幾天，庫柏想說服雪維絲抽一個傍晚到金點街去看他姐姐。但是她很害羞，要她到洛里羅斯家拜訪，她簡直嚇慌了。她看得出來，他很怕姐姐和姐夫。他並沒有靠姐姐生活，她甚至不是大姐。庫柏大媽從來不跟兒子作對，一定馬上答應這門婚事。只有一樁，在親族之間，洛里羅斯夫婦據說每天賺十法郎左右，這一來他們就有了眞正的權威身份。他們若不先接納他未來的妻子，庫柏絕不敢結婚。

他解釋說：「我已經跟他們談起妳，他們知道我們打算幹什麼。老天，妳眞迷人!今天晚上去……現在我先提出警告，妳會發現我姐姐有點難纏，洛里羅斯也不討人喜歡。事實上，他們有點不高興，因爲我如果結婚，不跟他們吃飯，他們的餐費開支便不能這麼便宜了。不過沒關係，他們不會趕妳出門。爲我委屈一下，非這樣不可。」

這些話害雪維絲更擔心。但是有一個星期六晚上，她終於答應了。庫柏八點半來接她。她穿上一件黑衣服，一件有黃色棕櫚葉花紋的喀什米爾毛綢披肩，戴上一頂加了窄花邊的白色女帽。她工作六星期以來，省下七法郎買了那件披肩，二法郎半買了那頂帽子。禮服是舊衣服洗乾淨再改製的。

他們沿着魚販街步行，庫柏說：「他們在等妳。噢，他們對我要結婚的念頭開始習慣了。今天晚上他們的脾氣似乎很好……而且，妳若沒看過金鍊子打造的過程，看一看也挺有趣的。他們剛好有貨要趕，預定星期一交件。」

「他們那邊有黃金？」她問道。

「當然！牆上，地上，其實到處都是黃金。」

現在他們已經走過拱門，穿過院子。洛里羅斯住在B梯的七樓。庫柏笑着叫她抓緊欄杆別放手。她抬頭望，看見高聳的樓梯間，一共點了三盞瓦斯燈，隔層點一盞。最上面那盞簡直像一顆星星在漆黑的天空上閃爍，另外兩盞在長長的螺旋梯上映出奇形怪狀的燈影。

他們抵達二樓的梯臺，庫柏說：「哦，洋葱湯的味道好濃！今天一定有人喝洋葱湯！」

B梯灰濛濛，黏糊糊的，欄杆和階梯都很滑，斑駁的牆壁露出光禿禿的灰泥，現在還瀰漫着晚餐的強烈氣味。通道由每一處梯臺往前伸，鬧聲洋溢，有許多房門大開着，門板漆成黃色，但是門鎖四週被髒手弄得發黑。和窗戶等高的地方，排水渠滲出臭水，惡臭和煮洋葱的辛辣味交雜在一起。由底樓到七樓可以聽見碗碟的吭啷聲、洗鍋子和湯匙刮鉢子的聲音。雪維絲看見二樓有一扇房門大開，門上用大字體寫着「製圖工」的字樣，屋裏有兩個人坐在一張蓋着油布的餐桌旁，桌上的東西都清走了，他們一邊吞雲吐霧，一邊聊着不停。三、四樓比較安靜，木板縫間唯一的聲響就是搖籃聲、孩子悶悶的哭聲、以及一個女人像水龍頭一般連綿不斷的大嗓音，半個字都聽不清楚。她瞥見門上釘有名牌，寫着「梳毛工高德龍太太」，再過去是「紙箱，馬丁尼爾先生」。五樓有人在打架；跺脚跺得地板搖搖挸挸，傢俱弄翻了，打罵聲嚇死人，但是對面的鄰居照樣玩牌，敞着門透風，絲毫不受影響。雪維絲走到六樓，不得不停下來喘氣；她不習慣爬樓梯，梯臺，這道牆繞來繞去，永無止盡，她瞥見一家又一家的住宅，覺得頭昏眼花。而且，有一家人佔用了梯臺，父親在排水渠附近的小陶爐上洗盤子，母親倚在欄杆上，替嬰兒漱洗，準備哄他上床。不過，庫柏一直催她往上走——咦，快到了。他終於走到七樓，回身露出鼓勵的微笑。她正抬頭望，想判別一個聲音由哪裏發出來——一陣尖銳却很清爽的聲音，打從她踏上第一級樓梯，就隔着一切噪音聽見這道人聲。原來是住在頂樓的一個小老太婆，一面為廉價玩偶穿衣服，一面唱歌。有位高個子女郎提一桶水走進一個房間，雪維絲瞥見一張凌亂的床鋪，有個男人衣冠不整躺在那兒，眼睛盯着天花板，門一關，她看到門上有一張名片，上面寫着：「克里門絲小姐。燙衣。」等字樣。最後來到頂樓，她兩腿發軟，張口喘氣，因為好奇而俯視欄杆下；這回是底樓的煤氣燈在狹窄的六層深井底像星星般閃爍，她驚惶的面孔懸在深淵上方，大樓所有的氣味以及巨大怒吼的生命都像熔爐的一股氣息，整個向她襲來。

庫柏說：「還沒到哩。噢，我告訴妳，够妳走的！」

他向左拐進一條長長的通道。又轉了兩次彎，先左轉再右轉。通路好長好長，射出不少分道，一條比一條窄，牆壁破破的，灰泥都掉了，零零落落點着小煤氣燈，房門千篇一律，一行行像監獄或修道院的房門，幾乎全敞開着，進一步露出貧窮和勞苦的氣味，在炎熱的六月傍晚瀰漫着一股帶有粉紅光的霧氣。最後來到一條死弄，黑漆漆的。

他說：「到了，小心走。扶好牆壁，有三級階梯。」

雪維絲小心翼翼摸黑又走了十步左右。她絆了一下，接着數了三級階梯。這時候庫柏不敲門，逕自推開走廊末端的一扇門板。一道亮光射在地板上。他們走進屋子。

房間很窄，活像隧道，似乎只是走廊的延續體。窄室用一扇褪色的木簾隔成兩半，簾子暫時用一根細繩向後綁。靠門的隔室有一張床，推到斜斜的頂樓天花板下面，一張晚飯餘溫猶存的鑄鐵爐子、兩把椅子、一張桌子和一個碗櫃，碗櫃的飾帶不得不鋸掉，才勉強放在床舖和房門之間。裏面的隔室裝備成工作坊；末端放一個有風箱的小熔爐，右邊貼牆裝了一個虎頜鉗子，頂上的貨架亂七八糟擺着一些鐵塊，左邊窗前有一張小木凳，堆着鉗子、大剪刀、小鋸子，全都油膩膩髒兮兮的。

「我們來了！」庫柏走到木簾邊說。

但是沒有人答腔。雪維絲心慌意亂，主要是想到她即將踏入一個充滿黃金的地方，她站在他身後，結結巴巴點頭致意。一看到凳子上的強烈燈光和熔爐中火紅的煤炭，她更加心慌。但是她終於看到洛里羅斯太太，矮小，紅髮，身材很壯，手拿大鉗子，正以短短的手臂用力拔一條穿過虎頭鉗拉盤的黑色金屬線。木凳邊的洛里羅斯同樣矮小，但是體型略瘦幾分，正精神勃勃苦幹，用鑷子夾一片小東西，那玩意兒實在太小了，在他的手指間根本看不到。丈夫先抬頭。他幾近禿髮，臉型長長的，彷彿有病的樣子，臉色蠟黃。

他低聲說：「噢，好，好。我們正在趕工，你知道……別進工作坊，你會礙手礙脚。呆在那個房間。」

他繼續幹他的細活兒，面孔又埋進發青的強光裏，光源是一個裝滿水的玻璃球，燈火透過那兒射出一圈燦爛的光線，照着他手頭的工作。

洛里羅斯太太說：「坐吧。我猜就是這位女士囉。好，好！」

她已經彎好了鐵線，正拿到熔爐邊，用一把大木扇猛搧爐火，然後燒熱金屬線，才穿過虎頭鉗拉盤的最後幾個小孔。

庫柏把椅子往前搬，讓雪維絲挨着木簾坐下。房間實在太窄了，他沒有辦法坐在她身邊，只好坐在她後面，探頭在她耳邊解釋一切。但是她爲自己所受的奇怪招待而寒心，又對人家的斜眼驚惶失措，耳朵嗡嗡響，什麽都聽不見。她覺得這位太太年方三十，看起來好老，面貌陰沉，邋遢遢，頭髮紮成一個猪尾辮，垂在沒扣好的罩衫上。她丈夫雖然只多一歲，看來却像老頭子，嘴唇又薄又硬，只穿襯衣坐在那兒，沒穿襪子，脚上趿一雙跟部快要磨平的拖鞋。但是最令她吃驚的是，工作場的規模好小好小，牆壁又髒又亂，工具生銹，樣樣東西都黑濛濛的，像廢物場的零星小東西。熱氣逼人。洛里羅斯的青臉上汗珠點點，他太太則決定脫下罩衫，光着手膀子，內衣緊黏着下垂的乳房。

「黃金呢?」雪維絲低聲說。

她以渴望的目光探查所有的角落，在廢料間搜尋她所夢想的光輝。

庫柏大笑起來。

「黃金?看，那邊有一點，那邊還有一點，就在妳脚底下!」

他先指他姐姐正在拉的金屬線，然後又指指另外一捆線捲，和一般鐵線捲差不多，掛在虎頭鉗旁邊的釘子上。然後他四肢着地，撿起工作坊石板下的一小粒碎金，小得像生銹的針頭。雪維絲說這不可能是黃金，邋遢的黑色金屬活像一粒髒兮兮的鐵沙!他不得不咬那塊金屬，讓她看看亮晶晶的齒痕。然後他繼續解釋說:雇主供應成份已合好的線狀黃金，工人先把它穿過虎頭鉗的拉盤拔出來，使粗細恰到好處，操作過程得小心加熱五六次，免得斷裂。當然得有竅門，還得有強壯的手膀子。他姐夫咳嗽，姐姐不讓他碰拉盤。她的手臂可眞有力，他看過她拉金屬像拔頭髮一樣輕鬆。

這時候洛里羅斯弓在板凳上咳嗽，但是他繼續用喘不過氣來的聲音說話，却沒看雪維絲一眼，彷彿只是爲自己陳述事實。

「我做的是圓柱形的鍊子。」

庫柏叫雪維絲站起來。何不過去瞧瞧？金鍊匠哼的一聲答應了。他拿起他太太弄好的金線，繞在一根細細的鋼製靜軸上。然後用鋸子輕輕沿着靜軸切割，於是每一圈金屬構成一節，待會兒再銲接。這時候他把各節金環放在一塊大煤炭上面，每節由身邊一個破酒杯沾一滴硼砂來滋潤，然後用一個吹管的橫焰馬上燒紅。等弄好一百節左右，他再回去進行精密的工作，身子倚在一塊被他雙手磨得光溜溜的釘板上。他用鉗子扭絞每一節，一側弄彎，插入已經裝好的上一節裏面，然後再用尖尖的工具把它弄開。這道手續在雪維絲注視下一成不變地進行，一節迅速接上一節，鍊子漸漸加長，個中的竅門她看不清楚。

庫柏說：「這是圓柱形的鍊子。還有小環，重金鍊，錶鍊以及麻花形鍊子。不過這是圓柱形。洛里羅斯只做圓柱。」

洛里羅斯發出自滿的奸笑。他一面夾黑指甲間看不到的小金環，一面驚嘆說：

「聽着，小黑潮……今天早上我剛做出一批哩。我十二歲就幹這一行，對不對？嗅，你知道至今我做的圓柱有多長了？」

他抬頭，眨眨發紅的眼瞼。

「八千米，想想看！兩里格了（一里格等於三哩）！啫！一條兩里格的金鍊子！夠套附近所有女人的頸子……記錄還在加長中，你知道。我希望由巴黎通到凡爾賽。」

雪維絲已經回到位子上坐好，心情很沮喪，因爲這一切太醜陋了，但是她露出笑容，討好洛里羅斯。大家都不提她的婚事，她尤其發窘，此事對她很重要，若不爲這件事她不可能來這兒。洛里羅斯夫婦一直把她當做庫柏偶爾帶來的一個好問的陌生人，如此而已。等他們終於聊起來，談的却是本大樓的其它房客。洛里羅斯太太問她弟弟上樓途中有沒有聽見五樓在吵架。貝納德家人幾乎天天毆鬪；丈夫醉醺醺回來，不過太太也有錯，她以最高的嗓門吼些最下流的話。接着他們討論二樓的製圖工，那個笨拙的大個子包德昆，他眞寶，老是欠債，老是和朋友們抽着煙大叫大嚷。馬丁尼爾先生的紙板生意快要完蛋了，他昨天又解雇了兩位女工，他日漸衰敗眞是老天有眼，因爲他把每一文錢花掉，讓小孩光着屁股跑來跑去。高德龍太太刷毛墊的方法眞好玩，她又懷孕了，以她的年齡來說，簡直不成體統。房東已通知六樓的科魁特夫婦搬家；他們欠了三期的房租，而且堅持在走廊上生爐子。七樓的老處女雷曼柔小姐出去送洋娃娃，剛好及時救了林卡洛家的孩子，免得活活燒死。至於燙衣服的克里門絲小姐，噢，她一言一行都自有一套標準，但是誰也不能否認她愛動物，有一顆高貴的心。眞遺憾，呃，這麼好心的姑娘和男人鬼混！晚上你遲早會碰到她在街上拉客人。

「喏，又弄完一條，」洛里羅斯對太太說着，將他中午一直弄到現在的一條金鍊子交給她。「妳可以做最後的潤飾。」

然後他又開起他的小玩笑說：

「又多了四呎半……離凡爾賽更近了！」

這時候洛里羅斯太太再度把金鍊子燒熱燒紅，做最後的潤飾，先把它穿入計量器，再放進一個長柄的銅鍋，鍋內裝滿稀釋的氮酸，已在熔爐上加過溫了。雪維絲被庫柏再次慫恿，只得觀賞最後的手續。金鍊子到達合適的溫度，便呈現黯淡的紅色。大功告成，可以交件了。

庫柏解釋說：「粗粗交出去，磨光師會用布擦亮。」

雪維絲覺得她再也耐不住了。溫度愈來愈高，她全身僵疼。門不能打開，因爲洛里羅斯一吹風就感冒。既然沒有人談到他們的婚姻，她要走了，便拉拉庫柏的外衣。他刹時會意，而且他自己也爲他們存心緘默而覺得尷尬和惱火。

他說：「噢，我們要走了，讓你們繼續手頭的工作。」

他站了一兩分鐘，希望對方提一提這件事。最後他決定自己開口。

「洛里羅斯，你知道我們指望你當我太太的證婚人。」

金鍊匠抬起頭，故作驚訝，乾笑幾聲，他太太則放下拉盤，站在房間中央。

他喃喃地說：「原來你們是說眞的？你永遠不知道小黑潮這個孬種是不是在騙人。」

「噢，就是這位女士，是不是？」他太太上下打量雪維絲說。「噢，我們不能說什麼，對不對？結婚眞是滑稽的念頭，不過你們倆若要這樣……等到不成功，只能怪你們自己。而婚姻不見得會成功，不，不見得。」

她的聲音隨着最後幾個字愈拖愈長，一面搖頭，一面審視少婦的面孔和手脚，似乎恨不得剝下她的衣服，檢查她肌膚的紋理。她顯然認定雪維絲不如想像中那麼差勁。

她繼續用更不贊成的口吻說：「我弟弟有他選擇的自由，當然啦，家人也許寧願……一個人老有他的主張，你知道。不過事情的變化很奇怪……現在我不想爭論這件事情。就算他帶回最低賤的賤人，我也會說：好吧，只要別把我扯進去，你只管娶她……不過妳知道，他在這邊跟我們過得很不錯。他挺享受的，妳可以看出他沒有挨餓。永遠有一頓熱飯等着他，永遠準時……現在你想一想，洛里羅斯，你覺不覺得這位女士的外貌很像泰瑞莎——你知道，路上那個肺病死掉的女人？」

「噢，是的，確實有點像。」

「而且妳有兩個小孩，是吧，女士？噢，奇怪，我對我弟弟說，我想不通你怎麽能娶一位有兩個小孩的女人……我爲他的利益着想，妳千萬別見怪，這很自然，對不對？妳看起來不太強壯。洛里羅斯，她看起來不太強壯吧？」

「不，看來不強壯，噢，不強壯。」

他們没有提她的跛脚。但是雪維絲看他們斜眼和噘嘴，知道他們是什麽意思。她就這樣站在他們面前，裹着黃色棕櫚葉花紋的薄披肩，以單音字回話，活像監獄的犯人。庫柏看她受困，連忙插嘴說：

「這没什麽關係，你們胡說了一大堆。婚禮定在七月二十九日星期六。我查過曆書。這就說定了，時間對你們合適吧？」

他姐姐說：「噢，是的，對我們還算合適。你用不着跟我們商量。我不會阻止洛里羅斯當證人。只要能圖個清靜，無所謂。」

雪維絲垂着頭，爲了找事做，把鞋尖伸入地上的石板縫裏，抽出來的時候怕弄亂東西，俯身用手拍拍地面。洛里羅斯拿着燈衝過來，焦急地檢查她的手指頭。

「妳得小心，金粉粒黏在妳的鞋底，妳會不知不覺帶出去。」可不得了。雇主不容他損耗一點點。他把平時刷工作板上金粉粒的野兎脚，以及他鋪在膝上收集金粒的皮圍裙拿給她看。他們每星期徹底打掃工作坊兩次，把所有垃圾留下來，燒一燒，再篩灰塵，每個月找到的金粉價值達到三十法郎哩。

洛里羅斯太太的眼光一直盯着雪維絲的鞋子。

她露出討好的笑容說：「我們當然沒有惡意。不過，女士不妨看看她的鞋底。」

雪維絲滿面通紅，又坐下來，擧脚證明上面沒有金屑。這時候庫柏已打開房門，粗粗魯魯道聲晚安，正在走廊上叫她呢。於是她也走了，臨行嚅嚅說了幾句客氣話，大意是希望以後再見，願大家都幸運發達。但是洛里羅斯夫婦已經回到隧道般的黑工作坊那端繼續工作了，小熔爐像大火爐的最後一塊煤炭熾熱地發出紅光。女主人的內衣滑下一個肩膀，火光裏露出紅通通的皮膚，她正在拔另外一條金屬線，每拉一下，頸子就漲起來，肌肉如腱條般鼓起。她丈夫把腦袋弓在水球射出的綠光下，正開始打另外一條鍊子，用鉗子扭彎每一節，一側弄扁，揷入上面一節中，再用錐子重新打開，呆呆板板繼續下去，甚至捨不得停下來擦去臉上的汗珠。

雪維絲走出通道，回到七樓的梯臺，不禁滿眼含淚說：

「我們的幸福似乎不樂觀！」

庫柏岔然搖搖頭。洛里羅斯要補償他今晚所受的寃氣！天下竟有這樣的臭人！還以爲有人會帶走他的三粒金粉！那些說法純粹是小氣。他姐姐一定以爲他永遠不結婚，只爲了吃她的晚餐省幾文錢！反正婚禮要在七月二十九日舉行，管他們怎麼想！

下樓的路上，她心裏還覺得不舒服，滿腦子荒謬的恐慌，走在欄杆的怪影間，她不禁四處張望。現在樓梯空空的，正在鼾眠，只有三樓的煤氣燈還點着，開到最小，小小的火光在黑幽幽的坑洞裏有如鬼火一般。飯後直接上床的勞工靜得一點聲音都沒有，緊閉的門扉後面幾乎聽得見那股寂靜。不過燙衣女的房間傳來一陣強忍住的笑聲，雷曼柔小姐的鑰匙孔也透出一點微光，她還咔喳咔喳用剪刀爲她的廉價玩偶裁製紗衣服呢。再下去高德龍太太的嬰兒還在哭。排水渠的惡臭在漆黑暗啞的靜夜中顯得更強烈了。

來到庭院，庫柏用單調的嗓門對門房喊道「麻煩你開門，」雪維絲回頭再看大樓一眼。它在沒有月亮的天空下看來更龐大。灰牆宛如治癒了鱗狀的傷疤，用黑影重新粉刷過，筆直往上聳去除了曝曬的破衣服，寬濶的平面更顯得光禿禿。窗戶關着，睡意正濃。偶爾有一兩處還點着燈，似乎在角落裏偷看什麼。每一處門洞上方，六層梯臺的窗子高高聳立，活像閃着蒼白燈光的瘦高塔。三樓紙板坊的一盞燈在庭院的石板地映出一道黃光，穿透了底樓店鋪四週的黑暗。濕淋淋的暗夜中傳來沒有關緊的水龍頭的滴嗒聲，在靜夜裏又響亮又清晰。她覺得整棟大樓都壓在她頭頂，冷冰冰的巨塊壓碎了她的肩頭。還是那股愚蠢而幼稚的恐慌；她事後不禁啞然失笑。

「小心走！」庫柏叫道。

爲了走出去，她不得不跳過一大攤染坊排出的污水。這回是藍色的，像夏日天空一樣深的蔚藍，門房的小燈在水窪上映出一粒粒閃亮的星光。

3

雪維絲不想舉行出衆的婚禮。何必花錢呢?何況她有點害羞,在這一帶到處宣揚這門親事似乎沒什麽意義。但是庫柏生氣了——結婚總不能連頓聚餐都不舉行吧。他要給大家一個話題。噢,當然要適中,下午隨便到哪兒走走,再到飯店打個牙祭。飯後不要音樂,謝了!不要木簫弄得太太小姐們胸部震盪。只來一個可愛的小慶祝會,然後大家就告別回家。

他發誓不胡來,他的玩笑和俏皮話終於把她說服了。他會看好酒瓶,不讓人暴飲。於是他在禮拜堂大道的奧古斯特氏「銀磨坊」安排了每一客五法郎的便餐。那是一家小酒店,庭院的三株刺槐樹下有一個舞池。他們將舒舒服服佔用二樓的一個房間。十天以來,他由金點街他姐姐那棟大樓湊齊了賓客的名單:馬丁尼爾先生、雷曼柔小姐、高德龍太太和她丈夫。他甚至說服雪維絲讓他請「烤肉一號」和「我的皮靴」這兩個朋友。不錯,「我的皮靴」有暴飲的毛病,不過他胃口奇大,人人都請他上宴會,只爲了觀賞店東看他一口氣吞下十二大條麵包時的表情。

雪維絲這一方面答應請她的雇主福康尼爾太太和布許夫婦,他們都是很有敎養的人。這樣一來聚餐的人一共有十五位,已經很够了。人數太多,到時候難免有紛爭。

附帶提一句,庫柏根本沒有錢。他不想引人注目,却有心辦得不失體統。所以他向老闆借了五十法郎，立刻去買戒指——一個價值十二法郎的金戒指，洛里羅斯以批發價九法郎替他買來。然後他找了「末藥街」的一家裁縫訂製一件方領長外衣、長褲和馬甲，只先付了二十五法郎的頭款。他的漆皮鞋子和高禮帽還馬馬虎虎過得去。他預留了他自己和雪維絲兩人份的餐費十法郎（小孩吃的也包進去了），結果他只剩六法郎，剛好付窮人彌撒的費用。他自己用不着傳教士，而且被迫交六法郎給那些用不着他的小錢去潤喉嚨的酒鬼，他覺得好心疼。但是不管怎麼說，沒有彌撒的婚禮根本不算婚禮。於是他親自到教堂討價還價，和一個穿髒袈裟的老神父苦鬪整整一小時，那人精得像小販似的。他恨不得打他一掌。然後，他開玩笑問他能不能在什麼地方找到一場大減價的彌撒，只要不太陳舊，能適合一對普普通通的夫婦就行了。最後老神父喃喃地說上帝一定不喜歡保佑他們的婚姻，勉強答應以五法郎的代價爲他們舉行彌撒。總之，這就省了一法郎，有一法郎的餘資。

雪維絲也希望自己不失體面。等婚事眞的決定下來，她安排晚上加班，設法存了三十法郎。她在魚販郊區街看中一件標價十三法郎的絲質小斗篷。她豪興一發就買下來，又以十法郎的價錢，向福康尼爾太太手下一名已去世的洗染店助手的丈夫買了一件深藍色的羊毛衣裳，照自己的身材改一改。剩下的七法郎她買了一雙棉質手套，買一朵玫瑰來別在帽子上，還給大兒子克勞德買了一雙鞋。幸虧孩子們的束腰外套還馬馬虎虎。她花了四個晚上清理一切，連長襪和內衣最小的瑕疵也顧到了。

大喜前夕的星期五晚上，雪維絲和庫柏下工回來，還忙到十一點。然後，各自回房睡覺前，兩個人在她的房間坐了一個鐘頭，慶幸總算忙完了。雖然他們決定不爲鄰居而委屈自己，結果仍鄭重其事忙得半死，等他們互道晚安的時候，簡直睏極了。不過，他們大大舒了一口氣。現在一切都安排好了。庫柏的證婚人是馬丁尼爾先生和「烤肉一號」；雪維絲則請了洛里羅斯和布許。其中只有六個人上市政廳和教堂，靜悄悄的，不要拖一大堆人。新郎的兩位姐姐說她們要留在家裏，那邊用不着她們出面。但是庫柏大媽哭紅了眼睛，說她不留守，要打頭陣出發，躲在市政廳和教堂的一角，於是他們答應帶她去。赴宴的人一點鐘在「銀磨坊」集合，由那邊往聖丹尼斯方向走走，促進食慾，去時搭火車，再沿着大路走回來。宴會大有成功的希望，不是可怕的鬧飲，只是很好玩，優雅而端莊。

星期六庫柏更衣的時候，看到僅存的一法郎硬幣，不禁發起愁來。他突然想到，等晚餐的時候他基於禮貌應該請證婚人喝一杯酒，吃一片火腿肉。何況還有意想不到的開支。一法郎絕對不够。他帶克勞德和艾亭納到布許太太家，托她晚上帶去參加宴席，接着他就匆匆轉到金點街，大膽向洛里斯借十法郎。事實上他討厭如此，因爲他可以想像姐夫拉長着臉的表情。姐夫像猛獸般抱怨和咆哮，不過終於借給他兩枚五法郎的錢幣。但是庫柏不巧聽見他姐姐叨唸說：這可眞是好的開始！

市政廳的儀式訂在十點三十分。早上晴朗宜人，街道沐浴在陽光下，可見待會兒會打雷。爲了不引人注目，新人、大媽和四個證婚人分成兩組，雪維絲倚着洛里羅斯的手臂，馬丁尼爾先生護着庫柏大媽；然後，在馬路對面相隔二十碼的地方，庫柏、布許和「烤肉一號」同行。這三位男士穿着黑色方領長外衣，背駝駝的，手臂提來提去。布許穿黃褲，「烤肉一號」的外衣直扣到頸子上，因爲他沒穿馬甲，只露出一點帶狀領結。只有馬丁尼爾先生穿長尾的正式禮服，路人都停下來看這位文雅的紳士護送胖胖的庫柏大媽，她身披綠斗篷，頭戴紅緞結的黑色女帽。雪維絲穿着鮮藍色的小禮服，肩膀上圍一條小圍巾，看來好迷人，好愉快，她親切地聆聽洛里羅斯的諷刺笑話，後者大熱天還裹着一件大衣。大家轉過街角的時候，她不時回頭對庫柏泛出同情的微笑，庫柏穿着新衣，在陽光下亮閃閃的，他似乎很不自在。

儘管他們走得很慢，還是早半個鐘頭抵達市政廳，而且市長遲到，他們這一場得延到十一點鐘。他們在房間一角的椅子上靜坐乾等，眼睛盯着高高的天花板和空空的牆壁，低聲耳語，每次辦公廳的工友走過，他們便基於禮貌把椅子往後挪。但是他們壓低了嗓子說市長是懶鬼，大概正由他那位金髮的娼婦「按摩」風濕的毛病，不然就是吞了辦公室的窗框，身體不舒服。但是大官一露面，他們都恭恭敬敬站起來。對方叫他們坐下，然後他們坐着看別人舉行了三次婚禮，相當氣派，有穿白衣的新娘、捲髮的小女孩、圍粉紅色腰帶的伴娘，數不盡的紳士淑女行列，全都打扮得十全十美，顯得好漂亮。等到他們奉召，他們差一點行不了婚禮，「烤肉一號」不見了。布許在方場找到他，他正在抽煙斗呢。這裏的人可眞好心，看人沒有黃手套伸在他們面前，就什麼事都不替人辦！接着是一切事誼——朗誦法典，問話，簽署文件——嘩啦嘩啦進行得好快，弄得他們面面相覷，不知道他們是不是被官方省略了一大半的儀式。雪維絲頭昏眼花，累壞了，手帕緊捺着嘴唇。庫柏大媽一直掉眼淚。人人都簽署了註册簿，以難看的大字寫出他們的姓名，只有新郎不會寫，畫了一個十字。他們各捐了四蘇錢給窮人。辦公室的工友把結婚證書交給庫柏，雪維絲輕輕推他的手肘，他決定再捐五蘇錢。

市政廳到教堂有一段距離。途中男士們喝了一杯啤酒，庫柏大媽和雪維絲喝黑潮酒糖漿加清水。然後他們得頂着大太陽走一條街，路上沒有片瓦遮蔭。教堂的執事在空空的教堂中間等着；他把大家推入一個小小的附屬禮拜堂；氣沖沖問他們來得這麼晚，是不是想戲弄宗教。一個神父踏進來，繃着臉面有饑色，由一位穿髒袈裟的司儀前導。他匆匆做彌撒，全速唸完拉丁片語，回頭鞠躬，張開手臂，斜眼看看新郎夫婦和證婚人。聖龕前的新娘和新郎自覺好愚蠢，不知道什麼時候該跪地、站起或坐下，等着司儀作手勢。證婚人從頭站到尾，以示尊敬，唯有庫柏大媽又哭成淚人兒，眼淚沾濕了她向鄰居借來的祈禱書。但是現在時鐘敲了十二響，最後的祈禱文說完了，教堂開始充滿看守人的脚步聲和椅子往回拉的聲音。高高的聖龕顯然要佈置迎接某一個聖徒的紀念日，工人正釘上垂飾品，鐵鎚砰砰響。禮拜堂內，庭丁正掃起滿天灰塵，急躁的神父迅速用手摸摸雪維絲和庫柏低垂的腦袋，就這樣彷彿在搬家過程中替他們行了婚禮，宛如上帝正在兩場體面的大彌撒之間略事休息。等參加婚禮的人在聖器安置所再度簽署註册簿。回到教堂門口的陽光下，他們站了一分鐘，因爲快速趕完婚禮而頭暈目眩，喘不過氣來。

「好啦！」庫柏強笑說，他兩脚不安地變換位置，覺得一點都不好玩。但是他以一句話掩飾：

「咦，他們可眞不浪費時間，對不對？四個動作就完成了。眞像找牙醫：你還來不及叫一聲

『嗅』，他們已讓你無痛結婚了。」

「是，是，乾淨俐落，」洛里羅斯帶着諷刺的冷笑說。「五分鐘草率行事，要維持一輩子！嗅，可憐的小黑潮，他已經吃到苦頭了。」

四位證婚人拍拍新郎的背部，他笑着彎腰接受這幾巴掌。雪維絲滿臉含笑吻了庫柏大媽，但是她回答老太太喃喃的話，眼中淚光閃閃：

「妳別怕。我會盡力。結局如果不好，絕不是我的錯，不，一定不是。我自己一心想求幸福……總之，現在已成定局了，對不對？要靠他和我好好相處，使婚姻成功！」

然後他們直接到「銀磨坊」。庫柏挽着新婚太太的手臂，他們倆精神勃勃出發，快活得很，比別人領先兩百碼左右，不理會四週的大樓、行人和交通。街上震耳欲聾的嗓音在他們聽來有如悅耳的鐘聲。他們一到酒店，庫柏就在樓下玻璃隔間的酒吧點了兩瓶酒、麵包和火腿片——沒有盤子或枱布，只是快餐。但是他發現布許和「烤肉一號」一心想吃飽，就再叫一瓶酒和一些布里乾乳酪。庫柏大媽的情緊太激動，什麼都吃不下。雪維絲口渴極了，一連喝下三大杯只加了一點酒味的白水。

「算我請客！」庫柏說着，直接走到櫃枱，付了四法郎二十生丁。

現在是一點鐘，客人開始來了。福康尼爾太太是一個風韻猶存的胖貴婦，她最先抵達；她穿着花朵圖案的乳白色衣裳，粉紅圍巾，頭戴一頂插了許多花的女帽。接着雷曼柔小姐也來了，穿着永恒的黑衣，仍是那麼纖瘦，她好像連睡覺都穿那件黑衣服。高德龍夫婦和她一起來，丈夫壯得像公牛，每次走動，棕色的外衣就發出迸裂的聲響，他那大塊頭的太太挺着巨型的大肚子，因爲穿透明的紫色衣裙，看來更明顯了。庫柏說不用等「我的皮靴」，他要在聖丹尼斯路和大家會合。

拉瑞特太太進來叫道：「哎，哎，我們會淋成落湯鷄！那可就妙了。」她帶大家到酒店門口去看烏雲。巴黎南面眼看要來一場黑鴉鴉的雷雨。拉瑞特太太是庫柏家的長女，個子高高瘦瘦，看起來像男人，說話有鼻音，她穿一件過大的深褐色衣裳，垂鬚很長，使她活像水裏出來的瘦獅子狗。她把遮陽帽當做指揮棒搥來搥去。她吻過雪維絲繼續說：

「你不知道！暑氣眞會把人晒昏在街上，簡直像一團火迎面扔過來！」

人人都說，他們早就覺得暴雨要來了。他們跨出教堂，馬丁尼爾先生就知道會生什麽情況。洛里羅斯說他的鷄眼害他從凌晨三點就睡不着。這三天來實在太熱了，註定要這樣收場。

「噢，我想快要下了，」庫柏站在門口，焦急地看看天空說：「現在我們只等姐姐一個人，她若來了，我們也許還來得及躲開。」

洛里羅斯太太確實遲到了。拉瑞特太太去找過她，但是看她正忙着穿緊身褡，兩個人口角了幾句，瘦寡婦貼着弟弟的耳朵說：

「所以我先走了。老天，她正在發脾氣呢！等她來你就知道。」

大夥兒不得不蕩來蕩去，又在酒店裏鬧了一刻鐘，被進門到酒吧喝一杯的人擠來擠去。布許、福康尼爾太太或「烤肉一號」不時走到人行道邊緣抬頭望。還沒下雨，但是天色愈來愈暗，陣風掃過地面，吹起一小撮一小撮白灰塵。第一陣雷聲響起，雷曼柔小姐在胸前劃了一個十字。人人都急切切盯着鏡子上面的大鐘：一點四十。

庫柏說：「下了，看天使在哭哩！」

陣雨掃過路面，女人匆匆找地方躲雨，雙手提着衣裙。然後，就在傾盆大雨之間，洛里羅斯太太光臨了，上氣不接下氣，拿着合不攏的雨傘，氣沖沖在門階上掙扎。

她口沫橫飛說：「噢，豈有此理，我一出門就淋雨。我想回去換衣服，我眞該……噢，眞是迷人的婚禮，眞的！我早說過了；我希望延到下禮拜六。現在當然下雨啦，只因爲沒有人肯聽我的話！噢，好吧，下就下吧！」

庫柏想平息她的怒火，但是她馬上叫他別太過份。她的衣裳如果完蛋了，花錢的不是他！她穿一件黑色的絲質衣裳，差一點透不過氣來。上身太緊，鈕眼綳開，肩膀掐進肉裏，裙子裁得很窄，緊貼着腿部，所以她只能碎步前進。但是赴宴的太太小姐噘着嘴唇，眼睛一直盯着她，因爲她們覺得她的化粧最出衆。雪維絲陪庫柏大媽坐在那兒，她甚至假裝沒看到她。她叫洛里羅斯來，向他要手帕，然後退到酒吧的一角，小心翼翼逐一擦掉絲質衣裳的水珠。

現在驟雨突然停了，天色却更暗，簡直像黑夜似的，黑暗不時被一陣陣的閃電劃開。「烤肉一號」笑着說會下傾盆大雨，這是事實。接着暴雨下得好大好大。雨水一桶桶灌了半個鐘頭，雷聲隆隆不斷。男人站在門口，盯着灰色的雨幕、漲滿的溝渠和大雨在水窪上濺起的灰塵狀水霧。女人現在坐下來，嚇得用手遮住眼睛。沒有人說話，人人都累了。布許提到一個和打雷有關的笑話，說聖彼得在那邊打噴嚏呢，但是沒有人笑。不過，打雷的次數轉稀，漸漸消失在遠處，大家又急躁起來，大駡暴風雨，對烏雲揮拳。現在天空呈現土灰色，下起毛毛雨，彷彿永不間斷似的。

洛里羅斯太太說：「兩點了！我們總不能呆在這裏過夜吧？」

雷曼柔小姐仍然提議到鄉間散步，就算只走到防寨那邊也好，但是大夥兒齊聲抗議：路面一定很糟糕，他們甚至不能坐在草地上休息！何況暴雨好像還沒過去，路上也許又要淋得濕透。庫柏看一位工人靜靜淋雨走來，渾身都濕了，不禁喃喃低語說：

「那個傻酒鬼『我的皮靴』如果在聖丹尼斯路等我們，他絕不會中暑！」

這句話惹得大家笑起來。但是他們的脾氣却愈來愈煩躁。眞的有點吃不消。他們得找些事情做做。他們總不能白眼相看，乾等到晚餐時間吧？於是他們絞了整整一刻鐘的腦汁，雨却沒有中止的現象。「烤肉一號」建議玩牌；布許是個狡猾而心術下流的傢伙，他說他知道一種名叫「招供」的滑稽小遊戲。高德龍太太提議到克里南科堤道的一個地方去吃葱餅；拉瑞特太太想聽故事；高德龍在那兒很自在，謝了，他只想馬上吃大餐。每個人的建議都掀起討論和爭吵；此計太蠢了，彼計煩死人，別人還以爲他們是小孩子呢。這時候洛里羅斯決定說一句話，他想起一個簡單的好辦法，沿着林蔭外道走到拉契斯神父墓園，如果有時間，可以參觀阿比拉和希洛斯的墳墓，洛里羅斯太太再也忍受不住，終於發火了。她要開溜，就是這個主意！他們開什麽玩笑？她打扮齊全，渾身濕透，竟困在酒店裏！不，不，她受够了這種婚禮，她寧願呆在自己家！庫柏和洛里羅斯不得不擋在門口，她大叫說：

「讓開！告訴你，我要回去！」

她丈夫總算讓她靜下來，庫柏走向雪維絲，她還靜靜坐在一角，跟她婆婆和福康尼爾太太說話。

「你還沒有提出意見，」他一板一眼地說，不敢太親密。

她笑笑說：「噢，隨便你。我不挑剔。出去或呆在這兒，無所謂。我覺得很幸福，不再奢求什麽。」

她的臉蛋兒眞的佈滿安詳和愉快的光輝。賓客來了以後，她柔聲和每一位客人交談，聲音激動得微微發抖；她似乎非常懂事，絕不涉足爭論。暴風雨過程中，她一直盯着閃電，彷彿由這些突來的閃光看出未來的嚴重事態。

不過到目前爲止，馬丁尼爾先生還沒有發言。他倚在櫃臺邊，禮服的燕尾展開來，隨時不忘自己是勞工的雇主。他談吐小心翼翼，大眼睛轉來轉去說：

「咦，當然！我們可以上博物館……」

他摸摸下巴，瞇起眼睛，探視大家的反應。

「有古董、紙畫和油畫，各種東西都有。最有啓發性……也許你們不熟悉。噢，無論如何值得去看一次。」

婚宴的來賓以試探的心情看看彼此。不，雪維絲不知道，福康尼爾太太也不知道，布許亦然，其他的人也差不多。庫柏想起有一個禮拜天他到過那兒，但是記不清楚了。大家還猶豫不決，洛里羅斯太太忘不了馬丁尼爾先生的重要性，就說她認爲此計甚佳。旣然他們已豁出一天的時間，不如找個地方學習學習。大家都同意了。外面還下雨，他們向店東借了幾把傘，全是顧客忘了帶走的舊傘，有藍，有綠，有咖啡色，他們就往博物館方向進發。

大夥兒向右轉，由聖丹尼斯郊區前往巴黎。這回又是雪維絲和庫柏當前鋒，匆匆把別人拋在後面，馬丁尼爾先生現在挽着洛里羅斯太太，庫柏大媽腿力不好，留在酒店。接着是洛里羅斯和拉瑞特太太，布許和福康尼爾太太，「烤肉一號」和雷曼柔小姐，由高德龍夫婦殿後。一共十二個人，在人行道上拖成一大排。

洛里羅斯太太向馬丁尼爾先生聲明，「噢，告訴你，我們沒參與這件事。我們不知道他從哪裏搭上她的，也可以說我們太淸楚了，不過我們沒有必要揷嘴，對不對？我丈夫不得不爲他們買戒指。今天一早我們還借了十法郞給他們，否則連婚禮都辦不成！想想新娘竟不帶半個家人來參加婚禮！她說她有個姐姐在巴黎開熟肉店。好，那她爲什麼不請她？」

她停下來指指點點，因爲人行道斜斜的，雪維絲走路一拐一拐。

「看看她！請你看看！咔哩咔啦，阿跛！」

「阿跛」的綽號像野火傳遍了來賓羣。洛里羅斯咧嘴一笑，同意這個綽號很傳神。但是福康尼爾太太起而維護雪維絲：不該笑她，她整潔伶俐，像一枚嶄新的針，有活兒要幹的時候，她眞是難得的幫手。拉瑞特太太一向愛說暗示性的話，說雪維絲的跛腿是一枝愛情別針，又說很多男人喜歡這樣，但是不肯進一步說明理由。

大夥兒轉出聖丹尼斯街，穿越林蔭大道。因爲車馬川流不息，他們遲疑片刻，終於拐入一條被雨淋成泥灘的車道。雨又來了，他們再度撑起雨傘，女人在男士手中搖搖晃晃的破傘下拉着裙子步行，大家由這邊的人行道掙扎過泥灘，走到對面去。幾個鄉下佬叫道：「哦，看看這一羣盛裝的男女！」路人趕過來看個仔細，店家隔着櫥窗咧着嘴笑，聳聳肩。在濕漉漉、灰濛濛的林蔭大道和洶湧人羣的背景中，這一排男女彷彿彩色的污斑：雪維絲的深藍衣裳，福康尼爾太太那花朵圖案的乳白，布許的鮮黃色長褲，庫柏那禮拜天聚會式的死板板亮光長外套，馬丁尼爾先生那嘉年華打扮似的方角燕尾，還有洛里羅斯太太美妙的化粧，拉瑞特太太的垂鬚和雷曼柔小姐的舊裙，眞是百樣雜陳：一排窮人穿着炫麗成衣的隊伍。不過最好笑的是先生們的帽子，在黑暗的櫥櫃裏放着發霉的舊帽，形狀很滑稽，高高的，呈鐘形或尖形，有古怪的帽邊，或捲或直，不是太大就是太小。殿後的梳毛工高德龍太太穿着花俏的紫衣搖搖擺擺而來，前面挺個大肚子，觀衆笑得更厲害。大夥兒不慌不忙，他們心情都很好，喜歡人家看他們，拿他們開玩笑。

有一個鄉巴佬指着高德龍太太叫道：「哦，看哪，新娘來了。咦，眞丢臉，她肚子裏吞了一大包東西！」

羣衆哄然大笑。「烤肉一號」回頭說，肚裏的小娃娃還眞不簡單哩。高德龍太太笑得最大聲，猛出風頭；沒什麼好慚愧的，對不對？相反的，斜眼看她的女人不止一個想取代她的地位哩。

現在他們來到克萊莉街，然後走樹蔭街。但是有人在勝利廣場叫停。新娘的左鞋帶鬆了，她在路易十四的雕像下繫鞋帶，幾對男女圍在她身邊，拿她露出的一截小腿開玩笑。最後他們走小鋒十字街，終於來到羅浮宮。

馬丁尼爾先生彬彬有禮問大家能否由他帶路，因爲地方很大，很容易走失。而且他常跟一位藝術家朋友來這兒，知道什麼東西最值得一看，那位藝術家的畫還被一家大紙板公司買去印在盒子上哩。他們走進底樓的「亞述館」，人人都打了個哆嗦。天哪，眞凉，這裏可權充上好的酒窖！幾對男女翹着下巴，眼睛亂轉，在大石像間慢慢前進，黑黑的大理石神明默默展現僵硬的聖姿，半貓半女人的怪獸腦袋像死神，鼻子窄窄的，嘴唇腫脹。他們覺得好醜。現代的石刻術高明多了。一幅腓尼基字體的碑文使他們目瞪口呆。不，眞的，不可能，沒有人會讀這種草字。但是馬丁尼爾先生已經和洛里羅斯太太走到第一處梯臺了，他站在那兒，叫大家圍攏過去，他的聲音在圓頂下廻響：

「來吧，來吧，那些東西不值得浪費時間。二樓你們非看不可！」

樓梯空空曠曠，你們的心境爲之一沉，看到一位穿紅背心、飾金制服的高大守門員在梯臺上等他們，更加強了他們敬畏的感覺。於是他們恭恭敬敬走入「法國館」，儘可能安安靜靜走。

然後他們不停地穿過一個又一個房間，看一幅幅畫圖從身邊掠過，被金畫框弄得眼花撩亂——實在太多了，不能一一欣賞。若要瞭解這些畫，他們得在每一幅畫前消磨一個鐘頭。哎呀，好多圖畫，永無止盡嘛！一定值不少錢。最後馬丁尼爾先生突然在「女妖的木筏」前面叫住他們，解釋畫裏的含義。他們一時說不出話來，動都不敢動一下，等大家再次往前走，布許道出了共同的心境：眞了不起。

在「阿波羅館」內，大家印象最深的是地板；光滑如鏡，映出座脚的倒影。雷曼柔小姐閉上眼睛，以爲她涉水而行哩。高德龍太太懷孕，大家叫她舉步小心一點，馬丁尼爾先生想叫他們看看天花板的鍍金和漆飾，但這樣弄得頸子發酸，反正他們也看不懂。轉往「方形書室」之前，他指指一扇窗戶說：

「這是查理九世向民衆開槍的陽臺！」

他一直留心行列的末尾，招手叫他們停在「方形畫室」中間。這裏件件是傑作哩，他噤聲說話，彷彿身在敎堂。他們遊歷這間畫室。雪維絲問「嘉納婚禮」畫的是什麽——畫框上不寫主題，未免太蠢了。庫柏停在「蒙娜麗莎」前面，他覺得畫中人有點像他的一個阿姨。布許和「烤肉一號」互指畫中的裸女，眼神曖昧，吃吃偷笑，安蒂歐普的大腿尤其讓他們心動。高德龍夫婦照常殿後，他張着嘴巴，她兩手擱在肚子上，呆呆望着西班牙畫家摩里洛筆下的聖母，深深嘆服。

走完這間畫室，馬丁尼爾先生主張再來一遍；値得如此。因爲洛里羅斯太太穿着絲質衣裳，他對她很慇懃，每次她提出問題，打斷他滔滔不絕的介紹，他就一本正經而充滿自信地囘答她。例如她對畫家提善的女朋友很好奇，覺得她的金髮與她相似，他就告訴她：那是佛龍尼爾美人，亨利四世的情婦，安畢格戲院演過一齣戲描寫他們的事蹟。

接着大夥兒走到義大利和法蘭德斯各畫派容身的「長形館」。又有好多圖畫，沒有人認識的聖徒、男人和女人，黑鴉鴉的風景，發黃的動物，其實就是一羣羣顏色交雜的人和物，他們開始頭疼了。現在馬丁尼爾先生安靜下來，帶着大夥兒慢慢走，大家都照原先的順序跟在他後頭，伸長頸子向上看。多少世紀的藝術品在他們昏昧的眼前掠過——原始畫的精簡，威尼斯畫派的炫麗，荷蘭畫派光潔而多采的生機。但是他們最感興趣的是模仿家，支起畫架，靜靜在人羣中臨摹。有一個老太太站在一座高梯上，用白刷在大帆布的藍天上揮抹，給他們的印象尤其深刻。不過一羣婚宴人士參觀羅浮宮的消息大概傳開了，畫家們咧着嘴跑過來，民衆坐在凳子上悠哉游哉看他們遊行，守門員緊閉着嘴巴，免得說粗野的笑話。參加婚宴的人已經累了，不再充滿敬畏，拖着釘鞋走，鞋跟在噪雜的地板上咔啦咔啦響，活像野獸羣在空曠而莊嚴的畫廊中亂跑亂竄。

馬丁尼爾先生節省音效，一句話也不說，大步走向魯賓斯的名畫「露天市集」。他還是不說話，只用暗示的目光望着那幅畫。太太小姐們仔細看一眼，然後驚呼幾聲，掉過頭去，臉蛋兒漲得通紅。但是男士們硬逼她們留在原地，一面搜索污穢的細節，一面吃吃偷笑。

布許說：「看這裏。這就值回票價了。這兒有一個在吐。那個正在看蒲公英。噢，那個！哇！咦！我不得不承認，這兒有個好看的傢伙！」

馬丁尼爾先生爲成功而得意，「我們走吧，這裏沒什麼可看了。」

於是他們往回走，再次經過「方形畫室」和「阿波羅館」。拉瑞特太太和雷曼柔小姐開始抱怨腿酸。但是紙板商想帶洛里羅斯去看古代的珠寶。很近，在側面的一個小房間，他閉着眼睛都找得到。但是他走錯路，拖着大夥兒穿過七、八個畫廊，都是空空冷冷的，裏面只有普普通通的玻璃櫥，擺着一行又一行的破瓶罐和可怕的小塑像。大家都覺得冷，簡直無法忍受。接着，他們要找出路，來到紙畫間，又開始無盡的追逐；紙畫連綿不斷，一間又一間，沒有一張好看的——不過是紙上瞎畫些東西，用玻璃框掛在牆上罷了。馬丁尼爾先生大驚失色，却不肯承認迷路，奔上一道樓梯，把他們都帶到上面一層樓。這次他們來到海洋博物館，裏面有工具和大砲的模型、模型地圖，以及像小孩玩具一般大小的船隻。他們走了一刻鐘，繞了好多好多路，又來到一處樓梯，下樓一看！又回到紙畫堆了。他們心慌意亂，漫無目標在一個個畫廊中亂走，仍然排隊跟着馬丁尼爾先生，現在他正猛擦眉毛，氣沖沖痛罵當局，說他們把房門的位置改過了。守門員和賓客看他們走過，覺得很吃驚。不到二十分鐘，人家又看他們出現在「方形畫室」和「法國館」，再由東方小神祇鼾睡的玻璃框邊走過。他們永遠出不去。他們累得要死，什麼希望都沒有了，走路踢得咚咚響，把大肚子的高德龍太太遠遠扔在後頭。

「都出去！都出去！」守門員提高嗓子說。

他們差一點被鎖在屋內。一名守門員不得不引導遊行，帶他們到一個出口去。大家到衣帽間拿了雨傘，來到羅浮宮的庭院，又能呼吸了。馬丁尼爾先生恢復了平靜：咦，當然，他應該左轉才對，是的，現在他想起珠寶在左側。不過大夥兒都假裝很高興看過這麼多東西。

四點了，晚飯前還有兩個鐘頭要打發。他們決定散散步消遣。太太小姐們筋疲力盡，希望找個地方坐下來，但是沒有人要請客，他們又沿着堤道走。這時候突然又下大雨了，雖然有傘，太太小姐們的衣裳還是整個泡湯。洛里羅斯太太覺得衣服上的每一滴雨水都刺穿了她的心，提議到皇家橋下面躲雨。那邊眞好。確實不是壞主意！女士們把手帕舖在圓石上，張開膝蓋坐下來，兩手摘石縫間的草葉，看黑濛濛的河水流過，宛如置身鄉間。男士們大聲吼叫，聽前面拱柱彈過來的回聲，覺得很好玩。布許和「烤肉一號」輪流對空中咀咒，叫道「下流胚！」等回聲傳回來，再大笑不已，但是嗓子很快就啞了，他們拿起扁扁的石頭，玩打水漂的遊戲。陣雨停了，但是大夥兒過得很愉快，人人都忘了向前走。塞納河帶來一塊塊的油污、舊木塞和蔬菜皮，各種被表面的漩渦暫時困住的垃圾，在拱柱下的幽光中看來好可怕，頂上的橋面車子隆隆開着，巴黎彷彿在隧道的兩端，向左向右都只見它的屋頂。雷曼柔小姐長嘆一聲說，如果那邊有一點綠樹，就像馬娜河的一處地方了，一八一七年左右她常和一個年輕人到那兒，現在她還爲那個人守喪呢。

但是馬丁尼爾先生發出開步走的信號。他們橫越杜勒瑞茲皇宮花園，那邊有一大羣孩子，他們的鐵環和飛球弄亂了這一行人的順序。然後他們來到梵多姆塔，仰視圓柱形的塔身。馬丁尼爾先生想到一個獻給女士們的好禮物。他提議到塔頂去看巴黎的風光，大家都認爲很有意思。是的，是的，他們一定要上去，往後很久很久還能給他們一個談笑的題材哩。而且對這些一輩子不曾比草地上的母牛爬得更高的人來說，必然很有趣味。

「我看『阿跛』不敢帶着她的愛情別針冒險爬上去！」洛里羅斯太太低聲說。

拉瑞特太太說：「我自己樂得上去，但是我不要男人跟在我後頭。」

於是他們都上去了。十二個人在狹窄的廻旋樓梯間列隊往上爬，不時撞到破舊的梯階，手緊扶着牆壁。等到眼前一片漆黑，大家哄然笑鬧。男士們逗弄太太小姐，捏她們的小腿，她們發出一陣陣小尖叫。不過她們才不說呢！不，最好假裝是老鼠咬的。其實也無大礙，男人知道什麼時候該有分寸，才不失體統。這時候布許想起一個笑話，大家從排頭往後面傳。他們呼叫高德龍太太，怕她困在半路上，問她的肚子能不能擠過來。想想她卡在那兒，不能上也不能下，那多糟糕！她會堵住坑道，大家永遠出不去了！他們都對她的大肚子猛開玩笑，鬧聲喧天。布許現在離得好遠，宣稱他們爬這道煙囱要爬到老——是不是永遠向上向上，直升天堂？然後他大叫說圓塔震動了，想嚇嚇女士們。庫柏却一語不發。他緊跟在雪維絲後頭，摟着她的纖腰，覺得她身子倚在他身上。他們突然來到白晝的光線中，那時他正在吻她的頸子。

「哇，你們眞是恩愛夫妻！別介意我們在場，好不好？」洛里羅斯太太顯得很震驚，大聲嚷道。

「烤肉一號」氣沖沖一直咕噥道：

「你們好吵，我想數樓梯有幾級都辦不到。」

馬丁尼爾先生已經在平臺上，指出山水等界標。福康尼爾太太和雷曼柔小姐想到這一路上冷熱熱的滋味都嚐遍了，乾脆拒絕走出樓梯間；她們最多隔着小門看幾眼。拉瑞特太太膽子比較大，繞着窄窄的平臺走，腦袋離古銅色的圓頂好近好近。不過想起來，眞的很刺激；眞的；一脚踏空，哎喲，可就掉下去囉！男士們俯視下面的廣場，下顎慘白。簡直像浮在空中，脫離一切支點，叫人五臟凝結，眞的！但是馬丁尼爾先生勸大家抬起眼睛，直望着遠處，就不會頭暈了。他接着指出「傷殘醫院」、潘塔昂國家紀念堂、諾特丹大教堂、聖傑克斯塔以及蒙特馬屈高地。洛里羅斯太太突然想起一個問題：這兒能不能看見禮拜堂大道，以及他們待會兒要去吃飯的「銀磨坊」餐廳？接下來的十分鐘，他們都想找出那個地點，人人指的都不一樣，甚至爭論起來。四周是巴黎灰濛濛的廣大空間，有深坑、有浪花般綿延的屋頂，一直伸到灰藍的地平線；整個塞納河右岸平舖在密雲的陰影中，一線陽光從滾金的雲層邊緣射下來，照亮了左岸的無數窗扉，投下萬道光芒，使半邊城市亮閃閃的，和暴風雨洗得清清爽爽的天空相映成趣。

「不值得一路拖拖拉拉上樓，來互咬腦袋！」布許說着，氣沖沖開始往下走。

他們都愁眉苦臉默默下樓，只聽見鞋子在梯階上咔咔響。回到地面，馬丁尼爾先生要付錢，但是庫柏不肯，連忙塞了二十四蘇錢給管理人，一人兩蘇。現在快五點半了，走過去剛剛好。於是他們由林蔭大道和魚販郊區走回去。但是庫柏覺得遠足不該這樣結束，所以他請大家到一間酒吧去喝點苦艾酒。

晚餐訂在六點，大夥兒到那兒，「銀磨坊」的人已經等了二十分鐘。布許太太把門房小屋交給大樓的一位太太照顧，如今在擺宴席的二樓房間和庫柏大媽說話呢。她把克勞德和艾亭納兩個小傢伙帶來了，他們正在桌下和椅子中間追來追去。雪維絲一進來就看見睽別一整天的兒子，連忙把他們摟在膝蓋上，咂咂親吻。

她問布許太太，「他們乖不乖？但願他們沒鬧得妳發昏。」

布許太太轉述兩個小搗蛋下午說的趣話，她又把他們叫到身邊，慈愛地摟着他們。

「對庫柏來說，未免有點滑稽，對不對？」洛里羅斯太太在房間另一頭對別的女客說。

雪維絲還保持早上笑瞇瞇的沉着態度，但是散步以後，她的心情有時候很悲哀，不時以多慮而冷靜的表情望着她丈夫和洛里羅斯夫婦。她覺得庫柏不敢起而對抗他姐姐。頭一天他還大聲賭咒說，他們若在背後說閒話，他要叫他們安份一點。但是她很清楚，一旦他們在面前，他就像奉命躺下的好狗，把他們的話當做諭令，看他們生氣就嚇得要死。她不禁擔心未來的前途。

現在他們只等「我的皮靴」一個人，他還沒有露面。

庫柏大聲說：「噢，混蛋！我們坐下來開動吧。他馬上來，你們看好了。他的鼻子好靈，一哩外的飯菜香他都聞得到。嘿，他如果還在聖丹尼斯路上徘徊，我打賭他玩得很痛快！」

於是大夥兒精神勃勃坐下來，椅子嘰嘰嘎嘎響。雪維絲坐在洛里羅斯和馬丁尼爾先生中間，庫柏坐在福康尼爾太太和洛里羅斯太太之間。其它的客人隨便坐，因爲你若安排座次，總會造成嫉妒和爭吵。布許悄悄坐在拉瑞特太太身旁，「烤肉一號」兩邊分別坐了雷曼柔小姐和高德龍太太。至於布許太太和庫柏大媽，他們留在一端照顧孩子，負責替他們切肉，倒飲料（千萬別含太多酒喔！）。

太太小姐們整整枱布下面的衣裙，以免弄髒，布許問道：「沒有人做謝恩禱告嗎？」

但是洛里羅斯太太覺得這種蹩脚笑話沒什麼意思。洋麵都快凉了，舀在湯匙裏吸得呼呼響，片刻就吃得精光。有兩個侍者身穿油膩膩的短襖和不太白的圍裙在場。光線由四扇敞開的窗戶射進來，窗子俯臨庭院的幾棵刺槐樹；這是雷雨天的傍晚，清新而悶熱。濕地上密葉叢反射的光線把煙濛濛的房間映得充滿綠意，葉影在略帶霉味兒的枱布上飛舞。屋裏有兩面蠅斑點點的鏡子，一端一面，把桌子映成無限張，還有它那厚重的普通磁器，黃黃的，刀痕被油膩膩的洗滌水弄得發黑。那一頭每次有侍者由廚房出來，門一開，就傳來一股強烈的油味。

「先別講話，」布許說，這時候人人都靜下來，低頭猛吃。

他們正在喝第一杯酒，看侍者傳送肉餅，「我的皮靴」進來了。

他叫道：「噢，你們眞是好人，你們！我在路上磨了三個鐘頭的脚板，有一個警察甚至向我要證件。居然對朋友玩這種鬼把戲！你們至少可以派一輛出租馬車去接我。不，眞的，玩笑歸玩笑，我覺得太過份了一點。而且雨勢好大，我的口袋都裝滿了水。現在裏面還抓得到小魚哩，眞的！」

來賓哄堂大笑。「我的皮靴」醉態可掬，他一定喝了幾瓶酒，免得被暴風雨灑在他身上的尿液打出病來。

庫柏大聲說：「噢，這可不是羊腿肉大人嘛！到高德龍太太旁邊坐下來。你看，我們都在等你。」

噢，他才不擔心呢，他馬上就趕上別人！他多舀了三次湯，滿盤滿盤的洋麵，還切了好大的幾塊麵包放進去。等大家開始吃肉餅的時候，他變成全桌驚嘆的泉源。他眞能吃！震驚的侍者源源送上麵包——切得考考究究的麵包片，他一口就吃得精光。最後他惱火了，叫人拿一大條來放在他旁邊。店東很着急，在門口偷看。大夥兒盼的就是這一招，他們又大笑起來。老闆會氣死！他是怪人，是「我的皮靴」！咦，有一天時鐘敲十二響的時候，他不是吃了十二枚硬綳綳的水煮鷄蛋，又喝了十二杯酒嗎？吃得下這麽多的人還不常見哩。他大嚼的時候，雷曼柔小姐以慈愛的眼光望着他，馬丁尼爾先生想找一句話來表達他的敬畏，說這樣的容量確實不尋常。

大家停頓片刻。一名侍者剛端上一個深如沙拉缽的大盤子，盤裏裝滿燉兎肉。

庫柏一向愛說俏皮話，這時候說出最精采的一句：

「看哪，侍者，兎子是獵場來的，牠還在叫哩。」

眞的，一聲維妙維肖的叫聲好像從盤子裏傳出來。是庫柏不掀動嘴唇，由喉嚨裏發出的；這是他在宴會上常玩的把戲，所以他吃飯一定叫燉兎肉，然後他發出咕噥咕噥的聲音。太太小姐們笑個不停，直用餐巾拍臉。

福康尼爾太太要吃兎頭；她只喜歡頭部。雷曼柔小姐喜歡那幾塊燻猪肉。布許說他愛吃那幾粒煮得很好的小洋葱，拉瑞特太太嘛起嘴唇說：

「噢，我明白了！」

她渾身像酒花藤的支柱，乾巴巴的，做工的日子又單調得像尼姑，自從她丈夫死後，她連男人的鼻子都看不到，但是她照樣表現出下流的偏好，對雙關和曖昧的話有一股狂熱，那些話有時候實在太難解，只有她一個人看出妙處何在。布許探身過來，要她解釋，她貼着他的耳朵說：

「咦，當然……兩個圓圓的小東西……說得够清楚了吧！」

不過話題轉向正經的一面，人人都在談他自己那一行。馬丁尼爾先生大事讚揚紙箱製造業——這一行有幾個眞正的藝術家哩——他還列擧幾種他想到的禮物盒，簡直美得像奢侈品。但是洛里羅斯冷笑一聲，他對於打造眞金非常得意，覺得自己的手指和全身都金光閃閃。他說，古代鑄稀有金屬的人還佩劍哩，他引用伯納·巴利西的話，但是不知道他是誰。至於庫柏，他對大家談起一位伙伴製造的風信旗，眞是傑作喔，由一根圓柱和一束穀物構成，上面加一籃水果，頂端有一面旗幟，都仿製得栩栩如生，完全用鋅片切割與銲接而成。拉瑞特太太把刀柄夾在骨瘦如柴的手指間，向「烤肉一號」示範玫瑰花莖的做法。人聲愈來愈大，混雜在一塊兒；喧鬧中可聽見福康尼爾太太正在談她的女工，尤其是一個愚笨的小學徒，那丫頭昨天才替她燒焦了兩件床單。

洛里羅斯用拳頭猛敲桌子吼道：「我不管你說什麼，黃金就是黃金！」

這一句話使大家沉默下來，只聽見雷曼柔小姐的尖嗓門繼續說：

「於是我把洋娃娃的裙子翻過來，由底下縫好，在她們的腦袋插一根針，使帽子固定，這就好啦！可賺十三蘇錢。」

她正向「我的皮靴」解釋洋娃娃的做法，後者的下巴像石磨猛嚼着不停。他根本沒聽，只是點頭，眼睛注意侍者，怕盤子還沒刮光就被收走了。他們剛吃了一客紅花菜豆燉小牛肉，現在烤肉端上來了——兩隻瘦鷄鴨，下面鋪着枯萎又在烤箱裏燒焦的水芹菜。外面的夕陽仍然高掛在刺槐樹的高枝頂，屋裏的綠光被桌上的水蒸氣映得更濃，現在桌上沾滿酒汁和肉汁，杯盤狼藉。侍者擺在牆邊的一堆堆髒盤子和空酒瓶簡直像掃成一堆和枱布抖下來的垃圾。屋裏很熱，男士們脫下外套，穿着襯衫繼續大吃大嚼。

「布許太太，拜託別讓他們塞太飽，」雪維絲很少說話，却遠遠注意克勞德和艾亭納。

她由餐桌邊站起來，走到小傢伙位子後面閒聊一會。小孩子不懂事，他們從早吃到晚，什麼都不推拒——但是她自己却拿鷄肉給他們，只是一點點鷄胸肉。庫柏大媽說，讓他們肚子痛一次也好。布許太太低聲指責布許捏拉瑞特太太的膝蓋。噢，是的，他很狡猾，而且喝醉了。她親眼看他的手消失，他若再這樣，她可要把玻璃水瓶扔到他頭上！

過了一會，馬丁尼爾先生談起政治來。

「五月三十一日的法案眞差勁。現在你得有兩年的居住執照。三百萬公民失去資格！我聽人說，拿破崙（三世）眞的很生氣，因爲他愛人民，他常表現出這一點。」

他自己是共和主義者，但是他仰慕王子，因爲他叔叔是空前絕後的人物。「烤肉一號」聽了大爲光火：他曾在伊麗莎宮做事，見過這位拿破崙，正如他現在眼見「我的皮鞋」坐在他前面！算了，這位孬總統長得就像警察的密探，眞的！聽說他要沿着里昂那條路遊歷一番，他若掉在水溝裏跌斷頸子，那才大快人心呢。爭論愈來愈激烈，庫柏不得不出面調解。

「算了，你們一定是笨蛋，才會爲政治而動火！滾他的政治！和我們有什麼關係？他們愛什麼就來什麼，國王，皇帝，或者什麼都不要，總不會影響我賺五法郞，每天吃飯和睡覺吧？不，這未免太傻了！」

洛里羅斯搖搖頭。他和香波德公爵生在同一天，即一八二〇年的九月二十九日。他念念不忘這個巧合，心裏暗暗作白日夢，認爲合法君王回國和他個人的命運一定有關係。他不用許多話來表達他的願望，只向人表示到時候他會好運當頭。所以，每當他想要自己得不到的東西，他就拖到以後「國王回來」再說。

他說：「事實上，有一天我眞的看到香波德公爵……」

每個人都轉臉看他。

「噢，眞的。大塊頭，穿一件大衣，看樣子是好人。我正在皮魁諾店裏——他是我的朋友，在禮拜堂大街賣傢俱。香波德公爵頭一天把傘遺忘在那兒。噢，他進來說：『麻煩你讓我拿回雨傘，好嗎』，很簡單，就是這樣！噢，是他沒錯，皮魁諾鄭重發誓是他。」

沒有一個客人表示懷疑。他們已吃到甜食的階段，侍者吭啷吭啷清理桌上的杯盤。到目前爲止洛里羅斯太太最文雅，最像貴婦，此時却罵了一聲，「血腥的笨蛋！」因爲有一名侍者收盤子的時候，把濕淋淋的湯汁滴到她頸子上。她的絲質衣裳一定弄髒了。馬丁尼爾先生不得不替她檢查背後，但是他賭咒說沒有弄髒。現在枱布中央擺出一個沙拉缽，裝的是「雪花蛋」布丁，旁邊圍着兩盤乳酪和兩盤水果。這道布丁以蛋白鋪面，浮在黃黃的乳糕上，使大家恭恭敬敬躊躇了一會；大家没想到有這盤點心，都認爲很棒。「我的皮靴」還吃個不停。他又叫了一條麵包。他吃下兩盤乳酪，因爲乳糕還剩一點，他乾脆叫人把缽子推到他面前，把它當做羹湯，切了幾大片麵包進去。

「這位先生眞了不起，」馬丁尼爾先生再次嘆服說。

然後男士們起來拿煙斗，在「我的皮靴」身後停了一會兒，拍拍他的背，問他現在是不是塡好飢腸了。「烤肉一號」把他連椅子抬起來，老天，體重比原先增加一倍哩！庫柏一向愛說笑，指稱他們的朋友才開始進行哩，現在他要動手吃麵包吃一整夜。侍者膽顫心驚，都不見了。布許下樓呆一會兒，同來描述店主的表情。他在櫃臺後面，臉色發青，老闆娘剛派人去看麵包店是不是還開着。連小猫都一副傷心的樣子。眞好笑，光是這一招就値回晚餐的費用了。你出門吃飯，一定要請大肚漢「我的皮靴」！男士們坐着抽煙斗，以羨慕的眼神望着他，這小伙子身體一定很棒，才能這樣吃法！

高德龍太太說：「供你吃喝的差事我可不喜歡。不，我可不喜歡！」

「我的皮靴」斜睨了鄰座女賓的肚子一眼說：「喏，媽咪，別開玩笑了。妳吃的比我多！」

大家紛紛喝采：好！答得好！現在天色已黑，屋裏點了三盞煤氣燈，在陣陣煙圈中照出大塊大塊活動的光影。侍者送上咖啡和白蘭地，把最後一堆髒盤子收走。下頭的三棵刺槐樹下，舞會已經開始了，樂號和兩把提琴奏得很響很響，夾着刺耳的女性笑聲，漲滿了炎熱的夜空。

「我的皮靴」叫道：「現在我們可以喝火燒白蘭地。兩瓶火酒，一大堆檸檬，糖不要放太多。」

但是庫柏看到對面雪維絲焦慮的表情，站起來說大家不再喝了。他們已經痛宰了二十五瓶──把小孩當大人計算，平均每個人喝一瓶半，已經喝過頭了。他們融融洽洽聚餐，沒有虛張聲勢，因爲大家彼此有好感，要由自己人來慶祝家庭的喜事。一切都很好，大家都快快樂樂，如果他們尊重太太小姐們，就不能開始酗酒。其實，他不用再多說什麽，大家是聚在一塊兒舉杯祝福一對新人，不是來狂飲的。屋頂匠以堅定的口吻發表這篇小演說，說完每一句話就把手放在胸前，洛里羅斯和馬丁尼爾先生大表同感，但是布許、高德龍、「烤肉一號」、尤其「我的皮靴」等四個人現在已有醉意，以濃濁的聲音冷笑說，他們口渴得要命，得想想辦法。

「我的皮靴」指稱，「渴的人就是渴，不渴的人就是不渴。所以我們要叫酒來大喝一頓。我們不強迫人喝。斯文的人可以叫糖水。」

庫柏正想再勸他，他站起來，拍拍自己的屁股咆哮說：

「聽着，小黑潮，你不妨吻這兒！侍者，兩瓶最好的老酒。」

庫柏說好，他們馬上結算飯錢，可以免除爭論。品行端正的人用不着替酒鬼付賬。不巧「我的皮靴」搜了半天，發現身上只有三法郎七蘇錢。得了，他們爲什麼害他在聖丹尼斯路瞎逛？他不能眼睜睜溺死，所以他動用了那枚五法郎的錢幣。都怪他們，對不對？最後他交出三法郎，把剩下的七蘇零錢留來第二天買煙草。庫柏生氣了，要不是雪維絲猛拉他的外套，嚇得半死，叫他別動粗，他恨不得打他一拳。他決定向洛里羅斯借兩法郎來補上，洛氏開口拒絕，却偷偷塞給他，因爲他太太一定不准的。

這時候馬丁尼爾先生開始傳遞一個托盤。沒有人作伴的女士——拉瑞特太太、福康尼爾太太和雷曼柔小姐——最先交出五法郎的錢幣，態度很謹愼。然後男士們擠在房間另一頭算帳。一共十五個大人，總數是七十五法郎。等盤中收齊了七十五法郎，每位男士再出五蘇錢給侍者當小費。他們精心算了一刻鐘，才達到人人滿意的結果。

但是馬丁尼爾先生要付帳的時候，把店東叫來，他却笑着說這筆錢不够，大夥兒如遭雷殛。還有額外的費用。大家一聽「額外的費用」就氣沖沖叫起來，他仔細說明如下：原先說好二十瓶酒，結果喝掉二十五瓶，他看甜食不够，另外加了一道「雪花蛋」布丁，怕有人喝咖啡要加甜酒，又外加一瓶甜酒。於是雙方大吵一架。庫柏發現責任要他負，堅持不肯讓步：不，他沒有說二十瓶，而且「雪花蛋」布丁是算在甜食裏的，店東自己要送上來，好，那是他的事。現在只剩甜酒的問題了，那只是一種花招，趁人不注意，把飲料偷偷塞上桌，以提高帳單上的數字。

他大喊道：「放在咖啡托盤上，好，那就該算在咖啡裏。現在滾蛋！拿着你的錢，如果我再踏入這個臭地方，我會下地獄！」

店主不甘休地說：「還差六法郎。給我六法郎。而且，這位先生吃掉的三大條麵包我還沒算上去哩！」

大家都擠在他身邊，比手劃脚，氣得嗓子都變了，宛如被人勒死的尖叫。女士們尤其拋掉平日的緘默作風，直截了當說她們一生丁都不肯多付。不，謝了！眞是好婚禮！雷曼柔小姐是絕不再參加這種晚宴了！福康尼爾太太覺得這頓飯很差；在她家只要花兩法郎，她就能做出令人滿意的貨色！高德龍太太抱怨她坐錯了位置，和「我的皮靴」爲鄰，此人對她一點都不體貼。總之，這種自費的聚餐素來是不歡而散，你若是要人家參加你的婚禮，就好好請人家，對不對？紛爭期間，雪維絲陪庫柏大媽躲在窗口，一句話也不說，只覺得很慚愧，這些指責似乎沖着她而來。

最後馬丁尼爾先生陪店主下樓，大家聽見他們在下面討論。半個鐘頭後，他上來了，說好多付三法郎。但是大家還很生氣，繼續爲額外費用的問題猛嚼舌根。布許太太突然動怒，更加強了此間的騷動。她一直留心布許，看到他在一個角落裏捏拉瑞特太太的腰肢。於是她用盡全力，拿起一個玻璃水瓶向他甩過去。玻璃在牆上打碎了。

瘦寡婦緗緊譏笑的嘴唇說：「太太，不難看出妳丈夫是裁縫。一流的製裙好手！不過我在桌子下面用力踢了他好幾脚。」

今晚的氣氛全毀了。他們的脾氣都愈來愈大。馬丁尼爾先生建議唱歌，嗓子很好的「烤肉一號」却不見人影，雷曼柔小姐在一處窗口眺望夜色，發現他在刺槐樹下，正陪一位沒戴帽子的健美姑娘跳舞呢。樂號和兩把提琴正在演奏「芥菜小販」，是一支方塊舞曲，和鄉下舞步一樣，拍手的動作很多。大夥兒一哄而散；「我的皮靴」和高德龍夫婦都下去了，連布許也偷偷溜走。由窗口可以看見一對對舞伴在樹葉間轉來轉去，密葉在樹枝所掛的燈籠照映下活像一片綠漆。夜空靜止不動，彷彿在暑氣裏打瞌睡似的。樓上的餐廳內，洛里羅斯和馬丁尼爾先生談起一個嚴肅的話題，太太小姐們一心想發洩滿腔的怒火，就檢查衣裳，看看有沒有沾上污痕。

拉瑞特太太的垂鬚一定浸到咖啡裏了。福康尼爾太太的花白衣裳濺了不少肉汁。庫柏大媽的綠色披肩滑下椅背，在角落裏皺成一團，被人踩了幾脚。但是最氣的是洛里羅斯太太。她背後有一個污斑，大家發誓沒有，她硬是不信，因爲她覺得有。最後她在鏡子前面扭來扭去，終於看到了。

她大叫說：「喏，我不是說了嗎？是鷄肉汁。侍者要賠我這件衣服，我不惜打官司告他！這下子衣服全完了！早知道我在家躺着還好些。算了，我走了。我受夠了他們的鬼婚禮！」

她氣沖沖離開，樓梯在她脚下發抖。洛里羅斯趕快追上去，左勸右勸，她只表示：如果大夥兒要一起回家，她在外面的人行道等五分鐘。她眞該照原先的打算，暴風雨之後馬上回家。受了這樣一天的罪，她眞氣庫柏！庫柏聽說她生氣，嚇得全身發軟，雪維絲爲了給他省麻煩，答應馬上回家。於是大夥兒匆匆道別，馬丁尼爾先生負責送庫柏大媽回去。洞房花燭夜克勞德和艾亭納由布許太太帶回去睡覺——讓他們的母親沒有後顧之憂，他們肚子裏裝了不少布丁，如今在椅子上睡得正熟呢。於是一對新人終於跟洛里羅斯走了，其它的人留在飯店裏，這時候他們的夥伴和別人在樓下的舞池發生劇烈的糾紛；布許和「我的皮靴」吻過一位小姐，不肯把她交還給原來的軍裝舞伴，而且恐嚇要收拾所有的人，這時候樂號和兩把提琴正在演奏「珍珠漁人」中的波卡舞曲，樂聲震天。

時間才十一點。整條禮拜堂大道和整個金點區附近，因爲是半個月一次的週六發薪日，到處洋溢着酗酒的鬧聲。洛里羅斯太太站在「銀磨坊」二十碼外的一根燈柱下等他們。她挽起洛里羅斯的手臂，筆直往前走，速度好快好快，根本不回頭，雪維絲和庫柏儘量跟上去，弄得氣喘吁吁。他們不時跨出人行道，避開四脚朝天躺在地上的醉鬼。洛里羅斯回過頭來，想挽回事態。

「我們送你們到門口，」他說。

但是洛里羅斯太太高聲說，在邦克爾旅店那種髒地方度過新婚之夜，未免太滑稽了。他們不是該把婚禮延後，省點錢來買傢俱，在自己家度過新婚之夜嗎？算了；他們擠在租金十法郎、連半點新鮮空氣都沒有的閣樓裏，這下可舒服囉！

庫柏膽怯地說：「我放棄那間閣樓了，我們不住那裏。我們保留雪維絲的房間，大一點。」

洛里羅斯太太一時昏了頭。

「咦，那可不是太過份了嘛！原來你要睡『阿跛』的房間？」

雪維絲臉色發青，這個綽號頭一回當着她的面叫出來，對她恍如一記悶棍。而且，她明白夫家姐姐驚叫的含義：「阿跛」的房間代表她和蘭蒂爾共住了一個月的閨房，她往日生活的破爛點滴還陰魂不散呢。不過這些庫柏都不在意，他只氣綽號的事情。

他劈劈啪啪回嘴說：「妳沒有理由叫別人的綽號。我想妳不知道這一帶的人都叫妳『老猪尾』，只因爲妳留了那種髮型。妳不喜歡吧？我們爲什麼不能保留二樓的房間？今天晚上孩子們不在，我們會過得很好。」

洛里羅斯太太不再說話，倒一臉莊重沉默起來，爲「老猪尾」的綽號而生氣。庫柏輕輕捏了雪維絲的手臂一把，想鼓舞她的精神，他貼着她的耳朵說：他們靠七蘇錢起家，三枚大的，一枚小的，還用手在褲袋裏弄得叮噹響，甚至把她逗笑了。大家到了邦克爾旅店，冷冷淡淡說聲晚安。庫柏正要推兩個女人上前互吻，叫她們別這麼傻氣，一個本來好像要繞到她們右邊的醉漢突然向左拐，插在她們中間。

洛里羅斯說：「噢，噢，是巴索吉！他今天喝够了。」

雪維絲嚇得要命，平貼在旅店門板上。老巴索吉是一個年約五十歲的收屍人，黑褲子沾滿泥屑，黑外套搭在肩膀上，黑皮帽在一次踤跤的時候撞扁了。

洛里羅斯說：「別怕，他没有惡意。他是我們的鄰居，通到我們家那條走廊的第三間……他的雇主們若看到他這副德性，可就妙了！」

雪維絲嚇成那樣，老巴索吉很不高興。

他打嗝說：「咦，怎麼啦？這裏沒人要吃妳！我不比別人差，妳知道……當然，我承認喝了一兩杯；沒有活兒要幹的時候，得上點油。你們沒有人能把體重四十𥐘（一𥐘等於十四磅）的傢伙由五樓抬到人行道，只有兩個人抬喔，而且不弄斷半根骨頭……我希望人人大笑，眞的。」

雪維絲更往門裏縮，好想哭出來，寧靜幸福的一天就這樣破壞了。她忘了吻夫家的姐姐，叫庫柏把醉漢攆走。巴索吉蹣蹣跚跚，做出頗富哲理的輕蔑手勢。

「妳這樣還是免不了要走同一條路，姑娘……說不定有一天妳很高興走哩。眞的，我知道有些女人，只要你帶她們走，她們會感激不盡。」

洛里羅斯夫婦眞的使力要拖他走，他便轉身走了，一面打嗝一面結結巴巴說：

「等妳死掉……妳記住我的話……等妳死掉，那要很久很久。」

4

接着是四年勤苦的日子。在這一帶，雪維絲和庫柏是公認的標準夫妻，他們獨來獨往，不吵架，每個星期天固定往聖奧文方向散步。妻子每天在福康尼爾太太的洗衣店工作十二小時，還能把家理得一塵不染，早晚各爲家人做一頓飯菜。丈夫從來不酗酒，固定把兩週一次的薪水袋拿回家，臨睡前先在敞開的窗口抽抽煙，吸一點新鮮的空氣。事實上，大家都說他們是好夫妻，兩個人每天一共賺九法郎，人家都以爲他們一定頗有積蓄。

不過開頭一段時間，他們得做牛做馬來維持開銷。他們結婚欠了兩百法郎的債，而且他們討厭住邦克爾旅店，覺得地方太髒，充滿品行曖昧的客人。他們渴望一個自己的家，有他們引以爲榮的傢俱。他們計算了一二十次，發現得有三百五十法郎才够用，才用不着小小氣氣，萬一需要添個新的長柄鍋或煎鍋，也用不着苦思怎麼樣才買得起。他們簡直不可能在兩年內存起這麼大的數目，這時候運氣來了；普拉桑的一位老先生說要收養大兒子克勞德，送他上學讀書。這是一位藝術狂愛者突起的念頭，他深深愛上這孩子所畫的幾張人像。克勞德的花費已經很可觀了，現在只剩年紀小的艾亭納要養，他們七個半月之後就存了三百五十法郎。向美男街一位批發商買傢俱的那天，他們臨睡前先在林蔭外道上漫步，心裏喜孜孜的。傢俱包括一張床、一張床頭几和一張大理石面的五斗櫃，一個大橱子，一張罩着美國枱布的圓桌，六張椅子，都是老紅木製品，還有嶄新而精美的寢具、亞麻衣物被單以及厨房用具。對他們來說，這是生活上眞實而肯定的開端，使他們成爲戸主，也使他們在本區的老居民中得到一席之地。

幾個月來，他們忙着找新住家。他們眞的很想在金點街的大樓租一個住處，但是那邊沒有房間空出來，他們只得放棄原先的夢想。說實話，雪維絲不見得多麼遺憾，她一想到和洛里羅斯夫婦爲鄰，就非常害怕。庫柏一心希望別離福康尼爾太太家太遠，雪維絲隨時可以回家看看，他的想法對極了。最後他們終於在「金點新街」找到一個大房間，有一個相鄰的小側廂和一個厨房。位於一棟三層小樓房裏，樓梯很陡，每層只有兩戸，一左一右，樓下是一位出租馬車商的住宅，馬車放在臨街的大院子四週。雪維絲很高興，自覺回到了鄉間；沒有鄰居，不用擔心閒話，寧寧靜靜的一角，使她想起普拉桑城牆後面的一條安靜小巷，說來很幸運，她可以在燙衣板前守望自己家的窗扉，只要伸長頸子就行了，連熨斗都不必放下來。

他們四月一日搬進去。當時雪維絲已懷了八個月的身孕，但是她勇氣十足，開玩笑說：她工作的時候，孩子幫了她的忙——她感覺到肚裏的小拳頭正在推她，給她力量。庫柏要她躺一躺，慢慢來，她罵了他一頓！不，等陣痛眞的來了她才躺還不遲，現在多一口人要養，他們得認眞應付這個問題！她先做完洗衣的工作，再幫丈夫把傢俱安頓好。這些傢俱她奉如神明，以母親的愛心來擦拭，看到一點點刮痕，就傷心得要命。萬一她掃地時，掃把碰到了傢俱，她馬上痴痴停下來，彷彿不小心打了自己一棒似的。五斗櫃她尤其喜歡，引以爲榮，她覺得漂亮又結實，是身份的象徵。她有一個夢想，却不敢吐露半句，就是買一個座鐘來放在大理石面中間，效果一定棒極了。要不是即將生產，她可能會冒險花錢買一個，不過既然要生產，她把願望往後延，心裏却有些難過。

新居的生活眞可愛。艾亭納的床放在小側廂，那邊還容得下另外一張娃娃床。廚房小得像手帕似的，又黑得像麻袋，但是房門開着，倒看得很清楚；而且，她又不是要煮三十人份的大餐，只要有地方燉菜就行了。他們最得意的是起居室。早上他們一醒，馬上拉起凹室的遮簾——白洋布遮簾——你看！房間就化爲餐廳了，餐桌在中央，五斗櫃和大橱子相向而立。因爲壁爐一天要燒掉十五蘇錢的煤炭，他們把它堵死，在大理石板上放一個小鐵爐，即或最冷的天氣，只要七蘇錢就能取暖了。然後庫柏儘量裝點牆壁，打算以後再加些擺飾品，現在暫時掛一張某法國元帥的大照片，他神氣十足騎着馬，手持麾杖，立於一門大砲和一堆砲彈之間，這張照片暫時代替鏡子。五斗櫃上有兩行家庭照片，中央夾着一個鍍金的舊聖水盆，他們把水柴裝在聖水盆裏。衣橱頂上立着一個巴斯噶的半身像，以貝蘭格的雕像作陪——一嚴肅，一快活，彷彿正在聽自鳴鐘滴嗒滴嗒響。這個房間眞的很漂亮。

「猜我們花了多少錢？」雪維絲問每一個客人說。

他們猜的數目如果太高，她慶幸只花這麽少錢就過得舒舒服服，便得意洋洋地說：

「一百五十法郎，沒有多半文錢！……就是你們所謂的白送，不是嗎？」

「金點新街」本身和他們滿足的心情大有關係。雪維絲的生活完全在這裏度過，不斷來往於住家和福康尼爾太太的洗染店之間。傍晚庫柏習慣下樓，在門階上抽煙斗。那邊沒有石板人行道，崎嶇的圓石街道坡度很陡。頂端快到「金點街」的地方，有幾家櫥窗髒兮兮的小舖——補靴匠、箍桶匠、一家外貌可疑的雜貨店，還有一家酒店破了產，捲門深垂好幾個禮拜，上面貼着傳單。另外一頭靠巴黎的方向，天空被幾棟高高的五層樓擋住了，樓下都是洗染店，一家一家緊緊挨在一起。那一角陰沉沉的，只有一處地方明亮，就是一家鄉下小城常見的理髮店，正面漆成綠色，櫥窗放滿淺色的瓶子，還有擦得雪亮的銅招牌。但是街道最迷人的是中段；樓房矮一點，留出的空地較多，陽光和空氣可以送下來。馬車行、附近的蘇打水工廠和對面的洗衣房造成廣濶、開朗的寧靜空間，洗衣婦悶熄的嗓音或蒸氣引擎的固定撞擊聲更加強了此間的寂靜。由於大塊荒地和通入暗牆間的巷弄，這兒具有鄉下的氣氛。庫柏看偶爾走過的行人不得不踩踏綿綿流出的肥皂水，覺得很好玩，說他想起五歲時一位叔叔帶他去過的一處地方。雪維絲很喜歡她窗口左側院子裏的一棵樹——一棵枝葉突出的刺槐。葉子不多，却足以給整條街帶來相當的魅力。

她在四月的最後一天生產。下午四點左右，陣痛來了，當時她正在福康尼爾太太的店裏燙兩塊窗簾。她不肯立刻回家，坐在椅子上打滾，陣痛稍微緩下來，她就燙一兩下，因爲這些窗簾是急件，她決定燙完。何況很可能只是胃腸不好，用不着肚子一痛就大驚小怪。但是，她正說要燙幾件男襯衫的時候，臉色突然發青。她只得離開洗染店到對街，弓着身子，手緊扶牆壁。有個女工說要陪她回去，她不肯，叫她到附近的煤販街去找一個接生婆。又不是房子着火，她大概還要痛一整夜哩。她進屋還要給庫柏做一頓晚餐；然後她再看情形，也許不更衣，在床上躺躺。但是在樓梯上，她抽筋好厲害，只得半路坐下來，兩個拳頭塞住嘴巴，免得叫出聲，怕有男人過來，被他們發現了。後來陣痛過去，她終於打開房門，大大鬆了一口氣，因爲看來是虛驚一場。那天晚上她要用羊肉片當佐料燉一道菜。她削馬鈴薯的時候，情況還蠻好的。羊肉片在鍋裏烘得焦黃，這時候她突然冒汗，陣痛又開始了。她攪動肉汁，在火爐前面一直移動雙脚，痛得淚眼模糊。咦，就算她生孩子，也不能讓庫柏沒有晚餐吃吧？最後她把燉菜放在文火上慢慢煮。她回到起居室，以爲還有時間擺好一截桌面。但是她不得不趕快放下酒瓶；來不及爬上床，就癱倒在地面的一張席子上。嬰兒就生在那裏。接生婆一刻鐘後抵達，替她接生。

庫柏還在醫院做工。雪維絲不肯打擾他。他七點鐘回來，發現她裹在被窩裏，面孔在枕頭上白慘慘的。嬰兒正在哭，包着一件披肩睡在她脚下。

庫柏吻她說：「噢，可憐的小妻子！不到一個鐘頭前，妳痛得慘叫，我却在瞎混時間！……我說，妳滿不在乎嘛，是不是？像打噴嚏似的，一下子就生出來。」

她露出無力的笑容，低聲說：

「是女孩子。」

他存心開玩笑，給她打氣：「没錯！我訂製一個女孩子，妳看，就是女孩子！妳眞是樣樣依我，是不是？」

他抱起小孩，繼續說：

「我們看看妳，妳這小丫頭。妳有一張小黑臉。噢，以後會轉白，妳不要擔心。妳千萬要當乖女孩，不追男孩子，長大要明理，像爹和媽一樣。」

雪維絲很嚴肅，睜大了眼睛看女兒，但是眼神有點悲哀。她搖搖頭，她寧願生個男孩子，因爲在巴黎這種地方，男孩子總能平平安安度日，不用冒那麼多險。接生婆不得不把庫柏手上的娃娃抱過來。她還叫雪維絲不要講話；她身邊鬧嚷嚷，已經够糟糕了。這時候庫柏說他得去告訴庫柏大媽和洛里羅斯夫婦，但是他餓得半死，得先吃點東西。新產婦看他自己照顧自己，跑到厨房去拿燉菜，用湯盤盛着吃，又找不到麵包放在哪兒，心裏很難過。她不顧接生婆的吩咐，情緒激昂，在被子裏翻來覆去。剛才不擺好餐桌未免太傻氣，但是劇痛像一根棍子，把她打倒在地上。可憐的丈夫一定氣她賴在床上，讓他吃這麼蹩脚的晚餐。馬鈴薯究竟有沒有煮熟？她想不起究竟放了鹽沒有。

「妳別再講話！」接生婆說。

庫柏含了一嘴東西說：「噢，妳以爲能叫她靜下來啊？要不是妳在那兒，我打賭她會起來切一片麵包給我吃。傻妞，妳躺着！別把自己累壞了，否則妳要兩個禮拜才能起床……妳的燉菜很好。女士，要不要跟我吃一點？」

接生婆婉謝了，但是她不反對來一杯酒，因爲她看產婦和娃娃躺在席子上，確實吃了一大驚。最後庫柏出門向親屬宣佈這個消息。半個鐘頭後，他把親人全帶來了，有庫柏大媽，洛里羅斯夫婦和拉瑞特太太，後者是他剛巧在洛氏家碰到的。眼看這對夫婦一天天發達，洛里羅斯夫婦變得相當和藹，把雪維絲捧上天，私底下却暗作手勢，擺頭眨眼，表示他們保留最終的判斷。總之，有些事他們知道，但是不想和附近地區的人唱反調。

庫柏大叫說：「我把親人全帶來了！不必幹什麼，他們都要來看妳。別開口說話，接生婆不許的。他們只呆在這兒，靜靜看妳，別緊張，呃？我去給他們泡點咖啡，弄點好東西吃。」

他進厨房去了。庫柏大媽吻了雪維絲，然後爲嬰兒的體型而雀躍。另外兩個女人也在雪維絲的臉蛋兒上咂咂一吻。三個人站在床邊，大呼小叫地討論各種生產的細節，奇特的生產情況，却又說通常不比拔牙嚴重多少。拉瑞特太太仔細看嬰兒，說她長得好，又說她以後會成爲外貌端整的女人；但是發現她頭形略尖，便不顧嬰兒的啼叫，輕輕按摩，想把它磨圓一點。洛里羅斯太太氣沖沖搶過她手上的嬰兒；小傢伙腦殼這麼軟，如此狠心捉弄她，未免太過份。然後她仔細看嬰兒像誰。這一來幾乎引發一場混戰。洛里羅斯由女人背後伸長頸子一再說：嬰兒根本不像庫柏——也許鼻子有點像吧——甚至連那兒也不像！不，完全像她母親，眼睛尤其像。那雙眼睛不像男方這一頭，這是千眞萬確的！

庫柏還沒有回來。大家聽見他在厨房裏弄火爐和咖啡罐的聲音。雪維絲幾乎嚇一跳——泡咖啡不是男人的差事兒，她大聲吩咐他，根本不理接生婆的噓噓警告。

「喏，把包袱拿走！」庫柏端着咖啡罐進來說。「這娃兒礙手礙脚！該把她放下來了！你們如果不介意，我們用玻璃杯喝，因爲勺杯還在店裏沒拿同來呢。」

他們圍在餐桌邊坐好，他堅持要親自倒咖啡。氣味好濃——才不要稀稀的渾水呢！接生婆喝過咖啡，告辭而去；一切都很順利，不需要她，不過夜裏萬一有什麼問題，明天可以找她。她還沒走下樓梯，洛里羅斯太太就叫她酒鬼，說她一無是處。咖啡裏加了四塊糖，豈有此理？讓妳自己生孩子，還收十五法郎！但是庫柏為她辯護。他甘願出十五法郎——畢竟這些女人年輕的時候學了很久，她們收點錢也是應該的。接着洛里羅斯和拉瑞特太太爭辯起來！他說若想生男孩，床頭該朝北，她則聳聳肩，斥爲幼稚，她自己另外說出一種妙方，就是背着太太把一束陽光下新摘的蕁麻藏在墊被底下。餐桌已挪近床頭。十點以前，雪維絲漸漸沉入筋疲力盡的狀態，只管躺在那兒獃笑，腦袋在枕頭上斜躺着。她看見也聽見四週的情形，但是沒有力量說話或移動；她覺得自己好像死了，却是很舒服的死法，由死亡的深淵欣賞別人的生存。現在大夥兒正討論頭一天禮拜堂高地另一頭「好井街」發生的謀殺案，響亮的說話聲裏不時夾着娃娃的啼叫。

大夥兒想走的時候，提到施洗命名的問題。洛里羅斯夫婦答應當教父和教母——當然他們低聲咕噥了幾句，不過人家若不請他們，他們會抱怨個沒完。庫柏不懂爲什麼要替孩子施洗命名——總不能給她帶來一萬法郎的年收入吧？却很可能害她傷風。愈少和神父打交道愈好。庫柏大媽說他是異教徒。洛里羅斯夫婦雖然不急着到教堂去拜受聖餐，却以自己的宗教節操爲榮。

「你們若願意，可以下星期天舉行，」金鍊匠說。

雪維絲點頭同意，於是人人互相親吻，祝他們事事順心，然後向嬰兒告別。每個人都俯身對顫抖的小傢伙微笑，說些親暱的兒語，彷彿她聽得懂似的。他們叫她娜娜，也就是她教母的閨名——安娜——的暱稱。

「晚安，娜娜……啫，娜娜，乖……」

他們終於走了，庫柏把椅子拉到床前，繼續用抽斗抽煙，手上抓着雪維絲的纖手。他一直抽煙，間或說一兩句話，情緒很激動。

「噢，老伴，他們沒害妳頭疼吧，呃？妳知道我不能阻止他們來。畢竟，這表示他們心存善意。不過我們獨處更好，是不是？我要這樣跟妳單獨在一起，我以爲今天晚上沒個完呢！可憐的愛人，她痛壞了吧？這些娃兒從來不想想他們出生時惹了多少麻煩。一定痛得像體內裂開似的，一定的。告訴我痛在什麽地方，讓我把它吻好。」

他輕輕把一隻大手伸到她背後，將她拉近來，然後隔着被單吻她的腹部，對於替他生孩子受痛的人充滿單純的柔情。他問說他有沒有弄得她發疼，要吹掉痛苦，替她療傷。雪維絲很快樂。她發誓說根本不疼，只想儘快起床，她總不能疊着手臂乾躺在那兒，對不對？但是他要她安心：賺錢養孩子不是他的責任嗎？如果他把養兒的責任推給她，他就太沒用了。男人蘊孕一個孩子似乎不算聰明，養她才算數。

那天晚上庫柏簡直沒睡覺。他將爐火蓋起來，每個鐘頭起床餵小娃娃吃一湯匙溫糖水，但是早上他照常去工作。他甚至利用午餐休息的時間到市政廳去報出生。這時候布許太太聽到消息，過來陪了雪維絲一整天，不過雪維絲大睡十個鐘頭，已經不耐煩了，抱怨說她躺得渾身發酸。傍晚庫柏回家，她向他細數滿腔的苦惱：當然她信任布許太太，但是看陌生人接管她的房間，亂開抽屜，亂動她的東西，她眞要發瘋了。第二天門房替她跑腿回來，發現她已經下床，穿好衣裳在掃地，而且正爲她丈夫做晚餐。她不肯再上床。他們把她當做什麽人？貴婦人露出倦態沒有關係，但是你若沒有錢，就沒有時間喊累。

她生產三天後，就回到福康尼爾太太店裏去燙襯裙，熨斗弄得咚咚響，由於火爐的熱氣，渾身汗淋淋的。

星期六傍晚，洛里羅斯太太帶來她的施洗禮物：一頂價值三十五蘇錢的小帽和一件施洗袍，有皺褶和花邊，因爲在店裏擺髒了，她花六法郎買來。第二天，身爲教父的洛里羅斯送了六磅糖給嬰兒的母親。他們做事中規中矩！而且，那天晚上他們並非空手到庫柏家吃飯！丈夫的左右腋各挾着一瓶上好的名酒，太太則帶了克里南科堤道一家著名的糕餅店買來的一塊大乳糕餡餅。只是有一樁，他們在這一帶到處向人宣揚他們的大方贈禮：他們花了將近二十法郎。閒話傳回雪維絲耳中，她氣得要死，不再接受他們友善的姿態。

在這次的施洗宴上，庫柏和同一層樓的鄰居眞正成了朋友。他們這棟小樓房的另一戶住宅住的是一對母子，姓高耶特。以前他們只在樓梯或街上寒喧，如此而已；事實上，他們的鄰居好像很冷漠。但是雪維絲產後第二天，隔壁的母親曾爲她提了一桶水，雪維絲覺得應該請他們來吃飯，何況她覺得他們是很有敎養的人。而且，當然啦，他們已漸漸相熟了。

高耶特母子是諾德縣的人。母親是花邊修補匠，兒子是鐵匠，目前在一家製造螺帽和螺栓的工廠做事。他們在對面的寓所已經住了五年。寧靜、規則的生活掩蓋了他們過去的一個悲劇：在利爾鄉間，這家的父親喝醉酒，用鐵條打死一位同事，然後在監牢裏上吊自殺。事後寡婦和兒子來巴黎，却老覺得這幕悲劇懸在心裏，便安靜而勇敢地度過絕對高尚的生活，設法補償。說眞格的，他們的舉動有一點自鳴清高的味道，因爲他們覺得自己比別人高一級。高耶特老太太總是穿黑衣，額頭纏一塊尼姑的布帽，面孔平靜得像女舍監，白得像她手下做出的花邊，使她看起來非常肅穆。高耶特是年方二十三歲的巨人，體格魁偉，面色粉紅，眼珠子呈藍色，力氣可比神話英雄赫克利斯。因爲他留了一口漂亮的金黃色鬍鬚，工廠的同伴都叫他「金弟」。

雪維絲立刻對他們生出好感。她頭一次到他們家，看裏面那麼乾淨，簡直嚇一跳。沒有一絲遺漏，你可以吹任何一處地方，半粒塵埃都揚不起來。地板亮得像鏡子。高耶特太太帶他去看兒子的房間，優雅白淨，活像女孩子的閨房，有一張掛着細洋布遮簾的窄鐵床，一張桌子，洗臉台，和一個懸在牆上的小書架。從地板到天花板一路有許多畫片——剪下來的圖形和彩色圖案，用釘子釘着，還有畫報上收集的各種人物肖像。高耶特太太笑着說，她兒子是一個大娃娃；晚上他太累，看不下書，於是看圖畫消遣。雪維絲忘了時間，在鄰居家呆了一個鐘頭，高耶特太太已經回到窗邊幹活兒了。花邊上頭的幾百根針叫雪維絲着迷，她喜歡呆在那兒，呼吸這一家清爽的空氣，由於幹的是細活兒，屋裏充滿沉思性的沉默。

你愈認識高耶特母子，愈喜歡他們。他們每天做好多小時的工，把四分之一以上的收入存進銀行，附近的人對他們很尊敬，傳說他們存了不少錢。高耶特的衣服從來沒有破洞，他老穿着一塵不染的工裝去幹活兒。儘管他肩膀很寬，他對人却彬彬有禮，甚至羞答答的。路上的洗衣婦都嘲笑他垂着眼皮走過的樣子。他不喜歡她們粗鹵的言行，覺得女人說髒話未免噁心。不過，有一天他喝醉酒回來。高耶特老太太沒有罵他，只拿出父親的肖像給他看——一張她虔虔敬敬藏在櫃底的劣作。從此以後，高耶特從來不喝過頭，他並不反對喝酒，工人總得喝一點嘛。星期天他挽着母親出去，通常往維森樹林的方向走，有時候則帶她去看戲。他母親仍是他唯一的愛人，他跟她說話，口氣還像小孩子。他腦袋方方的，肌肉由於用力使鐵錘而過度發育，整個人活像一匹拉車的馬。領悟稍遲，却是一流的好貨色。

起先雪維絲害他發窘，但是幾個禮拜後，他就習慣了。他探身看她，好意替她拿包裹上樓，以自然而親切的態度對待她，像姐妹似的，並剪下報紙的圖片送給她。但是有一天早上，她衣冠不整，正在洗頸子，他不敲門就進庫柏家，害她嚇一跳。此後他整整一星期不敢和她正眼相對，最後竟弄得她滿面通紅。

「小黑潮」是自作聰明的巴黎人，他覺得「金弟」有點娘娘腔，不酗酒，不在街上亂追女孩子，這些都很好，但是天殺的，男人就該像男人，否則他乾脆穿裙子算了。於是他當着雪維絲面前開玩笑，說他對附近的每一個女人拋媚眼，大鐵匠熱烈否認。但是他們倆照樣成爲好朋友。早上他們呼叫對方，一起出門工作，有時候先喝一杯啤酒再進門。施洗宴之後，他們親密地以「你」字相稱，因爲說「您」顯得太囉嗦了。不過，他們的友誼僅止於此，直到「金弟」幫了「小黑潮」一個大忙——男人一輩子忘不了的大忙，情況才改變。那是十二月二日，屋頂匠只爲了好玩，起意去看暴動——他才不管共和國、拿破崙或者整個血淋淋的表演呢，只是愛聞火藥味兒，槍戰又很有意思。要不是鐵匠剛好在恰當的時刻在場，用巨大的身體保護他，幫他逃走，他一定會被人當做防柵後面的暴動者抓起來。在魚販郊區街回家的路上，高耶特走得很快，一臉正經，因爲他對政治眞的有興趣，雖不是極端份子，却是共和主義者，因爲他相信正義和全民的幸福。但是他沒有參加槍戰，原因如下：民衆老是爲資產階級服務又受過，已漸漸厭煩了。二月和六月就是很好的敎訓，所以從現在開始，勞工階級區要儘量脫離中產階級過日子。他們抵達魚販街頂端的時候，他已經回頭瀏覽巴黎；你知道，那邊有一件相當曖昧的事務進行着，總有一天大家會後悔他們疊着手臂旁觀。但是庫柏只笑一笑說，那些蠢驢居然冒皮肉之險，只求議會的那些懶蟲每天領二十五法郎。那天晚上庫柏夫婦請高耶特母子吃飯，飯後「小黑潮」和「金弟」鄭重其事互吻雙頰。從此他們就變成終身的好友。

就這樣，梯台兩側的人家平安無事過了三年的日子。雪維絲撫育小女兒，外頭的工作量一週竟能不躭誤兩天以上。她已變成細工的熟手，日薪達到三法郎。因此她決定把年約八歲的艾亭納送到「大獄街」的一家小學去住宿，每週開支五法郎。儘管有兩個孩子花錢，他們夫婦每個月還存二十到三十法郎進銀行。等他們的積蓄達到六百法郎的時候，雪維絲想起她的一項野心，簡直睡不着覺；她渴望開一家小店，自己雇用女工。她都計劃好了。如果生意好，二十年後他們可以買下一份養老保險，靠那筆錢退休到鄉下過活。但是她還不敢貿然行事。她說她在找一間合適的店面，其實是拖延考慮的時間。錢在銀行沒有風險——相反的，還會生利息。三年來，她只實現了一個心願，就是給自己買一口鐘，這口鐘用花梨木製成，有麻花形的柱子和一把鍍金的銅擺，貨款由她每週一付二十蘇錢，分一年才還清。庫柏說要上發條，她就發火；不，她一個人打開玻璃圓頂，虔虔敬敬擦拭圓柱，五斗櫃的大理石枱彷彿已化爲一座聖龕。她把存款簿藏在鐘背的圓頂下，常常夢想開店的事情，在針盤前面冥想發呆，眼睛盯着移動的指針，似乎在等待命中註定的決定性時刻。

庫柏一家幾乎每週日都和高耶特母子結伴出門。迷人的小散步——只到聖奧文吃一頓炸魚，或者到維森樹林吃一頓兎肉，不小題大作，找個樹蔭下的露天飯館靜靜吃。男士們喝酒淺嚐即止，然後冷冷靜靜挽着女士們回家。晚上臨睡前，兩家人再均攤費用，從來不爲多一文少一文而吵架。洛里羅斯夫婦嫉妒高耶特母子。「小黑潮」和「阿跛」有自己的親戚，却跟陌生人熱熱絡絡，想起來豈不滑稽！既然人家有點藐視他們，他們便生氣了。洛里羅斯太太氣弟弟不再受她控制，現在又大肆誹謗雪維絲。但是拉瑞特太太起而維護弟媳婦，報導了許多最特別的故事，說晚上林蔭大道上多次有人引誘她，雪維絲都勝利脫身了，簡直就像戲裏的女主角掌摑搭訕者一樣精采。至於庫柏大媽，她設法安慰每一個人，跟兒女輩都很融洽；她的視力愈來愈差，只剩一處打雜的差事，恨不得到處撿個五法郎的津貼。

娜娜三歲生日那天，庫柏傍晚回家，發現雪維絲很興奮。她什麼都不肯談，她說事情與她無關。但是她連餐桌都擺錯了，精神恍惚，拿着盤子瞎混，他堅持要她說出來。

她終於承認說：「噢，是這樣，金點街的小綢布店要出租。一個鐘頭前我去買線看到的。我覺得意外。」

那是一家很好的店面，剛好又在他們以前想住的大樓裏。除了店面，還有一間後房，和左右兩間側房。事實上正合他們的需要，房間略微小一點，但是格局還不錯。只是她覺得太貴了——

房東說要五百法郎。

「原來妳看過了，還問了價錢？」庫柏說。

她儘量顯出不關心的樣子：「噢，只是好奇嘛，你知道。到處看看，有招紙的地方就進去參觀一下，但是沒有訂什麼約……不過這間的租金太貴了，眞的。何況，開店也許只是我的傻念頭。」

但是飯後她又提起那家綢布莊。她在報紙的白邊上畫出一切設備。漸漸地她開始把那兒當做自己的地方，測量各角落，佈置房間，彷彿她明天就要把自己的傢俱放在那兒。庫柏看她那麼傾心，慫恿她租下來──總之，低於五百法郎的價格租不到値錢的店面，何況價錢說不定能減一點呢。唯一的問題就是和洛里羅斯夫婦住同一棟大樓，她對他們無法忍受。但是她反駁丈夫說，她對誰都沒有惡意；她爲自己的心願而神魂顚倒，甚至替洛里羅斯夫婦辯護──他們其實並不壞，大家都處得很好嘛。上床好久，庫柏都睡着老半天了，她還在計劃要怎麼佈置傢俱，其實她並沒有明白決定要租。

第二天屋裏只有她一個人的時候，她忍不住取下時鐘的玻璃圓頂，看一看存款簿。想想她的店鋪竟在這幾頁醜兮兮寫滿草字的紙張中，眞奇妙！上工之前，她先去請教高耶特太太，對方贊成她自己開店；有了她那位可靠又節酒的丈夫，她一定大有發展，不會賠錢。午餐時分她甚至去找洛里羅斯夫婦，徵求他們的意見，不希望人家說她做事背着親人。洛里羅斯太太差一點氣昏。什麼！「阿跛」現在要開店了？雖然一肚子火，表面上她不得不假裝高興：是的，當然，那家店面格局不錯，雪維絲應該租下來。不過，她一旦克服了滿腔的驚駭，夫婦倆便說院子濕漉漉的，樓下的房間都很暗。噢，正是最容易得風濕症的地方，當然！不過，她如果已決定要租，他們的話也阻止不了她，對不對？

那天傍晚，雪維絲笑着承認，如果她租不成那家店，她才眞會生病呢。不過，她要先帶庫柏去看一眼，設法殺殺價，再說一聲：「沒問題！」

他說：「好，妳若願意，就明天去吧。到『國族街』我工作的那棟樓房來接我，回家的路上我們繞到金點街去看看。」

當時庫柏正要完成一棟四層新房子的屋頂工程，那天該裝好最後一片鍍鋅板。屋頂近乎平面，他在上面安了一張凳子——由一塊遮陽板搭在兩把架柱上構成的。迷人的五月陽光把煙囪鍍成金色。他就在上面，頂着藍天，靜靜用剪斷機來切割金屬板，和裁縫在店裏裁一條褲子差不多。在隔壁大樓的高牆下，他的伙伴——年方十七的漂亮瘦小子——正用一個大風箱猛煽火盆，每煽一下，就揚起一陣火星。

庫柏叫道：「嘿，齊朶兒，把鐵片放進去好不好？」

同伴把焊鐵推入煤炭中央，炭火在大白天呈淺粉紅色，然後他又開始拉風箱。庫柏手上拿着他最後一塊鍍鋅板，要架在屋頂邊緣，和排水筧溝相接，那邊的坡度很陡，可以看到下面空空的街道。庫柏穿着毛氈拖鞋，跟在家一樣滿不在乎的，慢慢走過來，口裏吹着「噢，小綿羊」的曲子。等他到達斜斜的部位，他就任由身子往下滑，一膝抵着煙囱，身子半懸在街道上，一隻腿蕩來蕩去。他回頭向齊朶兒大喊時，雙手抓住石造物的一角，因爲人行道就在下面。

「來呀，慢郎中，把鐵片遞給我！看天空有什麼用，你這瘦崽子，不會有煮熟的小鳥掉進你的嘴巴！」

但是齊朶兒不慌不忙。他對附近的屋頂，以及巴黎靠葛林奈那一頭的濃煙很感興趣。說不定是火災喲。他俯身爬下來，直到面孔貼近斜坡邊緣了，才把鐵片遞給庫柏，庫柏開始焊接金屬片。現在他蹲着，身體整個往外探，始終保持平衡，一脚半蹲，用一根手指抓牢不放。他冷靜如南瓜，大膽如惡魔，終日面對危險，根本不當一回事。他知道該怎麼做！是街道害怕——怕他。他嘴裏一直叨着煙斗，不時轉身，靜靜對街上吐口水。

他大叫說：「咦，布許太太來了！喂，布許太太！」

他剛看她過馬路。她抬頭認出是他，於是屋頂和人行道之間展開一場對話。她腦袋向上仰，雙手擱在圍裙下，他現在站起來彎身看下面，左手臂摟着一根管子。

「妳沒有看到我太太吧？」

「不，沒有。她在附近嗎？」

「她要來接我！妳的近況好吧？」

「噢，是的，多謝。我是廢人，看看我！我要到克里南科堤道去買一隻羊腿肉。『紅磨坊』附近的屠夫只收十六蘇錢。」

一輛運貨馬車隆隆開上寬敞、空曠的國族街，他們只得提高嗓門，但是他們的叫聲把一位老太太引到窗前，她一直往外窺探，看這人在對面屋頂上，覺得很刺激，似乎隨時等他掉下來。

布許太太大聲說：「好啦，晚安，我不耽誤你工作。」

庫柏轉身去接齊朵兒遞過來的鐵片。但是門房正要走，一眼看見雪維絲在對面的人行道上，牽着娜娜的小手。她已經抬頭望，想吸引庫柏的眼光，雪維絲連忙打手勢阻止她，雪維絲怕上面的人聽見，小聲解釋說：她怕自己突然露面，害她丈夫嚇一跳，身體會失去平衡。四年來她只到工作現場去找過他一次，這才第二回呢。她不敢望着他，一看她丈夫高高立於天地間，站在麻雀都不敢去的高處，她的血液都要凍結了。

布許太太說：「不，我猜滋味不好受。我丈夫是裁縫，我沒有這些憂慮。」

雪維絲繼續說：「妳簡直不知道我起先多害怕，從早到晚擔心。我一直幻想他躺在擔架上，腦袋都砕爛了。現在我不那麼多慮了。日子一久，什麼都會習慣，人得賺錢謀生嘛。……不過這種錢眞不好賺，因爲冒的險超過報酬。」

她緘默下來，把娜娜的臉蛋兒藏在她裙子裏，怕孩子亂叫。但是她忍不住抬頭望，一看就臉色發白。這時候庫柏正在焊接金屬板的外側，靠近排水筧溝，他正盡力向前挪動，但是還搆不着。於是他以工人的精巧動作進一步冒險，雖然熟練却沉重兮兮。有一段時間，他的身體正好懸在人行道上空，手沒扶，靜靜幹活兒，他仔細焊接的時候，下面的人可以看出焊鐵下的小白焰一直移動。雪維絲站在那兒，默不作聲，喉嚨因擔憂而發緊，雙手合十，做出祈禱的姿態。但是她張口喘氣；這時候庫柏又不慌不忙爬到屋頂上去了，轉身前還慢慢向街道吐了一口唾沫。

「嘿，妳在監視我啊？」他看到她，笑着大嚷。「布許太太，她是不是很傻？她不想叫我。

等我一下，再十分鐘就好了。」

他還有一個煙囪罩要裝——只是小差事。兩個女人在人行道上等他，一面聊些地方新聞，一個看着娜娜，免得她搖搖擺擺到陰溝裏撈魚，兩個人都一直笑瞇瞇抬頭看屋頂，表示不趕時間。對面的老太婆還在窗口望着庫柏，似乎等待好戲。

布許太太說：「那個老母牛在張望什麼？她的臉好怪喲！」

屋頂匠的雄渾嗓音正在唱「啊，正好摘草莓」！現在他坐在凳子上，低頭以藝術家的技巧切割鉼板。他用圓規畫一條弧線，然後用一把彎彎的剪斷機剪出一大塊扇形，輕輕鎚成尖蘑菇的形狀。齊朶兒又開始煽火了。太陽在樓房後面下山，顏色由玫瑰紅漸漸轉成優雅的紫丁香色。映着安詳的薄暮天空，加上板凳的黑線條和風箱的古怪輪廓，兩個人的側影顯得僵硬，無比巨大。

他一面剪囪罩，一面叫道：

「齊朶兒，焊鐵！」

但是齊朶兒不見了。庫柏一面咒罵，一面四顧找他，向露天的屋頂線叫嚷，終於看到他在相隔兩座房子的鄰居屋頂上。這個小伙子正在散步呢，他回頭看一眼，稀疏的金髮在微風中飛揚，眼睛對着巴黎的廣大空間眨呀眨的。

庫柏咆哮說：「喏，你這懶鬼，你以爲你是到鄉下遠足嗎？也許你就像那位貝蘭格先生，正在做詩呢！麻煩你把鐵片遞給我好不好？誰聽過在屋頂上散步的？何不把你的女朋友帶上來，唱一首情歌給她聽！混蛋，你到底要不要遞鐵片給我？」

他一面焊接，一面對雪維絲叫道：

「現在好了。我馬上下來。」

他安裝罩子的煙囪位在屋頂中央。雪維絲現在放心不少，一面看他幹活兒，一面向上面微笑，這時候娜娜看到父親，突然興奮起來，猛拍小手。她坐在人行道上，所以比剛才容易望上看。她提高嗓門大叫：「爹爹，爹爹！爹爹，看我呀！」

他探身向前，但是脚步踩空了。突然間，像一隻亂了脚步的笨猫，他滑下屋頂的緩坡，而且煞不住。

「基督啊！」他以哽咽的聲音呢喃道。

然後他蹕落地面。他的身子呈弓形下降，翻了兩次身，像高處拋下一綑髒衣服似的，砰的一聲，掉在馬路中間。

雪維絲尖叫一聲，嚇得不能動彈，兩手高舉在空中。路人跑過來，四週圍了一羣旁觀者。布許太太嚇得踉踉蹌蹌，把娜娜摟在懷裏，遮住她的腦袋，不讓她看到這個鏡頭。對面的小老太太輕輕關上窗戶，一副滿足的樣子。

四個男人把庫柏抬到魚販街轉角的一家藥房，他在店面中央的一塊地毯上躺了將近一個鐘頭，有人到拉瑞柏西爾醫院去借一個擔架。他還有氣兒，但是藥劑師一直搖頭。雪維絲跪在他旁邊，不停地啜泣，滿面淚痕，昏沉沉什麼都看不見。她自動伸手，輕觸她丈夫的四肢。瞥見藥劑師阻擋的手勢，便縮回手；但是幾秒鐘後她又來一遍，忍不住想摸摸他的身體是不是還暖暖的，她自以為對他有好處。最後擔架來了，有人說要帶他去醫院，她一躍而起，氣沖沖叫道：

「不，不，不去醫院！我們住在金點新街。」

他們告訴她，她若把丈夫扛回家療養，醫藥費很貴，但是說不通。她固執地說：

「金點新街。我來帶路，與你們何干？我有錢。他是我丈夫，對不對？我告訴你們，他是我的丈夫。」

於是他們只好把庫柏扛回家。擔架穿過藥店門口的人潮時，當地的婦女激動地談論雪維絲：她一定是跛子，可憐的女人，但是她眞有勇氣！打賭她會使丈夫度過難關，反之，醫院的醫生看你嚴重了，就任由你死掉，省得替你醫療。布許太太帶娜娜回家之後，又回來了，現在正細細描繪出事的經過，全身還激動得發抖。

她一次又一次說：「你知道，我正要去買羊腿肉，我站在那邊。我眼看他蹿下來。全是那孩子惹的禍。他過來看她，於是——碰！噢，老天！我一輩子不要再看這種墜樓的場面……不過我得去買羊腿肉了。」

整整一週，傷勢危在旦夕。家屬、鄰居和外人都以為他會隨時死掉。醫生收費很高，來一次要五法郎，他怕有內傷，這個名辭使大家驚惶失措，附近的人都說，他的心臟因墜樓而移動了位置。只有雪維絲，雖然幾夜沒睡，臉色蒼白，却平靜而果斷，只聳聳肩。她丈夫的右腿折斷了，好，人人都知道，那個可以醫好哇。至於其它部分，移動了位子的心臟等等，好，沒關係，她會使他恢復正常的位置，沒什麼。她知道要怎麼樣放回去，就是以關懷、整潔和眞愛來達到目標。

她顯出不可動搖的信念，她知道自己能使他撐過難關，只要他體溫上升的時候留在他身邊，把手放在他身上就行了。她沒有片刻的疑念，但是她整週一直站着，很少說話，一心想救他。孩子，外面的街道，整個城市，一切的一切都忘得精光。到了第九天傍晚，醫生終於覺得沒有大礙，宣佈病人會復元，雪維絲含淚倒在椅子上，雙腿一軟，背脊再也撐不住了。那天晚上她腦袋枕着床尾，睡了兩個鐘頭。

庫柏的災禍使全家的生活失去常軌。庫柏大媽來陪雪維絲過夜，但是她一到九點就在椅子上打盹兒。每天傍晚拉瑞特太太下工回家，特地繞遠路來打聽最新的消息。起先洛里羅斯夫婦一天來兩三趟，說要通宵陪守，甚至帶一張扶手椅給雪維絲。但是雙方很快的就爲病人的照顧問題發生爭執。洛里羅斯太太說，她這一生曾救過許多人的性命，知道要如何着手。而且她指責雪維絲把她推到一邊，不讓她走近弟弟床前。當然啦，「阿跛」本來就該急着把庫柏醫好，歸結起來，要不是她到國族街去打擾他，他也不會墜樓，對不對？只是，照她的做法，她一定會害死他。

等庫柏脫離險境，雪維絲不再小心翼翼守在床邊。現在他們不至於害他送命了，所以她不反對別人接近他。親屬散列在屋內。休養期很長很長，醫生說要四個月。病人日日夜夜閒躺著，洛里羅斯夫婦說雪維絲太笨了。她把他留在家裏，好處可多着呢！如果住醫院，不用一半的時間他就可以復元。咦，洛里羅斯樂得生一場病，看他自己是不是有片刻的遲疑，是不是馬上就進拉瑞柏西爾醫院。洛里羅斯太太認識一位剛出院的太太；哇，她隔天就有鷄肉吃！他們聯合起來，嘮叨了二十次，說四個月的恢復期會把庫柏夫婦害慘：首先是工作時間的損失，其次是醫生出診費，醫藥費，以後還得有好酒和瘦肉等補品。如果庫柏夫婦只把積蓄吃光，不欠債，那已經够幸運了。但是他們會欠債，一定會的。噢，那是他們自己的事！他們休想指望親戚，親戚都不是富翁，自己家也養不起廢人。對「阿跛」來說，未免太遺憾，不是嗎？她可以跟別人一樣，讓人把她丈夫送去醫院呀。最後更說：她自高自大。

有一天傍晚，洛里羅斯太太突然惡毒地問她：

「開店的事情呢？妳什麼時候租下來？」

洛里羅斯嘲笑說：「是啊，門房還在等妳哩。」

雪維絲全身發軟，她已把開店的事情抛到九霄雲外。但是她看出這兩個人恐怖的笑意，他們認爲開店的理想早就泡湯了。從那天傍晚以後，他們逮住每一個機會，嘲笑她那已成泡影的美夢。每當話題轉到不可能實現的願望，他們就說：她遲早會有一家正面臨街的好店面。他們在背後一定也大說她的閒話。她儘量不存這種醜惡的念頭，不過洛里羅斯夫婦眞的好像爲庫柏出事而高興，因爲這一來她就不能在金點街開洗染店了。

於是她設法把一切當成笑話，告訴大家她樂得拿出錢來把他醫好。每次她由座鐘的玻璃圓頂下拿出存款簿，他們若在場，她就高高興興地說：

「我要去取我那間店。」

她不想一下子把錢都領出來，却一次領一百法郎，免得五斗櫃放太多現款；而且她隱隱約約希望奇蹟出現，他的病情突然好轉，那他們就不用把存款花光了。每次她由銀行回來，就拿一張紙來計算剩餘的數目——當然只求迅速確實。無論他們的存款挖了多大的洞，她仍然很冷靜，笑瞇瞇注意這次的災情。能把錢用在這麼有用的地方，需要錢的時候手頭方便，總是一種安慰，對不對？於是她小心翼翼把存款簿放在鐘背的圓頂下，絲毫不後悔。

庫柏生病期間，高耶特母子對她最好。高耶特太太隨時打算幫忙，每次出門就問她需不需要糖啦，奶油啦，鹽啦，或者其它的東西，晚上她做好燉菜，總是先端一碗肉羹來給他們，而且，她如果看雪維絲有太多活兒要幹，就幫她做飯或者幫忙洗衣服。每天早上高耶特提着她的水桶，到魚販街的水龍頭替她裝幾桶水回來，爲她節省兩蘇錢。晚餐後，除非庫柏一家沒有空，他們總會過來坐坐。十點以前，整整兩三個鐘頭的時間，鐵匠坐着抽煙斗，看雪維絲在病人身邊忙來忙去，一晚上說的話不到十個字。一張大白臉垂在兩個大肩膀之間，他每次看她倒湯藥，攪糖粉，湯匙不弄出半點聲音，就多愁善感起來。當她爲庫柏蓋被，或者說幾句話鼓勵他，高耶特深深感動。他没見過這麼好的女人。連她的跛脚也成爲一項特色；使她整天爲丈夫忙碌的精神顯得更了不起。她一天閒坐的時間不到一刻鐘，千眞萬確。只夠匆匆吃幾口東西。經常跑去找藥劑師，倒痰盂洗馬桶，辛辛苦苦使他們吃住活動的空間仍顯得漂漂亮亮。而且從來不發牢騷，脾氣一直很好，甚至累得要命，站着都快睡着的晚上，還是那樣子。在這片充滿藥味兒的摯情氣氛中，他看雪維絲全心珍愛庫柏，覺得自己對她漸漸生出一份情感。

有一天他對病人說：「噢，老兄，你會復元的。我一點都不擔心，因爲你太太簡直像上帝。」

他快要結婚了，也可以說是他媽媽找到一個很好的兒媳婦，跟她一樣是花邊女工，她希望兒子娶這位姑娘。他怕違拗母親的意思，已經答應了，婚期訂在九月初。成家的資金已經在銀行擱了好久。但是雪維絲和他談到婚禮的問題，他竟搖頭囁嚅地說：

「庫柏太太，天下的女人都不像妳。如果都像妳，男人恨不得娶十個。」

兩個月後，庫柏能夠稍微起床了。他不走遠，只由床邊走到窗前，即或這樣，也要雪維絲扶着走。到了窗邊，他坐進洛里羅斯夫婦的扶手椅，右腿直挺挺架在一張板凳上。這位笑匠下雪天老愛拿人家的斷腿開玩笑，自己出事却大大失常。他不能以哲學眼光來判斷一切，兩個月來整天在床上罵東罵西，都快把人逼瘋了。嗯，躺在床上，一條腿綁起來，硬得像臘腸似的，滋味確實不好受！噢，是的，他很快就能熟悉天花板上的一切；角落裏有一條裂縫，他閉着眼睛都畫得出來。不過他開始坐扶手椅之後，新的牢騷又來了。他要一直坐那兒，像木乃伊釘得死死的？街景也沒什麼意思，沒有人走過，整天蕭蕭條條。不，眞的，他快要變成老頭子了，他願意少活十年，只求能看看防寨那邊的情景。於是，最後總是抗議命運不公。不公平，不該落在他身上，他是好工人，不懈怠，不酗酒。若是別人出這種事，他還能夠理解。

「我老爹有一天喝醉酒，摔下來跌斷頸子。我不敢說他活該，但是總有個理由存在……但是我對酒節制得要命，可比美施洗者約翰，當時肚子裏沒有半滴酒，只回頭對娜娜笑一笑，就摔下來！你不覺得有點寃枉嗎？如果有上帝存在，他辦事的方法未免太滑稽了。我無論如何沒法兒相信。」

但是，他恢復兩腿的功能以後，仍然對他的工作抱怨不休。好一門差勁的行業，整天像猫蹲在屋頂！這些資產階級事事不落空，叫人家去送命，自己連梯子都不敢爬，翹着大腿坐在火爐邊，從來不管窮人的死活。他甚至說，人人都該上屋頂去裝自己的金屬板。天殺的，這樣才公平，結論自然如下：不想淋濕，好，到屋頂下面去呀！他懊悔沒學其它的手藝，愉快些又不危險的手藝；例如製造傢俱就是一個例子。而且，這全怪老庫柏；做父親的人有個蠢習慣，不管三七二十一，總愛叫兒子幹同一行。

接下來兩個月，庫柏得靠丁字杖走路。最先他能下樓到街邊，在前門抽煙斗。後來他走到林蔭外道，在陽光下徘徊，找個位子一坐就是幾個鐘頭。他的精神恢復了，出門時大大磨練了他的機智。但是，除了生活的樂趣，他也培養出遊手好閒的樂趣，讓身體鬆弛，肌肉貶入迷人的不活動狀態，吃閒飯的習慣一天天佔上風，彷彿利用他的休養期，使他整個身體都麻痺了。然而，他回家自覺很正當很神氣，覺得日子眞舒服，不懂爲什麽不該永遠這樣下去。等他能撇下丁字杖，他出遊的範圍更廣，他喜歡到建築基地去看他的同行伙伴。他常站在建築中的房子前面，疊着手臂，微笑點點頭，駡他的同伴太勤勞，還伸脚給他們看，證明勤奮沒有好結果。嘲笑別人的努力正好滿足了他對工作的牢騷。當然他自己要再次做工，不過他儘量拖延。噢，現在他有理由對工作不熱中，何況閒散的日子眞舒服！

下午他若有些煩悶，就上樓上看洛里羅斯夫婦，他們充滿同情，以各種小殷勤來引誘他。婚後頭幾年，他受了雪維絲的影響，脫離他們的掌握，現在他們又把他拉同去了。他們笑他怕太太。什麽，他不是男子漢嗎？但是他們的手法很謹愼，把她捧上了天。庫柏還沒到達和太太吵架的階段，却發誓他姐姐崇拜雪維絲，要雪維絲對她別那麽差勁。他們第一次吵架，是有一天傍晚爲艾亭納起爭執。庫柏一下午在洛里羅斯家，他回來的時候，晚餐還沒好，孩子們嚷着肚子餓，他突然向艾亭納發脾氣，叮叮咚咚敲了他好幾下腦袋。然後他嘮嘮叨叨駡了整整一個鐘頭；反正這小鬼又不是他的，他不知道爲什麽要收容他在家裏；他遲早要把他趕出去。在此之前，他一直靜靜接納這個孩子，但是第二天他就大談他做丈夫的自尊。三天後他日夜踢孩子的屁股，結果孩子一聽到庫柏上樓，就逃進高耶特家，老花邊女工特地留下餐桌的一角給他做功課。

雪維絲回去做工，已經好一段日子了。她再也用不着掀開又放回時鐘的玻璃圓頂，因爲所有的積蓄都花光了，她得回去工作，辛辛苦苦工作，爲四個人的生活而工作，因爲有四張嘴巴，只靠她一個來塡飽。但是她聽別人對她表示同情，連忙爲庫柏辯護。想一想他才度過生死的難關！他脾氣壞一點，也不算奇怪嘛。等他復元就好了。如果有人暗示說，庫柏現在滿正常，可以回去工作了，她就連連抗議：不，不，還不行！她不想害他又病倒在床上。她知道醫生的吩咐，對不對？她每天早上都說他必須慢慢休養，不能急，親口阻止他工作。她甚至不時在他的背心口袋裏偷塞一兩法郎。庫柏大大方方接受了，他抱怨各種毛病，好叫太太寵他；六個月後，他的休養期還沒結束。現在他出門看人做工的時候，喜歡到酒店陪朋友們喝一杯。說起來酒店很舒服，他們一起玩得相當痛快，又只逗留五分鐘，對誰都沒有害處，不是嗎？只有僞君子才假裝不渴得半死不進來。以前他們笑他眞有道理——還以爲一杯酒會殺人呢！但是他拍拍胸脯，發誓只喝水果酒，絕不喝火酒，水果酒使人長壽，不害你失常，也不害你喝醉。但是不止一次，他在各建築基地和各酒吧閒逛一整天，回來身體壞極了，那些日子雪維絲關上房門，自稱頭痛很厲害，其實是不想讓高耶特母子聽到庫柏的蠢話。

但是她愈來愈不開心。每天早晚她都到金點街去看看那家店舖，現在還沒租出去，但是她偷偷摸摸的，似乎覺得自己的行爲很幼稚，規矩的成人不該如此。這家店舖又縈繞心頭了；晚上燈一關，她就睁着眼睛做夢，享受禁果的樂趣。她再次計算：租金兩百五十法郎，裝修一百五十法郎，手邊留一百法郎維持頭兩個禮拜的生活，總共至少要五百法郎。她不出聲討論，怕人家以爲積蓄給庫柏治病用光了，她覺得懊悔。每當她差一點吐露自己的心願，她就臉色發白，恨不得收回她的話，彷彿這個想法不乾淨似的。現在得工作四五年，她才能存下這麼大的一筆款子。她最苦惱的是，她不能馬上自立謀生：如果開店，她就有辦法維持家用，不靠庫柏幫忙，給他幾個月又幾個月的時間，讓他慢慢習慣再做工的念頭，而且她心裏會篤定些，對前途有安全感，免除心中不時興起的恐懼。現在每當他唱着歌回來，講述他請「我的皮靴」喝酒，對方做了什麼鬼把戲，她就暗自驚慌。

有一天傍晚，高耶特來的時候，只有她一個人在家，但是他不像平常匆匆逃出去。他坐在那兒抽煙斗，默默看着她。他一定有重大的事情要說，腦子裏再三考慮斟酌，却想不出適當的辭語。他沉默良久之後，終於下定決心，把嘴裏的煙斗拿出來，脫口而出：

「雪維絲女士，我借點錢給妳好嗎？」

她正低頭翻五斗櫃的抽屜，找灰塵撣子。她直起身軀，滿面通紅。今天早上他是不是看見她痴痴在那家店門口站了將近十分鐘？他歉然微笑，彷彿提出什麼害人的主張似的。她連忙拒絕：她不知道什麼時候才還得起，不能隨便借錢。何況，錢數眞的太大了。他相當難過，一再慫恿，她最後突然問他：

「那你的婚事呢？我不能借用你預存的結婚費吧？」

「噢，這妳別擔心，」他答道，這回該他臉紅了。「我已撇下那個念頭……反正只是一個念頭而已，你知道……眞的，我寧可把錢借給妳。」

他們都垂下眼皮。他們之間有一股溫柔的情愫，沒有說出口。她接受了。高耶特已經告訴他母親。他們立刻走到梯臺對面去看看她。她不想違拗兒子的決定，但是她不再贊成雪維絲的計劃了，而且將理由說得清清楚楚。庫柏愈變愈壞，庫柏會把店裏的收入揮霍一空。休養期間他竟不肯學認字，她尤其不能諒解——她兒子說要教他，他竟叫他滾蛋，說讀書會害人消瘦。這兩位朋友差一點決裂，從此他們見面的次數就少了。但是現在高耶特太太看見兒子臉上哀求的表情，對雪維絲很親切。她同意借五百法郎給鄰居，由對方每個月還二十法郎，直到欠款還淸爲止。

庫柏聽到消息，笑着說：「我告訴妳吧。那個鐵匠在對妳討好賣乖呢。噢，我不發愁，他心腸太軟了。我們會還他錢，但是他若跟騙子打交道，會被人騙得慘兮兮。」

第二天庫柏夫婦租下了店面。雪維絲整天奔波於新街和金點街之間，興奮得要命，根本忘記她是跛子，大家都說她一定動過手術了。

5

布許夫婦碰巧在四月一日搬出魚販街，現在擔任金點街那棟出租大樓的門房。世界眞小！雪維絲在新街的小住宅平平靜靜過着沒有門房的日子，現在要回到恐龍的權威之下，爲了潑出一點水或者深夜敲門而吵架，她實在不喜歡。門房眞是壞胚子！但是由布許夫婦當門房，一定很愉快。他們是熟朋友，隨時能保持融洽。事實上形同一家人。

庫柏夫婦簽約那天，雪維絲走過大拱門，心情很激動。她要住這棟大樓了，這兒大得像一座小城，樓梯和走廊一直延伸和交叉，永無止盡。灰牆有曬着衣物的窗扉，昏暗的庭院石板像城內一般凹凸不平，牆內傳出嗡嗡的勞動聲，使她心境很複雜——高興的是野心即將實現，怕的是不成功，被四週張口喘氣的飢餓掙扎所壓垮。鎖匠的鐵鎚和傢俱製造商的鉋刀在樓下的工作坊砰砰和咻咻響，她覺得自己太莽撞了，倉促投身在轉動的大機械中央。那天染坊的排水管在拱門下流出精緻的蘋果綠色。她笑着跨過去，覺得這個顏色是好兆頭。

他們和房東約好在布許的門房小屋見面。馬斯可先生在寧靜街有一家很大的刀劍行，早年只是街頭的磨刀匠。聽說他現在財產有幾百萬法郎。他今年五十五歲，塊頭大大的，骨骼突出，釦眼中戴着飾物，善於利用他那一雙工匠的大手。他有一項樂趣，喜歡把房客的刀剪拿去磨，純粹當做消遣。大家都認爲他不擺架子，因爲他陪門房一坐就是幾個鐘頭，躲在小屋的陰影裏細查帳目。他的生意都在那邊做成。庫柏夫婦發現他坐在布許太太的一張油膩膩的餐桌畔，聽門房報導A梯三樓的製衣匠不付錢，又說髒話等等原委。簽約之後，他跟庫柏握手。他說他喜歡勞工階級。幾年前他自己好辛苦，但是勤勞必能成功。他盤點了頭一季的二百五十法郎租金，收進大口袋，向他們細訴自己的生平，並展覽他的飾物。

不過，雪維絲對布許夫婦的態度大吃一驚，他們竟把她當做陌生人。他們在房東身邊團團轉，打躬作揖，抓住他的每一句話，點頭贊許。有一羣小孩在水龍頭前面玩水，龍頭没關，水流得滿地都是，布許太太衝出去把他們趕走。她大模大樣走回來，穿着曳地長裙神氣兮兮的，走過院子還仔細看看每一扇窗戶，似乎想知道整棟大樓是不是有條有理，她那噘起的嘴巴表示房東已授權她管理三百家房客。布許再次提到三樓的製衣匠，認爲該趕她搬家，他還列出許多過期不繳租金的房客，一臉管家自抬身價的表情，深恐自己的品行受到連累。馬斯可先生贊成趕她出門，但是要等這一季過了一半再說。趕人出去很困難，何況房東連一文錢都收不到。雪維絲暗想有一天她遭到楣運，付不出房租，不知道是不是也會被趕出門，想起來不禁微微發抖。被煙薰得發黑的小屋擺滿了暗色的傢俱，陰濕可比地窖；屋外射來的一點微光落在裁縫大桌上，上面有一件翻改的舊外衣，布許的四歲黃髮幼女寶琳正坐在地板上，靜靜看一塊燉煮中的小牛肉，沐浴在鍋裏冒出的濃香中。

馬斯可先生再度和庫柏握手，這時候庫柏說要重新裝修，提醒他曾口頭答應日後再談。但是房東很生氣：他沒有提出任何承諾，而且店面是從來不改裝的！但是他答應到現場去看看，庫柏夫婦和布許跟在他後頭。綢布商把貨架和櫃台等佈置都拆走了，空空的店面露出骯髒的黑色天花板和破裂的牆壁，牆上鬆垮垮懸着幾張黃黃的舊壁紙。伴着空房間的回音，雙方大吵一架。馬斯可先生嚷道，開店的人得自己裝潢，有的店主要到處貼黃金，他身爲房東，總不能答應用黃金吧？接着他談到自己在寧靜街的店面，他投下兩萬多法郎哩。但是雪維絲以女性特有的固執，一再回到她認爲對方難以答辯的論點：若是住家，他得負責修理，對不對？好，那麼何不對店面和住家一視同仁呢？她不要求別的，只要粉刷天花板，貼上新壁紙就行了。

爭論期間，布許一直顯出莫測高深的樣子，抬眼亂瞟，却不說半句話。庫柏向他使眼色，根本沒有用，他假裝不濫用他對房東的影響。不過最後他總算稍稍變了表情，微微笑，點點頭之類的。馬斯可先生氣沖沖，好像很苦惱，像小氣鬼抓着人家要搶的黃金，勉強攤開手指，向雪維絲讓步，答應粉刷天花板並貼上壁紙，條件是由她付一半的壁紙錢。然後他趕快逃走，決定不再進一步討論任何問題。

屋裏只剩布許和庫柏夫婦了，他拍拍他們的背脊，變得非常直爽。你看，他們贏了吧！要不是有他，房東不可能替他們刷天花板，換壁紙。他們有沒有發現房東斜眼看他，徵求他的意思，一看他微笑，立刻決定了？然後他滿懷信心告訴他們，他才是大樓的眞正主權人物；他決定該通知誰搬家，如果他覺得誰不錯，就把房子租給他們，他收房租，在五斗櫃裏鎖兩個禮拜。那天晚上庫柏夫婦覺得該送布許夫婦兩瓶酒，表示感激。送點禮物是值得的。

接下來的禮拜，工人開始裝修店面。買壁紙是一件了不得的大事。雪維絲想要一種藍花灰底的壁紙，可以使牆面閃閃生輝，喜氣洋洋。布許說要陪她去選。但是他接獲房東的命令，一張價錢不能超過十五蘇。他們挑了整整一個鐘頭，她老是說要一種很漂亮的印花棉圖案，每張十八蘇錢，認爲其它的都很難看。最後門房讓步了；他可以想辦法打個圓場，必要的時候每張多花一兩文錢。於是回家的路上雪維絲買了一點蛋糕給寶琳。她感恩絕不落在人後，誰要是對她好，一定會發現划得來。

店舖預定四天弄好，結果做了三個禮拜。起先他們只說要把原漆洗掉，但是這層漆本來是紅褐色，弄得又髒又黑，雪維絲只好接受勸告，把前面全部改漆淺藍，以黃色托襯。修理的工作似乎永遠搞不完。庫柏還沒去上工，早上常常到現場去看看情形。布許則放下他正在打鈕眼的外衣或長褲，輪班來「監督他的僚屬」。他們倆整天站在工人前面，兩手疊在背後，抽煙、吐痰，批評每一個動作，或者進行冗長的討論，思考拔鐵釘的方法等等。油漆匠是幾位和靄的大白痴，經常走下梯子，也站在店舖中央，參加討論，幾個鐘頭站着搖頭擺腦，凝視每一階段的工作。塗刷天花板很快就完成了，但是油漆好像永遠弄不完。硬是不乾。九點左右，男工們帶油漆罐來，放在屋角，四面看一看，然後就不見了，一直不再露面。他們去吃午餐，不然就是到對面的「末藥街」做些別的零活兒。有時候庫柏會帶大家出去喝一杯——包括布許、油漆匠和剛好在附近的其它朋友——嗡，又過了一個下午。雪維絲又急又氣。然後工作突然在兩天內完成，新漆上好，壁紙貼好，廢物也運走了。工人們精神勃勃趕工，心情很愉快，在梯子上猛吹口哨，猛唱歌，簡直要把這一帶的人都逼瘋了。

他們馬上搬進去。開頭一段日子，雪維絲出門送衣服回來，過馬路的時候，簡直興奮得像小孩似的。她常在那兒閒遊，對新居露出憐愛的笑容。遠遠看去，和一排黑鴉鴉的店舖比起來，她那間店顯得好亮、好新，看起來眞舒服，有一塊淺藍色的招牌，上面用艷黃的字體漆着「洗衣店、一流的工夫」等字樣。櫥窗襯着小小的細洋布簾子，底板貼了藍壁紙，以襯托洗工的潔白，裏面陳列着男人的襯衫，女帽則用緞子帽帶懸在銅線上。她覺得店面很漂亮，整個呈天藍色。裏面更藍，壁紙是仿龐巴杜絲光印花棉（因路易十五的情婦龐巴杜夫人而得名），有格子棚架和雙旋花的圖案。大工作枱佔了三分之二的空間，枱面舖着厚厚的毯子，四週懸着一塊藍枝條大圖案的悶光印花布，把支架遮起來。雪維絲常常坐在凳子上，深深吸一口滿足的氣息，爲漂亮的新店面而興奮，心滿意足看着嶄新的裝備。但是她最先照顧的總是店裏的「器械」——一架鑄鐵爐，十隻熨斗圍着爐火放在斜斜的托架上，可以同時燒熱。她常跪在地上看火，免得小笨蛋學徒加太多焦煤，把爐子燒裂。

店面後方的住宅很不錯。庫柏夫婦睡第一間房，也在那邊煮飯和吃飯，後門通向大樓的院子。娜娜的床舖放在右側的耳房，規模小得像一個大壁櫃，由天花板附近一座圓窗透入光線。艾亭納和髒衣物共用左側的房間，一大堆待洗的東西，總是堆滿了一地。不過有一項缺點起先庫柏夫婦還不肯承認哩。牆壁滲出水氣，到下午三點簡直什麼都看不清。

這家新舖子在附近地方造成很大的轟動。大家都說庫柏夫婦行事太倉促，一定會惹上麻煩。

事實上，他們把高耶特的五百法郎全部用來開店，沒有照原先的打算預留一部分來維持頭兩週的生活。雪維絲頭一回拉開捲門的時候，錢包裏只剩六法郎。但是她根本不擔心，顧客開始上門，生意好像還不錯。一週後，星期六臨睡前，她花兩個小時在紙上計算收支，把庫柏叫醒，滿面紅光告訴他：只要他們放聰明些，有幾百幾千法郎等着他們去賺呢。

洛里羅斯太太走過街道說：「好啦，好啦，我那個傻弟弟可樂了！現在『阿跛』愈來愈放蕩。正合她的意，不是嗎？」

現在洛里羅斯夫婦和雪維絲水火不容。起先，店面正在裝修的時候，他們每次走過都覺得屈辱，遠遠看到油漆匠就過街走對面的人行道，然後咬牙切齒上樓回家。那賤人有一家藍色的店面，當眞；豈不讓正經人噁心！所以，第二天洛里羅斯太太出門的時候，學徒正好倒一碗漿糊，她當然在街上到處嚷嚷，說弟媳婦縱容女工侮辱她。親戚關係完全斷絕，碰面只狠狠瞪一眼。

洛里羅斯太太到處說：「噢，是的，他們過的眞是高雅生活！我們都知道她開店的錢是哪裏來的！跟那個鐵匠，錢就是那邊賺來的！他的來路可眞高級！他父親不是自己割喉嚨，省得砍頭機動手嗎？總之，就是這一類的下流勾當。」

她直接誣賴雪維絲跟高耶特睡覺。她捏造事實，說她有一天晚上在林蔭外道的一張椅子上逮到他們，把他們嚇一大跳。一想到這樁情史，以及弟媳婦可能享受的樂趣，她更加生氣，她像一般的醜女人，崇尚規矩。每天她都用言辭表現內心的憤慨：

「那個跛子有什麼好處，使人家愛上她！有沒有人愛我呢？」

於是經常和鄰居們胡扯。她道出整個故事。咦，天保佑，婚禮那天她曾揚起眉毛，因爲她鼻子尖，已經聞出註定的下場。當然啦，後來「阿跛」的表現甜蜜又虛僞，她和她丈夫爲了庫柏，同意當娜娜的教父和敎母，害他們花了不少錢，施洗禮却辦得那麼差！不過，你知道，現在就算「阿跛」死到臨頭了，只要一杯水便能救命，她會給她才怪。她不喜歡厚臉皮的騷貨、淫婦和妓女。至於娜娜嘛，嗅，如果她上樓來看敎父和敎母，隨時歡迎；可憐的小東西，她不能爲母親的風流事負責，對不對？勸庫柏也沒有用；換了別的男人，一定會用一盆冷水來涼涼他太太的屁股，揍她幾頓；但是你瞧，那是他的事，他們只希望他顧及家族的體面。老天，要是洛里羅斯逮到她洛里羅斯太太幹這種事，可沒那麼容易過關！他會拿一把大剪刀刺她的肚子，一定會！

布許夫婦不贊成大樓有糾紛，決定和洛里羅斯夫婦作對。當然他們是品行端正的人，整天默默工作，按時繳房租。但是這一回嫉妒把他們逼瘋了。而且，他們眞是吝嗇到極點——標準的小氣鬼，那種看你上樓便藏起酒瓶怕請客的傢伙。簡言之，不是最好的一類。有一天，雪維絲剛送了布許夫婦一些黑潮酒加蘇打，大家在門房小屋大喝一頓，洛里羅斯太太正好走過，僵如推彈桿，假裝在他們門外吐一口痰。從那天開始，布許太太每星期六掃走廊和樓梯的時候，就把垃圾留在洛里羅斯門外。

洛里羅斯太太說：「算了，你還指望什麼？『阿跛』正在賄賂那兩個貪吃鬼呢！嗅，他們是同一種人！但是他們最好別惹火了我，我會去找房東告狀……昨天我才看見那個狡猾的布許在高德龍太太裙邊挨來挨去。想想他竟調戲年紀那麼大的女人，又是五、六個孩子的母親！噁心極了！他們再有什麼下流勾當，我就去告訴布許老媽媽，她不知道要怎麼教訓她老頭！那才好笑哩！」

庫柏大媽仍然造訪兩家人，同意每一人的說法，甚至在不同的夜晚以共鳴的態度聆聽女兒或兒媳婦的話，使她們留她吃飯。目前拉瑞特太太和庫柏夫婦不相往來，她和「阿跛」對一個用剃刀切掉情婦鼻子的朱亞夫兵看法不同，發生了爭執；她維護那位朱亞夫兵，因爲她覺得出刀的動作很熱情，却沒有說出理由何在。而且，她說「阿跛」在十五或二十人參加的談話中，叫洛里羅斯太太「猪尾巴」——就是這樣，害洛里羅斯太太更生氣。是的，現在布許夫婦和所有鄰居都叫她「猪尾巴」。

在閒言閒語中，雪維絲老是文文靜靜，笑瞇瞇的，親切地對門外走過的朋友點點頭。她喜歡把熨斗放下一分鐘，到門口含笑看着廣濶的街道，爲自己門前的一小段石板地而感到店東的光榮。金點街屬於她，附近的街道和所有的鄰家也屬於她。她穿着白上衣，光着手臂，金色的頭髮因忙碌而散下來，她可以伸長頸子，瞥視左右兩方的街道，整個風景、人物、房子、道路和天空盡收眼底。望向左邊，金點街通得老遠，安詳又空曠，和寧靜的鄉下小城差不多，有婦女在洋房門口輕聲聊天，但是向右走幾步就是魚販街熱鬧的車水馬龍，人潮接連不斷，使街道那頭成爲勞工世界的中樞。雪維絲喜歡市街，喜歡圓石間車道裏的大馬車，喜歡窄窄的石板地轉入碎石陡坡時偶爾被打斷的人潮；她店門口的三米陰溝對她具有深刻的涵義，就像一條寬濶的大河似的，她喜歡把它當做透明、奇異的溪流，流過黑泥堆的時候，她這棟大樓的染坊給水面帶來最優美的色調。還有店舖也讓她着迷；一家大雜貨店用細網擺了各色的乾果，一家便宜的綢布店兼旅行用品店把工人罩衫和藍色工裝的褲管和袖管攤開掛起來，隨風招展，在青菜水果店和熟肝熟腸店裏，她可以瞥見櫃台的一角，貓兒正威風地咕噥咕噥叫。她隔壁煤務行的維果羅克斯太太常點頭答禮。她是一個矮短胖胖的小婦人，面色黝黑，明亮的眼睛懶洋洋轉來轉去，和男人吃吃傻笑，身子倚在店門前，她的店面用水果酒顏色爲背景，飾以油漆木塊，設計複雜，頗有鄉村農舍的味道。另一側的鄰居庫多吉母女開雨傘店，但是沒有人見過她們，她們的橱窗黑漆漆的，店門緊閉，門上的兩把鋅製小雨傘抹着大紅色。但是雪維絲進屋以前，總要看看對面一扇高高的白牆，牆上有個大孔，可以看見一座擺滿貨運馬車和彈簧馬車的院落，車杠翹得半天高，裏面有個烈火熊熊的熔爐。牆上用雄渾的字體漆着「蹄鐵匠」的字樣，四週畫了不少馬蹄，呈扇狀排列。鐵鎚從早到晚吭啷吭啷敲着鐵砧，不斷噴出的火星照亮了暗濛濛的院子。在這扇牆脚下，老鐵舖和炸薯片店之間有個壁橱一般大的小孔，是一名鐘錶匠的工作坊，此人身穿方領長外衣，是道地的紳士，外表很突出，老是在一張板凳旁察看手錶的小零件，精細的物品靜靜擺在凳子上，以玻璃罩蓋着，他背後則有二、三十個小自鳴鐘，在又暗又髒的街道和冶鐵場抑揚頓挫的鎚打聲中同時咕咕響。

這一帶的人都覺得雪維絲蠻好的。當然有人說她的閒話，不過大家公認她有一雙好看的大眼睛，漂亮的小嘴和晶瑩的貝齒——事實上她是漂亮的金髮兒，要不是她腿壞了，她可以和最美的女人一較高低。她年近二十八，身上長了一點肉。優美的輪廓具有一種豐潤的感覺，動作則含着心滿意足的酥慵感。現在她偶爾在椅子邊閒坐一會兒，等熨斗燒熱，快活的圓臉依稀含着笑容，人人都說她愈來愈愛吃了；但是這不算嚴重的過失，正好相反。當你有能力賺錢享受大餐，還吃馬鈴薯皮度日，不是太傻了嗎？何況她老是辛辛苦苦工作，爲顧客忙個不停，若有急件要趕，關了捲門還通宵熬夜。附近的人都說，她運氣很好：她碰什麼，什麼就成功。她替大樓的人洗衣服——馬丁尼爾先生，雷曼柔小姐，布許夫婦——她甚至從雇主福康尼爾太太手邊搶來部份魚販郊區街的女主顧。到了第三第四個禮拜，她不得不雇用兩名助手，一個是普托斯太太，一個是住七樓的瘦皮猴克里門絲；加上醜如窮漢屁股的斜眼小學徒奧古斯婷，她店內一共有三名幫手。生意這麼發達，要是別人早就樂昏頭了，她整星期做牛做馬，禮拜一歡宴歡宴也不能怪她嘛。何況，她需要這一類的節目；她若不偶爾穿穿絲絨，或者她喜歡的別種好衣裳，她整個人一定懶洋洋的，沒勁兒燙衣服床單。

雪維絲對每個人都好極了。她馴如綿羊，甜如糖蜜。她老是叫洛里羅斯太太「猪尾巴」，一報還一報，除此之外她和任何人都沒有糾紛，總是爲大家辯解。當她吃過好東西，喝過咖啡，覺得幸福又飽滿，她就任自己飄入寬容的心境中。她的座右銘是「我們若不想活得像野人，就得互相諒解，對不對？」人家說她好脾氣，她一笑置之；要她卑鄙還不簡單！她辭謝良好的名聲。畢竟她的夢想都實現了，她的生命還有什麼奢求？她憶起落魄時的舊理想：有工可做，有東西吃，有地方住和養小孩，不挨揍，死在自家床上。現在理想不止是實現而已，她擁有最好的一切。至於死在自家床上嘛，她笑着說，她指望這一點，但是要盡可能拖得慢些，當然啦！

她對庫柏特別好。從來不兇巴巴說話，在丈夫背後從來不發牢騷。他終於回去幹屋頂匠的活兒，現在他工作的地點在巴黎另一端，她每天早上給他兩法郎吃午餐、喝酒和抽煙。只是有一樁，六天他總有兩天在路上逗留，跟一名伙伴喝掉兩法郎，然後編個故事，回家吃午餐。有一次他甚至不走遠，跟「我的皮靴」和另外三個人大吃一頓——在禮拜堂大道的「托缽僧」酒店吃蝸牛肉、烤肉，喝葡萄酒。而且，兩法郎若不够，他就叫侍者把帳單拿給他太太，說他虧了錢。她只笑一笑，聳聳肩。老伴兒找找樂子，對她又有什麼損害呢？你若希望家裏平靜，就得給男人一點自由！若一句頂一句，先是吵架，後來就拳打脚踢了。畢竟你得體諒一切，庫柏的腿還不太方便，而且是別人引誘他，他得學別人的樣子，否則難免像傻瓜。其實也沒什麼關係嘛；他若喝醉回來，只是上床睡覺，過兩個鐘頭就一切正常了。

現在眞正的酷暑來臨了。一個六月的下午，因爲是星期六，急件很多，雪維絲親自給火爐添焦炭，鼓噪的焰管四週有十把熨斗正在加熱。這個時候陽光直曬進櫥窗裏，人行道滾燙發光，在天花板上映出一個個飛舞的圖形。這陣強光被櫥窗貨架上的壁紙反射得發藍；照在燙衣枱上，活像細麻布濾過的太陽塵，簡直叫人睜不開眼。臨街的屋門大開，但是沒有風進來，鐵絲上晾的東西直冒水氣，不到三刻鐘就硬得像木板。這幾分鐘，一切聲音都停下來，窒人的沉默中只聽到熨斗在舖着洋布的板子上沙沙響。

雪維絲說：「哎，我想我們今天會融化掉。熱得叫人想脫上衣！」

她蹲在地板上，面對一個大缽，正在漿幾件衣服。她身着白襯裙，上衣的袖子高高捲起，領口滑下雙肩，光着手臂，光着頸子，渾身發紅冒汗，一小綹一小綹亂髮緊黏着皮膚。她小心將女帽、男人的襯衫前片、整件襯裙和女用紮口褲的花邊浸入乳白的液體中。然後兩手伸入水桶，在襯衫和紮口褲沒有上漿的地方灑灑水，再把這些東西捲起來，擺在一個方形的洗衣籃內。

她說：「這一籃由妳燙，普托斯太太。快一點好不好？馬上乾掉，過一個鐘頭又得重來一遍。」

普托斯太太瘦瘦小小的，今年四十五歲，穿一件紅褐色的舊襖，鈕子整整齊齊沒有解開，燙衣服竟沒流一滴汗。她連帽子都不脫——是一頂黑帽，綠色的緞帶都發黃了。她在稍嫌太高的燙衣板前面直挺挺站着，手肘抬得老高，死板板推動熨斗，動作像傀儡似的。她突然大聲說：

「噢，不，眞的，克里門絲小姐，穿上妳的胸衣吧。妳知道我不喜歡放蕩的言行。妳何不順便把全身亮出來展覽？對面有三個男人到門外紮營呢！」

克里門絲壓低了嗓子，說她是愚蠢的老母牛。她熱得喘不過氣來，圖個舒服多方便。我們又不全是乾羊皮紙做的！反正人家又能看見什麼？她伸伸手臂，豐滿的乳房差一點把胸褡迸裂，肩膀也差一點扯裂短短的袖子。克里門絲濫用精力，三十歲就要完蛋了。有時候放蕩通宵，早上她連地板在什麼地方都不知道，幹活兒幹到一半就睡着了，腦袋和肚子彷彿是破布塡成的。但是雪維絲仍然雇用她，因爲沒有誰能把男人的襯衫燙得像她一樣優美。對男人的襯衫，她是無所不知！

她終於拍拍胸脯宣佈說：「算了，身體是我的，對不對？又不咬人，對誰都沒有害處！」

雪維絲說：「克里門絲，把胸衣穿上。普托斯太太說得對，這樣不成體統……人家會把這兒當做壞地方！」

於是克里門絲把衣服穿上，但却發了不少牢騷。大驚小怪！還以爲那邊的人沒見過奶頭哩！她把怨氣出在斜眼小學徒奧古斯婷身上，後者正在她隔壁燙些簡單的麻紗、襪子和手帕。她推她，手肘故意伸進她懷裏。奧古斯婷懷着畸形兒和受氣包特有的報復心，滿腔怨毒，在她衣服背後吐口水報復，沒有人看見這一招。

這時候雪維絲開始漿布許太太的一頂無邊帽，她要特別花工夫做好。她準備了一點熱水粉漿，想把帽子漿得又新又漂亮，而且用一個兩頭圓的小熨斗「光劑」燙裏層，這時候一個滿臉疙瘩、衣裾溼透的瘦女人走進來。她是金點街洗衣房的洗衣婦主管，手下有三名女工。

雪維絲嚷道：「妳來得太早了，畢傑太太。我說今天傍晚。現在很爲難！」

但是對方抱怨說：她怕今天沒法動工洗衣服，於是雪維絲答應讓她把髒衣服拿回去。他們到艾亭納睡覺的左側房間去找那綑東西，抱回一大堆，堆在店舖後面的地板上。分類就花了整整半個鐘頭，雪維絲把男人的襯衫、女人的內衣、手帕、襪子、洗碗布分別扔在她四週。她看到一位新顧客的東西，連忙在紅棉布上畫個「X」做記號，以便識別。在暑氣中，劑在一堆的髒麻紗發出嘔心的臭味。

克里門絲捏着鼻子說：「哇，好臭！」

雪維絲安詳地說：「噢，當然，如果乾淨，人家不會送來給我們處理。本來就是這種味道，不是嗎？咦，我們算了十四件襯衫，是不是，畢傑太太……十五、十六、十七……」

她繼續出聲計算。她並不難過，她對髒東西早就習慣了，她把光光的粉紅色手臂伸入髒得發黃的內衣堆、油膩膩沾了污水的洗碗布堆、有洞又被汗腐蝕的短襪堆裏。但是她彎腰處理各堆東西的時候，強烈的氣味直冲上面孔，她突然感到困倦的滿足。她坐在矮凳邊，弓着身子，伸手向左右亂掏，動作愈來愈慢，似乎被人的臭迷住了，迷迷糊糊微笑，眼睛霧濛濛的。你可以說，她的頭幾陣懶意便根源於此刻，根源於這些散放毒霧的舊衣服所帶來的窒人氣味中。

她正抖開一件被尿水浸濕而無法辨認的尿布，庫柏走進來。

他胡言亂語說：「哎呀！好烈的太陽！直敲人的腦門！」

他扶着工作枱，穩住身體。他第一次醉得這麽厲害。在此之前，他同家略有醉態，最多只是微醺而已。但是這次他在一場喧鬧中挨了幾拳，眼眶發青。已露出幾根白絲的捲髮，大概在小菜館的什麽怪角落揉擦過，後腦勺有一撮黏着蜘蛛絲。他仍然愛說笑，雖然輪廓扭曲，看起來衰老了，下巴也往前突，他說他仍是青年，皮膚還嫩得叫公爵夫人羨慕。

他走到雪維絲身邊：「聽我解釋。是『芹菜梣』——那個裝了木腿的小伙子，妳知道……好啦，他要回家鄉，所以他想請我們。噢，要不是這個鬼太陽，我們應該好好的……街上的人都生病。眞的，他們都醉了。」

長腿兒克里門絲聽他說整條街都醉了，不禁吃吃偷笑，這時候他突然高興起來，差一點噎死，大聲嚷道：

「死酒鬼！他們眞可笑……但是不能怪他們，是太陽不好。」

店裏的人都笑了，連反對酒鬼的普托斯太太也忍唆不住。斜眼的奧古斯婷咯咯笑得像母鷄，嘴巴大開，差一點透不過氣來。然而雪維絲覺得庫柏並不是直接囘家，而是先到洛里羅斯家呆了一個鐘頭，他們對他沒什麼好處。他發誓沒有，她這才笑出聲，充滿溺愛，甚至不責備他又怠了一天工。

她低聲說：「別胡扯！可有人說這麼多的無聊話！」

然後以慈愛的口吻說：

「你去睡覺。你明知我們很忙，你礙手礙脚的……畢傑太太，我們算到三十二條手帕，還有兩條，三十四……」

但是庫柏不想睡，於是他站在那兒，像鐘擺搖來搖去，嘻皮笑臉，輕佻又厚皮。雪維絲急着打發畢傑太太，叫克里門絲數衣物，由她記下來。這個大婊子每拿一件就說一句粗話，一些噁心的話；她揭發顧客的隱私，床笫的秘密，對於傳過她纖手的破洞和汚斑都有特殊的笑話可講。奧古斯婷故作天眞，一雙邪惡的眼睛却睜得好大好大。普托斯太太噘着嘴，認爲不該在庫柏面前說這種話；男人用不着看髒麻紗，莊重的人都避免這種事。但是雪維絲專心做事，好像根本沒聽見每件衣物的人名。那些毛巾是高耶特母子的；一看就知道他們不用毛巾擦鍋底。有一條枕巾絕對是布許家的，因爲布許太太的麻紗用品都沾了髮油。馬丁尼爾先生的汗衫不用聞就知道，他的皮膚油膩膩的，羊毛的顏色都變了。她還認識其它的特點，每一位顧客的個人衞生有什麼秘密，穿。她一面寫一面仔細看每一件東西，以便識別，而且她從來不弄錯，一聞氣味或看顏色就寫得出絲裙遊街的鄰居們的襯衣如何，他們一星期穿髒多少襪子、手帕和襯衫，某些人會弄破衣物，而且總在同一處地方……等等。例如雷曼柔小姐招來無盡的品評……她的內衣頂端破舊，可見這位老姑娘肩胛骨很尖，她就算穿兩個禮拜，內衣也不髒，可見人到了那個年紀，就像一塊木頭，若想擠出一滴油水，眞要費好大的勁兒。每次她們在洗衣店分類的時候，就這樣把所有鄰居剝得赤裸裸的。

「這一綑可討人喜歡囉！」克里門絲打開新的一綑說。

雪維絲突然一陣嫌惡。

她說：「高德龍太太的東西。我不想再做她的生意了，我要設法找個藉口……不，眞的，我不比別人挑剔，我這一生處理過相當髒的衣服，但是這個我受不了，眞的！叫人想吐！這個女人怎麼會把衣服弄成這副樣子？」

她叫克里門絲快一點，但是對方繼續說渾話，手指伸到破洞中，把髒衣服當做「汚穢勝利旗」來揮舞，說着有關的典故。衣物在雪維絲身邊愈堆愈多，她坐在凳子邊上，差一點就沒入裙子和襯衫堆裏。前面擺滿床單、紮口褲和髒兮兮的枱布；就在這如山的洪流中，她裸露的手臂和頸子，以及黏在太陽穴的一小絡一小絡金髮使她整個人顯得更紅潤更慵懶。但是她馬上忘了高德龍太太髒衣服的臭味，恢復職業化的風采和女店主的笑容，殷勤而熱心地把手伸進衣堆，看看有沒有弄錯。斜眼的奧古斯婷愛在火爐裏添加一鏟一鏟的焦煤，加得太滿了，鑄鐵爐頂端燒得熾熱。斜陽照着店舖前端，整間店像火燒似的。這時庫柏被熱氣薰得更醉，突然多情起來。他蹣蹣跚跚走向雪維絲，張着手臂，非常熱情。

他打嗝說：「漂亮的小妻子，非吻妳不可。」

但是他絆到脚下四週的襯裙，差一點蹿跤。

雪維絲說：「噢，你眞討厭，」但是没什麽惡意。「別吵，我們快算完了。」

不，他要親嘴，非要不行，因爲他愛她呀。於是他嘴裏結結巴巴說着話，繞過襯裙堆，不巧又絆到襯衫堆裏，他不干休，兩腿一扭，倒頭栽進手帕堆。雪維絲開始不耐煩了，一把推開他，說他會把東西搞得一蹋糊塗。但是克里門絲甚至普托斯太太都不肯支持她。他的表現終歸還不錯。他要親嘴。她就不能讓人親一下？

「庫柏太太，妳眞幸運，不是嗎？」畢傑太太說。她丈夫是酒鬼鎖匠，每天晚上回來都把她揍得半死。「我丈夫喝了酒，如果像他這樣，那眞是太好了！」

雪維絲已經氣消了，正爲自己發脾氣而抱歉，於是她扶起庫柏，笑着送上臉頰讓他吻。但是他不顧觀衆在場，一把抓住她的乳房。

他嚅嚅地說：「不是存心冒犯，你們要洗的衣服好臭喔！不過我還是愛妳，你知道。」

「噢，別這樣，你逗得我發癢，」她嚷道，同時笑得更大聲。「你眞是大痴人！竟有人這麽傻？」

他抓住她不放。她放縱自己，被如山的衣物弄得頭昏眼花，對庫柏的酒味兒一點都不討厭。他們在她店裏的汚物中嘴對嘴咂咂親吻，這可以說是他們慢慢走向下流的第一步。

這時候畢傑太太正把髒衣物細成幾包，大談她兩歲的小女兒尤拉麗，她已經像大人一樣懂事了。她可以一個人在家，從來不哭，從來不玩火柴。畢傑太太最後逐一把包袱拿走，高挑的身材被壓得彎駝駝的，臉上青筋畢露。

「眞受不了，我們都要烤焦囉，」雪維絲擦擦臉，然後再拿起布許太太的女帽來燙。

這時候她發現火爐燒得熾熱，威嚇要剝奧古斯婷的皮。連燙斗都燒紅了。這個女孩子眞可惡！你一轉身，她就胡來。現在得等一刻鐘才能用熨斗。雪維絲用兩鏟灰蓋住烈火，想起一個主意。在天花板上用銅絲掛幾塊布幕，權充遮陽的簾子。這一來店裏就舒服多了。當然啦，氣温還很高，不過人彷彿呆在壁龕裏，有白光照明，雖然隔着布幕能聽見外面人來人往，却在自己的小天地與世隔絕。而且能自自由由舒暢身心。克里門絲脫下胸衣。庫柏不肯去睡覺，雪維絲讓他呆在那兒，但是他得保證在角落裏不吵鬧，她們可沒有時間混日子。

「這囘小賤人不知又怎麼處置那支圓頭小熨斗『光劑』了？」雪維絲叨唸說，她是指奧古斯婷。

她們老是找那個小熨斗，結果在最古怪的地方找到，大家都認定是學徒故意藏的。雪維絲終於把布許太太的女帽燙好了。她先大略整一整花邊，用手指拉平，再用熨斗燙硬。這是一頂前半部很精緻的女帽，以細摺構成，飾以刺綉花邊。現在她正默默用「公鷄」——一支用棍子裝入木架的蛋形熨斗——專心燙褶紋和花邊。

屋裏一片沉默，現在只聽見燙衣墊上的咚咚聲。在大方枱兩端，女主人、兩名助手和小學徒正站着低頭工作，肩膀呈圓形，手臂不停地擺動。每個人右邊都有一塊扁方磚——被過熱的熨斗燒得發黑。工作枱中間有一個湯盤，裝滿清水，邊上放一塊破布和一把小毛刷，用來沾濕衣物。一個本來裝白蘭地釀櫻桃的瓶子現在揷了一把盛開的大百合花，雪白的大花瓣使這兒活像皇家花園的一角。普托斯太太開始燙雪維絲漿好的那一籃東西，包括毛巾、綮口褲、胸衣和袖套。奧古斯婷慢吞吞燙她份內的長襪和灰塵撢子，眼睛望着天空，對一隻嗡嗡亂飛的大蒼蠅很感興趣。克里門絲正要燙今天以來的第三十五件男用襯衫。

「總是水果酒，從來不喝火酒，」屋頂匠急於透露這個消息，突然開口說。「火酒害我難過，千萬不能喝！」

克里門絲用皮套和金屬把子拿起火爐上的一支熨斗，貼在頰邊，看看够熱了沒有，然後在方磚上摩擦摩擦，又用皮帶所掛的一塊布擦拭一下，就開始燙她的第三十五件襯衫，先從肩背和袖子燙起。

過了一會，她說：「噢，庫柏先生。喝一點白蘭地不妨事的。我發現對我的性吸引力有幫助。何況你知道，人愈早翹辮子愈好。我知道我不想當老骨頭。」

「噢，你的喪葬念頭眞晦氣！」普托斯太太揷嘴說，她不喜歡悲哀的話題。

庫柏已站起身，愈來愈笨拙，以爲人家說他喝了火酒。他拿自己的腦袋和妻兒的腦袋發誓沒喝半滴白蘭地，又走近克里門絲，對着她的面孔吐氣讓她聞。然後，他的鼻子貼在她赤裸裸的肩膀上，開始吃吃悶笑。他要觀賞一番。克里門絲已折好襯衫背部，用熨斗輕輕燙每一邊，現在正在燙袖口和領子，但是他一直逼近她，害她把襯衫弄皺了，她只得拿起托盤內的刷子，潤一潤粉漿。

她說：「老闆娘，叫他別對我這麽粗鹵嘛。」

雪維絲平靜地說：「別打攪她，規矩一點。你沒看見我們在趕工嗎？」

噢，她們在趕工，眞的？咦，那又如何？不能怪他呀。他沒做錯什麽。他碰都沒碰她，只是觀賞而已。難道現在的人看都不能看上帝的傑作了？克里門絲這妞兒有一對他媽的好膀子，她可以展覽，一文錢讓人摸一次，花錢的人絕不會懊悔。現在克里門絲已經不再抵抗，正在笑這些粗鹵的醉話。她甚至跟他對起嘴來。他拿男用襯衫跟她開玩笑。原來她整天接觸男人的襯衫，眞的？噢，是的，她生活在男用襯衫裏。天保佑，她對這些瞭如指掌，也知道怎麽做成的！她經手過幾百件了！附近白皮膚和黃皮膚的小伙子身上都穿着她的傑作。調笑期間，她雖然笑得雙肩抖動，却沒停下手邊的活兒。她把熨斗由衣服前身揷進去，燙好後面的五條寬褶，然後反折前面的縫飾，同樣燙出寬寬的褶痕。

「這是他們的旗幟！」她笑得更大聲說。

斜眼的奧古斯婷不住嘻嘻笑，覺得「旗幟」這字眼眞好玩。她挨了一頓罵；瞧這小娃兒居然爲她不該懂的字眼而發笑！克里門絲把她的熨斗遞給她；熱度已不够燙漿過的衣裳，小學徒用餘溫燙灰塵撢子和長襪。但是她抓燙斗很不俐落。在自己的手腕上燙出一道長長的「手銬」疤。她嘩的一聲哭起來，說克里門絲故意害她。克里門絲剛拿起一個很熱的燙斗，準備燙襯衫的前片，恐嚇說：再多嘴就燙她的兩個耳朵，小學徒馬上閉嘴。她在襯衫前身下墊一塊毛織布，慢慢挪動熨斗，讓粉漿漸漸滲出和乾掉。前身硬挺起來，發着油紙般的光澤。

「你這狡猾的母狗！」庫柏咒罵着，在她身後醉醺醺提來提去。

他躡着脚尖，像一具沒有上油的滑車吱吱嘎嘎響。克里門絲用力倚着工作枱，手腕彎曲，手肘撐開向兩側高擧，低着頭拚命做工，裸露的肌膚整個鼓起來，肩膀一上一下，細皮嫩膚下的肌肉慢慢運轉，胸脯汗淋淋的，在敞開的粉紅胸褡下起起伏伏。他伸出手，想去摸她。

克里門絲尖叫說：「老闆娘，老闆娘！叫他住手，拜託。再這樣我就出去了。我不受汚辱。」

雪維絲剛把布許太太的女帽放在一個套了布巾的磨菇形帽架上，正用火鉗小心夾花邊。她抬眼一看，屋頂匠又伸出手，在少女的胸褡內亂摸。

「眞的，庫柏，你就不會規矩一點，」她氣惱地說。活像罵一個不配麵包白吃果醬的小孩。

「現在你去躺着。」

「是啊，去躺一躺，庫柏先生，這樣好多了，」普托斯太太說。

他結結巴巴，仍然嘻皮笑臉說：「算了，算了，她也是一個混帳嘮叨鬼！人就不能找找樂子嗎？女人，我對她們清楚得很，我從來不害她們。你捏一個女人的屁股，但是不超過分寸，只是對異性表示恭維罷了。而且你擺出貨物，就指望人家挑選，對不對？那這位可愛的金髮兒爲什麽要亮出一切？不，這樣不應該！」

又轉向克里門絲：

「親親，你自以為了不起，眞是大錯特錯……要不是這兒有這麼多人……」

但是他再也說不下去了，因為雪維絲用一隻手輕輕抓着他，另外一隻手掩着他的嘴唇。他半開玩笑掙扎，她則把他推到店後面，往起居室走。他掙脫嘴巴的束縛，嚷道那金髮高個兒如果來替他暖脚，他不反對上床。然後她們聽見雪維絲脫掉他的皮靴。她為他更衣，態度有些粗暴，却充滿母性。她替他脫掉長褲的時候，他笑得好厲害，趴開手脚仰臥在床舖中央，兩腿亂蹭，說她逗得他發癢。最後她總算替他蓋好被子，像照顧小孩似的。他現在舒不舒服？他不答腔，却對克里門絲大喊：

「好啦，愛人，我在這兒，就等你呢。」

雪維絲回到店內，發現克里門絲眞的打斜眼的奧古斯婷。起因是普托斯太太由爐子上拿起一支髒熨斗，毫不提防，結果把一件胸衣整個弄黑了，克里門絲想推卸不擦好熨斗的責任，歸罪於奧古斯婷，雖然熨斗底上留有燒焦的粉漿塊，她却發誓熨斗不是她的，學徒受寃，故意在她的衣服前面吐口水。於是啪的一掌打下來。小丫頭忍住眼淚，用蠟燭尾擦熨斗。但是她每次到克里門絲背後，就存些唾沫來吐，看它滴了一裙子，心中暗自好笑。

「我太太豈不傻氣……！她推我上床，不是神經嗎……太蠢了，大白天人家一點都不想睡！」

但是他突然打起鼾來。雪維絲舒了一口氣，很高興他終於休息了，在兩塊好床墊上睡掉他的酒意。她眼睛仍然盯着手邊的小裝飾熨斗，用緩慢而單調的聲音開口說話。

「你以爲怎麽着？他神智不清，你還不能生氣哩。就算我責備他，對我們也沒有好處。我寧可同意他的話，騙他上床——反正已經過去了，我的心境很安詳……何況他沒有惡意，他很愛我。妳們剛才看到了，爲了吻我，他不惜粉身碎骨哩。那樣眞好，因爲很多人醉了就亂追女人……而他總是直接回家。他會和女孩開些小玩笑，但是不超過分寸。所以克里門絲，你千萬別生氣。你知道嘛，男人喝醉的時候，連親生父母都要殺，事後根本想不起這回事。噢，我全心原諒他。畢竟他和別人差不多嘛。」

她說話安詳自若，不慍不火，已經習慣了庫柏的鬧飲，仍然找理由寬縱他，對於他在自己家捏女孩子的屁股覺得沒什麽大礙。她一住口，四週又沉默下來，這回沒有人再開腔。普托斯太太每拿一件衣物，就由悶光印花枱布底下拖出洗衣籃，燙好之後，高擧小手臂，把它搭在架子上。克里門絲燙好了第三十五件襯衫的衣褶。店裏堆滿待做的活兒，她們計算過，就算拚命趕，也得熬到十一點鐘。現在沒有雜事分心，整個洗衣舖忙得很有勁。赤裸裸的手臂動來動去，使雪白的麻紗呈現嫣紅的色調。爐子又加滿焦炭，遮簾間透入的陽光直接照在火爐上，熱度在陽光下升高，一股看不到的烈焰使空氣微微發抖。天花板晾了一大堆裙子和布塊，底下熱氣逼人，奧古斯婷的口水乾涸了，舌尖吐出來，夾在上下唇之間。屋裏有灼熱金屬、粉漿、焦鐵的氣味，一股浴室難聞的氣息，四個露肩工作的人又添上更腥氣的頭髮和頸子汗臭，綠水瓶中的百合花束則發出很濃很純的香味。在燙衣聲和火鉗刮爐子的聲音空檔間，庫柏的鼾聲不斷傳來，宛如一座監督店務的大鐘，勻稱地滴嗒滴嗒響。

鬧酒之後的清晨，這位屋頂匠總是頭疼得要命，腦袋不對勁，嘴巴苦澀，臉部腫起來，變形一整天。他很晚才起床，八點左右伸伸腰；然後吐吐痰，在店內閒逛，拿不定主意出門做工。一天又荒廢了。早上他常抱怨兩腿發軟，說他大吃大喝實在太愚蠢，弄得人全身出毛病。而且，你會碰到很多懶骨頭，黏着你不放，無論你想不想喝，你都會痛飲起來，陷入各種糾紛，弄得脫身不得。媽的，不！他絕不喝了，他可不想壯年就倒在酒店裏！但是他吃下一點午餐，打扮起來，清清喉嚨看嗓子是不是還好好的，接着就開始否認頭一天是眞的暴飲——稍微酒醉，大概吧。很少人能像他，聲如洪鐘，手腕像鐵打的，盡情喝個够，連根汗毛都不受影響。然後他整個下午在附近痴痴亂逛。他若惹女工們心煩，雪維絲就給他兩法郎，免得他礙手礙脚。於是他出去了，先在魚販街的「小麝猫」酒店買點煙草，如果碰上酒伴，通常要吃一客白蘭地釀李子，然後在金點街轉角的法蘭西斯氏酒店把兩法郎硬幣找出來的餘款花光，那兒賣一種可愛的水果酒，年代很新，逼得人喉嚨發癢。那是一家眞正的老式酒吧，暗濛濛的，天花板很低，右側有一個煙霧瀰漫的房間，可以買湯喝。他在那邊呆到傍晚，一巡喝過又一巡。他向法蘭西斯賒賬，對方鄭重答應不把帳單送給他太太。總說一句，你得潤潤嘴巴，洗掉頭一天的臭味呀。一杯接一杯。他素來是正經的小伙子，對不對，從來不追女人——當然他喜歡找找樂子，有時候他喝醉了，但是酒風很好，他看不起那些整天喝酒，隨時爛醉的噁心鬼。他總是高高興興回家。

「你的愛人來過沒有？」有時候問雪維絲，純粹是開玩笑。「這幾天都沒看到他，得去找找他。」

所謂「愛人」是指高耶特，他不敢太常來，怕惹人嫌和招人議論。但是他抓住每一個藉口，帶髒衣服來或者沿人行道逛過來一二十次。店舖後面有一個地方，他喜歡逗留幾小時，靜靜坐着抽他那支短煙斗。晚上吃過飯，每隔十天他就冒一次險來坐坐。他不健談，緊閉着嘴巴，眼睛盯着雪維絲，只偶爾拿下煙斗，爲她說的話而發出笑聲。星期六她們忙到半夜，他坐在那兒，冥想出神，似乎比看戲更開心。有時候女工燙衣服燙到凌晨三點。一盞燈用鐵線吊在天花板上，燈罩投下寬寬的一圈亮光，衣物在光影裏宛如柔柔的白雪。小學徒關上捲門，但是七月的夜晚熱得燙人，他們讓臨街的屋門半開着。天色更晚了，幾個女人鬆開衣裳，讓自己舒服些，她們柔細的皮膚在燈光下有如黃金，雪維絲尤其如此，她現在很豐滿；肩膀的細皮白肉光滑如絲。她的頸子像嬰兒般皺起，小酒渦他憑記憶都畫得出來，他太熟悉了。這時候他抵制不了火爐的熱度和熨斗下麻紗冒煙的氣息，不禁陷入幻想中，思緒亂轉，眼睛則望着趕工的女人，看她們的手臂前後揮舞，通宵熬夜，好讓鄰居們禮拜天盛裝出遊。附近的人家都睡了，鼾眠的寂靜慢慢降臨。時鐘指出午夜，然後是一點，然後是兩點。車輛和行人都不見了。現在門口射出一道孤獨的燈光，照進黑漆漆空茫茫的街道，活像一塊黃布沿着地面展開。遠處偶爾傳來一陣脚步聲，有人走過來，穿過燈光帶，往裏瞧一眼，爲熨斗的聲音而詫異，然後帶着露胸女子在一團紅霧中的印象走開了。

高耶特看艾亭納在雪維絲身邊礙事，想讓他少挨庫柏踢幾脚，就爲他找了一份打鐵舖裏拉風箱的差事。鐵釘製造業聽起來並不迷人，因爲打鐵舖髒兮兮的，老是打同樣的鐵片也太單調無聊，但是報酬很高，一天可以賺十法郎到十二法郎。小傢伙當時十二歲了，如果工作適合他，他馬上就能混得很不錯。於是艾亭納變成洗衣店老闆娘和鐵匠之間的另一道連鎖，他常帶小傢伙回家，報告他良好的表現。人人都調笑雪維絲，說高耶特迷上了她。她深深知道這一點，像少女般臉紅，雙頰像紅蘋果似的。噢，可憐的痴漢，他從來不礙手礙脚！他沒有向她吐露過心聲，沒有做過一個暗示性的動作，沒有說過一句髒話。這麼正派的人很少見。她內心不肯承認，其實她被人如此暗戀——當做聖女——心裏好快活。每次遇到嚴重的煩惱，她就想起他，這一來便寬心了。他們獨處的時候，並不難爲情，只是自自然然微笑，用不着說出內心的感覺。這是一份明智的感情，沒有半絲粗俗的意念，寧靜若能求幸福，保持安詳和寧靜總來得好些。

但是那年夏末，娜娜把整個地方鬧得天翻地覆。她六歲了，一天天變成討厭鬼。爲了怕她在身邊搗蛋，她媽媽每天帶她到普龍修街一家柔西小姐開的小學校去讀書。她會用針把同學的衣服從背後夾起來，在老師的鼻煙盒裏裝火灰，甚至想起不堪一提的下流詭計，柔西小姐兩次把她趕出門，但是又收她回去，免得損失每個月六法郎的收入。娜娜一出校門，就假裝被禁，在拱門下和院子裏吵得像地獄似的，洗衣店的女人怕吵，叫她走開到上述兩個地方去玩。於是她和布許家的女孩子寶琳，以及雪維絲前雇主的兒子維多——今年十歲的野小子，專愛和小女孩玩——聯合在一起。福康尼爾太太和庫柏家交情還很不錯，常叫她兒子過來。而且整棟大樓有好多孩子，一羣羣的，隨時由四座樓梯跑下來，像吵鬧的賊麻雀群停在石板地上。高德龍太太一個人就放出了九個，膚色有白有黑，衣冠不整，面孔髒兮兮的，褲子穿得好高，長襪落在靴子外頭，外衣破破爛爛，汚跡下露出白白的皮膚。六樓一位替麵包廠送麵包的婦人放出了七個。每一個房間都湧出一大羣。在這些鼻子紅撲撲、除了淋雨從來不洗臉的小惡魔羣中，也夾着大孩子，狡猾而肥胖，像老頭般大腹便便，還有剛從搖籃出來的小娃兒，脚步仍然不穩，儍乎乎的，想跑的時候便四肢在地上爬。娜娜是這羣臭娃兒的女王，敢支配個子比她大一倍的女孩子，權威只肯分一點給寶琳和維多，這兩人是她的密友，支持她的每一個願望。這個小騷貨總愛扮演母親，爲小傢伙脫衣服再穿上去，她堅持要檢查別人的全身，像一個心思下流的大人，蠻不講理又別出心裁地玩弄人家的身體。在她的領導下，他們迷上許多該打的鬼把戲。他們結隊在染坊的廢水灘玩水，弄得整條小腿或藍或紅，然後湧到鎖匠家偷釘子或銼屑，再跑到傢具匠家的刨屑堆裏——大堆大堆的木屑，他們在裏面翻滾，露出屁股，眞是太好玩了。整個院子都是他們的天地，每次一大羣要轉往別的地方，那兒就廻響着小皮靴慌張奔跑的聲音，以及穿過雲霄的尖叫。有時候院子不够大，他們就湧入地窖再上來，然後爬上樓梯，全體走過長廊再下樓，又沿另一道長廊走，上上下下好幾個鐘頭，毫無倦意，嘴裏一直叫嚷，活像野獸從四面八方奔來，弄得整棟大樓搖搖欲墜。

布許太太嚷道：「眞可怕，這些孩子！生這麼多孩子，人眞的不能幹多少事情……然後他們再抱怨糧食不够！」

布許說窮困中長大的孩子就像糞堆上的毒菌。門房整天怒吼，威脅說要用掃把打他們。最後她把地窖門鎖上了，因爲她打了寶琳好幾下，從她口裏問出實情：娜娜起意在黑漆漆的地窖扮演醫生，這邪門的小丫頭居然用棍子「治病」哩。

有一天下午發生一個可怕的場面。這是遲早要發生的。娜娜想起一個很好玩的小遊戲。她在布許太太的門房小屋前面偷了一隻木屐，在上面綁一根繩子，當做貨車來拖。維多想起一個主意，在木屐上載滿蘋果皮，然後他們排成一列，娜娜拉着木屐領隊，寶琳和維多分侍左右兩旁。後面跟着一大羣孩子，高的在前，小的在後，都推推擠擠的。有一個穿童裝的娃娃，個子只到人家的長靴頂，頭上歪戴着一頂無邊帽，弄得扁塌塌的，隊伍由他殿後。遊行隊伍吟唱着悲哀的曲調，夾着不少「噢」和「啊」的嘆息聲。娜娜說他們要玩葬禮的遊戲，蘋果皮代表屍體。他們繞了院子一圈，又再來一遍，覺得很好玩。

「他們現在搞什麼鬼?」布許太太唸唸有辭出來看，她一向多疑，頗有警戒心。

她一看：「是我的木屐嘛，」不禁發火了。「噢，這些小惡魔!」

她挨次揍他們，打了娜娜兩個耳光，又踢寶琳幾脚，怪她這麼笨，居然讓別人偷她老娘的木屐。剛好雪維絲到水龍頭來提水。她看娜娜鼻血直流，哭得好厲害，差一點把門房的頭髮扯下來。妳把小孩當公牛來打嗎?妳一定是沒良心的野獸，最下流的賤人，才做得出這種事。當然布許太太也熱烈反擊。妳有這種狗女兒，應該把她鎖在屋內。結果布許親自來到門口，叫太太進屋，別跟這種廢物多談。一切關係都中斷了。

事實上，最近一個月來布許家和庫柏家處得並不好。雪維絲生性大方，老是送幾瓶酒啦，幾杯肉湯啦，橘子和幾片糕餅等等給他們。有一天她把剩下的菊苣和甜菜根沙拉拿到門房家，知道她最愛吃沙拉。但是第二天她聽雷曼柔小姐說，布許太太當着一大堆人把沙拉倒掉，顯得很噁心似的，還說：感謝上帝，她還沒有落魄到吃別人剩菜的地步。雪維絲聽了臉色蒼白。從此雪維絲就不再送禮了；不再送水果酒、肉湯、橘子和糕餅——一樣都不送。你眞該看看布許夫婦的表情！他們覺得庫柏家剝奪了他們份內的權利。雪維絲發現自己犯了大錯，她若不那麼傻，送他們那麼多東西，對方就不會養成壞習慣，態度會一直和和氣氣的。現在門房把她說得再壞不過了。到了十月一日，她向房東馬斯可先生告狀，引起無盡的紛擾，因爲洗衣店老闆娘縱情吃喝，房租却晚了一天還不繳，馬斯可先生也不太客氣，親自到店裏來，連帽子都不脫，開口要錢，雪維絲當場交給他。當然啦，布許家跟洛里羅斯家交上了朋友，請他們到門房小屋歡宴，加上親密與復交的聲明。要不是有「阿跛」，他們絕不會失和；她有本事叫兩座山打起架來。啊，現在布許夫婦知道她是什麼樣的人了，他們瞭解洛里羅斯夫婦忍受了多麼大的委屈。她走過的時候，他們都在拱門下故意冷笑。

不過，雪維絲有一天照樣上樓找洛里羅斯夫婦。她是爲庫柏大媽而去的，老人家年屆六十七歲，視力很差，腿力也不行了，她已經放棄最後的打雜工作，除非有人救她，她眼看要餓死。雪維絲認爲，年紀那麼大的女人有三位子女，還孤獨無依，未免太丟臉了。庫柏不肯親自和洛里羅斯夫婦談，說雪維絲要去就自己去，於是她親自上樓，心中充滿憤慨。

她像一陣旋風，不敲門就進去。自從婚前那一晚洛里羅斯夫婦冷冷接待她以來，屋裏一點都沒變。同一塊褪色的簾子把起居室和工作坊隔開，事實上這個長形的房間簡直是爲鰻魚設計的。房間那一頭，洛里羅斯在凳子前彎着腰，正一塊塊夾出一條鍊子的環節，洛里羅斯太太站在虎頭鉗前面，由拉盤抽出一根金線。在白晝的亮光下，小熔爐呈淺紅色。

雪維絲說：「是的，是我！沒想到吧？人家都以爲我們會怒目相向哩。你們想像得到，我不是爲自己的事情來找你們……我是爲庫柏大媽。是的，我來看看我們是不是要等着別人好心給她一口麵包吃。」

洛里羅斯太太咕噥道：「噢，這倒眞是進屋的好方法，有些人臉皮眞厚！」

她轉身繼續拉金線，假裝不知道弟媳婦在場。但是洛里羅斯抬起蒼白的面孔大叫說：

「妳說什麼？」

等他聽清楚她的來意，便說：

「又哭嚷了，我猜。庫柏大媽眞是好人，到處哭窮！咦，前天她才來這兒吃過一頓。我們盡力而爲。我們沒有秘魯的寶藏……不過，她若在別人家說閒話，她可以住在那邊，我們不喜歡間諜。」

他回去做他的鍊子，也背對着客人，彷彿有些懊悔地說：

「如果每個人一個月出五法郎，我們也出五法郎。」

雪維絲已經冷靜下來，爲洛里羅斯夫婦的石頭面孔而寒心。她走進他們家，就覺得不舒服。她垂着眼睛端詳放在那邊黏金粉粒的菱形草席圖案，靜靜研究她所瞭解的局面。庫柏大媽有三個子女，如果每個人出五法郎，一共才十五法郎，根本不够，不可能賴以生存；要三倍的數目才够。但是洛里羅斯嚇慌了。她以爲他每個月能到什麼地方去偷十五法郎？人家若以爲他家放金子，他就很有錢，那他們簡直發瘋。然後他開始說庫柏大媽的壞話。她早上一定要喝啡咖，她喜歡來一點火酒，她要人家殷勤款待，活像她手邊有一筆財產似的。當然我們都愛享受，不過你若沒存下半文錢，就得像別人一樣，勒緊褲腰帶，對不對？何況庫柏大媽又不是老得不能做事，她要夾盤底的好菜時，視力好得很。事實上她是一個狡猾的老太婆，老是出門補身體。就算他出得起錢，他也覺得不該養活偷懶的人。

儘管這樣，雪維絲還是和和氣氣的，靜靜討論這些不眞誠的話題。她想打動他們的心，但是做丈夫的不肯再談，做太太的則在熔爐前面忙碌不休，把一截金鍊子浸在一個裝滿稀酸液的小長柄銅鍋中。她一直背對着來客，拒人於千里之外。但是雪維絲還一直說話，看他們在工作坊的黑灰裏固執地工作，身體扭曲，衣服髒兮兮又有補釘，像老工具一般用力而沉悶地幹着狹窄的機械工作。接着她突然怒火中燒，大嚷道：

「好，我寧願這樣，你們的錢留着吧。我來養庫柏大媽，聽到沒有？前幾天我才收容一隻無家可歸的猫兒，所以我也可以收容妳的母親。而且她不會缺什麼，她自有咖啡和白蘭地喝。……老天，好恐怖的家庭！」

洛里羅斯太太聽了，反身跳起來。她揮動着小鍋，似乎想把酸液潑向弟媳婦的面孔。

「滾出去！」她差一點說不出話來。「趁我還沒殺人，滾……妳別指望那五法郎，因爲我一文也不給，不，一文都別想！五法郎，當眞！媽會當妳的佣人，妳會吞掉我的五法郎。如果她到妳家，妳告訴她……就算她翹辮子，我都不送一杯水給她喝。現在滾吧。快走！」

「好恐怖的女人！」雪維絲說着，砰的一聲關上門。

第二天她接庫柏大媽過來住，把她的床舖擺在娜娜睡的大耳房裏，光線由天花板附近的圓窗射進來。搬家没有花多少時間，因爲大媽的傢俱只有一張床、一張胡桃木大櫃子和一几二椅，他們將大櫃子擺在堆髒衣服的房間。桌子賣掉了，椅子則換了藤皮。搬進來的那天晚上，老太婆掃地洗碗，爲自己脫離困境而舒了一口氣，儘量幫媳婦幹活兒。洛里羅斯夫婦差一點氣炸，拉瑞特太太和庫柏夫婦和好了，他們更生氣。有一天花匠和金匠姐妹爲雪維絲吵了一架。前者誇奬雪維絲善待母親，看她妹妹不高興，一時興起，故意說雪維絲的眼睛好漂亮，亮得可以點油紙捻兒。於是兩姐妹互打耳光，發誓永遠不見面。現在拉瑞特太太晚上常到洗衣店來，暗自欣賞長腿兒克里門絲的渾話。

三年就這樣過去。他們吵吵好好了許多回。雪維絲不屑於跟洛里羅斯夫婦、布許夫婦和那些意見相左的人計較。他們如果不滿意，自然知道該去哪裏，對不對？她賺取所需，這才是大事。附近的人對她風評很好，因爲這麼叫人滿意的顧客究竟不多，她買東西總是準時付帳，從來不討價還價，不發牢騷。她向魚販街的科德洛太太買麵包，向普龍修街的屠夫胖查理買肉，向金點街對門的李亨格瑞買雜貨。轉角的酒商法蘭西斯替她送五十瓶一箱的水果酒。隔壁的維果羅克斯——他太太的屁股都被男人捏青了——照汽油公司的價格賣焦炭給她。事實上，她的供應商都儘量幫她，知道袒護她於己有利。所以她穿着拖鞋光着腦袋閒逛，四面八方都有問候聲傳來，因爲她仍然在自己的領域中，她家面對人行道，附近幾條街是她住處的自然屬國。她喜歡出門和熟人相處，如今常常找個差事出去老半天。有時候她沒時間做菜，就去買點熟食，和菜館的主人聊聊天，他們家在大樓的另一邊——是一間很大的店面，大橱窗髒兮兮的，隔着油汚可以看見後院模糊的光線。不然她就拿着一堆盤子和小臉盆，在樓下某一扇窗子前面閒聊，隔着窗扉可以望見補鞋匠的舖子，裏面有一張凌亂的床，衣服散了一地，還有兩張東倒西歪的搖籃和一個裝滿汚水的瓦罐。但是她最敬重的鄰居是對面的鐘錶匠，外表整潔斯文，身穿方領長外衣，老是用小工具撥弄手錶。她常常到馬路對面，只為了跟他點點頭，窺視壁橱般的小店面，看那些小自鳴鐘的鐘擺高高興興走着，都在報時，却都不準，她笑得好開心。

6

一個秋天的下午，雪維絲到「白門街」送衣服給一位顧客，傍晚來到魚販街底下。那天早晨下過雨，天氣很暖和，濕濕的人行道冒出一股氣味。洗衣店老闆娘沿着街道上坡，手提大籃子掙扎前進，氣喘吁吁的，她放慢步子，讓身體輕鬆下來，一股模糊的慾望隨着倦意升起和加強。她想吃點好東西。一抬眼，看到「馬卡達街」的名牌，突然起意到冶鐵場去探望高耶特。他邀請過二十回了，說她若想看打鐵的方法，哪天不妨順便去一下。當然啦，在別的工人前面，她會找艾亭納，表示純粹來看兒子。

螺栓和鉚釘工廠一定在馬卡達街這一頭不遠的地方，她不知道確實的位置，何況這些以荒地分隔的廠棚往往沒有門牌號碼。這條街不管能賺多少錢，她都不願意住，又寬又髒，被附近工廠的煤灰弄得黑鴉鴉的，圓石高低不平，車轍填滿污水。道路兩旁各有一列棚屋，玻璃屋頂的大工作坊，房子灰濛濛的，似乎還沒建好，磚塊和屋樑畢露——亂糟糟的危牆，中間有縫隙，可以看見遠處的鄉村，兩側是看起來不太安全的住家和髒亂的小酒館。她只記得工廠隔壁是一家破布和零頭料批發店，可以說是基層的成衣商，據高耶特說，裏面藏着幾十萬法郎的貨物哩。她儘量在工廠區找尋方位——屋頂上的細管吐出一道道蒸氣，一家鋸木廠按時發出洋布扯裂般的軋軋聲，鈕釦廠轟隆轟隆和咔啦咔啦的聲音弄得天搖地撼。她面向蒙特馬屈高地站着，拿不定主張，不知道該不該往前走，一陣風吹來，把一個高煙囪的黑煙往下送，弄得整條街惡臭難聞，她瞇起眼睛，被煙嗆住了，這時候忽然聽見鐵錘勻稱的敲打聲。她就在冶鐵廠對面，居然不曉得，現在由隔壁充滿舊布的門孔，立刻認出來了。

但是她還猶豫不決，不知道怎麼進去。鑽過圍牆的一個縫隙，有一條小徑通入廢物場的垃圾堆。因爲一攤泥水擋了路，有人在上面舖了兩塊木板。她決定走木板橋，向左轉，發現自己置身在一處陌生的舊車林中，車杠翹得半天高，倒塌的茅屋只剩空架子。再進去，只見烈焰熊熊，在昏暗中射出一道餘光。鐵錘聲停止了。她小心翼翼往火光走，這時候一位工人打她身邊經過，臉色被煤煙染黑了，滿臉絡腮鬍。他用無精打采的目光斜睨了她一眼。

她問道：「對不起。有一個名叫艾亭納的男孩子是不是在這邊做工？他是我兒子。」

「艾亭納，艾亭納？」工人用沙啞的嗓音說，兩腿一直變換位置。「艾亭納？不，沒聽過這個人。」

他嘴裏吐出酒精味兒，活像白蘭地老酒桶剛打開的氣味。在黑漆漆的角落碰到女人，他漸漸冒失起來，雪維絲倒退一步，喃喃地說：

「不過，高耶特先生在這裏做事沒錯吧？」

「噢，高耶特，是的……跟他很熟！妳如果要找高耶特，到裏面那一頭。」

他轉身用沙啞的嗓門叫道：

「嘿，金弟，女士來看你。」

但他的叫喚被新起的打鐵聲淹没了。雪維絲走到後面，來到一處門口，伸長頸子往裏瞧。這是一個大工作坊，開頭她什麼都看不清。火勢已轉弱，熔爐只在角落裏發出一道微光，僅能避免暗夜逼近來。四週全是大影子。黑黑的人形不時由火光前走過，隔斷了最後的餘光——都是特大號的男人，一看影子就能猜出他們奇大無比的四肢。雪維絲不敢再上前，在門口低聲叫喚：

「高耶特先生，高耶特先生……」

整個畫面突然亮起來。風箱怒吼，一股白焰往上衝，照出大棚屋的情景，屋內用木板隔間，裂縫約略粉刷過，屋角用磚塊加強。飛揚的煤粉給棚屋染上灰灰的煙垢。屋樑上掛着蜘蛛網，宛如晾在上面的衣服，因爲幾年的積塵而變得好重好重。牆壁四週的架子上有各種老鐵料，有的用釘子掛着，有的隨便擱在暗角落裏——打扁的器具，大形的工具隨處亂堆，顯出鋸齒狀、沉悶而堅硬的外形。白焰升得更高，像艷陽照亮了千錘百打的地面，從牢牢嵌在木塊裏的四具閃亮鋼砧發出金斑點點的銀白色反光。

這時候雪維絲認出了高耶特俊美的黃鬚。他站在火爐旁，艾亭納正在拉風箱。還有兩個工人在場，但是她只注意高耶特。她走過去，站在他身邊。

他驚嘆說：「噢，是雪維絲女士！眞是意外的驚喜！」他紅光滿面。

但是同伴們好像很保守，他走過去，把艾亭納推到他母親面前：

「你來看這小傢伙。他是好孩子，開始慢慢在行了。」

她說：「噢，你這邊可眞不好找……我還以爲到了世界盡頭呢。」

她描述此行的經過，問他爲什麼工作坊的人都不知道艾亭納的名字。高耶特笑着解釋說，人人都叫小傢伙「朱朱」，因爲他理平頭，很像法國的朱亞夫兵。他們說話的時候，艾亭納不再拉風箱，火焰漸弱，只剩一圈淡紅的火光，店舖四週一片黑暗。鐵匠望着微笑的女人，在柔光裏顯得好年輕好甜蜜，不禁充滿柔情。然後，暗夜裏雙方都沒有講話，他似乎想起自己在什麼地方，便率先開口。

「請原諒，雪維絲女士，我有活兒要幹。妳願意就呆在那兒，妳不會妨礙什麼人。」

她留下來看，艾亭納又去拉風箱，烈火升起，冒出好多火花，因爲小傢伙拉得像颶風一樣猛，想讓母親看看他多能幹，火星冒得更厲害。高耶特手持叉子，等一根鐵條燒熱。熊熊的烈火照在他身上，看不見黑影。他衣袖高捲，領口敞開，露出光光的手臂和胸膛，少女般白裏透紅的皮膚長了好些捲捲的金毛。他的腦袋垂在兩個肌肉發達的肩膀中央，表情專注，眼睛盯着火焰一眨也不眨，他眞像靜養中的巨人，強壯又安詳。等鐵條燒得熾熱熾熱，他用叉子夾起來，擺在鋼砧上用鐵鎚敲成固定的長度，動作很輕，彷彿敲玻璃似的。然後他把一截截鐵塊放回火爐，再逐段拿出來加工。他正在做六角的鉚釘。他將小鐵塊放進一個導框內，頂端打扁做釘頭，敲擊六面，然後丟下一個個火紅色的鉚釘成品，任其在黑色地板上漸漸轉黑轉暗。他不停地敲打，右手擺動一支五磅重的鐵鎚，每敲一下就完成一個細節，轉動和操作鐵塊的技術太純熟了，可以繼續談話，眼睛看別人。鋼砧發出銀鈴般的聲響。他沒流半滴汗，感覺很舒服，高高興興鎚打着，好像不比晚上在家剪圖片吃力多少。

他答覆雪維絲的詢問說：「噢，這是二十毫米的小鉚釘。一天可以做三百個。不過得繼續練習，否則手臂很快就生銹了。」

她問他一天忙下來豈不是手腕發僵，他只笑一笑。她以為他是小姐啊？他的手腕苦磨了十五年，因為整天用工具，現在壯得像鋼鐵。但是她的話沒錯——沒打過鉚釘或螺栓的紳士想玩玩五磅重的錘子，兩個鐘頭下來就會疼得半死。看起來沒什麼，但是有些壯小子過不了幾年就退却了。這時候，另外的人也一起敲敲打打。他們的大影子在燈光下舞動，火爐的火焰穿入黑黑的背景，鐵錘下火星如泉，像太陽照亮了那一層鋼砧。雪維絲自覺和冶鐵場的動作合而為一，很快樂，不想走。她怕燒着手，繞一段路走到艾亭納身邊，這時候突然看見那個沒刮鬍子、面孔發黑的工人走進來，就是她在院子裏搭訕的那一位。

他用醉漢的調笑口吻說：「女士，妳找到路了？金弟，是我告訴這位女士你在這兒。」

他名叫「汚嘴」，又名「未渴先飲」，是一名出色的螺栓匠，每天要喝一瓶火酒來滋潤鐵錘。他剛剛出去喝一杯，因為他覺得幹勁不足，撐不到六點鐘。他聽說「朱朱」本名叫艾亭納，覺得很好玩，露出一口黑牙大笑不已。然後他發現自己認識雪維絲。噢，昨天他才跟庫柏同飲過。你對庫柏提起「汚嘴」，也就是「未渴先飲」，他一定馬上說：「他是一條漢子！」噢，庫柏那傢伙，他是好人，他請客的次數比別人多。

他又說：「知道妳是他太太，我很高興。他該得一個漂亮的太太……嘿，金弟，她不是挺漂亮嗎？」

他愈來愈粗鹵，一直逼近她。她舉起洗衣籃，擋在身子前方，不讓他靠近。高耶特有些惱火，知道伙伴爲他和雪維絲的交情而故意整他，就說：

「聽着，懶鬼，我們什麼時候做四十毫米的？你現在喝够了，可以規規矩矩了吧，你這殺千刀的酒鬼？」

他指的是人家訂購的一批大螺栓，得放在鐵砧上由兩個人同時敲打。

「汚嘴」又名「未渴先飲」說：「大娃兒，你願意，現在就來！瞧他還在吸大拇指，却裝成大男人！我不在乎你塊頭多大，我打敗過好多人。」

「那好。現在來呀，我們同時幹。」

「好，精明的傢伙。」

看雪維絲在場，他們互相挑戰。高耶特把預先切好的鐵塊放進烈火中，然後在鋼砧上安了一個大直徑的導框。他的伙伴從牆邊拿起兩隻二十磅重的大鐵錘，是工作坊的兩位大姐妹，工人戲呼爲「菲菲娜」和「德德拉」。他還在賣弄，大談他替敦克爾克燈塔做過的半籮鉚釘——是眞正的寶物，値得收進博物館，做得太美了。基督啊，不，他不怕比較，才不呢！你走遍全市的酒吧，也找不到像他這樣的小伙子。你會大笑，你會看到想看的東西。

「這位女士當裁判，」他轉向她說。

高耶特大嚷，「吹牛吹得太多了。來，朱朱，拉風箱。還不够熱，孩子。」

但是「污嘴」又名「未渴先飲」提出另外一個問題：

「我們一起敲，對不對?」

「噢，不，不是!各做一個螺栓，朋友。」

這個建議使「污嘴」全身發涼，他雖然愛賣弄，這時候口都乾了。四十毫米的螺栓由一個人單獨做，從來沒聽過這種事情，何況這些螺栓還得是圓頭的——他媽太難了，是一件有待完成的傑作。另外三個人放下工作來觀賞，有一個枯瘦的大塊頭押一瓶酒賭高耶特輸。由於「菲菲娜」比「德德拉」重半磅，他們倆閉着眼睛選鐵錘。「污嘴」又名「未渴先飲」幸運拿到了「德德拉」，金弟拿到「菲菲娜」。正在燒鐵塊的時候，前者現在滿懷信心，站在鋼砧前面擺姿勢，眼睛瞟向雪維絲；他就了出擊位置，像決鬪前的紳士輕輕拍脚，作勢把「德德拉」凌空揮搖。說實話，他準備很充分，足以把梵多姆圓塔敲成肉醬!

「好，開始!」高耶特說着，把一塊厚如姑娘手腕的鐵片放進導框。

「污嘴」又名「未渴先飲」身子向後仰，雙方舉起「德德拉」。他身材瘦小，留着山羊鬍，一雙狼眼在髒兮兮的頭髮下閃爍着，他每揮一次鐵錘，身體就差一點迸裂，由地上躍起，彷彿被自己的衝力拋得半天高。他是一個烈性子的人，發現鐵塊這麽硬，怒火中燒，一把撲上去，覺得鐵塊得到了敎訓，甚至非常滿足。火酒也許會軟化別人的手臂，但是他的血管對酒精的需求甚至超過鮮血；他剛才喝下的烈酒像鍋爐溫暖了他的身軀，他覺得力氣可比蒸氣引擎。今天晚上鐵塊怕他，他要把它弄得比煙草塞更軟。「德德拉」舞得好用勁——你眞該看看!它雙足在空中一迸，像「伊麗莎——蒙特馬屈」舞廳的舞女露出褻口褲似的；你總得及時行動呀——鐵最混蛋了，熱度馬上降低，正好戲弄鐵鎚。「污嘴」又名「未渴先飲」只敲三十下就打好螺栓頭。但是他氣喘吁吁，眼球暴起，聽見自己的手臂咔咔響，氣得要命。於是，放大膽子，又吼又跳，多敲了兩鎚，一吐心中的怨氣。他退離導框一看，螺栓整個不對勁，栓頭彎了，活像駝子。

他仍然自大地說：「喏，不是挺迷人嗎？」同時把作品拿給雪維絲看。

「噢，先生，我對這些根本不懂，」她含含糊糊說。

但是她清清楚楚看見螺栓上最後兩鎚——「德德拉」的最後兩脚——的痕跡，她覺得很高興，儘量抿着嘴巴不笑出來，現在高耶特贏定了。

現在輪到高耶特。動手之前，他以深情和自信的眼光看了她一眼。然後他不慌不忙，看好距離，以勻稱而整齊的動作高舉鐵鎚往下敲。他的動作很正確，很均勻，很輕鬆。「菲菲娜」在他手上不像酒店的騷娘們，大腿抬得半天高，而是和和諧諧一起一落，像貴婦人中規中矩地跳老式的米紐特慢舞。「菲菲娜」的脚跟莊莊重重打拍子，毫厘不差地落在螺栓頭的紅鐵塊上，中間先打平，然後勻勻整整敲出形狀。金弟的血管裝的不是白蘭地，而是鮮血，純正的鮮血，直接湧向鐵鎚，控制工作。眞是了不起的工作人員！火爐的烈焰照在他臉上。他的短髮又低又捲貼在額頭，漂亮的黃鬚往下翹，映着強光，整張臉都閃着金色的光芒——眞正的黃色面孔，千眞萬確！而且頸子像圓柱，白皙可比幼兒，深深的胸脯寬得可以睡下一個女人，雙肩和手臂像雕塑品，疑是照博物館的巨人像雕出來的。他一活動，你可以看見他肌肉鼓起，肉腱在皮下硬綳綳的；雙肩、胸膛和頸子漲得好大，他顯得光采、全能、美麗，簡直像神明。現在他已用「菲菲娜」錘了二十次，眼睛盯着鐵塊，每敲一同就吸一口氣，只有兩顆大汗珠流下鬢角。他算道：二十一、二十二、二十三。「菲菲娜」靜靜行禮，像莊嚴的貴婦。

「他這不是賣弄嗎！」「汚嘴」又名「未渴先飲」哼道。

雪維絲在金弟對面，含着愛憐的微笑靜靜旁觀。男人眞傻！這兩個人打螺栓不是想贏得她的好感嗎？是的，她看出眼前的形勢，他們正用鐵錘爭取她，正如兩隻紅冠大公鷄在白色小母鷄面前裝模作樣。眞滑稽，對不對？但是感情自有它奇怪的表現方法。是的，全是爲了她，「德德拉」和「菲菲娜」在鋼砧上噹噹響，這一切打鐵的動作都是爲了她，熾熱的冶鐵廠、跳躍的火焰和如泉的火星也不例外。他們正爲她冶鍊愛情，互相挑戰，看誰能冶鍊得最好。她心裏暗自高興，眞的，女人都喜歡受恭維。金弟的錘子打動了她的心；在鋼砧上響着，也廻蕩在她心底，有一股清純的音樂伴着她沉重的心跳聲。說來傻氣，她竟覺得鐵錘敲了一塊東西在她體內，結結實實，很像鐵螺栓。薄暮時分，她沿着溼溼的人行道來這裏，內心有一股模糊的需要，彷彿想吃點好東西，現在她滿足了，金弟的鐵錘似乎餵飽了她。他贏定了，她的芳心屬於他。「汚嘴」又名「未渴先飲」穿着髒外套和工裝，太醜了，跳上跳下，像動物園逃出來的猴子。於是她靜靜等，在高熱中滿面通紅，心裏很快樂，全身因「菲菲娜」的最後幾錘而發抖，其樂無窮。

「二十八！」他打好，放下鐵錘說。「完工了，妳可以看一看。」

螺栓頭光光滑滑，好整潔，沒有半絲芒刺，眞是珍寶，圓得像模子裏鑄出來的彈珠。工人們細細打量，然後點頭稱許；可以跪下來膜拜，眞的！當然「汚嘴」又名「未渴先飲」想一笑置之，但是他誇下了大口，終於受了一頓尷尬的責難走回鐵砧邊。雪維絲貼近高耶特，看個清楚。艾亭納不再拉風箱，工作坊又漸漸佈滿黑影子，宛如夕陽對黑夜讓步的情景。他們在煤垢和銼屑薰黑又有廢鐵味兒的棚屋裏，四週暗濛濛的，覺得好甜蜜。就算他們在遙遠的維森密林裏相逢，也不可能比現在更清靜。他像勝利者一般握住她的纖手。

他們來到戶外，彼此一言不發。他找不到話說，只說要不是還有半個鐘頭的活兒要幹，她可以帶艾亭納走。她眞的要走了，他叫住她，想多留她一會兒。

「走這邊，妳還沒有參觀全廠哩。眞的很有趣。」

他帶她到右邊的另一處廠棚，老闆安裝了相當精巧的機械設備。她停在門口，心中充滿本能的恐懼。大廠棚隨着機械的震動而發抖，潛伏的暗影有紅火焰的條紋。但是他微笑發誓說，只要她當心，裙子別太貼近鈍齒輪，就沒什麼好怕的。他先走，她跟着穿過震耳欲墜的一排機器，在怪影處處的雲煙中，咻咻聲和轟隆聲夾着各種聲響——奔來奔去的黑人影，揮着膀子的機械，她分不出誰是誰。機械的間隔很窄，你得跨越東西，避開坑洞，側立一邊，才不會妨礙機輪的運作。你聽不見自己的說話聲。什麼都看不見，樣樣在四週飛舞。接着，她覺得頭上好像有翅膀振動似的，便抬起眼睛，止步瞻仰天花板上到處交織成網狀的輪送帶，網裏的每一根線都無止盡向外延伸。蒸氣機在房間的一角，掩在一扇低低的磚牆後面，輪送帶似乎自由伸展，動力來自黑暗的深淵，匀稱地滑行不已，柔得像夜鳥飛翔的動作。這時候她踢到地上的通風管，差一點踤跤，通風管到處都是，靠機器把冷風送進各個小熔爐。於是他先叫她看這個裝備。他打開一處火爐的通風口，火焰由四方呈扇狀展開——一環鋸齒形的火，炫麗而微帶紅光，光線實在太強了，人類照明的小燈簡直像日光裏的一塊塊綠蔭。他提高嗓門解釋，然後過去看機器：有吞吃鐵條的機器大剪刀，一口就剪下一截，一根根往外送；有高大又複雜的螺栓和鉚釘機，大螺絲一轉就做出一個螺絲栓頭；還有裝了鑄鐵飛輪和鐵球的修剪機，每修剪一樣東西，鐵球便在空中狂舞；還有女工操作的剪線機，用線穿起螺栓和螺帽，機械咔哩咔啦轉動，油光閃閃。這樣她可以知道牆邊的鐵條製成螺栓和鉚釘的整個過程，牆角堆了好多箱好多箱的成品。她明白了，點頭微笑，但是還有點害怕，在這些大金屬工具間自覺好渺小，好脆弱，她不時被修剪機的聲音嚇得轉回頭。她的眼睛漸漸習慣了黑暗，熔爐突然冒出一圈燦爛的火光，她可以看見各角落的情形，有人站着一動也不動，調整嗚嗚的飛輪。然而，她的目光總是不自覺回到屋頂，那兒有機械的生命和血源——順利滑行的輸送帶——她抬頭看這股沉默而巨大的力量，它正在屋樑間沿着無形的影子移動呢。

這時候高耶特停在一具鉚釘機前面，低着頭，眼神專注，站在那邊冥想。機器像巨人般安詳又輕鬆，正做出四十四毫米的鉚釘。眞是再簡單不過了。火夫由熔爐裏夾出鐵塊，錘打員把它放進一直澆水使鋼鐵淬硬的框架中，工作便完成了，大螺絲鑽往下轉，螺栓立刻掉出來，栓頭圓得像模子裏鑄出來的。十二小時中，這個該死的機械設備可以製出幾百公斤的螺栓。高耶特不是愛報復的人，但是某些時刻他恨不得用「菲菲娜」打爛這一切鐵製品，因爲鐵製的手臂比他強多了。即或他明瞭血肉鬥不過鋼鐵，心裏還是很懊喪。當然啦，總有一天機械會害死手工的工人；他們每天的收入已經從十二法郎降到九法郎了，聽說還會再減。這些龐然大物製造鉚釘和螺栓簡直像做香腸一樣輕鬆，一點也不好玩。他默默凝視這架機器，整整看了三分鐘，皺着眉頭，漂亮的金鬚倒豎着。然後臉色慢慢轉柔，現出溫婉和認命的神色。他回頭看看跟在身邊的雪維絲，泛出悲哀的笑容說：

「把我們遠遠撇在起點，對不對？不過它將來也許會增進宇宙的幸福。」

雪維絲不管宇宙的幸福。她覺得機械做的鉚釘不好。

她有點激動說：「你知道我的意思。太工整了……我喜歡你做的。至少能看出藝人的手筆。」

聽她這麼說，他覺得很高興，因爲他怕她看了機械會瞧不起他。歸結起來，他強過「汚嘴」又名「未渴先飲」，機械却強過他！最後他送她到庭院，心裏好快樂，差一點捏斷她的纖手。

洗衣店老闆娘每星期六送衣服到高耶特家，他們還住金點新街的那棟小樓房。她積欠的五百法郎，頭一年每個月固定還二十法郎。爲了不把帳目搞混，他們到月底才結算，她再添上差額款，湊足二十法郎，因爲高耶特家每個月的洗衣帳很少超過七法郎或八法郎的數字。於是她還清了一半左右的欠款，就在這時候，因爲很多顧客不支持她，有一次付房租的日子她籌不出錢來，只得到高耶特家去借。還有兩回她向他們借錢付助手的工資，於是債務又達到四百二十五法郎。現在她根本不還現金，只用免費洗衣來攤還。她的工作並未減少，生意也不差。正相反。但是他們老是缺錢，錢好像不知不覺融掉了，收支能平衡她便很高興。噢，算了，只要過得去就不要發牢騷。她漸漸發胖，喜歡縱容自己的一切小嗜好，結果腰圍日粗，沒有心力再擔憂前程。沒關係，錢會隨時滾進來，存着會生銹哩。但是高耶特太太以慈母的眼光監護雪維絲。她偶爾好心訓她幾句，不是因爲對方欠她錢，而是因爲她喜歡她，怕她遭到不幸。她甚至絕口不提錢，行事非常體貼。

雪維絲到冶鐵場的第二天正好是那個月的最後一個禮拜六。她總是親自送衣服到高耶特家，到了那兒，洗衣籃太重了，她整整兩分鐘喘不過氣來。你眞不知道送洗的東西有多重，裏面有被單的時候更是如此。

「你確定全在這兒？」高耶特太太說。

她對這一點非常嚴厲。她希望送洗的衣物全部回來，不遺失半件——她說這是秩序的問題。她還堅持雪維絲在準確的日子來，而且總在同一時刻，這樣誰都不浪費時間。

雪維絲含笑說：「噢，是的，都在這兒。妳知道我從來不丢東西。」

高耶特太太承認說：「是的，這倒是實情，妳漸漸有了一些小毛病，但是還沒有這個缺點。」

雪維絲把籃內的東西放在床上，老太太一直稱讚她：她燙衣服，從來不像別人燙焦或撕破，也沒扯掉過釦子；唯一的缺點就是加了太多藍色漂白劑，襯衫前面也漿得太硬了。

「看，像紙板似的，」她說着把襯衫的前身弄得啪啪響。「我兒子不抱怨，但是他的頸子會擦傷。明天我們從維森城回來，他的頸子會流血。」

雪維絲擔慮地說：「噢，別這麼說嘛！除非妳要一塊布垮在身上，否則好襯衫應該硬挺些。看眞正的仕紳就知道……你們的東西我都親手漿燙，沒有一位女工動過手，我眞的很用心，我向妳保證。妳知道，因爲是你們的，我寧可重做十遍。」

她臉色微紅，說到最後有點緊張，唯恐洩露自己爲高耶特燙襯衫的快感。當然她沒有什麼汚穢的念頭，但是她仍然有點羞愧。

高耶特太太說：「噢，我並不是批評妳的手藝，我知道妳做得好極了。例如這件女帽就相當迷人。除了妳，誰都不能把刺繡的花色發揮得這麼精采。夾飾好整齊！是的，我一眼就認得出妳的手筆。就算灰塵撣子給女工做，我都分得出來……妳下次用一點粉漿，好不好？高耶特不想學紳士派頭。」

她一邊說話，一邊拿出帳簿來作記號。樣樣都沒問題。談到洗衣費的時候，她發現雪維絲一頂女帽算六蘇錢；她表示驚訝，但也承認就目前情況來說並不算貴；不，男用襯衫五蘇錢，女用紮口褲四蘇錢，枕套一蘇半，圍裙一蘇，想想很多洗衣店每一種收費比她高一蘇錢，這個價碼並不貴。然後，雪維絲去拿髒衣服給高耶特太太登記，接着全部塞入洗衣籃，但是她還不走，對自己想提的要求覺得難以開口。

她終於脫口而出：「高耶特太太，妳如果不介意，這個月洗的衣服我想收現金。」

這個月剛好是大月，她們結算的洗衣費達到十法郎零七蘇。高耶特太太若有所思看了她一會才說：

「隨妳便，孩子。妳如果需要，我不想拒付這筆錢……只是妳還債不能這樣還法。我說這些是爲妳好，妳知道。妳眞的該當心。」

雪維絲垂着眼睛接受斥責，嘴裏咕噥說：十法郎剛好湊足她簽給煤商的期票款。但是一提「期票」，高耶特太太更嚴苛。她舉自己爲例……自從高耶特的日薪從十二法郎降到九法郎，她就削減了出遊的次數。妳年輕的時候沒有打算，老來會餓死。但是她忍着沒告訴雪維絲，她送洗衣服完全是幫她還債；以前她的衣物都是自己洗，如果送衣服去洗要掏出這麼多錢，她又要開始自己洗了。雪維絲拿到十法郎零七蘇的現款，立刻逃出門外。一來到梯臺，她就覺得好開心，恨不得手舞足蹈，她對金錢糾紛的麻煩和討厭的權宜之道已經習慣了，事後只記得脫出困境、拖到下次解決很開心。

就在這一個星期六，雪維絲由高耶特家下樓，遇到一件奇事。有位沒戴帽子的高個兒女人拿着一條青花魚上樓，魚用紙包着，很新鮮，魚鰓還在流血，她不得不將洗衣籃頂着欄杆，身子貼平，讓道給她。來者居然是維金妮，當年在洗衣房被她掀裙子的女孩子。她們用力盯着對方，接着雪維絲眨眨眼，以爲臉上會挨青花魚痛甩一頓。結果沒有；維金妮露出軟弱的笑容。洗衣店老闆娘的籃子堵住了樓梯，於是她想表示禮貌。

「對不起，」她說。

「沒關係，」高個兒女人說。

她們就站在樓梯上交談，馬上和好，彼此都不提過去。維金妮現年二十九歲，變成外形優美的女人，體格健壯，兩捲漆黑的髮絲襯出了蛋形的面孔。她馬上說出自己的閱歷，以表明身份，她現在是已婚婦人，今年春天嫁給一個當過傢俱製造工的男人，他服了兵役，現在想當警察，因爲那種職位比較安穩，說來也好聽些，她剛好給丈夫買了一條青花魚。

她說：「他愛吃青花魚。妳只得縱容這些臭男人，對不對？妳何不上來看看我們的家……這裏是風口。」

雪維絲也道出她的婚姻，說她住過這間寓所，還在那邊生了一個女兒，維金妮更熱心催她上去。重遊幸福的舊地總是快活的。她自己在塞納河對岸的大石區住了五年，就在那邊認識她丈夫，當時他正在服兵役。但是她不喜歡那兒，總是懷念金點區這一帶，這裏每個人她都熟悉。如今她住高耶特家對面已經兩星期了。噢，屋裏當然還亂糟糟的，不過一切會漸漸上軌道。

於是在梯臺上，她們終於互道夫家的姓氏。

「波宜松太太。」

「庫柏太太。」

此後她們就以「波宜松太太」和「庫柏太太」相稱，爲自己當上正娶夫人而興奮，她們知道彼此都曾處於不太正統的名份中。但是雪維絲還有點不相信。維金妮跟她和解，說不定想設下狠毒的計謀，好好還報當年洗衣房的毒打。她決心保持警戒。眼前這一刻鐘，維金妮的態度好甜，她也得溫柔相報。

她丈夫年約三十五歲，臉色發青，髭鬚呈紅褐色，相貌莊嚴，正坐在窗口的一張桁子邊工作。他正在做小盒子，僅有的工具是一把小刀、一隻像指甲挫一般大小的鋸子和一罐漿糊。他用的木頭來自舊雪茄箱，是一條條未經磨光的桃花心木，他在上面刻出精美的雕花和裝飾。年頭到年底，他整天做同樣的盒子，八公分長，六公分寬，但是他鑲嵌花樣，或者設計不同的盒蓋或格子。他自己做着消遣，打發時間，等警察的提名案通過。他幹過傢俱製造業，如今只對小盒子餘興不衰。他從來不銷售作品，都當做禮物送給熟人。

波宜松站起來，客客氣氣和雪維絲打招呼，他太太介紹說來客是她的老朋友。但是他不健談，馬上又拿起他的小鋸子來幹活兒。他不時看看五斗橱上的青花魚。雪維絲很高興看到故居，向對方說明以前她的傢俱放在哪裏，並指出地板上她生小孩的地方。世界眞小！好久好久以前，她們彼此失去音訊，絕對不相信有一天會在這裏相逢，先後住同一個房間。維金妮補充說明她和丈夫的情況：他從一位姑姑手上得到一筆小遺產，以後想替她開個店，但是目前她還是自由的縫衣工，零零碎碎接一點衣服來做。坐了整整半個鐘頭後，雪維絲起身告辭。波宜松幾乎沒有轉身，但是維金妮送她走，答應回拜；衣服一定送給她洗燙，當然。她留客人在梯台上講話，雪維絲以爲她要提蘭蒂爾和她的磨光師妹妹阿黛，內心覺得怪怪的。但是她們並沒有談這些不愉快的事情，和和氣氣道別和分手。

「再見，庫柏太太。」

「早日再見，波宜松太太。」

交情從此開始，一週後，維金妮只要走過雪維絲的店門，一定進去聊天，一聊就是兩三個鐘頭，直到波宜松板着屍體般的面孔來找她，擔心她被車撞了，她才回去。每天看到這位製衣匠，雪維絲心裏漸漸浮出一個怪念頭。她一聽她開口，就以爲她要談蘭蒂爾的近況，只要維金妮在場，她便忍不住想起蘭蒂爾。眞滑稽，她對蘭蒂爾或阿黛，或者他們二人的下場並不在意呀。她從來不問他們的事情，甚至一點好奇心都沒有。不，怪想法不知不覺襲上心頭。她腦子裏感覺他們的存在，就像一個人腦海中有一支令人發瘋的曲子，甩都甩不掉。她不怨維金妮——不能怪她，對不對?她喜歡她作伴，每次她要走，她就一遍又一遍留她。

這時候冬天來了，是庫柏夫婦搬到金點街的第四個冬天。那年十二月和一月特別冷。凍得連岩石都要裂開了。新年後，街上的積雪整整三星期不融化。對工作沒有影響，相反的，冬天是洗染店的旺季。店裏舒服又迷人。洗染店的櫥窗不像對面的雜貨店和綢布莊有冰柱垂着。火爐老是充滿焦炭，使小店像土耳其浴一樣温暖；洗過的衣服直冒蒸氣，你還以爲是仲夏哩。那裏眞好，門關着，到處暖洋洋，暖得眼睛張開都能睡着。雪維絲開玩笑說，她以爲自己身在鄉下，說眞的，車輛在雪地上悄然無聲，你幾乎聽不到行人來往。寂靜中只聽見一個聲音，就是孩子們順着鎖匠門外的陰溝滑行的叫嚷。她不時走到門口的一扇窗框，用手擦擦蒸氣，看看這種天氣鄰居在幹什麼，但是附近沒有一個人探出頭來，整塊地方好像冷冷淡淡，蒙在大雪裏。她只跟隔壁煤氣行的老闆娘點點頭，後者沒戴帽子走來走去，咧着大嘴，耳朵都凍硬了。

這種可怕的天氣，中午來一杯熱咖啡最舒服。女工們沒什麼可抱怨的，她們的雇主泡得好濃好濃，不只是用三、四粒菊苣代用；才不像福康尼爾太太家呢，她的咖啡簡直像洗碗水。不過，由庫柏大媽冲水泡咖啡的日子，這個差事便永遠幹不完，因爲她老在水壺前面打瞌睡。這些時候，女工們飯後就燙一點衣服，等咖啡上桌。

例如主顯節那天，十二點半咖啡還沒好。那天它硬是滴不出來。庫柏大媽用湯匙敲濾嘴，但是你可以聽見水滴一點一點往下落，和剛才一樣慢呑呑的。

克里門絲說：「噢，別動它。妳這樣會弄得像泥漿似的。今天飯菜和飲料會攪在一起，千眞萬確。」

她正在燙一件男用襯衫，用指甲拉開折痕。她患了嚴重的傷風，眼睛紅腫，咳嗽很厲害，喉嚨都要震裂了，每咳一次，身子就在工作枱邊捲做一團。但是她連圍巾都不戴，身穿一件十八蘇錢買來的廉價羊毛衣，一直發抖。站在她隔壁的普托斯太太裏着法蘭絨，直包到耳下，正在燙一件襯裙，在一塊裙板上翻身，裙板窄的一頭搭在椅背上，地上攤着布塊，怕裙子碰到地板會弄髒。雪維絲自己佔了半張桌面，正在燙幾塊綉花洋布簾子，她雙臂伸直，燙斗呈直線擺動，免得弄出皺紋。突然間，咖啡大聲往下淌，她抬眼一看，原來是斜眼的奧古斯婷用湯匙戳濾嘴中央，在咖啡渣裏弄出一個大洞。

雪維絲大叫說：「妳住手！妳見了什麽鬼啦？現在我們要喝泥漿了。」

庫柏大媽在枱子空出的一頭擺了五個玻璃杯，於是女工們停下手邊的工作。老闆娘總是在每個杯子裏放兩塊糖，然後親自倒咖啡。這是一天了不起的時刻。每個人都端着玻璃杯，坐在火爐邊的一張小板凳上，這時候臨街的店門突然開了，維金妮全身發抖走進來。

她說：「老天，簡直要把人凍成兩半。我的耳朵都凝結了。冷得眞嚇人！」

雪維絲說：「噢，是波宜松太太！好，好，妳來得正是時候……陪我們喝點咖啡吧。」

「好，我不客氣。一過街，寒意就滲進骨頭。」

幸虧還有咖啡。庫柏大媽又去拿一個杯子，雪維絲顧及禮貌，讓維金妮自己加糖。其它的人挪動身體，在火爐邊讓出一個位置給她。一連幾分鐘，她坐在那邊發抖，鼻子紅紅的，手握着茶杯，想暖一暖凍僵的指頭。她剛才上雜貨店去了，在那邊等一夸特的乳酪就能把人給凍死。她一再說這間店暖和；眞以爲進了烤箱哩，眞的，死人都能救活，使你的皮膚好舒爽，微微刺痛。身體暖和以後，她伸出長長的雙腿。於是六個人暫時放下工作，在熱氣騰騰的衣物濕氣裏啜飲咖啡。只有庫柏大媽和維金妮坐椅子，其它的人坐矮凳，看起來宛如坐在地下。連斜眼的奧古斯婷也從襯裙下拉出布塊的一角，坐在上頭。一時沒有人講話，大家都低頭對着杯子，品嚐咖啡。

「眞的很棒，」克里門絲評論說。

但是一陣咳嗽發了，她差一點嗆死，她把頭靠在牆上，想咳得舒服些。

維金妮說：「妳感冒眞的很嚴重哩。妳在哪裏染上的？」

克里門絲用袖子擦擦臉，「我怎麼知道？一定是前兩天晚上。我走出『大露台』舞廳的時候，有兩個女人打得好兇喔。我想看熱鬧，所以在雪地裏站了半天。噢，好一場打鬬，我差一點笑死。有一個鼻子半歪，鼻血滴在地上，另一個看到血，她跟我一樣是路燈桿的身材，打得更兇……噢，那天晚上我開始咳嗽。但是我要說，男人跟女人睡覺的時候眞蠢；他們拉去所有的被褥，害人一夜蓋不着。」

普托斯太太說：「妳的言行可眞高尙，孩子，妳會害死妳自己。」

「咦，我喜歡害我自己，干妳屁事！人生不見得多好玩。整天做牛做馬賺五十五蘇錢，在火爐前面從早烤到晚——不，我受够了，妳知道。反正這次傷風也要不了我的命。到時候自然就好了。」

大家沉默半晌。噢，克里門絲這騷貨，她在舞廳把裙子踢得半天高，像妖怪般尖叫，到了洗衣店却老是談死啊死的問題，叫人氣得要命。雪維絲早就認識她，所以只說：

「妳放蕩之後，第二天總是不太愉快。」

事實上雪維絲寧願不談打架的事情。由於洗衣房的那場鬪毆，她聽人在她和維金妮面前談到拳打脚踢的故事，心裏很不舒服。維金妮含笑看看她。

她說：「噢，昨天我看到一場扯頭髮的好戲。她們互相勒頸子……」

「誰？」普托斯太太問她。

「街尾的接生婆和她的助手——妳知道，那個白皮膚的小女孩……眞是母狗，那丫頭！哇，她對接生婆喊道：『噢，是的，妳替雜貨店的老闆娘拿掉娃娃，除非妳給錢，否則我要去報警。』她鬧個沒完，妳眞該看看她的樣子！於是接生婆照着她的鼻子打一拳。小母狗就撲向女主人的眼睛，她用力扯，哇，把她的頭髮連根拔下來！殺猪的屠夫不得不拖開她。」

在場的婦人盡本份笑一笑，然後貪婪地啜飲咖啡。

「妳眞相信她拿掉嬰兒?」克里門絲問道。

維金妮同答說:「噢,附近的人都這麼說。我自己不在場,妳知道……這畢竟是她們的工作,對不對?所有接生婆都替人拿過小孩。」

普托斯太太說:「噢,日子久了就知道,找她們太蠢了。不,謝了,除非妳想終身殘廢,別找她們!妳知道,有一個絕對有效的辦法。每天晚上喝一杯聖水,用大拇指在上腹畫三個十字記號。胎兒就像一陣風不見了。」

她們都以爲庫柏大媽睡着了,沒想到她搖頭表示異議。她知道另外一個處方,眞的永不失誤。每隔兩小時吃一枚水煮的硬鷄蛋,腰部敷一點菠菜葉。四個女人一本正經考慮這件事,斜眼小學徒奧古斯婷老是莫名其妙嘻嘻笑,這時候發出她特有的母鷄咯咯聲。她們忘了她在場。雪維絲掀起耍燙的襯裙,看她坐在布塊上,四脚朝天,像小猪在地上打滾。她把她拖出來,打了她一個耳光,叫她起立。小儍蛋,她笑什麼?誰叫她聽大人說話來着?爲了讓她清醒清醒,她可以到巴蒂諾里區拉瑞特太太的一個朋友家去拿髒衣服回來。雪維絲一面說,一面讓小丫頭的手臂挽着洗衣籃,把她推到門口。斜眼兒心不甘情不願哭着走了,雙足在雪地上慢慢拖。

這時候庫柏大媽、普托斯太太和克里門絲正在討論硬蛋和菠菜葉的效果問題。端着咖啡想心事的維金妮突然小聲說:

「老天,打架又和好,如果心胸寬厚,到頭來什麼事兒都沒有。」

然後她貼近雪維絲,笑着說:

「不，眞的，我一點都不怨妳……洗衣房的事情，妳記得吧？」

雪維絲很尷尬，她就怕這一招。現在她猜對方會提起蘭蒂爾和阿黛的問題。火爐狂嘯着，紅焰比剛才發出更強的熱力。在昏昏欲睡的氣氛中，女人儘可能拖長喝咖啡的時刻，慢一點開始幹活兒，懶洋洋望着街上的白雪。她們已到達吐露心聲的階段，正在說她們每年若有一萬法郞要做些什麼。她們什麼都不做，只這樣懶洋洋坐一下午，把工作一脚踢開。維金妮更貼近雪維絲，免得說話被別人聽見。雪維絲無精打采，一定是屋裏太熱的關係，而且她優柔又膽怯，沒有力氣改變話題；她甚至期待着對方要說的話，歡愉的情緒漲滿心胸，只是她自己不承認罷了。

維金妮繼續說：「我沒嚇妳一跳吧？幾十次我差一點說出口。總之，現在我們談到這個題目了……只是聊天的話題，不是嗎？……噢，不，我對當時的事情一點恨意都沒有……我保證，我絲毫不怨妳！」

她攪動杯裏的咖啡渣，讓糖全部融化，然後啜了三口，發出小小的咂咂聲。雪維絲仍然憂心忡忡等着，不知道維金妮內心是否眞的原諒以前的毒打，她看見她一雙漆黑的眸子閃着黃黃的星光。萬一大魔女收起滿腔憤恨，只用手帕蓋着，那怎麼辦呢？

對方繼續說：「妳情有可原。妳剛被人耍了一個卑鄙的奸計，可惡極了……噢，公道就是公道！要是換了我，我會動刀子哩。」

她又喝了三口，舐舐玻璃杯邊緣，慢吞吞的口吻消失了，現在不停地往下說：

「私奔沒給他們帶來好運。噢，老天，才不幸運呢！他們在冰穴區住過幾個巢穴，那條街邋邋遢遢，爛泥總是高達膝蓋。兩天後我到他們家吃早餐，坐公共馬車受了好多洋罪，告訴妳！哎，天哪，我發現他們已經狠狠打了一架。我對上帝發誓，我進門的時候，他們正互相打耳光！可眞是一對好情人！妳知道阿黛一文不值，用繩子吊死她都嫌浪費呢。她雖然是我的妹妹，但是我仍然要說她是最下流的娼婦。她對我玩過各種骯髒的把戲，說來話長，而且這些老帳要我們自己來算。至於蘭蒂爾，算了，妳知道他嘛，他也不行。小紳士一個，對不對，但是他寧願剝掉人家的屁股皮，也不肯用嘴表示可否！他打起人來是用拳頭喔。我說過，他們眞的狠狠攻擊對方，沒有錯。一上樓就聽得見他們互揍的聲音。有一天還來了警察。蘭蒂爾想喝橄欖油湯——南方人吃的怪物——阿黛覺得噁心，他們就對扔油瓶、長柄鍋和湯碗，事實上什麽鬼東西都扔了。鬧得四鄰不安。」

她談到另外幾次口角，談他們倆談個沒完，有些事情叫人毛髮悚然。雪維絲靜靜聽這些故事，一語不發，臉色蒼白，嘴角緊張地牽動一下，似笑非笑的。她將近七年沒聽到蘭蒂爾的音訊，實在不相信人家在她耳邊唸出蘭蒂爾的名字，她胃窩裏會有這麽溫暖的感覺。不，她從來不知道自己對於苛待她的壞蛋的下場如此好奇。當然，她現在不可能嫉妒阿黛，但是她仍然暗自笑洗衣房的那場打鬪，看到對手全身發黑發紫，等於報了仇，她覺得很有意思。她可以整夜聆聽維金妮的報導。她沒有問半句話，因為她不想顯得太關心。但是生命中的一段裂縫彷彿突然塡滿了，往事直接和現況銜接起來。

不過，維金妮終於把臉轉向玻璃杯，舐食餘糖，雙眼半閉。雪維絲自覺該說一兩句話，便露出不在乎的態度說：

「他們還住在冰穴區？」

「噢，不，我沒告訴妳嗎？他們上週分手了。有一天早晨阿黛收拾行李逃掉，告訴妳，蘭蒂爾沒有去追她。」

雪維絲輕嚷道：

「他們分手了！」

「誰分手了？」克里門絲截斷她和庫柏大媽及普托斯太太的話題，揷嘴說。

維金妮說：「沒有誰。妳不認識的人。」

但是她仔細打量雪維絲，看見她心緒很亂。她貼得更近，顯然爲挖掘舊事而開心。然後，她不提出警告，直接問雪維絲：萬一蘭蒂爾在附近徘徊，她怎麼辦呢？因爲男人很滑稽，蘭蒂爾有理由回來找他的初戀情人。雪維絲仰起頭，變得非常規矩和莊重。她是有夫之婦，她會請蘭蒂爾出去，就是如此而已。他們之間不可能再有牽連，握手都不可能。眞的，除非她死掉，她不會再看那個男人一眼。

她說：「當然我知道艾亭納是他兒子，這個連鎖我不能切斷。蘭蒂爾若想看艾亭納，我會把孩子送到他面前，因爲我們不能阻止父親愛他的親骨肉。至於我自己嘛，波宜松太太；妳不明白嗎，我寧願粉身碎骨，也不許他用指頭碰我一下。這件事已經過去了。」

她說最後這句話，特別在空中畫了一個十字，似乎想永遠信守她的誓言。她急着打斷談話，彷彿大夢初醒，對女工們嚷道：

「喏，妳們都動手吧！妳們以爲衣服不燙就能整整齊齊嗎？眞懶！妳們起來——幹活兒！」

但是她們不慌不忙，還懶洋洋不想動，手臂無精打采垂在兩側，一手握着空玻璃杯，裏面留有咖啡渣。她們繼續閒聊。

克里門絲說：「是那位年紀很輕的賽勒斯婷，我認識她。她對貓毛有一種奇癖……她到處都看到貓毛，舌頭老是這樣亂滾，因爲她自覺滿嘴都是貓毛。」

普托斯太太接下這個話題說：「我有個朋友，她體內長了條蟲。噢，這些鬼東西眞作怪！她不吃鷄肉，蟲子就捻她的胃腸。想想看，她丈夫日薪七法郎；全都餵了那條蟲子……」

庫柏大媽挿嘴說：「我可以馬上醫好她。天保佑，眞的！吞一隻烤老鼠下去。馬上毒死那隻蟲。」

雪維絲本人又陷入幸福的懶散狀態。但是她勉強振作，站起身來。哎，一下午懶洋洋過去了！這可不是塡飽荷包的辦法！她最先回去燙窗簾，却發現沾了咖啡，得先用濕布將汚點擦掉，才能繼續燙。另外兩個女人在火爐前面伸了一陣懶腰，綳着臉找她們的熨斗把子。克里門絲一動，咳嗽就發了，差一點連舌頭都吐出來，但是她終於燙好襯衫，夾好領子和袖口。普托斯太太繼續燙襯裙。

維金妮說：「好啦，再見。我出來買一夸特的乳酪。波宜松會以爲我凍死在路上哩。」

但是她在人行道上走了三步，又開門大叫說，她看到奧古斯婷和幾個小孩子在街上滑冰。這個小騷貨走了整整兩個鐘頭。她紅着臉氣喘吁吁跑回來，洗衣籃挽在手裏，頭髮黏着雪球，以狡猾的神色聽訓，說路太滑不好走。一定是哪個男孩在她口袋裏塞了冰塊，半個鐘頭後，她的口袋開始噴水，流得滿店都是。

現在每天下午都差不多。洗衣店成爲附近受凍街坊的避風港，整條金點街的人都知道這裏愉快又暖和。老是有聊天的婦人在火爐邊暖暖身子，裙子掀到膝蓋上。雪維絲以這份暖意爲榮，鼓勵大家來，照洛里羅斯夫婦和布許夫婦的說法，她是舉行招待會。事實上她永遠和氣又殷勤，只要看人可憐兮兮在外面發抖，就請他們進屋。她尤其照顧一位當過油漆匠的七十歲老人，他住在大樓頂的一間閣樓裏，讓饑寒慢慢吞噬他的生命。他的三個兒子都死於克里米亞戰爭，自從放下刷子以後，兩年來他只是勉強維持生命罷了。雪維絲一看到布魯老爹在雪地上踏脚，想使身體温和些，她馬上叫他進來，在火爐邊給他騰出一個空位，還常常叫他吃點麵包和乳酪。布魯老爹彎腰駝背，鬍子都白了，一張臉皺得像老蘋果似的，常常幾個鐘頭不說話，只聆聽焦炭的嗞嗞聲。也許他正在回憶五十年的梯頂生涯，半世紀來漆遍了巴黎的門扉，刷遍了巴黎的天花板。

有時候她問道：「啊，布魯老爹，你在想什麼?」

「什麼都不想，也什麼都想，」他含含糊糊答道。

從那次開始，維金妮常常提到蘭蒂爾。她好像很喜歡勾起舊情人在雪維絲心中的印象，暗中觀察，害她發窘。有一天她自稱碰到他，洗衣店老闆娘沒有答腔，她就不再往下說了，但是第二天却表示：他談雪維絲談了好久，語氣充滿柔情。店鋪角落裏的這些悄悄話使雪維絲非常不安。

一聽到蘭蒂爾這個姓名，她胃窩裏就像火燒似的，彷彿那個人留下了身體的一部分，嵌在她的骨肉裏。當然她自認爲有把握，而且有心當一個賢德的婦人，因爲守貞是幸福的一半。所以她心中從來不浮現蘭蒂爾的影子，對於丈夫，她一無過錯，連想法都沒什麼可責備的。她想的是鐵匠，心情沉重又不安。她覺得蘭蒂爾回到她的意識，似乎慢慢再掌握她，使她對不起高耶特和他們之間心照不宣的愛情及友誼。她自覺對不起好朋友，一連幾天難過得要命。除了家人，她只願意對他有感情。這一切都屬於她生命的最高層次，遠高過維金妮看她臉紅而猜測的墮落激情。

春天來了，雪維絲從高耶特身上尋求庇蔭。她再也不能靜坐在椅子上，什麼都不想，舊情人隨時縈繞她心頭。她想像他撇下阿黛，把衣服收進他們那隻舊皮箱，帶着皮箱坐出租馬車回來找她。她外出的時候，在街道中央會突然興起莫名的恐懼；她彷彿聽見蘭蒂爾的脚步聲在她後面，不敢回頭，開始打哆嗦，幻想他雙手抓着她的腰肢。他一定在窺伺她，有一天下午他會突然來襲，這個念頭把她嚇出一身冷汗，因爲他可能像當年一樣，吻她的耳朵來挑逗她。這種吻叫她害怕，使她腦袋咯咯響，什麼都聽不見，只聽到自己的心跳聲。這些恐懼襲來的時候，冶鐵場是她唯一的庇蔭；她到那邊又安安詳詳露出微笑，在高耶特保護下平安無事，他那吭啷吭啷的鐵錘聲驅除了她惡夢中的幻影。

眞是可愛的季節！洗衣店老闆娘特別照顧白門街的顧客，常常親自送衣服，因爲星期五出這趟差，她正好有藉口沿馬卡達街走去，到冶鐵場訪友探親。她一轉過街角，心情便輕鬆愉快，彷彿要去郊遊。這一大片黑工廠林立的荒地，被塵垢弄黑的馬路，屋頂上的水蒸氣團，在在都使她開心，不下於鄉野綠林中穿梭的苔蘚小徑。她喜歡高高的工廠煙囪所露出的無色地平線，遮斷遠天的蒙特馬屈高地，以及那兒開着一排排窗子的粉筆狀建築。當她走近些，她便放慢步子，跳過水窪，享受穿行廢物場角落的樂趣。前面的冶鐵場連中午都亮晶晶的。她的芳心隨鐵錘的韻律而跳舞。到了那邊，她滿面通紅，幾束亂髮由頸背散下來，活像一個趕赴約會的女子。高耶特正在等她，手臂和胸膛光光的，這些天鐵砧敲得特別用力，希望傳遠一點。他感覺她走近，隔着金鬚默默咧嘴歡迎她。但是她不要他停下手邊的工作，求他再拿起鐵錘，他用健壯的手臂猛揮鐵錘時，她更愛他。她過去拍拍艾亭納的臉頰，他則猛拉風箱，她常常逗留整整一小時，看人做螺栓。兩個人說不上十句話，但他們就算鎖着門關在屋裏，愛情也不可能比現在更滿足。「汚嘴」又名「未渴先飲」的嘲笑難得叫他們煩心，他們甚至沒聽見。過了一刻鐘，她開始有些氣悶，一方面是熱浪逼人，一方面是強烈的氣味和令人昏眩的雲煙使然，砰砰聲則害她全身發抖。此時她沒有進一步的欲望，她的樂趣就是這些。即或高耶特把她摟進懷裏，她也不可能感受更強的情緒。她走近他身邊，讓臉蛋兒感受鐵錘敲出的旋風，分享他敲擊的動作。火星刺痛了她敏感的雙手，她不抽回，却爲陣陣火花打在皮膚上而歡喜。當然他猜到了她所感受的幸福，就把最難的工作留到星期五，以便用最大的力氣和最高的技藝來求愛，他毫無保留，喘着氣，身子爲他帶給愛人的快樂而顫抖。那年春天，他們的偷戀使工作坊充滿如雷的吼聲。這是巨人冶鐵場的一首田園詩，在熾熱的炭火中進行，廠棚搖搖欲裂，連薰得發黑的棚架都在發抖。這些鍾過的鐵塊，煉得像紅封臘似的，盛裝着他們熱情的印記。每星期五她告別了高耶特，心滿意足慢慢走上魚販街，很累，身心却一片安詳。

她漸漸克服了蘭蒂爾給她的恐懼，又能掌握自己了。這時候，若非庫柏愈來愈糟糕，她還能過得很幸福。有一天，她由冶鐵場回來，彷彿看到庫柏在老克倫貝酒店，陪「我的皮靴」、「烤肉一號」和「汚嘴」又名「未渴先飲」喝着一巡又一巡的火酒。她趕快走過去，免得人家以為她跟踪丈夫，但是她回頭看一下，的確是庫柏沒錯，正放下一杯荷蘭杜松子酒，已經喝慣了。原來他騙人，他現在喝上火酒了！她滿懷絕望走回家，當年對火酒的恐懼又浮上心頭。水果酒，算了，她不在乎，因為水果酒讓工人振奮，但火酒是可怕的東西，是毒藥，可以剝奪一個人的食慾。噢，政府該禁止人民釀這種鬼東西！

她回到金點街，發現整棟大樓鬧哄哄的。她的女工們在院子裏猛往半空瞧。她問克里門絲怎麽回事。

對方回答說：「老畢傑正在揍他太太。他醉得厲害，攔在拱門下等她由洗衣房回來，……他沿着樓梯一路打她，如今在房間裏揍得她半死……聽，妳聽不到她尖叫嗎？」

雪維絲衝上樓。她喜歡畢傑太太，一個勇敢的女人，為她店裏做些洗衣工作。她希望阻止暴行。到了七樓，房門沒關，另外有幾個房客在梯台上狂喊，布許太太正在門口咆哮。

「你停不停？我去叫警察，你聽到沒有？」

沒有人敢進屋，誰都知道畢傑喝醉酒像野獸似的。平常也差不多。他難得做工，幹活兒的時候鎖匠鉗旁邊要放一瓶白蘭地酒，半小時喝一次。否則他就幹不下去，你若將火柴貼近他嘴邊，他會像火炬般燒起來。

「總不能任他活活打死她呀，」雪維絲全身發抖說。

她進去。頂樓的房間很乾淨，却冷颼颼光禿禿的，被這個酒鬼剝得精光，他連床單都剝去換酒喝。打鬪間，飯桌被推到窗口，兩把椅子翻過來，四脚朝天。畢傑太太躺在地板中央，裙子在洗衣房弄得濕透，還黏在大腿上，頭髮被扯亂了，身上流血，畢傑每踢一脚，她就發出「啊！」「噢！」的沉重呻吟。他先用拳頭把她打在地上，現在正用脚踩她。

「噢，妳這母狗！妳這母狗！」他嘎聲咆哮，每說一個字就踢一脚，反覆叫罵，聲音都叫啞了，踢得更加用力。

然後他的聲帶完全啞了，但是還瘋狂亂踢，身上穿着破破爛爛的罩衫和工裝，身體僵僵的，汚濁的鬍鬚下臉色發紫，光腦袋沾着血跡。梯台上的鄰居說，他動手打人是因爲那天早上她不肯給他一法郞。樓梯下傳來布許的聲音，正對他太太嚷道：

「下來吧，讓他們揍死對方，可以少一個禍害。」

現在布魯老爹跟着雪維絲進屋，兩個人想勸勸鎖匠，把他拉向房門口。但是他一直轉回來，現在不說話了，口吐泡沫，無神的眸子現出酒精的光芒——殺人的火焰。雪維絲的手腕嚴重瘀傷，布魯老爹被甩到餐桌畔。地板上的畢傑太太呼吸更沉重了，張開嘴巴，緊閉着雙眼。現在畢傑沒踢中她，但是他一遍又一遍重來，把目標加寬，瘋狂又盲目，有時候踢打在自己身上。這殺人的一幕進行間，雪維絲看到年僅四歲的小拉麗，在房間一角看父親打母親，似乎毫無感覺。這孩子正抱着剛出生不久的小妹妹亨瑞蒂，用雙臂保護她。她站在那兒，頭部裹一塊印花頭巾，一臉蒼白和莊重。她的眼睛又黑又大，若有所思盯着前面，沒有流一滴淚水。

最後畢傑絆到一張椅子，趴倒在地上，大家任他在那兒打鼾，布魯老爹幫着雪維絲扶起畢傑太太，她現在大聲啜泣。拉麗走過來看她哭，對這種事情已經習慣，已經認命了。現在大樓又安靜下來，但是下樓的路上，雪維絲眼前還浮出一位四歲小孩的眸子，嚴肅勇敢得像一個成年婦人。

克里門絲一看見她，就嚷道：「庫柏先生在外面的人行道上。我看他醉得很厲害喔！」

庫柏正在過街。他東倒西歪走向店門，肩部幾乎撞破一塊玻璃板。他醉得不成人形，緊咬着牙關，縮着鼻子。雪維絲一看他皮膚失去血色，馬上認出是那家酒店的火酒作怪。她假裝一笑置之，像平日他喝了水果酒微醉時一樣，想扶他上床。但是這回他一把推開她，牙關仍然咬着，對她揮揮拳頭，自己跌臥在床上。他看起來眞像另外一個酒鬼，樓上那個打太太打累了正在呼呼大睡的酒鬼。她想起生命中的男人——她丈夫，高耶特，蘭蒂爾——全身起了一股寒意，心碎欲裂，她不敢再奢望幸福了。

7

雪維絲的聖徒紀念日是六月十九日。在庫柏家，這種場合代表眞正的大宴，你吃完回來，肚子飽得像氣球，一個禮拜都脹脹的。鈔票大抵要掏光。家人一存下四蘇錢，馬上就花掉。大家杜撰日曆上的聖徒，只是找藉口打牙祭罷了。維金妮贊成雪維絲好好吃一頓。妳要是有個酗酒的丈夫，別讓全部家當給他喝光，自己先塡飽肚子，這才是聰明的辦法，對不對？鈔票反正要花光，給酒店老闆還不如給屠夫哩。雪維絲愈來愈愛吃，抓住這個藉口，讓自己隨波逐流。噢，管它的，他們存不下一文錢，都怪庫柏不好。她的體重大增，跛脚更明顯了，因爲腿發胖以後似乎短了一點。

於是那年他們一個月前就開始討論宴客的事項，預先擬好菜單，舐着牙床等待。店裏的人都渴望一場大宴，一場眞正了不起的鬧飲，非比尋常，很棒很棒的一次。老天，不是天天都有人請客呀！雪維絲的一大難題就是決定該請誰，她希望十二個人上桌，不多也不少。她自己、她丈夫、庫柏大媽和拉瑞特太太已經構成自家的四個人，她要請高耶特母子和波宜松夫婦。起先她決定不請助手普托斯太太和克里門絲，免得讓她們跟主人太親密，但是自己不斷在她們面前討論宴會，她們已經皺着鼻子期待了，她最後還是請了她們。四加四等於八，再加二等於十。她決心湊足十二個人，就跟洛里羅斯夫婦和好，他們早就在附近徘徊了；至少他們答應下來吃飯，擧杯宣佈和解。歸究起來，家族的糾紛總不能永遠繼續下去呀！何況，大宴的念頭融化了每個人的心。這個機會誰都不忍拒絕。但是布許夫婦聽到他們預備講和，也跟雪維絲和好了，殷勤又禮貌，笑容可掬，於是他們也應邀赴宴。這一來，人數總共十四個，小孩子不包括在內。她從來沒開過這麼大的筵席，心情好緊張，却也充滿自傲。

紀念日剛好是星期一，運氣眞好，雪維絲可以從星期天下午開始做菜。星期六在店裏，女人忙着趕工，同時對菜色做最後的研討。三星期以來，只有一道菜已經說定，就是一隻烤肥鵝。她們談起來，眼珠子骨碌碌亂轉，一副貪吃的模樣。肥鵝甚至買好了，庫柏大媽特地拿出來，讓克里門絲和普托斯太太摸摸有多重。大家都感嘆肥鵝眞大，粗皮下黄油肥鼓鼓的。

雪維絲說：「開席的湯呢？羹湯和水煮牛肉片很容易下嚥，對不對？……然後我們來一點帶滷汁的東西。」

克里門絲提議兎子肉。不，我們老是吃這個玩意兒，每個人吃兎肉都吃膩了。雪維絲想的是特別一點的東西，普托斯太太提到「什錦燉小牛肉」，她們都笑着看着對方。好主意，沒有一樣東西效果比得上「什錦燉小牛肉」。

雪維絲繼續說：「接着再來一道有滷汁的菜。」

庫柏大媽問魚肉如何，但是別人都做做鬼臉，拿熨斗用力燙衣服。不，沒有人喜歡吃魚；不合胃口，骨頭又多。斜眼的奧古斯婷斗膽說她愛吃鰯魚，克里門絲打了她的下巴一拳，叫她閉嘴。最後，老闆娘想到「馬鈴薯燉猪脊肉」，大家都泛出笑容，這時候維金妮像一陣旋風飄進來，滿面紅光。

雪維絲說：「妳來得正是時候。庫柏大媽，給她看看那隻肥鵝。」

庫柏大媽又去拿肥鵝，維金妮抓在手裏估重量，又驚呼不已！嗳喲！可眞重，但是她把鵝肉放在一條襯裙和一堆襯衫之間。她心裏想着別的事，把雪維絲拉到後面的房間。

她連忙噓道：「我說，可人兒，我要警告妳……妳絕對猜不到我在街上碰見誰。閣下，蘭蒂爾哩！他在那邊徘徊，四處打探……所以我連忙趕來。我大吃一驚——當然是爲了妳。」

雪維絲臉色發白。那畜生找她幹什麼？而且就在她準備大宴的時候！她運氣始終不好——她爲什麼不能安安靜靜享受一番呢？但是維金妮說，爲此而激動未免太傻了。老天，蘭蒂爾若起意追她，她可以叫警察來，把他送進監獄。自從一個月前她丈夫當上警察以後，維金妮變得好威風，動不動就說要逮人。她提高嗓門說，她巴不得對方當街欺負她，她好把那名無賴交給波宜松，雪維絲連忙示意她小聲一點，因爲女工們正在偷聽呢。她帶客人回店面，儘量保持平靜說：

「好啦，蔬菜呢？」

維金妮說：「何不來一道豌豆煮醃肉？我可以光吃這道菜過日子。」

「好，好，豌豆煮醃肉，」大家都贊成，這時候奧古斯婷一高興，把火鉗深深插在爐灶裏。

星期天下午三點，庫柏大媽生起自家的兩個火爐和布許家借來的一個陶製爐子。三點半燉菜已經在附近飯館借來的一個長柄大鍋中沸騰了，他們自己的長柄鍋嫌小了一點。她們決定頭一天先煮「什錦燉小牛肉」和「猪脊肉」，因爲這兩道菜比較好加温，但是黏黏的乳醬要等上桌前才做。這樣星期一還有很多事要忙——羹湯、「豌豆煮鹼肉」和烤肥鵝。後房被三個火爐照得明晃晃，熱烘烘的，醬油在鍋裏嘶嘶響，夾着麵粉燒焦的辛辣味兒，大燉鍋則像鍋爐，吐出一道道水蒸氣，邊緣被隆隆聲弄得直發抖。庫柏大媽和雪維絲身上繫着圍裙，忙來忙去，撿除芹菜莖，找塩巴和胡椒粉，用木匙翻動肉塊。她們把庫柏打發出去，免得他礙手礙脚，但是一下午她們身邊還是擠了不少人。這家人燉煮的味道太香了，鄰居婦女一個一個過來，找藉口來看看人家煮什麼；她們站在那兒不走，等洗衣店老闆娘掀開鍋蓋。五點左右，維金妮露面了；她又看到蘭蒂爾，——眞的，你在街上走一步就碰到他。布許太太也看到了，在街角閒逛。雪維絲正要去買一蘇錢的炸洋葱來燉肉，聽了這個消息，全身發抖，不敢出去，何況門房和縫衣女工又說了不少可怕的故事，有些男人外衣下藏着刀子和手槍，攔在路上等女人哩，把她嚇得半死。老天，眞的！報紙上每天都有這種新聞；這些混蛋看自己的老情人跟別人過得快快樂樂，一旦發了瘋，什麼事都幹得出來。維金妮好意去買洋葱。女人得互相幫忙，她可不能讓這個可憐的親親被人殺死！她回來報告說，蘭蒂爾走了。一定是他知道行踪敗露，趕快開溜了。但是她們在燉鍋邊一下午都在談他。布許太太主張告訴庫柏，但是雪維絲驚惶失措，求她別說出去。那才好哩！她丈夫一定早就起疑心了，這兩天夜裏，他上床的時候一直咀咒，還用拳頭捶牆壁。一想到兩個人會爲她打架，她全身發抖；她知道庫柏，他的醋勁兒很大，會用切割刀痛宰蘭蒂爾。四個女人捲進這場好戲，這時候醬油在文火上嘶嘶響，庫柏大媽掀開「什錦燉小牛肉」的蓋子，鍋裏的東西正出聲沸騰；湯汁還在打鼾，活像陽光裏熟睡的胖修士。最後她們各舀了一小杯來喝，嚐嚐肉汁的味道。

星期一終於到了。旣然有十四個人要上桌，她怕屋裏坐不下。她決定把桌子放在店面，即或如此，她還是一大早就用卷尺測量，研究餐桌該擺在什麽地方。然後洗燙的衣物得全部拿走，工作枱也拆掉，好換裝別的脚架權充餐桌。這時候，就在大家搬傢俱的當兒，一位顧客來大鬧，因爲她從星期五就在等她的衣服——她猜店裏的人不耐煩做她的生意，她現在就來拿走。雪維絲道歉兼撒謊——不能怪她，店面正在裝修，女工要明天才回來。雪維絲答應明天一早就燙她的東西，顧客心平氣和走了。她一走，雪維絲就破口大罵。妳要是聽顧客的，豈不連吃飯的時間都沒有了，妳會爲他們餓死！妳又不是拴着皮帶的小狗，對不對？算了，就是土耳其皇帝親自拿襯衫領來燙，或者她可以賺十萬法郎，這個星期一她也不碰熨斗，因爲這回輪到她享受了。

整個早上都用來逛街買東西。雪維絲三次出門；像騾子般帶回一大堆物品。等她要出門訂酒的時候，發現錢不够。她可以賒帳買酒，但是屋裏不能沒有現鈔，總有一些想像不到的花費。她和庫柏大媽在後房算了半天，至少要二十法郎。到哪裏去找四枚五法郎的錢幣呢？庫柏大媽曾照顧巴蒂格諾里戲院一位次等女伶的起居，首先提到當舖。雪維絲放心地笑了。她眞蠢，居然沒想到這個辦法！她連忙用毛巾包起她的黑絲綢衣裳，兩頭夾好，親自藏在庫柏大媽的圍裙下，警告她平貼在腹部，免得鄰居起疑——沒有必要讓他們知道嘛——她自己守在門口，確定沒有人跟在老太太後面。但是老太太剛走到煤氣行門口，雪維絲就叫她回來：

「媽！媽！」

她叫她進店，脫下結婚戒指說：

「喏，這個也拿去。可以多當一點錢。」

庫柏大媽帶回二十五法郎，她雀躍不已。現在她要多叫六瓶眞正的好酒來配烤鵝吃。這麼一來，洛里羅斯夫婦可就丟臉了。

這是庫柏一家兩週來的夢想，將洛里羅斯夫婦安排入座。那兩個狡猾的傢伙，眞是可愛的一對，有好東西吃的時候，他們不是關門獨享，活像偷來的嗎？是的，他們在窗口掛一塊布來擋光，讓人以爲他們睡覺了！這一來人家當然不上去；他們就自己大吃大喝，匆匆塞下去，聲音還壓得低低的。第二天他們也小心不把骨頭丟進垃圾堆，因爲這一來人家就知道他們大吃過一頓啦，所以洛里羅斯太太拿去丟在街尾的陰溝裏。有一天早上，雪維絲撞見她在那兒倒一籃牡蠣殼。不，眞的，這兩個小氣鬼眞不大方，一切的詭計都爲了裝窮。好啦，現在要給他們一個教訓，讓他們知道別人不像他們那麼吝嗇。可能的話，雪維絲恨不得把餐桌擺在街上，邀請過路的人都來吃喝。錢不是放着發霉用的，對不對？錢幣在陽光下閃爍，看起來漂亮多了。她現在的作風跟樓上的夫妻截然不同，只要有五法郎，便設法叫人以爲她有十法郎。

三點左右庫柏大媽和雪維絲擺桌子，話題轉到洛里羅斯夫婦身上。她們在橱窗上掛了大遮簾，但是天氣很熱，門沒有關，街上的人都由餐桌邊走過。兩個女人每擺一個水罐、一瓶酒或一個小塩缸，都要說洛里羅斯夫婦看了不知怎麼氣憤呢。他們的座位特別安排，可以看到奇妙的銀幣展覽，最好的瓷器也留來招待他們，明知眞正的瓷盤子會使他們大吃一驚。

雪維絲叫道：「不，不，媽。別讓他們用那種餐巾。我有兩塊緞子的。」

老太婆低聲說：「好，這一來他們會氣死，眞的。」

兩個女人站在白色長几兩端，爲十四個擺好的席位而自豪，相視微笑。桌子在店舖中央活像聖龕似的。

雪維絲說：「他們怎麼會這麼卑鄙？妳知道，上個月那個女人到處說她送貨的時候弄丟了一截金鍊子，他們明明是撒謊嘛。老天，他們還會掉東西呀！只是哭窮，想賴掉妳的五法郎津貼。」

「到現在爲止，我只拿過兩次五法郎的津貼。」

「我打賭他們下個月會新編一套說辭。難怪他們吃兎肉的時候，要用簾子遮窗戶。妳有權利說：你們吃兎肉，一定可以給親娘五法郎吧。噢，他們眞壞！要不是我收容妳來跟我們住，妳會落得什麼下場？」

庫柏大媽點點頭。因爲庫柏夫婦要開大宴，那天她完全跟洛里羅斯夫婦爲敵。她喜歡做菜。在燉鍋邊閒聊，家裏爲準備宴客而亂哄哄的。反正她平常跟雪維絲處得不錯。但是雙方齟齬的日子裏——每一家偶爾都會發生——老太婆就抱怨說，她這樣任兒媳婦擺佈，眞悲慘。她心底對洛里羅斯太太一定還有幾分親情，後者畢竟是她親生的女兒呀。

雪維絲再三再四說：「妳要是跟他們住，不會吃得這麼好吧？沒有咖啡喝，沒有鼻煙吸，沒有奢侈品可用。告訴我，他們會不會在妳床上多舖一個床墊？」

庫柏大媽答道：「不，我相信他們不會。等他們進來，我要正對着門口，看看他們臉上的表情。」

想到他們臉上的表情，婆媳倆事先大笑一場。但是站在那邊看餐桌沒什麼用處。庫柏家很晚才吃午餐，將近一點鐘，隨便吃一些冷肉就算了，因爲三個爐子都忙着，陶器也都洗好準備晚上用，她們不想再弄髒。到了四點，兩個女人做最後的奔忙。窗戶開着，窗邊貼牆的地板上架起一個烤爐，肥鵝正在框架前烘烤。這隻鵝太大了，只得勉強塞入烤爐。斜眼的奧古斯婷坐在一張小板凳上，飽嚐烤板反射的光熱，正乖乖用一隻長柄湯匙在肥鵝身上抹油汁，雪維絲在做「豌豆煮鹹肉」，庫柏大媽跟着這些菜亂轉，正忙上忙下，等着把豬脊肉和小牛肉擺在爐子上加溫。客人五點左右開始到達。先來的是洗衣店的兩位助手克里門絲和普托斯太太，都穿上最好的星期日外出服，前者一身藍，後者一身黑。克里門絲帶來一株天竺葵，普托斯太太帶來一株天芥菜的小紫花，雪維絲雙手沾了麵粉，白白的，只得把手放在背後面，咂咂親了她們一兩下。維金妮緊跟着進來，身穿一件印花棉布衣裳，雖然一過街就到了，她卻戴着帽子和圍巾，一副貴婦打扮。她帶來一缽紅色的康乃馨。她伸長了手臂勾住洗衣店老闆娘，跟她摟抱一番。接着布許帶一盆三色紫羅蘭進來，布許太太帶一缽木犀草，拉瑞特太太帶來一株檸檬香芹，部分泥土掉出盆外，把她的淡紫色梅麗諾呢衣裳弄髒了。大家都互相親吻，擠在有三個火爐和一個烤架的房間內，爐裏冒出的熱度叫人受不了。他們的嗓音被煎炸聲淹沒了。有人的衣裳捲在烤架裏，大家驚慌忙亂了半天。烤鵝的香味好濃，每個人都鼻孔大開。雪維絲親切又甜蜜，感謝大家送花，手却沒有停，用一個湯盤調製「什錫燉小牛肉」的黏醬。她已經把盆栽植物放在店面的餐桌尾端，沒有撕下白色的紙包。花香和菜餚的香味融成一體。

維金妮說：「我來幫忙好不好？想想看，妳爲這些菜忙了三天，待會兒一下就吃得精光！」

雪維絲說：「噢，當然。菜總得要人動手燒哇……不，別弄髒妳的手。妳看都好了。只有湯還沒做。」

於是大家都不客氣。女士們把帽子和披肩放在床上，然後夾起衣裙，免得弄髒。布許叫太太回家照料門房小屋，等開飯時間再來，自己則把克里門絲擠到屋角的火爐邊，問她怕不怕癢。克里門絲喘着氣蠕動，全身扭做一團，胸部一鼓一鼓的，想到人家要呵她的癢，她身體直打顫。另外幾位女賓也退到店裏，免得妨礙主人做菜，她們貼牆而立，面對着餐桌。但是賓主隔着敞開的房門說話，有時候聽不見，於是不斷回到後房，弄得滿屋子熱鬧的人聲，圍着雪維絲打轉，她一時忘了自己在幹什麽，手上拿着冒水汽的湯匙，回答她們的問話。大家談笑風生，還有很露骨的笑話。維金妮說她兩天沒吃東西，好留出肚子來，荒謬的克里門絲補上一個更大的謊言，說她那天早上灌腸洗胃，學英國人的作風。接着布許提供一個立即消化的妙方，吃完每一道菜都在門縫裏壓一壓身體；英國人就這麽做，這樣可以一連吃十二個小時，不會將胃腸搞壞。應邀赴宴，畢竟得大吃大喝才不失禮，對不對？人家端上小牛肉、豬脊肉和肥鵝，不是餵猫用的。噢，是啊，女主人可以放心，他們要吃得乾乾淨淨，第二天她連碗盤都不用洗！大家過來聞聞燉鍋和烤爐的香味，似乎要增進食慾。最後女客們簡直像小女孩，一個房間一個房間追逐推拉，弄得地板搖搖撓撓，她們的裙子一拖一拖，菜香傳得更廣，並掀起震耳欲聾的騷亂，笑聲和庫柏大媽剁鹹肉的刀聲交織在一起。

就在大家又跳又嚷，鬧着玩兒的時候，高耶特來了。他一看這個場面，勇氣全消，不敢進來，懷抱一大株玫瑰樹站在那兒，華麗的灌木高及他的面孔，使他的金鬚綴滿玫瑰。雪維絲跑上去迎接他，臉蛋兒被爐火薰得通紅。但他不知道該怎麽送出手裏的花缽，她接過手的時候，他只結結巴巴說一句話，不敢吻她。所以她不得不躡起脚尖，把臉頰湊到他唇邊。事實上他緊張極了，粗粗鹵鹵啄了她的眼皮一下，害她睜不開眼。他們都全身抖顫。

「噢，高耶特先生，這花太迷人了！」她一面驚嘆，一面把玫瑰樹放在別的盆景旁邊，它的繁茂壓倒羣芳。

「噢，不，噢，不！」他只說得出這句話。

他嘆了一口氣，稍稍恢復正常，然後才說：大家最好別等他母親，因爲她的坐骨神經痛又發了。雪維絲很沮喪，說要留起一些鵝肉來，她確信高耶特老太太應該吃一點。現在沒有別人進屋，庫柏一定是跟波宜松到附近閒逛去了，午餐後他去接波宜松，說好六點準時到，半晌還不會回來。湯快要好了，雪維絲把拉瑞特太太叫過去說：她覺得現在可以去接洛里羅斯夫婦了。拉瑞特太太馬上變得一本正經，談和的事情由她負責，她得奔走兩家，商討一切事宜。她重新戴上帽子和披肩上樓，身體端端正正，一副身居要職的姿態，樓下的雪維絲則繼續攪洋麵湯，悶聲不響。大家突然靜下來，充滿莊嚴的等待氣氛。

拉瑞特太太先露面。她拐彎抹角，使和解的儀式更爲壯觀。她把店門開得很大很大，洛里羅斯太太身穿絲袍，站在門檻上。來賓都起立相迎。雪維絲照原定的計劃上前擁吻夫家的姐姐說：

「噢，請進。一切都過去了，對不對？我們都會誠懇相對。」

洛里羅斯太太回答說：

「我只希望永遠如此。」

她進來以後，洛里羅斯也站在門檻上，等主人先吻他，他才進來。兩個人都沒有帶花；他們決定不送，因爲第一次就帶花來，活像對「阿跛」磕頭嘛。雪維絲叫奧古斯婷拿兩瓶酒出來，把餐桌一頭的酒杯倒滿，叫大家集中就座。每個人拿起一個酒杯，祝這家人平安友好。接着一片沉默，大家把酒喝光，女士們高擧手肘，飲盡最後一口。

布許咂咂嘴唇說：「喝湯前來一杯，再好不過了。比踢一頓屁股更有勁兒。」

庫柏大媽坐門口對面的位置，專誠看洛里斯夫婦的表情。她拉拉雪維絲的裙裾，領她到後面的房間。婆媳倆一面低頭煮湯，一面壓低了嗓門急聲說話。

老太婆說：「噢，好醜惡的嘴臉！妳看不到他們，我可一直留心着。她看到餐桌，整張臉歪成這副德性，嘴角都快翹到眼皮下了。至於他嘛，他喉嚨哽咽，不得不咳嗽幾聲。現在看看他們，坐在那裏，嘴巴都乾了，正在咬嘴唇呢。」

「看人嫉妒成那副樣子，眞的很痛心，」雪維絲說。

洛里羅斯夫婦的表情眞的很奇怪。當然誰也不喜歡在人前失色，尤其是自家人；某一個人發達了，別人光火，這是很自然的。但是你會擺在心裏，對不對？你不會在每個人面前表露。噢，洛里羅斯夫婦硬是藏不住。他們實在受不了，一直斜眼亂瞟，用鼻音說話。實在很明顯，別的來賓都看他們，問他們是不是有什麼毛病。他們受不了十四個座位的大餐桌、白色的抹嘴布、預先切好的麵包。活像林蔭道上漂漂亮亮的餐廳嘛。洛里羅斯太太走來走去，別過眼睛不看那些花，又偷摸一下大枱布，唯恐是新的。

「好啦，都好了！」雪維絲笑瞇瞇出來，光着手膀子，一小絡一小絡金髮散在額頭。

客人都圍着餐桌走。大家都餓了，不耐煩地打呵欠。

她繼續說：「現在只等大人物來，我們就可以開動了。」

洛里羅斯太太說：「噢，湯一定會凉掉。庫柏老把什麼事情都忘得精光。妳不該讓他溜走。」

已經六點半了。樣樣都快燒焦，肥鵝也會烤得太老。雪維絲心煩意亂，想請一個人到街上看看庫柏是不是在某一家酒館裏。高耶特說要去，她願意同行。維金妮擔心自己的丈夫，就陪他們一起走。三個人空着手，佔滿整個人行道。鐵匠穿着方領長外衣，左手挽着雪維絲，右手挽着維金妮，他自比爲兩邊有把手的竹籃，他們覺得很滑稽，靜靜站着，笑彎了腰。接着他們看到自己映在煤氣行橱窗上的影子，笑得更大聲。兩個女人站在穿黑衣的高耶特身旁，活像一對花斑母鷄，縫衣匠穿一件粉紅花的細洋布長袍，洗衣店老闆娘穿一件藍點的白棉布衣裳，光着手臂，頸子上圍一條灰色的絲巾。路人都回頭看他們走過，星期一却穿着最好的星期日外出服，看起來好抖擻好愉快，温暖的六月黃昏在魚販街上和羣衆推推擠擠。但是這回可不是玩鬧的事兒。他們直接走到每一家酒店門口，探頭順着吧台找人。蠢庫柏是不是直接到凱旋門喝酒去了？他們已經穿過街頭，探查過一切可能的地方，例如以白蘭地釀李子出名的「小麝貓」酒店，八蘇錢可以買到奧爾良酒的巴魁特媽媽的酒店；貨運馬車夫愛去的「蝴蝶」酒吧，車夫是最難伺候的客人。沒有庫柏的影子。他們正要走向林蔭大道，經過他們那條街角的法蘭西斯小吃店，雪維絲驚叫一聲。

「怎麽啦？」高耶特問她。

她不再笑了，臉色死白死白，心神不安，差一點倒在地上。維金妮立刻明白過來，看見蘭蒂爾坐在法蘭西斯小吃店的一張餐枱邊，平平靜靜吃東西。兩個女人催高耶特快點走。

「我扭到脚跟了，」等雪維絲說得出話來，她連忙說。

最後他們在街底的老克倫貝酒吧找到庫柏和波宜松。他們站在一堆人中間，穿灰罩衫的庫柏正大聲嚷嚷，氣沖沖揮手臂，敲櫃台；波宜松那天不當差，穿一件棕色舊外套，全身扣得整整齊齊，正在聽他嚷嚷，繃着臉不發一言；紅色的山羊鬍子和髭鬚倒豎着。高耶特叫女士們在人行道上等，他自己進去，用手搭着庫柏的雙肩。但是庫柏看到門外的雪維絲和維金妮，不禁發火了。哪個混蛋叫這些臭女人來找他？現在娘們竟敢追查他的行踪了！好，他不想動，她們只管去吃她們的臭晚餐！高耶特爲了安撫他，只得喝一杯，即或這樣，他還是憒憒在櫃台邊磨了整整五分鐘。最後他們總算出來了，他劈頭就對太太說：

「我不吃這一套，我要呆在我有事辦的地方，聽到沒有？」

她沒有答腔，全身打哆嗦。她剛才大概跟維金妮談到蘭蒂爾，維金妮一直推她丈夫和高耶特，叫他們先走。於是兩個女人走在庫柏兩側，想分散他的注意力，不讓他看見情敵。他並沒有大醉，是喊得慷慨激昂，不是喝醉的關係。他一時淘氣，看她們似乎想走左邊的人行道，就把她們推過街，向右邊的人行道走去。她們嚇得跑過來，想擋住法蘭西斯的店門口。但是庫柏很可能知道蘭蒂爾在裏面。雪維絲聽他咆哮，簡直嚇慌了：

「是的，親親，那邊有個我們認識的傢伙，是不是？妳用不着拿我當傻瓜。讓我逮着妳再眉目傳情看看！」

然後他開始咒罵。不，她手肘翹得半天高，臉上抹了粉，來找的不是他，不，是她的老情人。他突然對蘭蒂爾亂發脾氣，鷄姦鬼！血腥的臭蛋！他們之中有一個人得像兎子開腸剖肚倒在人行道上。他謾罵的當兒，蘭蒂爾好像茫然不解，繼續緩緩吃他的「小牛肉燉酸梅」。羣衆漸漸圍攏了。維金妮終於把庫柏拉開，他一轉過街角，馬上安靜下來。但是他們回到店裏已不像出門的時候那麼愉快。

客人都拉長了臉，圍桌等著他們。庫柏一一跟人握手，在女賓面前有點賣弄。雪維絲很緊張，壓低了嗓門安排座次。但是她突然想到，高耶特太太沒來，有一張椅子會空着，就是洛里羅斯太太隔壁那一張。

她說：「我們一共十三個人！」對她已預感了一些時日的兇兆頗爲懊惱。

女賓們已經坐下，現在又站起來，一臉焦急和不安。普托斯太太自願退席，她說大家不該爲這種事情傷腦筋，反正她一樣東西也不能碰，因爲對她不好。布許咧嘴一笑；十三個人總比十四個好——每個人多吃一點，大家就是爲了吃才來的呀。

雪維絲說：「等一下！可以湊一湊。」

布魯老爹正好過馬路，她跑到人行道去叫他。老頭子進來，彎腰駝背，身體僵僵的，一句話也不說。

「你坐那邊。你陪我們用餐好不好？」

他只點點頭，表示他不反對。

她小聲說：「找別人不如找他，呃？他不常吃飽。總之他又可以飽餐一頓了……現在我們可以大吃大嚼，不必覺得慚愧。」

高耶特熱淚盈眶，他深深感動。其它的人都表示同情，覺得這是好主意，還說這樣會給大家帶來好運。但是洛里羅斯太太好像不太高興坐在老頭子身邊，她往旁邊躲，以厭惡的表情看看他佈滿斑痕的雙手和一身褪色又打了補釘的罩衫。布魯老爹低頭坐着，不知道要如何處置盤面上的餐巾。最後他仔細掀起來，放在桌邊；他根本沒想到要鋪在膝蓋上。

雪維絲終於端出洋麵湯，賓客們正拿起湯匙，維金妮說庫柏又不見了。也許他回克倫貝酒吧去了吧。大家都不往好的方面想。這次他們說，算了，混蛋，他們才不去找他呢，他要是不餓，就讓他留在街上吧。但是，等湯匙刮到湯盤底，他腋下各夾着一盆花出現了，一盆是紫羅蘭，一盆是鳳仙花。大家一致鼓掌。他殷勤地把兩盆花放在雪維絲的酒杯兩側，然後低頭吻她。

「我把妳的事情忘光了，愛人……沒關係，像今天這種日子，我們照樣相愛，對吧。」克里門絲貼着布許的耳朵呢喃道：「庫柏先生今晚很斯文。他喝得恰到好處，正好使他高高興興的。」

男主人的良好表現使一度受影響的大宴氣氛又恢復了。雪維絲的憂慮暫時減輕，她再次笑臉迎人。現在來賓把湯喝完。然後酒瓶沿桌傳遞，大家喝第一杯酒——只是不攙水來一杯，幫助洋麵往下滑。隔壁房間傳來小傢伙的爭執聲。那邊坐着艾亭納、娜娜、寶琳和小維多·福康尼爾。大人決定爲他們四個孩子開一桌，吩咐他們要守規矩。斜眼小學徒奧古斯婷守着爐灶，只得把碗盤擱在膝蓋上吃。

娜娜突然叫道：「媽，媽，奧古斯婷把麵包掉在烤爐裏！」

雪維絲衝進去，逮到她匆匆嚥下一片浸了滾鵝油的麵包，燙到喉嚨。這個無恥的賤人竟發誓說沒有這回事，雪維絲敲了她一記腦袋瓜。

吃完牛肉片，「什錦燉小牛肉」用沙拉缽盛出來，因爲他們沒有這麼大的碗，全桌一片哄笑。

波宜松說：「現在我們眞的抵達重要的階段了。」他一向很少說話。

七點半。他們已關上店門，免得人人都來偷看，尤其是對面的小鐘錶匠，他那雙茶杯樣的眼睛骨碌碌打轉，死盯着不放，恨不得拉出他們嘴裏的東西，害他們胃口大減。一盞強烈的白光始終如一，照不出影子，正隔着櫥窗上遮簾透進來，照在白色餐枱上，桌面的席位還工工整整，圈着白紙的盆花和這陣白光——這逐漸轉暗的微光——使大夥兒顯得好出色。維金妮找到恰當的字眼；她打量四面封閉、掛着洋布簾子的房間，說它高雅不俗。一輛馬拉車走過街道，玻璃杯在桌上蹦起，女賓們嚷得像男人一樣大聲。很少人說話；他們都中規中矩，很注意禮節。只有庫柏一個人穿襯衫，他說在朋友面前用不着窮表現，至少襯衫是工人體面的外衣。

女賓們裹着胸衣，頭髮抹了香油，在燈下亮閃閃的。男士們身體不貼近餐桌，胸部鼓脹，手肘往前伸，唯恐外套沾上污斑。

哇，他們在小牛肉鉢裏挖了好大的一個洞！說話聲很少，咀嚼聲却連連不斷。沙拉鉢漸漸空了，濃醬汁裏插着一根湯匙，艷黃色的醬羹簡直像果凍似的。他們在裏面找小牛肉，還有一些，所以沙拉鉢傳來傳去，大家往下瞧，搜索香菇。來賓背後貼牆擺着的麵包好像慢慢融掉了。吃菜的當兒，有酒杯放回桌面的聲音。醬汁稍微鹹了一點，所以得用四瓶酒來淹沒這鉢迷人的小牛肉，它像乳蛋糕往下滑，把五臟變成燃燒的熔爐。接着，你還沒有時間透氣呢，燉猪脊用深盤子端上來，四週圍着大塊大塊的水煮馬鈴薯，熱氣騰騰。大家一陣叫嚷：媽呀，這可眞不錯！人人都喜歡。現在他們的胃口眞來了，大家都斜睨着盤子，用麵包抹抹餐刀。他們都不客氣，爭相挖排骨，含着滿嘴食物交談。太好了，這猪肉！軟嫩却結實，你可以感覺它順着內臟一直滑到你脚跟！馬鈴薯如夢如幻。一點都不鹹，但是爲了吃馬鈴薯，每分鐘都要喝一點酒。又幹掉四瓶。盤子刮得精光，他們接着吃「豌豆煮鹹肉」。啊，算了，蔬菜不佔地方，你可以一勺一勺吃下去，純粹鬧着玩兒。眞是一場盛宴，可以說是太太小姐們最喜歡的。豌豆中最好吃的是小塊小塊的鹹肉，炸得剛剛好，氣味像馬蹄。吃這道菜，他們喝了兩瓶酒。

娜娜嚷道：「媽，媽！奧古斯婷兩手放在我盤子裏！」

「噢，閉嘴！妳爲什麼不打她？」雪維絲含著滿嘴豌豆說。

隔壁房間內，娜娜統領小孩的餐桌。她坐在維多隔壁，把她哥哥艾亭納安排在小寶琳旁邊。這樣他們可以學大人——扮作擧行餐宴的兩對夫妻。起先娜娜對客人彬彬有禮，含着淑女般的笑容，但是她愛吃鹹肉，終於拋掉一切禮儀，把鹹肉都佔爲己有。斜眼小學徒奧古斯婷在孩子身邊蕩來蕩去，藉口要公平分鹹肉，逮着機會抓了好幾把。娜娜大發脾氣，咬她的手腕。

奧古斯婷低聲說：「好，那我就告訴妳媽媽，妳吃完小牛肉，曾經叫維多吻妳。」

但是，雪維絲和庫柏大媽進來拿烤鵝肉，一切事端都解決了。大人席暫停了一會，他們靠在椅背上喘口氣兒。男人解開馬甲的鈕釦，女士們用餐巾拍面孔。這一來餐宴暫時打斷，只有一兩位渾然不覺地咀嚼和吞嚥一大口一大口的麵包。他們只等胃腸的東西沉澱。夜緩緩降臨，遮簾後方陰森森的灰幕愈來愈深了。奧古斯婷在兩端各點一盞燈，亮光照出桌面的狀態，叉盤狼藉，酒汚和麵包屑沾滿枱布。儘管四週泛起一股強烈的氣味，但他們的鼻子被陣陣熱風吸引，不禁轉向廚房。

「我來幫忙好不好？」維金妮問道。

她一躍離席，跑到另一個房間，別的女人也跟過去。她們站在烤爐四週，專心看雪維絲和庫柏大媽用力拉這隻大鵝。接着孩子們發出一陣擾嚷，有歡呼聲，也有興奮的跳躍聲。大家得意洋洋列隊回前廳，雪維絲捧着大鵝，手臂直挺挺往前伸，汗流滿面，眉飛色舞，嘴裏不說一句話，別的女人也咧着嘴跟在後頭，娜娜殿後，躡起脚尖看熱鬧，眼睛骨碌碌打轉。肥鵝上了桌，巨大、棕黃，遍體塗了油汁，他們並沒有立即開動。全桌都敬畏和驚嘆得說不出話來，只相顧眨眼點頭來表示意見。哎喲，好大的家禽！好大的鵝腿！好大的胸脯！

「這隻鵝可不是舐牆壁養肥的，」布許說。

於是大家細細討論。雪維絲一五一十提出報告：這是魚販郊區的家禽店最好的貨色；在煤商磅秤上重十二磅半，用了一整袋煤炭才烤熟，她由牠的身上掏了三盆的肥油。維金妮揷嘴誇耀說：她見過這隻鵝還沒煮的樣子，簡直可以生吃，皮膚好白好細，可比美金髮碧眼的佳人。男人都笑了，嘴巴發出好色的咂咂聲。只有洛里羅斯夫婦例外，他們看「阿跛」的餐桌上有這麼大的肥鵝，自覺受辱，嗤之以鼻。

雪維絲終於說：「咦，動手哇，我們又不是要整隻吞下去！誰來切？……噢，不，我不行！太大了，嚇得我半死。」

庫柏自告奮勇。天殺的，很簡單嘛，你只要抓住四肢扯下來；肉塊照樣很好吃。但是大家齊聲抗議，搶下他手裏的切肉刀；不，由他來切，會把這道菜變成眞正的停屍所。他們四顧尋找有心的男士。拉瑞特太太柔聲說：

「聽着，該由波宜松先生來切……是的，當然要波宜松先生。」

大夥兒不明白道理何在，她用更甜蜜的嗓音說：

「當然該由波宜松先生來切，因爲他懂得武器的竅門。」

她把手上的切肉刀遞給警察先生。全桌都放心而贊許地笑了。波宜松像軍人直挺挺鞠躬，然後把鵝肉搬到他面前。坐在他兩側的雪維絲和布許太太往旁邊挪，讓他的手肘有足夠的空間。他慢慢切，動作流利，眼睛一直盯着大鵝，似乎想把牠釘在盤子上。他將切肉刀揷入脆脆的鵝體，洛里羅斯突然愛國心大發說：

「只當牠是哥薩克人，呃？」

「波宜松先生，你有沒有和哥薩克人打過仗？」布許太太問道。

警察先生一面切翅膀一面說：「沒有，只跟阿拉伯浮遊族打過。現在世間沒有哥薩克人了。」

四週靜默下來。人人都伸長頸子，眼睛隨切肉刀打轉。他留了一手叫人驚嘆的絕技。突然間，他刺下最後一刀，尾巴切開立起來，椎頭朝天；是鵝屁股。大家好佩服。玩這種不讓人知道的把戲，老兵最行了！這時候肥鵝的尾部大洞噴出一股油汁，布許趁機說俏皮話：

「如果有人要這樣撒尿在我嘴裏，我來發信號！」

女賓們驚叫說：「噢，髒老頭！他眞是不乾不淨！」

他太太比別人更生氣說：「不，我沒見過這麼噁心的人。閉嘴，你！你有本事害一支軍隊都倒盡胃口。你們知道，他這樣做是自己想吃那個尾巴。」

這時候克里門絲再三說：

「波宜松先生，聽着，波宜松先生，把尾椎留給我好不好？」

「可人兒，尾椎當然歸妳，」拉瑞特太太用非常微妙的暗示口吻說。

現在鵝肉都切好了。警察先生讓大家瞻仰鵝屁股幾分鐘，再將各部分沿着大盤擺列，讓大家自己拿。但是女賓直嫌熱，紛紛解開衣裳，庫柏嚷道，他們是在自己家，滾他的左鄰右舍！他一把推開臨街的店門，於是宴會在隆隆的車聲和咚咚的脚步聲裏延續下去。現在他們的下巴休息過了，胃腸也騰出一個縫隙，他們繼續用餐，活力充沛地撲向大肥鵝。愛開玩笑的布許說：光是乾等和看人切鵝肉，小牛肉和猪脊肉早就消化到小腿去了。

眞是堂堂皇皇的大宴，沒錯！沒有人想起這是消化不良的一個主因。雪維絲支着雙肘，吃大塊大塊雪白的鵝肉，一句話也不說，唯恐少吃了一口，她的體型顯得好大喔，但是她在高耶特面前有些慚愧，氣自己饞得像一隻貓。其實高耶特看她吃得滿面通紅，自己也忙着大吃大喝，她即使貪吃的時候也這麽和藹，這麽仁慈！她沒有說話，却隨時側過身子來照顧布魯老爹，遞幾塊肉到他盤裏。看她自己這麽愛吃，却肯放下即將入口的一塊鵝翅膀，讓給這位老者，眞叫人感動！老頭子分不出好壞，樣樣都往下吞，腦袋低垂，因狼吞虎嚥而有些醉意，他的胃腸早已連麵包的味道都忘記了。洛里羅斯夫婦拿桌上的肉來出氣，所吃的份量可抵用三天。若能毁了「阿跛」，他們恨不能把碗碟、桌子、店舖和土地全吞下去。女賓們都要小塊小塊的胸脯肉，因爲胸脯是女士的專屬區。拉瑞特太太、布許太太和普托斯太太把骨頭刮得乾乾淨淨，庫柏大媽最愛吃頸子，正用她僅剩的兩顆牙撕咬頰子肉。維金妮愛吃焦黃的鵝皮，每一位來賓都把鵝皮遞給她，大獻殷勤，最後波宜松氣沖沖望着他太太，叫她別再吃了，因爲她已經吃得夠多了。以前她曾經臥病兩個禮拜，胃腸整個腫起來，全是吃太多烤鵝肉的結果。但是庫柏熱烈反駁，而且幫維金妮拿了一點腿肉說：媽的，她若不能吃光，她就不配當女人！難道鵝肉還吃傷過人嗎！相反的，鵝肉可以壓脾臟的毛病——咦，你可以單獨吃，像甜食一樣吃法。至於他嘛，他可以吃個通宵，一點都不難受，爲了表演，他把整隻小腿塞進嘴巴。現在克里門絲的尾椎快要吃完了，正咂咂吸吮，而且在椅子上笑彎了腰，因爲布許低聲談了不少下流話。基督啊，他們吃得可眞飽！咦，你來吃就吃個痛快，對不對?又不是天天打牙祭，不撑個飽，直塞到耳下才是傻瓜哩。叉子飽餐的時候，你可以看到壺腹漲起來，眞的。女賓們宛如懷了身孕。她們的皮膚都快漲裂了，這些貪吃鬼!她們張着嘴巴，下巴到處是肥油，臉蛋兒像屁股圓光光的，膚色紅潤，可以說很像有錢人的屁股，發達到極點。

美酒亦然，諸君——像塞納河的河水流過餐桌，或者像下雨天的溪流，大地却乾裂了。庫柏高舉酒瓶往下倒，想看紅溪流起泡沫，一瓶倒光了，他就把酒瓶翻過來，猛拉瓶頸，學女人擠奶的動作。又一個斷了頸子的黑姑娘！角落中黑色的屍體愈堆愈高，成爲酒瓶塚，頂端再堆上枱面清出來的垃圾。普托斯太太說要喝水，憤怒的庫柏親自搶走水罐。什麽，有身份的人誰喝白水?她希望胃裏長青蛙嗎?現在玻璃杯一口就空了——你可以聽到液體順着喉嚨往下灌，活像暴風雨的時候雨水流下排水管的聲音。這是雨酒，起先有酒桶味兒，但是你很快就習慣了，最後覺得香醇無比。噢，上帝保佑，不管耶穌會的人說他們喜歡什麼，葡萄酒是他媽的最好的發明！大夥兒笑着贊許，畢竟工人少不了酒，諾亞老頭的葡萄一定是爲屋頂匠、裁縫和鐵匠而種的。工作後，水果酒清理你的全身，讓你恢復精神，在你懶散的時候給內臟加一把火，到時候這鬼玩意兒若開始捉弄你，咦，誰在乎，你已經在天上啦。而且勞工們又累又沒錢，被高雅人士看成糞土，他們也有權玩玩鬧鬧，他若偶爾喝一杯來提神，別人不該發牢騷。歸究起來，現在誰管什麼皇帝不皇帝？說不定皇帝也醉醺醺的，無論他是不是醉了，沒有人把他放在眼裏，反而激他喝得更醉，更胡來罷了。滾他的上層階級！庫柏要他們都下地獄。不，他喜歡的是淑女們。他拍拍口袋，三蘇錢噹噹響，他笑得好開心，彷彿在大鏟五法郎的錢幣堆似的。連一向節酒的高耶特也有點醉了。布許的眼睛瞇成一線，洛里羅斯的雙眼比平常更無神，波宜松那張古銅色的後備軍人臉則愈來愈嚴肅。他們醉得相當厲害。女賓們也有些昏陶陶的，噢，只是微醺，臉蛋兒酡紅，恨不能把衣裳脫掉，結果只解下遮胸的圍巾。只有克里門絲漸漸不規矩。雪維絲突然想起那半打葡萄酒，她忘了隨鵝肉送上桌；她去拿出來，酒杯又斟滿了。這時候波宜松拿着杯子起立說：

「我祝女主人健康。」

椅子嘎嘎響，全桌都站起來，伸長了手臂，一面鬧鬧嚷嚷，一面碰杯。

「從今起再活五十年，」維金妮嚷道。

雪維絲興奮地含笑說：「噢，不，那我就太老了。不，有一天我們會樂於離開人世。」

現在鄰居都隔着店門參加盛會。行人站在對街照過來的大光圈裏，笑嘻嘻欣賞這些人狼吞虎嘛。車夫在車上低頭打小馬，往裏瞧瞧，大聲說俏皮話：「咦，全都免費啊？哇，看那個胖大媽！要不要我去找接生婆？」肥鵝的濃香使街上一路都是歡樂和良好的氣氛；人行道對面的雜貨店小伙子覺得他們彷彿也吃到了，青菜水果商和熟肝熟肚店的女老闆不斷走出店面，聞聞香味，舐舐舌頭。這會兒整條街都患了消化不良症。隔壁開傘店却沒有人見過的庫多吉母女，現在相繼過街，斜眼亂瞟，臉紅紅的，彷彿剛炸過薄餅似的。小鐘錶匠坐在板凳上，沒有辦法繼續幹活兒，算酒瓶算得醉醺醺，在自鳴鐘的咕咕聲裏顯得很激動。庫柏說：不錯，鄰居們都醉了。他們何必偷偷摸摸？一羣人興奮到極點，對於大吃大喝被人瞧見已不再感到難爲情——相反的，漸漸圍攏的羣衆羨慕得張着嘴巴，給他們一種優越感，害他們得意忘形：他們恨不得推倒店舖的正門牆，把餐桌擺到街上，在忙碌的交通和人潮下吃甜點。他們的目光沒什麼惡意吧？咦，那又何必像自私的豬玀，關門獨享呢？庫柏看對面的小鐘錶匠流口水，便指指酒瓶，對方點頭答應，他就接他過來喝一杯。現在賓主和街上的人融融洽洽合成一體了。他們敬路人。他們呼叫看起來還過得去的伙友。鬧飲慢慢展開，一個一個傳過去，最後整個金點區都聞見菜香，捧腹慶祝地獄的酒神節。

煤商維果羅克斯太太已經來來去去踱了好一會兒。

「嘿，維果羅克斯太太！維果羅克斯太太！」大夥兒叫道。

她咯咯傻笑走進屋，全身收拾得乾乾淨淨，胸衣都要迸開了。男人喜歡捏她，因爲他們捏遍她全身，絕對碰不到半根骨頭。布許叫她坐在自已身邊，立刻在桌下偷摸她的膝蓋。她習以爲常，靜靜喝酒，說鄰居都在窗口看熱鬧，大樓裏有人漸漸懊惱了。

布許太太說：「噢，這歸我們管。我們是門房，對不對？好啦，安寧是我們的責任。讓他們來向我們發牢騷，我們會好好接待他們一頓！」

在後面的房間，娜娜和奧古斯婷在烤架邊大吵一架，兩個人都想刮上面的肉屑。烤架在地板上跳來跳去整整一刻鐘，發出破鍋般的聲響。但是現在娜娜去照顧喉嚨被鵝骨刺傷的小維多，她用手指戳他的下頦底，又逼他吞下一大塊一大塊的方糖，當做治療藥。儘管如此，她却沒有疏忽大人席上的一切。她不停地跑進跑出，爲艾亭納和寶琳拿酒肉或麵包。

她母親說：「喏，撐死妳最好！現在讓我清靜一下！」

孩子們實在吃不下了，但是他們還吃個不停，按一首聖歌的節拍敲叉子來助興。

然而，在鬧嚷嚷的當兒，布魯老爹和庫柏大媽開始交談。老頭子吃了那麼多酒菜，臉色死白死白的，正在談他那幾個死於克里米亞戰爭的兒子。噢，只要這些孩子活着，他就每天有東西吃了。但是庫柏大媽探頭過來，用濃濁的嗓音說：

「噢，但是兒女給人很大的煩惱，你知道。你看看我吧。我在這邊好像很快樂，對不對？算了，我常常想大哭一頓……不，別希望有兒女。」

布魯老爹搖搖頭。

「現在沒有人要我做工。我太老了。我走進工作坊，年輕的傢伙都大笑，問我亨利四世的皮靴是不是我擦的……去年我漆橋墩，一天還可以賺三十蘇錢；得仰臥着，河水就在身子下流過。

從此我就一直咳嗽。到處都沒人要我。」

他看看自己僵麻的雙手，繼續說：

「這件事不難理解，因爲我什麼都做不來。他們沒有錯，換了我，我也會這樣。你知道我的問題就是還不死。是，這其實怪我自己。人不能再做工，應該躺下來死掉。」

一直聽他講話的洛里羅斯揷嘴說：「眞的，我不懂政府爲什麼不幫助無法再工作的勞工……前兩天我在報上讀到……」

波宜松自覺該爲政府辯護。

他聲明：「勞工不是軍人。傷殘救濟院是爲軍人設立的……你不能期待不可能的事情。」

現在甜食上桌了。中間是一個寺廟型的沙佛蛋糕，圓頂以一段一段的甜瓜做成，頂上有一朶人造玫瑰，不遠處的鐵絲上停着一隻銀紙做的蝴蝶。花心的兩滴樹脂代表露珠兒。左側的碟子擺一塊軟乳酪，右邊的碟子擺一堆大草莓，壓碎了，汁液連連流出。但是生菜沙拉還沒吃完，是浸油的寬萵苣葉。

雪維絲用最佳的宴客口吻說：「喏，來吧，布許太太。再來點沙拉怎麼樣？我知道妳喜歡。」

「不，不，拜託！我都漲到這兒了。」

雪維絲轉向維金妮，對方把手指伸入嘴巴，彷彿摸得到肚裏的食物。

「不，眞的，我飽了。騰不出空間。連一口都塞不下。」

雪維絲說：「噢，努力一下嘛。總有個小空隙。不一定餓了才能吃沙拉。妳總不希望我倒掉吧？」

拉瑞特太太建議說：「妳可以用油和醋泡着，明天再吃。這樣很不錯。」

女賓們直喘氣，用遺憾的目光望着沙拉鉢。克里門絲說，她有一天吃了三把水芹菜當午餐。普托斯太太更進一步，說她拔下萵苣，連外層的葉子都不摘，浸一浸鹽水就嚼碎來吃。她們都可以吃沙拉過日子，一桶又一桶吃下去。總之，女士們一面交談，一面把沙拉掃得乾乾淨淨。

「老天，若是在荒野，我會在地上爬，」布許太太含着滿嘴食物說。

甜食是鬧着玩的。不算。來晚了一點，但是沒關係，大家照樣可以跟它玩玩。就算肚子會爆掉，你總不能讓草莓和蛋糕反過來吃你吧！何況，急什麼，夜色還不深，他們可以通宵鬧飲。於是餐碟堆滿草莓和軟乳酪。男人點上煙斗，高級葡萄酒喝光了，他們又回頭拿普通的酒，邊抽邊喝。但是他們都要雪維絲馬上切蛋糕。於是波宜松殷勤地站起來，取下玫瑰，在鼓掌聲中獻給女主人。她用針別在左胸口，和心臟相鄰。她每動一下，蝴蝶就揮揮翅膀。

洛里羅斯發現一件事情，驚嘆說：「哇！我們在妳的工作枱上吃喝！好，好，上桌的人大概從來沒有這麼認眞過！」

這一記倒鈎戟大大轟動，於是妙言妙語紛紛出籠。克里門絲每吃一口草莓，就說她正用熨斗觸一下衣裳；拉瑞特太太說軟乳酪味道像粉漿。洛里羅斯太太低聲說，辛辛苦苦賺來的錢在同一張枱面上像流水般花光，可眞是好事兒：四週響起哄然的叫聲和笑聲。

突然一陣響亮的人聲逼大家沉默下來。原來是布許，他站起身，擺出淫猥而粗俗的姿勢，大唱「愛之火山」，又名「性感的騎兵」：

「我名布拉溫，專誘少女心……」

第一句就博得如雷的采聲。對，對，我們來唱歌！每個人輪唱。這樣最有意思！他們把手肘擱上餐桌，仰靠在椅背上，聽到妙處連連點頭，一邊合唱一邊痛飲幾杯。布許眞會唱滑稽歌。他學新兵敬禮，手指攤開，帽子歪戴在腦後，簡直連水罐都要笑出來。他一唱完「愛之火山」，又唱起他最拿手的「福爾貝琪女男爵」。他唱到第三句，轉向克里門絲，用低柔而肉感的語氣哼道：

「夫人有客，
却是親戚，
四位姐妹——體型各殊，
倒有八隻耀眼的明眸。」

大家愈來愈入迷，全體和聲，男人用脚打拍子，女士們拿起餐刀敲酒杯，齊聲喝唱道：

「媽的誰要出錢，
大家的燒酒錢。
媽的誰要出錢，
大家吃掉的錢？」

櫥窗沙沙響，歌唱家的呼吸使洋布簾迎風飛舞。維金妮兩度失踪，回來貼着雪維絲的耳朶說悄悄話。她第三次回來，趁着大家鬧鬧嚷嚷的當兒對她說：

「老天，他還在法蘭西斯酒吧，假裝看報紙……我想一定有可疑的把戲。」

她是說蘭蒂爾，因爲她監視的就是這個人。每一道新消息都害雪維絲惶惑不安。

「他有沒有喝醉？」她問維金妮。

「沒有，他看起來神智很清楚。這才叫人擔心哩。他旣然沒喝醉，那他呆在酒店裏幹什麼？噢，老天，噢，老天，但願別出什麼事情。」

雪維絲心煩意亂，求她小聲一點。四週突然沉默下來，普托斯太太已經起立，正要唱「諸位上船」！衆人專心看她；連波宜松都放下煙斗，以便聽個仔細。她僵立着，瘦小又熱情，黑帽下的面孔很蒼白；左脚用力向前踏一步，大聲唱道：

「嘿，伙伴，這大膽的海盜是誰
竟敢跟在我們後面？
天罰這些賊黨，
落在我們手上絕不輕饒！
開砲，孩子，讓他們都來吧！
喲——喃——喃，加上一瓶甜酒！
海盜加速滅亡，

把他們綁在桅桿頭，一次來一個！」

好逼眞。媽的，宛如親眼看到。出過海的波宜松點頭同意曲中的細節。而且他們覺得這首歌頗能表現普托斯太太的特性。

庫柏探身說：有一天晚上在鷄子街，普托斯太太曾掌摑四個想攻擊她貞操的男人。

雖然大家還在吃蛋糕，但是雪維絲在庫柏大媽協助下把咖啡端出來。大家不許她坐下；都嚷着該她唱歌。她不肯，面孔慘白，好像很不自在，大家問她是不是鵝肉吃壞了肚子。所以她小聲唱「噢，讓我安眠，」這首歌，唱到希望入夢的疊句，她半閉着眼瞼，眼睛茫茫然盯着黑暗的街心。緊接着波宜松對太太小姐們死板板點一下頭，開始唱一首飲酒歌「法國美酒」，但他唱遍全首歌，只有最後一句的愛國字眼唱成功，因爲他提到三色旗的時候，高擧酒杯，傾下來一飲而盡。後來他們一首一首唱下去，很有感傷氣氛；布許太太的義大利船歌描寫威尼斯和平底船，洛里羅斯太太的西班牙舞曲描寫塞維里和安達露西亞佳麗，洛里羅斯甚至吟唱阿拉伯的異香以及跳舞家法提馬的風流韻事。在消化不良的氣氛中，圍着呻吟的桌子，眼前浮出一個金色的畫面；有象牙色的柔荑和漆黑的秀髮，有月夜和着琵琶的擁吻，有美人兒在脚邊灑珍珠花和寶石花；男士們靜坐抽煙斗，女士們掛着半睡半醒的香艷笑容——人人都幻想出神，吐着優美的香氣。克里門絲用顫抖音開始唱「只是愛情窩，」，聽來也很有意思，叫人想起鄉下小鳥展翅，在蒼鬱的樹木和花粉纍纍的花下跳舞，正是野餐時維森樹林常見的風光。但是維金妮唱「我的小雷奇奇，」又恢復通俗嘻戲的氣氛，這首歌描述一個隨軍商販的故事，她一隻手搭着臀部，手肘往外伸，另外一隻手腕轉動自如，彷彿在倒酒，觀衆風評甚佳。他們都要庫柏大媽唱「老鼠」。老太婆起先不答應，說她不會唱那首下流的歌，但是最後她終於用蒼老的顫音唱出來，拉緊襯衫來裹着雙腿，多皺的老臉和圓圓的小眼睛道盡了麗絲小姐的恐懼。全桌哄然大笑；女賓用曖昧的眼光偷瞟鄰座的男賓，臉都抬不起來——畢竟這不算眞的下流，因爲沒有半個髒字。事實上，布許正忙着在維果羅克斯太太腿上當老鼠呢。要不是高耶特看到雪維絲的目光，以低音唱「阿布爾卡達告別曲」，使大家恢復安靜和端莊，場面也許就不太像話了。你可知道有一個肺部很強壯的小伙子！歌曲像喇叭聲，由他的金鬍子裏傳出來。等他唱到：「噢，我高貴的伙伴！」，指的是戰士的黑馬，大家的心跳都加快了，還沒唱完就爆出如雷的掌聲，響亮極了，他只得高聲吼叫。

庫柏大媽說：「該你了，布魯老爹，該你了！你唱你的歌。老歌最好聽，對不對？」

大家都轉向老頭子，堅持鼓勵他唱。他麻木地坐在那兒，皮革般的面孔毫無表情，傻楞楞看着他們。有人問他會不會「五個母音」這首歌，他低下頭；他不記得了，以前的歌都在他腦袋裏混淆不清。他們正想撇下他改叫別人，他似乎想起來了，就用瓦甕般的嗓門結結巴巴唱道：

「塔——拉——拉，塔——拉——拉，

塔——拉，塔——拉，塔——拉——拉，」

他容光煥發，一定是這個疊句喚醒了他心目中只有自己瞭解的舊夢，他像小孩子，興奮地聆聽自己失色的嗓音：

「塔——拉——拉，塔——拉——拉，

塔——拉，塔——拉，塔——拉——拉！」

維金妮貼着雪維絲的耳朵說：「嘿，我剛剛又出去了，妳知道。我眞擔心……咦，蘭蒂爾已經離開法蘭西斯酒店。」

「妳在那邊沒碰到他？」雪維絲問道。

「沒有，我走得很快，我不希望人家懷疑我探查什麼。」

但是她抬頭一看，突然停下來直喘！

「噢，老天，他在那兒，對面的人行道上。他正往這邊瞧！」

雪維絲驚惶失措，却大膽看了一眼。很多人擠在街上聽唱歌。雜貨店的小伙子、熟肝熟肚店的婦人和小鐘錶匠聚成一堆，活像表演場的觀衆。還有軍人，穿方領外衣的紳士，和三個五、六歲的小女孩，手牽着手，靜靜聽得入迷。蘭蒂爾就站在前排，靜靜觀賞。膽子眞大！雪維絲覺得全身起鷄皮，動都不敢動，布魯老爹繼續唱道：

「塔——拉——，塔——拉——拉，

塔拉——，塔——拉，塔——拉——拉！」

庫柏說：「好，可以了，老頭。你是不是全部會唱？改天我們若嫌太快活，你再唱給我們聽。」

有人大笑。老頭子猛然煞住，失神的眼睛沿着餐桌轉一圈，接着他又恢復夢遊般的原始情況。現在咖啡喝完了，庫柏還要酒。克里門絲又開始吃草莓。暫時沒有人唱歌，大家都在談那天早上在隔壁房子裏上吊的女人。現在該拉瑞特太太了，但是她需要準備一下。她把餐巾的一角浸入玻璃杯，用水敷敷鬢角，因爲她覺得太熱。然後她要人倒一點白蘭地給她，一飲而盡，又仔細擦嘴唇。

她問道：「你們喜歡『愛之子』吧？好吧，就唱『愛之子』。」

這位鷹鈎鼻，方肩膀，長得像男性的高個子女人唱道：

「可憐的浪童，被親娘遺棄，
終於在上帝家找到庇蔭，
上帝在天堂清清楚楚，疏而不漏，
無母的孤兒是上帝的孩子。」

唱到某些字眼，她的聲音發顫，淚汪汪拖得好長好長；眼角瞥視天空，右手在胸口徘徊，然後以悲哀的姿勢放在頭上。雪維絲早就爲蘭蒂爾露面而激動，忍不住痛哭失聲，這首歌彷彿道盡了她心中的折磨；她覺得自己正是上帝要保護的那個棄兒。克里門絲醉醺醺的，突然放聲啜泣，頭趴在桌上，把餐巾塞在口裏來遏止打嗝。四週一片悚然的沉默。女賓們拿出手帕來擦眼睛，頭部高擧，頗爲自己的情緒而自豪。男士們猛眨眼，低着頭看前面。波宜松如鯁在喉，牙關緊閉，兩度咬下煙斗末端，吐在地板上，却沒有停下抽煙的動作。布許的手還擱在維果羅克斯太太膝蓋上，暫時沒有捏她，滿心悔恨和模糊的敬畏感，兩滴大淚珠滾落面頰。這些酒客醉得像爵主，柔得像綿羊。可以說眼睛正流出美酒呢。歌聲再起，更慢更悲哀，大家都盡情哭個够，對着盤子抽抽啼啼，解開腹部的鈕釦，溫柔到極點。

這一段時間，雪維絲和維金妮忍不住盯着對面的人行道。接着布許太太瞥見蘭蒂爾，一面擦眼淚一面驚叫了一聲。於是三個人滿面焦慮，不自覺相顧點頭。老天，萬一庫柏回頭，萬一他看到對方怎麼辦！那可有一場大戰，一場大屠殺了！她們的表情使庫柏驚問道：

「妳們究竟在看什麼？」

他回頭看看。

「萬能的基督啊！這未免太過份！那個臭人滓！臭雜種！不，忍耐有個限度，我要了結這件事。」

他站起來，嘴巴說出威脅的狠話，但是雪維絲壓低了嗓門哀求他：

「聽着，拜託……把刀子放下……別亂動……別幹傻事。」

維金妮不得不搶下他由桌面拿起的餐刀。但是她阻止不了他走到對面去找蘭蒂爾。

這時候，別的客人聽歌愈聽愈感動；比剛才哭得更傷心，沒有發覺這件事。拉瑞特太太以悲痛的表情繼續唱道：

「失去母親，啊，大家都見不着她了，

她的聲音也沒人聽見

除了那高高的樹和哭號的風雨。」

最後一句拖得好長好長，活像暴風雨的悲鳴。普托斯太太正在喝酒，一時悲不自勝，把酒潑得滿枱布都是。雪維絲害怕極了，一隻拳頭抵着嘴巴。唯恐叫出聲來，眼睛嚇得眨呀眨的，隨時等着外面的兩個男人倒下一個。維金妮和布許太太也注意這回事，看得緊張入迷。庫柏突然接觸新鮮的空氣，撲向蘭蒂爾的時候差一點跌進陰溝，後者手還揷在口袋裏没拿出來，只是向旁邊閃一步罷了。現在兩個人互相叫罵，庫柏尤其罵得兇，說對方是下流胚，還說要挖他的臟腑。憤怒的吵架聲依稀可聞，兩個人向對方猛旋手臂，你眞以爲他們要把手擰斷哩。雪維絲昏沉沉閉上眼睛，叫罵好像永遠停不下來似的，他們的面孔貼得好近，她以爲他們要吃掉對方的鼻子。就在這當兒，吵鬧聲好像停了，她睜開眼，訝然發現他們正靜靜談話呢。

拉瑞特太太的歌聲又起了，含淚私語，唱出新的一段：

「第二天，了無生機，

孩子找到了，由人扛回家去。」

「有些女人眞是娼婦，不是嗎？」洛里羅斯太太的話得到一致的共鳴。

雪維絲跟布許太太和維金妮交換眼色。那他們是和好了？庫柏和蘭蒂爾還站在人行道上交談，其實他們還在咒罵對方，只是語氣很融洽。他們叫對方傻鬼，却有幾分親暱的意味。別人都注意他們，於是他們並肩在街上緩緩踱來踱去，每走十步就轉身。他們正談得有趣。突然，庫柏好像又生氣了，對方則拒絕什麼，顯得很不情願的樣子。是庫柏硬推蘭蒂爾，要他過街到店裏來。

他說：「我說我是眞心的！你來跟我們喝一杯。男人就是男人嘛，對不對？我們有心互相瞭解。」

拉瑞特太太正在唱最後一組疊句，女賓們都揑着手帕一起唱：

「無母的孤兒是上帝的孩子。」

她的歌大受恭維，她假裝受不了地坐下去。她要人給她飲料潤潤喉，因爲她唱這首歌放入太多的眞感情，眞怕把神經弄壞。但是全桌都在打量蘭蒂爾，他靜靜坐在庫柏身邊，已經動手吃僅存的蛋糕，浸着酒來吃。除了維金妮和布許太太，沒有人知道他是誰；但是洛里羅斯夫婦察覺氣氛不對勁；他們說不出是什麽，却裝出一副目中無人的樣子。高耶特早就發覺雪維絲心煩意亂，便用不以爲然的目光看着新客人。四週一片尷尬的沉默，庫柏只說：

「這是我們的一位朋友。」

然後對他太太說：

「來，動手哇……還有沒有咖啡？」

雪維絲傻楞楞看看他們倆。起先她丈夫把她的舊情人推到店裏來，她本能地抬起托在兩手間的腦袋，姿勢和聽到打雷時的反應差不多。她覺得這簡直不可能嘛；牆一定會倒塌，壓垮每一個人。但是後來看兩個人坐在那兒，連洋布遮簷都沒有動一下，一切突然變得好自然。大概是鵝肉不合胃腸吧，她一定是吃太多了，不能清晰思考。她感受一種幸福而麻木的慵懶，便縮在餐枱邊，心中只有一個願望，願大家不要打擾她。別人都不激動，事情似乎自然而且符合大家的心願，你激動又有什麽用呢？於是她站起來，去看咖啡還有沒有。

後屋裏孩子們已經睡着了。吃甜點的時候，奧古斯婷鬧得他們恐怖兮兮，搶他們的草莓，說些怪話來威嚇他們。現在她身體不舒服，蹲在矮凳上，慘白着臉一言不發。胖寶琳的腦袋垂在艾亭納肩上，他自己也在桌前睡着了。娜娜坐在床邊的地毯上，與維多相鄰，她一隻手臂環着他的頸子，將他摟過來，就這樣閉着眼睛半睡半醒，反覆用唱歌的嗓門說：

「噢，媽咪，我難過……噢，媽咪，我難過……」

「咦，妳以爲怎麽着？」奧古斯婷的腦袋懶洋洋搭在肩頭，咕噥道。「他們醉了，當然，他們現在學大人唱歌呢。」

看到艾亭納，雪維絲心裏又一陣不安。想想這孩子的父親就坐在外面吃蛋糕，他甚至不想吻吻這孩子，她覺得好奇怪。她差一點就把艾亭納叫醒，帶他出去見客。然後她又覺得事情如此轉變也蠻好的。她相信大宴收場時不該爲細故而緊張。於是她端着咖啡罐出來，倒一杯給蘭蒂爾，他好像沒把她放在心上。

庫柏連連打嗝說：「好啦，現在該我了。你看他們留着叫我唱壓軸戲。喂，我要唱『噢，好一個淘氣少年』。」

「好，好，『噢，好一個淘氣少年』。」大家齊聲說。

鬧聲又起，人人都把蘭蒂爾抛到腦後。女賓們準備好杯子和餐刀，打算伴奏。她們看庫柏粗俗地搖擺身體，早就笑出來了。他裝出老太婆嘎啞的嗓音：

「每天早上我起床，

胃裏天翻地覆，

我叫這混蛋上街，
買一杯黑啤酒。
他逛了半天不回來，
對娘們送秋波，
吞了我一半的美酒，
噢，好一個淘氣少年！」
女賓們猛敲玻璃杯，歡歡喜喜合唱：
「噢，好一個淘氣少年！
噢，好一個淘氣少年！」
金點街現在也加入了。附近的人都在唱，「噢，你這淘氣少年」。對面的小鐘錶匠、雜貨舖小伙子、熟肝熟肚店的婦人和青菜水果商都會這首歌，全體加入合唱，打來打去鬧着玩兒。整條街都醉了，眞的。庫柏家傳出的宴席香使他們都在人行道上縱飲。
你得承認裏面的人都醉得厲害。自從喝湯後飲了第一杯眞正的烈酒，醉意便一杯杯堆疊起來。此刻在兩盞滴蠟的燭火映照下，樣樣都達到高潮，人人都在窮吼。這巨大的喧鬧把晚間最後的車聲淹沒了。有兩個警察上來找麻煩，但是他們一看到波宜松，就解意地點點頭，慢慢通過黑黝黝的樓房繼續前進。庫柏唱到這一段：
「週日的小維樂城，

傍晚陰凉時分
我去看亭奈叔叔，
他是位扒糞夫。
我們吃到櫻桃核，
但是囘程路上
你道他跌進叔叔的哪兒，
噢，好一個骯髒少年！」

這時候屋頂簡直要翻了，温暖的靜夜中響起好大的猫叫聲，酒客都爲自己鼓掌，他們不能叫得更大聲了。

甚至沒有一位主人或客人記得宴會是怎麽收場的。總之一定很晚，街上連一隻猫都看不到。他們可能手拉手圍桌跳舞，也可能沒有；一切都消失在金霧中，紅臉一蹦一蹦的，嘴巴咧得好大。最後他們確實喝過加糖的甜酒，只是他們想不起有沒有人鬧着玩兒，改放鹽巴。孩子們一定是自己脫衣上床。第二天布許太太誇耀說，她在房間一角打了布許幾個耳光，因爲他在那兒和維果羅克斯太太說話太親密；但是布許根本想不起這回事，說她是揑造的。人人都說克里門絲行爲不檢——那種女孩不宜請來赴宴，眞的。最後她全身脫得精光，嘔吐在一塊洋布簾子上，把它整個給毀了。男賓們至少出門到街上去吐；洛里羅斯和波宜松肚子發脹的時候，還走到熟肉店門口哩。好教養永遠顯得出來。例如女賓門——普托斯太太、拉瑞特太太和維金妮——覺得太熱受不了，她們只是退入後房，脫下緊身褡，維金妮甚至在床上躺一會兒，防止不幸的後果。後來大家好像融掉了，有些跟在別人後頭，却是一體的，然後鬧嚷嚷消失在黑漆漆的街上，洛里羅斯夫婦鬪着嘴，布魯老爹一直哭兮兮唱着「塔——拉——拉」的曲調。雪維絲覺得高耶特臨走前好像開始痛哭，庫柏仍然在唱歌，至於蘭蒂爾嘛，他一定呆到最後，她依稀記得他曾對着她的頭髮吐氣；但是她不敢確定是蘭蒂爾的呼吸，還是炎熱的夜風。

那麽晚了，拉瑞特太太不肯走回巴斯蒂諾斯區，所以他們由床上撥出一個墊被，桌子搬開後就鋪在店面的一角。於是她睡在宴席的剩菜間。整個晚上，當庫柏夫婦酒醉飯飽死沉沉睡去後，鄰居有一隻猫由敞開的窗戶進來，小利牙嘎扎嘎扎響，大啃鵝骨頭，終於把它啃個精光。

8

接下來的星期六，庫柏沒有回家吃晚餐，倒在十點左右帶蘭蒂爾同來。他們一起在蒙特馬屈的湯瑪士飯館吃了一頓羊脚大餐。

庫柏說：「太太，別罵我們。我們情況很好，妳知道。嗅，跟這傢伙在一起沒有危險，他叫人正正經經的。」

他說明兩個人在羅許查特街碰面的經過。飯後蘭蒂爾不肯到「黑球」酒吧喝一杯，說你娶了一個端莊的好妻子，不該在低級酒館徘徊，雪維絲含着無力的笑容靜靜聽。不，她當然不想罵誰；她覺得太尷尬了。宴會以來，她一直預料舊情人有一天會露面，但是深更半夜她正要睡覺的時分，兩個人突然一起出現，害她大吃一驚，她把垂在背後的頭髮重新夾起來，雙手直發抖。

庫柏繼續說：「妳知道怎麼着？我們在外面，他不肯喝一杯。妳現在可以請我們喝。妳至少能做到這一點吧？」

女工們早就走了。庫柏大媽和娜娜剛剛上床。他們進屋的時候，雪維絲手上抓着捲門，現在暫時不關，把玻璃杯和剩下的半瓶白蘭地放在工作枱一角。蘭蒂爾還站着，避免直接叫她。但是她爲他倒酒的時候，他抗辯說：

「一點點就好了，嫂夫人，拜託！」

庫柏盯着他們，接着說了幾句坦白話。他們不會傻乎乎來那一套吧？往事就是往事，對不對？如果過九年十年怨氣還不消，到頭來不是什麼人都不能見了！不，不，他個人相信光明磊落的道理。首先，他知道他面對的是一個好男人和一個好女人，其實就等於兩個好朋友！他不擔心，他知道他們可以信賴。

「噢，是，當然……當然，」雪維絲垂着眼皮一再說，其實她不知道自己說些什麼。

「她現在就像姐妹，只是姐妹而已。」蘭蒂爾呢喃道。

庫柏說：「那就握手哇，看上帝份上。去它的中產階級的體面觀！你腦袋有了這個認識，簡直比百萬富翁過得更舒服。我把友誼放在第一位，因爲友誼就是友誼，什麼都打擊不了它。」

他猛拍自己的上腹，顯得好激動，他們不得不勸他平靜下來。三個人碰杯，默默喝酒。現在雪維絲可以好好看看蘭蒂爾了，餐宴那天晚上，她只隔着茫茫的霧氣看他。他長胖了，顯得肥墩墩的，由於個子矮，手臂和兩腿看來很笨重。儘管他懶散過日子，外形發胖，面孔却保持優美的輪廓，他小心照料鉛筆形的髭鬚時，你可以猜出他的年紀：三十五歲。那天晚上他穿灰長褲和深藍色外衣，頗有紳士派頭，還加上一頂圓帽子。他甚至戴了一個銀鍊手錶，底下吊着圓環，一定是人家送他的紀念品。

他說：「我得走了。我住在好幾哩外。」

他出門站在人行道上，庫柏叫他回來，要他答應經過時務必進來坐坐。雪維絲剛才靜靜溜走，如今推出穿睡衣的艾亭納，他滿臉睡意。小傢伙笑着揉眼睛，但他一看見蘭蒂爾，突然僵住了，全身發抖，顯得很尷尬，斜眼偷看母親和庫柏。

「你不認得這位先生？」庫柏問他。

小傢伙低頭不答腔，然後輕輕點點頭，表示他認識。

「咦，別傻里傻氣，去親他一下呀。」

蘭蒂爾站着等，顯得安詳又嚴肅。艾亭納下定決心走到他身邊，他低頭獻上兩頰，然後咂咂吻孩子的額頭。這時候小傢伙鼓起勇氣看看他父親，突然哭出來，嚇得跑開了，庫柏罵他沒禮貌。

「他情緒失常，」雪維絲自己也抖得厲害。

庫柏解釋說：「噢，他平時很安靜，很斯文。你看，我把他好好養到今天。他對你會慢慢習慣的。他總得跟人交往。歸究起來，就算只爲這個孩子，我們也不能永遠當仇人，對不對？爲了他，我們早該和好了，我寧願把腦袋砍下來，也不願阻止父親來看兒子。」

於是他建議把那瓶科奈白蘭地喝光。他們再次碰杯。蘭蒂爾一點都不驚訝，靜靜接受了。爲了對主人表示禮貌，他堅持先幫他關店門才走。然後，他拍拍手上的灰塵，祝庫柏夫婦晚安。

「好好睡吧。我試試看有沒有公共馬車可搭。我答應很快回來。」

從那天開始，蘭蒂爾常常在金點街出現。他趁屋頂匠在家的時候來，到門口找他，說他只是順道來看看。然後他背對櫥窗坐着，總是打扮得整整齊齊，鬍子刮過了，穿方領長外衣，客客氣氣閒聊，一副教養甚佳的紳士派頭。庫柏夫婦漸漸把他生活的細節連綴在一起。過去八年來，他一度開過帽子工廠，人家問他為什麼放棄，他只說合夥人詐欺——是一個南國同胞，把公司的錢都化在女人身上。但是雇主的身份深印在他的人格中，彷彿給了他一種優越性，他必須一直保持。照他的說法，他老是瀕臨幹一筆大生意的階段，好幾位帽商要替他開店，把大計劃託付給他。這時候他什麼也不幹，只是兩手揷在褲袋裏晒太陽，像閒人似的。若是在他不高興的日子，有人膽敢說哪家工廠缺人，他就泛出同情的微笑——他才不想為別人做牛做馬，死於餓餓呢。但是庫柏說，人不能喝西北風過日子呀。噢，他眞是狡猾的傢伙，懂得招搖撞騙，不是用這個辦法弄錢，就是用那個辦法弄錢，因為他一副發達的樣子，而乾淨的襯衫和漂亮的領帶是要花錢的。有一天庫柏看到他在蒙特馬屈大道叫人刷皮靴。其實，蘭蒂爾很愛談別人的事情，對自己的一切則緘默或說謊。他甚至不說他住在什麼地方。不，他住在幾位朋友家，只是想找一個好門路，他不讓人去看他，因為他經常不在家。

他常常解釋說：「你試過十份工作，才能找到一份好的。但是走進你連二十四小時都不肯呆的工廠有什麼用呢……例如有一個星期一，我在蒙特羅的查卜林工廠。那天查卜林跟我談政治，他的想法跟我不同。好啦，星期二早晨我就走了，知道我們不是活在奴隸時代，我可不想為七法郎的日薪出賣我的身體和靈魂。」

當時是十一月初。蘭蒂爾殷勤地送紫羅蘭花束給雪維絲和兩名助手。漸漸的，他來訪的次數愈來愈多，最後幾乎每天來。他似乎想迷住這家人和附近的鄰居，由結交克里門絲和普托斯太太着手，儘管兩個女人年紀不一樣，他對她們却同樣殷勤。過了一個月，她們倆對他都崇拜不已。他到門房小屋問候布許夫婦，結果他們都爲他多禮而着迷。洛里羅斯夫婦知道那天大宴吃甜點時露面的男人是誰，起先大說雪維絲的壞話，罵她居然敢帶舊情人同家。但是有一天蘭蒂爾上樓去看他們，爲他認識的一位貴婦人訂了一條金鍊子，給他們留下好印象，他們邀他坐，覺得他的談話很迷人，留他談了一個鐘頭，他們甚至奇怪這麼傑出的男子怎麼會跟「阿跛」同居過。總之，他贏得整個金點街的好感，他到庫柏家誰都不覺得有失體面，一切似乎很自然。只有高耶特敬而遠之。如果對方露面時他剛好在場，他連忙走開，免得跟這傢伙正面相識。

大家紛紛跟蘭蒂爾親暱的頭幾個禮拜，雪維絲覺得很不安。她的胃窩裏又浮現那天跟維金妮說悄悄話時的溫熱感。她怕有一天晚上他看屋裏沒有別人，忽然想吻她，她會無力抗拒。她想他想得太厲害，受他的折磨也太深了。但是她看他行爲很規矩，從來不直盯着她的眼睛，大家背對着他們的時候，他連手指都不碰她一下，她漸漸恢復了平靜。何況維金妮似乎猜透了她的心思，害她爲自己骯髒的想法而慚愧。有什麼好怕的？妳不可能碰到更高雅的人。眞的沒什麼好怕的。有一天她設法讓兩個人躲在角落裏，把話題轉到情感方面。蘭蒂爾以審愼的措辭鄭重宣佈，他的心已經死了，現在他只希望爲兒子的幸福着想。他從來不提克勞德，克勞德還在南方。他每天晚上吻艾亭納的額頭，若繼續留下來，不知道對孩子說什麼才好，就找克里門絲調情。雪維絲發現她心中又得到平靜，往日的同憶似乎慢慢消失了。蘭蒂爾眞的在場，解除了她對普拉桑和邦克爾旅店的懷念。現在她經常看到他，晚上反而不再夢見他。她想起以前的關係，甚至有一種噁心的感覺。噢，一切都過去了，完完全全過去！他若敢求愛，她會打他幾記耳光，甚至告訴她丈夫。

她想起高耶特的友誼，再次毫無悔意，滿心甜蜜感。

有一天早上她到店面幹活兒，克里門絲告訴她：昨夜十一點左右，她碰到蘭蒂爾手挽一個女人同行。她說話很粗，語含怨毒，想看看老闆娘的反應。噢，是的，蘭蒂爾先生沿着諾特丹街走，是金髮碧眼的女人，那種絲裙下光着屁股、在林蔭大道上擺舊了的貨色。她爲了好玩，一路跟蹤他們。那賤貨走進一家熟菜店買蝦仁和火腿。到了羅許畢考街，蘭蒂爾先生站在一棟房子前面的人行道上，眼望天空等那個女孩子，女孩子已經單獨上樓，由窗口向他作清晰的訊號。但是，克里門絲無論說得多難聽，雪維絲仍然靜靜燙一件白衣服。她不時爲這個報導笑一笑，說南方人少不了女人，無論如何都要弄到手，用鏟子從垃圾堆鏟出來都無妨。那天晚上他來了，她聽克里門絲爲金髮女友的事情痛罵他，覺得很有意思。事實上，他被人看見反而很得意。咦，只是偶爾約會的老朋友，不會觸怒任何人。她是大富婆，自己住一間寓所，傢俱全是紅木做的，他還列舉她以前的情人——有伯爵，有大磁器商，有律師的兒子。他喜歡用好香水的女人。他拿一條女朋友灑過香水的手帕，貼近克里門絲的鼻子，這時候艾亭納走進來。他立刻板起端莊的面孔，吻一吻小孩，說開玩笑算不了什麼，他的心已經死了。雪維絲正低頭幹活兒，她點頭表示贊許。克里門絲的怨氣已受到處罰，她覺得蘭蒂爾偷偷捏了她一兩次屁股，現在她嫉妒得要命，因爲她身上沒有那個林蔭大道婊子的香味。

到了次年開春，蘭蒂爾已經變成家中的一員，他說要住這一區，好離朋友們近一點。他要找一棟舒服的房子分租一個有傢俱的房間。布許太太和雪維絲盡力替他找，跑遍了附近的街道。但是他太挑剔了，他要大院子，他講明要樓下的房間，還要有各種舒服的條件。如今他每晚到庫柏家，好像在量天花板的高度，記錄各房間的位置，羨慕這樣的一個家園。噢，他不指望更好的條件，他眞想在這安詳、舒適的一角爲自己找個小窩。每次他量完都加上一句：

「天哪，你們這裏眞好，你知道。」

有一天他在庫柏家吃晚餐，吃到甜點的時候他又說這句老話，庫柏現在跟他很要好，就大聲說：

「老兄，你若想住這兒，千萬請便。我們可以安排。」

他說那個放髒衣服的房間可以清出來，改成一間很好的坐臥兩用房。艾亭納以後舖褥子睡在店面，這樣就行了。

蘭蒂爾說：「不，不，我不能接受。會讓你們太爲難。我知道你是眞心的，但是我們難免妨害彼此的活動……何況，你知道，每個人都有私生活，我得由你們房間出入，屋裏不見得隨時都很好玩。」

「聽這傻小子說的，」屋頂匠笑得說不出話來，猛敲桌子清喉嚨，「他老是往那方面想……不過，你這渾球，你的腦筋哪裏去了？那個房間有兩個窗戶，對不對？好啦，其中一個可以敲成落地型，改成房門。你看，這一來你可以由院子進屋，我們甚至可以把相通的門堵死。誰也用不着知道人家的秘密；你住你的房間，我們住我們的。」

大家靜默了一會。蘭蒂爾喃喃地說：

「噢，對，這樣我就不說……但是我不以爲然，我怕對你們太不方便。」

他不看雪維絲，但是他顯然要等她說話，才敢答應下來。她對丈夫的建議大吃一驚，倒不是她害怕或擔心蘭蒂爾跟他們住在一起，而是她想不出髒衣服要放什麼地方。然而，庫柏正忙着指出這個辦法的好處。五百法郎的租金已經嫌高了一點。好啦，他們的朋友租那個有傢俱的房間，每個月付二十法郎；對他來說很便宜，在他們付店租的日子却頗有幫助。他還說要負責在他們床下趕造一個大箱子，可以把鄰居的髒衣服都裝進去。雪維絲猶豫不決，似乎用探詢的眼光請教庫柏大媽。但是幾個月來蘭蒂爾買香錠給老太婆治鼻膜炎，早就贏得了她的好感。

她終於說：「我相信你不會妨礙我們，我們可以想辦法……」

蘭蒂爾一直說：「不，不，謝謝你們，你們太好了，這樣等於佔便宜。」

庫柏一聽就光火了。他要推拖多少時間？他們不是說過眞心誠意嗎？難道他不知道這樣是幫他們的忙？然後他氣沖沖大吼：

「艾亭納，艾亭納！」

小傢伙趴在桌上睡着了。他猛地坐起來。

「喏，告訴他這是你的心願。是，跟那位先生說，大聲說：『這是我的心願。』」

艾亭納睡眼惺松說道：「這是我的心願。」

他們都笑了。但是蘭蒂爾馬上恢復正經和深深關切的表情。他隔着餐桌和庫柏握手說：

「我接受。我們是好朋友，對不對？好，爲了這孩子，我接受。」

第二天房東馬斯可先生順路到布許的門房小屋坐一個鐘頭，雪維絲馬上跟他提這件事。起先他好像很不高興，不但拒絕而且生氣了，彷彿她要把整棟大樓的側翼拆掉似的。但是他查看房屋一分鐘，研究樓上會不會有危險，最後終於答應了，但是說好費用他不出，庫柏夫婦還簽了一道合約，租約期滿要負責把房子恢復原狀。那天晚上屋頂匠帶了幾位朋友回來，有泥水匠、木匠和油漆匠，他們都是好人，坐了幾個鐘頭後，很願意幹這些小差事，幫幫庫柏的忙。但是裝新門和修理房間還是花了一百法郎左右，助興的酒還不包括在內呢。庫柏告訴這些傢伙，以後他收到房客的頭期款，再付給他們。接着屋裏還得添傢俱。雪維絲把庫柏大媽的大橱子擺在那兒，由自己的房間搬來一張桌子和兩張椅子，但是她不得不買一個洗臉台和一張床，連被褥一共花了一百三十法郎，她必須每個月分期付十法郎的欠款。然而，就算蘭蒂爾的二十法郎租金頭十個月整個還債還掉，將來的利潤還是很可觀。

他六月初搬進來。頭一天庫柏說要到他的住所幫他拿皮箱，替他省三十蘇錢的車費。但是他顯得很窘，說皮箱太重了，似乎到最後一刻還想隱瞞他的住址。他下午三點左右來，庫柏不在。雪維絲站在店門口，看到出租馬車上的皮箱，嚇了一大跳。那是他們的舊皮箱，他們由普拉桑帶出來的那一口，但是現在扁塌塌、破破爛爛，用繩子綁着。她親眼看這口皮箱回來，和夢中的情景差不多，她想像載它回來的出租馬車正是阿黛那婊子坐着嘲笑她的那一輛。布許來幫蘭蒂爾的忙，她跟進屋，一句話也不說，有點昏昏沉沉的。他們把東西放在房間中央，她沒話找話說：

「噢，整修得不錯吧？」

她看蘭蒂爾正在解繩子，看都不看她，就打起精神說：

「布許先生，來一杯酒吧？」

她去找瓶子和酒杯。就在這時候，波宜松穿着制服，正好由街上走過。她點點頭，眨眼微笑。警察先生立刻明白了。他巡邏中有人向他眨眼，表示人家要請他喝一杯。他甚至在她店門前踱來踱去好幾個鐘頭，等她眨眼。爲了怕人看見，他特意由院子繞進來，秘密痛飲一番。

蘭蒂爾說：「啊哈，是你呀，巴丁格！」（譯註：「巴丁格」是拿破崙三世的綽號，本來是一位工人的名字，因拿破崙三世曾穿他的衣服逃亡，所以得此綽號）

他叫他巴丁格，純粹是好玩，表示他對「皇帝」根本不在乎。波宜松像平常一樣死板板的，你看不出他是不是眞的生氣了。總之，他們倆政治信念雖然不同，却成了好朋友。

布許深有同感說：「你知道『皇帝』在倫敦當過警察吧？是，眞的！他常抓女醉鬼。」

雪維絲在桌上倒了三杯酒。她心情怪怪的，自己不想喝。但是她站在那兒看蘭蒂爾解最後的幾個繩結，很想知道皮箱裏裝些什麼。她記得其中一角放了男襪、兩件髒襯衫和一頂舊帽子。那些東西是不是還在？她會不會撞見往事的遺跡？但是蘭蒂爾沒掀起皮箱蓋，先拿起酒杯，祝每個人健康愉快。

「祝你們健康。」

「也祝你，」布許和波宜松說。

她重新斟滿。三個人用手擦擦嘴唇。最後蘭蒂爾終於打開皮箱。裏面擺了一大堆報紙、書刊、舊衣服和一綑綑的內衣褲。他先拿出一個長柄小鍋，接着拿出一雙皮靴，一具鼻尖弄壞的萊度羅林半身像、一件綉花襯衫和一件工作褲。雪維絲探探頭，聞到一股煙草味兒，一個只注重表層的邋遢男人所特有的氣味。

不，左邊角落的那頂舊帽子不見了，那兒新添了一個她沒見過的針墊，是某一個女人送他的。她繼續看裏面的東西一樣一樣擺出來，不知道是她那時候就有的，還是別人跟他同居的時候才有的，情緒不禁墜入模糊的悲哀。

「喂，巴丁格，你認不認識這個？」蘭蒂爾問道。

他拿一本布魯塞爾印的小書給他看：「拿破崙三世的性生活」，裏面附了插圖。書中除了各種軼事，還談到「皇帝」誘姦一位年僅十三歲的厨師之女的經過，圖片中拿破崙三世光着兩腿，身上什麼都沒穿，只佩戴榮譽勳章的大綬帶，正在追一個逃跑的小姑娘。

「啊，不錯！」布許好色的本能被人挑動了。「事情一向如此。」

波宜松嚇得發呆，找不到話來替「皇帝」辯解。清清楚楚印在書上，他不能否認。但是蘭蒂爾一直把圖片推到他面前，肆意嘲笑，他以無能爲力的手勢大聲說：

「咦，這又怎麼樣？只是人性嘛，對不對？」

這一來蘭蒂爾沒話可說了。他把書報放在大橱櫃的架子上，似乎頗爲桌上沒有小書架而吃驚，雪維絲答應給他買一個。他有路易·布蘭克的「十年歷史」，但是沒有第一册，以前就沒有，還有拉馬丁的廉價本「法國西南部吉龍河口區的歷史」，尤金·蘇的「巴黎的奧秘」和「流浪的猶太人」，加上幾本他在舊書攤買來的哲學和人道主義書籍。但是他對自己收藏的報紙特別親暱和敬重，那是他幾年來的心血結晶。每次他在小酒館看到觀念相投的好文章，他就把報紙買回來收藏。他有一大綑，日期和觀點各異，也沒有秩序可言。他由皮箱底拿出這綑舊報，曾親密地拍拍它，對另外兩位男士說：

「看到沒有？噢，這是老爹自己的，誰都不能假稱跟它有什麼關係……你不知道裏面的內容多豐富。我意思是說，只要實現其中一半的想法，就能大大掃蕩社會。是的，你們的皇帝和他手下的間諜都要倒楣了。」

但是警察先生打斷他的話，此人火樣的髭鬚和皇帝鬚在蒼白的臉上倒豎着。

「軍隊呢？你怎麼安排？」

這一來，蘭蒂爾的情緒無法控制了。他猛捶報紙大叫說：

「我要求鎮壓軍國主義，各國如手足同胞……我要求消除特權、爵位和壟斷。我要求薪資平等，分享利潤，光耀勞動階級……還有各種自由，你懂不懂？各種自由！包括離婚！」

「是，是，爲道德而離婚！」布許附議說。

波宜松恢復凜然的風采說：

「假設我不想要你那一類的自由，我還是自由人！」

蘭蒂爾氣得說不出話來，「假設你不想要……假設你不想要……不，當然你不自由！如果你不想自由，我就叫你滾到法屬奎亞納的凱岩港，連你的皇帝和他那一批臭豬都滾蛋！」

每次他們碰面都這樣大吵特吵。雪維絲討厭人家爭論，常常出面調解。剛才看到往事餘味猶存的皮箱，她陷入失神的狀態，如今拚命掙脫出來，指指玻璃杯。

「噢，是的，當然，」蘭蒂爾突然安靜下來，拿起玻璃杯。「敬你，」

「敬你，」布許和波宜松碰杯說。

但是布許兩隻脚不安地動來動去。他心存隱憂，用詭詐的表情看看警察先生。

「波宜松先生，你不會說出去吧？我們剛剛在你面前賣弄，還說了傻話……」

波宜松不讓他說下去，把手放在心口，表示一切都鎖在心中。他不可能出賣朋友，這是事實。現在庫柏回來了，他們又喝掉一瓶酒。最後警察先生由院子出去，以死板而莊嚴的步態繼續在人行道巡邏。

起先洗染店亂七八糟。當然蘭蒂爾住自己的房間，另有房門和鑰匙，但是最後一分鐘他們決定不把相通的門堵死，他通常由店面出入。女工幹活兒幹到太晚的時候，艾亭納就在椅子上打盹，等她們收工。所以高耶特說要送艾亭納到利爾地方，說他以前的老闆工程師需要一名學徒時，她很喜歡這個主意，何況小傢伙在家裏不快樂，想要自由，求母親放他去。但是她怕蘭蒂爾不肯。他來住他們家，完全是想接近他的兒子，剛搬進來兩星期兒子就走了，他一定不答應。沒想到她戰戰兢兢跟他談這個問題，他却認爲很不錯，說年輕的工人該去見見世面。艾亭納臨走那天，他跟他大談權利問題，並且擁抱他宣佈說：

「記住，生產者不是奴隸，不生產的人才是沒用的雄蜂。」

家中又步入了常軌，恢復平靜，他們也養成幾則新的習慣。雪維絲對亂糟糟的髒衣服和穿進穿出的蘭蒂爾漸漸習慣了。他還大談他的重要生意，有時候穿着乾淨的襯衫，打扮得漂漂亮亮出門，在外面過一夜左右，回來假裝頭痛得要命，彷彿他一連二十四小時討論最重大的問題。其實他只是玩樂一番。他手上絕對長不出雞眼！他通常十點左右起床，下午若對陽光有興趣，就出門走走，下雨天則在店裏看報。這正中下懷——他和裙釵為伍，飽受挑逗，整天在女人羣中蠕動，享受她們的粗話，甚至慫恿她們這樣說，自己的措辭却始終高高雅雅。難怪他喜歡找洗衣店的員工，她們可不是假正經的人。克里門絲以她特有的表演來招待他，他靜靜坐着，露出迷人的笑容，用手直捻鬍鬚。工作室的氣味，光着膀子燙衣服的女人，堆着鄰居婦女內衣褲的臥房氣氛，在在構成了他夢境的一角，他尋覓多年的懶散和歡樂所在。

開頭一段日子，蘭蒂爾在煤販街轉角的法蘭西斯飯館用餐。但是七天裏他總有三、四天跟庫柏夫婦一起吃飯，最後他建議搭伙：每星期六他要給他們十五法郎。此後他就不出門了，永遠在家休息。他穿着襯衫，整天在店面和後房之間進進出出，大聲下命令；他甚至跟顧客打交道，店舖等於由他管。向法蘭西斯飯館訂購的酒不合他口味，他就勸雪維絲以後向隔壁的煤商維果羅克斯家買，布許去訂貨的時候，他們倆常常一起捏維果羅克太太的屁股。接着他嫌科德洛家的麵包烤得不好，於是他叫奥古斯婷到煤販郊區的維也納式糕餅廠梅耶家去買麵包。雜貨商李亨格瑞他也換掉了，只有普龍修街的肉商胖查理沒有換，因爲他的政治觀點與他相同。到了第一個月底，他樣樣菜都要加油。克里門絲取笑他說：這位盛年的普羅文斯人無論做什麽，身上總看得見油滴。他自己做菜肉蛋捲，兩面煎，比薄餅發出更大的嗞嗞聲，硬得叫人以爲是鐵板烘餅。他監督庫柏大媽，堅持肉排要煮得很老很老，像牛皮似的，樣樣菜都加大蒜，如果沙拉不加足够的佐料，他就大發雷霆，說裏面可能有毒草。不過，他最喜歡一種細麵條煮成的湯，很濃很濃，他在裏面加了半瓶橄欖油。只有他和雪維絲要吃，其它的人都是巴黎佬，有一次鼓起勇氣嚐一嚐，差點連五臟六腑都吐掉。

同樣的，蘭蒂爾逐漸接管家中的一切事物。洛里羅斯夫婦不甘於交出庫柏大媽的五法郎津貼，常常大驚小怪，他指出他們會因此而上法庭。他們難道對誰都不關心？他們該每月付十法郎才對。他上樓去收十法郎，臉皮很厚却彬彬有禮，金鍊匠不敢拒絕。現在拉瑞特太太也出兩枚五法郎的錢幣。庫柏大媽差一點吻蘭蒂爾的手，何況老太婆跟雪維絲拌嘴的時候，他常充當調解人。洗衣店老闆娘偶爾心情煩躁，叫婆婆滾開，老太婆哭着上床，他便威嚇她們倆，讓她們羞得親吻談和，還問婆媳別人看她們發脾氣有沒有意思。還有娜娜；照他看來，她教養的方式太糟糕了。他的看法没錯，每次她父親攻擊她，母親就維護她，母親若打她，父親就大鬧一場。娜娜很高興看父母爲她吵架，覺得她事先就獲得諒解了，鬧得可痛快呢。她最近的新主意是到對面的鐵匠家去玩，整天在車杠上搖來搖去，跟一羣流浪兒躲在院內只有熔爐火光照得到的幽暗角落，然後突然跑出來，大叫大嚷，衣冠散亂又汚濁，後面跟着一羣小鬼，彷彿一陣鐵鎚突然嚇住這些小渾球似的。只有蘭蒂爾罵得動她，即或如此，她仍然懂得騙他。這個十歲的下流小娼婦走過他身邊，學大人扭腰擺臀，一雙邪門的眼睛從眼角偷看他。最後他接管她的教育，教她跳舞和他家鄉的方言。

一年就這樣過去了。鄰居都以爲蘭蒂爾有獨立的資財，庫柏家的生活方式只有這樣才講得通。當然雪維絲還在賺錢，但是現在她養了兩個吃閒飯的男人，店面的收入不够用，何況生意並不好；顧客漸漸轉到別的地方，助手們從早到晚閒混日子。其實蘭蒂爾沒有付半文的房租或飯錢。頭一兩個月他分期付了一點，後來就老說他會收到大錢，到時候再一次付清。雪維絲沒有勇氣向他要一文錢。她賒帳買麵包和酒肉。到處欠債，一天達到三法郎或四法郎。傢俱店分文未付，那三位朋友——泥水匠、木匠和油漆匠——的錢也沒有給。各店的態度開始改變，言談也不再那麼彬彬有禮了。但她好像對欠債的刺激很着迷，瘋狂選購最貴的東西，旣然一文錢都不付，她乾脆縱容自己好吃的天性。但是她衷心仍然很正直，夢想一天賺進幾百法郎，怎麼賺法她不知道，只希望拿一大把一大把五法郎的錢幣還給貨品商。總之，她漸漸墮落了，愈走下坡愈愛談擴展生意的計劃。仲夏時分，克里門絲走了，因爲店裏沒有足够的活兒給兩位助手幹，而且她的工資也拖欠了好幾星期。就在他們家瓦解的當兒，庫柏和蘭蒂爾過得很痛快。這兩個酒肉朋友成天吃喝，把洗衣店漸漸吃垮，靠生意的廢墟養得肥肥胖胖；他們慫恿對方吃雙份的食品，吃到甜點時高高興興拍肚皮，幫助消化。

附近鄰居最愛談的話題是蘭蒂爾有沒有跟雪維絲恢復舊交。大家意見紛紜。照洛里羅斯夫婦的說法，老「阿跛」一心想叫他回頭，但是他不肯，嫌她是舊貨，而且他在城裏有更漂亮的女朋友。但是布許夫婦認爲，頭一天晚上傻庫柏開始打鼾，她就回到舊情人懷抱了。無論哪一種觀點都不體面，但是人生還有許多更糟糕的事情，最後大家都覺得他們三位一體很自然，甚至很不錯，因爲他們從來不爭吵，一切面子都保住了。你若把鼻子伸進附近別的人家，一定會聞到更污濁的氣味。至少庫柏家氣氛很融洽。他們三個人一起玩他們的小遊戲，一起喝酒，像幸福的家人一起跳上床，不打擾鄰居的好夢。而且附近的人都喜歡蘭蒂爾斯文的舉止。他魅惑一切愛說閒話的人，使他們閉上嘴巴。說實話，大家不能確定他跟雪維絲的關係如何，青菜水果商當着熟肝熟肚店的女人否認這層瓜葛，她似乎還覺得可惜哩，因爲這麼一來庫柏家就不太有趣了。

雪維絲對這一切茫然不知，幾乎沒想過這麼噁心的念頭。有人甚至說她狠心，因爲家裏的人想不通她爲什麼欺負蘭蒂爾。拉瑞特太太最愛探查情感方面的事，每天傍晚來，稱讚蘭蒂爾是不可抗拒的男人，連最氣派的貴婦人都會投進他的懷抱。若是年輕十載，布許太太可不敢保證她的貞潔。一個秘密而無情的陰謀正慫恿雪維絲前進，彷彿身邊的女人都想給她一個情夫，藉以滿足她們自身的情慾。但是雪維絲自己很驚奇，她實在看不出蘭蒂爾有什麼魅力。他一定變得迷人些了；現在他老是穿方領長外衣，又曾在咖啡館和政治集會上得到不少修養。只是她裏裏外外瞭解他，由他的眼睛看得出他的靈魂，覺得他仍有許多叫她寒心的地方。總之，這一切在別人心目中若是如此動人，她們何不試一試這位先生呢？有一天她就這樣告訴維金妮，因爲維金妮最熱心。拉瑞特太太和維金妮跟她大談蘭蒂爾和克里門絲的韻事，想要刺激她。噢，眞的（她們說），她凡事都蒙在鼓裏，但是她一出門辦事，蘭蒂爾就帶那個丫頭進他的房間。現在有人看他們一起出去，所以他一定常到她住的地方。

「咦，那又怎麽樣？」雪維絲說，但是她的聲音有些不穩。「這跟我有什麽關係？」

她盯着維金妮茶褐色的眼睛，看到裏面金光閃閃，活像猫眼似的。那麽這個女人是她的仇敵，存心叫她吃醋囉？但是維金妮裝儍說：

「噢，不，其實跟妳没關係……只是妳該叫他別惹那個女孩子，因爲跟她在一起會有麻煩。」

最糟糕的是，蘭蒂爾自覺有靠山，對雪維絲的態度漸漸變了。現在每次握手，他就抓着她的小手不放。他厚着臉皮凝視她，磨損她的意志，她清清楚楚看出他追求的是什麽。他若走在她後面，就把膝蓋頂入她的衣裙，對着她的頸子呼吸，彷彿想誘她入睡。但是他還没有公然宣佈他的企圖。不過，有一天他發覺店裏没有別人，一言不發，把她推到店後，逼她對着牆壁，趁她心煩意亂的當兒想要吻她。這時候高耶特走進來。她用力掙脫，三個人平平靜靜說話，像没事人兒似的。高耶特臉色發白，低垂着眼瞼，自以爲打擾了他們，以爲她掙扎是不想讓人看他們公開接吻。

第二天雪維絲苦惱極了，在洗衣店踱來踱去，連一條手帕都燙不好，覺得她有必要去看高耶特，說明蘭蒂爾逼她貼牆的原委。但是艾亭納到利爾以後，她不敢到冶鐵場去，「汚嘴」又名「未渴先飲」會用曖昧的儍笑迎接她。不過下午她還是順應了內心的衝動，提一個空竹籃，假稱她要到白門街的顧客家去收幾件襯衫。她到了馬卡達街，在螺栓工廠前面走來走去，希望正巧碰到他。說不定他也預料她會來，她才踱了五分鐘，他就走出門，眞湊巧。

他勉強微笑說：「噢，妳出來辦事，正要回家。」

他是沒話找話說。雪維絲剛好背對着魚販街，於是他們往蒙特馬屈的方向走，但是沒有挽着手臂。他們的目標顯然是要離開工廠，免得人家以爲他們在門口約會。他們低頭看地面，兩個人在冒煙工廠間的崎嶇石子路上擇道而行。走了兩百碼左右，他們彷彿知道目的地似的，死板板向左彎，還是不說話，走進鋸木廠和鈕釦工廠之間的一塊荒地。這是僅存的一長條綠野，有些草地被燒焦了；一隻山羊綁在木樁上繞着圈子咩咩叫，那頭有一棵枯樹在太陽下慢慢死亡。

雪維絲說：「眞的，叫人以爲到了鄉下。」

他們走到枯樹底坐下。她把洗衣籃放在跟前。前面一叢叢可悲的綠樹間，正是蒙特馬屈高地一排排階梯狀的樓房，漆成黃色和灰色，他們一抬眼，看到一大片藍天，只有北邊的一小串白雲隔斷了亮麗的天空。亮光害他們睜不開眼，於是他們又低頭看地平線遠方的郊區那粉筆狀的線條，尤其注意鋸木廠的窄煙囪所吐出的蒸氣。它深深的嘆息似乎減輕了他們心裏沉重的負擔。

雪維絲爲沉默的氣氛而尷尬，開口說：「是，我剛好經過，我不得不出來……」

她實在很想解釋，這時候突然不敢說，心裏亂糟糟的。但是她相信兩個人自願來這裏，就是要談那件事，其實他們用不着說一句話，等於就在討論了。昨天的事件像一副討厭的重擔，造成他們倆的隔閡。

這時候，她悲從中來，含着眼淚道出洗衣婦畢傑太太的下場，她那天早上吃足了苦頭，終於去世了。

她用溫柔而單調的口吻說：「是畢傑踢死的。她的胃整個腫起來。說不定他弄破了她的某一個內臟器官。噢，她痛得打滾三天。奴隸船上的犯人都沒受過這麼多苦。但是法律若連丈夫打死太太都要管，那它要管的事兒未免太多了。你若每天遭受拳打腳踢，多踢一腳少踢一腳根本不算什麼，對不對？而且，這可憐的女人，怕丈夫上絞架，硬說她踤跤撞到洗衣盆，弄出內傷……臨死前尖叫了一整夜。」

他沒有答腔，握拳拔下幾株青草。

她繼續說：「她生下么兒朱利斯還不到兩個禮拜；說來幸運，嬰兒沒在她肚子裏吃苦頭……但是這一來小拉麗有兩個娃娃要照顧。她還不滿八歲哩，但是她正經又懂事，比得上眞正的母親。她父親也揍她……啊，得了，世上有些人生來就註定要吃苦。」

高耶特聽了，看她一眼，突然嘴唇發抖說：

「昨天晚上妳害我好苦好苦。噢，是的，妳眞叫我痛心。」

雪維絲臉色發白，兩手交握，但是他繼續說：

「噢，我知道遲早要發生的。只是，妳該對我坦白，告訴我事情的眞相，免得我瞎猜。」

他實在說不下去了。她一躍而起，知道高耶特以爲鄰居的傳聞沒錯，她又回到蘭蒂爾的懷抱了。她伸出兩手答辯說：

「不，不，我向你發誓……他把我推到牆邊，想吻我，我承認，但是他的臉甚至沒碰到我的臉，而且這是他第一次試探……聽着，我憑我的性命、孩子的性命及一切最神聖的東西發誓！」

但是他搖搖頭。他不信任她，女人總是否認一切的。雪維絲變得非常嚴厲，緩緩地說：

「你知道我，高耶特先生，你知道我不會騙人。噢，我說不，不是那麼一回事，我拿名譽擔保……而且永遠不會，你聽到沒有，永遠不會，永遠不會！如果眞有那麼一天，我就是最下流的賤貨，我就不配跟你這麼高尚的人交朋友。」

她說這句話，表情好美好誠實，他連忙拉起她的纖手，叫她再坐下。現在他又可以自由呼吸了，內心又有了歡笑。他頭一次這樣握她的手，抓在手上揉捏。他們靜靜不說話。天空上那一串白雲像天鵝般壯麗地漂泳着。野地的一角，山羊面對他們，發出柔婉的咩咩聲，他們仍然手拉着手，眼光充滿柔情，眺望遠處蒙特馬屈幽暗的斜坡，四週工廠的高煙囱林立，給荒凉而黝黑的郊區地平線加上一條條紋理，那兒一塊塊綠地圍着小客棧，他們看了不禁流下淚來。

雪維絲柔聲說：「令堂不喜歡我，我知道。你不能否認這一點……我們欠你們這麼多錢。」

但是他抓着她的手，用力搖撼，搞得她發疼，不讓她往下說。他不許她談錢的問題。最後，他遲疑了一會，脫口說：

「聽着，我早就想說一句話……妳過得不幸福。我媽相信，妳的處境愈來愈糟……」

他打住了，幾句話在喉嚨間打轉。過了一會才說：

「噢，我們得一起走。」

她盯着他，起先不太懂，他以前從來不吐露半字，如今猝然求愛，她大吃一驚。

「你是指什麼?」

他眼睛一直看地面說：「是的，我們可以私奔，找個地方過日子，妳若願意，就到比利時……那正好是我的祖國……我們兩個都做工，很快就能過得舒舒服服。」

她滿面羞紅。就算他硬摟着她狂吻，她也不會這麼難爲情。他眞是怪人，居然建議私奔，活像小說和上層社會的故事。咦，她一輩子看過不少工人搭上有夫之婦，但是他們連聖丹尼斯都不帶她們去，只在當地進行，蠻不在乎。

「噢，高耶特先生……噢，高耶特先生！」她喃喃說着，想不起別的話來。

「咦，就到那裏，那裏只有我們倆個人。別人叫我沮喪，妳不明白嗎？我喜歡人家，就不願看他們跟別人混在一起。」

但是她打起精神，平平靜靜婉謝說：

「不可能，高耶特先生。這樣不應該。你知道，我是已婚的婦人，有兒有女……我知道你喜歡我，也知道我害你傷心。只是，那樣做我們會懊悔，得不到什麼樂趣。我也喜歡你——太喜歡太喜歡，絕不讓你做傻事。我相信這樣做很傻。不，你難道不明白，我們這樣更好。我們互相尊敬，感受相同，這一點很重要，曾多次幫我振作。一個人規規矩矩，報償自在其中。」

他一面聽一面點頭。他同意她的看法，說不出別的話。突然，就在大白天，他用力把她摟進懷裏，狂吻她的頸項，彷彿要吃她的肉似的。然後放開她，不再嚐試什麼，也不再提他們的愛情。她打起精神，一點都不生氣，覺得雙方都配享受這小小的快感。

但是他全身發顫，拚命遠離她，免得又想將她摟進懷裏，他跪着往旁邊移，兩手不知道要怎麼辦才好，採了一點蒲公英，遠遠丟進她的洗衣籃。燒焦的草地中央，長了不少奇妙的蒲公英。這個遊戲使他慢慢平靜下來，他覺得很有意思。他用打鐵打僵了的手指小心摘花，一朵朵丟過去，投中籃心，他就兩眼帶笑，活像溫和又忠心的小狗。她仰靠着枯樹，心裏愉快又輕鬆，抬高嗓門以壓過鋸木廠的吐氣聲。他們並肩走出荒地時，嘴裏談着在利爾大有展望的艾亭納，然後她便拎着一籃蒲公英回家了。

事實上，雪維絲面對蘭蒂爾的時候，心裏並不像口頭說的那麼自信。當然她決心不讓他碰她一根汗毛，但是他若碰她，她眞怕自己又怯懦如昔，隨便如昔，爲了討好人家而採取通融的態度。但是蘭蒂爾沒有再試。好幾次屋裏只有他們兩個人，他並沒有怎麼樣。他現在似乎對熟肝熟肚店的老闆娘很感興趣，此人年屆四十五歲，保養甚佳，一點都不顯得老。雪維絲在高耶特面前提到她，讓他安心。維金妮和拉瑞特太太誇讚蘭蒂爾的時候，她回答說：既然附近的女人都向他討好賣乖，此人用不着她來讚賞。

庫柏逢人就說蘭蒂爾夠朋友。別人要說閒話儘管說，他知道實情，不在乎人家鬼扯，因爲他行得正坐得直。星期天三個人一起出去，他想示威，特意叫太太和製帽商挽着手走在前面，他怒目看人，誰若想玩什麼滑稽的把戲，他隨時準備打人家一拳。也許他覺得蘭蒂爾有些做作，嫌他喝起酒來太娘娘腔，而且笑他識字，講話活像律師。儘管這樣，他却宣稱他是大好人。整個禮拜堂區找不到兩個這麼好的人。他們互相瞭解，他們互相支持。男人的友誼比女人的愛情更可靠。

有一件事非說不可，庫柏和蘭蒂爾常常一起出去大吃大喝。現在蘭蒂爾一聽說屋裏有錢，就向雪維絲借，這裏拿十法郎，那裏拿二十法郎——當然啦，總是爲了某一件重要的生意。逢到這些日子，他主動帶庫柏去遊蕩，說什麽要出門一段時間，把他帶到外面去；然後兩個人面對面坐在附近的餐館裏，大嚐家裏吃不到的好菜，用高級葡萄酒佐餐。庫柏寧可不那麼豪華，但是蘭蒂爾的高級口味和他挑選菜單上最貴佐料的作風使他一見難忘。你想像不出世上還有更講究、更苛求的人。南方人好像都這樣。例如，東西燒過頭他碰都不碰，並從健康觀點爲每一道細切的菜爭論不休，肉裏若加了太多的塩巴或辣椒，他就退回去。對氣流看得更嚴重，怕風怕得要死，如果店門不關，他便吵得整間店天翻地覆。但是他出手不大方，一頓七、八法郎的大餐只賞服務生一兩錢。沒關係，他向每個人灌輸敬畏上帝的念頭，從巴蒂諾里區到貝爾維爾的林蔭外道一路都有人認識這對活寶。他們常到巴蒂諾里大街去吃小火鍋裝出來的「坎恩式內臟」。到了蒙特馬屈山脚，他們在「公爵酒吧城」找到巴黎這一區最好的牡蠣。他們若膽敢上山到「餡餅磨坊」，那邊的人會做煎兎肉給他們吃，在烈士街，「紫丁香」最擅於煮小牛頭，或者到克里南科堤道，「金獅」和「雙栗樹」餐館會供應叫人飛吻的嫩煎腰花。但是他們經常往貝爾維爾的方向左轉，那兒的「布根地葡萄酒」、「藍盤」或「托缽僧」等飯館會爲他們保留一張枱子，都是名店，你閉着眼睛點什麽都可以。第二天早上他們一面挑撿雪維絲的馬鈴薯，一面用半明半穩的話提起這些出遊的經過。有一天蘭蒂爾甚至帶女人到「餡餅磨坊」的亭子去，一頓飯吃完，庫柏先走，撇下他和那個女人。

人不能一面遊蕩，一面做工，這是不用說的。自從蘭蒂爾搬來後，本來已經很少做工的屋頂匠簡直連工具都不摸一下。當他穿拖鞋逛膩了，終於找到一份差事，他的朋友却追蹤到工作現場，笑他吊在繩結上活像正在醃的火腿肉，大聲叫他下來喝一杯。對嘛，屋頂匠曠職出去，又開始暴飮，一連幾天或幾個禮拜。噢，喝酒實在太好了——重訪該區所有的酒店，大白天睡覺，使淩晨的宿醉消除，晚上再重新開始；酒喝了一巡又一巡，直喝到深夜，像遊樂會的彩色小燈逐一消失，直到最後一根蠟燭隨着最後一杯酒熄滅爲止！但是狡猾的蘭蒂爾從來不喝到最後，却讓他的朋友爛醉如泥，然後撇下他，自己笑瞇瞇回家。就算他有點醉，他醉得小小心心，沒有人發覺。你若瞭解他，一瞇眼看他對女人比平常鹵莽，馬上就看得出來。但是屋頂匠愈來愈不像話，現在每次喝酒，到最後總是叫人噁心。

十一月初，庫柏不停地大吃大喝，最後他自己和別人都落得個不堪的下場。頭一天他找到一份差事。這回蘭蒂爾充滿高尚的情操；他歌誦勞動，因爲操勞使人高貴。他甚至天不亮就起來，一本正經帶朋友去做工，藉着他來表示自己對好工人的敬意。但是他們在開門時間來到「小𪁺猫」酒店門前，免不了進去吃一客白蘭地釀李子，只吃一客，以慶祝規矩做人的決心。櫃臺對面，「烤肉一號」正坐在貼牆的板凳上，悶悶不樂抽煙斗。

庫柏說：「嘿，一號在偷懶哩。老公雞，爲自己難過啊？」

老朋友吹牛說：「噢，不是，是雇主叫人噁心……昨天我自己溜出來。他們都是臭蛋。」

他接過一枚李子。他顯然坐在那邊等人請客。但是蘭蒂爾替老闆發言：他們有時候得受很多氣，他自己做過生意，知道個中的原委。有些工人也眞是好貨色！老是出來喝酒，對工作從來不關心，你急着趕貨的時候，他們開溜，錢用完又露面了。例如，他請過一個皮卡地來的小伙子，他喜歡坐出租馬車閒逛——是的，他領到一週的工錢，馬上坐出租馬車連逛幾天。這叫認眞工作嗎？接着蘭蒂爾突然反過來攻擊雇主。噢，是的，他看得出眞相，他把不能推諉的事實告訴大家。他們眞是下流胚，無恥地剝削每一個人，靠別人過日子。至於他嘛，感謝上帝，他良心清白，因爲他向來是員工的朋友，不喜歡像別人一樣，從他們身上賺幾百萬元。

他對庫柏說：「走吧，朋友，我們走吧。我們最規矩，千萬別遲到。」

「烤肉一號」跟他們走出來，手臂在兩旁捤來捤去。街上天剛亮，一股微光被泥巴路反射得更陰沉；頭一天下過雨，天氣很溫和，煤氣燈關掉了，煤販街的建築物之間仍然懸着一塊塊黑幕，現在充滿工人走進巴黎的脚步聲。

庫柏肩上扛着工具袋，這一回以男人精力勃發的自信神采向前進。他回頭問道：

「一號，你找工作？老闆叫我儘可能帶一個同伴去。」

對方回答說：「我不幹，我生病休息……你最好跟『我的皮靴』提提看，他昨天在找工作。等一等，『我的皮靴』一定在這裏邊。」

眞的，他們走到街尾，看到「我的皮靴」在老克倫貝酒店裏。一大早，酒吧便燈火輝煌，捲門開了，煤氣也點上了。蘭蒂爾站在門口，催庫柏快走，因爲時間只剩十分鐘。

庫柏告訴「我的皮靴」後，對方吼道：「什麼，你要去替那個布根地密探幹活兒？休想我再去！不，我寧願挨餓挨到明年……告訴你，老兄，你呆不了三天。」

「眞的這麼糟糕？」庫柏發愁說。

「噢，最差勁的地方……你不能走動半吋，老闆每一分鐘盯着你。作風也很怪——他的好太太把你當酒鬼，店裏還不准吐痰哩！第一天傍晚我就對他們說我不幹了，你相信我的話沒錯！」

「好，我得到警告了。爲他們做工，賺的錢連一蒲式耳的塩巴都買不到……我今天早上試試看，老闆若叫我受不了，我就把他拎起來，摔在他太太身上，讓他們像一對薩門魚黏在一起。」

他跟同伴握手，感謝他及時提出警告，正要走開，「我的皮靴」破口大罵。混蛋，那個老布根地人要阻止他們喝一杯？那麼男人就不算男人囉？那個討厭的密探可以再等五分鐘。於是蘭蒂爾進去又喝一巡，四個人站在櫃臺邊。「我的皮靴」穿着跟部快要磨平的靴子、髒得發黑的罩衫，頭戴一頂後腦勺壓扁的小帽，現在正大吼大叫，怒目巡視酒吧，活像合法的爵爺和主人。他最近吃過活蟑螂沙拉，咬過死猫肉，被尊爲酒鬼皇帝和公猫王。

他對老克倫貝窮吼，「你這波吉亞，我們來一點你這兒最好的驢兒尿。」（波吉亞爲歐洲望族，歷代出過謀略家和教皇、政治家等人物。）

老克倫貝穿着藍色運動衫，臉色蒼白，沉着而鎮定，倒滿四杯酒，客人一飲而盡。免得泡沫塌光。

「我得承認，喝下去眞好。」「烤肉一號」喃喃地說。

「我的皮靴」正在說笑話。星期五他醉得好厲害，伙伴們拿一把石膏封在他的喉嚨。換了別人一定翹辮子。他很得意，到處賣弄。

「諸位不再喝一杯？」老克倫貝用拍馬屁的口吻說。

蘭蒂爾說：「要，照樣來一杯。這回該我請。」

現在話題轉到女人身上。上星期天「烤肉一號」和蒙特馬屈的一位嬸嬸發生糾紛和爭鬭。庫柏問起查洛蒂一位有名的洗染女郎「印度皮箱」的現況。他們正要喝酒，「我的皮靴」對偶然經過的高耶特和洛里羅斯大喊大叫。他們來到門口，却不進屋。鐵匠什麼都不想喝。金鍊匠臉色灰白，全身發抖，把他要送的金鍊子藏在口袋深處，他一面咳嗽一面推託，說他喝一滴白蘭地就會頭暈。

「我的皮靴」說：「胡扯！我打賭他們背地裏偷喝一點。」

他聞一聞酒杯，去找老克倫貝。

「你這老騙子！你偷換了酒瓶！你不能拿毒藥來冒充騙我，眞的。」

黑幕慢慢消失，現在酒店充滿一股幽光，店東把煤氣關掉了。庫柏爲姐夫辯護，說他不會喝酒，你不能拿這一點當罪狀來指責他。他甚至贊許高耶特，說不覺得口渴是好事。他正想要去做工，蘭蒂爾用世上大好人的口吻向他傳教：你先請完一巡酒再開溜，就算去赴職，你也不能學賴賭債的傢伙丟下朋友逃掉哇。

「他拿他的工作來折磨我們，要到什麼時候才罷休？」「我的皮靴」大叫說。

「先生，那麼該你請客囉？」克倫貝問道。

庫柏出了這一巡的酒錢。但是該「烤肉一號」出錢的時候，他對着店東的耳朵說悄悄話，店東慢慢搖搖頭。「我的皮靴」明白了，於是大肆攻擊騙子克倫貝。什麼！他這樣的小人竟敢對他的朋友不禮貌？咦，每個酒商都讓人賒帳的！想想看，竟到這種鬼地方來受汚辱！店東不爲所動，身軀斜倚着，大拳頭擱在櫃台上，彬彬有禮一遍又一遍說：

「借一點錢給這位先生，這樣簡單多了。」

「我的皮靴」大吼說：「喏，我會的！給你，一號，把錢甩進這混蛋的喉嚨。」

他現在昏了頭，看庫柏肩上還扛着工具袋，十分氣惱，把注意力轉向他：

「你活像臭保姆。把那娃娃放下，你看起來背駝駝的。」

庫柏遲疑了一會，彷彿深思熟慮才下定決心，靜靜把工具袋放在地板上說：

「現在來不及了……我吃過午餐再去，就說我老娘瀉肚子……看，克倫貝老爹，我把工具放在這張椅子下面，中午再來拿。」

蘭蒂爾點頭贊許。人必須工作，這是不用說的；但是你剛好和朋友們在一起，禮貌要先顧到。漸漸的，四個人起了挨家喝酒的念頭，他們的意志力麻痺了。他們兩手閒吊在身旁，以詢問的目光看看彼此。他們一想到眼前有五個鐘頭的閒暇，突然高興得要命，互相拍拍打打，對着彼此的面孔親密吼叫。庫柏尤其鬆了一口氣，返老還童，一直叫別人老兄。他們又喝了一巡，然後轉往一家有彈子枱的「跳蚤聞香」小酒館。起先蘭蒂爾不屑於去，因爲那個地方不夠高級，他們的火酒一瓶一法郎，或者半瓶十蘇錢，用兩個玻璃杯待客，而且那邊的常備兵顧客把彈子枱弄得亂七八糟，球都黏在上面。但是玩上手以後；蘭蒂爾是此中高手，漸漸恢復安詳和興致，胸部一起一伏，每打一記連珠球，臀部便適度款擺。

到了午餐時分，庫柏想起一個主意。他跺脚大聲說：

「我們非出去找『汚嘴』不可。我知道他在什麽地方幹活兒……我們把他帶到路易老媽媽店裏去吃芹菜醬燉猪脚。」

大家齊聲喝采。對，「汚嘴」又名「未渴先飲」一定想吃芹菜醬燉猪脚。於是他們去了。街上一片昏黃，下小雨，但是他們體內舒服又暖和，對身上的雨滴無動於衷。庫柏帶他們到馬卡達街的螺栓工廠。因爲還有半個鐘頭才收工，庫柏拿兩蘇錢給一個小孩子，叫他進去對「汚嘴」說他娘病了，急着找他。「汚嘴」立刻走出來，但是步履安詳，預先聞到一頓大餐的好味道。

「你們來啦，大酒桶！」他看他們躲在門口，就說：「我猜到了……菜單是什麽，呃？」

到了路易老媽媽家，他們一面吸猪脚的骨頭，一面又大罵雇主。「汚嘴」又名「未渴先飲」說他們工廠有急件要趕工。噢，算了，老闆對一刻鐘半刻鐘才不放在心上呢，你根本不去，他照樣沒關係；他最好如此，工人若肯囘去，他就該慶幸自己好運了。總之，他絕不敢開除「汚嘴」又名「未渴先飲」，因爲現在找不到像他這麽能幹的人。吃完猪脚，他們又吃了一客菜肉蛋捲。每個人喝一瓶酒佐餐。路易老媽媽的酒是奧維恩來的，顏色像鮮血，濃得可以用刀切。情緒愈來愈激昂，大宴開始了。

吃到甜食階段，「汚嘴」大叫說：「他爲什麽不讓我清靜清靜，混帳老闆？你們相不相信，他起意在他的狗洞裏掛了一個鐘鈴。一口鐘鈴——管奴隸用的。算啦，今天讓它去響吧。我再回鋼砧邊才怪！我忍受了五天，可以開溜一下。他如果多嘴，我就叫他滾蛋。」

庫柏一副事關重大的表情，「喏，我得告辭去工作了。是的，我對我太太發誓過……玩個痛快吧，精神上我與你們同在，眞的。」

別人只管笑，但是他好像很認眞，於是大家都跟他走出來，他說他要到克倫貝酒吧去拿工具袋。他由座位下拎起袋子，放在跟前，他們痛飲最後的一杯。到了一點鐘，他們還在互相請酒，於是庫柏做了一個惱火的姿勢，把工具放回座位下邊；這些玩意兒擋了他的路，每次他要走進櫃台，工具就撞到他的脚。現在想來太傻了，他明天再去找那個布根地佬。另外四個人正爲工資爭論不休，屋頂匠不說明理由，提議在林蔭大道散散步，伸伸腿，他們都不表驚訝。現在雨停了。結果他們只走了兩百碼，幾個人排成一列，雙手沒事幹，也沒話可說，新鮮的空氣叫他們受不了，來到外面很不舒服。他們甚至用不着互推手肘作暗示，本能地沿魚販街走，踏進法蘭西斯飯館，叫人倒杯酒來喝。是的，他們確實需要這一杯來提神。在街上和泥地叫人發火——連警察都不會到那邊！蘭蒂爾勸伙伴到私用酒吧，那是一處只有單張桌子的狹室，用毛玻璃板和大酒吧隔開。他一向喜歡私用酒吧，因爲比較高級。在這裏好舒服，不是嗎？就像自己家，可以打個盹兒，不用擔心。他要店家拿報紙來，四肢展開，皺着眉頭看報。庫柏和「我的皮靴」開始玩二人紙牌。桌上放着兩瓶酒和五個玻璃杯。

「咦，報上扯些什麼？」「烤肉一號」說。

蘭蒂爾不立刻答腔，過了一會眼睛都不抬說：

「我在看議會欄，看看這些軟弱的民主黨員，左翼的混蛋懶鬼。人民選他們，難道是選來噴糖水的？那小子信仰上帝，却奉承政府內的雜種。我若被選上，我要到講台上說：閹牛！是，就是，我就是這麽想。」

「汚嘴」說：「你知道前兩天傍晚，巴丁格跟他太太當着整個法庭大吵一架。眞的！爲了一點小事，弄得他氣冲冲的。當然他喝醉了。」

庫柏大聲說：「噢，滾你的政治！看兇殺案的新聞，好玩多了。」

他繼續玩牌，大叫三個九和三個皇后：

「我虛耗了三張，還有三隻鴿子……女裙釵從來不饒我。」

酒杯空了。蘭蒂爾開始朗讀：

「一件駭人的刑案使整個蓋龍區（塞納河與馬納河口）恐怖不安。有一個兒子用鏟子打死父親，搶刼他的一法郞五十生丁……」

大家都發出恐怖的尖叫。他們樂於去看這個人處斬。不，斷頭台還不够，他應該碎屍萬段。有一個殺嬰的故事同樣叫他們反感，但是蘭蒂爾以高度的道德心，爲那個女人辯護，認爲一切都怪她的姦夫，歸究起來，要不是某一個混帳男人害她懷孕，她就用不着冒險弄死嬰兒了。但是最精彩的是馬魁斯・T的事蹟，他淩晨兩點跳舞囘來，在「傷殘院大道」對抗三個流氓。他連手套都沒脫；猛揍頭兩個流氓的鼠蹊，把他們解決，然後拎着第三名的耳朵，帶到警察局去。眞棒！

可惜他是貴族。

蘭蒂爾繼續唸，「現在聽這一則，我要唸社交新聞了：『布里蒂涅伯爵夫人的長女即將嫁給陛下的侍從軍官瓦倫增男爵。結婚禮物包括價值三十萬法郎以上的花邊』……」

「烤肉一號」插嘴說：「這跟我們有什麼關係？沒有人想知道他們穿什麼顏色的襯衣。這位小姐愛用多少花邊就用多少花邊，她照樣跟我們從同樣的洞口看月亮。」

蘭蒂爾要繼續唸，「汚嘴」又名「未渴先飲」一把搶過報紙，墊在屁股下說：

「喏，夠了！我這裏要保溫……這是報紙唯一的用處。」

「我的皮靴」看看手上拿到的牌，得意洋洋捶桌子。他共得九十三分。

他叫道：「我得到革命牌。同花大順，鼻子在草地像母牛似的，算二十分，對不對？三張方塊同花順，二十三分；三張不同花的王，二十六分；三張隨從，二十九分；三張單眼的A總共九十二分……我打民國一年，九十三分。」

「你輸了，朋友，」他們都告訴庫柏。

他們又叫了兩瓶酒。現在杯子一空就斟滿，每個人都愈來愈醉。到了五點左右，場面漸漸叫人噁心，蘭蒂爾靜下來，想要開溜——大吼大叫，飲料流了一地板，這實在不合他的口味。接着庫柏站起來，畫酒鬼的十字記號。他摸摸頭，說是巴黎蒙特皮納西區，右肩是梅尼爾蒙特區，左肩是花園區，鼠蹊是巴格諾樂區，胃窩是炸兎肉，如此唸了三囘。蘭蒂爾趁他的表演引起騷動的當兒，悄悄走出去。同伴們甚至沒發現他走了。他自己也醉醺醺，但是一接觸戶外的新鮮空氣，他就打起精神，恢復神智。他靜靜回到洗染店，對雪維絲說庫柏跟幾位朋友出去了。

兩天過去，他還沒有回來。他大概在區內的某幾處地方遊蕩。有人分別在巴魁特大媽的店裏，「蝴蝶」酒店，「小哥潤喉」酒店看到他。有人說他獨來獨往，有人則看他跟七、八個同類的酒鬼在一塊兒。雪維絲聳聳肩。聽天由命。算了，你只能慢慢習慣。她不去找他；說實話，她若看他在酒店裏，甚至會繞道而行，免得叫他生氣。於是她靜靜等他回家，晚上注意聽，怕他在門外打鼾。他什麼地方都能睡——垃圾堆也好，椅子上也好，荒地或陰溝，隨便都行。第二天，他的宿醉才消失一半，他又出發了，猛敲賣酒人家的捲門，再一次荒唐痛飲，酒杯和酒瓶愈換愈大，朋友分手又碰面，遊蕩的範圍愈來愈遠，然後迷迷糊糊走回來，看街道飛舞，天黑又天亮，不管到哪兒，一心只想喝酒，醉了就睡。等到他睡到宿醉消除了，舊事又重演一遍。但是第二天雪維絲曾到克倫貝酒店去找人；他回去過五次，別的事他們就不知道了。她只得把他放在椅子下的工具袋扛回家。

那天傍晚，蘭蒂爾看她心煩意亂，說要帶她到音樂咖啡館調劑身心。起先她不肯；她沒有心情談笑。否則她不會拒絕的，因爲他的語氣很坦白，她不可能懷疑什麼邪惡的動機。他對她的煩惱似乎很關心，眞的充滿父兄之情。庫柏不曾連着兩夜沒回家。她不自覺每隔十分鐘就走到門口，手上拿着熨斗，巡視街道兩邊，看她丈夫回來沒有。她說她兩腿發癢，站不住。當然，庫柏很可能跌斷手脚，倒在馬車下，永遠起不來，那才眞是拔了眼中釘哩；她可不管；她說她對這麼噁心的禽獸再也沒有一絲絲的感情。但是你一直奇怪他到底回不回家，還是挺叫人沮喪的。所以煤氣燈點上以後，蘭蒂爾再次提到音樂咖啡館，她便答應了。丈夫一連在外面遊蕩三天，別人請客你回絕未免太傻了。他不回家，她也要出去。家當要燒光，就由它燒光吧。她受够了店裏凄凉的氣氛，恨不得親自放一把火。

他們匆匆吃過飯，她叫庫柏大媽和娜娜立刻上床，八點左右她挽着蘭蒂爾的手臂出去。店門鎖上了，她走院子那道門，把鑰匙交給布許太太，吩咐道：萬一她的死猪丈夫回來，請她好心扶他去睡覺。

製帽商在拱門下等她，全身打扮得整整齊齊，正用口哨吹一首曲子。她身上穿着絲質衣裳。他們慢慢沿人行道走，彼此貼得很近，店家的燈光照見他們，可以看出他們正微笑交談。音樂咖啡館在羅許查特大道。本來是小咖啡館，後院裏加蓋了木屋，擴大門面。門口的一串玻璃球勾出了門廊和燈火的輪廓。陰溝旁的地面放着許多海報板。

蘭蒂爾說：「到了。今天歌舞藝人阿曼達小姐第一次露面。」

這時候他看到「烤肉一號」，人家也在看傳單。他一隻眼睛發紫——是昨天挨的一拳。

蘭蒂爾環顧四週：「咦，庫柏呢？你又跟他分手了？」

「噢，早就分手了，昨天。我們走出巴魁特大媽家，打了一架。我，我不喜歡鬪拳脚。是巴魁特大媽的服務生有一瓶酒想叫我們付兩次帳，爭論起來。我溜了。」

他還在打哈欠。他整整睡了十八個鐘頭。雖然神情呆滯，舊外衣沾滿絨毛，但他清醒得很。他一定是全副盛裝上床的。

「你不知道我丈夫在哪裏？」雪維絲問道。

「不，不知道……我們走出巴魁特大媽家，正好五點，別的事情我就不知道了。他可能沿街逛過去——是，仔細想想，我確實看他跟一位車夫走進『蝴蝶酒店』。噢，這一切眞蠢！害你一無是處，眞的。」

蘭蒂爾和雪維絲在音樂咖啡廳過得很愉快。十一點打烊的時間，他們慢慢逛過來。天氣有點冷，客人一羣羣走回家。樹下的人影發出一串串嬌笑，是男士們對女朋友太鹵莽了些。蘭蒂爾由齒縫間吹一首阿曼達小姐的歌「我喜的是那臉蛋兒」。雪維絲有點頭暈，簡直不知道自己在幹什麽，跟着哼疊句。剛才她很熱，加上兩杯酒、煙斗味兒和許多人擠在一起的氣味，她覺得有點不舒服。但是她心裏想的主要是阿曼達小姐。她絕對不敢穿這麽少的衣服公開露面。當然你得承認，那位小姐的皮膚誰看了都會羨慕三分。蘭蒂爾用內行的口吻細談這個人，她懷着官能的好奇心聽他描述。

「他們都睡了，」雪維絲按了三次鈴，布許才打開門閂。

門開了，但是走廊一片漆黑，她輕輕敲門房的窗口拿鑰匙，睡眼惺忪的門房對她說了幾句話，她起先沒聽懂。最後才弄明白，波宜松帶庫柏回家，其情其景很滑稽，鑰匙一定插在門上。

他們走進屋裏，蘭蒂爾低聲說：「呸！他搞什麽鬼？臭氣冲天。」

確實不假。雪維絲伸手找火柴，發現她踩到濕濕的東西。蠟燭點上後，眼前出現一個奇妙的景觀。庫柏大吐特吐；吐得滿屋子都是，床上沾到了，地毯也一樣，連五斗櫃都濺得髒兮兮。波宜松把他扔上床，他掉下來了，如今正躺在自己吐的穢物間呼呼大睡。他全身直挺挺，像猪玀滾在泥濘中，一邊的臉頰沾滿穢物，大開的嘴巴吐出難聞的臭氣，灰白的頭髮被腦袋四週的穢物灘弄得溼淋淋的。

「噢，猪！猪！」雪維絲氣得直嚷。「他把一切弄得亂糟糟……不，連狗都不會弄成這樣子，死狗都比他乾淨。」

兩個人都不敢動，不知道什麽地方可以踏脚。他從來沒有這副德性回家，把房間弄得這麽噁心。一看這個場面，他太太對他僅存的情感完全粉碎了。以前他微醉或爛醉回家，她相當同情，根本不覺得噁心。但是這一回太過份了，她的胃部翻騰。她碰都不敢碰他。一想到這髒鬼的皮膚會貼近她的身子，她恐怖萬分，簡直比躺在髒病去世的死人身邊更難受。

她喃喃地說：「但是我得找個地方睡呀，我不能出去躺在街上……噢，算了，我想辦法由他身上爬過去。」

她想跨越醉鬼的身體，但是怕滑進穢物堆，不得不抓緊五斗櫃。庫柏堵住了上床的通路。這時候蘭蒂爾看她今晚不可能睡自己的枕頭了，便含笑拉起她的手，熱情地低語說：

「雪維絲……聽着，雪維絲……」

她知道他的意思，用力把手抽出來。慌亂中她又說出當年的親暱語。

「不，親親，別煩我……拜托，奧古斯特，到你自己的房間去。我會想辦法。我由床脚爬進去。」

「雪維絲，聽好，別傻了。氣味太難聞，妳不能睡這裏……來嘛，妳怕什麼？他又不可能聽到。」

她繼續掙扎，猛搖腦袋。身在困境中，彷彿要證明她眞的想呆在原處，她開始更衣，把絲質衣裳扔在椅子上，猛然剝到只剩內衣和襯裙，露出光光的頸子和手臂。床是她的，對不對？她要睡自己的床。她兩度想找個乾淨的地方走過去，但是蘭蒂爾死纏不放，用手臂摟着她的腰，說些叫她血脈賁張的話。噢，她的處境多麼不堪！前面是沒用的丈夫，擋着不讓她正正經經上自己的床，後面是心思不正的男子，想趁人之危再度佔有她。蘭蒂爾漸漸提高嗓門，她求他閉嘴。她仔細聆聽，耳朵朝着娜娜和庫柏大媽睡覺的側房。聽她們倆沉重的呼吸，她們一定睡着了。

她雙手合十說：「別煩我，奧古斯特，你會吵醒她們。明理些。改天，換個地方……不能當着我女兒的面。」

他不再說話，却一直笑瞇瞇的，然後像當年一樣，慢慢吻她的耳朵挑逗她。她愈來愈軟弱，覺得腦袋嗡嗡響，全身的皮肉打了一個寒噤。但是她向前踏一步，却又不得不縮回來。沒有辦法，實在太噁心了，氣味好可怕，她上床非生病不可。庫柏爛醉如泥，手脚僵硬，嘴巴歪歪的，像睡羽毛床一樣香甜。整條街的人都來欺負他太太，他連汗毛都不會動一下。

她結結巴巴說：「噢，沒有用。都怪他，我不能……噢，上帝，他把我趕出自己的床舖……我沒有床可睡了……不，我不能，都怪他。」

她全身發抖，不知道自己在幹什麼。蘭蒂爾帶她進房間的時候，娜娜的小臉浮現在側室的玻璃門板後方。她剛醒，穿着睡衣悄悄溜下床，臉色白慘慘充滿睡意。她眼看父親躺在自己吐的穢物中，然後把臉貼在玻璃上，靜靜看母親的襯裙没入對面另一個男人的房間。她專心看着，邪門的眼睛睜得好大好大，充滿淫蕩又好奇的光輝。

9

那年冬天，庫柏大媽咳嗽發作，差一點翹辮子。每年到了十二月，哮喘症總會害她躺兩三個星期。她不是十五歲的小姑娘，到聖安東尼紀念日她就滿七十三歲了，身子骨很差，雖然她塊頭大，看起來朗硬得很，其實一點小毛病就害她奄奄一息。醫生說，總有一天她咳嗽復發，你唸「傑克·羅賓遜」這個名字還沒唸完，她就突然去世了。

庫柏大媽臥床不起的時候，眞是彆扭得像一頭癩痢猫。我們不得不承認，她跟娜娜睡的耳房實在缺乏生氣。孩子的床和她的床中間只容得下兩張椅子。灰色的舊壁紙一條條垂下來，現在顏色都褪光了。天花板附近的圓窗射進一股朦朧的光線，活像地窖似的。害你自覺好老好老，你不能呼吸的時候更有這種感覺。夜裏她睡不着，至少能聽見孩子的呼吸聲，總算不寂寞。但是白天從早到晚沒有人陪她，她一連哭訴和號叫幾個鐘頭，自言自語，腦袋在枕頭上翻來覆去。

「噢，上帝，我多可憐。噢，上帝，我多可憐！他們都把我扔在這兒，囚禁等死，是的，囚禁等死。」

每次有客人——例如維金妮或布許太太——來問她的病情，她不答覆，却大嘆苦經。

「噢，我在這邊討一口飯吃，要付出代價的。不，就算跟陌生人在一起，我也不用受這麼多氣。譬如我要喝一杯補藥茶——好啦，他們就拿一整罐給我，讓我知道自己喝太多……還有娜娜。她是我一手帶大的，現在她一大早鞋子不穿就出去，整天不見人影。人家還以為我身上有臭味哩。晚上她睡得好沉好沉，甚至不醒來問我身體怎麼樣……我討人嫌，他們都等着我翹辮子。噢，算了，馬上就要過去了。我現在沒有兒子，那個洗染店的婊子搶走了他。要不是怕坐牢，她會把我打死。」

有時候雪維絲對她確實不够好。家裏的景況一天不如一天，每個人都很暴躁，時常為一兩句話發脾氣。有一天早晨庫柏宿醉未消，大聲嚷道：「老太婆一直說她要死了，却永遠不死！」庫柏大媽傷透了心。他們抱怨她花太多錢，靜靜說她死後可以省一筆。不過，她的言行也太不應該。每次她看到大女兒拉瑞特太太，就叫苦連天，說兒子和媳婦要她餓死，她的目的是騙女兒拿出錢來，一拿到錢她就去買好東西吃。而且她喜歡跟洛里羅斯夫婦嚼舌，說他們的十法郎用到哪裏去了——都買了那個女人要的東西，買新帽子啦，買餅偷吃啦，還有不堪一提的用途。許多次她差一點害全家打起架來。有時候她站在這一邊，有時候站在另一邊，搞得天翻地覆。

那年冬天，情況發展到最高潮，有一天下午洛里羅斯太太和拉瑞特太太都在她床邊，庫柏大媽對她們眨眨眼，叫她們探頭過來，因為她不太能說話。然後她小聲說：

「這裏有風流勾當！我昨天晚上聽到了。是，是，『阿跛』跟那個製帽商……他們眞搞上了！對庫柏可眞是好事。風流勾當！」

她一邊咳嗽一邊喘氣，用簡短的句子告訴她們：她兒子昨天晚上大概喝得爛醉回家，她睡不着，一切動靜都聽得清清楚楚——「阿跛」光脚在地上踏來踏去，蘭蒂爾噓聲引誘她，相通的門輕輕開了……等等。好事一定延續到白天，她不太知道是什麽時候，因爲她再痛苦也不可能醒着不睡呀。

她繼續說：「娜娜可能聽到了，這是最噁心的一點。她整夜煩躁不安，平常她睡得很沉。她翻來覆去，活像床上有煤塊似的。」

兩個女人好像一點都不吃驚。

洛里羅斯太太說：「噢，當然，想必是頭一天就開始了……只要庫柏不在乎，不關我們的事。但是對家族的名聲不太好。」

拉瑞特太太噘着嘴唇說：「我若在場，一定嚇嚇她。我會大聲嚷嚷——譬如，『嗬，我看到妳了！』或者，『當心，警察來了！』有一個醫生的女佣曾經告訴我，她的主人對她說過，這樣的驚嚇有時候會把女人給嚇死。她若嚇死在那裏，眞是再好不過了，對不對？就在犯罪當場接受懲罰。」

附近的人很快就知道雪維絲夜夜到蘭蒂爾的房間。洛里羅斯太太在鄰居面前氣憤到極點；她可憐弟弟娘娘腔，被老婆騙得死透，還說她踏進那家瘋人院，完全是爲了她可憐的母親，老人家不得不生活在這一切醜事裏。現在全區的人都攻擊雪維絲。一定是她勾引製帽商的。你看她的眼睛就知道。是的，儘管有種種醜陋的傳聞，狡猾的蘭蒂爾却沒有挨罵，因爲他在人前還保持紳士作風，在人行道上邊走邊看報紙，對太太小姐們殷殷勤勤，老是送她們糖果或鮮花。歸究起來，他的言行只是像母鷄羣裏的公鷄，男人就是男人，你不能指望他抗拒投懷送抱的女人吧？她却不可原諒；她使金點街蒙羞。洛里羅斯夫婦是娜娜的教父和教母，把小傢伙叫上樓去套問詳情。他們用間接的語氣問她，她裝傻，垂下沉重的眼皮，掩飾眸子裏的情焰。

雪維絲在公憤中活下去，安詳，懶散，半睡半醒。起先她自覺罪過又骯髒，討厭自己。她走出蘭蒂爾的房間，總要洗洗手，弄一塊濕布用力擦肩膀，恨不得把皮搓下來，似乎想洗清她的羞辱。這時候庫柏若想玩什麼滑稽的把戲，她會突然發火；抖抖顫顫跑到店面去更衣。同樣的，她丈夫若擁抱過她，她也不讓蘭蒂爾碰她的身體。她換男人的時候，眞想換一層皮膚。但是日子一久便慢慢習慣了。每次都洗澡未免太累人！懶勁兒融解了她的自責，而她渴求快樂，儘可能從煩惱中吸收快感。她寬容自己也寬容別人，一心只想把事情安排到沒有人生氣的地步。歸究起來，只要她丈夫和情人都快樂，家裏維持常規，整天好玩又有趣，人人都舒舒服服，對生命滿意，就沒有什麼可抱怨了，對不對？何況話也說了，事情也做了，既然一切安排都令人人滿意，她的所做所爲也不算太可怕嘛，若眞是做錯事，通常會受罰的。於是她缺乏羞恥心已成習慣。現在一切都像三餐那麼正常；庫柏喝醉回家，她就上蘭蒂爾的床，至少星期一、星期二和星期三如此。她晚上分開陪兩個男人，有時候丈夫打鼾太響，她甚至半夜離開他，到房客的枕頭上繼續睡到天亮。倒不是她對製帽商比較有感情。不，只是他外表乾淨些，在他房裡睡得好一點——她自覺正在沐浴。事實上她像一頭有潔癖的小猫，喜歡踡伏在整潔的白麻布上。

庫柏大媽不敢公開提這些事情，但是口角後洗衣店老闆娘若撵她，老太婆就提出一些明顯的暗示。她說她聽過某些蠢男人和某些壞女人的事蹟，並說出其它更露骨的話，她當過男裝師助手，用字很粗。頭一兩次雪維絲狠狠瞪着她不說話。後來，她也不明指什麼，只從一般道理上來自衞。假設一個女人的丈夫是酒鬼和髒鬼，生活狀況汚濁不堪，這個女人若在別的地方圖個乾淨，也情有可原嘛。她還進一步表示，蘭蒂爾跟庫柏都算她的丈夫，說不定蘭蒂爾更有資格哩。她不是十四歲就認識他嗎？她不是跟他生了兩個孩子嗎？好，在這種情況下樣樣都值得諒解，誰都沒有權利責備誰。她說她只是順乎天性。而且，她不要人干涉她。她不用多少時間便能告訴大家幾件不可隱諱的事情。金點街不見得多體面！小維果羅克斯太太一天到晚仰臥在煤堆裏。雜貨店老闆娘李亨格瑞太太搭上她的小叔子，那個邋遢漢叫她用鏟子去撿她都不要哩。別看對面的鐘錶匠一副紳士派頭，他爲一件醜事差點被抓去見治安官——竟跟親生女兒睡覺，她女兒是林蔭大道的阻街女郎。她手臂一掃，罵遍了附近的人——要整整一個鐘頭才數得清這些人的家醜，他們都像禽獸睡在一堆：父親、母親、孩子，全倒在自己拉出的穢物上。噢，她清楚得很，各家滲出的淫行醜事簡直臭氣沖天。是，是，眞是巴黎這一角的美麗畫面，男人和女人窮得擠在一起！你若把男男女女放進臼缽，一起搗碎，磨出來的肥料可以灌漑整個聖丹尼斯平原的櫻桃樹。

對方若逼人太甚，她就嚷道：「大家最好別對着空中吐痰，會彈回自己臉上的。叫大家少管閒事，他們若想自由過日子，也得讓別人自由過日子……只要泥堆裏打滾的人不拖我下水，我凡事絕不大驚小怪。」

有一天庫柏大媽說話比平常坦率，她便喃喃回嘴說：「妳臥病在床，利用這一點。現在聽着，妳犯了大錯，妳知道我對妳很好心，從來不拿妳的生平事蹟來批評妳。噢，我全知道，以前老庫柏還活着，妳曾姘上兩三個男人……妳用不着咳嗽，我要說的話都說了。我只求妳別再施展那一套詭計，如此而已！」

老太婆氣得差一點噎死。第二天高耶特替她母親來拿衣服，雪維絲剛好不在，老太婆把他叫進屋，留他在床邊坐了好久。她知道他心裏的感覺，發現他已經悶悶不樂了一段時日，對進行中的醜事起了疑心。她愛說閒話，又想報昨天的一箭之仇，就狠狠說出眞相，又哼又哭，彷彿深深爲雪維絲行爲不檢而動容。出門的時候，高耶特不得不扶牆走，他實在太痛心了。雪維絲回來後，庫柏大媽嚷道：高耶特太太要她馬上去，不管衣服燙好了沒有。她的語氣很激動，雪維絲覺得她一定說過什麼閒話，預感心碎的場面就要來臨了。

她臉色發白，全身無力，把東西放在籃子裏走出門。她已經好多年沒有付一文錢給高耶特母子了，債款仍是四百二十五法郎。她每次叫窮，洗衣費照收。她似乎利用高耶特的友誼來騙他的錢，心裏自覺很慚愧。最近庫柏毫不客氣，冷笑說他一定在沒人的地方佔過她的便宜，這一來就扯平了。雪維絲雖然跟蘭蒂爾發生關係，對庫柏這句話却感到噁心，問丈夫他是不是肯吃這種飯。誰都不能在她面前批評高耶特；她對他的柔情像僅存的一點榮譽感。但是她每次送衣服給這兩位好人，一踏上他們的樓梯，心裏就不舒服。

高耶特太太開門厲聲說：「啊，妳終於來了。我要找死神，一定派妳出去找。」

雪維絲進門覺得很尷尬，不敢找藉口辯護。現在她交貨從來不準時，該交的時候絕對不交，總要顧客等一星期左右。她漸漸墜入昏庸糊塗的狀態。

高耶特太太說：「我等了妳一個禮拜。而且妳不說實話，倒叫學徒來騙我——說妳這會兒正在燙我的東西，今晚就送來，不然就說出了意外，衣包掉進桶裏了。我擱下一整天的活兒乾等，妳根本沒來，搞得我心煩意亂。不，妳根本没有責任感……好啦，我們看看籃子裏有哪些東西。這回全拿來了吧？妳留了一個月的那兩件襯衫帶來沒有，還有上次遺漏的那件襯衫呢？」

雪維絲嚅嚅地說：「有，有，那件襯衫好好的，在這裏。」

但是高耶特太太抗議說這件襯衫不是他們家的，她不收。現在店裏居然換錯她的東西，眞是忍無可忍了！上星期她已經收到兩條沒有她家標記的手帕。她才不喜歡天知道哪裏來的衣服。總之，她要她自己的財物。

她回到剛才的主題，「那些襯衫呢？弄丢了，是不是？聽着，孩子，妳得自己想辦法找回來，我明天就要，妳懂吧？」

雙方沉默了一會。雪維絲知道背後高耶特的房門沒有關，尤其尷尬。他一定在屋裏，她感覺到他的存在，他若聽見這些她無法答辯的批評，那多窘！她低着頭，柔柔順順，儘快把衣服放在床上。但是高耶特太太開始一件一件檢查，情況更糟糕。她拿起來又丢下說：

「噢，妳眞的愈來愈過份了。妳不再像當年，隨時叫人誇讚……是的，現在妳糊塗顢頇，工作弄得一團糟。看看這件襯衫的前身——燒焦了，衣褶看得見熨斗的痕跡。釦子全扯掉了。我不知道妳幹什麽，上面一粒釦子都没有。噢，這件女上衣我不付錢。妳看到没有?汚痕還在，妳只是把髒的地方滲開罷了。不，謝了，如果現在衣服連乾淨都做不到……」

她停下來一件件數，然後大聲說：

「什麽，妳只帶這些來?少了兩雙絲襪，六條毛巾，一塊枱布和幾個灰塵撢子……妳就不能費點心!我捎了口信，東西一概送回來，不管燙好没有。妳的學徒若不在一個鐘頭內把其它東西送同來，我們可要吵架了，庫柏太太，我警告妳!」

這時候高耶特在他房裏咳嗽幾聲。雪維絲嚇了一跳。噢，上帝，當他的面挨這麽大的敎訓!她站在屋子中央，心亂又難爲情，等着把髒衣服拿同去洗。但是高耶特太太數完了，靜靜走同窗口的座位，繼續補一件花邊織成的坎肩兒。

「要洗的衣服呢?」雪維絲鼓起勇氣說。

老太太同答道：「不，謝了，這星期没有。」

雪維絲臉色發白。現在她的主顧一天天減少。她嚇慌了，只得跌坐在椅子上，因爲她兩腿發軟。她不想自辯，只能說：

「高耶特先生是不是生病了?」

是的，他身體不舒服，只得同家，不去冶鐵場，他已經躺在床上休息了。現在高耶特太太說話的表情很嚴肅，照舊穿黑衣服坐在那兒，白白的面孔框在布帽裡，活像尼姑。螺栓匠的薪資又減了，由九法郎降到七法郎，因爲機械能代行一切的工作。她解釋說，他們母子現在樣樣減省，所以她打算自己洗衣服。當然啦，庫柏夫婦若能還她兒子借出的錢，對他們將大有幫助。但是她不至於看人還不出錢，就叫沒收鑑定人採取行動。既然談到欠款的問題，雪維絲低頭不語，好像在看針線一上一下的急速動作。

花邊女工繼續說：「但是，妳若少買點東西，自可還清債務。畢竟妳吃得很好，花錢又花得兇，我相信……就算妳一個月只還十法郎……」

她的話被高耶特的叫聲打斷了。

「媽！媽！」

她去一去馬上回來坐下，話題卻改了。一定是他求母親別向雪維絲要錢。但是不到五分鐘，話題又轉回欠款上。噢，是的，她早就預知後來的結果，屋頂匠把店面吃光了，連累了他太太。她兒子若聽她的勸告，絕不會借出那五百法郎。他早就結婚了，不會默默痛苦，眼看要悲慘一生。她愈說愈激動，說出重話來，指控雪維絲和庫柏共謀欺騙她的傻兒子。噢，有些女人年年月月假正經，但是她們的風流事到頭來總會拆穿的。

「媽！媽！」高耶特的叫聲第二次傳來，遠比剛才堅定。

她飛躍進屋，回來後坐着縫花邊說：

「進去，他想見妳。」

雪維絲全身發抖，沒有關房門。這個場面打動了她的心，因爲這等於在高耶特太太的面前承認他們的愛意。她發現自己又來到那間牆上貼滿圖畫、擺了一張窄鐵床的小房間，那兒活像十五歲男童的寢室。高耶特巨大的身子趴在床上，頗爲庫柏大媽告訴他的消息而傷心，眼睛紅紅的，金色的鬍鬚還濕淋淋沾着眼淚。他怒火初發時，一定用拳頭猛捶枕頭，枕套裂了，羽毛一一露出來。

他幾近耳語說：「聽着，媽錯了。妳不欠我什麽，我不要聽債務的事情。」

他坐起來看她，眼睛刹時又充滿大顆大顆的淚水。

她呢喃道：「你是不是病了，高耶特先生？告訴我怎麽同事。」

「沒什麽，謝謝。昨天我勞累過度。我要小睡一會。」

接着水閘沖開了，他忍不住哭出聲：

「噢，上帝！噢，上帝！不該有這種結果！不，絕不會！妳發誓不會，現在却發生了。噢，上帝，眞叫人痛心，走開！」

他用輕柔的懇請手勢叫她走開。她沒有跨近床前，倒昏昏沉沉走出去，也沒說話安慰他。到了另一個房間，她提起洗衣籃，還不走，想找話說。但是高耶特太太繼續補花邊，沒有抬頭。最後她打破寂靜。

「好啦，晚安。把我的衣物送同來，我們以後再算。」

「是的，好，晚安，」雪維絲勉強說出口。

她輕輕帶上房門，看了這個整潔的小窩最後的一眼，自覺部分的尊嚴已拋在這兒。她沒精打釆走同店舖，像母牛漫不經心逛同家。庫柏大媽第一次起來，坐在爐邊的一張椅子上，雪維絲沒有用任何方式責備她，她實在太累了，骨頭酸痛，宛如挨了一頓毒打。她覺得生命太艱辛，除非馬上翹辮子，不可能逃過內心的病痛。

此後她什麼都不在乎了。她迷迷糊糊送衣包給人家，每遇到新的煩惱，就退而享受一天三頓好飯菜的唯一快樂。她不在乎整間店倒塌，只要她不壓在下頭，她樂得一絲不掛走開。這兒眞的垮了，不是突然垮臺，而是每天早上和晚上各垮一點點。顧客一個一個動了怒，把衣服送到別的地方。馬丁尼爾先生、雷曼柔小姐、甚至布許夫婦都同到福康尼爾太太的洗衣店，那邊交件比較準時。大家受够了一雙襪子等三星期的滋味，更不想穿一件上星期天的油汚根本没洗掉的襯衫。雪維絲甚至一面吃東西一面送衣包給人家，還談些刺耳的話，說她樂得不用洗燙他們的差勁衣裳。好吧，附近的人儘可離開她，她可以擺脫一大堆臭糞，那就省事多了。這時候留在她身邊的主顧只剩不付錢的傢伙、妓女和高德龍太太那種衣裳太臭没人要洗的客人。生意一落千丈，她不得不把最後一名助手普托斯太太辭掉，現在她店裏只有斜眼小學徒奧古斯婷，這丫頭愈大愈遲鈍。即或如此，她們倆也不見得老有活兒可幹，常常坐在矮凳上閒混一下午。總之，她一頭栽向毀滅的道路。

懶散和貧窮來了，不用說髒亂也隨之而來。你簡直認不出雪維絲一度感到光榮和快慰的天藍色迷人店面。現在店前的木製品和櫥窗從來不擦，從上到下濺滿車輛的泥濘。櫥窗的銅桿子掛着三塊灰布，送來洗的主人早就在醫院去世了。裏面更糟：晾衣服的濕氣弄鬆了天花板上的貼紙，龐巴杜印花棉佈滿塵埃，像蜘蛛網破破爛爛往下掛；角落裏的破爐灶被火鉗弄出好些個小孔，看起來眞像廢物店的破銅爛鐵；工作枱宛如一整支軍隊用飯的餐桌，咖啡斑和酒污點點，還黏着果醬，留有每週一大宴的油污。除此之外，還有粉漿發酸的臭味和霉菌、焦油、塵土構成的惡臭。但是雪維絲覺得舒服又愜意。她沒注意店裏愈來愈髒，她習慣了擺蕩的壁紙和油膩膩的工作枱，也習慣穿破裙子，不洗耳朵。塵土本身就是舒服的窩，她喜歡挨着躺下。一切順其自然，等灰塵堵住洞穴，樣樣都蒙上一層絨毛，覺得房子壓得人懶散又麻痺，這眞是令人震顫的經驗。先圖個清靜和安寧，別的事才不管它呢。債務堆積如山，她根本不發愁。她漸漸失去是非觀念——她要還錢或不還錢，不一定，她寧可不去想它。某家店舖不再讓她賒帳，她就到隔壁開一個戶頭。她到處欠錢，每隔十碼就有她的債主。光是金點街，她便不敢由煤商家、雜貨店或青菜水果店門口走過，也就是說，她繞路由魚販街去洗衣房——要走十分鐘。店家把她當騙子，上門討債。有一天傍晚，出售蘭蒂爾房中傢俱的男人把鄰居全引出來，大叫說：她若不還錢，他就掀起她的衣裙來打屁股。當然這一場風暴叫她全身打哆嗦，但是她像挨揍的野狗，抖一抖身軀，很快就恢復正常，並沒有影響當天的晚餐。這些人竟敢來找麻煩！她一文錢都沒有，總不能鑄造吧？何況店家都是貪得無饜的剝削者，他們等一等無妨，否則要他們幹什麽？所以她回到小窩去睡覺，根本不考慮遲早要發生的事情。她會窮死，不錯，但是不到那一天她不想被人支來支去。

可是庫柏大媽的病又拖過來了。全家再慢慢熬了一年。當然夏天生意總略微多些——有林蔭大道阻街女郎的白襯裙和棉布衫要洗。生意一天天走下坡，他們一星期比一星期更困苦，但是其間有起有落，有時候空着肚子面對空碗櫃，有時候又飽餐幾頓小牛肉。庫柏大媽經常用圍裙蓋着一包東西走上人行道，慢慢蹓躂，彷彿往普龍修街當舖的方向散步一會。她彎腰駝背，擺出老信徒去望彌撒那副得意又高興的表情，上當舖她根本不在乎，涉足鈔票的事情她覺得很有意思，像這樣找舊衣商，勾起了她閒聊的興致。普龍修街的當舖助手早就認識她，叫她「四法郎媽媽」，因為小小的一包東西，當舖出價三法郎，她老是要求四法郎。雪維絲恨不得把家當全賣光；她當東西當出一股狂熱，若有人肯要她的頭髮，她會滿頭剃光。這實在太容易了；你需要一條四磅重的麵包，忍不住上那邊去籌錢。樣樣都流向那邊——亞麻衣物啦，服裝啦，連工具和傢俱也不例外。起先她趁生意好的時候把東西贖回來，下星期又當掉了。後來她根本不為財物操心，隨它們去，並把當票賣給別人。只有一件事叫她傷心，就是沒收鑑定人來的時候，她不得不賣掉座鐘，償付一張二十法郎的帳單。在此之前，她曾發誓餓死都不碰這口鐘。庫柏大媽用小帽盒把它送走的時候，她癱倒在椅子上，兩手麻痺下垂，熱淚盈眶，彷彿一切財產都離她而去了。但是庫柏大媽意外帶回二十五法郎，多了五法郎的利潤，她覺得很安慰，馬上叫老太婆去買一大杯四蘇錢的白蘭地，慶祝這五法郎的橫財。現在婆媳要好的時候，常常利用工作枱的一角小酌，喝一半白蘭地一半黑潮酒糖漿混合的飲料。庫柏大媽是個中老手，用圍裙口袋兜着一大杯酒回來，沒濺出半滴。用不着讓鄰居知道，對不對？其實鄰居清楚得很。青菜水果商、熟肝熟肚店的女人和雜貨店小伙子都說：「看，老太婆要去看她的當舖老闆了！」或者，「看，她用口袋裝酒回來了。」當然這一來大家對雪維絲更不滿。她大吃大喝，很快就會把店面吃垮。是的，是的，再吃喝三、四口，這個地方就要掃得精光了。

在樣樣垮臺的情況下，庫柏過得很舒服。這個天殺的酒桶似乎有魔法保護，靠水酒和火酒一天天發福。他吃得很好，洛里羅斯說酗酒會送命，他嘲笑瘦巴巴的姐夫，用手拍拍肚皮，皮膚包着脂肪，繃得像一面好鼓。晚上痛飲之後，他會用肚皮表演音樂，學銅鼓咚咚和大鼓隆隆的聲音，若是在廟會上，可以笑掉人家的大牙，大賺一票。洛里羅斯根本沒肚子，氣得要命，說小舅子肚裡全是不健康的黃油。沒關係，庫柏爲健康喝得更醉。他那頭椒鹽色的亂髮像火炬熊熊燃燒，猿猴狀的傻臉活像紫葡萄色的乾皮革。他仍是強健的大漢，太太若哭訴煩惱，他就把她推到一邊。男人該爲瑣事煩心嗎?碗櫃空了，不關他的事。他早晚都得有東西吃，才不管食物是怎麼來的。他若一連幾週沒有工作，那他更苛求了。但他仍用最友善的態度拍蘭蒂爾的背脊。當然啦，他對太太的風流韻事完全不知情——至少布許夫婦和波宜松夫婦等人都發誓他沒起疑心，如果他發現了，後果不堪設想。至於他大姐拉瑞特太太嘛，她點頭說她知道有些丈夫喜歡這種狀態。有一天晚上雪維絲摸黑從蘭蒂爾房間回來，覺得有人在背後拍她，嚇得半死，但她認爲是自己撞到了床舖，終於放下心來。這情況眞的太可怕了，她丈夫不可能覺得好玩。

蘭蒂爾也沒有衰弱下去。他很會照顧自己，他常用褲帶量腰圍，唯恐扣環鬆了或緊了。他覺得現在剛剛好，爲了外貌不想胖一分或瘦一分，所以他對食物很講究，他的菜色都爲保持身材而設計。就算屋裏一文錢都沒有，他也得吃鷄蛋、排骨和營養却不油膩的好菜。既然他跟女主人的丈夫共用妻子，他自覺是家中的半個成員，隨手拿一兩枚五法郎的錢幣，隨意支使雪維絲，亂發牢騷，比屋頂匠更不客氣。事實上這是一戶有兩個男主公的人家，第二位男主人比較有手腕，把毯子整個拉去蓋，最好的東西樣樣落入他手中——妻子、餐食，樣樣全包了。他正在撇取庫柏家的精華，公然這麼做，不再費心絞腦汁。娜娜是他的寵兒，因爲他喜歡漂亮的小姑娘，對艾亭納則愈來愈不關心，他說男孩子總有辦法的。你若去找庫柏，隨時能看到他，穿着拖鞋和襯衫，一臉不耐煩由客廳出來，活像受人打擾的丈夫，他還替庫柏回話，說這樣沒有差別。

夾在這兩個紳士中間，雪維絲實在笑不出來。幸虧她身體沒病沒痛，感謝上帝！她也太胖了。但是手邊有兩個男人要照顧和供養，她往往不能承擔。上帝啊，一個丈夫榨取妳就夠了。最糟糕的是，這兩個人臭味相投。他們從來不吵架，晚飯後咧嘴看對方，手肘架在餐桌上，像兩隻貪圖舒適的小猫，整天挨在一起。他們若動怒回家，就找她出氣。我們走吧，去揍她一頓！她的背寬得很，這麼嚷嚷兩個人更要好了。回嘴沒有用。起先一個罵她，她用哀求的眼光看另一個，希望他說幾句好話。但是沒什麼效果，所以她現在靜靜忍受，弓起厚厚的雙肩，知道他們喜歡苛待她，因爲她身體好圓好圓，像肉球似的。庫柏說話很粗，常用髒話罵她，蘭蒂爾罵人有選擇，專挑別人沒用過的字眼，卻更叫人傷心。幸虧日子一久樣樣都習慣了，最後這兩個人的狠話和欺負滾過她光滑的皮膚，活像流水滾過鴨子的背脊。她甚至喜歡他們發怒的時候，因爲他們脾氣好的時候更討人嫌，老是追着她，害她連清清靜靜燙一頂女帽的時間都沒有。他們要一點小快餐，她得放鹽或不放鹽，得說好或不好，得分別摟着他們親熱。一個禮拜下來，她四肢酸疼，簡直要發瘋，眼神狂亂。這種生活使一個女人精疲力盡。

是的，庫柏和蘭蒂爾害她精疲力盡，這是最恰當的說法——正如人家形容蠟燭，兩頭燒。庫柏没受過敎育，蘭蒂爾却受得太多，總之他受過敎育，像不洗澡的人穿白襯衫，底下髒兮兮的。有一天她夢見自己在深井邊緣，庫柏正要推她下水，蘭蒂爾却在後面逗她，勸她趕快跳。咦，她的生活就是這個樣子：她確實落入好傢伙的掌握，難怪她隨波逐流。附近的人指責她愈來愈懶散，實在不公平，她的煩惱不是自己造成的。有時候她思想起來，全身打哆嗦，接着她又想，情況本來也許更糟呢。例如有兩個丈夫總比斷兩條手臂好。她斷定自己的處境很自然──同病相憐的人多着呢──設法由其中尋求一點快樂。她已變得無憂無慮又隨和，由她不討厭兩個人就可以證明這一點。有一次她在「歡樂宮」看戲，戲裏有個壞女人討厭丈夫，爲情人而把丈夫毒死，她非常憤慨，因爲她心裏沒有這種念頭。三個人快快樂樂在一起不是更切合實際嗎？不，不，絕不幹那種傻事，這樣會擾亂生活，一點都不好玩。所以，雖然有債務纏身，窮困逼在眉睫，只要兩個男人不打她，不常對她大吼大叫，她會自稱過得很安穩，對人生很滿意。

很不幸，到了秋天，事情進一步惡化。蘭蒂爾說他體重減輕，一天比一天兇暴，看了每一樣菜都肚子痛，對馬鈴薯湯嗤之以鼻，說他没患痢疾，不能吃這種東西。現在最小的口角都會造成全面的謾罵，他們把一家的衰亡推到彼此頭上，臨睡前和解成了魔鬼的差事。麩糠吃完，猢猻就開始打架，不是嗎？蘭蒂爾感到衰亡將屆，看家當全部吃光，眼看他就要捲舖蓋，到別的地方去找伙食和住處了，他非常生氣。他住慣了這個舒服的房角，養成了不少小習慣，事事受寵，這兒像牛奶和蜂蜜遍地的天堂，他不可能找到這樣的地方了。啊，算了，點心吃掉就没有啦，對不對？你仔細想想，他只能氣自己的肚皮，因爲全部家當都進了他的肚子。但是他不這麼想，他怨別人害他兩年內山窮水盡。庫柏夫婦的耐力眞差。所以他宣佈雪維絲不善理財——基督啊，他怎麼辦呢？他的朋友拖累了他，當時他正要幹一項工作，有一家工廠出六千法郎的薪金聘請他，足够讓全家人過奢華的日子。

十二月的一個晚上，他們彼此乾瞪眼。碗櫃空空的。蘭蒂爾像雷公，喜歡一大早就出門，在街上亂逛，想另找一處有飯菜香來消除皺紋的小窩。他常在火爐邊連坐幾小時，擬定辦法。接着他突然很喜歡到波宜松家。他不再叫警察先生「巴丁格」來取笑他，甚至承認皇帝也許是好人。他對維金妮似乎特別恭敬；他說她是最能幹的女人，料理事務一定很傑出。看樣子他在巴結他們，甚至想跟他們住在一起。但是他心術不正，比這複雜多了。維金妮說過她想開店，他故意說這是好主張。是的，她顯然適宜做零售生意——因爲她高大、迷人又充滿活力。噢，她要賺多少就能賺多少。既然一位姑姑的遺產早就擺在那兒，他勸她放掉一季三四件衣裳的活兒，放手去做生意。他提出幾則賺大錢的例子——街角的青菜水果商，林蔭外道上開磁器店的小婦人——時機正好，妳連櫃臺掃出來的垃圾都賣得出去。但是維金妮猶豫不決；她想租一家店面，却不想離開這個地區。於是蘭蒂爾把她拉到牆角，一口氣跟她秘談十分鐘。他似乎熱烈勸她做一件事情，現在她不反對了，好像託他全權辦理。這是他們之間的秘密，他們眨眼匆匆交談！連握手都含着複雜的深意。從此製帽商一面吃慘淡的餐食，一面注意庫柏夫婦，而且又健談起來，不停地悲嘆，把他們弄得痴痴傻傻。雪維絲整天邋里邋遢生活和走動，他津津有味地陳述這一點。當然他不是爲自己說話——只要朋友們願意，他甘願陪他們繼續挨餓。他們在這一帶至少欠麵包商、煤商、雜貨商等人五百法郎。而且他們已經拖欠兩期的房租——再算兩百五十法郎吧。他們到一月一日若不還清，馬斯可先生說要把他們趕出去。還有，樣樣東西都進了當舖，剩下的總共借不到三法郎，此地已刮掠一空。牆上還有釘子沒拔，如此而已，另外有兩本書大概可以換三蘇錢。

雪維絲手足無措，被這道算術打倒了，有時候發脾氣猛捶桌子，有時候傻乎乎痛哭。有一天傍晚她宣佈：

「明天我不幹了！我寧可把鑰匙放在門縫下，露宿街頭，也不再這麼亂糟糟活下去。」

蘭蒂爾巧妙地暗示說：「你若找得到人接手，轉讓租約比較聰明……等你們倆都決心放棄這間店的時候……」

她更激烈地揷嘴說：

「好，馬上讓，馬上讓！等於去了一個眼中釘！」

蘭蒂爾立刻認眞起來。轉讓租約，說不定可以叫新房客代付那兩期欠款。他大膽提出波宜松夫婦，想起維金妮正在找一家店面；也許這間店正合她意哩。他仔細一想，好像聽過她希望有這麼一間。但是維金妮的名字突然使雪維絲恢復平靜——算了，我們再看吧，人生氣時老是說要放棄這個放棄那個，仔細想想却沒有那麼簡單。

從此以後，無論蘭蒂爾怎麼樣再三談這個題目，她總是回答說：她曾經比現在更困苦，却熬出來了。不開店休想改善困局！到時候連飯都沒得吃！相反的，她要再請助手，想辦法拉新主顧。她說這種話來對抗蘭蒂爾聰明的論題，人家已把她說成徹底失敗，被債務壓垮，毫無挽回的希望。但是他又蠢兮兮再提維金妮的芳名，這一來她執拗得可怕。不，不，絕不幹！她一向懷疑維金妮的友誼缺乏誠意，維金妮若對這間店有野心，只是想羞辱她罷了。她寧可把店面讓給街上走過來的第一個女人，却不讓給這個僞君子，幾年來她一定等着看她破敗。噢，是的，現在一切都清楚了，她明白那傢伙的猫眼爲什麼閃着黃色的亮光。噢，是的，維金妮還記恨當年在洗衣房挨的那頓毒打，把恨意熱烘烘保存在內心。好，她若不想再挨一頓揍，最好冷藏起那次的經驗。爲時不遠了，她可以把屁股準備好。聽到這些謾罵，蘭蒂爾也回嘴罵雪維絲，說她是白痴，多嘴婆，裝模作樣夫人，甚至罵庫柏鄉巴佬，怪他不能使老婆對朋友說話客氣些。但是他察覺自己的脾氣會把一切搞砸，就發誓永遠不管別人家的事，管了等於給自己找麻煩。說眞的，他假裝不再爲租約的事情逼雪維絲，留待有機會再提起，叫她做決定。

一月到了，天氣很糟糕，又濕又冷。庫柏大媽十二月一直咳嗽和哽咽，主顯節（聖誕節後第十二天）以後就臥床不起。這是她一年一度的花紅，每年冬天都少不了的。但是這回看到她的人都說她不會活着踏出房門了，她的喉嚨確實嘎嘎響，聽起來很特別，活像縱木箱的聲音。然而她身材依舊豐滿，眼睛却沒有生氣，面孔也歪了。她的兒女當然不會親自結束她的生命，但是她拖了好久，實在討人嫌，他們眞的期待她死，覺得對每個人都是解脫。這樣對她也好一點，她曾經風光過，對不對？一個人風光過，就沒有遺憾了。醫生奉召來過一次，第二次却不肯應診。他們端補藥茶給她，不至於完全撒手不管。每個鐘頭都有人探頭看她是不是還活着，她咳個不停，現在不能說話，却用一隻完好又清楚的眼睛瞪着他們，目光裏有許多含意——爲青春不再而遺憾，爲親人急着擺脫她而傷心，爲心術下流的小娜娜穿睡衣站在玻璃門前偷看而光火。

有個星期一晚上，庫柏喝醉回家。自從母親陷入危險，他一直處於喝醉就哭的感傷情況。他上床打鼾後，雪維絲多呆了一會。每天晚上她熬夜守庫柏大媽一段時間。娜娜也很乖，老是睡在老祖母身旁，自稱聽她垂危會轉告大家。這一天晚上，娜娜睡着了，病婦安安詳詳打盹兒，蘭蒂爾由他房間叫雪維絲過去休息一會，雪維絲順從了他的願望。但是他們留一根蠟燭在橱背的地板上燒着。凌晨三點左右，雪維絲突然跳下床，全身發抖，嚇得要命。她覺得一股冷氣吹上身。蠟燭熄了，她用發燙的雙手摸黑披上一件衣服。她一直撞到傢俱，小燈點不起來，終於來到側室。沉靜的深夜裏只聽見庫柏一高一低打鼾的聲調。娜娜仰躺着，由嘴唇輕輕呼吸。雪維絲垂下燈火，影子晃來晃去，光線照在庫柏大媽臉上，白慘慘的。她的頭滾向肩膀一側，雙眼大開。庫柏大媽死了。雪維絲靜靜的，沒有發出驚叫，全身冷得發抖，小心翼翼走回蘭蒂爾房間。他又睡着了。她探身過去，低聲說：

「聽着，一切都過去了。她死了。」

他半睡半醒，睡眼惺松吼道：

「噢，閉嘴，到床上來……她若死了，我們無能爲力。」

接着他用一隻手肘支起身體問她：

「現在幾點？」

「三點。」

「才三點！那就到床上來吧。你會着凉的。我們早上再看看。」

她不聽，逕自穿戴整齊。他面對牆壁鑽到毯子底，喃喃罵這些天殺的蠢婦。何必急着告訴大家屋裏有死人？半夜這種事不見得多愉快，他氣這些陰鬱的念頭攪亂了他的好夢。她將一切用品拿回自己的房間，連髮夾都沒遺漏，坐下來痛哭，現在不怕人家逮到她和蘭蒂爾同眠了。她眞的很喜歡庫柏大媽，看老太婆選這種尷尬的時間去世，起先雖然驚慌又急躁，現在卻覺得很悲哀。她在靜夜裏大聲泣啜，庫柏繼續打鼾。他什麽都聽不見；她叫他、搖他，但是仔細一想，他若醒了，只是多一個討人嫌的累贅，終於決定不理他。她回到屍體旁邊，發現娜娜坐起來揉眼睛。小傢伙明白了，探身細看祖母，好奇得像一隻邪門的小野獸。她没有說話；微微發抖，對死訊却抱着快慰和驚奇，她已經期待兩天了，認爲這是大人隱瞞孩子的禁忌凶事之一。面對這張因求生吐最後一口氣而拉長的白臉，她那小猫似的眼睛張得好大，覺得背椎骨發麻，跟她偷看大人的好事時黏着玻璃門不走的感受差不多。

她母親柔聲說：「來吧，起來。我不要妳呆在那邊。」

她心不甘情不願地溜下床，腦袋一直轉向死人，眼睛盯着不放。雪維絲覺得她討人嫌，不知道天亮前該把她安頓在哪裏。她正想叫她更衣，蘭蒂爾穿長褲和拖鞋走進來；他睡不着，有些爲自己的言行而慚愧。這一來問題倒解決了。

他說：「她可以睡我的床。那邊有地方。」

娜娜用澄明的大眼睛看看母親和蘭蒂爾，裝出一副娃娃臉，新年她收到巧克力禮物時就是這副表情。她不用人催，穿着睡衣一溜煙跑過去，光脚板簡直没碰到瓷磚，像一條蛇溜進温暖的床舖，直挺挺滑入被單下，小身體在被褥下只鼓出很小很小的一團。她母親每次進來，看她靜靜躺着，滿面紅光，一雙眼睛在毫無表情的臉上閃閃爍爍，腦子裏顯然在想心事。

這時候蘭蒂爾幫雪維絲打扮屍點，這差事可不輕鬆，老太婆蠻重的。簡直不相信她這麼豐滿，皮膚這麼白。他們爲她穿絲襪、白襯裙和上衣，戴上便帽，都是她最好的衣裳。庫柏續繼用兩種聲調打鼾，一聲很低很沉，一聲又高又尖，活像耶穌受難日的教堂音樂。等死人穿戴整齊，在床上準備裝棺，蘭蒂爾自己倒了一杯酒當興奮劑，因爲他覺得有點噁心。雪維絲翻五斗櫃找一個她由普拉桑帶來的小銅十字架，後來才想起一定是庫柏大媽親手當掉了。他們點上火爐，坐在椅子上打盹，兩個人喝完一瓶酒，心情很差，彷彿這件事多多少少應該怪他們。

七點左右，天還没大亮，庫柏終於醒了。他聽到這件事情，起先没有哭，並說些没頭没腦的話，還以爲人家開玩笑呢。接着他倒在死人身邊的地板上，狂吻母親，哭得眼泡發腫，流了好多好多淚，用床單擦臉，弄得床單濕漉漉的。雪維絲重新哭起來，對丈夫的悲哀非常感動，自覺對他又有了好感——是的，他的本性比她想像中好多了。庫柏的悲哀和強烈的宿醉有關係。他不斷用手指去抓髮絲，嘴巴帶有酒醉次晨少不了的臭味，事實上，他雖然睡了十個鐘頭，醉意並没有全消。他握拳痛哭。耶穌啊！他深愛的母親，從此一去不復返！噢，他頭好疼，眞會要了他的老命！他像頭上頂着火紅煤炭的隱士，心臟都要扯出來了！不，命運對一個男人如此緊追不捨，未免太不公平！

蘭蒂爾扶他起來說：「好了，節哀，朋友。打起精神來！」

他倒了一杯酒，但是庫柏不肯喝。

「我怎麽搞的？嘴巴有黃銅味……她是我媽媽；我看到她，銅塊都肯舐一口。噢，媽，噢，上帝！媽，媽……」

他又像小孩子，痛哭流涕。但他仍喝下那杯酒，想澆熄胸中的火焰。蘭蒂爾說要去通知家屬和市政廳，很快就溜出門。他要吸一點新鮮的空氣，所以不慌不忙，一面抽煙享受寒冷刺人的晨風。見過拉瑞特太太之後，他甚至到巴蒂諾里區的一家咖啡館享受熱騰騰的好咖啡。他在那邊坐了整整一個鐘頭，計劃一切。

另一方面，家人九點以前都聚集在店裏，店外的捲門緊關着。洛里羅斯沒有哭——反正他有急件要趕，他一本正經站了一兩分鐘，就回工作坊去了。洛里羅斯太太和拉瑞特太太吻了庫柏夫婦，正在擦眼角的幾滴眼淚。但是洛里羅斯太太迅速瞥了屍體一眼，突然提高嗓門說：大錯特錯，死人身邊從來不點燈，該點蠟燭才行。於是他們叫娜娜去買一包蠟燭，要大根的。好啦，好啦，妳死在「阿跛」家，看她怎麽安置妳！她眞是不中用的女人，連處置屍體都不會！難道她一輩子沒送過葬？拉瑞特太太只得到鄰居家借一支十字架，她帶回來的那支太大了——一支黑木製品，上面釘着紙板做的耶穌，整個蓋住庫柏大媽的胸膛，彷彿要把她壓碎似的。接着他們要聖水，誰都沒有，又是娜娜跑到教堂用瓶子裝了一些回來。小臥房剎時改觀，小几上點了一根蠟燭，旁邊放一杯聖水，裏面有根黃楊樹的枝條。現在若有人來，外觀至少莊莊重重。椅子在店面擺成一圈，準備招待來賓。

蘭蒂爾十一點才回來。他到葬儀社問過了。他報告說：「眞正的棺材要十二法郎。你們若想擧行彌撒，再多收十法郎。還有靈車，照裝飾的排場付錢。」

洛里羅斯太太抬頭望，顯得吃驚又氣惱，她喃喃地說：「噢，沒有必要。這樣也不能使母親復生，對不對？必須局限在我們出得起的範圍。」

蘭蒂爾繼續說：「是的，當然，我就這麼想。我只是問個數目，供你們參考……說說你們要什麼，午餐後我去定。」

大家壓低了嗓子，在掩門縫滲進來的幽光裏說話。側室的房門大開，死亡的寂靜由那邊傳過來。孩子們在屋外的院子裏笑鬧，很多小孩在慘淡的冬陽下圍着圓圈跑。娜娜的聲音突然響了——大人把她送到布許夫婦家，她正由那邊跑出來。她用尖嗓門發號施令，小傢伙的脚跟都在石頭地上打拍子，爲小鳥般吱吱喳喳揚起的唸唱聲伴奏：

「我們的小驢兒，
牠有一隻怪腿，
夫人爲牠做了
優美的小腿箍，
和漂亮的丁香鞋，咧——啦，

和漂亮的丁香鞋。」

雪維絲等到該她說話的時候才說：

「我們沒有錢，這是事實。但我們仍然要辦得莊莊重重。就算庫柏大媽沒留遺產給我們，也不能把她當死狗扔進坑呀。不，彌撒非擧行不可，還要一輛體面的靈車。」

洛里羅斯太太尖叫說：「誰出錢？我們不出，上星期我們丟了錢，妳也不能出，因爲妳破產了。妳看看你想打動人心，落得什麼下場。」

大家問庫柏的想法，他結結巴巴說了幾句話，又做出無可無不可的手勢，坐在椅子上又睡着了。拉瑞特太太說她願意出她那一份錢，同意雪維絲隆重擧喪的看法。於是兩個女人在一張紙上計算：總共要九十法郎左右，她們幾經討論，決定找一輛窄幔帳的靈車。

雪維絲決議說：「我們三家，每家若出三十法郎，負擔不會太慘重。」

洛里羅斯太太聽了，不禁大發脾氣。

「噢，我不出。是的，我不出。不是捨不得三十法郎。若能叫媽復生，我有錢的話，出十萬都行。只是我受不了自傲的態度。妳開店，妳夢想成爲這一帶的女王。但是我們不支持這一套。我們不想出風頭。噢，妳可以照自己的意思策劃。妳若喜歡，不妨在靈車上放些羽毛！」

雪維絲停了半晌，回答說：「沒有人要妳出錢。就算我必須出賣自己，我也不草率行事，讓良心自責。不靠妳幫忙，我養過庫柏大媽。不靠妳幫忙，我同樣能爲她辦喪事。以前我告訴過妳：我收容過迷路的小猫，所以我不會讓妳母親貧困而死。」

洛里羅斯太太氣得流下眼淚，蘭蒂爾不得不強留她。口角聲音好大，拉瑞特太太拚命噓她們，而且不得不輕輕走入小房間，用慚愧而焦慮的眼神看看死者，似乎怕她會醒來聆聽週圍的對話。這時候小女孩的合唱又在庭院中響起，由娜娜的尖嗓子帶頭：

「我們的小驢兒，

牠有一個怪肚子，

夫人爲牠做了

優美的小肚箍，

和漂亮的丁香鞋，咧——啦，

和漂亮的丁香鞋。」

「噢，上帝，這些小鬼唱得人心灰意懶，」雪維絲對蘭蒂爾說。她心情很亂，氣惱又傷心，簡直要哭出來。「踢他們幾下，千萬叫他們閉嘴，帶娜娜回門房家。」

拉瑞特太太和洛里羅斯太太去吃飯，答應馬上回來。庫柏夫婦坐上餐桌，想吃一點熟肉，又子簡直不敢弄出聲音，他們昏眩又煩亂，可憐的庫柏大媽壓得他們喘不過氣來，滿屋子都是她的形影。他們的生活常軌完全推翻了，他們四處找東西，却找不到，四肢發疼，宛如宿醉未消。蘭蒂爾很快又出門去葬儀社，帶着拉瑞特太太的三十法郎和雪維絲披頭散髮去找高耶特家借來的六十法郎。下午賓客開始來了，鄰居好奇得要命，假裝嘆息，眼神故作痛苦狀。他們進入小房間，仔細看看屍體，劃了一個十字，用黃楊枝灑聖水，然後坐在店裏大談親愛的死者，一直談個沒完，同樣的話連說幾小時毫無倦意。雷曼柔小姐說死者右眼還開着。高德龍太太說以死者的年齡而論，她膚色眞好。福康尼爾太太想起三天前還看她喝咖啡，覺得很驚奇。是的，人翹辮子眞快，應該隨時準備走！到了黃昏，庫柏夫婦漸漸受不了了。一戶人家在屋內留屍體留太久，眞是災情慘重。政府應該訂個新法規。又過了一整個黃昏、一整個長夜和一整個上午，不，眞的永無止盡。你再也哭不出來的時候，悲哀化爲憤慨，也許會做出不該做的事情。庫柏大媽在窄室裏僵硬而沉默，她的存在漸漸擴散到全家，像一副擔子，弄得人人沉重不堪。家人忍不住恢復生活的常軌，忘了對死者應有的敬意。

拉瑞特太太和洛里羅斯太太再來的時候，雪維絲說：「妳們陪我們吃點東西吧？我們自己太淒涼了，讓我們聚在一起。」

他們把東西擺在工作枱上。一看到盤子，人人都想起他們在此地吃過的大餐。蘭蒂爾回來，洛里羅斯也下樓了。他們傳遞肉餅，因爲雪維絲沒有心情做菜。他們剛坐好，布許來說馬斯可先生要進來，接着房東踏進屋，威風凜凜，釦眼中別着大緞帶。他默默鞠躬，直接走到小房間跪下來。

他顯得非常虔敬，以神父般專注的表情祈禱，然後在空中劃十字，用黃楊枝在死者身上灑聖水。全家深深感動，都起立離開餐桌。馬斯可先生跪拜完畢，來到店面說：

「我來拿你們拖欠的兩期房租。現在能不能給我？」

「不，先生，還不行，」雪維絲結結巴巴，很氣房東在洛里羅斯夫婦面前提這件事。「你知道，我們新遭變故……」

房東攤開做過工的大手指說：「是的，當然，但是我們都有自己的煩惱。很抱歉，我不能再等了。如果後天收不到錢，我只能求助於法律上的搬遷令。」

雪維絲雙手合十，眼睛含着淚水，默默求他開恩。他猛搖瘦瘦的腦袋，表示哀求沒有用處。當然啦，爲尊敬死者，現在不能討論，於是他圓滑地往後退。

他喃喃地說：「抱歉打擾你們。後天早上，別忘了。」

走出門必須再經過小房間，他由敞開的房門誠心跪拜，對死者表示最後的敬意。

起先他們匆匆把食物嚥下去，不顯出愛吃的樣子。但是吃到甜食階段，他們慢慢拖，自覺該略事輕鬆了。雪維絲或兩姐妹每隔一段時間就去看小房間一眼，含着滿嘴東西，餐巾還抓在手上，等她邊吃邊坐下的時候，別人都看看她，探詢屋裏是否安好。但是時間一分一秒過去，太太們巡察的次數慢慢減少，庫柏大媽被人遺忘了。他們泡了一整桶咖啡，很濃的咖啡，以便通宵提神。波宜松夫婦八點左右來，家人請他們喝一杯酒。這時候蘭蒂爾望着雪維絲的表情，似乎逮到了他整日期待的良機。由於房東竟到有喪事的人家來要錢，行爲叫人噁心，他突然說：

「那壞蛋是非比尋常的耶穌會士，他的舉動活像做彌撒！……要是換了我，我就把這家店扔還給他！」

雪維絲累得要命，無精打采，勇氣都磨光了，隨口說：

「是啊，我不等沒收鑑定人來，眞的。噢，我煩透了，我煩透了。」

洛里羅斯夫婦樂得「阿跛」不再開店，就爲這個決定喝采。你不知道一間店有多少開支，就算她只賺人家三法郎，至少沒有開銷，不用冒虧損的危險。庫柏喝了一點酒，動不動就哭，正對着盤子哭哭啼啼，他們影響了他的心境，使他複述這個論點。洗衣店老闆娘眼看要讓步了，蘭蒂爾向波宜松夫婦眨眼睛，維金妮用甜蜜的口吻附和說：

「妳知道，親親，我們可以達成諒解。我接下剩餘的租約，替妳跟房東做一點安排……那麼妳就安心多了。」

雪維絲宛如大夢初醒，宣佈說：「不，謝了！若要找租金，我知道該上哪兒去找。我可以工作。我有兩條手臂，感謝上蒼，雙手能叫我脫離困境。」

蘭蒂爾連忙說：「我們以後再商量。今晚不適宜……以後，譬如明天。」

就在這一剎那，走進鄰室的拉瑞特太太突然驚叫一聲。她發現蠟燭正好燒完，嚇慌了。大家忙着再點一根，而且搖搖頭，因爲死者身邊的蠟燭熄滅是不吉利的。

那夜守更開始了。庫柏躺着，照他的說法，他不是睡覺，而是考慮各種事情，結果不到五分鐘他就打起鼾來。家人叫娜娜到布許家去睡，她哭了，她整天期望在男朋友蘭蒂爾的大床上睡個舒服又暖和的覺。波宜松夫婦留到午夜。由於咖啡對女人的神經不好，最後他們只得用沙拉缽做一點加糖加檸檬汁的潘趣酒，現在話題轉到感傷的心事。維金妮談到鄉村。她希望埋在幽靜的林間空地，墳墓上長滿野花。拉瑞特太太已經把她的壽衣和一束薰衣草放進櫥櫃裏——她希望死後鼻孔能聞到香氣。接着，警察先生不來半句轉折語，直接告訴大家；他那天早晨逮捕一個年輕貌美的壯婦，她在猪肉屠宰商店裏偷東西；警察在局裏剝下她的衣服，發現她身上有十根臘腸，前前後後掛滿了一身。洛里羅斯太太裝出噁心的樣子，說她絕不吃那些臘腸，大家都笑了，但是笑得輕悄悄。守更的氣氛活潑起來，却還不失莊重。他們正在喝潘趣酒，小房間傳來汩汩流水般的怪聲音。他們面面相覷，嚇得半死。

蘭蒂爾靜靜低語說：「別怕，她正慢慢脫水呢。」

聽他這麽一說，大家放心地點點頭，把酒杯放在桌上。

最後波宜松夫婦告辭了。蘭蒂爾跟他們走，他說他去朋友家，把床留給太太們輪流休息一兩個鐘頭。洛里羅斯一個人上樓睡覺，說他婚後沒出過這種事情。於是屋裏剩下雪維絲和兩姐妹，還有呼呼大睡的庫柏，她們坐在爐灶旁，爐子上燉着咖啡。她們就這樣坐着，縮成一團，垂着腦袋，鼻子朝向火爐，雙手揷在圍裙下，在靜夜裏低聲交談。洛里羅斯太太說她沒有黑衣服，錢根又緊，她問雪維絲：庫柏大媽不是有一件黑衣裙嗎？就是她生日時大家送她的那件？雪維絲只得去找那件衣裙——有，腰部改窄一點就行了。洛里羅斯太太還要舊麻紗，又提到床舖、櫃子、那兩張椅子，她的眼睛轉來轉去，找她該分的瑣碎財物。她們差一點吵起架來。拉瑞特太太出面調解，她比較公平，說庫柏夫婦照顧母親，應該得到她的幾件零星物品。於是三個人在火爐邊陷入半催眠狀態，不時單單調調閒聊幾聲。黑夜似乎長得可怕。她們不時催醒自己，喝點咖啡，往小房間的方向伸伸頸子，屋裏那根不能滅的蠟燭發出黯淡的紅光，因燭蕊中煙濛濛的蠟疤而漲得好大好大。淩晨時分，儘管有火爐的高熱，她們還是冷得發抖，不住的交談更害她們疲乏又焦躁，口舌發乾，眼睛發膩。拉瑞特太太倒在蘭蒂爾床上，咕嚕咕嚕打鼾，另外兩位腦袋伏在膝蓋上，對着火爐睡覺。天亮時她們打了個寒噤醒來。庫柏大媽的蠟燭又熄了。黑漆漆的地方又傳來汩汩的小聲音，洛里羅斯太太出聲解釋，似乎想叫自己放心：

「她正慢慢脫水呢，」她一面點新蠟燭，一面說了好幾次。

喪禮安排在十點半。經過頭一天和頭一夜，這個早上可眞累人！雪維絲雖然一分錢都沒有，誰若肯早三個鐘頭來抬庫柏大媽，她恨不得給他一百法郎。不，無論你對人有多少好感，他們的屍體還是叫你沮喪，說眞的，你愈愛他們，愈想早一點看他們離開。

幸虧葬禮的早晨多采多姿。要做各種準備。首先他們吃早餐。然後住在七樓的抬棺人老巴索吉送棺材和一包麩糠來。這個老頭經常喝得爛醉。那天早上八點，頭一夜的宿醉還沒有全消。

「到了，就是這裏對不對？」他放下棺材，木頭吱吱響。

但是他丢下那袋麩糠，看雪維絲站在面前，突然停下脚步，目瞪口呆。

他咕噥道：「噢，抱歉，請原諒，我弄錯了。我聽說是這裏要的。」

他已經再撿起麩糠袋，雪維絲不得不對他大嚷：

「不，別拿走，是這裏要的沒錯。」

他拍拍大腿說：「混蛋，大家怎麽不說清楚！噢，我明白了，是裝老太婆用的。」

雪維絲刹時失去血色，原來老巴索吉送棺材來抬她！但是他繼續用最禮貌的口吻提出說明。

「妳知道，昨天聽說樓下有一個女人死了。所以我當然以爲，呃……妳知道幹我們這一行的人聽話一個耳朵進一個耳朵出……不過我還是恭喜妳，愈晚愈好，呃？雖然人生不見得多好玩，噢，才不好玩呢！」

她一面聽一面往後退，怕他會用髒兮兮的大手抓住她，放在棺木中抬走。她結婚那天晚上，他已經對她說過一次：他知道某些女人會感激他去抬她們。算了，她還沒到那步田地，她的脊椎骨打了一個冷顫。她的一生完全錯了，但是她還不想離開人世。是的，她情願挨幾年餓，奄奄一息，也不想在一兩秒鐘內死翹翹。

噁心和恐怖交集，她喃喃地說：「他醉了。葬儀社至少不該派酒鬼來。他們收費不低。」

「聽着，甜姐兒，下次吧。隨時聽候差遣。妳知道！妳祇要偷偷向我們眨眨眼。我專門安慰太太小姐們。別看不起老巴索吉，他手裏抱過遠比妳氣派的貴婦人，她們他隨處置，不發牢騷，樂得長埋在黑暗裏。」

「閉嘴，巴索吉，」洛里羅斯兇巴巴說。他來時剛好聽見他們的聲音。「開這種玩笑未免太過份。我們若告狀，你會被解雇。走吧，你滾，你不尊重道義。」

抬棺人告辭而去，但是他在街上叨唸了很久。

「哪一種道義？世上根本沒有道義這個東西！沒有所謂道義，只有身份地位。」

十點終於到了。靈車遲遲不來。店面已擠滿朋友和鄰居，包括馬丁尼爾先生、「我的皮靴」、高德龍太太、雷曼柔小姐，每一分鐘都有人從緊閉的捲門和敞開的店門往外窺探，看那輛慢性子的靈車來了没有。家屬擠在後房，跟來賓一一握手。短暫的沉默夾着急切的耳語，一陣神經質、狂熱的等待伴着突起的裙裾磨擦聲——是洛里羅斯太太忘了帶手帕，或者拉瑞特太太在找人借祈禱書。每一位進屋的人都看見空棺材擺在小側房的床邊，忍不住用眼睛測量大小，估計胖胖的庫柏大媽永遠進不了棺材。他們都以探詢的目光面面相覷，沒有眞正說出口。但是臨街的門鬧烘烘的，馬丁尼爾先生進來，用嚴肅而拘禮的口氣擺擺手說：

「他們來了！」

結果不是靈車。四個抬棺人魚貫走進來，臉色紅潤，粗手粗脚，這是搬運夫的特色，身穿破舊的黑衣服，被棺材磨得發亮。頭一位是老巴索吉，醉醺醺却一本正經，他幹起活兒來馬上恢復莊重。他們微微低頭，不說一句話，已經在心裏衡量庫柏大媽的體重。沒花多少時間，苦老太婆一剎那就裝好了。個子最小的斜眼青年把麩糠倒進棺材，當做麵團來揉捏，活像做麵包似的。另外一個面容淘氣的瘦高個兒把一塊布攤在麩糠上，接着：一，二，三，她起來了！四個人拎着屍體，兩個抓脚，兩個抓頭，把她抬起來。快得像扔一塊薄餅。旁觀者眞以爲她自己跳進棺材呢。尺寸剛剛好，大家聽見她身體和新木料磨擦的聲音。四面都緊緊挨貼着，宛如畫框裏的一幅圖畫。不過，她進得去，大家都很吃驚——昨天到現在她一定縮了幾分。抬棺人挺起身子來等；斜眼的小個子掀着棺蓋，請家人行告別禮，老巴索吉則把鐵釘夾在上下唇之間，拿着釘錘準備。於是庫柏、他兩位姐姐、雪維絲以及部分親友跪地吻別死去的親人，對着她僵硬、冰冷的面孔流下眼淚。泣啜聲連綿不斷，棺蓋闔上了，老巴索吉敲上釘子，手藝像傢俱工一樣俐落，每一根敲兩下，釘棺木的聲音很吵，沒有人再聽見泣啜聲。一切都結束了。他們要走啦。

「想想看，這種時候還這麼舖張！」洛里羅絲太太看到門前的靈車，對她丈夫說道。

靈車轟動了左鄰右舍。熟肝熟肚店的女人叫雜貨店的小伙子出來看，小鐘錶匠出來站在人行道上，所有鄰居都從窗口探出頭來。每個人都在談白棉布垂鬚的幃幔。庫柏夫婦若有錢，會比現在多還一點債吧？但是，洛里羅斯夫婦說得對，有人的自傲會佔上風，不顧一切，也不管處境如何。

這時候雪維絲正在批評金鍊匠夫婦：「眞丟臉！想想那兩個吝嗇鬼居然捨不得帶一束紫羅蘭來祭他們的母親！」

是的，洛里羅斯夫婦空手來。拉瑞特太太獻上一個假花做的花圈。棺材上放着庫柏夫婦買的永久花環和一束剪下來的鮮花。抬棺人用力一拉，抬起棺木。送葬隊伍很久才排整齊。庫柏和洛里羅斯穿着方領長大衣帶隊，庫柏那天早上喝了兩杯白酒，情緒激昂，吊着姐夫的手膀子，兩腿蹣蹣跚跚，頭疼得要命。接着是男賓，馬丁尼爾先生很嚴肅，一身黑衣，「我的皮靴」在工裝上加一件外套，布許的黃褲顯得很唐突，還有蘭蒂爾、高德龍、「烤肉一號」、波宜松等人。女賓在後面，由洛里羅斯太太領頭，穿着改過的死者衣裙，拉瑞特太太則穿臨時做的孝服，一件有紫邊的短襖，藏在披肩裏。接着依次是維金妮、高德龍太太、福康尼爾太太和雷曼柔小姐等人。靈車慢慢沿金點街走，很多人劃十字，脫帽致意，四個抬棺人往前進發，兩個在前，兩個分列左右。雪維絲留在後面鎖門，把娜娜交給布許太太照顧，然後跑去追送葬的隊伍，被門房留在拱廊下的小傢伙好奇地看祖母風風光光消逝在街尾。

雪維絲剛趕上隊伍，氣喘吁吁，高耶特出現了。他排進男賓的行列，却轉身向她點點頭，態度溫文有禮，她突然又傷心起來，重新掉下眼淚。但是她現在不止哭庫柏大媽，也哭一件她無法解釋却叫她傷心的事情。她一路用手帕擦眼睛，洛里羅斯太太用懷疑的眼神打量她，她自己沒流半滴淚，兩頰紅撲撲的，似乎怪雪維絲裝模作樣。

到了教堂，儀式很快就完成了。不過神父很老，彌撒有點拖拖拉拉。因爲要募捐，他們選定「我的皮靴」和「烤肉一號」在外面等。馬丁尼爾先生特別研究神父，他把觀察的心得告訴蘭蒂爾：這些傢伙呱啦呱啦念拉丁文，自己都不知道唸些什麼，他們擧行葬禮跟擧行洗禮或婚禮差不多，內心毫無感情。接着他批評這些繁文褥節，一大堆蠟燭、淒涼的聲音和家人面前的種種虛飾。你等於失去親人兩次，眞的，一次在家，一次在教堂。男士們都同意他的看法，還有一段痛苦的時刻要來呢，彌撒結束後，他們匆匆祈禱幾句，送葬的人必須列隊穿過死者身邊灑聖水。幸虧墓地離這兒不遠，是禮拜堂的一處小公墓，綠草青青，入口向着馬卡達街。隊伍走到那兒，早就亂七八糟，人人都在談自己的私事。凍結的地面在脚下吭吭響，他們恨不得跺脚來保溫。棺木擺進坑，旁邊的孔穴已經凍結了，顯得又白又硬，活像白堊坑。圍着墳堆的送葬人覺得這麼冷的寒天乾等眞難受，眼望大坑更望得叫人發火。最後一個穿法衣的神父由一座小茅屋走出來；他冷得發抖，每唸一句「懺悔經」，口裏就吐出水氣。劃完最後一個十字，他匆匆跑開，不想再出來了。挖墓工拿起鏟子，因爲地面有霜，他只鏟起大凝塊，在下面造成叮叮咚咚的聲響，勻稱地敲着棺材，像一串連珠砲，叫人以爲木頭裂開了。無論你的自制力多強，這種聲音叫人心碎，大家又淚如泉湧。他們告辭來到外面，還聽見那種聲音。「我的皮靴」吹吹手指說：「說實話，可憐的庫柏老大媽不會太暖和！」

庫柏對一小羣還跟家屬留在街上的朋友說：「各位女士先生，容我們請諸位吃一點東西……」

他帶路走進馬卡達街的一家「公墓大門」酒店。高耶特又向雪維絲點點頭，正要離開，雪維絲叫他回來。他怎麼不喝一杯酒？但是他急着趕回鑄造廠。他們對望了一會兒，沒有說話。

雪維絲終於開口說：「那六十法郎我眞抱歉，我實在沒有辦法了，就想起你……」

他打斷她的話：「沒關係，我都忘記了。妳知道，妳若遭遇困難，我隨時準備出力。不過別告訴我母親，她有她自己的看法，我不想惹她生氣。」

她繼續盯着他，看他好仁慈，好傷心，好英俊，金鬚閃閃，她差一點接受他很早以前的建議，跟他私奔，到別的地方過幸福的日子。接着她突然起了另外一個念頭——一個壞念頭——何不向他借那兩期拖欠的租金，不計一切得失。她一邊發抖，一面用親暱的口吻說：

「我們還是好朋友吧？」

他點頭答道：

「是的，當然，我們永遠是好朋友……只是妳必須明白，我們之間一切都過去了。」

他快步走開，撇下雪維絲楞在那兒，他的最後幾句話像喪鐘在耳邊廻響。她走進酒店，聽見自己內心深處說：「一切都過去了，噢，算啦，一切都過去了，如果那一切都過去，我也就一無所有了。」她坐下來，吃了一點麵包和乳酪，又喝下人家擺在她前面的滿滿一杯酒。

這是樓下的長形房間，天花板低低的，共擺了兩張長形餐枱。酒瓶、長條麵包和大塊大塊的三角形布里乳酪排成一列。只是野餐，沒有枱布或刀叉。四個抬棺人在不遠的地方吃午餐。

馬丁尼爾先生用哲學家的口吻說：「啊，算了，人人都有這麽一天。老人讓位給年輕人……等你們同去，家裏會顯得很空虛。」

洛里羅斯太太插嘴說：「噢，我弟弟要搬了。那間店開銷太大。」

他們一直勸庫柏，人人都慫恿他放棄租約。拉瑞特太太最近跟維金妮和蘭蒂爾交情不錯，想到他們大概愛上了對方，興奮得要死，連她也大談破產和入獄的問題，裝出一副嚇壞了的樣子。於是庫柏突然彆扭起來，因爲喝太多酒，傷感轉成憤怒。

他對着太太尖叫：「現在妳聽着，我要妳聽我的！妳一向照自己的意思胡來，但是這一次我要照我的意思做，我警告妳！」

蘭蒂爾說：「算了，你以爲口舌能說動她！你需要一根木槌來敲敲她的腦袋。」

兩個人都攻擊她。大夥兒照樣吃喝。乳酪不見了，美酒像噴泉流逝。面對這一切攻擊，雪維絲漸漸讓步了。她沒有說話，因爲她嘴巴一直含滿東西，狼吞虎嚥，活像餓了多久似的。他們住口後，她抬頭靜靜地說：

「可以，明白吧？我不在乎那家店。我煩透了，聽到沒有？我才不在乎呢，我撒手不幹了。」

於是他們又叫了一些麵包和乳酪，認眞討論起來。波宜松夫婦要承受租約，而且願意爲那兩期拖欠的房租作保。布許替房東答應了這個辦法，一副自以爲是的姿態。他甚至當場把洛里羅斯家那條走廊的一戸七樓空屋攤租給庫柏夫婦。至於蘭蒂爾嘛，噢，如果波宜松夫婦不覺得爲難，他願意續租原來的房間。警察先生點點頭——不，他這方面沒什麼爲難的。儘管政治觀點不同，朋友們總能好好相處嘛。蘭蒂爾不再干預移交的事情，自認爲任務圓滿達成，親手用麵包和乳酪做了一個大三明治，仰靠在椅子上大吃大嚼，他半閉着眼睛先打量雪維絲，再打量維金妮，比較她們的優劣，滿面紅光，煥發着陰險的滿足感。

庫柏叫道：「嘿，巴索吉老爹，過來喝一杯。我們不擺架子，我們都是做工謀生的人。」

四位抬棺人正想走，又回來陪大夥兒喝一杯，當然啦，他們不是發牢騷，不過他們剛才扛的老太太可眞重，値得討一杯酒喝。老巴索吉狠狠瞪着雪維絲，沒有說出不恰當的話來。她覺得很不舒服，起身離開漸漸有醉意的男士們。庫柏醉得厲害，又開始哇哇大哭，說母喪是他的悲哀。

那天傍晚回到家，雪維絲一直坐在椅子上發呆。房間似乎空虛又廣濶。是的，擺脫了也好。不過，她撇在馬卡達街小公墓坑底的不止是庫柏大媽。太多東西都失去了，那天她必須埋葬她自己的一部分生命、她的洗衣店、她身爲雇主的光榮，以及各種別的情感。是的，牆壁空空如也，她的心也一樣，這是完全的遷逐，墜往貧困之路。現在她太累了；以後若有可能，她也許會振作一番。

十點鐘準備上床的時候，娜娜哭哭啼啼猛跺脚。她要睡庫柏大媽的床。她母親嚇她，小丫頭早熟得很，根本不吃這一套，死亡只勾起她內心的好奇。爲了圖個清靜，大人只得讓她躺在祖母床上。這小鬼喜歡大床，她推展四肢，拚命打滾。那天晚上她在羽毛床的暖意中睡得好香好香。

10

庫柏夫婦的新居在B梯的七樓。你先經過雷曼柔小姐家，走左側的長廊，然後再拐彎。頭一個房門是畢傑家，對面通屋頂的小樓梯下有一個黑漆漆、不通風的孔穴，布魯老爹睡在那兒。再過去兩扇門是巴索吉家，隔壁是庫柏家——面對院子的一大房加一小房。再過去只隔兩戶就是盡頭處的洛里羅斯家了。

只有一大一小兩個房間，如此而已。現在庫柏夫婦就棲息在這個地方。連所謂大房間也小得可憐。樣樣活動都局限在這裏，睡覺、吃飯，做各種事情。小房間只容得下娜娜的床舖；她得在父母房裏換衣服，晚上房門得開着透氣。新居實在太小了，雪維絲讓出店面時，傢俱容納不下，只得把其中一部分讓給波宜松夫婦。一床一几和四張椅子就把房間塞滿了。即或如此，她心疼她的五斗櫃，不忍心出讓，硬把這礙手礙脚的東西塞在僅存的空間。窗戶堵住了一半，其中一扇永遠打不開，剝奪了部分光線和爽快的氣氛。她想俯視庭院時，因爲自己發福了，手肘都擱不下，得側身歪着頸子才行。

頭幾天她只管坐着哭哭啼啼。習慣了充足的活動空間，在自己家不能走動實在很難受。她透不過氣來，整天站在窗口，夾在牆壁和五斗櫃之間，弄得頸子僵疼。她只能在那兒透透空氣。不過院子總是惹她傷心。她可以看到對面她多年前嚮往的地方——那扇每逢春天就有豆蔓鬚繞着繩網的六樓窗戶。她的房間在背陰的一面，幾缽木犀草不到一星期就死光了。噢，不，人生的結局不見得多好，根本不是她渴望的生活。她晚年沒有鮮花圍繞，却一天天陷入不愉快的情境。有一天她探頭看下面，突然興起一種滑稽的感覺。她彷彿看見自己站在拱門下，貼近門房小屋，第一次抬頭打量這棟大廈，意識突然跳回十三年前，她的心跳剎時停了一拍。院子看起來一模一樣，光禿禿的牆壁不比當年黑多少，班駁多少；生銹的排水管仍冒出同樣的臭味，窗口的晒衣繩仍然掛着洗晾的衣裳，嬰兒的尿布照舊黏着污痕。樓下凹凸不平的石板照樣髒兮兮堆着鎖匠的煤渣和木匠的刨屑，水龍頭淌濕的角落裏甚至有一灘染坊排出而跟當年一樣的淺藍色污水。但是她覺得自己完全變了，光彩盡失。她不再仰視天空，快樂又勇敢，計劃一個優美的家。她困在環境較差的頂樓，黑漆漆連一線陽光都照不到。她哭的就是這一點，她的命運沒什麼值得慶幸的地方。

不過，她稍微住慣了以後，在新環境理家也不見得毫無希望。冬天快要過去了，賣傢俱給維金妮的錢對遷居頗有幫助。接着好天氣一來，他們的運氣也跟着好轉；庫柏在艾坦底斯鄉下接了一個差事，他在那邊將近三個月不喝酒，一度被鄉間的空氣治好了舊疾。不知道酒鬼怎麼會一離開巴黎市街的空氣，整個人便煥然一新，巴黎的空氣眞的被水果酒和火酒味兒污染了。他回家精神抖擻，帶回四百法郎，他們還清了波宜松夫婦作保的兩期積欠的店租，以及附近地方最迫切的零星欠款。雪維絲又能在她躲避已久的兩三條街露面了。當然她回去幹活兒，不過這回是當按日計酬的助手。只要你奉承她，福康尼爾太太算得上好人，她好心要雪維絲回去工作，而且考慮到她當過雇主，給她三法郎的日薪，這是熟手最高的價格。於是這個家好像可以一步一步過下去，只要他們作工和儲蓄，雪維絲甚至指望有一天還清債務，安心過合理的生活。當然啦，這是爲丈夫賺大錢興奮之後的看法。以冷冷的理智來分析，她一切順其自然，告訴自己好景不常在。

眼看波宜松夫婦佔有他們的店面，這是庫柏夫婦最苦惱的事情。他們天生不善妒，但是別人故意在他們面前歌頌繼任者的清整功夫，折磨他們。布許夫婦，尤其是洛里羅斯夫婦從來不放鬆。照他們的說法，世間找不到更迷人的店舖了。他們說波宜松夫婦發現房子好髒好髒，光是清洗就花了三十法郎。維金妮幾經斟酌，決定開一家高級雜貨店，賣糖果、巧克力、咖啡和茶葉。蘭蒂爾熱烈勸她幹這一行，他說點心的利潤很高。店面漆成黑底加金線，兩種色調都很高級。三個木匠裝修了一個禮拜，釘貨架、陳列箱、櫃台和許多糖果店放甜食罐的架子。波宜松存的那筆小遺產一定都花光了。但是維金妮得意洋洋，而洛里羅斯夫婦在門房敎唆下，一五一十向雪維絲報告每一個架子、陳列箱、糖果罐的細節，看她臉色黯淡，便暗自歡喜。不羨不妒是好事，但是別人穿上你的皮靴來踐踏你，眞會把人逼瘋。

其間還牽涉到男人的問題。大家都說蘭蒂爾甩了雪維絲。鄰居們認爲這樣很對；使這條街恢復了幾絲體統。不久人人都把決裂的光榮加在製帽商身上，他素來是太太小姐心目中的寵兒。大家添上各種細節；他不得不打雪維絲；叫她別煩他，因爲她一直緊追不捨。當然沒有人說實話，知道實情的人都覺得太簡單太枯燥了。嚴格說來，蘭蒂爾讓雪維絲知道他不再隨時支使她，日夜召喚，但是他高興的時候還上七樓去看她，雷曼柔小姐曾撞見他三更半夜走出庫柏家。事實上他們的關係還漫不經心隨便維持着，雙方都沒有多少樂趣；這是習慣和隨和的問題，如此而已。只是當地人現在傳說蘭蒂爾和維金妮一起睡覺，情況因此複雜些。其實鄰居們太着急了。當然啦，蘭蒂爾正向黑美人討好賣乖，這不足爲奇，他要她取代雪維絲在屋裏每一方面的地位。街坊甚至傳出一個好玩的說法；他們說有一天晚上他到鄰居床上去找雪維絲，結果帶回維金妮，四處黑漆漆的，直到天亮才發現。這個故事惹來不少下流的笑話，其實蘭蒂爾還沒有那麼過份，最多只是揑揑維金妮的屁股。洛里羅斯夫婦却在雪維絲面前憂心忡忡大談蘭蒂爾和波宜松太太的戀情，希望惹她吃醋。布許夫婦也表示，他們從來沒見過更相配的男女。說來滑稽，金點街的人對這段新三角關係似乎沒什麼不滿；噢，不，道義對雪維絲那麼苛責，對維金妮却很厚道。街坊含笑縱容也許跟她丈夫當警察有關係吧。

幸虧醋勁兒沒有過份困擾雪維絲。蘭蒂爾不忠，她根本無所謂，因爲她的韻事早就沒有感情的成份了。不用她問，人家自會傳送許多下流的報導，蘭蒂爾跟各種女人纏綿過，只要街上能找到的女人都行，她無動於衷，一直隨他愛找誰就找誰，甚至不憤慨，不跟他絕交。但是對他的新愛人，她並未輕輕鬆鬆地接受。跟維金妮又是另外一回事了。大家杜撰他們的韻事，只是想看她的反應如何，她聽了性愛方面的事情只要笑一笑，人家就會想東想西。所以洛里羅斯太太或別的惡毒鬼故意在她面前說波宜松戴綠帽子的時候，她臉色發白，覺得胸口收縮，胃部發燙，但是她抿緊嘴唇，儘量不發脾氣，不讓折磨她的人得到滿足。不過她一定向蘭蒂爾發過牢騷，有一天下午雷曼柔小姐彷彿聽見毆打的聲音。總之，他們一定吵過架，蘭蒂爾整整兩星期不跟她說話，但是後來他先去求和，舊常規似乎又恢復了，彼此像沒事人兒一樣。雪維絲寧願享受生命中能得到的東西，怕當衆抓頭髮互毆的場面，一心只求不再擾亂她的生活。她現在不比二十一歲，對男人不再那麽熱心，甘冒見官的危險爲男人打架。但是她把這件事和其它各種新仇舊恨記在一起。

庫柏覺得很有趣。這位看不見自己綠帽的丈夫對波宜松的綠帽笑得半死。發生在他自己的婚姻史不算數，發生在別人身上他却認爲很可笑，每當鄰居的太太們稍微隨便些，他就留意這種事情。波宜松眞是娘娘腔！虧他還佩着劍，在街上莽莽撞撞趕人哩！接着庫柏大膽挖苦雪維絲。好啦，她的男朋友臨危甩了她！她運氣眞壞：先是鐵匠不來搔癢，接着是製帽商變心。她顯然不喜歡正經的行業。何不試試持久型的泥水匠，他們慣於攪拌堅固的水泥。他說這些當然是開玩笑，但是他用灰色的小眼睛盯着她，彷彿要用螺旋錐把話錘進她心裏，雪維絲免不了全身發麻。每當他說髒話的時候，她從來不曉得他是開玩笑還是當眞。一個終年酗酒的人搞不清自己在幹什麽，有些丈夫二十歲醋勁奇大，到了三十歲却喝酒喝得迷迷糊糊，對妻子的貞操十分寬容。

你眞該看看庫柏在金點街的神氣相！他說波宜松是王八。這一來某些愛說閒話的女人只好閉嘴！現在王八不是他。噢，是的，他知道實情。以前他似乎不知道太太的風流事，噢，那是要避免閒話。每個人都知道自己的事情，可以搔到自己的癢處。他不覺得癢，不能只爲娛樂別人而搔抓呀。噢，警察先生如何，他知不知道眞相？不過這回是眞的，有人看到情夫情婦在一起，不再是空穴來風了。他憤慨起來，他不懂一個男人，甚至一個政府官員，怎麽能容忍自己家的這種醜事。警察先生一定喜歡別人的殘渣，道理就在此。庫柏和太太兩個人在家呆膩了，他照樣下樓去找蘭蒂爾，逼他上樓來。現在老朋友不在，他覺得屋裏很悶人。他若看到他和雪維絲之間態度不自然，便替他們調解。老天，誰管別人想什麽！你就不能照自己的方法痛痛快快過日子嗎？他悶笑一聲，多變的醉眼閃着思想開明的光輝——何不跟蘭蒂爾分享一切，生命會光彩起來。這些個晚上雪維絲特別搞不清他是開玩笑還是眞心的。

在這一切風流勾當中，蘭蒂爾記得自己的尊嚴，言行像父親一般中規中矩。他三度阻止庫柏家和波宜松家吵嘴。兩家人和平相處是他清靜度日的必要條件。幸虧他以愛情牢牢控制了雪維絲和維金妮，兩個人宣佈彼此相親相愛。他像回敎君主管着金髮美人和棕髮美人，靠精明的手腕而自肥。這個聰明的惡魔一面消化庫柏夫婦，一面吞噬波宜松夫婦。咦，有何不妥？他吃垮了一家店的生意，正準備嚼食另外一家。總之，世間只有這種人繼續生存發展。

那年六月，娜娜第一次行聖餐拜受禮。她即將滿十三歲，像蘆筍一般往上長，也像蘆筍一樣厚皮；頭一年她行爲不檢被逐出敎義問答班，這回神父再次收容她，只是怕她根本不回去，街上又多一個異敎徒。娜娜一想到她的白衣裳，就高興得手舞足蹈。洛里羅斯夫婦是她的敎父敎母，答應買衣服給她，他們在大樓四處宣佈要送這份禮。拉瑞特太太要送帽子和面紗，維金妮送錢袋，蘭蒂爾送祈禱書，所以庫柏夫婦等待典禮不必乾着急。波宜松夫婦剛好選這一天請喝進宅酒，一定是受了蘭蒂爾的敎唆。他們請庫柏夫婦和布許夫婦赴宴，布氏的女兒也行第一次的聖餐拜受禮。晚上他們都要來吃羊腿加佐料的大餐。

頭一天晚上，娜娜喜洋洋望着五斗櫃上陳列的禮物，庫柏剛好醉醺醺回來。巴黎的空氣又開始生效了。他痛罵太太和小孩，用醉漢特有的煩人推理法，說些這種場合不該說的噁心話。娜娜經常聽見四週的人說髒話，她的措辭也不太高雅。吵起架來，她能罵自己的親娘母狗或母牛。他吼道：「我要吃東西！給我來點湯，妳們這對騷貨！看看這些女人和她們的衣裳！如果沒有東西吃，我就在妳的華服上拉屎。」

雪維絲氣沖沖說：「他喝醉的時候眞煩人！」

她轉向他說：

「在爐子上溫着呢，別這麽討厭。」

娜娜很端莊，因爲她覺得今天這樣最迷人。她繼續盯着五斗櫃上的禮物，假裝垂下眼皮，不懂父親的下流話。但是他喝醉回家很彆扭，對着她的耳朶大叫：

「我給妳白衣裳！咦，我想這樣妳就可以像上星期天，偷裝上一副紙做的假奶頭了吧？噢，是的，妳等着。我看得見妳扭屁股。這些喜慶衣裳逗得妳發狂，是不是？害妳昏頭昏腦，對不對？放下這些東西，妳這下流的小妓女！全部收進抽屜，否則我就拿來替妳擦臉！」

娜娜還垂着眼皮不答腔，却拿起小薄紗帽，問母親要多少錢。庫柏正要伸手去搶帽子，雪維絲一把推開他說：

「你就不能讓孩子清靜清靜！她好好的，又沒礙着什麽人。」

這一來他大發牛脾氣。

「噢，母狗！母女正好是一對。一面進教堂拜上帝，一面跟男人眉來眼去，這可眞是好事兒！妳敢否認，妳這小妓女。我給妳穿麻袋，看妳的皮膚疼不疼。是的，穿麻袋，這樣可以糟蹋你們，你和你的神父們。妳以爲我要人敎妳什麽是罪惡嗎？基督啊，妳們倆聽不聽我的話？」

娜娜氣沖沖轉向他，雪維絲則抬起雙臂來保護庫柏說要撕的東西。少女瞪着父親，忘了告解神父叫她要端莊有禮；脫口說道：

「你這下流胚！」

他喝完湯，馬上呼呼大睡，第二天醒來挺和氣的。他身上還有頭一天酒醉的痕跡，但是不太嚴重，正好使他顯得愉快又活潑。他看着孩子打扮，深深爲白衣裳而動容，說小丫頭不用怎麽裝扮就像淑女了。他說得不錯，這一天做父親的人自然爲女兒感到驕傲。你眞該看看娜娜有多俏，穿着短短的衣裳，懷着怯生生的笑容，笑得像新娘似的。他們下樓後，她看到寶琳站在門房小屋的門口，也全副盛裝，停下來打量了她一眼，非常高興，覺得對方不像自己這麽好看——事實上她簡直像一綑要洗的衣裳。兩家人一起往敎堂走。娜娜和寶琳帶頭，手拿祈禱書，抓着風中鼓起的面紗，很多人走出店面來看她們，她們不說話，却滿心自豪，裝出一副虔誠的表情，聽人誇她們甜美可愛。布許太太和洛里羅斯太太遠遠落在後頭，因爲她們正在批評「阿跛」——敗家子，要不是親戚敬重聖餐，送各種禮物，她女兒絕對行不了第一次的聖餐拜受禮，不錯，樣樣都是人家的，連一件新汗衫也不例外。洛里羅斯太太尤其關心她送的衣服，如果娜娜太靠近商店，裙子上沾了灰塵，她就痛罵她，說她是髒鬼。

到了敎堂，庫柏痛哭流涕。說來很傻，但他實在忍不住。他太感動了；神父擧起手臂，小丫頭像天使，手掌合十前進，風琴曲使他內心怪怪的，薰香的氣味害他猛吸氣，彷彿有一束鮮花貼在鼻孔下。而且他看到了碧藍色，由衷感動。小一輩眞的吃聖餐時，有一首聖歌尤其動人，好像沿着他的頸子往下滑，弄得他脊椎發顫。周圍敏感的人也在擦眼睛。是的，這是美妙的一天，一個人生命中最美妙的日子。但是一來到教堂外，他跟洛里羅斯去喝了一杯酒，後者沒有流淚，不斷取笑他，他喝完又彆扭起來，說神父在他們的地盤燒巫藥，吸取一般人的精力。不過，他畢竟沒有隱藏他流淚的事實，這證明他不是鐵石心腸。說着他又叫了一巡酒。

晚上波宜松家的喬遷喜宴很熱鬧。席間從頭到尾沒有任何陰霾來破壞友善的氣氛。惡運降臨時，偶爾也會碰到愉快的夜晚，連死敵都能融融洽洽。蘭蒂爾左側坐着雪維絲，右邊坐着維金妮，對兩個人都十分討好，不時獻些小殷勤，像母鷄羣中渴望安寧的公鷄。對面的波宜松則維持警察特有的冷靜沉思狀，這是長期在人行道上巡邏養成的習慣，腦子什麼也不想，眼神却若有所思。不過宴會上的女王是娜娜和寶琳兩位少女，她們獲准不脫下新衣，坐得畢挺畢挺，唯恐弄髒了白袍，大人也不斷叫她們抬頭，吃有吃相。娜娜受不了這些，酒汁淌在胸前，她當場脫下來，用一杯水浸浸上衣，這可眞是了不得的場面。

吃到甜食階段，他們認眞討論孩子的前途。布許太太已經選好了。寶琳要到一個雕刻金銀器的地方，將來日薪可以高達五或六法郎。雪維絲還沒決定，娜娜沒顯出什麼特殊的才華。噢，她會混日子，這一點她很擅長，至於別的事情她根本不中用。

拉瑞特太太說：「要是我，我就叫她學做假花。這是一門乾淨又文雅的行業。」

洛里羅斯嗤之以鼻說：「噢，製花女工，她們都隨隨便便跟人家睡覺。」

高個子寡婦噘着嘴巴說：「噢，眞的，那我呢？你高雅，你有紳士作風，是的。告訴你，我不是娼婦，我不會聽人吹口哨就平躺下來。」

大家都噓她，要她住口。

「噢，拉瑞特太太！噢，拉瑞特太太！」

大家往兩個初行聖餐禮的小姑娘那邊看了一眼，她們正低頭看玻璃杯，免得偷笑出來。到目前爲止，連男士都顧及禮儀，說話很當心。但是拉瑞特太太不肯聽命於別人。她這些話最高級的社交圈也照說不誤啊。何況她自認爲會說本國語，常常有人恭維她什麼都談，在小孩面前也百無禁忌，却又不違犯禮法。

她大聲說：「告訴你，製花這一行出過幾個非常可敬的女人！當然啦，她們天生和別的女人一樣，不十分拘謹。但是她們有禮儀觀念，她們想要越軌時，會運用鑑賞力來抉擇……是的，這是做花培養出來的……至於我嘛，我守貞是因爲……」

雪維絲插口說：「老天，我不反對製花這一行。只要娜娜喜歡就行了。大人不該反對孩子選職業……娜娜過來，別裝傻，回答問題。妳喜不喜歡做花？」

娜娜弓身對着餐碟，正用濕漉漉的手指拿蛋糕屑來吃，然後吸吮手指。她不慌不忙。她露出最曖昧的笑容。

「噢，媽咪，我喜歡做花。」

於是事情馬上說定了。庫柏情願拉瑞特太太第二天就帶娜娜到凱莉街的工作坊去上班。大家一本正經談到人生的義務。布許說娜娜和寶琳行過聖餐禮，現在算大人。波宜松更說她們該學會烹調、補襪子和理家。話題甚至轉到她們的婚姻和日後要生的兒女。小丫頭聽着，心裏暗笑，你碰我我碰你，爲當大人而興奮，滿面通紅，穿着白袍忸忸怩怩的。蘭蒂爾問她們是不是已經有了心目中的小丈夫，她們笑得最厲害。娜娜不得不承認她愛母親雇主的少爺維多・福康尼爾。

臨走的時候，洛里羅斯太太對布許夫婦說：「算了，算了，她是我們的教子，不過他們若將她變成製花女工，我們就跟她斷絕關係。街上只是多一個妓女罷了……不出六個月，她就會搭上男人。」

上樓睡覺時，庫柏夫婦一致認爲今晚很融洽，波宜松夫婦眞是好人。雪維絲甚至覺得店面安排甚佳。她以爲自己到別人佔用的老家去赴宴，心情一定很悲慘，沒想到她片刻都沒有憤怒的感覺。更衣的時候，娜娜問母親三樓那位上個月結婚的小姐衣服是不是也跟她一樣是細洋布做的。

不過，今天是這家人最後一個幸福的日子。此後兩年，他們不斷走下坡。冬天尤其難捱。好天氣的時候他們有辦法找東西吃，雨季和寒天饑餓就來了；他們在空碗櫥前面徘徊，餓着肚子在冷如雪地的家中回憶往事。兇狠的十二月由門縫裏溜進來，帶來一切惡兆，廠商關門，濃霜不去，陰雨慘兮兮連下個不停。頭一年冬天他們有時候還能升個火，圍着火爐，寧願取暖不吃東西，但是第二年冬天，火爐擺在一旁生銹，像一根悲哀的里程桿，更增加屋裏的寒意。而最令人沮喪的是房租問題。噢，正月收租的日子，屋裏沒有一文錢，老布許却拿着收據來了！這一道冷風更厲害，是眞正的北風。接下來的星期六馬斯可先生親自露面，身上裹着重重的大衣，一雙大手戴着舒服的羊毛手套，嘴上隨時掛着「趕他們出去」的口頭禪，門外大雪紛飛，彷彿在人行道上舖一床白被單等着他們。爲了付房租，他們恨不得出賣自己的身體。收租日使碗櫃和火爐空蕩蕩的，使整棟大樓發出哀嘆的聲音。每一層樓都有人哭，輓歌傳遍樓梯和走廊，就算每家都死一個人，風琴聲也不會如此可怕。這是眞正的審判日，萬事的終點，難以忍受的生活，也是窮人萬刼不復的一天。四樓房客的太太在美男街街角當了一星期的妓女。六樓的一個泥水匠偷了雇主的錢。

庫柏夫婦當然只能怪自己。無論生活多艱辛，憑規律和節儉總有辦法活下去——你看洛里羅斯夫婦吧，他們按時付房租，在幾張髒紙頭上節省；不過這兩夫婦的生活眞像兩隻瘦蜘蛛，他們的工作念頭叫人噁心。娜娜做花還不能賺錢回來，家裏甚至得花不少錢來養她。雪維絲在福康尼爾太太店裏的評價愈來愈低，她的手藝不斷退步，工作弄得一團糟，老闆娘只得把她的工資降成兩法郎，相當於生手的價格。但是她自尊心很強，脾氣又大，動不動就對人說她以前當過老闆。有時候氣沖沖走出去，一連怠工幾天。例如有一次，她看福康尼爾太太雇用普托斯太太，她得跟以前的雇工一起幹活兒，非常懊惱，曾經兩星期不上工。出了這一類的滑稽事，人家只是好心收容她，她更不是滋味。當然一週下來薪餉袋薄薄的，她曾刻薄地說，某一個星期六她說不定要倒欠老闆工錢哩。至於庫柏嘛，算了，他也許做過工，但是他一定把工作成果送給政府了，從艾坦庇斯作工回來後，雪維絲就沒見過他的錢。現在他發薪日回家，她根本不看他的手。他兩臂空蕩蕩，口袋也空空的，往往連手帕都不見形踪——天保佑，是啊，他常常遺失擦鼻涕的破布，不然就是哪個傢伙摸走了。起先他揑造一些數字，謊稱捐款捐了十法郎，二十法郎大概掉出口袋了（還把破洞掀給她看），五十法郎要付各種虛構的債務。後來他不再費心思。錢就不知怎麼蒸發掉了嘛！不再放入口袋，而是放在肚子裏——這是帶回來給妻子的另外一個辦法，而且是不太好玩的辦法。她偶爾遵照布許太太的勸告，趁他收工的時候在路上等他，準備搶這份新的儲備金，但是她一點收穫都沒有，因爲同伴們向庫柏使眼色，他把錢藏在鞋底或身上另外一處更骯髒的地方。布許太太這方面很在行，因爲布許喜歡拐帶十法郎的錢幣，留下來請幾位他認識的親切女友。她搜遍他衣服的每一個角落，往往在帽舌上找到那枚硬幣，縫在羽毛和布料之間。但是庫柏根本不會用金幣點綴衣服。他吃進肚子裏，雪維絲總不能拿一把剪刀剖開他肚子的縫線吧！

是的，情況一季一季惡化，都怪他們自己。但是你決不會對自己承認這些，陷入困境時尤其不肯承認。他們推說是霉運使然，上帝和他們作對。現在他們家像屠場，一家人整天互相攻擊。除了吵架吵到氣頭上偶爾打對方一個耳光，他們還沒有到達互毆的地步。說來眞可悲，現在他們打開籠子，放出親情，其它的感情也像金絲雀般飛走了。團結家庭中父母和兒女的溫情消逝無踪，每個人躲在自己的角落裏發抖。庫柏、雪維絲和娜娜三個人脾氣都大得要命，隨時爲一句話撲向對方，眼神充滿恨意——有一樣東西彷彿折斷了，就是幸福的人身上統一跳動的家庭大發條。當年雪維絲不敢看庫柏在路面十碼或十五碼的屋頂上築筧溝，那些日子一去不復返！現在她不至於親手推他，但是他若自己摔下去多好！好啦！世間就少了一個不成材的東西。家裏吵得正兇時，她尖叫說：她唯恐他不被擔架扛回來。她就等着那一天，現在快到了！他有什麼用處，酒鬼兼傻瓜？只會害她哭，吃垮她的房屋和家當，逼她犯罪。算啦，這種沒用的人應該儘快扔進墳坑，他們樂得在墳地上跳波卡舞。做母親的說「殺」，做女兒的則說「幹掉他」。娜娜愛讀報上的新聞，她學來的言語動作實在不像孝順的女兒。她父親眞幸運，公共馬車撞打他，他都不會酒醒。這吸血鬼什麼時候才死掉？

在這種貧困而痛苦的生活中，雪維絲感受到週圍的饑餓慘狀，痛苦更加深了。大樓這一角是貧民窟，有三、四戶人家彷彿約好了幾天不用吃東西。房門也許大開着，却不常有烹調的香味傳出來。沿着走廊一路都是垂死的寂靜，四處牆壁像空胃腸，敲起來空空響。那兒不時聽見吵鬧的聲音，有女人哭，饑餓的小孩抽抽噎噎，或者家人互相扭打，想忘記轆轆的饑腸。大家的下頦好像都在抽筋，使這些饑餓的嘴巴大張着，胸部空空如也，只因爲不得不呼吸，而空氣中連蚊蚋都無法不吃東西活下去。雪維絲最同情的是梯下小洞中的布魯老爹。他像睡鼠躲進洞內，縮成一堆來禦寒，一連幾天不外出，在茅草堆上毫無動靜。現在肚子餓他也不出門了，沒有人請他吃東西，何必出去勾起食慾呢？鄰居三、四天沒看到他，便推開小門看他死了沒有。不，他還活着，却沒有多少生機，只是睜着一隻眼睛等死神想起他罷了！雪維絲只要有麵包吃，一定丢些麵包屑給他。她也許一天比一天尖刻，漸漸恨男人，但是她對動物仍然有同情心，可憐的布魯老爹因爲不能再幹活兒，大家隨他餓死，在雪維絲看來眞像一條狗——一條不堪使喚，連屠宰場都不肯買去剝皮取油的動物。她覺得他像她心裏的一副重擔，永遠在走廊對面，上帝和人類都遺棄了他，只靠體內的養份活命，體型縮得像兒童一般大小，枯萎如壁爐板上等着縮乾的橘子。

她還覺得住處接近抬棺人巴索吉很難受。他們兩家的房門只隔一層薄薄的壁板。他一隻手指伸進嘴巴她都聽得見。晚上他回來，她忍不住聆聽他生活常軌的每一階段，黑色的漆皮禮帽像一鏟泥土砰然落在五斗櫃上，黑色的外衣掛上木釘，像夜梟的翅膀磨擦牆壁，他的全套黑衣包着擺在房間中央，使屋裏充滿荒凉的悲意。她聽到他走來走去，爲他的每一個動作而煩惱，聽他撞到傢俱或敲打瓦器，會嚇得跳起來。這個邋遢的老酒鬼成爲她心中揮不掉的魔鬼，宛如說不出的恐懼夾着求知慾。他笑笑鬧鬧，老是醺醺然，星期天醉得很厲害，吐痰咳嗽，大唱「高廸瓊媽媽」，大吼髒話，對四面牆壁又吵又打，然後才上床。她弄不清他在隔壁搞什麼鬼，臉色發白，想像各種駭人的情況，猜想他一定扛來一具屍體藏在床下。報上登過一則消息，有位抬棺人在家裏堆了好多小娃娃的棺材，貪圖省事，只需跑一趟墓地就行了。巴索吉進屋的時候，彷彿有一股死亡的氣味由隔板傳過來，眞的。你會以爲你住在鼹鼠的地盤「拉契斯神父墓園」對面哩。他是個可怕的傢伙，老是自言自笑，以爲他的工作有什麼可笑的地方。即或他鬧完了，平躺在床上，他打鼾的聲音也很特別，使她屏息不敢動。她常一連幾個鐘頭洗耳聆聽，相信送葬的行列正通過鄰居的斗室。

是的，最糟糕的一點是她雖然恐慌，却不自覺把耳朵貼向隔板，想弄清怎麼回事。巴索吉對她的影響有如英俊的男人打動貞節烈婦——她們渴望接觸，却又不敢，因爲好教養攔着她們。噢，若非恐懼攔着她，雪維絲眞想碰一碰死神，看他長得什麼樣子。有時候她的舉止好奇怪，屏住呼吸，全神貫注，想從巴索吉的某些動作查出死亡的意義，庫柏曾開玩笑問她是不是看上了隔壁的抬棺人。這一來她大發脾氣，說要搬家，離得這麼近害她神經發麻。但是老傢伙和墳墓的氣味一同來，她就不自覺恢復舊有的舉動，顯得機靈又緊張，活像一個想撕掉結婚證書的太太。他不是兩度說要收拾她的遺體，帶她到遠處去安息嗎，那兒睡眠的快樂好濃好濃，能叫你忘記一切悲哀？也許死亡眞是好事哩。漸漸地，嘗試的誘惑愈來愈強烈。她眞想試兩週或一個月！噢，安息一個月，尤其是冬天，該付房租的月份，生命的煩惱幾乎害她崩潰的月份，那該多好。不，不可能，妳若安息一個鐘頭，就得長眠不起，這個念頭嚇倒了她，面臨大地所要求的永遠而狠心的友情，她對死亡的迷戀一掃而空。

然而，一個正月的夜晚，她確實用兩個拳頭敲過隔間板。她度過了恐怖的一週，被每一個人逼迫過，身上一文錢都沒有，也無心做任何事情。那天晚上她身體不舒服，發燒打哆嗦，看見鬼火跳來跳去。她曾想跳窗自殺，却沒有這麼做，轉而捶壁狂喊：

「巴索吉！巴索吉！」

抬棺人正在脫皮靴，大唱「有三位漂亮姑娘」。那天工作一定很順利，否則就是他醉得比平常厲害些。

「巴索吉！巴索吉！」她提高嗓門叫道。

他聽不到嗎？現在她準備獻出自己了，他可以拎着她的頸子，把她拖到富婆和貧女同樣安息的地方。她不喜歡他唱的這首「有三位漂亮姑娘」，因爲曲中暗示了一位太多姑娘追求的男士所特有的優越感。

巴索吉詫異地嚷道：「怎麼啦？怎麼啦？誰生病？來了，大媽！」

但是他刺耳的嗓門驚醒了雪維絲的惡夢。她幹什麼？她剛才一定敲了隔板。彷彿挨了一棍，雪維絲嚇得繃緊臀部，身子往後縮，想像他的大手由牆壁伸過來抓她的頭髮。不，不，她不是眞心的，她還不想死呢。她如果敲牆壁，一定是轉身時手肘碰到的，純粹是巧合。一想到自己被老頭抱着扔出去，全身僵冷，臉色死白死白，一陣戰慄不禁由膝蓋傳到雙肩。

巴索吉的聲音劃破了寂靜，「咦，現在沒有人在家嗎？等一等，我是太太小姐們的朋友。」

她勉強吐氣說：「不，沒什麼，沒什麼。我不缺什麼，謝謝你。」

抬棺人咕咕噥噥又睡着了，她緊張兮兮聽着，不敢移動半步，唯恐他以爲又聽到她的敲擊聲。她發誓現在要很小心很小心。就算奄奄一息，她也不向鄰居求助。她說這些話來壯膽，因爲她雖然恐慌，有時候仍有這些嚇人的渴望。

不過，在她自己和貧民窟其它人的煩惱中，雪維絲看到畢傑家一個勇敢的好榜樣。個子像小豆豆的八歲女童拉麗料理一個家，比大人更稱職，這個工作很艱辛，要照顧弟弟朱利斯和妹妹亨瑞蒂這兩個娃兒，他們年方三歲及五歲，她得整天看着他們，連掃地和洗衣的時候都不能放鬆。自從她父親踢了太太的肚子一脚，把她弄死之後，拉麗便承當起小母親的職責。她默默代替母親，連她那個禽獸父親都覺得如此，現在打女兒就跟當年打她母親一樣。他喝醉回家，得有一個女人供他淩辱。他甚至沒發現拉麗個子很小，打她比打一團破布更狠心。一記耳光蓋住了小傢伙的整張面孔，她的皮膚還很嫩，五根指印一連幾天不消退。他曾無恥地踢打小傢伙，像一頭瘋狼撲向可憐而膽怯的小貓，她實在太瘦弱，叫人看了眞想哭，她卻以美麗而認命的目光接受一切，從來不發怨言。不，拉麗從來不反抗——她會垂下頦子來保護面孔，但是她不哭，唯恐吵到大厦的居民。等父親在房間四角踢她踢累了，她稍等一下，奮力站起來，然後回去幹她的工作，洗厨房啦，燉湯啦，傢俱總是一塵不染。挨打只是日常生活的一部分。

雪維絲對她的小鄰居頗有好感，把她當做瞭解人生的成年婦人。拉麗的面孔蒼白而嚴肅，表情像老處女。你聽她說話，眞以爲她年屆三十哩。她懂得購物、縫補和管家的一切細節，談起小孩子來，彷彿她自己生過兩三個似的。這些話出自八歲女童口中，大家都忍不住發笑，但是喉嚨哽住了，他們連忙走開，免得哭出來。雪維絲儘可能請她進屋，把自己能省下的食物和舊衣服送給她。有一天她爲小傢伙試穿一件娜娜的舊襖，看她背部青一塊紫一塊，手肘擦傷還在流血，受苦的皮肉包着骨頭，她氣得要命。噢，巴索吉還是替她備好棺材吧，她這樣活不長的！没想到小傢伙却求她不要說什麽；她不希望父親爲她心煩。她爲他辯解說：要不是酗酒，他不會這麽壞。醉後他像瘋子，不知道自己在幹什麽。噢，她原諒他，因爲你得原諒瘋子做的一切呀。

此後雪維絲留意着，一聽到畢傑上樓梯，就設法排解。但她往往自己挨一鞭。她若白天進去，常常看到拉麗被綑在床尾；這是鎖匠的主意，用繩子紮緊她的雙足和腰身，天知道爲什麽，只是醉漢突發的靈感吧，一定是自己不在時還想折磨孩子。拉麗身體僵得像一根標柱，兩腿刺進不少釘針，整天縛在床柱上，有一次畢傑忘了回家，還縛着過夜呢。雪維絲嚇慌了，說要替她鬆綁，小傢伙求她別動繩結，因爲她父親若看到繩結不跟原來一樣，他會發瘋的。她笑着說：她眞的沒什麼，這等於休息，其實她可愛的小腿腫得厲害，膚色像死人。她最難過的是，眼看屋裏亂糟糟，她却釘在那邊不能整理。她父親應該想些別的主意。不過她仍然看着小弟妹，要他們聽命行事，叫亨瑞蒂和朱利斯到她身邊來擦鼻涕。因爲兩手活動自如，她一面等着鬆綁，一面編織衣物，免得浪費時間。等畢傑解開她，她沿着地板拖行整整一刻鐘，血液循環停掉了，站都站不起來，這時候最糟糕。

鎖匠還想起另外一個小把戲。他把硬幣擱在火裏燒，然後放在壁爐面板的一角，叫拉麗過來，吩咐她去買兩條麵包。小傢伙毫不提防，拿起硬幣，慘叫一聲扔下去，猛甩燙傷的小手。這一來他大發脾氣。他做了什麼孽，養出這樣的小騷貨?現在她把他的錢弄丟了!他威嚇說：她若不馬上撿起來，他就剝她的皮。她還遲遲不動手，立刻挨了第一拳，打得她眼冒金星。她含着眼淚，默默撿起硬幣走出門，手掌撥來撥去，讓錢幣慢慢冷却。

你不會相信醉鬼的腦袋能想起多邪惡的念頭。例如有一天下午，拉麗收拾好一切，正跟小弟妹玩耍。窗戶開着，很通風，走廊的風使房門半開半閉。

她說：「原來是哈代先生!請進，哈代先生，請進。」

她向房門敬禮，問候涼風。亨瑞蒂和朱利斯在她背後點頭，很喜歡這個遊戲，咯咯笑個不停，彷彿被人呵了胳肢窩似的。她看他們這麼痛快，自己也高興得滿臉紅暈，她一個月難得快活一次。

「午安，哈代先生。你好，哈代先生?」

但是有一隻手兇巴巴推門，畢傑回來了。場面頓時改觀。亨瑞蒂和朱利斯連忙逃開，蹲在牆脚，拉麗行禮行到一半，嚇得發呆。鎖匠手上拿着一根嶄新的馬車夫皮鞭，有一個長長的白木柄和皮帶，尾端是一截細繩。他把皮鞭放在床上，雖然拉麗已經獻出背脊來自衞，他却不像平常用脚踢她。他卑鄙地冷笑，露出一口黑牙，醉得很厲害，腦子裏正醞釀一個開心的念頭。

「原來妳在練習當妓女，呃，小親親！是的，我在下面就聽到妳舞來舞去！過來。再近一點！面向着我，我不想聞妳的屁股！妳抖成那副樣子幹什麽？我又沒碰妳！替我脫鞋。」

拉麗沒有挨打，反而嚇慌了，臉色發白。她爲父親脫鞋。他坐在床邊，現在合衣躺在床上，睜着眼睛，打量拉麗在屋裏的每一個動作。她被他盯得傻楞楞的。四肢嚇得發冷，最後竟打破一個茶杯。這時候，畢傑不移動身子，拿皮鞭給她看。

「喏，小鬼，看看這個。這是送給妳的禮物。是的，妳又害我花了五十蘇錢。用這根小玩意兒，我不用到處跑，妳躲在角落裏也沒有用。要不要試試看？噢，妳打破茶杯是不是？好，妳站起來，跳跳舞，向哈代先生行禮致意！」

他甚至不坐起來，只是仰臥在床上，腦袋貼着枕頭，往房間各處猛揮皮鞭，活像馬夫鞭策馬兒。然後他垂下手臂，打中拉麗的腰身，把她當陀螺捲起又放開。她跌倒在地，爬着逃走，但是他又打她一鞭，叫她站起來。

他吼道：「起來，起來。我們正在耍猴戲呢！這是冬天的好主意。我可以躺在床上不着凉，遠遠套牲口，用不着擦破凍瘡。在這一角……逮住她！在那一角，也逮住她！在另一角，還是逮住她！噢，妳如果躲在床下，我可以用木柄敲妳。所以還是站起來吧，站起來，我們來囉！」

他的嘴唇浮現一股小泡沫，黃黃的眼睛彷彿要從眼窩裏迸出來。拉麗痛得發狂，尖叫不已，滿屋子亂跳，在地上縮成一團，或者平貼着牆壁，但是不管她到哪裏，木皮鞭的尾梢照樣打過來，像子彈在她耳膜裏咔咔響，給她的皮肉留下長長的鞭痕。眞像馬戲團受訓的野獸跳上跳下的。可憐的小東西舞得眞靈活——你眞該看看——脚跟在空中活像跳「塩巴、芥菜、醋、辣椒」的小鬼。氣喘吁吁，迸得像皮球，她盲目挨打，累得不能找庇蔭。她的野獸父親得意洋洋，罵她邋遢女，問她是不是受够了教訓，知道最好別躲他。

雪維絲被小孩的尖叫引過來，突然衝進屋。一看眼前的場面，她氣得半死。

她大叫說：「你這畜牲！放開她，不然我就叫警察！」

畢傑像一頭被人打擾的動物，哼了一聲，結結巴巴嚷道：

「聽着，跛子，別管閒事。我對付她還得戴手套（手下留情）嗎？妳難道看不出來，我只是給她一個警告，讓她知道我手臂很長，逮得到她。」

說完他又揮鞭打中拉麗的小臉蛋，上唇破裂流血。這回雪維絲拿起一張椅子要打他。但是小傢伙伸出手臂來求情，說沒有關係，痛苦都過去了，並用圍裙擦掉嘴角的血印，兩個小娃兒彷彿自己挨揍一般，大哭大嚷，她喝住他們。

雪維絲想起拉麗，就不再爲自己叫屈了。她但願自己能像這個八歲女童一樣勇敢，小拉麗忍受的痛苦等於B梯其它女人的總合。她看她吃過整整三個月的乾糧，甚至不够塡飽肚子，又瘦又弱，走路一定要扶牆。她偷偷把肉屑拿給她，看孩子一小口一小口嚥下去，因爲縮緊的喉嚨吞不下東西，大淚珠沿面滴下，她心如刀割。但是小傢伙始終和善又忠實，智慧超過同齡的孩子，像小母親盡忠職守，甚至不惜獻出生命，只因爲她脆弱而天眞的童心太早加上一層母性。雪維絲以這個吃盡苦頭却隨時寬恕的小傢伙做例子，學着不把痛苦告訴外人。拉麗只剩一雙認命的烏黑大眼睛，目光難以形容，只見一片痛苦和絕望的黑暗。從來不訴苦，只睜着一雙黑色大眼睛默默看人。

老克倫貝酒吧的毒素在庫柏家也開始肆虐了。雪維絲料想到有一天她丈夫也會學畢傑拿起皮鞭，叫她痛得狂舞。當然懸在她心中的命運使她更明白小拉麗的命運。是的，庫柏正自尋死路。喝一杯火酒便兩頰發紅的日子已成過去。現在他不能拍着肚子說喝酒對他有好處，因爲早年不健康的黃油消蝕一空，他愈來愈瘦，膚色灰白泛青，像一具水塘中溺斃的屍體。他食量也一天天減退，對麵包慢慢失去胃口，看到烹煮的熟食便肚子發脹。你把最精美的燉菜放在他面前，他的胃硬是不肯吸收，牙齒硬是不肯咬。他每天得喝白蘭地過活；這是他的口糧，他的肉食和飲料，也是他唯一能消化的東西。早上他一起床，就弓着身體，咳嗽發抖，抱住腦袋，吐出喉嚨裏一大堆苦澀如蘆薈的濃痰。從來不例外，你可以預先準備好痰盂。他兩腿不穩，得喝下第一杯安慰劑，一帖能燒灼五臟的補酒，才站得起來。但是時間一分一秒過去，他的力氣又復甦了。起先他有一種癢酥酥的感覺，雙手和雙腿刺痛，他開玩笑說人家捉弄他，一定是他老婆在床上灑了癢粉。等到他兩腿沉重，刺痛轉成抽筋，像惡疾緊黏着皮肉，情況就不妙了。他不再說笑，往往突然楞在人行道上，手足無措，耳朵嗡嗡響，眼冒金星。萬物都呈黃色，建築物四處飛舞，他暈眩了幾秒鐘，唯恐倒地不起。有時候太陽猛晒他的背脊，他還拚命打冷顫，彷彿有冰水由雙肩淋下背脊似的。不過最氣人的是雙手發抖，尤其是右手，它一定幹過壞事，現在眞討人嫌。噢，他不能再當男子漢了，大概快變老太婆囉！他肌肉拚命用力，抱緊玻璃杯，發誓要挾得像大理石雕像的手掌一樣牢固，但是不管他怎麼拿，玻璃杯仍舊搖來搖去，左右亂顫。於是他氣沖沖把酒灌進喉嚨，嚷道他需要十二杯，到時候他保證提水桶不搖半根指頭。但是雪維絲說：正相反，他若想不發顫，先得戒酒。於是他叫她滾蛋，一連喝下好幾瓶，再試一次，結果大發雷霆，怪來往的車輛震動了杯中的酒汁。

三月的一天傍晚，庫柏渾身溼透回來。他跟「我的皮靴」到蒙屈吉，兩個人吃了一頓鱔魚湯，他冒着暴雨一路由「爐灶門」走到「魚販門」，路程相當遠。晚上他咳嗽很嚴重，突然發高燒，臉色發紅，肋骨一起一伏像兩隻舊風箱。早上布許家的醫生來看他，敲敲他的背部，搖搖頭把雪維絲拉到一邊，勸她立刻送丈夫進醫院。庫柏得了肺炎。

雪維絲不難過，才不呢。以前她寧可粉身碎骨，也捨不得把他交給外科醫生。他在國族街出事的時候，她花光所有的積蓄來照顧他。但是人一墮落，那種優美的情操便維持不了多久。噢，不，她不想再自找麻煩。他們儘管來帶他走，永遠別送回來——她等於拔了一根眼中釘，但是擔架眞來了，庫柏像傢俱擺在上面，她還是臉色發白，緊抿嘴唇，雖然她不斷嘮叨，說這樣才省事，其實不是眞心的，她恨不得抽屜有十法郎，不必送他走。她陪他去拉瑞柏西爾醫院，看男護士把他放在大收容室一端的床上，那邊有一排病人，臉色像死屍，正坐起來打量新扛進醫院的同伴。這邊有不少人翹辮子，發燒的空氣很悶人，死亡的咳嗽此起彼落，叫你聽了連肺都要咳出來，何況收容室和一列白床看起來就像小公墓——眞正的墳場街。他躺在枕頭上，她默默離開，沒什麼話可說，不幸口袋裏也沒有錢來爲他打氣。她來到門外，回頭看看醫院大樓，想起當年庫柏坐在筧溝邊，沐着陽光一面安鋅板一面唱歌的情形。當年他不喝酒，皮膚嫩得像女孩子。她常由邦克爾旅店的窗口探頭看他，發現他迎空站着，兩個人揮手帕送飛吻。是的，庫柏曾在上面做工，沒想到他蓋的是自己要住的醫院，現在他不像吵鬧的公麻雀高居屋頂，却在屋頂下，他曾手築醫院裏他藏身的地方，如今邋邋遢遢來等死。上帝啊，愛情的春夢如今顯得好遙遠！

兩天後，雪維絲回來聽消息，發現床舖空空的。一位修女說，院方不得不把她丈夫送到「聖安妮療養院」，因爲他頭一天突然發瘋，精神失常，用腦袋撞牆壁，大叫大嚷，搞得其它病人不能睡覺。顯然是酗酒的結果。酒精潛伏在他體內，等待他衰弱患肺炎的一刻，然後攻擊他的神經，搞得它功能失常。她回家非常沮喪。她丈夫現在瘋了！如果院裏放他出來，生活可就精彩囉。娜娜說當局一定要把他關在療養院，否則他會害死她們母女。

雪維絲直到下一個星期天才有空去「聖安妮療養院」。這可眞是安息日的好旅程。幸虧羅許查特大道到冰穴區的公車行程離療養院很近。她在「健康街」下車，買了兩個橘子，免得空手去探病。又是一棟庭院陰森森的巨樓，走廊永無止盡，充滿臭藥味兒，讓人覺得不怎麼愉快。她被引入一個小房間，發現庫柏精神蠻好的，反而嚇了一跳。他剛好坐在他的寶座上——一個木箱製品，乾乾淨淨，沒什麼氣味，她發現丈夫在表演，屁股朝天，兩個人笑了一陣子。你總知道醫院的病人是怎麽囘事吧？他威風凜凜坐在那兒，像敎皇似的，又說起他以前的俏皮話。噢，他現在一定慢慢復元了，因爲他覺得很正常。

「肺炎呢？」她問道。

「都好啦！他們用手一揮就把病攆走了。我還有點咳嗽，但是燥熱已經過去。」

他跨下寶座，囘床上躺着，又開始耍寶。

「妳鼻子很靈。不怕一撮鼻煙害妳難受吧？」

他們又大笑一陣，他們心底是快樂的。爲這些小事玩玩鬧鬧，他們不費唇舌就能互訴內心的幸福感。不跟病人打交道，你體會不出看他們機能正常有多大的樂趣。

他囘床上躺着，她拿兩個橘子給他，這一來他變得好親暱。現在他只喝茶，不至於把好資質抛在酒店，他又漸漸恢復舊時的良好本色了。於是她鼓起勇氣提到他精神錯亂的毛病，沒想到他竟像往日健全的時候一樣，十分理智地討論病情。

他自嘲說：「噢，是的，我大說夢話！全是幻想，我看見老鼠，我四肢着地到處爬，想灑塩在鼠尾上！妳叫我的名字，因爲有男人在後面追妳。各種荒唐怪夢都有，眞是白天見鬼了。噢，是的，我記得很淸楚，原來我腦袋還相當健全嘛……現在都過去了。我睡着常作夢，而且作惡夢，不過人人都會作惡夢呀。」

雪維絲陪他到傍晚。醫生六點來巡查，叫他伸出兩手。顫慄幾乎消除了，只有指尖微微發抖。但是夜幕降臨，庫柏漸漸焦躁起來。他兩次坐起身，在地板上尋尋覓覓，望着黑暗的屋角。突然他猛踢一下，彷彿要把一個小動物甩上牆。

「老鼠！老鼠！」

接着沉默半晌，他昏昏欲睡，開始略微掙扎，而且顚三倒四亂說話。

「噢，基督啊，牠們在我皮膚上挖洞哩！噢，骯髒的畜生！小心，裙子攏好。當心妳後面的那隻混帳！上帝啊，牠們把她撞倒了，這些畜生在恥笑她哩！你們這些畜生，你們這些流氓，你們這些猪！」

他向空中揮拳，拉起毯子，在胸前捲成護墊，抵擋他看見的留鬚男子。這時候一位管理員走過來，雪維絲連忙告退，被這場面嚇慌了。但是幾天後她再來，發現庫柏大有起色。連惡夢都沒有了，他像小孩連睡十個鐘頭，一動也不動。於是他太太獲准接他回家。當然醫生照出院的常例勸告他一番，要他考慮考慮。他若再酗酒，會有大麻煩，這回可要送命的。是的，完全靠他自己。他已經看到不喝酒多健康。那好，他在家得過「聖安妮療養院」的規律生活，想像他還被人鎖在屋內，世上根本沒有酒店這玩意兒。

「那位先生說得對，」同金點街的公共馬車上，雪維絲說。

「是的，當然他說得對，」庫柏說。

他想了一分鐘又說：

「噢，不過妳知道，偶爾喝一杯不會害男人送命的，這樣對消化有好處。」

那天晚上他喝一杯白蘭地幫助消化。不過，他的言行整整一個禮拜相當適中。他骨子裏很膽怯，才不想在比塞屈（巴黎附近的村莊，有一所傷殘和神經病院）結束一生呢。但是欲望佔了上風——先是一小杯，接着猶豫不決喝下第二杯，第二杯又導致第三杯和第四杯，兩個星期下來，他又恢復每天一品脫下等威士忌的酒量。雪維絲氣得半死，恨不能一拳揍扁他。想想她多傻，只因爲在療養院看到他當年的本色，就夢想再過品行端莊的生活！又一個幸福的時刻飛走了，想必是最後的一次！噢，算了，現在沒有任何力量擋得住他，連早死的恐懼都擋不住他了，她發誓不再白費心思——全家完蛋，她才不在乎呢——她說她要隨處找樂子。於是沉淪的生活再度開始，往泥沼愈陷愈深，而且沒有一絲改善的希望。娜娜挨父親打，會氣沖沖問這畜生怎麼不留在醫院。她說，她只等會賺錢，好多買些白蘭地讓他早一點醉死。有一天庫柏說他們不該結婚，雪維絲大怒。噢，她有沒有帶來其它男人的殘渣？噢，她有沒有在街上裝黃花閨女向他搭訕？老天，他還好意思說呢！一張開嘴巴就撒謊。事實上是她不要他。她求他細細考慮，他却跪地哀求，她才決定嫁給他。時光若能倒流，她不拒絕才怪！她寧願割下一條膀子。是的，婚前她跟一個男人同居過，但是一個失過身却勤勞的女人，強過一個泡遍酒吧又污染自己和家庭名聲的懶鬼。那天庫柏家頭一次發生毆打場面，打得好兇，舊傘和掃帚都弄斷了。

雪維絲說到做到。她比以前更懶散，更常怠工，整天嘮嘮叨叨說閒話，有活兒要幹的時候，她全身癱軟。東西掉了，沒關係，就讓它留在地板上吧，她才不彎腰去撿呢。她懶得入骨，只求節省精力。一切順其自然，不等快撞到垃圾堆，她絕不打掃。現在洛里羅斯夫婦經過時，故意揑着鼻子——好臭，他們說。至於他們嘛，兩夫婦關在走廊的末端，防避大厦這一區嗚咽的貧困，從來不開門，深怕人家來借一枚五法郎的錢幣。眞是好心人！眞是好鄰居！他們眞發橫財了！你只要敲門借一根火柴、一撮塩巴或一點水，他們必定砰的一聲把門關上。說話又毒！只要提到救助同胞的問題，他們就大聲說：他們從來不管別人的閒事，其實只要有背後誹謗的機會，他們從早到晚議論別人。以螺栓閂住家門，厚門簾遮住裂縫和鑰匙孔，他們倆成天東家長西家短的，手上的金線活兒用不着躭擱片刻。「阿跛」走下坡尤其是他們的好話題，他們成天像接受愛撫的小猫呼嚕呼嚕響。一文錢都不剩，情況愈來愈糟啊，朋友！他們偷看她出去買東西，發現她圍裙底帶回小小的一塊麵包，便尖聲怪笑。他們計算庫柏家碗櫃虛空的日子。他們知道她屋裏積了多厚的灰塵，擺了多少個没洗的盤子，每一個落向貧窮和怠惰的數字他們都知道。還有她的衣服！噁心的破布，連舊衣商都不肯摸！說實話，現在好衣裳穿在這位迷人的金髮兒身上顯得皺巴巴的，想當年，這騷貨曾在她可愛的藍色店面中扭屁股哩！這就是愛吃、濫飲、愛飲宴的下場！雪維絲懷疑他們說她的閒話，曾脫下鞋子，把耳朵貼在他們家的門板上，但是厚遮簾能隔音。不過，有一天她確實聽他們罵她「老大奶」，因爲她雖營養不良而比以前消瘦，胸部仍然很豐滿。總之，她不喜歡他們，却繼續跟他們說話，免得招來批評，料想這兩個下流胚只會侮辱她，却又没有力氣還嘴，把他們當垃圾扔掉。何況，那又如何呢？她只想討自己歡心，愛呆在原地玩拇指就呆在原地，愛走動就走動，如此而已。

有一個星期五，庫柏答應帶她去看馬戲團表演。看小姐們騎馬飛奔，跳紙環，這無論如何值得走一趟。庫柏剛領了兩週的工錢，兩法郎他出得起，他們甚至可以在外面吃飯，因爲娜娜要趕一批急件，得很晚才回家。但是七點鐘沒看到庫柏；八點還不見人影，雪維絲很生氣。這個傻酒鬼一定跟同伴們在某一家酒店痛花他的薪餉袋呢。她洗好一頂女帽，而且從早晨到現在拚命補一件舊衣服的小孔，希望馬馬虎虎不丟人。到了九點鐘，她又餓又氣，終於決定到附近去找庫柏。

布許太太看到她臉上的表情，大聲說：「找妳丈夫？他在老克倫貝酒店。布許剛剛陪他吃了幾個白蘭地釀櫻桃。」

她說聲謝謝，飛快沿人行道走去，決定去挖庫柏的眼睛。細雨綿綿，這趟路更不好受。但是她走到酒店門前，突然怕打擾丈夫會挨罵，便冷靜下來，不敢太冒失。酒店燈火通明，煤氣全點上了，鏡子亮得像太陽，各色酒瓶點綴着牆壁。她站了一會，探身由窗口的兩隻酒瓶間往裏瞧，看庫柏坐在房間後部，跟酒友們圍着一張小小的鋅面餐桌，隔着煙霧瀰漫的空氣，一切都顯得模糊泛藍光。她聽不到他們互相吼什麼，看他們手臂亂揮，下巴往前突，眼球暴漲，實在很有意思。男人怎麼可能撇下妻子和家庭，自願關在這麼悶熱的小洞裏呢？雨水沿着背脊往下淌，她挺起身，沿着人行道走動，默想這個問題，不敢進去。算了，庫柏會痛罵她，他最討厭人家釘哨。事實上這兒眞不是正經女人該來的地方。她在淌雨的樹下徘徊，開始發抖，漸漸擔心她會重感冒。她兩度回去站在窗口，又探視屋內，看那些混帳酒鬼乾爽爽坐在那兒，還在吆喝和飲酒，她非常氣憤。酒店的燈光反射在雨滴飛舞的水窪中。每次門一開一關，銅條咔啦響，她就穿過水窪走開。但是最後她覺得這未免太傻了，便推開門，直接走向庫柏的餐桌。她找的畢竟是她的親丈夫，對不對？他答應那天要帶她去看馬戲，她有權來找他。噢，算了，去吧。她可不希望像肥皂無聲無息溶解在人行道上。

他笑得哽住了，大吼說：「噢，是妳呀，老太婆，哇，她不是挺好笑嘛！眞的，她不是挺好笑嘛！」

他們哄然大笑，包括「我的皮靴」、「烤肉一號」、「汚嘴」又名「未渴先飮」，是的，好像很可笑，他們不知道爲什麼。她站在那邊，大吃一驚，但是庫柏的心情好像蠻好的，她放膽說：

「我們要出去，你記得吧，我們得走了，還來得及看一點節目。」

庫柏笑着說：「我站不起來，我黏住了，噢，眞的，試試看就知道——用力拉我的手膀子，來呀，再用力一點，嘿——嗬！喏，妳瞧，克倫貝那傢伙用螺絲釘把我釘在椅子上了，」

雪維絲加入遊戲，她放開庫柏的手膀子，大家都覺得很好玩，他們互相撲抓，咆哮搓肩膀，眞像被人梳理皮毛的猴子，庫柏嘴巴張得好大，你可以直望見他的喉嚨。

他終於說：「喏，傻妞，妳不能坐一會兒？比在外面閒逛好多了，咦，我不回家是有事要辦，用不着繃臉，沒有用的，伙伴們，挪一挪，讓出空位來，」

「嫂夫人若坐我的膝蓋，一定香艷多了，」「我的皮靴」風流地說。

雪維絲爲了不引人注目，便拿了一張椅子，在餐桌邊一兩碼外坐下來，她看看男士們喝的東西——是眞正的火酒，在杯中亮得像黃金，桌上有一攤酒，「汚嘴」又名「未渴先飮」一面說話，一面將手指浸溼，用大字母寫一個女人的名字「尤拉麗」，「烤肉一號」說她已是明日黃花，又瘦得像竹條，「我的皮靴」的鼻子發紅，眞像一朶紅如布根地酒的大利花。四個人都一副髒相，不剃鬚的下頦毛扎扎的，顏色像厠所的刷子，他們的罩衫破破爛爛，兩手汚濁，指甲塞滿泥屑。不過，他們還沒到不能見人的地步，雖然六點鐘就喝起，現在還端端莊莊，只是快要衝破界線了。雪維絲看另外兩個人在櫃臺邊嗽喉嚨，動作太過火，酒杯在頦下一歪，把襯衫弄溼了，以爲他們在喝酒。大塊頭的老克倫貝露出強壯的手臂，他最會調解店內的紛爭，此刻正靜靜倒酒。屋裏很熱，癮君子的煙圈在煤氣強光下冒起，像泥霧翻騰，煙霧愈來愈密，把酒客悶得半死，其間的騷亂震耳欲聾——有沙啞的人聲，玻璃杯吭啷吭啷的聲音，咒罵聲，拳頭猛捶桌子的爆裂音。雪維絲的表情很冷淡，這種場面在女人看來沒什麼意思，何況她不習慣這些；酒精的氣息瀰漫全店；她喉嚨哽咽，眼睛刺痛，腦袋簡直要炸開了，這時候她突然覺得背後有一種更叫人不安的感覺，她回頭一看，那架蒸餾造酒機正在玻璃隔間的小院落中運轉，發出魔鬼厨房般的轟隆轟隆聲，晚上銅質容器顯得更邪門，圓圓的腹部只吸住一點紅光，機器投在後面牆上的影子叫人想起不祥的怪物，長了尾巴，張口要吞噬全世界，

「聽着，苦旦，別裝那副怪臉！滾他的掃興鬼，妳要喝什麼？」

她說：「什麼都不喝，眞的，我還沒吃晚飯呢。」

「那就更應該喝啦，喝點東西能維持體力，」

她還猶豫不決，「我的皮靴」再次獻殷勤。

「嫂夫人一定喜歡甜酒吧？」他說。

她略帶刻薄說：「我喜歡不酗酒的男人！是的，我喜歡人們把薪餉拿囘家，許了諾言就要實現。」

庫柏還在笑：「噢，妳爲這件事生氣呀，妳要分享……好，傻妞，妳何不叫點飲料來喝？來，對妳有好處哩。」

她一臉嚴肅，皺着額頭凝視他的眼睛，然後用堅定的口吻說：

「是，你說得對，這是好主意，那我們一起把錢喝光。」

「烤肉一號」站起來，替她買了一杯大茴香酒，她拉過椅子，靠近餐桌。她啜飲大茴香酒，突然想起多年前庫柏追求她，兩個人在門口同吃白蘭地釀李子的經過。當時她不喝泡李子的白蘭地；現在舊地重遊，却改喝純正的火酒了。噢，她早就認淸自己，沒有半絲意志力。只要有人輕輕一推，她就會在烈酒中打滾。對了，這種大茴香酒她覺得不錯，也許太甜了一點，稍微叫人噁心。她繼續啜飲，「汚嘴」大談他跟賣魚婦胖尤拉麗的情史。她很狡猾，眞的，她推車沿着溝渠走，就能聞到他在酒店的氣味。即使同伴們警告他，掩護他，她還是查得出他的行踪，昨天她還把一條比目魚扔在他臉上，叫他嚐嚐怠工的滋味。眞好玩，眞的，「烤肉一號」和「我的皮靴」笑彎了腰，猛拍雪維絲的肩膀，她也忍不住大笑。活像有人搔她的胳肢窩，笑個不停。他們勸她學胖尤拉麗，把熨斗拿來，在鋅質吧臺上燙掉庫柏的耳朵。

「不，謝了！」庫柏把太太喝光的大茴香酒杯翻過來。「妳能喝，對不對？兄弟們，看看這個，她眞不浪費時間！」

「嫂夫人要不要再來一杯？」「汚嘴」又名「未渴先飲」問道。

不，她喝够了。但是她猶豫不決。大茴香酒害她有點噁心，她寧願來一杯烈酒鎮鎮胃腸。她雙眼盯着背後的造酒機打轉。那個大汽鍋圓得像補鍋匠胖太太的肚皮，管口戳進戳出，扭來扭去，她背脊打了一個寒噤，又怕又想喝。眞像某一位巫師的金屬內臟點點滴滴抽取她體內燃燒的烈焰。眞是毒素的好泉源，這種過程理當埋入地窖，太吵也太髒了！但是她恨不得伸出鼻子聞聞那氣味，嚐嚐地獄的甘霖，就算會燒壞舌頭，害它像橘子剝一層皮，她也甘心。

「你們喝什麼？」她狡猾地問男士們，雙眼却亮晶晶盯着他們杯中迷人的金液。

庫柏回答說：「老伴兒，這是克倫貝老爹的樟腦。別裝傻了，我們會讓妳嚐一杯。」

有人給她一杯下等威士忌，她啜了一口，滿臉苦相。他看了猛拍大腿說：

「刮着妳的酒腸，對不對？一口吞下去。妳每喝一杯，醫生就少賺六法郎。」

喝了第二杯，雪維絲早已忘了磨人的飢餓。她跟庫柏和好了，而且原諒他失約。馬戲團可以改期去看；畢竟馬背上的雜技也不見得多好玩嘛。克倫貝酒店不下雨，薪水若喝酒喝光，至少是裝進自己的五臟廟——透明清澄流下去，活像最美的液態黃金。才不管世間其它的問題呢！人生沒有多少樂趣，兩人平均花錢看來很值得欣慰。她在這邊覺得挺不錯，何不留下來呢？一旦坐穩了，你開砲她都不想走。於是她坐在迷人的暖意中愈來愈平靜，上衣黏着背脊，渾身舒服又愜意，四肢都麻痺了。她的手肘擱在桌上，自顧地偷笑，眼神痴呆，覺得鄰桌的兩個客人眞有意思，一個是大塊頭，一個是小矮人，他們正熱烈相擁，醉得好厲害。是的，「酒店」眞好玩，有克倫貝那張大圓臉——整整齊齊的一大塊猪油——還有顧客抽陶製煙斗，邊嚷邊吐痰，大煤氣燈照亮了鏡子和酒瓶。現在屋裏的氣味她也不覺得難受了；相反的，她覺得鼻子發癢，認爲很香，眼瞼往下垂，張口慢慢呼吸，縱情享受漸漸襲來的瞌睡感。喝到第三杯，她兩手托着下巴，只看到庫柏和他的伙伴。她就這樣坐着，與他們面對面，覺得他們熱烘烘的氣息吹上她的臉蛋兒，眼睛瞪着他們的髒鬍子，活像在數鬃毛有幾根。現在他們都爛醉如泥。「我的皮靴」叼着煙斗，正在流口水，表情靜得像一頭入睡的公牛。「烤肉一號」正在描述他倒提酒瓶一口氣灌個精光的往事。

這時候「汚嘴」到櫃臺去拿幸運盤，要跟庫柏賭一賭，看酒錢歸誰付。

「兩百！你眞走運，每次得分都比我高！」

輪盤轉動時，指針嘎嘎響，玻璃框下的幸運圖——一個穿紅衣的胖女子——咻咻轉動，最後只看到中央的彩色小點，和酒斑差不多。

「三百五十！畜生，你踢過它！噢，混帳。我不玩了。」

雪維絲興致勃勃看着輪子。現在她漸漸靜下來，叫「我的皮靴」乖寶貝。背後的造酒機仍然在運轉，發出地泉般的聲音，她覺得自己不可能叫它停下來，或者叫它累死。一種陰沉沉的憤慨襲上心頭，眞想撲向大蒸餾器，把它當做有毒的野獸，用足跟踩它，壓爛它的肚皮。接着一切都混淆不清，她看到機器移動，覺得它的銅爪要抓她，而甘泉正流遍她的身體。

接着房間開始搖晃，煤氣燈像流星射來射去。雪維絲喝醉了。她聽見「汚嘴」和騙子克倫貝吵架，他收費過多，強盜！誰都會以爲這裏是邦廸汚水工廠哩！他們突然大打出手，有人嚷嚷，有翻桌子的聲音。老克倫貝不慌不忙，只揮揮手，把他們都攆出去。來到戶外，他們痛罵他，叫他狗屎。雨還下着，有一陣討厭的冷風。雪維絲和庫柏失散，找到他，然後又失散了。她要回家，沿床鋪一家家摸索，因突來的黑暗而不知所措。她走到魚販街轉角，坐在陰溝內，以爲身在洗衣房。奔流的溝水使她腦袋發昏，她覺得很難受。最後她到家了，匆匆經過門房小屋，清清楚楚看到洛里羅斯夫婦坐在餐桌旁，他們瞥見她的醉相，露出一副噁心的表情。

她永遠弄不清自己是怎麼爬上六段樓梯的。來到上面，她正要拐進走廊，小拉麗認得她的腳步聲，張開手臂跑過來抱她，邊笑邊嚷：

「雪維絲女士，爹爹不在家，過來看我家的娃娃睡覺。噢，他們的睡態好甜喔！」

但是她瞥見雪維絲的醉容，連忙往後縮，全身發抖。她認得那種火酒的氣味，那雙惺忪的醉眼，那張歪扭的嘴巴。雪維絲踉踉蹌蹌繼續走，不說一句話，孩子站在門邊用黑色的眸子望着她，表情沉默又莊嚴。

11

娜娜一天天成長，變成大姑娘了。她十五歲就高得像豆梗，皮膚又白又嫩，身材飽滿得像針墊似的。是的，她十五歲就這副模樣，發育齊全，不穿束腹，有一張白鴿似的面孔，凝乳般的膚色和水蜜桃一樣柔軟的肌膚，小鼻子眞俏，嘴唇嫣紅，眼睛好亮好亮，男人恨不得湊上去點煙斗。一頭熟燕麥色澤的金髮使她的前額顯出一團金霧，頭頂有一道金紅色的亮光。噢，是的，洛里羅斯夫婦說得不錯，標準的浪女，該打屁股的小丫頭，但是她發育良好的身材却有着成年女人的豐潤和圓熟感。

娜娜用不着在胸衣裏面塞紙球了。她長出一對乳房，像白綢緞一樣清新。她不覺得難爲情，恨不得乳房再發育，夢想能大得像餵奶的奶媽，年輕人好貪心好輕浮喔。她有個壞習慣，老愛把舌頭伸在兩排貝齒間，這是她最動人的姿態。她一定在鏡子前面試過許多囘，發現很誘人。於是她整天伸舌頭，賣弄她的美姿。

「縮起妳那根騙人的舌頭！」她母親叨唸說。

庫柏往往得插一手，揮拳痛罵：

「把那塊紅紅的肉屑縮囘去！」

娜娜生性虛榮。她不常洗脚，却愛穿窄窄的小鞋，經常痛得要命。若有人問她爲什麽臉色發紫，她就說是胃痛，不承認是虛榮的結果。家裏沒錢的時候，她很難打扮得漂漂亮亮，但是她由工作坊帶回一小截一小截緞帶，把髒兮兮的舊衣服縫上蝴蝶結或玫瑰花結，創新設計，達到奇蹟般的效果。夏天是她最得意的季節。她每星期天穿着六法郎的棉布衣裳遊行，讓整個金點區參觀她金髮碧眼的美貌。是的，由林蔭外道到防寨那邊，由克里南科堤道到禮拜堂大道，人人都認識她。她綽號叫「小鷄」，因爲她的細皮嫩肉和抖擻精神可比美一隻小鷄。

有一件衣裳她穿起來尤其好看，是白底粉紅圓粒的禮服，式樣簡單，沒有什麽配件。裙裾稍短，露出她的足踝，大寬袖襯出她手肘以下的臂膀。她在樓梯陰暗的角落迴避父親的拳頭，敞開前胸，用別針弄成心形領，這一來她雪白的頸子和金色的乳溝一覽無遺。如此而已，只有一條粉紅的緞帶圍着滿頭金絲，末端在頸背上鬆鬆往下垂。她這副打扮清新得像花束，一身融合了青春的香氣和兒童兼婦女的裸露丰姿。

星期天是她跟人羣相聚的日子，有各種各樣的男人走過，瞪着眼瞧她。她從星期一等到星期六，心裏懷着癢酥酥的慾念，渴望戶外的空氣，想在陽光下散步，跟城裏一切穿星期日外出服的人聚在一起。她一大早就開始更衣，對着五斗櫃上的鏡子換來換去，連泡幾個鐘頭。因爲整棟大樓的人都可以由窗口看見她，她母親發火了，問她走來走去展覽全身到底耗够了沒有。她神色自若，繼續用糖水黏額上的迷人髮捲，縫皮靴上的花釦，或者在衣服上縫一針，光着兩腿，內衣滑落在肩上，頭髮亂篷篷的。庫柏取笑她說，噢，她這樣可眞迷人，像麥大拉的瑪麗亞（聖經中的從良妓女）！在市集上人家會把她當做輕浮的女人！一文錢就可以玩一次！不然他就吼道：「把妳的一身肉遮起來，好讓我安心吃麵包！」她真可愛，金髮下的皮膚又白又細，這時候突然氣他氣得滿面通紅；不敢頂嘴，棉布夾在牙齒間用力一拉，全身發抖。

中餐一吃完，她便下樓到院子去。大樓一片舒服的週日憩息聲，樓下的工作坊都關着。各層住家的百葉窗大開，露出一張張晚上待用的餐桌，各家人都到城堡附近散步，以促進晚餐的胃口。四樓有一個女人正在做春季大掃除，把床舖推出來，傢俱變換位置，幾個鐘頭反覆唱同一首歌，嗓音輕柔又傷感。在放假日空曠的庭院中，娜娜、寶琳和其它的大女孩玩拍毽子遊戲。有五、六個女孩一起長大，變成大樓的女王，分享男人的注目禮。每次有男人穿過庭院，那兒就響起一大陣尖尖的笑聲，漿過的衣裳像風一般咻咻飛舞。頭頂上的假日空氣顯得明亮又熱情，宛如柔兮兮充滿懶勁兒，被小步道的灰塵弄得白花花的。

當然啦，毽子遊戲只是出門的藉口。大樓突然靜下來。少女們溜上街，到林蔭外道去了。她們六個人手挽着手，佔據了整條人行道，身穿暴露的衣裳，頭髮繫着緞帶。她們垂着眼皮斜睨四方，一雙利眼什麼都不錯過，故意仰頭嬌笑，展現喉嚨的線條。這羣熱鬧的小ㄚ頭碰到殘廢者或者石欄邊等狗的老太婆，隊伍便拆散了，有一兩個落後，其它幾位拚命拉她們；她們扭腰擺臀，互相追撲，跳來跳去吸引別人的目光，胸衣眼看要迸裂了，露出曲線飽滿的身材。整條街都是她們的天下，她們在店舖前面掀衣裙長大；現在她們還掀衣裙，卻只掀到膝蓋上整理襪帶。在林蔭間緩慢的人潮裏，她們匆匆前進，和人相撞，呈「Z」字形行列穿過人潮，回頭大叫大嚷和尖笑。飛舞的衣裳拖曳着青春和純眞的氣息，她們在眩人的燈光下展現自己，看起來像流浪兒一般粗俗而淫猥，宛如洗完澡頭髮濕漉漉的處女，刺激誘人，秀色可餐。

娜娜居中，粉紅的衣裳在陽光下非常耀眼。她一邊挽着寶琳，後者的白底黃花小禮服也閃爍着點點陽光。她們塊頭最大，發育最好，行徑最荒唐，成爲小團體的領袖，路人以欣賞的目光看她們，她們便賣弄不休。其它的全是小鬼，分別吊在左右側，希望自己鼓脹起來，讓人正眼看她。事實上娜娜和寶琳正用邪門的計劃和手腕來吸引男生。她們氣喘吁吁跑，只是想展現白絲襪，讓髮帶迎風飄揚。她們停下脚步，假裝喘不過氣來，胸部一起一伏，你環顧四週，一定會看到她們認識的人——附近的某一位男孩子；然後她們懶洋洋往前逛，低聲交談，咯咯笑，却一直留心着，眼睛不斷往旁邊瞟。她們最愛誇張表現人潮中偶爾邂逅的驚喜。穿週日外出服、有外套和毛氈帽的魁偉青年會在路欄上阻截她們，或者在附近閒逛，想捏她們一把；二十歲出頭穿灰色工裝的工人會找她們搭訕，交疊着手臂站在那兒，或者把陶製煙斗的煙霧噴到她們臉上。沒關係，這些少年是跟她們一起在街上長大的。但她們已經由團體中選出自己鍾情的對象了。寶琳老是和高德龍太太的兒子見面，他是木匠，今年十七歲，常請她吃蘋果。娜娜從街頭到街尾一眼就認得出洗衣店老闆娘的兒子維多•福康尼爾，他們喜歡在幽暗的角落裏摟摟抱抱，但是沒有進一步的關係，他們對罪惡很在行，不會做出無知的傻事。不過他們的情話相當刺激。

日落時分，這些小討厭鬼喜歡停下來看把戲。魔術師和壯漢會過來，在路上舖起不整齊的毯子，觀衆圍過來形成一個小圈圈，表演者身穿褪色的汗褲，站在中央把肌肉弄得一鼓一沉。娜娜和寶琳常在最密的人堆裏連站幾個鐘頭，她們整潔的好衣裳被男外套和髒兮兮的工裝夾得又皺又亂。有人對着她們光光的手臂、頸子和腦袋吐出酒味和汗臭雜陳的臭氣，但她們一笑置之，沒有半分噁心感，說不定膚色更紅潤了，在天然的糞堆中彷彿很自在。她們四週的空氣充滿賭咒、髒話和醉漢的批評。那是她們的母語，她們深深熟悉，回頭微笑，雪白的肌膚下藏着大膽而不端莊的面目。

她們最不高興碰見自己的父親，尤其是父親喝酒以後，所以她們隨時當心，互相警告。有時候寶琳突然說：「當心，娜娜！庫柏老頭來了。」

娜娜懊惱地說：「噢，噢，他不是醉了嘛，醉得很！我要開溜，我不希望他打我的屁股！哇，妳看，他俯衝了一下，我巴不得他跌斷頸子。」

還有幾次，庫柏衝着她這邊走過來，她來不及溜走，就蹲在地上說：

「女伴們，掩護我！他在找我哩，他說過我若在這邊亂逛，就要剝我的屁股皮。」

等他過去以後，她又站起來，大夥兒跟在他後面，爆笑如雷。他會不會發現她？他不會發現嗎？標準的躲迷藏遊戲。不過有一天布許眞的拉着寶琳的耳朵回家，庫柏也曾踢着娜娜的屁股，把她帶回去。

白晝漸漸消失，她們巡遊最後的一趟，隨着疲乏的路人在薄暮中慢慢逛回家。現在空氣佈滿塵埃，使低垂的天空顯得更沉悶。金點街就像某些偏遠的鄉下街道，有女人在門階上聊天，有人聲劃破了這一帶車馬稀疏的寧靜。這時候少女們會在院子裏停留一會兒，又重拾球拍，想叫人以爲她們沒有離開過。然後她們各自上樓回家，瞎編幾句謊言，其實往往不需要，她們的父母常爲羹湯太鹹或者沒煮好等芝麻小事打得頭破血流。

娜娜現在算是嫻熟的女工，在凱莉街她當過學徒的「蒂特拉維爾花店」做事，日薪兩法郎。庫柏夫婦不希望她換地方，要她繼續接受拉瑞特太太的督導，後者在那邊已經幹了十年的工頭。每天早上少女一個人出門，穿着她那件改窄的黑色舊衣裳，衣服嫌短了一點，人却顯得很好看，她母親憑咕咕鐘的鳴叫來注意時間，拉瑞特太太則注意她抵達的時刻，然後傳話給雪維絲。她們給她二十分鐘由金點街走到凱莉街，這些小鬼都有一雙飛毛腿，時間綽綽有餘。她偶爾準時報到，却滿面通紅，氣喘得好厲害，一定先在路邊嬉戲，然後從防寨那邊用十分鐘趕過來。她遲到七、八分鐘的次數更多，整天對姑姑親熱得要命，以哀求的眼神打動她，叫她別告狀。拉瑞特太太對小輩頗有同情心，便在庫柏夫婦面前說謊，自己却向娜娜發表長篇大論，提到自己的職責和女孩在巴黎街頭的危險性。噢，天保佑，她自己曾被人追得好慘！於是她守護着姪女兒，眼神閃現出她自己的性愛魔念，一想到保護小傢伙的貞操，便興奮不已。

她一再說：「聽着，孩子，妳樣樣都得向我報告。我對妳太寬了，萬一妳出了什麼事情，我只得去跳塞納河。孩子，妳明白吧，如果有男人向妳搭訕，妳應該一五一十告訴我——不漏半句……妳發誓沒有人跟妳說什麼？」

娜娜聽了，常常歪嘴一笑。噢，沒有，沒有男人向她搭訕！她走得太快了，何況他們要跟她說什麼？她沒有事情要跟他們談，對不對？她故作天眞來說明遲到的原委。噢，她停下來看圖片，不然就是跟賓琳在一起，賓琳有話要告訴她嘛。不信他們可以跟蹤她，她老是走左邊的人行道，走得好快好快，超過其它一切女孩子，活像坐馬車。事實上，有一天拉瑞特太太在「小廣場街」碰到她，正抬頭往上看，跟另外三個可怕的製花小女工偷笑個不停，因爲有一個男人在窗口刮鬍子。但是她氣沖沖抗辯說，她正要到糕餅店去買一個便宜的麵包捲。

瘦寡婦向庫柏夫婦宣佈，「噢，我會留意，你們別擔心。我負責管她，就像管自己一樣。哪一個下流胚若敢捏她，我就撲上去。」

「蒂維拉維爾花店」的工作坊是一個很大的夾層房間，地板中央擺一張巨形的架柱工作枱。光禿禿的四壁糊着難看的灰壁紙，膠泥由裂縫間露出來，上面有一排排貨架，推滿紙盒、包裹和積塵很厚的廢模型。煤氣燈給天花板漆上一層煤垢。兩道窗子很大，女工們坐在工作枱邊，可以觀賞對面人行道來往的人潮。

拉瑞特太太最先抵達，樹立好榜樣。接下來的一刻鐘，房門不斷砰砰響，女工們一一衝進屋，汗流浹背，頭髮飛揚。一個七月的早晨，娜娜最後到，平時也大抵如此。

她說：「噢，算啦，我自己有一輛馬車多好。」

她甚至不脫帽——一頂她稱爲頭罩的黑帽子，她補都補膩了——直接走到窗口，往街道兩方左右亂瞄。

拉瑞特太太起了疑心說：「妳在看什麼？是不是妳爹陪妳來？」

娜娜安詳地回答說：「噢，没有，我没看什麼。我只是看天氣有多熱。這樣跑法，眞會熱出病來。」

那天早上很悶熱。女工們放下威尼斯百葉窗，但是可以從簾片間瞥視街頭的動靜，最後她們在工作枱兩側各坐成一排，開始做工，拉瑞特太太一個人坐在上首。女工有八位，每個人前面都有漿糊罐、鉗子和其它的工具，以及浮雕襯墊。板凳上亂糟糟放滿鐵絲、繞線筒、粗棉花、綠紙和紅紙，以及絲質、緞質或天鵝絨的樹葉和花瓣。中間有一位少女把一小束鮮花挿進玻璃水瓶；花兒在她胸衣上從昨天就慢慢枯萎了。

「噢，對了，」一位漂亮的褐膚黑眼兒麗歐妮弓身在襯墊上壓玫瑰花瓣，邊做邊說：「妳們知不知道，可憐的卡洛琳跟那個晚上常來等她的傢伙並不快樂。」

娜娜忙着剪綠色小紙條，大聲說：

「咦，妳以爲怎麼着？一個每天失約的鷄姦鬼！」

屋裏充滿放蕩的嬉笑聲，拉瑞特太太不得不嚴厲一點。她歪歪鼻子說：

「孩子，妳說話眞斯文！我告訴妳爹，看他高不高興。」

娜娜雙頰鼓鼓的，彷佛忍着一場大笑。她父親！哈！哈！他自己也說髒話呀。不過麗歐妮突然低聲卻急迫地說：

「當心！老闆來了！」

來人的確是高高瘦瘦的蒂特拉維爾太太。她通常守在樓下的店面。她從來不說笑，女工們都很怕她。

她慢慢巡行工作枱，現在每一顆腦袋都垂着，安靜而忙碌。她罵一名女工笨手笨脚，叫她將一朵雛菊重做一遍。然後她跟來時一樣死板板走開。

「她眞了不起！」大家齊聲叫苦，娜娜說。

拉瑞特太太故作嚴厲，「小姐們！眞的，小姐們！我將不得不採取措施……」但是沒有人理她，她並不可怕。她太隨便太好相處了，因爲她跟這些眼神淘氣的女孩子在一起，好奇得要命，常把她們拉到一邊，盤問她們男朋友的事情，工作枱空出一角的時候，甚至用紙牌替她們算命。只要她們談起什麼秘辛，她那堅靭的皮膚和男性化的身體就爲閒話的樂趣而熱血沸騰。她只受不了粗魯的字句——只要你不用粗魯的字句，你說什麼都行。

說實話，娜娜在這家工作坊扼殺了一切良好的教育！噢，當然她有不少天生的特質，不過這等於最後的潤飾，和許多已被貧窮和罪惡污染的女工生活在一起。她們互相影響，一起腐化，正如整籃蘋果有一兩粒壞掉，其它的也難以保全。自然啦，她們在大衆面前規規矩矩，品格儘量不顯得太頽廢，說話儘量不太粗，她們甚至假扮斯文的小姐。但是在沒人的角落，在相互的耳語中，髒話很盛行。她們只要有兩個在一起，馬上就爲淫蕩的話題嗤嗤偷笑。傍晚她們兩個兩個下班走出門，拚命說悄悄話，你聽了會毛骨悚然，兩個小妖精在人行道上慢慢走，跟擁擠的人潮混在一塊兒，談得興高采烈。對於像娜娜一般童貞未失的處女，工作坊除了這些，還有一種不健全的氣氛——那些生活放蕩的女工早上匆匆梳起頭髮，衣裙皺巴巴的，活像合衣睡了一夜，她們身上還留着低級舞廳和冶艷春宵的情調。第二天懶洋洋，疲憊的雙眼帶着拉瑞特太太所謂的「愛情黑眼圈」，扭腰擺臀，聲音沙啞，使工作坊除了假花的鮮麗色彩和雅緻造型，還遍佈一種冶蕩的氣氛。娜娜四處亂闖，每次坐在一個失去童貞的女孩子旁邊，就興奮不已。她跟麗莎隔鄰坐了好一段時間，據說麗莎懷孕了，娜娜常斜睨鄰座，似乎期望她的肚子隨時鼓脹和迸開。說到學習新知，似乎很困難。小妖精樣樣都知道，她在金點街什麼都見識過了。她在工作坊只是看人實地去做，漸漸地她自己也培養出實行的欲望和膽子。

「好悶熱，」她說着走到窗前，假意將百葉窗再放低一點。

但是她探身向前，再次俯瞰街道兩邊，這時候麗歐妮望着一個站在對面人行道的男士說：

「那個老傢伙在幹什麼？這一刻鐘他一直在偷看我們。」

拉瑞特太太說：「一頭老山羊。娜娜，妳過來坐下！我說過叫妳別站在窗口。」

娜娜回去纏她正在做的紫羅蘭花莖，全工作坊開始大談那個男人。他穿着長大衣，是衣着考究的紳士，年約五十歲，臉色青黃，留一撮整齊的灰色鬍鬚，看起來非常端莊和顯貴。他在藥草店門前站了整整一個鐘頭，仰望工作坊的百葉窗。女工們嗤嗤偷笑，聲音被街上的吵嚷淹沒了一半，她們孜孜不倦地幹活兒，却時時抬眼，繼續留意那個老傢伙。

麗歐妮說：「噢，妳們看，他戴了一副單眼鏡。噢，他不是挺派頭嗎？他一定在等奧古斯婷。」

但是高大平庸的金髮兒奧古斯婷厲聲說，她對老頭子不感興趣。拉瑞特太太點點頭，露出涵義雙關的微笑，喃喃地說：

「妳犯了大錯，孩子。老頭子是比較理想的愛人。」

就在這個當兒，坐在麗歐妮隔壁的一個豐滿小丫頭貼着她的耳朵說了幾句話，麗歐妮忍不住嗤嗤笑個不停，坐在椅子上笑彎了腰，眼睛瞥視那個老頭子，笑得更厲害。

她張口喘氣說：「是的，正好！是的，對極了！噢，蘇菲亞的腦筋眞下流！」

「她說什麼？她說什麼？」全工作坊都好奇得要命。

麗歐妮擦擦眼淚不答腔。等她恢復了正常，她又拿起浮壓花的工作說：

「我不能講。」

大夥兒堅持要聽，但是她搖搖頭，又忍不住笑起來。坐在她左邊的奧古斯婷叫她低聲耳語。這回輪到奧古斯婷笑彎了腰。然後她把悄悄話傳過去，一隻耳朵一隻耳朵往下傳，引起尖叫和壓抑的笑聲。等她們都知道蘇菲亞說什麼，彼此對望，一起爆出哄堂的大笑，只是有點臉紅和難爲情。拉瑞特太太是唯一不知情的人，她非常懊惱。

她說：「孩子們，妳們的作風很失禮。妳們不該在別人面前說悄悄話。我猜是不堪入耳的話吧？這可眞是好事兒，我說！」

她雖然很想知道，却不敢叫她們說出蘇菲亞的髒話是什麼。有一段時間她端端正正低着頭，偷偷享受她們的對話。例如，任何人只要開口談工作，即使用最純眞的字眼，別人也能從其中找到雙關的含義；她們脫離字面的標準用途，賦上曖昧的意思，連「我的鉗子裂了」或者「誰偷挖我的漿糊罐？」之類的普通用語，她們都能找出特殊的寓義。現在她們每一句話都扯上路邊徘徊的那位先生；他是她們一切暗示的標靶。噢，他一定兩耳發燒！她們想說俏皮話，出口也就愈來愈荒唐。不過，她們覺得這是有趣的消遣，說話愈來愈冒失，眼神興奮得發亮。她們沒有用粗俗的字眼，拉瑞特太太不便生氣。她說了一句話，惹得大家在地上打滾：

「麗莎小姐，我的火焰熄了，麻煩妳借用一下。」

「噢，拉瑞特太太的火焰熄了！」她們都尖聲怪叫。

她想解釋：

「小姐們，等妳們到了我這個年紀……」

沒有人聽她的，她們都說要請那位先生來，重新燃起拉瑞特太太的火焰。

爆笑中娜娜樂瘋了！你眞該看一看！她沒漏過半句雙關語，自己也說些渾話，伸出下巴來加強語氣，得意洋洋好愉快。她迷上不道德的行爲，如魚得水。她繼續用圓熟的技巧捲紫羅蘭花莖，身體在椅子上蠢蠢不安——噢，她捲得眞美，速度比你捲香煙還要快！只要拿起一小片綠紙條，你看，一眨眼紙片就纏在鐵絲上，然後末端用一滴膠水固定，花莖便做好了，新鮮優美的綠意隨時可增添太太小姐們的風情。訣竅在手指——一位小娼婦豐滿、溫柔、愛憐的纖纖十指。她在這一行只能選做這樣東西，因爲她精於此道，大家就把花梗都留給她做。

現在對面人行道的老頭已經走了，工作坊恢復平靜，在駭人的暑氣裏繼續工作。到了中午吃飯時間，她們又活潑起來。娜娜衝到窗口，然後說她要下樓替大家跑腿買東西。於是麗歐妮點了兩蘇錢的蝦仁、奧古斯婷點了一些炸薯片，麗莎預定一束萊菔，蘇菲亞預定一根臘腸。她正要下樓梯，拉瑞特太太覺得她今天老愛到窗口，有些古怪，就大步跟上去說：

「等一下，我陪妳去，我也要買一點東西。」

嘜喲你瞧，她在走廊上看到那位老先生像蠟燭立在那兒，正對娜娜擠眉弄眼呢！娜娜滿面通紅。她姑姑粗暴地拉着她的手膀子，沿着人行道走去，老傢伙窮追不捨。噢，原來這隻老山羊追的是娜娜！好，這可眞是好事，她才十五歲半就有男人黏在石榴裙邊了！拉瑞特太太貪婪地質問她。噢，算了，娜娜也搞不清楚，他才追踪她五天，她一出門就碰見他。他大概是生意人——是的，他製售骨質的鈕釦。拉瑞特太太大爲動心。她回頭用眼角打量了他一眼。

她喃喃地說：「妳看得出來，他是有錢人。聽着，孩子，妳得一五一十說給我聽。現在妳沒有什麼好怕的。」

她們一面談，一面匆匆到各家店舖，去過燒臘店、水果店和小飯館，東西用油紙包着，抱了一大堆。但是她們儘量顯出動人的姿態，搖頭擺尾，眸子亮晶晶，含笑偷看後面的情形。連拉瑞特太太都故作矜持和優雅，爲了後面有鈕釦商跟踪而變得像少女似的。

拐進走廊的時候，她說：「他儀表非凡。只要他的用心純正……」

姑姪倆爬樓梯，她似乎突然想起一件事。

「噢，對了，說說她們細聲細氣講什麼——妳知道，我是指蘇菲亞的下流話。」

娜娜對此毫不介意，但是她伸手摟着拉瑞特太太的頸子，叫她再走下兩級樓梯，因爲這種話連樓梯上都不便轉述。她低聲耳語。眞淫猥，她姑姑直搖頭，眼睛骨碌碌打轉，歪嘴苦笑。總之，現在她知道實情，好奇心也就堵住了。

女工們把午餐放在膝蓋上，免得弄髒工作枱。她們匆匆吞下食物，因爲吃東西很煩人，寧可用午餐休息的時間看人來人往，或者躲在角落互訴心聲。那天她們研究早上那位老紳士躲在什麼地方，不過現在他眞的走了。拉瑞特太太和娜娜互看一眼，沒有說話。到了一點十分，女工們還不急着拿鉗子，這時候麗歐妮用嘴唇吹了一下，學油漆匠彼此呼喚的聲音，這是老闆娘光臨的警告。大家立刻坐好，埋頭作工。蒂特拉維爾太太進來，威風凜凜巡視一圈。

從那天開始，拉瑞特太太把姪女兒的第一樁韻事當做主要的娛樂。她從來不讓姪女走到她看不見的地方，晨昏相隨，聲稱這是她的責任。娜娜有點心煩，但是看自己被人當寶貝來看守，心裏也很驕傲。她們在街上聊天，鈕釦商一步一步跟在後頭，挑得她心緒浮躁，恨不得採取決定性的措施。噢，做姑姑的當然同情這種感覺，事實上，她對上了年紀的高貴鈕釦商充滿好感，因爲成年人的情感總來得穩固些。不過她從來不消除戒心。是的，他想碰小姑娘，除非先跨過她的屍體。有一天黃昏，她走過去告訴那名紳士，他的做法不正當。他客客氣氣行個禮，沒有說話，彷佛他是誘姦女人的老手，早就習慣了對方親友的斥責。因爲他彬彬有禮，她實在不能對他發脾氣。於是她提出一大堆有關愛情的實際暗示，說男人多麼噁心，又報導許多傻女孩讓步而懊悔一生的故事，反而攪得娜娜心癢癢的，臉色發白，雙眼閃着情慾的光輝。

但是有一天在魚販郊區街，鈕釦商竟大膽擠到姪女和姑姑中間，喃喃說着下流話。拉瑞特太太嚇慌了，說她不敢再信任自己的能力，便將經過情形一五一十轉告她弟弟。這一來情況完全改觀。庫柏家發生幾次大騷亂。先是庫柏狠狠打了娜娜一頓。他聽見的報導是怎麼囘事？這小妖精居然追老頭子？好，只要她再跟男人鬼混，她就知道厲害。他要捏斷她的頸子，而且馬上做到！想想一個乳臭未乾的小娃兒竟要害家人丢臉！他用力搖撼她，叫她當心，以後他要親自監管她。她一下班囘來，他就調查她，仔細端詳她的臉蛋兒，看看眼皮上有沒有親吻的痕跡。他用鼻子聞她身上的香味，要她轉身。有一天他發現她頸子上有一道黑印，她又挨了一頓毒打。小妖魔竟敢否認是男人的唇印——是的，她說是瘀傷，她跟麗歐妮鬧着玩兒，麗歐妮弄的。他要打得她全身發紫，不惜打斷四肢，也要阻止她鬼混！不過有時候他心情很好，就取笑女兒。是啊，她眞是跟男人廝混的好材料，平得像木板，頸窩可以放拳頭！娜娜爲自己沒做的壞事而寃枉挨打，又忍受父親下流的羞辱，她像一隻被人追獵的野獸，狡猾而瘋狂地順從父親。

雪維絲比較明理，她說：「噢，別惹她！你嘮嘮叨叨談這種事，反而會灌輸她壞念頭。」

噢，是的，她學得不少主意！她全身發癢，想離家去試試父親說的那種事情。他對女兒誇大這種觀念，連堅貞的處女都會走火入魔的。他對她大吼大叫，甚至教給她一些她還不知道的驚人行徑。於是她漸漸學到一些可笑的作風。有一天早上他逮到她掏一個紙袋，在臉上黏東西。原來是粉粒，她的鑑賞力特別乖張，竟在光滑如緞的肌膚上貼這種玩意兒。他用紙狠狠擦她的臉蛋，磨得皮膚發疼，還駡她是麵粉商的女兒。還有一次她帶紅緞帶囘來裝飾她的小帽子——她引以爲恥的舊黑帽，他大發脾氣，問她緞帶是哪裏來的。噢，她是躺着賺來的吧！還是到店裏扒竊？不是當妓女就是當小偷，說不定她兩種都當上了。他好幾次看她把玩漂亮的小東西，譬如一個紅玉戒指，一對有花邊的袖口，一個少女們常擱在兩乳間的交纒鷄心「跟我來」。庫柏要打爛這些東西，但是她氣沖沖保護自己的財產——東西是屬於她，是一位貴婦人給她的，不然就是工作時間拿東西換來的。例如她在阿包克街撿到那枚鷄心。她父親用脚踩得粉碎，她直挺挺站着，臉色發白，情緒激烈，恨不得撲過去挖下他一塊肉來。她夢想有這樣的一枚鷄心整整想了兩年，如今却被踩爛了！實在太過份，不能再這樣下去。

其實，庫柏逼娜娜服從他，與其說是名譽受損，不如說是想折磨人。他的判斷往往不正確，娜娜受寃十分氣惱。她開始怠工，父親打她的時候，她就嘻皮笑臉說她不想回「蒂特拉維爾花店」，因爲她得坐在奧古斯婷旁邊，此人大概吞了自己的脚，呼吸臭得要命。於是庫柏親自帶她到凱莉街，叫老闆娘一直讓她坐在奧古斯婷隔壁，故意懲罰她。他不嫌麻煩，自己由魚販街送她到花店門口，整整護送了兩星期；而且還在人行道上站五分鐘，確定她進屋才走。但是有一天早上，他跟朋友停在聖丹尼斯街的一家酒店，看到小妖精由路面走過，猛搖屁股。那兩星期她根本沒進「蒂特拉維爾花店」的工作坊，却爬兩層樓梯，坐在梯台上等他走了再開溜。他對拉瑞特太太抱怨，後者直接告訴他：她不負責——她已經把男人的壞心眼全部說給姪女聽，如果小丫頭還迷戀那個下流胚，錯不在她呀。她撒手了，發誓以後不再管這件事，因爲她清楚得很——噢，是的——親族閒話，是的，有人竟敢說她對娜娜太寬，眼睜睜看着小丫頭在她面前叉開兩腿，暗自取樂。而且庫柏聽老闆娘說，另外一個女工麗歐妮那小娼婦放下製花這一行，去過放蕩的日子，娜娜漸漸被她敎壞了。說起來女孩子只在街上玩樂，仍然可以戴着香橙花（表示純潔）正式結婚。

不過，天哪，家人若想趁她還完整、乾淨的時候，也就是處女狀況下把她嫁出門，他們可得快一點。

在金點街的出租大樓裏，娜娜的老傢伙是家喻戶曉的人物。噢，他一直很有禮貌，甚至有點害羞，却像魔鬼一樣頑固，一樣有耐心，宛如一隻聽話的愛犬，相隔十步跟在她後面。有時候他甚至直接到院子裏來。有一天傍晚，高德龍太太在三樓的梯台碰見他，沿着欄杆慢慢走，低着頭，一副色瞇瞇却驚慌失措的樣子。洛里羅斯夫婦威脅說，如果他們的下流姪女背後再跟着男人，他們就搬家，因爲事態愈來愈噁心，樓梯間到處是他們的形影，一下樓就看他們在台階上，四處聞香等待；你眞會以爲大樓這一區有懷春的母狗哩。布許夫婦爲可憐的老紳士叫屈——這麽高尚的人却看上這麽一個小妓女。他畢竟是生意人，他們曾在維樂蒂大道看過他的鈕釦工廠，如果他找到一位正經的女孩，他可以給她了不起的地位。多虧門房夫婦提供的細節，附近的人——連洛里羅斯夫婦——看到老傢伙跟在娜娜後面，表情像畏畏縮縮的小狗，臉色發青，灰色的鬍鬚整整齊齊，人人對他都很體貼。

頭一個月，娜娜覺得她的情人很有意思。你眞該看看他隨時守在她四週的怪相。他眞是大摸索家，老是在後面搔她的裙子，以人羣爲掩護，看起來純眞無邪。還有他的一雙腿！活像雀脚，眞是兩根火柴棒！他頭上沒什麽頭髮，只有四根毛稀稀疏疏懸在衣領上，所以她一直想問他是哪一間理髮店替他分頭髮。好一個怪老頭——微不足道！

但是後來看他隨時跟着，她覺得他一點都不好玩。她隱隱約約感到害怕，如果他太接近，她一定會叫出來。她若止步看珠寶店的櫥窗，往往突然聽見他在背後喃喃低語。他的話對極了！她一定喜歡頸子上掛一個天鵝絨項圈的十字架，或者一對珊瑚的小耳環，小得像兩滴鮮血。不過，就算擱下她對珠寶的渴望不談，她也不能再這樣衣衫襤褸過下去，她由工作坊的垃圾堆撿廢物來修補衣裳已經生厭了，她尤其受不了那頂小帽子，又破又舊，她從「蒂特拉維爾」花店摸來的花結縫在上面，宛如老乞丐身上的鈴鐺挠來挠去。她每天走過泥地，被來往的車輛濺了一身泥，又爲櫥窗的光彩而眼花撩亂，內心的渴望像饑餓的痛苦折磨着她的胃腸，她想要穿好衣裳，到餐館吃飯，到劇場看戲，擁有自己的房間和迷人的傢俱。她常呆呆站着，思慕得臉色發白，覺得巴黎街道升起一股暖意，爬上她的大腿，覺得四週擁擠的人行道漲滿一股尖銳的享受慾念。每次她有這種心情，追她的老頭子就在她耳邊提出一些建議。噢，她要不是怕他，爲本能的厭惡而強硬拒絕，她眞想接納他哩！儘管她知道不少壞事，面臨男性的奧秘，她仍感到憤怒又噁心。

但是冬天降臨，庫柏家的生活變得難以忍受。娜娜每天挨打。父親打厭了，母親會給她幾巴掌，教她如何做人。這時候往往引發大騷亂，只要一個打她，另外一個就維護她，最後三個人在地板上打滾，破杯破碗散了一地。除此之外，食物永遠不够吃，屋裏冷得要命。她若拿同緞帶或鈕釦等飾物來縫袖口，父母便沒收，拿去換錢。除了睡前固定挨打，沒有一樣東西算她的，而夜裏上床，身上只蓋一件小黑襯裙，冷得發抖。不，除非她打算死在這兒，這種可怕的日子不能再過下去。父親在她心目中早就沒有任何意義。一位父親酗酒酗到那種程度，他已不算父親，而是子女想擺脫的下流禽獸。現在她對母親的敬愛也一天天消失，因爲母親也染上酗酒的惡習。雪維絲喜歡到克倫貝酒吧去找她丈夫，其實是向人討酒喝，現在她不像頭一回故作噁心狀，倒興高采烈坐下來，大口大口灌下一杯又一杯，連呆幾個鐘頭，醉眼惺忪踏出門外。娜娜經過酒店，看母親坐在後頭，臉埋在酒杯中，醉醺醺跟咆哮的男人混在一起，她看了就生氣，年輕人期盼另外一種刺激，看不出喝酒有什麽好處。這樣的傍晚可有得瞧了，爹爹濫醉，媽媽濫醉，家裏像垃圾堆，沒有東西吃，滿屋子酒臭。連聖人都受不了。噢，算啦，有一天她要是離家逃亡，他的父母只能懺悔，承認是他們逼走她。

有個星期六，娜娜回家，發現父親和母親的樣子非常惡劣。庫柏橫倒在床上，正在打鼾。雪維絲在椅子上癱做一團，腦袋滾來滾去，嚇人的雙眼凝視虛空。她忘了熱晚飯——一點剩餘的燉菜。一根未剪燭蕊的蠟燭照出了屋內可恥的髒亂景觀。

雪維絲含含糊糊說：「小鬼，是妳呀？妳等着，妳爹要給妳一頓教訓！」

娜娜不答腔，慘白着臉站在那兒，看看冷燉菜和沒有擺好的餐桌，可怕的房間因這一對酒鬼而增添了爛醉的恐怖。她沒有脫帽，繞着房間走一圈，然後繃着臉開門走出去。

「妳又要下樓？」她母親沒有辦法回頭。

「是的，我忘了一樣東西。我待會兒就回來，晚安。」

她沒有回來。第二天庫柏夫婦酒醒了，兩個人大打出手，把娜娜出奔的責任推到對方頭上。噢，她若還在跑，早就跑了好長的一段路！正如大人對孩子說的麻雀童謠，牠父母若在牠尾巴上灑鹽巴，也許能逮到牠哩！這是導致雪維絲進一步墮落的又一次沉重的打擊，儘管她醉得厲害，她却知道女兒失足會報應在她身上，使她更墮落，現在孤孤單單，又沒有孩子要顧慮，她會沉入最低的深淵。是的，無情的小妖精，穿着髒衣裙一走，也帶走了母親最後的幾絲顏面。整整三天，她瘋狂濫飲，握着拳頭痛罵她的娼婦女兒。庫柏在各林蔭大道徘徊，凝視來來往往的一切娼妓的面孔，然後點起煙斗來，神色自若。但是用餐用到一半，他偶爾會跳起來，一手拿着餐刀猛揮手臂，嚷道女兒害他丟臉，然後又坐下來繼續吃晚餐。

這棟大樓每個月都有女孩子離家出走，像金絲雀飛出鳥籠，庫柏家的災難誰也不覺得吃驚。但是洛里羅斯夫婦很得意。噢，是的，他們早就預言這小鬼會害他們抹一鼻子灰。事情很明顯，製花女工都會學壞。布許夫婦和波宜松夫婦也得意洋洋，特別歌頌他們的品德，只有蘭蒂爾間接爲娜娜辯護。老天，當然啦，他以自鳴清高的口吻說，逃家的女孩子已脫離高尚的軌範，但是他又眨眨眼說，天殺的，這小鬼太漂亮，不會年紀輕輕就過苦日子。

有一天，這羣人在布許的門房小屋喝咖啡，洛里羅斯太太大聲說：「你們知不知道？咦，千眞萬確。『阿跛』出賣她的女兒！是的，把她給賣了，我有證據！以前我們從早到晚在樓梯上碰到的老頭子，咦，他已經出面分期付款了。事情再明顯不過。昨天還有人看他們一起出現在安畢格戲院，我是說那位小姐和她的老公猫……你們相信我，他們同居了，你們相信我的話！」

他們一面喝咖啡，一面討論。歸究起來，這種事有可能發生，世間曾出過更差勁的事情。結果全區連最嚴肅的人都轉述雪維絲賣女兒的說法。

現在雪維絲穿拖鞋到處逛，根本不注意別人。就算你當街罵她小偷，她也不會回頭看一眼。

她已經一個月沒到福康尼爾太太家幹活兒，人家把她辭掉，避免糾紛。短短的幾星期，她換了八家洗衣店，一家幹兩三天就被辭退了，因爲她把工作弄得一團糟，粗心又髒亂，甚至忘了老本行的差事該如何做法。最後她知道自己不行，乾脆放棄燙衣工作，在新街的洗衣房當日薪洗衣婦。捶打和擰乾髒衣服，做這一行最粗最簡單的工作，噢，這個她還幹得來，但却使她又淪落了一步。洗衣房不能爲她增添美貌。每次走出門，她活像一隻沾了泥巴的小狗，渾身濕淋淋的，露出發青的皮膚。對了，儘管碗櫃常空，她却一天天發福，小腿跛得好厲害，走在人家身邊，常常差一點把人給撞倒。

一個女人若放任到這種程度，她的女性自尊不用說是蕩然無存了。雪維絲已拋下往日的一切自尊，不再關心外表，不再需要感情、身份和他人的重視。你可以踢她身上任何一個地方，前後都行，她甚至不理不睬，因爲她全身鬆垮垮軟綿綿的。於是蘭蒂爾完全甩了她，甚至不虛應故事捏她一把，而她好像根本沒發覺這一段雙方都乏膩膩拖了很久的孽緣已經結束了。對她來說只是又少了一件零工活兒。連蘭蒂爾和維金妮的關係她都無所謂，她對於自己曾大驚小怪的荒唐事一點都不關心。如果他們需要，她會替他們拿蠟燭哩。現在誰都不懷疑這件事了，他們倆有姦情沒錯。說來很簡單，王八波宜松隔夜要當差一次，他在荒涼的人行道上發抖，他太太和房客却在家相擁而眠。他們不必慌，警察先生的皮靴聲在空曠漆黑的街上慢慢經過店門前，他們連鼻子都不用伸出被單，就能聽得清清楚楚。警察是任務第一，對不對？所以他們繼續睡到天亮，趁波宜松守衞別人的財產時，靜靜損害他的財產。這是全區爭睹的笑話。權威人士當烏龜，他們覺得很好玩。由某一方面來說，蘭蒂爾確實是那個小角落的主人，因爲店舖和店主是分不開的。他剛吞下洗衣店老闆娘，如今正在蠶食糖果店的店主，還有綢緞商、文具商和裁縫排隊等着呢。他的嘴巴很大，吞得下她們所有的人。

你從來沒見過那麼愛吃甜食的人。蘭蒂爾勸維金妮做點心糖果生意，他可選對了。他是標準的南方人，有一副愛吃甜食的牙齒，可以光吃涼錠、口香糖、糖衣丸和巧克力過日子。尤其是糖衣丸，他稱做糖果杏仁，他一見就流口水，最能挑起食慾。他吃甜食過了一整年。維金妮叫他看店的時候，他便打開抽屜，大把大把抓來吃。說話的當兒，有五、六個人在場，他常打開櫃枱上某一個瓶蓋，伸手吃東西，瓶蓋開着，不知不覺就空了。現在沒有人注意他，他說這只是他的一種幼稚毛病。他還想出一種連續性的傷風，喉嚨不舒服，非潤潤喉不可。他仍然不幹活兒，心裏却有更了不起的計劃。此時他正想出一個奇妙的發明——雨傘帽，你戴在頭上，一下雨就變成雨傘，他答應利潤跟波宜松對分，向他借了二十法郎做實驗費。同時店舖逐漸消蝕在他口中，一切存貨都進了他的肚子，連巧克力香煙和紅糖棒都不放過。他塞了滿腹甜食，突然溫柔起來，在角落中品嚐女主人的時候，她覺得他甚合口味，嘴唇像燃燒的杏仁。這個男人吻起來好舒服！他是蜜糖做的，絕對錯不了。布許夫婦說，他只要將手指伸進咖啡，就能把它變成糖漿。

蘭蒂爾的心腸被永無止盡的甜食軟化了，對雪維絲非常慈愛。他勸告她，罵她逃避工作。噯哎，她這個年紀的女人應該有辦法度日嘛！他說她一向貪吃。但是我們對不值一顧的人也應該伸出援手呀，所以他設法找點零工給她做。他勸維金妮一個禮拜叫雪維絲來一次，刷洗店面和房間

——她刷洗慣了，一次賺個一法郎五十蘇錢。於是雪維絲每星期六早晨拎着水桶和刷子來，像這樣回到她曾經當主人並且被尊爲金髮佳麗的店面，淪落爲骯髒而屈辱的零工，她好像並不在意。這是最後的沉淪，一切自尊的終點。

有一個星期六工作特別辛苦，連下了三天雨，顧客彷彿把全區的泥巴都帶進來了。維金妮在櫃枱後面當老闆娘，頭髮梳得很漂亮，戴着花邊領子和硬袖。蘭蒂爾靜靜坐在她身邊窄窄的紅色假皮椅子上，安詳自若，彷彿他才是這間店的主人，正懶洋洋伸手去掏一罐薄荷膏，讓嘴巴有東西可咬，這是他的習慣。

「你看，庫柏太太，」維金妮噘着嘴巴，正盯着雜工幹活兒，她說：「那一角沒有刷乾淨。再用力刷！」

雪維絲乖乖遵命。她回到那個角落，從頭開始。她跪在地上的污水灘中，弓着身體，肩胛突出，手臂僵硬和發紫。舊衣裙整個濕透了，黏着臀部。她在地板上眞像一團不乾淨的東西；披頭散髮，從上衣的小洞可以看到她浮腫的身軀，一團肉隨着刷洗的動作而顚簸和顫動，她流了很多汗，大滴大滴沿面頰往下淌。

「妳愈用力擦，地板就愈亮，」蘭蒂爾的嘴巴含着甜食，故作精闢說。

維金妮像公主懶洋洋往後靠，半閉着眼睛監視刷洗的工作，不時提出批評。

「右邊再用力一點。現在當心木製的地方……妳知道上星期六我不太滿意。妳沒有洗掉污斑。」

他們倆擺出更威風的姿態，活像身居王座似的，雪維絲則伏在他們脚下的黑泥中。維金妮一定很開心，她笑着看看蘭蒂爾，猫眼裏一度露出金色的光芒。她終於報了當年洗衣房挨揍的奇恥大辱，多少年來她片刻都不曾忘記！

每次雪維絲停下刷洗的動作，隔壁房間便傳來一陣小小的鋸木聲。由敞開的房門看去，波宜松的側影浮在院子射進來的微光中。今天休假，他趁機滿足他對小盒子的熱誠。他正坐在一張枱子前面，以嫻熟的技巧在煙盒的紅木上刻籐蔓花紋。

「聽着，巴丁格，」蘭蒂爾出於友善，又叫他綽號了，「我預訂那個木盒——送給一位小姐。」

維金妮捏他一下，但他仍然笑瞇瞇的，以德報怨，在櫃枱下偷摸她的腿，她丈夫抬頭看這邊，露出黃臉上的紅色髭鬚和山羊鬍子，他便以最自然的態度把手抬起來。

警察先生回答說：「好啦，奧古斯特，其實是做給你的，當做友誼的象徵。」

蘭蒂爾笑道：「噢，我完了！這麼一來，我要留着你的小東西。我要用緞帶把它吊在頸子上。」

接着，他似乎由這句話想起另外一件事情：

「噢，對了，我昨晚遇見娜娜。」

聽到這個消息，雪維絲突然一驚，跌坐在地板的污水灘上。她坐在那兒，流汗喘息，手上拿着刷子。

「噢！」她只喃喃叫了一聲。

「是的，我正走過烈士街，看到前面有個女孩子吊着一個老頭的手臂扭呀扭的。我自忖道：這個背影好像很熟。於是我加快步子，結果跟娜娜打了一個照面……咦，這一點妳沒有什麼可抱怨的，她眞不得了！穿一件漂亮的羊毛小禮服，頸子上戴着金十字架，看起來好活潑！」

「噢！」雪維絲用更沒有生機的口吻說。

蘭蒂爾吃完薄荷膏，伸手去拿另一個罐子裏的麥精檸檬糖。

他繼續說：「她精神很好，那小鬼。妳相不相信，她打手勢叫我跟上去，態度好沉着。接着她把老頭遣到一個咖啡館去。那個老傢伙長得眞絕——全身乾巴巴的！好啦，她到一處門口跟我會合。好一條小蛇蠍！眞親切，滿腦子女性的奸謀，像一條狗舐着你。是的，她吻了我一下，打聽大家的消息。總之，我眞高興碰到她。」

「噢！」雪維絲第三次說。

她不再開口，却靜靜等着。她女兒沒有提到她嗎？寂靜中又傳來波宜松的鋸木聲。蘭蒂爾與高采烈，全速吸吮麥精檸檬糖，吸得咂咂響。

維金妮狠狠捏了蘭蒂爾一下說：「咦，我如果看到她，我就過街走另外一條人行道。是的，當衆跟這種賤人說話，我會臉紅的。庫柏太太，不是因爲妳在這裏我才這麼說，妳的女兒眞是墮落到極點。波宜松每天都抓到女孩子，她們不及她一半壞。」

雪維絲仍然不說話，也不移動身體。她雙眼凝視虛空。最後她輕輕搖頭，彷彿正在答覆內心想起的問題，這時候蘭蒂爾擺出行家的姿態說：

「男人不反對飽餐那種墮落的滋味。她柔得像小鷄。」

維金妮兇巴巴瞪着他，他只得住口，以愛撫來給她消氣。他瞄一瞄警察先生，看他埋頭刻小木盒，便趁機塞一個麥精檸檬糖到維金妮嘴裏。這一來她露出一鼻孔出氣的笑容。但是她把怒氣轉到雪維絲身上：

「動手啊，妳！妳像木頭呆坐在那邊，工作永遠幹不完。來，動一動手脚。我不希望整天在汚水裏划行。」

然後又壓低嗓門，怨毒地說：

「妳的女兒到街頭拉客，難道能怪我嗎？」

雪維絲也許沒聽見，她已經回去刷地板了，背脊發疼，幾乎躺在地上，用青蛙般沉重的動作慢慢拖着走。她雙手抓着毛刷背，在前面掃起一波黑水，濺得她全身到頭髮滿是汚泥。等她把髒水掃進陰溝，就只剩漂清的工作了。

蘭蒂爾沉默了一分鐘，漸漸感到不耐煩，大叫說：

「噢，巴丁格，你知不知道昨天我在里佛莉街看到你們的老闆。他看起來好憔悴，似乎只剩六個月的壽命。咦，憑他過那種生活……」

他是指聖上而言。警察先生頭也不抬，反罵說：

「你若是政府當局，絕不會這麼胖。」

「噢，老兄，我若是政府當局，」——他突然改用正經的口吻——「情況會比現在好得多，你相信我的話。看看他們的外交政策，早就叫人噁心了。我，是的，我，我只要認識一個新聞記者，我會灌輸我的主張……」

他愈說愈激動，麥精檸檬糖吃完以後，他打開一個抽屜，拿了幾片藥蜀葵蜜餞，一面吃一面比手劃脚。

「很簡單……首先我會重組波蘭，設立一個北歐半島大州，讓北方的巨人井然有序。然後我要把一切日耳曼小帝國併成一個共和國。至於英國嘛，那方面没什麽可怕的。它若動一動，我就派十萬人去印度，而且我要派土耳其王去麥加，派敎皇去耶路撒冷。懂了吧？歐洲問題很快就治好了。現在聽着，巴丁格……」

他停下來抓了一把藥蜀葵蜜餞。

「不比吃這些零嘴費時多少。」

他一片一片塞進嘴巴。

「皇上另有主張，」警察先生想了整整兩分鐘，然後說。

蘭蒂爾氣冲冲答道：「噢，得了，我們知道他的主張！歐洲根本不管我們……杜勒瑞茲御花園的男僕每天從餐桌下兩名高級妓女中間把你們老闆拖出來。」

波宜松站起身，手撫心臟走上前來。

「你叫我痛心，奧古斯特，爭議別做人身攻擊。」

維金妮插嘴，叫他們不要再說了。她才不管什麼歐洲呢。兩位什麼都能分享的男人何必爲政治經常吵嘴呢？他們倆喃喃說了一分鐘的氣話，但是警察先生爲表示他沒有惡感，就拿出他剛做好的小盒蓋；上面刻着：「給奥古斯特，以誌友情不衰。」蘭蒂爾很高興，再次坐下，身子幾乎趴在維金妮身上。她丈夫眼睜睜看着，倦怠的眼睛在土磚色的臉上沒有什麼表情，紅色的髭鬚却猛然抽搐，要是換一個不如蘭蒂爾自信的人，也許會看成危險的象徵哩。

這傢伙具有女人心儀的膽量。波宜松一轉身，他竟異想天開在波宜松太太的左眼皮吻了一下。平常他狡猾又謹愼，但是一談起政治來，他就甘冒一切危險，維護他對波宜松太太的權威。他大膽在警察背後偷偷撫摸維金妮，是向帝國政體報仇，怨帝制使法國變成大妓院。但是這一囘他忘了雪維絲在場。她把店面漂清和擦乾了，如今站在櫃枱邊等着領一法郎五十蘇錢。那左眼的一吻她看了無動於衷，彷彿一件不相關又很自然的事情。維金妮有點心慌，把一法郎五十蘇錢扔在雪維絲前面的櫃枱上，但是雪維絲一動也不動，似乎還在等什麼，她刷得精疲力盡，又濕又醜，活像陰溝拖出來的小狗。

「她沒有說別的？」她終於問蘭蒂爾。

「誰？噢，對了，娜娜……不，没說別的。那小淘氣的嘴巴眞迷人！像一罐草莓醬！」

雪維絲抓着錢走了。她那鞋跟快要磨平的拖鞋像打氣筒唧唧響——標準的音樂鞋，在人行道上演奏，還留下濕濕的大足印。

附近像她一樣的女酒鬼都說，她酗酒是爲了想忘記女兒的恥辱。她自己嘛，在酒吧啜飲白蘭地，擺出戲劇性的姿態，一口灌進喉嚨，巴不得就這醉死。她爛醉回家的那幾天，常自言自語說一切都是悲哀造成的。但是品行端正的人聳聳肩，他們早就知道這一套，說克倫貝酒吧的毒素就是一大悲哀。總之，這該稱做瓶裝的悲哀吧！當然她起先眞的受不了娜娜出奔的事實。這件事違犯了她僅存的面子觀念，大體上母親私下都不肯承認女兒或許正隨隨便便躺在男人懷裏。但是她的心已經太遲鈍太不健康，不可能長期感到羞辱。現在一切都順其自然。她有時候整整一星期不想起那個小娼婦，然後又突然滿心關懷和憤慨，可能是她清醒或者又爛醉的時候，恨不得在某一處街角抓到娜娜，不是狂吻她就是狠狠揍她，這要看當時的心情而定。她漸漸失去清晰的道德觀念，但是娜娜屬於她，對不對？好，你若有某一種財產，就不想看着它消失。

心裏有這些想法的時候，雪維絲用偵探的眼神在街上搜索。噢，她若看到這小妖精，一定要狠狠把她拖回去！那一年全區搞得亂七八糟。瑪珍塔大道和奧南諾大道打通穿過以前的魚販門，在林蔭外道上造成一個缺口。你簡直搞不清你在什麼地方。魚販街的一邊整個拆掉，從金點街可以看到一大片開朗的陽光和空氣，那邊擋住視線的貧民窟沒有了，代之以奧南諾大道上的一座不朽建築——一整排七層的住宅大厦，上面有教堂般的雕刻品，大窗戶掛着繡花窗簾，看起來好闊氣。對面這棟白花花的大樓似乎使整條街耳目一新，甚至引起蘭蒂爾和波宜松每天的爭執。蘭蒂爾大談巴黎的毀滅，指控皇上到處建皇宮，要把工人趕到鄉下去，警察先生氣得臉色發白說：正相反，皇上最先考慮的就是工人，必要時他不惜將巴黎整個拆掉，好讓工人有活兒可幹。雪維絲對於改建措施也很氣惱，這一來她住慣的巴黎這一角整個攪亂了。她氣的是本區漸漸升格，她却一天天走下坡。當你墜入泥坑時，你不喜歡陽光直射在你頭上。她出門找娜娜的日子，不得不跨過建築材料堆，在未完成的人行道上走來走去，撞到臨時圍板，她不禁怒火中燒。這種情況下奧南諾大道的優雅新樓房眞要把她逼瘋了。這種樓房正是娜娜之類的小妓女住的。

不過她好幾次聽到娜娜的消息。總有好心人急着傳達凶信。是的，據說她已離開她的老情人，可見她多傻。她跟那個老頭子過得很舒服，整天被人寵着疼着，只要她會安排，甚至能自由行動。但是年輕人眞傻，她大概跟某一位魯小子私奔了，沒有人知道是誰。可以確定的是有一天她在「巴斯底方場」向老傢伙要一文錢，那個老傢伙還在那邊等她。上流社會稱這一招爲「灑英國尿」。另外有人發誓在禮拜堂街的「荒唐大沙龍」看過她跳康康舞。這一來雪維絲起意到當地舞廳去巡察。現在她經過每一家舞廳都進去看看。庫柏陪她去。起先他們只繞大廳走一圈，看看露腿表演的女孩子。有一天晚上他們帶了錢，就找一張枱子坐下，喝一碗潘趣酒（檸檬汁、糖和葡萄酒的混合飲料），一面消遣，一面等着看娜娜會不會在此出現。經過一個月的巡遊，他們把娜娜忘得一乾二淨，純粹爲看舞而上舞廳。他們常一坐就是幾個鐘頭，不說半句話，手肘擱在桌子上，精神恍惚，地板則搖來搖去；他們大概喜歡用醉眼看當地的野娼妓在大廳的紅燈和悶熱的氣氛下廻施飛舞吧。

十一月的一個黃昏，他們剛好走進「荒唐大沙龍」去取暖。外面寒風冷得刺人。但是大廳擠得要命，到處都是人潮，每一張餐桌都有人，中間站滿人，半空中也有人，眞是一堆人山，是的，活像「凱恩式內臟」這道菜。他們繞了兩圈沒找到空位，決定站着等別人退席。庫柏穿一件髒兮兮的罩衫，頭上戴一頂没有帽尖的舊帽，搖搖搌搌站着，堵住了通路。他發現一個瘦小子擠過他身邊，輕輕彈了彈外套的袖子。

「喂，你！」他由發黑的嘴巴拿出陶製煙斗，氣冲冲喊道：「你不會說『對不起，借過』嗎？用不着看人穿工裝，就瞧不起人！」

年輕人回頭上下打量他，庫柏繼續嚷嚷：

「你這鷄姦的小白臉，你要知道，工裝是最好的衣服，是勞工的禮服。我要教訓你，看你想不想在耳洞上挨幾巴掌！娘娘腔居然敢侮辱工人！」

雪維絲想勸他安靜，根本没有效，他眩耀自己的破衣服，用拳頭猛拍罩衫，吼道：

「這裏有眞正男子漢的胸脯！」

年輕人消失在羣衆之間，邊走邊嘟囔：

「好一個髒胚！」

庫柏想要追他。他才不被漂亮的大衣嚇倒呢。可能不是錢買的，是一文錢不花用來騙女裙釵的現成貨。他若再碰到他，就推他跪在地上，要他尊敬工裝。但是屋裏好擠，寸步難行。雪維絲跟他慢慢繞着舞池挪動，那邊密密麻麻擠了三層觀衆，若有男人毛毛躁躁，或者女孩子踢腿露出臀部，他們的表情就活潑起來。庫柏夫婦個子矮，得躡起脚尖才看得見——連短髮和帽子都不例外。樂隊用吱吱嘎嘎的銅樂器演奏一支方舞的舞曲；像狂風震撼了大廳，跳舞的人踢起漫天灰塵，煤氣燈都爲之黯淡。屋裏熱得叫人發昏。

「看！」雪維絲突然說。

「什麼？」

「那邊的天鵝絨帽。」

他們儘量挺高。左邊那頭有一頂天鵝絨舊帽，揷着兩根邋邋遢遢的羽毛，活像靈車的羽飾一迸一跳的。他們只看見那頂帽子跳呀，提呀，轉呀，上上下下。他們看許多腦袋旋轉，看得出神，接着又看見那頂帽子在別人上方狂舞，活潑極了，附近的人不禁笑那頂飛舞的女帽，他們不知道帽子下面是什麼玩意兒。

「怎麼？」庫柏問道。

雪維絲喘氣說：「你認不出那頂黑帽子？我打賭是她的！」

庫柏用力推開人羣。老天，是啊，就是娜娜！好一副打扮！她身上只穿一件絲質舊衣裳，上面黏着酒店餐桌抹到的汚痕，荷葉邊散散亂亂，向四面八方亂飄。而且上半身幾近全裸，肩膀上沒有披肩之類的屛障，扯裂的釦眼裏露出光光的胸脯。想想看，這小娼婦有老頭子向她獻殷勤，居然爲了某一個吃軟飯的傢伙落到這步田地，人家說不定還打她哩！但是她還淸新可喜，刺激又迷人，大帽子下頭髮篷得像獅子狗，嘴唇美得像花苞！

「等一下，我來叫她跳舞！」

娜娜當然沒什麼戒心。她扭來扭去，你眞該看看她的樣子！屁股向這邊搖，屁股向那邊搖，弓身行禮，脚踢得比舞伴的面孔還要高，叉開兩腿！觀衆站在四週拍手，她一時得意，竟掀起衣裙，提到膝蓋上，爲舞蹈的韻律而興奮，像陀螺轉呀轉呀，兩腿呈八字滑到地板上，然後以故作端莊的小舞步跳起身，却擺了擺臀部和胸部，簡直迷死人，叫人恨不得把她拐到一個角落，拚命狂吻。

舞蹈進行中，庫柏向右走，攪亂了方舞的陣式，挨了幾拳。

「告訴你，那是我女兒！讓我過去！」

這時候娜娜正往後移，用羽毛掃地板，旋轉臂部，還略微扭兩下，增加吸引力。她當場挨了一脚，直起身，看到她爹娘，臉色都白了。今天眞倒楣！

「把他趕出去！」跳舞的人齊聲說。

庫柏認出他女兒的舞伴就是剛才那位穿大衣的瘦小子，根本不管別人說什麼。

他吼道：「是的，是我們！妳没想到吧？我們竟在這種地方找到妳，還跟那個娘娘腔搞在一塊兒，他剛才連一句客氣話都不會說！」

雪維絲推他，咬着牙咕噥道：

「閉嘴，用不着解釋這些。」

她上前打了娜娜兩巴掌。頭一掌打下她的羽毛帽，第二掌在她慘白的臉頰上打出一個紅手印。娜娜楞在那兒，挨打既不流淚也不反抗。樂隊繼續演奏，羣衆開始不高興，大叫說：

「把他們趕出去！把他們趕出去！」

雪維絲說：「來，妳退場。快走！別想開溜，否則我就交給警察來辦。」

那個不足取的年輕人已經溜掉了。於是娜娜死板板走出來，仍舊爲自己的惡運而驚慌。她顯出反抗的樣子，後面飛來一拳，她只得向門口走。於是三個人在大廳的調笑和猫叫聲中走出門外，樂隊奏完一曲，結尾像雷聲，大喇叭彷彿吐出砲彈似的。

日子繼續過下去。娜娜在她小得像壁櫥的老房間睡了十二個鐘頭，然後乖巧又愉快地過了一個禮拜。她拼製一件端莊的小禮服，戴一頂女帽，在髮髻下用緞帶繫好。她甚至對家居工作表現出一股熱誠，說一個人呆在屋裏，不用到工作坊聽那些髒話，照樣可以賺錢。於是她攬了一些工作來幹，拿着工具坐在枱几邊，頭幾天五點就起床捲她的紫羅蘭花梗。但是她交了幾批之後，開始伸懶腰，不肯繼續幹活兒；雙手抽筋，因爲她已改掉做花梗的習慣，吸了六個月的戶外新鮮空氣，關在屋裏簡直透不過氣來。於是膠水罐乾了，花瓣和綠紙條油污點點，老闆來過三次，大吵一架，要她退回材料。娜娜就這麼閒混日子，早晚挨父親揍，跟母親吵架，母女互揭瘡疤。事情總不能這樣下去呀，第十二天娜娜又走了，只帶走她身上的端莊禮服和頭上的小女帽。洛里羅斯夫婦看娜娜回來，改過自新，心裏不是滋味，如今差一點樂得在地板上打滾。第二次丟人現眼！二度出奔。將來要住聖拉撒爾髒病醫院的小姐們，開航囉！噢，不，眞的，太可笑了。娜娜是離家私逃的老手。咦，庫柏夫婦現在若想留住她，得縫起她那玩意兒，把她關在籠子裏！

在公開場合，庫柏夫婦假裝樂於擺脫她。其實他們很生氣。但是憤怒總有消退的一天，過了不久，他們聽說娜娜在街上鬼混，眼皮都不眨一下。雪維絲怪她害父母丟臉，却又聲明不理這些閒話。她若在街上碰見這小妮子，甚至懶得打她耳光，免得弄髒手掌。是的，親情已斷，就算她親眼看她倒在路上，赤裸裸又奄奄一息，她也要直接走開，不承認這賤貨是她生的。娜娜在該區的所有舞廳大大轟動。從「白皇后」到「荒唐大沙龍」，很多人認識她。她一走進「伊麗莎——蒙特馬屈」舞廳，觀衆便站在桌子上看她跳方舞中的「鬧龍蝦」舞步。她曾兩度被趕出「紅堡」，所以她只在門口徘徊，勾搭她認識的人。林蔭大道的「黑球」和魚販街的「土耳其大公」是高級的舞廳，她衣着整齊的時候才進去。但是全區她最喜歡的低級酒館是入口濕淋淋的「茅菴舞廳」和圓盤街的「羅勃舞廳」，兩個地方都很下流，只點五、六個燈籠，自由又隨便，大家混在一起爲所欲爲，店主甚至讓男人和女孩子在陰暗的角落裏調情做愛，不驚動他們。娜娜的際遇有浮有沉，彷彿在巫師的魔杖下度日，今天打扮得像時髦的貴婦人，明天却邋邋遢遢在泥地上拖着走。噢，她的生活可眞多采多姿！

好幾次庫柏夫婦依稀在很差勁的地方看到女兒，連忙轉身往另一個方向走，避免和她相認。他們不想再硬拖一個賤貨回家，被滿廳的人恥笑。但是有一天十點左右，他們正要上床，有人敲門，原來是娜娜，態度冷淡極了，要求回來借住。老天，她的樣子好落魄！沒戴帽子，衣服破破爛爛，鞋跟都磨平了，看了那副打扮，你會抓着她送到警察局。她自然挨了一頓好打，但是她狼吞虎嚥地吃下一塊乾麵包，直接上床，累得不得了，嘴巴還含着最後一口東西。於是常軌延續下去：她才覺得精神好些，有一天早上又不見人影。鳥兒飛了，無影無蹤。幾星期幾個月過去，她似乎永遠不回來了，沒想到她又突然露面，根本不說她從哪裏來，有時候渾身髒兮兮，叫人碰都不敢碰，而且到處都是抓痕，有時候衣冠楚楚，却四肢軟綿綿的，因過勞而疲憊不堪，站都站不起來。她的父母只得適應這一切。打她也沒用。他們狠狠揍她，她照樣把父母家當做論週借宿的旅店。她知道自己要挨揍才能住幾晚，她衡量得失，花得來就回家接受懲罰。何況，你不會老是打人呀，最後庫柏夫婦乾脆接受了娜娜的大膽行爲。她回家也好，不回家也好，只要她不敞開着房門，就沒有關係。習慣畢竟能破壞禮法和其它的一切。

有一件事雪維絲眞的很生氣，就是她女兒穿拖裙衣裳戴羽毛帽子回來。不，她受不了這種虛飾。娜娜要縱情遊樂就隨她去吧，但是她回親娘家，至少該打扮得像端莊的女工。拖裙衣裳在大樓引起一陣騷動。洛里羅斯夫婦笑得半死。蘭蒂爾很興奮，繞着小丫頭走了一圈又一圈，聞她身上的香味；布許夫婦禁止寶琳跟這個穿耀眼華服的妓女打交道。有一次娜娜出遊回來，睡得好香，直到中午才起床，胸部光裸裸的，披頭散髮，臉色白得像死人，呼吸都快停止了，雪維絲也很氣惱。早上她叫她五、六次，威嚇說要在她肚子上潑冷水。這位小美人懶洋洋躺在那兒，嬌軀半裸，性感得要命，雪維絲氣她正以睡眠來消除體內已滿足的色慾，叫都叫不醒。娜娜睜開一隻眼睛又閉上，還打了一個更舒服的滾兒。

有一天雪維絲嚴厲地批評她的生活方式，問她是不是跟軍人鬼混，才這副德性回來，並且再度威脅要用濕手去摸她的身體。小丫頭生氣了，縮在被單裏大叫：

「夠了，媽，妳明白嗎？我們不要談男人，最好不要。以前妳愛這麼做就怎麼做，現在我也愛怎麼做就怎麼做。」

「什麼，什麼！」

「是的，我從來沒跟妳談過，因爲不關我的事，但是妳當時並不多慮嘛，對不對？我多次看妳趁爹呼呼大睡時，穿着襯裙來來去去……現在妳不感興趣了，但是別人還有興趣呀，所以妳少管我。妳不該給我立下壞榜樣！」

雪維絲臉色發白，全身顫抖，臉別過來又別過去，心緒狂亂，娜娜則翻身俯躺，把枕頭摟在懷中，然後死沉沉睡着了。

至於庫柏嘛，他吵吵鬧鬧，却放棄了懲罰娜娜的念頭。他變得十分軟弱，我們不用怪他缺乏父親應有的原則，因爲酒精已剝奪了一切是非善惡的觀念。

固定的模式已經打好了。他足足酗酒六個月，然後病倒，進「聖安妮療養院」去度鄉村假期。洛里羅斯夫婦稱此爲「漢諾瓦公爵退隱田莊」。在那邊住了幾星期後，他把身體補綴好回來，又開始毀滅的工作，直到再一次垮了，只得去醫療。三年間他進醫院七次。鄰居們說他有一個包定的小房間，這位堅毅的酒徒害自己一次比一次嚴重，一次又一次復發，這個破酒桶的圈箍相繼斷裂，你不難看出它即將粉碎，終有不能修補的一天。

毒素一天天發生效果，他的外貌也不怎麼好看，活像幽靈似的。飽受酒精折磨的身體皺得像化學家泡在藥瓶裏的胎兒。他實在太瘦了，人站在窗前，你能隔着他的肋骨看見屋外的亮光。兩頰凹陷，兩眼不斷流蠟油，足夠供應大教堂所需；只有鼻子還血氣興旺，是他破臉盤中央的一朵迷人的康乃馨。他蹒蹒跚跚走過，彎腰駝背，看起來和街道本身一樣古老，知道他只有四十歲的人不禁毛骨悚然。他雙手發抖的毛病更嚴重了；尤其是右手，抖得好厲害，有時候他不得不雙手捧着酒杯湊到唇邊去。噢，天殺的戰慄病！他凡事都冷漠得像一頭牛，只有這件事還能惹他生氣。你可以聽見他喃喃咒罵自己的雙手，有時候却一連打量雙手好幾個鐘頭，看它們跳來跳去，一語不發，不再氣憤，只想研究是什麽內在的結構害這一雙手玩這種把戲。有一天傍晚雪維絲看他這麽呆坐着，有兩滴大淚珠流下酒鬼粗皺的面頰。

娜娜偶爾回家過夜的最後一年夏天，庫柏的情況尤其嚴重。他的嗓音完全變了，彷彿酒精在他喉嚨中裝了一個新器具。一隻耳朶全聾。接着，幾天後，他的視覺也不對勁，他得抓緊欄杆免得摔下樓。可以說他全身都在減低壽命。他患了可怕的頭疼和頭暈，時常眼冒金星。有時候他突然手痛和腿痛，痛得臉色發青，連坐幾個鐘頭不動，有一次危機過去以後，他的手臂甚至麻痺一整天。好幾次他臥床不起，身體在被單下縮成一圈，像疼痛中的動物直喘氣。接着害他上「聖安妮療養院」的瘋病又發了。他多疑、煩躁、發燒、瘋狂亂轉，激動得撕衣服和咬傢俱，不然就自憐自艾，像傻女孩一樣使性子，哭着說没有人愛他。有一天傍晚，雪維絲和娜娜回來，發現他不在床上，却放了長枕墊當替身。他們看他躲在床舖和牆壁之間，牙齒卡搭搭卡響，說有人要來殺他。母女只得把他當小孩弄上床，緩和他的恐懼。

庫柏自己只知道一種藥方：喝下他那一份火酒，像警棍在胃裏猛捶一記，讓他又挺立起來。他每天早晨就用這個辦法來治鼻膜炎。他的記憶力早就喪失了，腦子一片空白，他只要一復元，馬上把生病的事情忘得乾乾淨淨。他從來没病過。是的，他已到達死沉沉倒在地上還說自己健康的地步。別的能力也消失了。娜娜在外頭鬼混六個月回來，他還以爲她只到街角買了一趟東西。

現在她常吊着男人的膀子跟他相遇，儘管嘲笑他，他却認不出是自己的女兒。事實上他根本不值得放在眼裏，要不是有椅子，她會坐在他身上哩。

初霜降臨的時候，娜娜又逃走了，藉口說要去看水果店有沒有燉梨子可買。她察覺冬天快要到了，不想坐在空火爐前面打冷顫。庫柏夫婦只罵了她一聲小頑童，因爲他們等着吃梨子呢。她遲早會回來的；去年冬天她下去買一文錢煙草，走了三個禮拜才回來。但是幾個月過去，這丫頭一直不見人影。這回她一定大有收穫。六月到了，她還沒有跟着陽光回來。看來一切都過去了，她已找到衣食無缺的享受。有一天他們身邊沒有半文錢，乾脆以六法郎的代價把她的鐵床給賣了，到聖奧文暢飲一番。總之，那張床礙手礙脚的。

七月的一天早晨，雪維絲經過店門口，維金妮叫她進去，要她幫忙洗碗盤，因爲頭一天晚上蘭蒂爾帶了兩個朋友回來大吃一頓。蘭蒂爾宴客之後，餐具油膩膩的，雪維絲正在洗刷，他還在店裏消化大餐，老遠向她叫道：

「噢，對了，大媽，前幾天我看到娜娜。」

維金妮在櫃枱邊，焦急地望着空瓶子和空抽屜，氣沖沖搖搖頭。她忍住不嘮叨，但她不喜歡事態的發展。他太常看到娜娜。噢，她清楚得很，如果他被一個女人沖昏了頭，他什麼事都做得出來。這時候拉瑞特太太突然走進店門，這幾天她跟維金妮很要好，維金妮常對她吐露心聲，現在她以最曖昧的口氣問道：

「你怎麽看到她?」

「噢，光明正大呀，」他很高興，笑着搓搓鬍子。「她在馬車上，我在路上慢慢走。眞的，我發誓！用不着否認嘛，能當她朋友的濶青年可眞幸運！」

他兩眼發光，轉向正在擦盤子的雪維絲。

「是的，她坐在馬車上，打扮可眞時髦……我本來沒認出是她，因爲她眞像社交名媛，鮮花般的臉上搽着珍珠粉，但是她用手套向我揮揮手……我相信她釣到爵爺了。噢，她發達了！現在她用不着管我們了，她賺到大錢，還有餘錢送人哩。她是迷人的小猫，妳簡直想不到世間有這麼迷人的小猫！」

盤子早就擦亮了，雪維絲還猛擦個不停。維金妮正在苦思，擔心她第二天不知道要怎麼付兩筆欠帳，蘭蒂爾倒容光煥發，胖嘟嘟的，他賴以度日的糖果彷彿要從體內滲出來，他正熱心地大談衣着考究的小美人，店面現在已被吞噬四分之三，淒風苦雨正吹遍全室。只剩幾個胡桃糖可吃，幾根麥精檸檬棒棒糖可以吸吮，然後波宜松夫婦的生意就要收攤了。突然蘭蒂爾瞥見警察先生在對面的人行道上巡邏，衣服照例釦得整整齊齊，佩劍敲着大腿，使他更神氣。他叫維金妮看他丈夫。

「巴丁格今天早上精神很好！噢，不過要當心喏，他的屁股繃得太緊了。那邊大概揷了一個玻璃眼球來窺視人家。」

雪維絲回到家，發現庫柏坐在床上發楞，老毛病又發了，正茫茫然盯着地板。她跌坐在椅子上，全身疲乏，手臂順著髒兮兮的衣裙往下垂。她跟他面對面坐了一刻鐘，沒有說話。

最後她喃喃地說：「我聽到一個消息。有人看到你的女兒。是的，她高級又漂亮，再也不需要你了。她很快樂哩！噢，上帝啊，要是能處在她的地位，我什麼都肯犧牲！」

他繼續凝視地板，然後抬起滿目瘡痍的臉盤傻笑說：

「聽着，親親，我不阻止妳。妳梳洗乾淨，還不太難看……妳知道俗語說：沒有鍋子會舊得找不到鍋蓋的。咦，如果能改善我們的生活，那又何妨呢？」

12

大概是收租日以後的星期六吧，正月十二日或十三日左右，雪維絲不太確定是哪一天。她腦袋迷迷糊糊，因爲她已經很久沒吃過熱餐了。好慘的一個禮拜！什麼都沒有，星期二買的兩條四磅重的麵包吃到星期四，昨天找到一塊乾麵包皮，現在已經三十六小時沒吃過一口麵包肉了，只能在碗櫥前面跳脚！她背部有感覺，知道天氣很可怕，黑色的寒霜黑得像鍋底，滿天雪水硬是不下來。寒冬和饑餓在你體內滋生，你可以束緊褲腰帶，但這並不等於塡飽了肚子。

說不定當天晚上庫柏會拿錢回家。他說他正在幹活兒。凡事都有可能，對不對？雖然失望過許多次，雪維絲這次却指望那筆錢。經歷一切浮沉之後，她在附近找不到洗刷的活兒可幹，連一個雇她打零工的老太太都辭退了她，說雪維絲偷喝她的香烈酒。到處都沒有人要她，她完蛋了，而她心底巴不得這樣，因爲她已經墮落到寧死都不動一根手指頭做工的地步。總之，庫柏若把薪水拿回家，他們可以買點熱飯菜。此時還是上午，她躺在床墊上，躺着寒意和饑餓彷彿輕一點。

她說是床墊，其實只是角落中的一堆茅草。他們的寢具一點一點進了附近的各家舊貨行。起先沒有錢的時候，她拆開床墊，抓出一把一把的羊毛，偷偷包在圍裙裏送出去，在美男街變賣十蘇錢。後來墊被挖空了，有一天早晨她拿套子去換一法郎五十蘇錢來買咖啡。枕頭跟着變賣，然後長枕墊也去了。這一來只剩床鋪本身，她沒有辦法夾在腋下拿出門，怕布許夫婦看到她賣房東的擔保品，會在大樓各處嚷着要捉賊。但是有一天傍晚，她趁布許夫婦忙着大吃大喝，叫庫柏幫忙，悄悄把床鋪的側板、頭尾和框架一截一截運出去。這回賣到十五法郎，他們痛飲了三天。茅草還不够舒服嗎？連茅草的布罩也跟床墊套賣了，他們齋戒二十四小時之後，吃麵包吃個飽，把睡覺的裝備吃得精光。他們用掃帚將茅草攏成一堆，但是灰塵老是出現，反正也不比別的東西髒嘛。

雪維絲就這樣躺在茅草堆上，沒有更衣，像小狗捲成一團，兩脚縮在破裙下保暖。她縮在那兒，眼睛睜得好大，反覆思考那天並不愉快的念頭！老天，不，他們不能這樣下去，人不吃東西是活不了的。她不再感受饑餓，腦袋空虛，胃裏彷彿壓了一團鉛塊。在這小破坑裏確實沒什麼趣味。標準的狗窩，街上流浪的獵犬只要有一件外套可穿，絕對不想呆在這兒。她用失神的眼睛打量光禿禿的牆壁。當鋪老闆早就把一切都拿走了。還剩五斗櫃、餐桌和一張椅子，但是連五斗櫃的大理石枱面和抽屜都以賣床鋪的方法變賣一空。就是失火，也不能燒得更乾淨。一切小東西都慢慢消失，先是一個十二法郎的滴嗒鐘，最後是家庭肖像，有個商人要那些相框——還有個能幹的婦人買去一個長柄鍋，一具熨斗和一隻梳子，她照貨色出個五蘇錢，三蘇錢，兩蘇錢，足够換一點麵包。現在只剩商人不肯要的一隻燭蕊剪刀。噢，她若知道誰肯買垃圾、灰塵和污物多好，她一定馬上做這種生意，因爲這裏好髒喔！放眼一看，角落裏全是蜘蛛絲，蜘蛛絲說不定可以加工哩，但是沒有商人肯買。她頭昏眼花，又沒有希望變賣什麼，只得在茅草堆上縮得更緊，寧願看窗外滿是雪泡的天空，被陰鬱的景色弄得寒入骨髓。

眞麻煩！苦心絞腦汁有什麽用呢？她若能打個盹兒多好，但是她腦子裏一直想她這間小猪窩。昨天馬斯可先生親自來說，他們若不在一星期內繳清兩期拖欠的房租，他就要趕他們出去。好吧，趕出去就趕出去，他們露宿街頭也不比現在差多少，這是事實！你可曾見過老猩猩穿大衣戴羊毛手套的那副德性，大談那兩期房租，還以爲他們屋裏藏了儲備金呢！天哪，她若有錢，一定吃點東西，才不束緊褲腰帶哩！她覺得那個肚子圓圓的老傻瓜好煩人，眞的有此感覺，她把他托付給西天，眞的！她的蠢畜生庫柏也一樣，現在他一回家就揍她——她把他跟房東擺在同一位置。那麽她心目中的那塊地方一定很寬敞囉，因爲她把每個人都送到那兒，一心想擺脫他們大家和生命本身。她漸漸變成一粒練拳用的吊球。庫柏有一根棍子，他稱爲他的屁股扇，你眞該看看他用它猛搧他的老婆，搞得她汗流浹背。她自己也不溫柔，用口咬，用手抓；他們繞着空房間打得死去活來，差一點忘了肚子餓的痛苦。但是到頭來她對打架也跟別的事情一樣厭倦了。庫柏一連怠工幾星期或者濫飲幾個月，發酒瘋回來打她，她習慣了，只覺得他討人厭，如此而已。這些日子她也把他推上西天。是的，這死猪上西天去，洛里羅斯夫婦，布許夫婦和波宜松夫婦上西天去，看不起她的左鄰右舍都上西天去！整個巴黎上西天，她做了一個超然而冷淡的手勢，把他們全推上去，心裏很高興，覺得報了一箭之仇。

很不幸，我們就算習慣了別的事情，也培養不出餓肚子的習慣。只有這件事讓雪維絲氣惱。她不在乎當最低賤的貧民，一走近，就看別人擇衣服。別人失禮她不難過，但是饑餓始終折磨她的胃腸。她早就告別了好菜，能找到什麼就吃什麼。現在她打牙祭，也許會向屠夫買點四蘇錢一磅的剩肉，東西在托盤上已經發黑了，她添進一鍋馬鈴薯，放在瓦鉢裏攪拌。不然就燉一個牛心，這道菜叫她流口水。若有水果酒，她便做濕麵包片，眞正的鷴鷄食品！兩蘇錢的野豬肉，幾蒲式耳的馬鈴薯，幾夸特的乾扁豆一起燉，這是她現在不常吃得起的大餐。她落魄得向可疑的小飯館買些碎肉，或者一蘇錢混着焦肉屑的魚骨。她甚至更低賤，向一位好心的飯店主人乞討顧客吃剩的麵包皮，做成一種麵包湯，借鄰居的火爐儘量滾一會兒。沒有東西吃的早晨，她甚至跟野狗一起遊蕩，看清道夫掃地之前店門外有沒有東西可撿，有時候她撿到相當不錯的餐食，例如過熟的甜瓜啦，略微腐壞的青花魚啦，還有排骨，她得檢查看看有沒有長蛆。是的，她已經落魄到這種程度！講究口味的人看了也許會不舒服；但是講究口味的人若三天沒吃東西，我們看他們能不能空着肚子堅持下去！他們會像別人一樣趴在地上吃垃圾哩。噢，窮人挨餓，胃腸發出餓餓的嘶喊，餓得咬住噁心的糞便往下吞，而身邊就是鍍金而炫麗的大巴黎！想想她還飽餐過肥鵝哩！現在想起來她就想哭。有一天庫柏偷了兩枚麵包代用幣，賣了換酒喝，她差一點用鏟子打他，她餓得要命，看這一點麵包失竊，簡直氣瘋了。

她望着陰沉沉的天空，終於睡着了，睡得並不安穩。她夢見滿是雪泡的天空在她頭頂迸裂，因爲寒意噬咬着她。突然她跳起來，睡意全消，恐懼得發抖。老天，她是不是快死了？她抖抖顫顫對自己叨唸着，發現天還沒黑。黑夜永遠不來嗎？你胃腸空空的時候，時間眞難捱！她的胃腸醒了，害她好痛苦。她跌坐在椅子上，低下頭，雙手揷在兩腿間取暖，開始計劃庫柏拿錢回家時要吃什麼晚餐——一條麵包，一瓶酒，兩截燙過的內臟炒洋葱。老巴索吉的時鐘敲了三下。才三點？她哭了。她實在沒有力氣等到七點鐘。她全身像小女孩搖搖擺擺減輕劇痛，彎身壓着胃腸，希望不再有感覺。噢，分娩比肚子餓輕鬆多了！她沒有辦法止痛，氣沖沖跳起來，繞行一圈又一圈，但願餓腸能像小孩子，走動到最後會累得靜下來。她在空房間的四角瞎撞了整整半個鐘頭，然後停下脚步，眼神充滿決心。好，管他們說什麼，對方若叫她舐他們的脚板，她也照舐不誤，他要去找洛里羅斯夫婦借十蘇錢。

樓房這一區的貧民窟，冬天大家經常借個十蘇或二十蘇錢——挨餓的人彼此幫一點小忙嘛。但是大家寧可餓死也不找洛里羅斯夫婦，因爲他們是出名的吝嗇鬼。雪維絲去敲他們家的房門，表現了稀有的勇氣。她沿着走廊過去，心裏好害怕，等她眞正敲了門，反而舒了一口氣，心情跟人家眞正按下牙醫的門鈴一樣輕鬆。

「進來，」金鍊匠沙啞的嗓音說。

這兒眞好！洛里羅斯太太正在燒一捲金線，熾烈的熔爐照得窄工作坊滿是白光。洛里羅斯在工作枱前流汗，正用吹管焊接金環。好香喔，甘藍菜湯在爐子上慢慢沸騰，冒出的蒸氣使雪維絲覺得頭暈不舒服。

「噢，是妳呀，」洛里羅斯太太吼着，甚至不請她坐下來。「妳有什麼事？」

雪維絲不答腔。那星期她跟洛里羅斯夫婦還蠻融洽的，但是十蘇錢的事情她哽在喉嚨說不出口，因爲她瞥見布許靜坐在火爐邊聊天。他不關心任何人，這畜牲！他笑得五官模糊，嘴巴像一個圓洞，兩頰鼓鼓的，連鼻子都看不見了——是的，一張臉就像屁股！

「你有什麼事？」洛里羅斯又問她。

她終於結結巴巴地說：「呃……你們沒看見庫柏？我以爲他在這兒。」

他們三個人冷笑一聲。噢，不，他們沒看見庫柏。他們不亂請酒，庫柏怎麼會來找他們！雪維絲費了很大的力氣說：

「他答應要回家，你知道。是的，他大概會帶點錢回來……因爲我得買一兩樣東西……」

大家都悶聲不響。洛里羅斯太太拚命煽熔爐，洛里羅斯把頭垂得更低，繼續做他手上永遠弄不完的鍊子，布許則咧嘴嬉笑，嘴巴好圓好圓，叫人恨不得把手指伸進去看看。

「我若有十蘇錢就好了，」雪維絲幾近耳語說。

大家仍舊不說話。

「你們不能借我十蘇錢嗎？噢，我今晚就還你們！」

洛里羅斯太太回頭盯着她看。這裏有個叫化子想騙他們的錢哩！今天她借十蘇錢，明天就會借二十蘇，永無止盡。不，不，不行！除非二月有三十一天。

她高聲說：「不過，親親，妳知道我們沒有錢。看看我的口袋襯裏。妳可以來搜身。如果有！我當然樂意幫忙！」

洛里羅斯幫腔說：「眞心想借妳。但是沒錢就是沒錢，有什麼辦法呢？」

雪維絲謙卑地點點頭。但是她不走，眼睛望着黃金，牆上掛的大捲大捲金線，女主人正使盡臂力穿過拉盤的金線，男主人的粗手正在做的一大堆金環，她暗想一小片醜惡發黑的金子就能買一頓大餐。雖然那天的工作坊被舊鐵器、煤灰和沒擦乾淨的油斑弄得黑鴉鴉的，她却看出此地像兌換商的會計房，閃耀着財富的光輝。於是她鼓起勇氣，低聲說：

「我會還你們，我會還你們，眞的會還。十蘇錢對你們算不了什麽。」

她心臟都快爆開了，但是她不想承認昨天到現在沒有吃東西。她兩腿發軟，唯恐自己流下眼淚，顫聲說：

「你們好心……你們無法想像……是的，我已落到這步田地，噢，上帝啊，我已落到這步田地……」

洛里羅斯夫婦抿緊嘴巴，用力使了一個眼色。「阿跛」現在當乞丐了！咦，她已落入最不幸的深淵。不，他們不贊成乞討，早知道他們就把門閂起來。人得隨時當心乞丐，他們找藉口進別人家，然後帶走貴重的財物。何況他們家有很多東西可以偷；你手指隨處摸摸，一握拳就能拿走三、四十法郎的金子。雪維絲一動也不動站在金子面前，他們看到她臉上的怪表情，已經好幾次覺得不安了。這次他們要仔細看着她。所以，她愈來愈近，踩上木板條的時候，洛里羅斯不理會她的哀求，粗聲粗氣大嚷：

「看着，當心，你又要用鞋底挾帶金粉粒了！眞的，你鞋底好像抹了油，讓金粉黏在上面。」

雪維絲慢慢往後退。她身子扶着貨架一小段時間，發現洛里羅斯太太正在看她的手，連忙攤開來給對方看，似乎落魄得什麼都肯忍受，柔聲柔氣毫不憤慨地說：

「你看得出來，我沒拿什麼。」

她告辭出來，因爲羹湯的濃香和屋裏的暖意使她很不舒服。

洛里羅斯夫婦當然沒留她！走了最好，他們再放她進來才怪呢！他們看够了她那一張苦臉，他們不要別人的煩惱出現在他們家，何況那些煩惱是活該自找的。他們沉迷於自私自利，自覺很精明，暖洋洋在屋裏，屋裏還有美妙的羹湯可吃。布許也刺刺不休，雙頰鼓得更厲害，笑容顯得相當淫猥。「阿跛」以前高傲又威風，開那家藍色的店，吃那些豪華的大餐……等等，現在他們都自覺出了一口怨氣。結局太好了，讓人看看貪吃的下場。天下的貪吃鬼、懶鬼和無恥的女人都滾到垃圾堆去！

雪維絲一轉身，洛里羅斯太太就嚷道：「你看看！到這裏來討十蘇錢！我決不會借她十蘇錢，讓她去喝酒。」

雪維絲沿走廊一步一步拖着走，垂頭喪氣，走到自己家門卻不進屋，因爲她的房間叫她害怕。只要她能走動，她就會愈來愈暖和，支持到底。她走動的時候看了看樓梯下布魯老爹的破坑——這個人一定也很想吃東西，他幻想午餐和晚餐已經三天了。但是他不在，凹室一無所有，她不禁嫉妒起來，以爲某處有人請他。她走到畢傑家門口，聽到有人哭，便走進去，反正鑰匙隨時插在門上。

「怎麼啦？」她問道。

房間很整潔。一看就知道拉麗早晨打掃過。貧窮的冷風呼嘯而過，吹走了衣裳，散佈了泥濘和髒亂，但是拉麗跟在後頭清理一切，使一切顯得舒舒爽爽。這兒不富裕，却有善於理家的氣氛。那天她的兩個小娃兒亨瑞蒂和朱利斯找到幾張舊圖片，靜靜在房間一角剪着玩。但是雪維絲看拉麗躺在窄窄的支架床上，床單直蓋到下巴，臉色白得可怕，不覺大吃一驚。拉麗躺在床上？那她一定病得很嚴重。

「怎麼啦？」她很着急，又說一次。

拉麗已經不哭了。她慢慢掀開沒有血色的眼瞼，痛得歪曲的嘴唇勉強擠出一絲笑容。她低聲說：「沒什麼。沒有，眞的，根本沒什麼。」

她又閉上眼睛，吃力地說：

「最近我天天都太累，所以妳看，我懶洋洋嬌養身體。」

但是她那張黃一塊灰一塊的娃兒臉現出痛得要命的表情，雪維絲忘了自己的不幸，雙手合十跪在她身邊。一個月來她看這孩子扶牆走路，咳嗽咳彎了腰，聲音沉得像死人。現在她連咳嗽都咳不出了。只會打呃，嘴角流出一道血絲。

「不能怪我，我覺得全身沒力氣。」自白後她好像舒了一口氣。「我勉強拖着走，稍微打掃一下……還蠻乾淨吧？我想擦窗戶，但是兩腿爬不動。這不是很蠢嗎？總之，我一掃好，就躺下來。」

她改口說：

「請你看看我家的娃兒，別讓他們剪到自己的手，好不好？」

她聽見一個沉重的脚步聲上樓，停下來開始發抖。畢傑一把推開門。他照常爛醉，眼裏閃着酒精的瘋狂兇光。他看拉麗躺在床上，獰笑着拍拍大腿，由掛鈎拿下大皮鞭，咆哮說：

「老天，太過份了！我們來找找樂子，我們……現在母牛大中午就回家歇着了，呃？這就是妳跟人人玩的把戲，妳這懶骨頭？來，你起來，動一動啊！」

他已經在床舖上空揮鞭子。小拉麗用哀求的眼光看着他。

「不，爹，請你別打我……你會懊悔的，我知道你會。別打我。」

他提高嗓門叫道：「你起不起來，還是要我替你搔搔肋骨！來，你起來，你這小臭婊子！」

孩子輕聲答道：

「我起不來，你沒看見嗎？我快要死了。」

雪維絲跑到畢傑跟前搶走皮鞭。他站在床前，迷迷糊糊的。這小娃兒在說什麼？沒生病不會這麼小就死掉嘛。一定是陰謀騙他！噢，他很快就查得出來，她要是撒謊……

她繼續說：「是真的，你馬上就知道了。我已盡力給你省麻煩……現在和和氣氣道別，爹。」

畢傑摸摸鼻子，唯恐上當。不過她的樣子確實古怪，臉拉得很長，像大人一本正經。死亡的冷風吹遍全室，他突然酒醒了。他的眼睛轉來轉去，活像長眠醒過來的男子，發現家裏整整齊齊，兩個幼兒整潔又舒適，玩着笑着。他跌坐在椅子上，結結巴巴地說：

「我們的小母親，我們的小母親。」

他只說得出這句話，但是拉麗聽來已經夠好了，她以前從來沒有這樣受寵過。她安慰父親。她尤其遺憾這麽死去，沒把弟妹撫養成人。他會照顧他們吧？她用臨死前的最後一口氣，吩咐他如何管他們，讓他們維持乾淨。但是酒神的氣味又征服他了，他猷猷滾動腦袋，瞪着眼睛看她說話。各種感覺在他體內汹湧，但是他找不到別的話說，皮又韌得哭不出來。

拉麗停了一會兒，繼續說：「還有一兩件瑣事。我們欠麵包商四法郎七蘇錢，該還了……高德龍太太向我們借一具熨斗，你千萬要拿回來。今天晚上我沒法做羹湯，但是還剩一點麵包，你可以放些馬鈴薯在爐子上熱一熱。」

可憐的小東西至死仍是這一家的小母親。確實沒有人能夠取代！她小小年紀就爲了母道的精神而犧牲，身體弱小得容不下這麽偉大的母性。失去這個寶貝全怪她的野獸父親，他已經踢死了太太，如今又害死女兒。他的兩個好天使躺在墳墓中，他一無所有，只能像一隻狗倒斃街頭。

雪維絲拚命忍着不泣啜。她伸手去安慰小傢伙，有一塊破床單滑掉了，她去拉起來，並重新整理床舖。這一來垂死者的小身體暴露在眼前。噢，多悽慘多可憐！石頭都要爲之落淚。拉麗全身光裸裸的，只有一件破內衣裹在肩上當睡衣。是的，光裸裸，烈士般血淋淋叫人痛苦的裸法。她身上沒有肉，骨頭眼看要從皮下穿出來。細細的紫痕一條條劃過她的肋骨，直排到大腿的地方——是最近新挨的鞭痕。一道青印繞着左手臂，這隻不比火柴棒粗的肢體彷彿在老虎鉗中夾傷了。右腿有一處尚未痊癒的傷口，她每天早上跑來跑去做家務，傷口便一次一次裂開。噢，眞是殘殺無辜——殘暴的男性魔掌摧殘一個甜蜜的小東西，看這麽弱的人背着這麽大的十字架，叫人多難受！教堂推崇的某些受創的處女，她們的靈肉還不像她這麽純潔哩。雪維絲再度蹲在床邊，忘了拉起床單，爲床上這個小可憐兒悲不自勝，顫抖的嘴巴想唸幾句祈禱文。

「庫柏太太，拜托！」小傢伙低聲說，爲了女性的淑德，也爲父親羞愧，她伸出小手臂，想把床單拉上來。畢傑還痴痴獃獃，盯着他自己造成的屍體，像困惑的野獸繼續滾動他的頭顱。

雪維絲蓋好拉麗的身體，實在待不下去了。現在垂死的小傢伙身子往下陷；她說不出話來，一雙憂鬱、認命、如夢似眞的眼睛始終盯着兩個剪圖像的小娃兒。屋裏愈來愈暗。畢傑不敢面對死亡的恐怖，竟醉醺醺落入失神狀態。噢，不，人生太可厭了！眞討厭！眞討厭！雪維絲出門下樓，隨便上哪兒她都不在乎，她心中充滿人生的慘痛，恨不得奔入公共馬車下結束一生。

她往前衝，嘴裏罵命運之神該死，最後竟來到庫柏工作場所的大門外。兩腿不知不覺走到這兒，她的肚子又咕咕唱着九十行的「餓餓哀歌」，這首歌她會背。她希望趁庫柏出來的時候逮住他，拿到錢去買點食品。至多等一個鐘頭，昨兒個吸拇指吸了一整天，等人她可以忍受。

該地位於煤販街和大獄街的轉角，悽涼的十字路，冷風由四面八方吹來。噯喲，沿路踱來踱去也不暖和哩！若有一件皮毛大衣，當然沒問題！天空還是可怕的鉛灰色，雪泡聚集，全城上空宛如罩着冰塊。雪花沒有眞正落下來，但是空中死亡般的寂靜正準備爲巴黎全面換裝，換上雪白又新鮮的漂亮舞衣。雪維絲抬頭望，祈禱上帝暫時別下雪。他跺脚看看對面雜貨店的櫥窗，然後調回頭，没必要害自己事先餓得太厲害嘛。十字路一點都不好玩。少數行人裹着圍巾匆匆經過，寒意逼人，誰也不會閒呆着。她發現四、五個女人跟她一樣守在屋頂工廠的大門外，都是跟她一樣的可憐兒，一定是想提防薪水袋流進酒店。其中一位是巨斧型的女子，臉長得像警察，貼在牆邊等着撲向她丈夫。有一位害羞又文雅的黝黑小女人正在馬路另一邊踱來踱去。另外一個矮矮胖胖的婦人帶了兩個小孩來，一邊拖一個，邊哭邊發抖。雪維絲和她的姐妹哨兵們都一再擦肩而過，偷偷看對方，却沒有說話。愉快的聚會嗎？我不以爲然！用不着一一介紹她們，就可以想像其情其景！她們都下塌在同一家客棧，門牌叫「貧窮公司」。可怕的正月天看她們走上走下，彼此擦肩而過却一語不發，你會覺得更冷。

目前還沒有人走出工廠。終於有一位工人來了，然後兩個，然後三個；但那些一定是老老實實把薪水拿回家的好漢，他們瞥見門外徘徊的人影，不禁搖搖頭。巨斧型的女子更貼近門邊，接着突然撲向一個小心翼翼伸出頭來的弱小男子。事情很快就解決了，她搜他的身，挖出錢袋。查到啦，鈔票飛啦，不能買酒喝了！弱小的男人氣惱又失望，跟在他的警察老婆後面，像小孩子嚎啕大哭。男人一個一個出現，帶兩個娃兒的胖婦人走上前，一位高高黑黑、外貌狡猾的傢伙看見她，衝回去警告她丈夫，那位丈夫出來的時候，大搖大擺，已經在兩隻鞋子裏各藏一枚俗稱爲「背面車輪」的五法郎硬幣。他把其中一個小孩摟進懷中，一面走一面向嘮叨的太太撒謊。工人中有些喜歡開玩笑，一迸就跳進街心，跑過去跟浪蕩子一起揮霍他們的薪水袋。有些人顯得憂鬱又貧苦，拳頭上握着兩週以來僅存的三、四天工資，罵自己懶惰，還發出醉漢的誓言。但是最悲哀的是那位黑黑的小婦人，她看來好文靜好高級——她丈夫外貌英俊，當着她的面開溜，動作兇猛，差一點把她撞倒在地上。她一個人回家，蹣蹣跚跚經過店舖，哭得好傷心。

行列終於收尾了。雪維絲站在街道中央，眼望大門。事情不太妙。又有兩個人吊兒郎當出來，但是庫柏還不見人影，於是她問那兩個人庫柏出來沒有，他們知道實情，開玩笑說他伴着那什麼玩意兒走後門帶鷄鴨去撒尿了。她恍然大悟。庫柏又撒了一次謊，拿假話騙她。她穿着舊鞋，沿煤販街慢慢拖着走。晚餐在她面前跑走了，她眼看它流失在昏黃的燈光下，不禁直打哆嗦。這回眞慘。沒有錢，沒有希望，只有長夜和饑餓。正是翹辮子的最佳夜晚，犯罪的陰影籠罩着她。

她沉重地走上魚販街，突然聽見庫柏的聲音。是的，他在「小爵猫」酒店，由「我的皮靴」請他喝酒。「我的皮靴」眞是怪傢伙——夏末他起了結婚的念頭，眞的體體面面娶了一個半老的徐娘，盛年已過，却有不少錢。噢，她是眞正的名媛，在烈士街工作，不是一般的街角娼婦。你眞該看看這個幸運鬼，過紳士般的生活，兩手揷在口袋裏，吃得好穿得好。你簡直認不出是他，他好胖喔！朋友們說他太太爲相熟的仕紳做事，愛做多少就有多少。這種太太加上一棟鄉間的住宅，男人想過舒服日子，還缺什麼？於是庫柏對「我的皮靴」佩服極了。這傢伙不連小指都戴金戒才怪呢！

庫柏走出「小爵猫」酒店，雪維絲把手搭在他肩上。

「看，我在等你。我肚子餓。你說要給我錢，就是指這一招嗎？」

他立刻把她給收服了。

「妳餓了？那就吃妳的拳頭，另外一隻留明天吃。」

他覺得她有點不講理，居然到人前來鬧事。咦，怎麼啦？他不幹活兒，糕餅店照樣做麵包呀！她大概以爲他是娘娘腔，才會用這種說法來試探。

「原來你要我去偷，」她喃喃地說。

「我的皮靴」以調停的姿態摸摸下巴。

他說：「不，這是不容許的。但是女人若知道如何利用自己的本錢……」

庫柏突然大聲喝采。是的，女人當然該知道如何利用自己的本錢。但是他老婆一向不中用，笨得要死。說到這兒他又崇拜起「我的皮靴」來。這小伙子可眞精明！眞正的閒人，穿白襯衫和灑瀟的鞋襪。嗳喲，別用妳那一套舊廢話來說他！總之他太太知道如何料理他們的事務！

兩個男人往林蔭外道走，雪維絲跟上去。過了一會她又在庫柏背後開口了。

「我肚子餓，你知道……我指望你。你得找點東西給我吃。」

沒有反應。她用傷心的口吻說：

「那你是什麼都不給我囉？」

他回頭吼道：「但是我什麼都沒有哇！別煩我，好不好，否則我揍你一拳。」

他的拳頭已經擧起來了。她往後退，似乎下定了決心。

「好，我跟你分手。我要去找別的男人。」

他聽了大笑。他假裝把這些當做玩笑話，其實他正在慫恿她。眞是好主意，眞的！晚上在街燈下她也許還能跟別人走喔。如果她拉到男人，他勸她上「托鉢僧」飯店，那邊有幾個私用小房間，菜色好極了。她正要沿林蔭大道走開，臉色白慘慘，眼神狂亂，他在她背後大喊：

「噢，給我帶點甜食回來。我愛吃甜的。你的男客如果有錢，向他要件舊大衣，我可以賺一票。」

雪維絲聽了這些無法無天的瞎話，走得更快。她一個人來到羣衆間，放慢了步子。她已打定主意。偷東西跟幹那件事，她寧願幹那個，因爲不至於傷害任何人。她只是處理自己身上的本錢。也許不太好，可是現在她腦中的好事和壞事有點混淆不清；人都快餓死了，還談什麽哲理，到手的東西就吃吧。她走到克里南科堤道。黑夜似乎永遠不降臨。於是她一面等，一面沿着林蔭大道漫步，宛如貴婦人回家吃飯前先透透空氣。

巴黎這一區使她自覺低賤，因爲它變得太壯觀了，向四面八方開展。馬珍塔大道由巴黎市中心通上來，奧南諾大道通往鄉村，把舊城門弄出一道缺口——拆了好大一片地方，兩條大街還白花花佈滿膠泥，由那兒通出魚販郎區街和魚販街，街尾呈鋸齒狀，支離破碎，像漆黑蜿蜒的溝渠通到遠方。前一陣子拆市稅區的城牆，林蔭外道加寬了，兩邊都有人行道，中間也有一條行人走的地方，種了四排法國梧桐小樹。現在這兒是巨大的十字路，順着漫無止盡的通衢伸到遠遠的天邊，路上人潮蜂湧，到處建房子建得凌凌亂亂。但是嶄新的大廈羣中仍夾着不少東倒西歪的舊房子；雕花的石樓間出現一個個黑洞，破寮破窩露出慘兮兮的窗口。貧民窟的窮相浮在新起的奢靡浪潮中，一覽無遺，染汚了這個匆匆冒出的新城市。

雪維絲夾在人堆裏踏上小梧桐樹下的寬步道，覺得孤單又絕望。遠處大街的街景只能加重她的空虛；想想人潮中有不少同胞過得相當富裕，却沒有一個基督徒猜到她的慘境，偷塞十蘇錢給她！一切都太壯觀太雅緻了，她腦袋發昏，兩腿在無限寬濶的灰色天空下繼續往前挪。暮色是巴黎黃昏特有的黯淡黃色，看了叫人不得立刻死掉，街道的生活實在很恐怖。現在正是遠方的東西化爲一團泥霧的日夜交界時間。雪維絲已經累得半死，正好陷在收工回家的奔流裏。此時住在摩登大廈的優雅淑女和衣着考究的紳士與平常人並肩通過，一列列男工和女工受到工廠髒空氣的影響，臉色還白慘慘的。馬珍塔大道和魚販郊區街冒出一羣羣的工人，爬坡爬得氣喘吁吁。除到公共馬車和出租馬車的隆隆聲，全速趕回家的空運貨馬車、大馬車和四輪長車的卡嗒卡嗒聲，還有愈來愈寬的工人罩衫和工裝潮湧進公路。搬夫們肩上扛着轆轤回家，兩個工人並肩大步走，高聲講話，眼睛却不看對方；還有穿外衣戴小帽的人在石欄上小心走，低頭看足尖；此外還有人五個六個一羣相繼出現，一句話也不說，眼神疲憊，手插在口袋裏。有些人牙齒間夾着沒有點燃的煙斗。有四位泥水匠一起出錢搭馬車，煤斗放在車頂，白白的面孔探出車窗外。油漆匠擺弄着他們的油漆罐子，有個屋頂匠帶着一架長梯，差一點把別人的眼睛挖出來，一位龍頭開關匠過時回家，工具箱扛在背上，正用小喇叭吹奏「好國王戴哥伯特」，使悽凉的黃昏益增傷感。曲調眞沉悶！宛如替一羣羣累得半死走回家的野獸踏步聲伴奏。一天又過去了！白晝好長，第二天又太快開始。簡直沒有時間塡飽肚子和消化，白晝就來到，你又得扛上悲苦的牛軛。不過這些人照樣邊走邊吹口哨，面孔朝着晚餐的方向。

雪維絲任羣衆往前移，不注意人家的手肘把她推向右邊還是左邊；她只是被潮水沖着走，人又累又餓時，誰也沒有時間講禮貌。

她突然抬頭，看到前面的邦克爾旅店舊址。小房子開過可疑的咖啡廳，被警察封掉，現在沒有人住，捲門貼滿招紙，燈盞破破爛爛，從上到下被雨水侵蝕，紫漆花邊好俗氣。似乎沒有什麼改變嘛。文具店和煙草店還在那兒，後面六層高樓斑駁的牆壁仍然高聳在前排的矮樓房上空。只有「大露臺」舞廳不見了，以前十扇窗戶燈火通明的跳舞場，如今設了一個切糖機構，咻咻聲不斷傳出來。然而，她半輩子血淋淋的生活就是在「邦克爾旅店」這種鬼地方開始的。她站着看二樓窗戶，那邊掛了一條破兮兮的遮簾，她想起早年跟蘭蒂爾共度的日子，最初幾次吵架，以及他遺棄她的噁心行動。沒關係，她那時候還年輕，遠遠看去前途一片好景。才二十年哩，上帝，她現在就落魄到這種程度了。她覺得很難受，掉頭沿林蔭大道走向蒙特馬屈。

暮色漸濃，孩子們仍在住宅間的沙堆上玩耍。人潮接連不斷，女工們匆匆趕路，彌補她們看櫥窗耗掉的時間；有一個高個子女郎停下脚步，還跟一個小伙子手拉手，此人送她到家門隔三戶的地方，其它的人紛紛道別，約好晚上去「荒唐大沙龍」或「黑球」酒店。一小羣一小羣之間偶爾有落單的裁縫幫手抱着疊好的衣物回家。一位煙囪打掃夫頸子上套着手推垃圾車，差一點被公共馬車撞倒。人潮漸漸稀疏，有幾個女人升火之後，沒戴帽子就衝出來，去買晚餐用的物品；她們擠進擠出糕餅店和小飯館，又抓着食品衝出去。奉命跑腿的七、八歲小女孩在店門前側身挪行，懷裏抱着跟她們身體一樣大的四磅麵包，宛如可愛的金髮洋囡囡，她們曾把臉蛋兒架在大麵包上，偷懶五分鐘，欣賞圖片。接着潮水退光，工人都回家了，在煤氣燈光下，一天的辛勞已盡，自然女神開始以疲憊或通宵的情慾來懲罰大家。

是的，雪維絲的日子也過去了！她比所有擠過她身邊的工人更疲乏。她可以倒在地上就死掉，因爲操勞對她已沒有用處，她一生做牛做馬做夠了，可以說：「現在換誰？我飽了！」此刻別人都在吃東西。白天已到盡頭，太陽吹熄了他的燭火，長夜很難捱。噢，舒舒服服倒地，永遠不起來，想像自己永遠收起工具，可以生生世世像母牛一樣偷懶，那該多好哇！這是二十年操勞後領到的證書。雪維絲身不由已，胃痛得難受，不禁回想多年前的生活、一生的盛宴和鬧飲。尤其想起一次，一個四旬齋假期的禮拜四，天氣嚴寒，她大大享受了一番。當時她很漂亮，金髮碧眼好迷人，雖然她跛脚，新街的洗衣房却選她當慶祝會的皇后。他們坐綠葉點綴的馬拉車沿着林蔭大道遊行，由好多人面前通過，他們都看着她哩！紳士們舉起單眼鏡片，彷彿在瞻仰眞正的皇后。那天晚上他們舉行壓軸的大宴，跳舞直跳到黎明時分。皇后，是的，她曾當過皇后，頭戴后冠，身披彩帶二十四小時，等於時針繞兩圈！現在她餓得痴痴呆呆，低頭看地面，似乎想在陰溝裏尋找她失落的榮華。

她又抬頭望。現在她來到正在拆的屠宰房前面。拆牆的缺口露出惡臭而血腥味猶存的黑院子。再沿林蔭大道走去，她看到拉瑞柏西爾醫院灰灰的高牆，陰沉沉的側翼由上空往外伸，有一排排樣式相同的窗子。牆上有一道門，人見人怕，就是死者的專用門，是一塊結實的橡皮板，冷峻和沉默得像一座墓碑。爲了逃開這一切，她繼續往前走，走到鐵路橋邊。高高的鉚釘鐵板圍牆擋住了鐵道，她只看見車站大屋頂造成的稜角，被煤垢薰得黑鴉鴉，聳立在巴黎的夜空中。她聽見廣大的空間傳來火車頭的笛聲和旋車盤勻整的咔噠聲——巨形的活動擋在視野之外。接着一輛車駛過來，駛出巴黎，吐氣和車輪聲愈來愈大，愈來愈大。她只看見火車突然冒起的白煙團，罩着圍欄上空，然後慢慢吹散。但是火車震撼了鐵橋，她依然能感受它加足馬力開走的震擊。車聲慢慢減弱。她回頭望，似乎想目送那看不見的火車頭。在那個方向，鐵路兩旁零零落落的高樓都不粉刷，或者漆了巨幅的廣告，整個被火車的污垢弄得髒兮兮黃濁濁，她由高樓間的缺口看到鄉村，廣大而開濶的天空。噢，她若能這樣離去，隨便到哪兒，遠離這些貧窮和痛苦的所在，那該多好！那她也許會從頭活起。接着回頭呆呆看鐵圍牆上的廣告——各種顏色都有，有一張小廣告懸賞五十法郎找一隻遺失的小狗。那隻動物一定深受寵愛！

她慢慢往前走。霧濛濛的暗處點起了煤氣燈，剛才逐漸化爲黑影的長街如今又亮晶晶浮現了，往前伸展，在暗夜中劈出一條路，直通到模糊幽暗的天邊。這裏有生命的大氣息，沒有月亮的寬濶天空下有一朵朵小火焰，整個區域彷彿加寬了。此刻林蔭大道這一頭到那一頭的酒店、舞廳和酒徒都揭開了頭幾巡酒和頭幾支舞的遊戲。發薪日整條路擠滿出門尋樂的遊民。空氣中有一種狂歡的感覺，享受却不失端莊——有點醉，但目前只是微醺狀態。大家在各吃食店大吃大喝，隔着點了燈的窗戶可以看見他們嚼呀嚼的，嘴裏含着東西，不等吞下去就咧嘴談笑。酒店的常客已經就位，大聲嚷嚷和比手劃脚。一股大喧鬧是人行道踐踏聲加上尖叫或低吼造成的。「喂，來吃點東西……來嘛，動手哇，我直接由瓶子倒出來請一杯！噢，看哪，寶琳在那邊，現在我們要樂一樂！」門一推開，放出酒味和樂號吹出的樂曲。克倫貝酒店外面大排長龍，那邊亮得像擧行大彌撒的教堂，基督啊，眞像行聖禮，裏面的傢伙吟吟唱唱，活像聖座上的合唱團員，雙頰鼓脹，肚子圓滾滾的。他們正在慶祝「聖發薪日」，鈔票可眞是好聖徒，在天國大概當出納員吧。帶太太出門的高尚市民搖搖頭說：看起頭的這股熱勁兒，今夜巴黎會出現不少醉鬼。夜色暗濛濛，上空寂靜而寒冷，底下到處鬧哄哄的，只有林蔭大道火紅的線條延伸到天堂的四角。

雪維絲楞在老克倫貝酒吧前面，想得出神。若有兩蘇錢，她會進去喝一杯，說不能能減輕飢餓哩。她當年喝過不少酒！她很喜歡。她從門外看造酒機，覺得她目前的慘境就源自那兒，但是她也夢想有錢的時候能喝白蘭地醉死。涼風吹透髮絲，她知道天色全黑了。咦，正是時候。除非她想死在大家歡宴的街心，現在正是鼓起勇氣找男人搭訕的時刻。何況看別人猛吃又不能塡飽肚子。她放慢脚步，開始東張西望。樹下的夜色更濃。過來的人很少，大多數匆匆走林蔭大道。在這片寬濶、幽暗、空虛的中央道上，簡直聽不見兩旁人行道的歡宴聲，有女人站着等。她們好一段時間動都不動，頗有耐心，僵得像小梧桐樹，然後在凍結的地面慢慢往前挪，只走十步，又停下來，彷彿被黏在地上了。有一位體型特大，兩腿和手臂却像昆蟲，她踉踉蹌蹌前進，身子在黑色舊絲袍中鼓出來，頭上包着黃色的圍巾；另外一個高大而瘦削，光着頭，穿一件女僕的圍裙；另外幾個，有些年老而淫蕩，有些年輕又邋遢，髒兮兮衣着襤褸，連拾荒的人都不會要她們。雪維絲不知道怎麽辦才好，想學她們的作風。她像小女孩提心吊膽，不敢確定自己慚愧不慚愧，等於置身在惡夢中。她靜靜站了一刻鐘左右。

男人在跟前走過，沒看她一眼。於是她自己採取行動，鼓起勇氣向一個吹口哨、兩手揷在口袋裏的人搭訕。她用哽咽的聲音說：

「對不起，先生……」

他看看她，繼續往前走，口哨吹得更大聲。

雪維絲愈來愈大膽，因追逐的狂亂而忘形，冷酷地追趕空胃腸老是吃不到的一餐。她瞎轉了好一會兒，搞不清時間和地段。四週靜悄悄的，陰森森的女人像籠中按時踱步的野獸一般走來走去。她們像幽靈從暗處慢慢浮現，走進煤氣光圈裏，燈光照出她們慘白的輪廓，然後身影又漸漸模糊，衣裙下露出一點白襯裙，擺呀擺的，重新走進黑暗的神秘中。有些男人停下來，站着說話解悶兒，然後又笑着繼續前進。其他的人小心往前走，客客氣氣跟女人相隔十步的距離。四週不時聽見喃喃的說話聲，壓低了嗓門的爭吵，或者突然中斷的大吵大鬧。無論走到哪兒，雪維絲到處看見站夜班的女人，彷彿林蔭外道上一路都種了女人這種植物。她看到二十步就有一個，排成永無止盡的行列，守衛着巴黎。她氣男人瞧不起她，變換音調，由克里南科提道走向禮拜堂大街。

「對不起，先生……」

但是男人不停下脚步。她離開血腥味難聞的公共屠場廢墟，眺望封着門顯得很不吉利的邦克爾旅店舊址，經過拉瑞柏西爾醫院前方，死板板計算前側有燈光的窗子，那邊閃着慘白的燈光，活像死人床邊的夜明燈。她橫越鐵橋，有火車隆隆響，把憂鬱的汽笛聲傳入空中。這一切在晚上看來多麼沉悶！然後她掉頭望着同一批大樓，同一幅街景；她這樣往返十幾二十次，從不坐下來休息一會兒。不，沒有人要她，她的羞恥觀念因這份輕侮而濃厚起來。她再次走向醫院又走回公共屠場。這是她最後的行程，從血淋淋的殺戮場走到死者準備裝棺的悽涼病室。她整個生命就局限在兩者之間。

「對不起，先生……」

這時候她突然瞥見自己投在地上的影子。她走近路燈桿的時候，模糊的身影縮短變尖，却碩大又矮胖，呈古怪的圓形。肚子、胸部和臀部整個混做一堆。她的腿跛得很厲害，每走一步，地上的影子就顚顚倒倒，眞像特技轉身！她遠離路燈時，影子加長，伸遍整條街，每次低頭，影子的鼻尖就敲到樹木和建築物。眞滑稽眞可怕！她從未這麽完整點地會自己的沉淪，但是她忍不住看影子，等着接近每一桿路燈，雙眼痴痴看影子跳舞。好一個甜姐兒——可以馬上吸引天下的男人！她講話更小聲，只能在男人背後咕噥：

「對不起，先生……」

現在一定很晚了，附近的人家都在關門，吃食店關了，酒店的煤氣燈愈來愈暗，裏面傳出刺耳的鬧酒聲。歡宴變成吵架。有一個邋遢的粗人大叫大嚷：「我要揍死你，你算算你的骨頭有幾根！」一個娘們在舞廳門口揍她的情人，罵他下流胚和髒猪，那個男人只是說：「妳妹妹呢？」酒精使街上佈滿嗜血的氣氛，少數行人不禁臉色發白，嚇得要命。有一場鬪毆傷了一名酒鬼，他直挺挺躺在地上，對方以爲打死了人，穿着皮靴咔達咔達逃掉了。一羣羣粗漢大唱下流歌曲，接着突然沉默下來，只剩打嗝聲或醉漢倒地的砰砰聲。兩週一度的鬧飲總是這樣結束，酒漿隨便流六個鐘頭，人行道四面八方都佈滿細流和水窪，比較緊張的夜行人得跨大步才不至於踩到它。這一帶的情形眞精彩，陌生人若在淸晨掃地前看到這一切，印象一定很深。不過，此刻酒鬼當道，他們才不管歐洲問題呢！老天，不！刀子由口袋拔出來，歡宴以流血收場，女人匆匆走避，男人像野狼蕩來蕩去，黑夜漲滿恐怖的氣氛。

雪維絲仍然一跛一跛往前挪，走來走去，除了繼續走動沒有其它的想法。有時候她昏昏欲睡，差一點伴着自己咔哩咔啦的脚步聲睡着，接着她猛然驚醒，看看四週，知道她迷迷糊糊走了一百碼，對周圍的事情毫無感覺。疲憊的雙脚在破鞋中似乎愈腫愈大，愈腫愈大。感官因疲倦和飢餓而麻痺了。只有一個想法還算淸晰；她那娼妓女兒此刻說不定在吃牡蠣呢。接着一切都茫茫然飄在一起——她眼睛還開着，但是思考太費力。整個人漸漸溶解，最後的感覺是冷得逼人，她從來沒嚐過這種致命的寒意。連死人在地下都不可能這麼冷。她抬起疲乏的腦袋，覺得臉上刺寒如冰。雪水終於從鉛灰色的天空落下來了，精巧却沉重的雪花，一捲一捲被風吹過來。三天來大家隨時預料會下雪。來得眞是時候！

這一陣風雪打醒了雪維絲的睡意，她又加快步伐。男人跑呀跑的，急着趕回家，肩膀已經罩上一層白沫。樹下有一個人慢慢逛，於是她走上去照樣說：

「對不起，先生……」

那人停下來，似乎沒聽懂。他伸出手來，輕嘆道：「施捨一文吧，拜託……」

彼此對望。噢，上帝啊！這就是他們的下場；布魯老爹討飯，庫柏太太當街拉客！他們站着呆看對方。現在他們眞的平等了。老工人逛了一整夜，不敢找人搭訕，他攔到的第一個人竟跟他一樣餓得半死。老天，這不是很可悲嗎？辛勤工作五十年，到頭來不得不討飯！當過金點街最好的洗衣店老闆娘，到頭來竟淪落至此！他們繼續看對方，最後不說半句話，各自冒着大雪往前走。

眞是一場大風雪。這片高地有廣濶的空間，小雪花轉呀轉呀，彷彿由天堂的四角飄下來。你看不見前面十碼的地方，一切都消失在飛舞的白塵埃裏。左鄰右舍的住家都不見了，林蔭大道死氣沉沉，風雪彷彿用寂靜的白毯子蓋住最後一批酒鬼的打嗝聲。她痛苦地掙扎前進，視線不清，茫茫然用手摸樹幹來探路。她一步一步挪行，煤氣燈從白霧中浮現，像黯淡的火把。她穿過一處十字路口時，連這些閃爍的燈光都不見了，她陷在白茫茫的旋渦中，沒有燈光引路。脚下的地面軟綿綿化爲白雪，她被關在灰牆中。等她站定，怯生生看看四週，她知道冰幕後方有大街存在，有一長排一長排的燈光和空虛廣大的睡巴黎。

她置身在林蔭外道和馬珍塔及奧南諾大道交叉的地方，聽到脚步聲，暗想她得睡在地上了。她衝上前去，但是雪花迷了眼睛，脚步聲漸漸轉弱，她不確定人家是向右還是向左走。但是她終於看見一個男人寬濶的雙肩，像跳躍的黑影化成一團迷霧。她得拉住這個人，絕不放他走。她快步跑上前去，抓住他的袖子。

「先生，先生，對不起……」

那人同過頭來，是高耶特。

她拉客居然拉到高耶特！她究竟什麽地方得罪了上帝，祂竟折磨她折磨到底？這是最後的打擊，自己找上高耶特，讓他發現她當街頭妓女，以醜惡的面目拉客人。而且頭上就有一盞煤氣燈，他可以看見她畸形的影子像漫畫人物般在雪地上迸來迸去。你會以爲她是酒醉又妨害治安的女人哩。噢，體內沒有一口麵包或一滴水酒，却被人當做醉鬼！全怪她，她爲什麽要做這種事呢？高耶特一定以爲她酗酒，出來放蕩。

但他只是望着她，大雪弄得他的金髯鬚白花點點。她正低頭想退開，他抓住她說：

「跟我來。」

他領路，她跟着走。他們穿過寂靜的街道，默默沿着牆邊滑行。可憐的高耶特老太太十月死於急性關節炎，但是高耶特還住在新街那棟小樓房裏，寂寞又淒涼。那天他很晚才出來，因爲他熬夜陪一位受傷的夥伴。他開門點燈，然後轉向畏畏縮縮站在梯臺上的雪維絲。他輕聲叫她，彷彿還怕他母親聽見：

「進來吧。」

頭一個房間，也就是高耶特太太的閨房仍然保持她生前的狀態。她的木框立在窗邊的一張椅子上，與大批手椅爲鄰，似乎在等待這位老花邊女工。床舖整整齊齊，萬一她離開墳墓，回家陪兒子住一宵，可以睡在床上。屋裏有安詳、端莊和慈愛的氣息。

「進來吧，」他略微提高嗓門說。

她走進屋，一副手足無措的樣子，活像妓女踏入高尚的家庭。他一想到自己帶女人到亡母家，就臉色發白，心情緊張。他們似乎怕人聽見，躡手躡脚穿過房間。他讓她先進他的臥房，隨後把門關上。現在他到家了。仍是她記憶中的小房間——寄宿者的房間，有一張小鐵床和白色的簾子。但是牆上的剪畫直貼到天花板邊緣。面對這一片純潔的氣氛，雪維絲不敢向前，躲在背光的地方。他不再說話，突然瘋狂地抓住她，把她摟進懷裏。她有點頭暈，四肢無力，喃喃地說：

「噢，天哪，噢，天哪！」

爐火由焦炭灰壓低火勢，現在還燒着，高耶特以爲會按時回來，在上面放一點燉菜保温，現在輕輕沸騰。雪維絲被熱氣薰得有幾分暖意，恨不得爬過去吃鍋裏的東西。她實在受不了，胃腸裂成一片片，頹然哀嘆一聲。高耶特明白了。他把燉菜放在桌上，切了一點麵包，又倒出一些飲料。

「噢，謝謝你，謝謝你！噢，你眞好心！謝謝你！」

她口齒不清，不知道該說什麼。拿起叉子，却抖得好厲害，只得又放下來。噬人的飢餓使她像老太婆，腦袋上下搖擺。她只好用手抓東西吃。塞下第一塊馬鈴薯的時候，她忍不住哭出來。大顆大顆的眼淚流下面頰，滴在麵包上，但是她繼續吃，貪婪地吞嚥沾滿淚水的麵包，用力喘氣，下巴都歪了。高耶特堅持要她喝點飲料，免得噎着，玻璃杯吭啷吭啷敲擊她的牙齒。

「再來點麵包？」他柔聲問道。

她只是哭——說要——說不要——說不出話來。噢，主啊，餓得半死的時候吃東西，實在太好，也太悲哀了！

他站在對面端詳她。現在燈盞投下強光，他可以好好看她一眼。她變得好老好難看！熱氣蒸融了她頭髮和衣服上的雪花，從她身上流下來。她那可憐兮兮一直搖晃的腦袋現在滿是白髮，白的髮綹被風吹得亂七八糟，她全身捲成一團，頸子陷在肩膀裏，又醜又胖，叫人看了眞想哭。他想起他們相愛的日子，她忙着燙衣服，頸子上的娃娃皺紋像一條美麗的項圈，當時她氣色眞好，臉蛋兒紅撲撲的。那時候他常去找她，連坐幾個鐘頭，只要看到她就滿心歡喜。後來她到冶鐵廠來，他打鐵，她靜靜看鐵鎚飛舞，彼此覺得好愉快。晚上他多少次咬枕頭，渴望能這樣把她迎進屋。他若佔有她，眞會捏斷她的骨頭，他實在太想要她了。現在她屬於他，由他擺佈。她吃完麵包，擦去淚水，沉默的大淚珠仍然滴在食物上。

她站起來，已經吃完了。她低頭尷尬地站了一分鐘，不知道他要對她怎麼樣。這時候她依稀看到他眼中的慾火，便伸手解胸衣的第一個鈕釦。但是高耶特跪下來，握住她的手低聲說：

「我愛妳，雪維絲女士。是的，儘管有這一切變遷，我仍然愛妳……我發誓！」

「別這麼說，高耶特先生！」她哭了，看他跪在跟前，嚇得不知道怎麼辦才好。「不，別這麼說，我聽了太傷心！」

他又說他一輩子不可能愛第二次，她更加痛苦。

「不，不，現在太遲了，我無地自容……看在上帝份上，該跪在地上的是我。」

他站起來，却全身發顫。他結結巴巴說：

「讓我吻妳好嗎？」

她驚慌和激動得不知所措，找不到話說，只點點頭。畢竟她現在是他的人，他可以隨意處置她。但他只輕輕吻了她一下。

「我們之間只需要這樣，雪維絲女士。這一吻總括了我們所有的情誼，對不對？」

他吻吻她的前額，嘴唇印在一絡白髮上。自從他母親死後，他從來沒吻過任何人。他的密友雪維絲是他生命中僅存的一切。他恭恭敬敬吻過她，身子向後退，倒在床上，泣不成聲。雪維絲不能再待下去了，戀愛中的人在這種情況下相逢未免太傷心太恐怖。她大聲說：

「我愛你，高耶特先生，我也愛你……噢，不過這是不可能的，我明白。再見，再見，這樣會害死我們倆。」

她跑過高耶特太太的房間，又回到街上。等她恢復神智，她發覺自己按金點街的門鈴，布許正打開門閂。大樓黑漆漆的，她宛如進去替自己守喪。深更半夜，破兮兮裂開的門廊像動物張口要吃她。想想多年前她曾渴望住在這個大營房的一角。當時她的聽覺一定中止了，聽不見高牆背後的絕望之歌！從她踏進這裏的第一天開始，她便一天天走下坡。在這種慘兮兮的勞工大樓裏人堆人，大概會帶來楣運吧，此地的貧窮就像霍亂，會傳染的。今夜大家好像都死了，只有右邊傳來布許夫婦的鼾聲，左邊則聽見蘭蒂爾和維金妮像猫兒咕咕叫，沒睡着，却閉着眼睛享受暖意。院子眞像墳場，被雪花弄成一個白白的方塊，高牆灰濛濛聳立着，像古廢墟沒有半盞燈火，連嘆息聲都聽不見——活像死於飢寒而被埋葬的整個村莊。她不得不跨過一道黑泉——染坊排出的廢水，在白白的雪地上劃出一片泥灘。水色跟她的思想一樣黯淡。那些迷人的淺藍和粉紅溪泉已經流光了！

她摸黑爬六道樓梯，大笑不止——刺耳的呱呱聲聽了就難受。她回憶很久很久以前的理想：經常有工作，隨時有東西吃，有個馬馬虎虎的住所養小孩，不挨打，死在自家床上。不，眞的，結果太可笑了！她沒有工作，沒有餘糧，睡汚物堆，女兒在街頭流浪，丈夫常打她，現在她唯一的命運就是倒斃街頭，上樓後她若有勇氣跳窗子，馬上就能實現。人家一定以爲她曾祈禱一年賺三千法郎，人人都向她磕頭哩！不，你一生就算清心寡慾，還是可能連半分錢都沒有。甚至沒有食物，沒有床，這是凡人的命運。想到開二十年洗衣店再退休鄉居的美夢，她笑得更辛酸。噢，算了，她正要趕往那邊！準備長埋在「拉契斯神父墓園」的青塚下。

踏上她那一條走廊的時候，她有點神經兮兮。可憐腦袋一直旋轉。最大的悲哀是她已永遠告別了高耶特。他們之間一切都過去了，永遠不會再相逢。除了這件事，各種苦惱一一湧上來，把她逼得瘋瘋癲癲。她走到半路，探頭看看畢傑家，發現拉麗已經死了，似乎很高興直挺挺躺着，永遠自嬌自憐。小孩子比大人幸運。因爲巴索吉家的門縫有燈光漏出來，她直接進去找他，一心想跟拉麗踏上相同的旅程。

那天晚上老惡徒回家特別愉快。他爛醉如泥，大冷天躺在地上打鼾，看樣子他照樣做甜夢，似乎在夢中笑得發抖。燈火還在燃燒，照亮了他的部份服飾——那頂黑帽在角落中扁塌塌的，黑大衣他拉到膝蓋上當毯子。

雪維絲看到他，放聲大哭，他立刻醒過來。

「噢，拜託，關上門，好冷喔！噢，是妳呀？怎麽啦？妳有什麽事？」

雪維絲精神錯亂，不知道自己在說什麽，伸出手臂熱烈哀求說：

「噢，帶我走吧！我受够了，我想走。別對我太狠心。當年我不懂事，除非你有了準備，你不會知道的。噢，是的，有一天你會樂於死掉！帶我走吧！帶我走，我的靈魂會保佑你。」

她跪在地上，因渴望而憔悴和發抖。她從未在男人面前如此卑屈。老巴索吉的醜臉、歪嘴和皺得像皮革的肌膚被無數葬禮的塵埃弄得失去血色，在她眼中却很迷人，亮得像太陽似的。但是老傢伙半睡半醒，以爲她捉弄他。

「聽着，孩子，用不着誘惑我。」

她更急切地說：「帶我走吧。你記得有一天晚上我用力捶牆，後來又否認，因爲我那時候還太蠢……但是現在你可以抓我，我不再害怕了。帶我走，埋在地下。我不會毛躁躁的。你待會兒就知道。噢，這是我唯一的願望，我會因此而愛你。」

巴索吉自命風流，認爲他不該對一個熱情待他的女士太粗暴。她腦袋有點發昏，但是她激動的時候看起來還馬馬虎虎。

他肯定地說：「妳的話不錯。今天我收了三具屍體，他們若能把手伸進口袋，一定會大大賞我幾文哩。只是，我的小淑女，這樣行不通。」

「帶我走吧，帶我走吧！我想走。」

「但是，謝天謝地，妳知道還得先來一道手續——咔——」

他由喉嚨發出一陣吞舌般的吼聲。他以爲這個笑話很有趣，咯咯笑個不停。

她又慢慢站起來。那麼他也幫不了她的忙囉？她迷迷糊糊回到自己的房間，趴在茅草堆上，遺憾自己吃了東西。不，貧困要花很長很長的時間慢慢磨死你！

13

那天晚上庫柏大醉一場。第二天雪維絲收到她兒子艾亭納寄來的十法郎，他現在是火車司機——知道家裏缺錢用，不時寄一兩枚五法郎的錢幣同家。她做了一鍋燉菜，結果只能自己吃，因爲庫柏那混蛋直到第二天還沒有同來。星期一不見人影。星期二不見人影。整星期過去了。咦，老天，若有哪一個貴婦人看上他，那才幸運呢！但是星期天雪維絲收到一封印刷字體的信，起先嚇壞了，因爲很像警察局的公函。後來她鬆了一口氣，那封信只是通知她：那豬玀已住進「聖安妮療養院」，信上的措辭稍微客氣一點，意思反正差不多。是的，確實有一位貴婦從她身邊搶走庫柏，她的名字叫「斜眼索非」，是酒鬼的最後一位女朋友。

雪維絲並不難過。她認得路，可以自己同來；他已經在那邊醫療過好多次，他們會跟他開同樣的玩笑，再一次把他醫好。畢竟別人那天早上才告訴她，庫柏爛醉了整整一星期，跟「我的皮靴」進進出出貝爾維爾的很多家酒店。當然是「我的皮靴」請客囉，他一定拿了他太太的棺材本，那是她靠我們不用提的好把戲賺來的。是的，他們喝的眞是好錢，會害人得各種髒病。噢，算了，庫柏若染到髒病，那是純賺的。雪維絲最氣的是，這兩個自私鬼居然沒想到要來帶她去喝一杯。豈有此理？痛飲一星期，居然不對太太們做個禮貌的姿勢！你一個人喝，就一個人孤孤單單翹辮子好啦。

然而，星期一她弄好晚上吃的一頓飯——一些剩下的豆子加水果酒，便托辭對自己說：出門一趟能增進胃口。療養院的信擺在五斗櫃上，她看了就心煩。雪融了，天氣很舒服，灰濛濛靜悄悄，但是空中有一股爽快的寒意。她中午出發，因為得橫越巴黎走一段遠路，雙腿老是快不起來。而且街上擠滿了人，不過她對人羣很感興趣，一路上相當愉快。她說明身份，療養院的人告訴她一個毛骨悚然的故事：看來庫柏是在第九號橋邊被人撈出河面；他自以為看到一個留鬍鬚的男人阻擋他，便由欄邊跳河。跳得好，不是嗎？但是庫柏怎麼會到第九號橋，他自己也無法解釋。

一名男護士帶她過去。她正在爬樓梯，聽到一陣叫嚷，血液都凍結了。

「他在唱好聽的歌曲呢，」那人說。

「誰？」

「咦，當然是妳丈夫嘛，前天開始他就這樣嚷個不停。還跳舞哩，妳待會兒就知道。」

噢，老天，眞精彩！她嚇獃了。小房間由地面到天花板都加了襯墊；地板上舖兩張席子，上下相疊，角落裏有一個墊被和長枕墊，如此而已。庫柏正在跳舞和尖叫。標準的屎尿袋，罩衫破兮兮，四肢在空中亂踢亂打，卻一點都不好玩，噢，不，他那駭人的舞步讓你汗毛豎立。他似乎扮成一隻垂死的公鴨。基督啊，好一場單人表演！他攻擊窗戶，退回來，用手臂打拍子，然後搖搖手，彷彿想甩出去打某人的耳光。你有時候會看到音樂廳的小丑學這一招，但是他們學得不像——你若想知道演得好有多麼活潑，你該看眞醉鬼跳舞。歌曲也很時髦——不中斷的狂歡咆哮，張着大嘴巴一連幾個鐘頭吐出同樣沙啞的喇叭音符。庫柏的叫嚷像斷足野獸的哭嗥。管弦樂團起奏吧，帶着舞伴們廻旋跳舞！

「老天，他怎麼啦，他怎麼啦？」雪維絲嚇得臉色發青。

一位年輕、高大、金髮紅膚的住院醫生穿着白外套，靜坐在那兒打拍子。這是特殊的病例，他一直守着病人。

他對她說：「妳願意就逗留一會兒，但是要安靜……試着跟他說話看看，他不會認得妳。」

庫柏眞的好像不理他太太。她進屋的時候沒有好好看他，因爲他一直東奔西竄。現在能完完整整看見他，她簡直手足無措。他怎麼會變成這副樣子，眼睛充血，嘴唇上有疙瘩？她眞的不認識他了。首先，他扮了太多沒有意義的鬼臉，嘴巴突然一歪，鼻子皺起來，或者把兩頰縮進去——簡直像動物的嘴臉。他熱得直冒汗，皮革般的肌膚亮閃閃的，汗水不停地往下滴。但是你看得出來，他並不喜歡這種瘋小丑的舞蹈，因爲他的腦袋沉甸甸垂着，四肢好像疼得很厲害。

雪維絲走向年輕的醫生，他正用手指敲椅背。

「那麼這次很嚴重囉，大夫？」

他點頭不答腔。

「告訴我，他不是在自說自話嗎？你能不能聽見？他到底說些什麼？」

年輕人說：「說他看到的事情呀。肅靜，讓我聽聽。」

庫柏一陣陣自言自語。現在他眼中閃着有趣的光芒，眼望地板的左右兩方，直繞圈子，彷彿在維森樹林散步，跟自己交談。

「喏，眞好，眞妙……這些亭子，眞是精彩的市集。還有他媽的好音樂。好一場大宴！他們那邊打破陶器了……迷人！燈全點亮了——紅汽球在空中跳呀跳，直往前衝！噢，樹上好多燈喔！他媽的眞好。水到處亂流，噴泉啦，瀑布啦，簡直像唱詩班的歌聲。迷人的瀑布！」

他挺起身子，聆聽美妙的水歌，深深吸幾口氣，以爲他正在喝噴泉的涼水霧。但是——痛苦的表情慢慢在他臉上重現。他又彎腰，沿着牆壁疾走，嘴裏發出含糊的恐嚇聲。

「又一團糟！我料到了……閉嘴，你們這些混蛋……是的，你們根本不關心我。你們跟自己搭上的人大喝大嚷，想刺激我……咦，我會叫你們在小亭子裏出洋相，眞的，我會。走啊，天殺的，滾蛋！」

他握緊雙拳，發出一陣尖叫，趴倒在地上，但是還罵個不停，狂亂中牙齒直打顫。

「你們想叫我自殺……噢，不，我不跳進去。這些水表示我沒膽量……不，我不跳進去。」

瀑布向他奔來，他連忙往後退。接着他突然停下脚步，茫茫然看看四週，以幾乎聽不到的嗓音咕噥道：

「不可能，他們一定找了所有的醫生來對付我。」

雪維絲對年輕的醫生說：「我走了，大夫，晚安。我實在受不了。我以後再回來看他。」

她面白如紙。庫柏又從窗戶到床墊，從床墊到窗戶大跳他的單人舞，流汗、掙扎，老是順着同一種韻律打拍子。她逃出門外，雖然差一點踤下樓梯，但是走到樓下還聽得見她丈夫可怕的歌聲和舞步。來到戶外透透氣眞好！

那天晚上金點街的整棟大樓都在談老庫柏的怪病。布許夫婦把「阿跛」當做糞土，今天却請她進去喝一杯黑潮酒糖漿，想從她口中套問詳情。洛里羅斯太太來了，波宜松太太也來了。評論聲接連不斷。布許認識一位裝修木工，他曾在聖馬丁街脫得赤條條的，跳波卡舞跳到斷氣——他是苦艾酒的酒徒。太太們笑得直打滾，因爲這件事雖然悲哀，却也很好玩。由於他們體會不出那副情景，雪維絲叫大家往後退，挪出空間來，別人旁觀，她則在門房小屋中間學庫柏的動作，狂吼，亂跳，手臂打來打去，扮各種可怕的鬼臉。是的，說眞的，就是這樣子！別人瞪着眼睛：不可能！人不可能一連三個鐘頭這樣跳法。噢，她指着一切聖靈發誓；庫柏從昨天到現在沒有停過，已經連跳三十六小時了。他們要是不相信，可以親自去看看。但是洛里羅斯太太說：謝了，她受不了「聖安妮療養院」，甚至不准洛里羅斯涉足那種地方。至於維金妮嘛，她的生意愈來愈壞，臉色像死人一般，只喃喃說人生不見得多有意思，噢，主啊，沒什麽意思！他們喝完黑潮酒糖漿，雪維絲向大夥兒道聲晚安。她一住口，表情便像瘋人院的瘋子，眼珠子完全不轉動。也許她看見她丈夫還在跳舞吧。第二天起床，她告訴自己絕不再去了。有什麽用呢？她不希望自己也發瘋。但是每隔十分鐘她就開始幻想——大家說得不錯，她有點失常。他如果還在踢腿，一定很滑稽。到了中午她實在忍不住了，對於她即將面對的情景非常好奇和害怕，根本不理路途有多遠。

她用不着打聽消息。樓梯下就能聽見他的歌聲。同樣的曲調，同樣的舞蹈。彷彿她剛剛才下樓，現在又上來似的。頭一天她見過的服務生正拿着一缽缽的藥草茶，走過去的時候向她眨眨眼，表示善意。

「還是一樣?」

「噢，是的，還是一樣，」他沒有停下脚步。

她走進屋，却停在門邊的一角，因爲屋裏還有別人。金髮紅膚的住院醫生站着，把椅子讓給一位年長的紳士，此人戴着「榮譽勳章」的綬帶，禿頭鼬鼠臉。他一定是專家，眼神利得像錐子。處理暴斃問題的人都是那副德性。

雪維絲不是來看這位先生的，她隔着醫生的禿頭伸長頸子細看庫柏的動作。這瘋子跳得吼得比頭一天更大聲。以前她看過魁偉的洗衣房服務生在四旬齊第四個禮拜天的舞會上跳個通霄，却從來沒想到有人能玩這麼久；她說「玩」只是一種敍述的方式，這樣像飛魚亂迸，不管你願不願意，活像吞了火藥庫似的，實在沒什麼樂趣可言。庫柏渾身汗淋淋，冒汗冒得更兇，這是唯一的差別。他又叫又嚷，嘴巴彷彿張得更大。懷孕的婦女最好別來這邊!他在床墊和窗戶間來回好多次，地板上可以看見他留下的軌跡；席子都被他跳扁了。

不，一點都不好看，雪維絲打了個寒噤，不懂自己爲什麼要回來。想想昨天晚上在布許家，大夥兒還說她表演太誇張哩!噢，她連一半都没表達出來!現在她看庫柏的動作看得更清楚，一輩子忘不了他，忘不了他凝視虛空的眼神。這時候她聽見住院醫生和那位專家的談話。前者用她聽不懂的措辭報導晚上的詳情。大概的意思是說：她丈夫整夜亂說話亂轉圈子。這時候年長的禿頭先生不太客氣，似乎終於發現她在場，住院醫生說她是病人的太太，他便用警局巡官的威嚇口氣盤問她。

「這個人的父親喝不喝酒？」

「咦！大夫，喝一點，跟別人差不多嘛……，有一天他喝醉酒，從屋頂跌下來摔死了。」

「他母親喝不喝？」

「咦，當然，大夫，跟別人差不多，你知道，不時喝一點……，噢，不過他們是品行端正的人家……，有一位弟兄很小就死於驚風症。」

醫生用一雙利眼看着她，兇巴巴繼續問：

「妳也酗酒吧？」

她猶豫和抗辯，把手擱在心口，保證她的誓言。

「妳有！咦，當心喏，妳看到酗酒的下場了。有一天妳也會這樣死掉！」

她縮在牆邊。醫生轉身背對着她，蹲在地板上，不管大衣角會不會沾到席子上的灰塵；他研究庫柏的顫慄症好一段時間，等他走過去，眼睛一上一下目送他。那天腿也發抖了，顫慄症由雙手延伸到雙足；標準的鐵線木偶，四肢亂迸，身體却一動也不動。病情不斷發展。皮下宛如音樂的節奏，每隔三四秒就跳起來，震動一會兒又停了，然後重新開始，活像大冬天一隻迷路的小狗在某家人門外打寒噤。肚子和雙肩已經抖得像沸騰的開水了。

眞是奇怪的死法，像被人呵癢的女孩扭來扭去直到昏迷！

現在庫柏輕輕呻吟，似乎比頭一天更難受。他那不連貫的吼聲叫人想起各種痛苦。千萬隻針揷在他身上。有重物壓遍他全身的肌膚；一隻又冷又濕的動物爬上雙腿，用尖牙咬他的肉。不然就是別的動物黏在他肩膀上，抓破他的背脊。

「我好渴，噢，我好渴！」他繼續苦哼。

住院醫生由架子上拿一罐檸檬水給他。他用雙手抓牢，貪婪地吸一口，大半口潑在他自已身上，但是他氣沖沖吐出來，大叫說：

「基督啊！這是白蘭地。」

名醫打了一個手勢，住院醫生連忙抓着水罐，讓他喝一點白水。這回庫柏呑了一口，却大聲尖叫，彷彿呑了火焰似的。

「是白蘭地，噢，眞的是白蘭地！」

昨天到現在，他喝的每一樣東西都變成白蘭地，喝了更渴，他不能再喝了，因爲每一樣東西都將他燙得半死。

院方拿湯給他喝，但是他覺得人家想毒死他，湯裏有酒精的味道。麵包又酸又臭。到處全是毒品。房間有硫磺味兒，他甚至說人家在他面前擦火柴，想害他生病。

專家站起來聽庫柏說話，他現在又大白天看見鬼影了。他難道看不見滿牆的蜘蛛絲，大得像船帆似的？接着蜘蛛絲變成有孔的網，時大時小——奇怪的玩意兒，有黑球在網孔間跳進跳出，眞正的魔術球，有時候像彈珠一般大小，有時候大得像砲彈，還會漲會縮哩，存心害他發狂。突然他尖叫一聲：

「噢，老鼠！現在變老鼠了！」

圓球變成老鼠。髒畜生紛紛膨脹，穿過網孔跳上床墊，然後無影無踪。還有一隻猴子，穿牆而出又回到牆壁裏，每次都走近他跟前，他連忙往後跳，怕鼻子被牠咬下來。突然整個畫面又變了，牆壁大概搖來搖去，他嚇得又氣得哽咽，直喘氣說：

「完了，噢，滾蛋！哎呀，幸福家庭倒塌了。是的，敲鐘啊！你們這些黑神父，彈風琴，免得我叫衞兵！那些渾球在牆壁後面放了一枚定時炸彈。我聽見它嗒嗒響，他們要炸死我們。火，火！老天，火！他們在叫『失火了！』現在都燒起來，愈來愈亮。整個天空都着火了，紅焰，青焰，黃焰。救命，救命！火！」

尖叫慢慢化爲沸沸的哽咽聲，他只喃喃說出不連貫的字句，口吐白沫，唾液沿下巴淌呀淌的。醫學專家用一隻手指擦鼻樑，這大概是他面臨嚴重病例時的習慣動作。他壓低了嗓門問住院醫生：

「體溫還是一百零四度（華氏），對不對？」

「是的，大夫。」

醫學專家噘噘嘴，站在那邊端詳庫柏二十分鐘左右。然後他聳聳肩說：

「同樣的治療法，肉湯、牛奶、檸檬飲料，用弱奎寧精當藥物。守着他，有必要就叫人去找我。」

他走出門外，雪維絲跟在他後頭，想問問有沒有希望。但是他快步穿過走廊，她不敢叫住他。她站了一分鐘，不知道要不要回去看她丈夫。這場會面很難受，她還聽他大叫說檸檬水有白蘭地的味道，算了，她受夠了同一場表演，轉身離開。來到街上，馬兒滴答跑，車輛鬧哄哄，她覺得整個「聖安妮療養院」都在後面追她。那位醫生警告過她了。她覺得自己已走上同一條路，眞的。

回到金點街，布許夫婦等人當然都急着聽消息。她一出現在大門口，人家就請她進門房小屋。咦，老庫柏還繼續跳嗎？噢，是的，還在跳。布許露出詫異和驚駭的表情，他曾出一瓶酒打賭老庫柏撐不過那一天哩。什麼！還活着？他們都驚得直拍大腿。這傢伙眞耐磨！洛里羅斯太太計算時間：三十六加二十四，一共六十個鐘頭。老天，他的四肢和下頦已經動了六十個鐘頭，這種忍耐的功夫倒眞罕見。但是布許爲那一瓶酒而笑得不太對勁，用懷疑的口氣質問雪維絲；她敢確定她轉身的時候庫柏沒有休息嗎？噢，不，他跳得太厲害，他不想停。於是布許堅持要她再扮演庫柏給大家看。是的，是的，再扮一次，大家一致嚷嚷，他們都求她表演，因爲剛好有兩位昨天沒看見的鄰居在那兒，他們是專程下樓來看表演的。布許太太命令大家往後站，他們清出房間中央的位置，催彼此讓開，滿心好奇。但是雪維絲站在那兒看地板。她眞怕這一來自己會頭暈。然而，爲表示自己不是小題大做，等人催促她，她跳了一兩下，但是自覺很滑稽，又退却了。不，眞的，她硬是表演不出來。這時候維金妮回店面，大家忘了老庫柏，轉而大談波宜松家的人。那邊現在一團糟！昨天沒收鑑定員來了，警察先生也丟了飯碗，蘭蒂爾則開始追隔壁飯館家的女兒——身材蠻好的，有心開一家熟肝熟肚店。他們都笑隔壁開熟肝熟肚店的想法——他換過各種嗜好，現在喜歡結實的東西了！烏龜波宜松對這一切好像完全不知情；一個以警戒爲職業的人怎麽在自己家會這麽笨呢？但是大夥兒發現他們遺忘的雪維絲正在房間那一頭自己表演，手舞足蹈，學庫柏的動作，議論便突然停止了。好，這才精彩，他們想看的就是這一招。她停下來，一臉困惑的表情，彷彿大夢初醒，然後突然往外衝。大家晚安，她要上樓設法睡一覺。

第二天，布許夫婦看她跟頭兩天一樣，中午就出門。他們祝她此行愉快。那天庫柏的吼聲和踏步聲震撼了「聖安妮療養院」的整道長廊。她還抓着樓梯的扶手，便聽他吼道：

「現在有臭虫！你們過來，我要把你們切成一片片！啊，牠們想害死我，這些臭虫！但是我太精明，你們奈何不了我。走開，滾蛋！」

她在門邊站了一會兒，張口喘氣。他好像在對抗一整支大軍！她進門看到的情景比頭兩天更荒謬。庫柏一直說瘋話，像瘋人院逃出來的瘋子！他在斗室中央撲過來撲過去，拳頭四處猛揮，打自己，打牆壁，打地板，踤一跤，然後猛揍空茫茫的前方；他想打開窗戶，保護自己，叫喊，回答，一個人掀起地獄般的騷亂，表情痛苦到極點，像一個被無數厲鬼纏身的人。雪維絲知道他自以爲在幹屋頂的活兒，安置鋅板。他用嘴巴當風箱，搬出火盆裏的鐵塊，跪下來，大拇指沿着草席邊緣往前推，幻想他正在銲接金屬。是的，臨死前他的行業又在心中復活，他叫嚷着，抓牢屋頂不放，因爲那些混蛋不讓他好好幹活兒。屋頂四週有好多雞姦鬼想剝奪他的工作。而魔鬼却派出一羣羣老鼠，湧到他兩腿之間。髒畜生到處都是。他可以把他們踏死，但是新來的一羣羣又來找他，屋頂顯得黑鴉鴉一片。還有蜘蛛！他捏緊大腿上的褲管，想壓碎爬上來的蜘蛛。老天，他這一天的工作永遠幹不完，他們都想害他丟差事，老闆會送他去做牢的。於是他趕工，幻想體內有一架蒸氣引擎，大嘴巴直冒蒸氣，一團水霧充滿房間，然後飄出窗外；於是他一面喘氣，一面彎腰看蒸氣飄走，飛上天空，連太陽都爲之黯淡。

他大叫說：「看！是克里南科堤道的那幫人，化身爲大熊在表演……」

他蹲在窗邊，彷彿由屋頂俯視街上的遊行。

「遊行隊伍過去了，獅子和豹做鬼臉，還有小孩子打扮成小狗和小貓……克里門絲那妞兒的頭髮插滿羽毛。哈，哈，她走了，頭朝下，屁股朝天，身上的玩意兒全露出來……我說，可人兒，妳還是快走吧。喏，你們這些混帳警察，別抓她……別開火……」

他的聲音轉爲可怕的驚叫，而且頹然倒在地上，說那位姑娘和紅褲子警察都在下面，男人用槍瞄準他。他看到槍筒由牆上伸出來指着他的胸口。他們要來搶走那位姑娘。

「別開槍，千萬別開槍！」

接着大樓下陷了，他學整塊地方化爲廢墟的碎裂聲。一切都漸漸消逝。但是他還沒有時間喘口氣兒，新的幻影又迅速飄過他眼前。他胡言亂語，熱中於說話，從來不說完一個圓滿的語句，一切都在喉嚨嘰哩咕嚕響。但是他的聲音愈來愈大。

「噢，是妳呀！現在別裝傻，我嘴裏有妳的頭髮！」

他用手擦臉，吹出口中的頭髮。年輕的醫生問他：

「你看到誰？」

「當然是我太太呀！」

但是他眼睛望着牆壁，背對着雪維絲，她嚇得半死，也盯着牆壁，看她能不能發現自己的形影。他滔滔不絕往下說：

「妳休想哄我……我不要受束縛。……嗳呀，妳眞漂亮，這副打扮好時髦。妳是哪裏賺來的，妳這母牛？妳上街拉客了，妳這娼婦！妳等着，我要揍妳一頓！噢，妳把情人藏在妳裙子後面，是不是？他是誰？彎腰讓我看看……基督啊，又是他！」

他一頭栽向牆壁，不過襯墊減輕了衝擊的效果，只聽見他身體反彈到席子上的砰砰聲。

「這次你看到誰？」住院醫生又問他。

「是製帽商！」他狂喊道。

年輕的醫生問雪維絲這句話是什麼意思，但是她只結結巴巴亂說幾句，因爲此情此景勾起了她一生最深的創痛。庫柏還猛揮拳頭。

「我們倆私下解決，老兄！我終於要幹掉你了。噢，你懷裏抱着那賤貨，活生生來到我面前，公開取笑我。好，現在我要掐死你，是的，我！我才不留情哩！不來那一套虛禮！接招，接招，接招！」

他凌空出拳，然後氣冲冲往後退，撞到牆壁，以爲後面有人攻擊他，就返身打牆壁的襯墊。

他由這個牆角跳到那個牆角，猛揍自己的胃腸、屁股和肩膀，打個滾又跳起來。他的骨頭一定軟化了，肉身撞牆竟發出溼麻屑一般的音響。這些動作拌着可怕的威嚇聲、喉音和野蠻的狂嘷。戰局好像對他不利，他的呼吸愈來愈急促，眼睛暴突，內心似乎起了一種幼稚的恐慌。

「殺人囉，殺人囉！滾開，你們兩個。看那批猪玀，他們在笑我呢。看她兩腿朝天，這母狗！她一定得吃這苦頭……噢，畜牲，他要殺她哩，他用刀切下她的一條腿。另外一條腿斷在地上，她的肚子被剖開，滿是鮮血！噢，上帝，噢，上帝！」

他全身是汗，頭髮豎起來，看了眞可怕，搖着手臂往後縮，似乎想將恐怖的畫面驅走。他發出兩聲尖叫，脚跟絆到床墊，直挺挺仰跌在地上。

「噢，大夫，大夫，他死了！」雪維絲使勁扭手說。

住院醫生走上前來，把庫柏拖到床墊中央。不，還沒死。他脫下病人的鞋子，光脚板伸在床墊一頭的上空，自發地並排跳舞，以一種小快步來計算節拍。

這時候專家走進來，帶來兩名同事，一胖一瘦，都跟他一樣戴着「光榮勳章」。他們俯身不說話，細細檢查病人，然後壓低嗓門迅速會診。他們剝光他的衣服，雪維絲躡起脚尖，看見他赤裸裸的軀體。咦，大功告成，顫慄病已經從手臂和兩腿往中心延伸，軀幹現在也來同樂了！木偶現在表演腹笑的動作哩！笑意傳遍筋骨，肚子直喘氣，似乎笑得好厲害好厲害。全身都參加舞蹈，眞的！肌肉在舞伴面前就位，皮膚像一面鼓震動個不停，連頭髮都大跳華爾玆，相對行禮。這一定是舞會的壓軸戲，像全體拉手頓足的終場快步。

「他睡着了，」專家喃喃地說。

他要同事們注意病人的面孔。庫柏閉着眼睛，但是整張臉這兒抽一下那兒抽一下。他這樣躺着更嚇人，下巴突出，像死於惡夢的人留下的石膏面模。接着醫生注意雙脚，興致勃勃看個仔細，因爲那雙腿還在跳舞哩。連睡着的時候，庫柏的脚都繼續跳舞！它們不管主人打鼾不打鼾，繼續表演，不加快也不減慢。眞是一雙機器脚，自己找樂子。

雪維絲看醫生碰她丈夫的身體，也想摸摸他。她怯生生上前，把手擱在他肩上，摸了一分鐘。老天，裏面到底怎麼同事？舞曲似乎深深傳進他的皮肉，大概連骨頭都在跳吧。從遙遠的深處，顫慄和波動像流水般在皮下洶湧。她稍微用力一壓，就能感覺到他骨髓發出的痛苦呼號。肉眼看見的只是小波動造成的小渦紋，宛如漩渦，底下大概有一場可怕的騷亂吧。那下面進行着什麼邪門的勾當，像鼴鼠挖地洞似的！老克倫貝酒吧的毒素正揮斧大砍呢。全身都浸在裏面，混蛋——工作得完成，不停地搖撼庫柏的身體，把他消滅。

現在大醫師走了，雪維絲跟住院醫生留下來，一個鐘頭後，她低頭說：

「大夫，大夫，他死了！」

但是年輕人正在看那一雙脚，他搖搖頭。伸在床墊末端的光脚板還在跳呢——脚板不太乾淨，指甲該剪了。幾個鐘頭過去，那雙脚突然發僵停下來。這時候年輕的醫生轉向雪維絲說：

「這回對啦。」

只有死神能叫那一雙脚停下來。

回到出租大樓，雪維絲發現布許家的門房小屋有一大羣女人，正激動地說長說短。她以爲大夥兒像前兩天一樣，正在等她的好息。

「他翹辮子了，」她把門推到背後說。她相當鎮定，臉色卻顯得狼狽又疲乏。

但是誰也沒興趣聽。整棟大樓鬧嚷嚷的。噢，好精彩的故事！波宜松逮到他太太跟蘭蒂爾了。詳情不太清楚，因爲每個人說的都不一樣。總之，他趁他們最不提防的時候逮住他們。有人添上一些細節，太太小姐們以憤慨的表情傳來傳去。當然啦，這種場面使波宜松失去平日沈着的作風。兇得像老虎！這個人平時不愛講話，走路死板板的，你會以爲他背後夾了一根棍子哩，這次却大吼又大跳。不過後來就沒聽到下文了。一定是蘭蒂爾向這位丈夫解釋，平息了糾紛。反正也維持不了多久啦。布許宣佈說，隔壁飯館的女兒確實要接下那個地方，開一家熟肝熟肚店。狡猾的混混蘭蒂爾愛吃動物的內臟哩。

雪維絲看洛里羅斯太太跟拉瑞特太太進來，又用死氣沉沉的口吻說一遍：

「他去了……老天，又跳又嚷整整四天才斷氣。」

兩姐妹只得拿出手帕。她們的弟弟有許多缺點，但他究竟是她們的弟弟呀。布許聳聳肩，用人人都聽得見的嗓門說：

「咦，世間又少了一個酒鬼！」

從那天開始，雪維絲常常精神恍惚，大厦的奇景之一就是看她學庫柏的動作。現在用不着催她了，她自動自發免費表演，手脚直哆嗦，口裏不自覺發出尖叫。也許她太常到「聖安妮療養院」看她丈夫，所以學會了。但是她運氣不好，不像他死於這個毛病。她最多只是裝個猩猩般的鬼臉，惹得街上的頑童用包心菜梗丟她。

她這樣活了幾個月，一天天沉淪，接受最下流的侮辱，每天都更接近餓死的邊緣。她一拿到幾文錢就買酒喝，然後猛捶牆壁。附近的人叫她幹最骯髒的工作。有一天傍晚，有人打賭她不會吃一樣噁心的東西；沒想到她卻吃了，只爲了賺十蘇錢。房東馬斯可先生決定叫她搬出七樓的房間，但是布魯老爹已經死在樓梯下的小窩裏，房東好心讓她搬到那兒。於是她住進布魯老爹的狗窩。就這樣，在一團茅草堆上，她寒入骨髓，餓死在那兒。看樣子死神不急着抓她。她痴痴呆呆，居然沒起意從七樓窗口跳到庭院的石板地上，了結一切痛苦。死神存心一點一點吞噬她，拖着她走完她自己鋪的悲慘道路。連她的死因都不太清楚。有人說是感冒和發燒，其實她死於貧窮，死於她一生的汚濁和疲憊。照洛里羅斯夫婦的說法，她死於髒懶症。有一天早晨，走廊傳出一股臭味，大家想起兩天沒看到她，這才在小洞中發現她的屍體，膚色已經轉青了。

當然是老巴索吉挾着貧民棺盒來收屍。那天他照常醉得很厲害，心情却好極了。他認出要處理的顧客是誰，一邊準備，一邊說了幾句哲學味很濃的話。

「啊，算了，我們都走同一條路回家……不用推不用擠，人人都有地方……着急未免太傻了，因爲要快也快不來呀……現在我只想幫人服務……有些人是情願的，有些人不情願……咦，看看我們要怎麼處理……這一位起先不想走，後來又改變主意。不過那時候她只能乾等……啊，這就對啦，她如願以償……喏，乖，起來吧！」

他用一雙大黑手抓住雪維絲，突然滿腔慈愛，輕輕抱起這個早就等着他的女人。他以慈父般的動作把她放進棺材，邊打呃邊咕噥說：

「聽着，孩子……妳知道……是我，『快活一號』，俗稱爲太太小姐們的慰問者……啱，啱，妳現在平安無事了。安息吧，可人兒！」

左拉年表

林春明

一八四〇年：四月二日生於巴黎，父親佛郎索阿—左拉一七九五年生於威尼斯，義大利人，是位工程師，母親愛蜜利・娥爾麗，生於一八二〇年。

一八四三——一八五七年：左拉家庭定居法國南部埃克斯（Aix-en-Provence），一八四七年父親去世。家境困苦。從一八五二年起，左拉在埃克斯中學念書。

一八五八年：回巴黎，進入聖路易中學。

一八六二——一八六五年：在阿歇特書局（Hachette）充當職員，一八六四年出版《給妮儂的故事》（*Le Contes à Ninon*）。

一八六六——一八六八年：開始專心寫作《死者的誓言》，《馬賽的神秘》都是早期的作品。

一八六九年：左拉魯瓦（Lacroix）出版社接受出版左拉的長篇小說：《第二帝政時代一個家族的自然史和社會史》。

一八七一年：《魯剛•馬卡爾》家族傳的第一部小說《魯剛家族的命運》出版。至一八九三年（*La Fortune des Rougon*）至一八九三年以差不多每年一卷出版；第二部：《獵物》（*La Curée*）；第三部：《巴黎之胃》（*Le Ventre de Paris*）。

一八七四年：第四部：《普拉松的征服》（*La Conquête de Plassans*）。

一八七五年：第五部：《姆累司鐸之過》（*La Faute de l'Abbé Mouret*）。

一八七六年：第六部：《歐仁魯剛閣下》（*Son Excellence Eugène Rougon*）。

一八七七年：第七部：《酒店》（*L'assommoir*）。

一八七八年：第八部：《戀愛的一頁》（*Une Page d'amour*）。

一八八〇年：第九部：《那那》（*Nana*）。

一八八二年：第十部：《家常菜》（*Pot-Bouille*）。

一八八三年：第十一部：《婦人的幸福》（*Au Bonheur des Dames*）。

一八八四年：第十二部：《生的愉悅》（*La Joie de Vivre*）。

一八八五年：第十三部：《萌芽》（*Germinal*）。

一八八六年：第十四部：《工作》（*L'oeuvre*）。

一八八七年：第十五部：《大地》（*La Terre*）。

一八八八年：第十六部：《夢》（*Le Rêve*）。

一八九〇年：第十七部：《衣冠禽獸》(*La Bête*)。

一八九一年：第十八部：《金錢》(*L'argent*)。

一八九二年：第十九部：《崩潰》(*La Débâcle*)。

一八九三年：第二十部：《巴斯卡醫生》(*Le Docteur Pascal*)。

一八九八年：七月十八日爲德雷菲斯事件 (l'affaire Dreyfus) 逃往英國。

一八九九年：六月由英返國，德雷菲斯被判無罪。

一九〇二年：在巴黎其屋內煤氣中毒而死，是荒唐的意外或是被謀殺？

桂冠世界文學名著

新文學主義蔓延中

①羅蘭之歌

楊憲益／譯
蘇其康／導讀
300元

耳熟能詳的中古史詩，膾炙人口的英豪事蹟。即使是驚心動魄的戰爭場面，也掩不住羅蘭不爲所動的尊貴。請珍視這麼一個典範。

②熙德之歌

趙金平／譯
蘇其康／導讀
300元

與法國歷險史詩系統（Chanson de Geste）同屬一型，但卻是較新和先進的一型。熙德在行爲上的表現，可說是對歐洲建制革命性的詮釋。值得一讀再讀。

③坎特伯利故事集

400元

喬叟／著・方重／譯・蘇其康／導讀

遊藝性的故事集，喬叟高超的幽默筆法使故事在遊戲中充滿了反諷。這裡頭只記載一種東西——即是最有內涵又最具趣致的故事。

④魯濱遜飄流記

狄福／著
戴維揚／導讀
150元

⑤莫里哀喜劇六種

400元

莫里哀／著・李健吾／譯・阮若缺／導讀

莫里哀是位獨來獨往的人，他的戰鬥風格和鮮明意圖常受到統治集團知識分子的曲解，但是請注意，莫里哀比任何一位作家都要更靠近法國的普遍大衆。

⑥天路歷程

約翰・班揚／著
西海／譯・蘇其康／導讀

300元

夢者從意識層面的剪接敘述，將廣義的基督教民間傳統以及聖經上宗教想像加以統合，使意識世界與潛意識世界渾然結合在一部獨特的小說鋪陳當中。

⑦憨第德

伏爾泰／著
孟祥森／譯

150元

⑧少年維特的煩惱

150元

歌德／著・侯浚吉／譯・鄭芳雄／導讀

⑨達達蘭三部曲

400元

都德／著・成鈺亭／李孟安・譯／導讀

達達蘭，他幾乎是上帝在法國南方所造就的一個經典：他們即便沒撒過謊，卻從來也沒說過一句實話。「我只要一張嘴，南方的力量就到我身上來了」。——達達蘭即使一點都不「巴黎」，卻仍舊是道地「法國」的。

⑩紅與黑

斯湯達爾／著
黎烈文／譯・邱貴芬／導讀

300元

⑪普希金詩選

普希金／著
馮春／等譯・呂正惠／導讀

450元

「他像一部辭典一樣，包含著俄羅斯語言的全部寶藏、力量和靈活性。……在他身上，俄羅斯的大自然、俄羅斯的靈魂、俄羅斯的語言及性格都反映得那樣純淨、那樣美。」

⑫黛絲姑娘

哈代／著
宋碧雲／譯・劉紀蕙／導讀

200元

⑬ **拜倫詩選** 拜倫／著 查良錚／譯・林燿德／導讀 500元

⑭ **雪萊抒情詩選** 300元
雪萊／著・楊熙齡／譯・林燿德／導讀

⑮ **包法利夫人** 福婁拜／著 李健吾／譯・彭小妍／導讀 200元

⑯ **酒店** 左拉／著 鍾文／譯・林春明／導讀 200元

⑰ **娜娜** 左拉／著 鍾文／譯・彭小妍／導讀 250元

⑱ **僞幣製造者** 紀德／著 孟祥森／譯・阮若缺／導讀 200元

⑲ **窄門** 紀德／著 楊澤／譯・阮若缺／導讀 150元

⑳ **審判** 卡夫卡／著 李魁賢／譯・導讀 200元

㉑ **湖濱散記** 梭羅／著 孟祥森／譯・單德興／導讀 150元

㉒ **大亨小傳** 費滋傑羅／著 喬治高／譯・林以亮／導讀 150元

㉓ **熊** 福克納／著 黎登鑫／譯・鄭明哲／導讀 100元

㉔ **太陽石** 帕斯／著 朱景冬／等譯・林盛彬／導讀 400元

愛情與死亡，快樂與悲傷，現實與夢幻，地獄與天堂，歷史的追憶，未來的嚮往，諸般如此永恆的對立，在帕斯的詩中「象徵」得如此鮮活而又「偉大」。這一定又是一位「不死」的詩人。

㉕一九八四

歐威爾／著
邱素慧／譯・范國生／導讀
150元

㉖地下室手記

杜斯妥也夫斯基／著
孟祥森／譯・呂正惠／導讀
150元

㉗復活

托爾斯泰／著
鍾斯／譯・呂正惠／導讀
250元

㉘里爾克詩集（Ⅰ）

里爾克／著
李魁賢／譯・導讀
250元

里爾克在《杜英諾悲歌》中所處理的題材是：人的困局及其提昇超越之道，由閉塞的世界導向開放世界之過程。到了《給奧費斯的十四行詩》；則已攀登至世界內部空間而遙遠地立於彼岸。

㉙里爾克詩集（Ⅱ）

里爾克／著
李魁賢／譯・導讀
350元

《新詩集》是里爾克親炙羅丹工作倫理的教益後，學習如何觀察事物，並探究其內在生命的一連串思潮轉化的創作記錄。《新詩集別卷》則是那之後一種欲罷不能的猝煉。詩人將此詩集題獻給「偉大的友人：奧克斯特羅丹」。

㉚里爾克詩集（Ⅲ）

里爾克／著
李魁賢／譯・導讀
250元

諧和的韻律是里爾克一向不忘顯露的才華，在物象的取向上預示了即物主義的先兆。《形象之書》可說是從原始性、泛神論性之自然感情的表現，轉化到巴黎時代外在清澈觀照之運作過程的記錄。

㉛權力與榮耀

葛林／著
張伯權／譯・王儀君／導讀
150元

㉜湯姆叔叔的小屋 450元

史托夫人／著・黃繼忠／譯・廖月娟／導讀

故事的場景落在一個素稱文雅的上流社會所不齒的種族之中；他們來自異域，其祖先生長在熱帶的烈日之下，帶來一種與專橫跋扈的盎格魯・撒克遜人截然不同的民族性，以致於長期受到後者的誤解與蔑視。

㉝紅字 150元

霍桑／著
鍾斯／譯・鄭永孝／導讀

㉞卡里克拉 150元

卡繆／著
阮若缺／導讀

㉟茵夢湖 100元

施篤姆／著
兪辰／譯・鄭芳雄／導讀

㊱燃燒的地圖 150元

安部公房／著
鍾肇政／譯・林水福／導讀

㊲一位年輕藝術家的畫像 150元

喬埃斯／著・黎登鑫／譯・陳雄儀／導讀

㊳雪國・千鶴・古都 300元

川端康成／著・高慧勤／譯・導讀

㊴波赫斯詩文集 200元

波赫斯／著・張系國／等譯・曹又方／選編

阿根廷沒有民族文學，可是卻產生了一位文學天才，其神秘與難以捉摸的程度，猶如月光下草地上的波動影子。

㊵麥田捕手 150元

沙林傑／著
賈長安／譯・莊因／導讀

㊶ 鐵皮鼓

葛拉軾／著
胡其鼎／譯・導讀

450元

還記得那個電影中「拒絕長大的男孩」奧斯卡嗎？親愛的奧斯卡，我覺得你比電影中的他更像個英雄，你絕不會只是一個男孩的，因爲你懂得如何「拒絕長大」。

㊷ 貓與老鼠

葛拉軾／著
李魁賢／譯・導讀

200元

他不是書呆子，只是相當用功……，沒有發揮好勝心，且不參加惡作劇。他變成全然特殊的馬爾克，半因出類拔萃，半因特立獨行而博得喝采。結果後來卻希望在馬戲團的舞台上、扮演丑角。馬爾克，你眞偉大！

㊸ 達洛衛夫人・燈塔行

400元

吳爾芙／著・瞿世鏡／等著・簡政珍／導讀

這兩部小說的精華正是語言在作品中留下的無數空隙。以讀者觀之，空隙的存在成了測試他閱讀作品能力的標準。介入空隙或被空隙淹沒，取決於讀者鑑賞作品的潛能。

㊹ 誰怕吳爾芙

阿爾比／著
陳君儀／譯・紀蔚然／導讀

200元

一場午夜開始的Party，一群（其實只有四個）知識分子塑造虛無的實際過程，這其間的詭辯有時近乎夢囈卻充滿了書生氣，當然那裡頭也有許多了不得的髒話系統，讓你覺得髒話也可以成爲藝術。

㊺ 我是貓

夏目漱石／著
李永熾／譯・／導讀

200元

桂冠世界文學名著

總策劃／吳潛誠

16

酒店

L'ASSOMMOIR

原著＞左拉
(Emile Zola)
譯者＞宋碧雲
導讀＞林春明
總策劃＞吳潛誠
執行編輯＞湯皓全
〈出版〉書華出版事業有限公司
台北縣中和市中正路800號
電話：2231327・局版台業字第2146號
行銷＞桂冠圖書股份有限公司
地址＞台北市新生南路三段96之4號
電話＞(02)3681118・3631407
電傳＞886－2－3681119
郵撥帳號＞0104579－2
登記證＞局版台業字第1166號
印刷＞海王印刷廠
初版一刷＞1994年1月

《桂冠世界文學名著》第一輯.51冊.
〈典藏版〉定價20,000元(不分售)

國立中央圖書館出版品預行編目資料

酒店／左拉(Emile Zola)原著；宋碧雲譯；
林春明導讀. --初版. --臺北市：桂冠,
1993〔民82〕
面； 公分. --(桂冠世界文學名著；16)
譯自：L'assommoir
ISBN 957-551-609-5(平裝)

876.57 82001035